Voor mijn dochter Ruth: ooit het liefste kind ter wereld, nu een vrouw die ik trots mijn vriendin mag noemen.

Tegendraads

Lee Child

Tegendraads

vertaald door Bob Snoijink

UITGEVERIJ LUITINGH-SIJTHOFF

Eerste druk, 1999
Negende druk, 2020

Oorspronkelijke titel: *Tripwire*
Vertaling: Bob Snoijink
Omslagontwerp: DPS Design & Prepress Studio

ISBN 978 90 210 2672 5
ISBN e-book 978 90 245 4047 1
ISBN luisterboek 978 90 245 8659 2
NUR 332

www.leechild.com
www.lsamsterdam.nl
www.boekenwereld.com

Woord vooraf

Hook Hobie dankte zijn hele leven aan een geheim van bijna dertig jaar oud. Zijn vrijheid, zijn status, zijn geld, alles. En zoals ieder voorzichtig mens in zijn specifieke situatie was hij tot alles bereid om zijn geheim veilig te stellen. Er stond namelijk veel op het spel. Zijn hele leven.

De beveiliging waarop hij bijna dertig jaar had vertrouwd, was gebaseerd op maar twee dingen. Dezelfde twee dingen die iedereen gebruikt om zich tegen elk gevaar in te dekken. Dezelfde manier waarop een land zich teweerstelt tegen een vijandelijke raketaanval, dezelfde manier waarop een huiseigenaar zich tegen inbraak beschermt, dezelfde manier waarop een bokser zich tegen een knock-out verweert. Detectie en reactie. Fase een, fase twee. Eerst stel je de dreiging vast, dan reageer je.

Fase een was het vroegtijdige alarmsysteem. Dat was in de loop der jaren aangepast naarmate de omstandigheden veranderden. Inmiddels was het eindeloos gerepeteerd en vereenvoudigd. Het bestond uit twee lagen die iets weg hadden van concentrische valstrikken. De eerste valstrik was achttienduizend kilometer van huis. Die vormde de vroegtijdige waarschuwing. Een soort wekker. Hij zou hem waarschuwen dat ze in aantocht waren. De tweede valstrik was achtduizend kilometer dichterbij, maar nog altijd tienduizend kilometer van huis. Een telefoontje van de tweede lokatie zou hem waarschuwen dat ze heel dichtbij kwamen. Het zou hem laten weten dat fase een voorbij was en dat fase twee begon.

Fase twee was de respons. Hij wist heel duidelijk wat zijn reactie moest zijn. Daar had hij bijna dertig jaar over nagedacht, maar al die tijd had zich maar één praktische oplossing voorgedaan: ervandoor gaan. Verdwijnen. Hij was realistisch. Zijn hele leven lang was hij trots geweest op zijn moed en sluwheid, zijn kracht en doorzettingsvermogen. Hij had altijd, zonder zich te bedenken, gedaan wat er gedaan moest worden. Maar hij wist dat hij hem moest smeren als hij het alarm van die verre valstrikken hoorde. Omdat niemand de krachten kon overleven die hem dan belaagden. Niemand. Zelfs niet iemand die zo genadeloos was als hij.

Het gevaar was jarenlang toe- en afgenomen als eb en vloed. Hij had lange periodes gekend waarin hij meende dat het hem elk ogenblik kon overspoelen. Vervolgens lange periodes waarin hij zich onkwetsbaar waande. Soms kreeg hij een veilig gevoel van de verdoving die het gevolg is van het verstrijken der jaren, omdat drie decennia een eeuwigheid lijkt. Dan weer leek die tijd een zucht. Soms verwachtte hij het bewuste telefoontje de hele dag. Hij smeedde plannen en transpireerde. Maar altijd in het besef dat hij ieder moment op de vlucht gejaagd kon worden.

Het scenario had zich al ontelbare malen voor zijn geestesoog herhaald. Hij verwachtte het eerste telefoontje ongeveer een maand voor het tweede. Die maand zou hij gebruiken om zich voor te bereiden. Opruiming houden, afsluiten, incasseren, tegoeden wegsluizen, rekeningen vereffenen. Vervolgens zou hij er na het tweede telefoontje vandoor gaan. Onmiddellijk. Zonder aarzelen. Gewoon als de sodemieter ervandoor en nooit meer terugkomen.

Maar de twee telefoontjes bleken op dezelfde dag te komen. Het tweede kwam het eerst. De dichtstbijzijnde valstrik was een uur eerder geactiveerd dan de verste. En Hook Hobie vluchtte niet. Hij zette dertig jaar nauwgezette planning overboord en bleef om de storm te trotseren.

1

Jack Reacher zag de man door de deur naar binnen komen. Eigenlijk was er geen deur. De man kwam naar binnen door het deel van de voorkant dat er niet was. Het café kwam rechtstreeks uit op de stoep. Daar stonden tafeltjes en stoelen onder een verdorde klimop die een klein beetje schaduw bood. Er was een binnen- en een buitengedeelte, gescheiden door een niet-bestaande muur. Volgens Reacher moest er een soort ijzeren hekwerk met een hangslot zijn dat ze voor het café konden trekken wanneer het dichtging. Als het dichtging. Reacher had het in elk geval nog nooit dicht meegemaakt en hij kwam er op de gekste tijden.

Een stap binnen de donkere ruimte bleef de man

staan. Hij knipperde met zijn ogen om ze na het warme felle zonlicht van Key West aan het halfduister te laten wennen. Het was juni en precies vier uur in het zuidelijkste deel van de Verenigde Staten, dat nog een stuk zuidelijker lag dan de Bahama-eilanden. Een gloeiend hete, witte zon en een temperatuur die er niet om loog. Reacher zat aan zijn tafeltje achterin, nam een slok water uit zijn plastic fles en wachtte af.

De man keek om zich heen. Het café was een laag vertrek, opgetrokken uit oude planken die door de warmte donker waren geworden. Ze zagen eruit alsof ze afkomstig waren van oude zeilschipwrakken. Er zaten willekeurige stukken nautische rommel op gespijkerd. Antieke koperen spullen en groene bollen. Repen van oude netten. Spullen om te vissen, nam Reacher aan, al had hij van zijn leven nog nooit een vis gevangen. Of gezeild. Alles wat er aan de muur hing werd tenietgedaan door tienduizend visitekaartjes. Die zaten op ieder vrij stukje hout geniet, zelfs op het plafond. Een aantal zag er nieuw uit, andere waren oud en opgekruld en verwezen naar deals die al tientallen jaren geleden waren stukgelopen.

De man liep verder de duisternis in en ging naar de bar. Hij was oud. Jaar of zestig, normale lengte, gezet. De dokter zou hem misschien te dik vinden, maar Reacher zag alleen maar een man met een goede conditie die net heuvelafwaarts begon te gaan. Iemand die zich met zwier bij het verstrijken der jaren neerlegde zonder al te opgefokt te raken. Hij was gekleed als een stedeling uit het noorden die met spoed naar warme streken was gestuurd. Lichtgrijze broek, wijd van boven en nauw van onderen. Een dun, gekreukt beige jasje, wit overhemd met wijd open kraag die een blauwwitte huid liet zien, donkere sokken, stadse schoenen. Reacher vermoedde dat hij uit New York, Chicago of misschien uit Boston kwam, dat hij het grootste deel van de zomer doorbracht in een kantoor of een auto met airconditioning, dat hij deze kleren al achter in zijn kleerkast bewaarde sinds hij ze twintig jaar geleden had gekocht en slechts af en toe te voorschijn haalde als de noodzaak zich aandiende.

De man was inmiddels bij de bar en haalde zijn portefeuille uit zijn binnenzak. Het was een oud, uitpuilend geval van fraai leer. Het soort portefeuille dat zich strak om zijn inhoud sluit. Reacher zag dat hij hem met een geoefend gebaar opensloeg om hem aan de barkeeper te laten zien en hoorde hem op gedempte toon een vraag stellen. De barkeeper wendde het hoofd af alsof hij beledigd was. De man stak de portefeuille weer weg en streek zijn plukjes grijze haar glad in het zweet op zijn vochtige schedeldak. Hij mompelde nog iets en de barkeeper haalde een fles bier uit een ijskist. De oude man hield het koude flesje even tegen zijn wang en nam vervolgens een grote slok. Hij boerde discreet achter zijn hand en glimlachte alsof een kleine teleurstelling alweer was weggestreken.

Reacher volgde zijn voorbeeld met een grote slok water. De meest gezonde persoon die hij ooit was tegengekomen was een Belgische soldaat die zwoer dat je kon doen en laten wat je wilde als je maar vijf liter mineraalwater per dag dronk. Omdat Reacher twee keer zo groot was als die tanige, kleine Belg, vond hij dat hij tien liter per dag moest drinken. Tien grote flessen. Dat regime had hij sinds zijn aankomst in Key West gevolgd. Het werkte. Hij had zich nog nooit zo goed gevoeld. Elke dag om vier uur zat hij aan dat tafeltje in het halfduister om drie flessen op kamertemperatuur te drinken. Nu was hij net zo aan water verslaafd als hij ooit aan koffie was geweest.

De oude man stond met zijn zij naar de bar en wijdde zich aan zijn bier. Hij keek om zich heen. Reacher was verder de enige klant. De oude man duwde zich met zijn heup overeind en kwam naar hem toe. Maakte een vaag gebaar met zijn flesje alsof hij wilde zeggen: Mag ik? Reacher knikte naar de stoel tegenover hem en verbrak het zegel van zijn derde fles. De man plofte neer. Hij onttrok de hele stoel aan het zicht. Hij was zo iemand die zijn broekzakken volpropte met sleutels, geld en zakdoeken, zodat zijn natuurlijke heupbreedte sterk werd overdreven.

'Bent u Jack Reacher?' vroeg hij.

Hij kwam niet uit Chicago of Boston, maar duidelijk uit New York. Hij klonk precies als iemand die Reacher ooit had gekend en die de eerste twintig jaar van zijn leven nooit ver uit de buurt van Fulton Street was geweest.

'Jack Reacher?' herhaalde de oude man.

Van dichtbij bleek hij intelligente oogjes onder een luifel van wenkbrauwen te hebben. Reacher nam een slok en keek hem aan door het heldere water in zijn fles.

'Bent u Jack Reacher?' vroeg de man voor de derde keer.

Reacher zette zijn fles op tafel en schudde zijn hoofd.

'Nee,' loog hij.

De oude man liet zijn schouders teleurgesteld zakken. Hij trok zijn manchet terug en keek op zijn horloge. Hij ging met zijn bovenlijf naar voren alsof hij wilde opstaan, maar leunde vervolgens weer achterover alsof er opeens tijd genoeg was.

'Vijf over vier,' zei hij.

Reacher knikte. De man gebaarde met zijn lege flesje naar de barkeeper, die een tweede flesje bier bracht.

'De hitte vliegt me aan,' zei hij.

Reacher knikte weer en nam een slok water.

'Kent u hier iemand die Jack Reacher heet?' vroeg de man.

Reacher haalde zijn schouders op.

'Hebt u een signalement?' vroeg hij.

De man nam net een grote slok van zijn tweede flesje. Hij wiste zijn lippen af met de rug van zijn hand en maakte van de gelegenheid gebruik om opnieuw discreet te boeren.

'Nou nee,' zei hij. 'Grote vent, dat is het enige dat ik weet. Daarom vroeg ik het aan u.'

Reacher knikte.

'Er zijn hier een hoop grote kerels,' zei hij. 'Overal trouwens.'

'Maar zegt de naam u niets?'

'Moet dat dan?' vroeg Reacher. 'En wie wil het eigenlijk weten?'

De man knikte met een lachje, alsof hij zich wilde verontschuldigen voor zijn gebrek aan manieren.

'Costello,' zei hij. 'Aangenaam.'

Reacher knikte terug en hief zijn fles een klein stukje.

'Op jacht naar borgvluchtelingen?'

'Privédetective,' zei Costello.

'En op zoek naar iemand die Reacher heet?' vroeg Reacher. 'Wat heeft hij op zijn kerfstok?'

Costello haalde zijn schouders op. 'Voor zover ik weet niets. Ze hebben me alleen gevraagd hem op te sporen.'

'En u denkt dat hij hier is?'

'Vorige week in elk geval nog wel,' zei Costello. 'Hij heeft een bankrekening in Virginia en daar heeft hij geld naar overgemaakt.'

'Hiervandaan, uit Key West?'

Costello knikte.

'Elke week,' zei hij. 'Drie maanden lang.'

'Dus?'

'Dus werkt hij hier ergens,' zei Costello. 'Hééft hier gewerkt, althans. Drie maanden. Je zou zeggen dat iemand hem dan wel zou kennen.'

'Maar niemand kent hem,' zei Reacher.

Costello schudde zijn hoofd. 'Ik heb het overal op Duval gevraagd, want dit schijnt het uitgaanscentrum te zijn. Maar ik ben niet verder gekomen dan een toplessbar ergens boven; daar zei een meisje dat er sinds drie maanden een grote vent was die elke dag om vier uur in dit café water zat te drinken.'

Hij zweeg en keek Reacher recht aan alsof hij hem openlijk uitdaagde. Reacher nam schouder ophalend een slok water.

'Toeval,' zei hij.

Costello knikte.

'Ik denk het ook,' zei hij rustig.

Hij bracht het flesje naar zijn lippen en nam een slok, maar zijn slimme, oude oogjes lieten Reachers gezicht geen ogenblik los.

'Er is een flinke doorstroom,' zei Reacher. 'Het is hier een constant komen en gaan.'

'Dat zal best,' zei Costello.

'Maar ik zal mijn oren de kost geven,' zei Reacher.

Costello knikte.

'Graag,' zei hij weifelend.

'Wie moet hem hebben?' vroeg Reacher.

'Mijn cliënte,' zei Costello. 'Een zekere mevrouw Jacob.'

Reacher nam een slok water. Die naam zei hem niets. Jacob? Nooit van gehoord.

'Oké, als ik hem zie, zal ik het hem zeggen. Maar verwacht er niet te veel van, want zoveel mensen zie ik niet.'

'Werkt u hier?'

Reacher knikte.

'Ik graaf zwembaden,' zei hij.

Costello keek peinzend, alsof hij wel wist wat zwembaden waren, maar niet goed wist hoe ze tot stand kwamen.

'Bestuur je een graafmachine?'

Reacher schudde glimlachend zijn hoofd.

'Hier doen ze het anders,' zei hij. 'We graven ze met de hand.'

'Met de hand?' herhaalde Costello. 'Bedoel je met een schep?'

'De percelen zijn te klein voor grote machines,' zei Reacher. 'De straten zijn te smal en de bomen te laag. Sla maar een zijstraat van Duval in, dan zie je het zelf.'

Costello knikte weer. Hij leek opeens overtuigd.

'Dan zul je die Reacher waarschijnlijk niet kennen,' zei hij. 'Volgens mevrouw Jacob is hij officier in het leger geweest. Dat ben ik nagegaan en ze had gelijk. Hij was majoor. Onderscheiden nog wel. Hoge pief bij de militaire politie, zeiden ze. Zo'n vent vind je niet gauw met een schep in zijn hand om zwembaden te graven.'

Reacher nam een grote slok water om zijn verbazing te verbergen.

'Wat denk je dan dat hij doet?'

'Hier?' vroeg Costello. 'Ik zou het niet weten. Hotelbeveiliging? Een eigen zaak? Misschien heeft hij een jacht dat hij verhuurt.'

'Wat heeft hij hier überhaupt te zoeken?'

Costello knikte, alsof hij het eens was met een opvatting.

'Precies,' zei hij. 'Wat een rotstad. Maar dat hij hier is, staat vast. Hij is twee jaar geleden uit het leger gestapt, heeft zijn geld op de dichtstbijzijnde bank bij het Pentagon gezet en is verdwenen. Volgens zijn bankrekening heeft hij telegrafisch naar alle windstreken geld over laten maken en daarna is er drie maanden lang geld hiervandaan teruggestort. Dus heeft hij een poosje rondgezworven en zich vervolgens hier gevestigd om wat geld te verdienen. Ik vind hem wel.'

Reacher knikte.

'Moet ik nog rondvragen?'

Costello schudde zijn hoofd. Hij dacht alweer aan zijn volgende stap.

'Laat maar,' zei hij.

Hij verhief zijn zware gestalte en haalde een verfrommeld pakje bankbiljetten uit zijn zak. Hij gooide een briefje van vijf op tafel en liep weg.

'Tot kijk,' riep hij, zonder om te kijken.

Hij liep naar buiten door de ontbrekende wand en liep het felle licht van de middagzon in. Reacher nam een laatste slok water en keek hem na. Tien over vier.

Een uur later slenterde Reacher door Duval Street. Hij dacht na over een andere regeling met zijn bank, een restaurant voor een vroege maaltijd en vroeg zich af waarom hij tegen Costello had gelogen. Zijn eerste conclusie was om de rol bankbiljetten in zijn broekzak te houden als hij was uitbetaald. Zijn tweede conclusie was om de raad van zijn Belgische vriend op te volgen: een flinke biefstuk met ijs toe eten en nog twee flessen water drinken. Zijn derde conclusie was dat hij had gelogen omdat er geen reden was om het niet te doen.

Er was geen reden om door een privédetective uit New York te worden gezocht. Hij had nog nooit in New York, noch enige andere stad in het noorden gewoond. Hij had trouwens nooit ergens echt gewoond. Dat was zijn leven in een notendop. Zo was hij geworden wie hij was. Hij was geboren als zoon van een dienstdoende officier van de mariniers en was vanaf de dag dat zijn moeder hem de kraamafdeling van een Berlijns ziekenhuis uit droeg, de hele wereld over gesleept. Hij had nergens anders gewoond dan in een onafzienbare, vage opeenvolging van militaire bases, waarvan de meeste in verre en onherbergzame delen van de wereld. Vervolgens had hij zelf dienst genomen als rechercheur bij de militaire politie, waarna er opnieuw een zwerftocht langs al diezelfde bases begon totdat zijn eenheid als tol van de vrede werd opgeheven en hij overbodig werd. Daarna was hij naar de Verenigde Staten teruggegaan om een poos als budgettoerist rond te reizen tot hij de uiterste grens van het land had bereikt en het eind van zijn spaargeld in zicht kwam. Hij was een paar dagen gaten gaan graven; die paar dagen waren een paar weken geworden; de weken werden maanden en hij was er nog steeds.

Hij had nergens familieleden die hem een fortuin konden nalaten. Hij was niemand iets schuldig. Hij had nooit iets gestolen en niemand bedrogen. Hij had geen kinderen. Hij stond geregistreerd op een absoluut minimum aan officiële stukken, dus was hij zo goed als onzichtbaar. En hij had nooit iemand gekend die Jacob heette, mevrouw noch meneer. Dat wist hij zeker. Dus wat die Costello ook van hem moest, hij wilde het niet eens weten. Hij had in elk geval niet genoeg belangstelling om zich bekend te maken en ergens bij betrokken te raken.

Onzichtbaar zijn was namelijk een tweede natuur geworden. Ergens voor in zijn hersenen wist hij wel dat het een ingewikkeld soort vervreemdingsreactie op zijn levenssituatie was. Twee jaar geleden was zijn hele bestaan op zijn kop gezet. Hij was van een grote vis in een kleine vijver in een anonymus veranderd. Hij was gedegradeerd van een hooggeplaatst en gewaardeerd lid van een uiterst gestructureerde gemeenschap tot een van de tweehonderdzeventig miljoen naamloze burgers. Van nodig en gewenst tot één te veel. Van een situatie waarin iemand hem opdroeg om elke minuut van elke dag op een bepaalde plek te zijn tot een confrontatie met acht miljoen vierkante kilometer en misschien nog zo'n veertig levensjaren voor de boeg zonder landkaart of reisschema. De voorkant van zijn hersenen zei hem dat zijn reactie logisch maar defensief was: de reactie van iemand die op alleen zijn gesteld is maar bang is voor eenzaamheid. Het maakte hem duidelijk dat het een extreme reactie was en dat hij er voorzichtig mee om moest springen.

Maar het stuk van zijn hersenen dat reptielenbrein heet en zich achter de voorhoofdskwabben bevindt, zei hem dat hij het prettig vond. Hij was gesteld op anonimiteit. Hij hield van zijn geheime bestaan. Het voelde warm, comfortabel en geruststellend. Hij waakte erover. Oppervlakkig gezien was hij een vriendelijk gezelligheidsdier zonder ooit veel van zichzelf prijs te geven. Hij hield ervan contant te betalen en over land te reizen. Hij stond op geen enkele passagierslijst of creditcarduitdraai. In Key West had hij niemand verteld hoe hij heette en had hij op naam van Harry S. Truman een kamer in een goedkoop hotel genomen. Terugbladerend door het gastenboek had hij gemerkt dat hij niet de enige was. Het merendeel van de eenenveertig presidenten had er gelogeerd, zelfs de staatshoofden van wie bijna niemand had gehoord zoals John Tyler en Franklin Pierce. Hij was erachter gekomen dat namen in Key West er niet zoveel toe deden. De mensen wuifden en zeiden hem vriendelijk gedag. Ze gingen er stuk voor stuk van uit dat elk levensboek wel een privéhoofdstuk had. Hij was hier op zijn gemak. Te zeer op zijn gemak om veel haast met opstappen te hebben.

Hij wandelde een uurtje in de drukke warmte en schoot vervolgens een zijstraat in naar een verscholen restaurant met een binnenplaats waar ze hem van gezicht kenden, zijn favoriete mineraalwater hadden en hem een biefstuk zouden serveren die aan twee kanten over zijn bord hing.

De biefstuk werd opgediend met ei en patat en een ingewikkeld mengsel van groenten, en over het ijs lag warme chocoladesaus met nootjes. Hij dronk nog een liter water en twee koppen sterke, zwarte koffie. Hij schoof zijn stoel achteruit en bleef voldaan zitten.

'Genoeg?' glimlachte de serveerster.

Reacher glimlachte terug en knikte.

'Het zit op z'n plek,' zei hij.

'Het staat je goed.'

'Het voelt ook goed.'

Dat was waar. Hij was bijna negenendertig maar

had zich nog nooit zo goed gevoeld. Hij was altijd sterk en in een goede conditie geweest, maar de afgelopen drie maanden had hij een nieuw record bereikt. Hij was een meter negentig en toen hij afzwaaide woog hij honderd kilo. Nadat hij bij de zwembadploeg was begonnen, hadden het werk en de zon er vijf kilo afgevreten, maar de volgende twee maanden had hij dat weer opgebouwd tot honderddertien kilo, en geen grammetje vet. Wat hij aan werk verzette grensde aan het onmogelijke. Hij schatte dat hij dagelijks zo'n vier ton aarde, stenen en zand verplaatste. Hij had een techniek van graven, scheppen, draaien en weggooien ontwikkeld waardoor zijn hele lichaam de hele dag werd getraind. Het resultaat was spectaculair. Hij was donkerbruin van de zon en nog nooit zo in vorm geweest. Als een condoom vol walnoten, had een meisje eens gezegd. Hij schatte dat hij zo'n tienduizend calorieën per dag moest eten om op peil te blijven, nog afgezien van die tien liter water die hij moest drinken.

'Moet je werken vanavond?' vroeg de serveerster.

Reacher lachte. Hij kreeg betaald voor een regime waarvoor de meeste mensen in elke dure fitnessclub in de stad een fortuin zouden neerleggen en straks ging hij naar zijn nachtbaantje: ook iets waar ze hem voor betaalden en dat de meeste mannen graag voor niets zouden doen. Hij was uitsmijter van de toplessbar die Costello had genoemd. Op Duval. Daar zat hij de hele avond met ontbloot bovenlijf gratis te drinken, sterk te zijn en ervoor te zorgen dat de blote meisjes niet werden lastig gevallen. Vervolgens gaf iemand hem daar nog eens vijftig dollar voor.

'Het is zwaar werk,' zei hij. 'Maar iemand moet het doen.'

Het meisje moest ook lachen. Hij rekende af en liep terug naar de hoofdstraat.

Vijfentwintighonderd kilometer naar het noorden, in een kantoor even ten zuiden van Wall Street in New York, stapte de algemeen directeur in de lift om twee verdiepingen te zakken naar het kantoor van de financieel directeur. De twee mannen betraden het kantoor en namen naast elkaar achter het bureau plaats. Het was het soort dure kantoor en dure bureau dat wordt ingericht en betaald als het de zaak voor de wind gaat, en dat vervolgens dienst doet als een kribbig verwijt als het slecht gaat. Het was een kantoor met een verhoogde vloer en donker rozenhout alom, crèmekleurige blinden van linnen voor de ramen, koperen accenten, een gigantisch bureau met een Italiaanse staande lamp en een grote computer die meer had gekost dan nodig was. De computer stond te gloeien en wachtte op een wachtwoord. De directeur tikte het in, drukte op ENTER, en het scherm veranderde in een spreadsheet. Het was de enige spreadsheet die de waarheid over de zaak vertelde. Daarom was hij met een wachtwoord beveiligd.

'Redden we het?' vroeg de directeur.

Het was D-day geweest. De 'D' sloeg op *downsizing*, afslanken. Het hoofd personeelszaken van de productieafdeling op Long Island was sinds acht uur die ochtend in de weer geweest. Zijn secretaresse had een lange rij stoelen opgescharreld en in de gang voor zijn kantoor gezet, en die stoelen waren bezet door een lange rij mensen. Die mensen hadden het grootste deel van de dag zitten wachten. Om de vijf minuten waren ze een plaats opgeschoven om uiteindelijk het kantoor van de chef personeelszaken in te gaan voor een gesprekje van vijf minuten dat een eind maakte aan hun kostwinning, dank je wel en het ga je goed.

'Redden we het?' herhaalde de directeur.

De financieel directeur schreef grote getallen op een vel papier. Hij trok het ene van het andere af, keek op de kalender en haalde zijn schouders op.

'Theoretisch wel,' zei hij. 'Maar in de praktijk niet.'

'Niet?' herhaalde de directeur.

'Het is de tijdsfactor,' zei de FD. 'We hebben de juiste maatregelen getroffen op productie, dat zeker. Tachtig procent van de mensen naar huis bespaart negentig procent op de lonen, want we houden alleen de goedkope krachten. Maar we hebben ze allemaal tot het eind van de volgende maand betaald. Dus pas over zes weken plukken we de financiële vruchten. En nu wordt de geldstroom nog veel dunner, want die klojo's zijn allemaal bezig hun cheque voor zes weken inkomen te verzilveren.'

De directeur knikte zuchtend.

'Hoeveel hebben we dan nodig?'

De FD gebruikte de muis en zoomde in op een venster.

'Eén komma één miljoen dollar,' zei hij. 'Voor zes weken.'

'De bank?'

'Vergeet het maar,' zei de FD. 'Ik kruip daar elke dag in iemands kont, alleen maar om nog even te behouden wat we ze al schuldig zijn. Als ik om meer vraag, lachen ze ons vierkant uit.'

'Er zijn ergere dingen,' zei de directeur.

'Daar gaat het niet om,' zei de FD. 'Waar het wel om gaat, is het volgende. Als ze er lucht van krijgen dat het nog steeds niet goed gaat, zullen ze die leningen invorderen voordat je pap kunt zeggen.'

De directeur trommelde met zijn vingers op het rozenhout en haalde zijn schouders op.

'Ik verkoop wel een stel aandelen,' zei hij.

De FD schudde zijn hoofd.

'Kan niet,' zei hij geduldig. 'Als jij je aandelen op de markt gooit, dondert de prijs omlaag. De aandelen zijn onderpand voor de bestaande leningen en als die nog waardelozer worden, gaan ze morgen executeren.'

'Godverdomme,' zei de directeur. 'Het is maar voor zes weken. Ik ga dit allemaal niet verspelen voor zes klereweken. Niet voor zo'n schamele miljoen dollar. Dat is niks.'

'Maar wel niks dat we niet hebben.'

'We moeten het toch ergens kunnen halen?'

De FD gaf geen antwoord. Maar zijn houding gaf wel aan dat hij nog iets te zeggen had.

'Nou?' vroeg de directeur.

'Ik heb wat gehoord,' zei hij. 'Een paar bekenden hebben er iets over gezegd. Misschien kunnen we wel ergens aankloppen. Voor zes weken kan het misschien de moeite waard zijn. Zoiets als een laatste-strohalm-financier.'

'Betrouwbaar?'

'Blijkbaar,' zei de FD. 'Ziet er erg degelijk uit. Ze hebben een groot kantoor in het World Trade Center. Ze zijn gespecialiseerd in dit soort gevallen.'

De algemeen directeur keek nijdig naar het scherm. 'Hoezo, dit soort gevallen?'

'Zoals wij,' zei de FD. 'Zaken die hun schaapjes bijna op het droge hebben met een bank die te krenterig is om dat in te zien.'

De directeur knikte en keek om zich heen. Het was een schitterend kantoor. En zijn eigen kantoor twee verdiepingen hoger in een hoek van het gebouw was nog mooier.

'Oké,' zei hij. 'Doe maar.'

'Ik kan het niet doen,' zei de FD. 'Die lui doen geen zaken onder het niveau van de algemeen directeur. Jij zult het moeten doen.'

De avond in de toplessbar begon rustig. Het was een avond halverwege de week in juni: veel te laat voor overwinteraars en lentegasten, en te vroeg voor de zomergasten die hier kwamen sudderen. Hoogstens zo'n veertig gasten over de hele avond; twee meisje stonden achter de bar, drie meisjes dansten op het podium. Reacher keek naar een vrouw die Crystal heette. Hij nam aan dat ze niet echt zo heette, maar dat had hij nooit gevraagd. Ze was de beste. Ze verdiende een stuk meer dan Reacher ooit als majoor bij de militaire politie had verdiend. Een deel van haar inkomsten ging op aan een oude, zwarte Porsche. Die hoorde Reacher wel eens in het begin van de middag grommend en blaffend rondjes rijden in de buurt van zijn werk.

De bar was een langwerpig en smal vertrek op een eerste verdieping met een plankier en een rond podiumpje met een paal van glanzend chroom. Om de plankier en het podium stond een rij stoelen. Bijna overal waren spiegels en waar ze niet zaten, was de muur matzwart. De hele tent sidderde van de denderende muziek uit een zestal luidsprekers met voldoende vermogen om de herrie van de airconditioning te overstemmen.

Reacher zat met zijn rug tegen de bar een eindje naar binnen. Net dicht genoeg bij de deur om direct te worden gezien en ver genoeg in de zaak om de klanten niet te laten vergeten dat hij er was. Het meisje dat Crystal heette was net klaar met haar derde optreden en ging met een onschuldig type naar achteren voor een privévertoning van twintig dollar, toen Reacher twee mannen boven aan de trap zag verschijnen. Vreemdelingen uit het noorden. Jaar of dertig, fors gebouwd, bleek. Dreigend. Zware jongens uit het noorden in een pak van duizend dollar en glimmende schoenen. Ze waren kennelijk in grote haast naar het zuiden gekomen, maar droegen nog steeds hun stadse kantoorkleren. Ze stonden aan de balie te kibbelen over de entreeprijs van drie dollar. Het baliemeisje keek bezorgd Reachers kant op. Hij gleed van zijn kruk. Liep erheen.

'Problemen, heren?' vroeg hij.

Hij had een staaltje gegeven van wat hij zijn 'studentenloopje' noemde. Hij had gemerkt dat studenten met een curieus gespannen, ietwat manke beweging liepen. Vooral in hun zwembroek op het strand. Alsof ze zo vreselijk gespierd waren dat hun ledematen niet normaal functioneerden. Hij vond het bij tieners van zestig kilo nogal bespottelijk, maar was erachter gekomen dat het er bij iemand van een meter negentig en honderddertien kilo vrij angstaanjagend uitzag. Het studentenloopje hoorde bij het gereedschap van zijn nieuwe werk. Effectief gereedschap. De twee knapen in hun pak van duizend dollar leken in elk geval redelijk onder de indruk.

'Problemen?' herhaalde hij.

Dat ene woord was doorgaans voldoende. De

meeste mannen bonden dan al in. Maar deze twee niet. Van dichtbij voelde hij iets om hen heen. Een combinatie van dreiging en zelfvertrouwen. Misschien ook iets arrogants. Het wekte het vermoeden dat ze meestal hun zin kregen. Maar ze waren ver van huis. Ver genoeg ten zuiden van hun territorium om op hun tellen te passen.

'Geen problemen, Tarzan,' zei de linker.

Reacher glimlachte. Hij had al heel wat bijnamen gekregen, maar deze was nieuw.

'Drie dollar om naar binnen te komen. Of je kunt gratis de trap weer af.'

'We willen alleen maar iemand spreken,' zei de rechtse man.

Ze hadden allebei een accent. Ergens uit New York. Reacher haalde zijn schouders op.

'We praten hier niet veel,' zei hij. 'De muziek is te hard.'

'Hoe heet jij?' vroeg de linker.

Reacher glimlachte weer.

'Tarzan,' zei hij.

'We zoeken iemand die Reacher heet,' zei de man. 'Jack Reacher. Ken je hem?'

Reacher schudde zijn hoofd.

'Nooit van gehoord,' zei hij.

'Dus nu moeten we even met de meisjes praten,' zei de man. 'We hebben namelijk gehoord dat zij hem misschien kennen.'

Reacher schudde zijn hoofd weer.

'Ze kennen hem niet.'

De man rechts keek langs Reacher de smalle ruimte in. Hij keek naar de meisjes achter de bar. Hij stelde vast dat Reacher de enige bewaking was.

'Oké, Tarzan, opzij,' zei hij. 'We gaan nu naar binnen.'

'Kun je lezen?' vroeg Reacher. 'Moeilijke woorden en zo?'

Hij wees naar een bordje boven de balie. Grote letters in giftige kleuren op een zwarte achtergrond. Er stond DE DIRECTIE BEHOUDT ZICH HET RECHT VOOR OM DE TOEGANG TE WEIGEREN.

'Ik ben de directie,' zei Reacher. 'Ik weiger jullie de toegang.'

De man keek van het bord naar Reacher.

'Wil je soms een vertaling?' vroeg Reacher. 'Woorden van één lettergreep? Er staat: ik baas, jij weg.'

'Spaar je adem, Tarzan,' zei de man.

Hij wilde naar binnen lopen en Reacher liet hem langszij komen. Daarna hief hij zijn linkerhand en greep de man bij zijn elleboog. Hij drukte het gewricht met zijn handpalm recht en begroef zijn vingers in het zachte zenuwweefsel aan de onderkant van 's mans triceps. Dat geeft het gevoel alsof er voortdurend op je telefoonbotje wordt geslagen. De man danste rond alsof hij onder stroom stond.

'Naar beneden,' zei Reacher zacht.

De andere man was druk bezig zijn kansen af te wegen. Reacher zag het hem doen en besefte dat het tijd was om de kaarten op tafel te leggen. Hij hief zijn rechterhand op ooghoogte om aan te geven dat die niets te doen had en gaarne in actie wilde komen. Het was een enorme bruine hand met een laag eelt van het scheppen. De boodschap kwam over. De man haalde zijn schouders op en begon de trap af te dalen. Reacher duwde zijn makker achter hem aan.

'We komen wel terug,' zei de man.

'Neem al je vrienden maar mee,' zei Reacher. 'Drie dollar de man om binnen te komen.'

Hij maakte aanstalten om weer naar binnen te lopen. De danseres die Crystal heette stond vlak achter hem.

'Wat moesten ze?' vroeg ze.

Hij haalde zijn schouders op.

'Ze zochten iemand.'

'Heet die iemand soms Reacher?'

Hij knikte.

'Dat is dan de tweede keer vandaag,' zei ze. 'Er is ook een oude man geweest. Hij betaalde wel. Wil je erachteraan? Om te kijken wat ze precies willen?'

Hij aarzelde. Ze trok zijn overhemd van de barkruk en reikte het aan.

'Toe maar,' zei ze. 'Wij redden het hier wel een poosje. Het is rustig.'

Hij nam het overhemd aan. Trok de binnenstebuiten gekeerde mouwen naar buiten.

'Bedankt, Crystal,' zei hij.

Hij trok zijn overhemd aan en deed de knoopjes dicht. Liep naar de trap.

'Tot je dienst, Reacher,' riep ze hem na.

Hij draaide zich met een ruk om, maar ze was alweer op weg naar het podium. Hij wierp een nietszeggende blik op het meisje achter de balie en ging naar beneden.

Om elf uur 's avonds is Key West op zijn levendigst. Een deel van de mensen is al halverwege de avond, voor anderen begint hij pas. Duval is de hoofdstraat en loopt van oost naar west over de hele lengte van het eiland in een zee van licht en lawaai. Reacher was niet bang dat de mannen hem ergens op Duval zouden opwachten. Veel te druk. Als ze op wraak zonnen, zouden ze wel een stillere plek uitkiezen. Keus genoeg. Als je van Duval afslaat, wordt het heel gauw stil. Vooral aan de noordkant. Het is een miniatuurstadje. De huizenblokken zijn erg klein. Het was maar een kleine wandeling naar wat Reacher de buitenwijken noemde, waar hij zwembaden groef in de achtertuintjes van kleine huisjes. De straatverlichting krijgt iets willekeurigs en het kabaal van het uitgaansleven wordt langzaam maar zeker overstemd door het indringende gesnerp van nachtelijke insecten. De geur van bier en rook maakt plaats voor het koppige aroma van tropische planten die in tuinen bloeien en rotten.

Hij liep in een soort spiraal door de duisternis.

Hij sloeg op goed geluk af en zwierf door de stille buurten. Niemand. Hij liep midden op straat. Als iemand zich in een portiek schuilhield, wilde hij hen eerst drie tot vijf meter open ruimte laten overbruggen. Hij was niet bang om beschoten te worden. De mannen hadden geen pistool bij zich. Dat zag je aan hun pak. Te strak om wapens in te verbergen. En die pakken zeiden ook dat ze in grote haast naar het zuiden waren gekomen. Ze hadden gevlogen. Het valt niet mee om met een pistool op zak een vliegtuig in te komen.

Na een paar kilometer gaf hij het op. Het was een klein stadje, maar nog altijd groot genoeg voor twee mannen om in te verdwijnen. Hij sloeg links af langs de rand van het kerkhof en liep weer in de richting van de herrie. Op de stoep tegen het hek van harmonicagaas lag een man. Roerloos, met armen en benen uit elkaar. Niets ongewoons voor Key West, maar iets klopte er niet. En hij had iets bekends. Wat er niet klopte was zijn arm. Die zat klem onder zijn lichaam. De schouderzenuwen zouden voldoende protesteren om iemand uit zijn zwaarste roes te wekken. Wat hem bekend voorkwam, was de bleke glans van het oude beige jasje. De bovenste helft van de man was licht, de onderste donker. Beige jasje, grijze broek. Reacher bleef staan en keek om zich heen. Hij liep naar de man op de grond en hurkte naast hem.

Het was Costello. Zijn gezicht was onherkenbaar

verminkt. Een masker van bloed. Er liepen korstige bruine stroompjes over de hele blauwwitte driehoek stadshuid achter zijn open hals. Reacher voelde achter zijn oor of er nog iets van een hartslag was. Niets. Hij voelde de huid met de rug van zijn hand. Koel. Geen rigor mortis, maar aan de andere kant was het een warme avond. De man was misschien een uur dood.

Hij voelde in het jasje. De dikke portefeuille was verdwenen. Toen zag hij de handen. De vingertoppen waren eraf gesneden. Alle tien. Vlugge, efficiënte, schuine japen met iets heel scherps. Geen scalpel. Misschien een stanleymes.

2

'Mijn schuld,' zei Reacher.

Crystal schudde haar hoofd.

'Jij hebt die vent toch niet vermoord?' zei ze.

Toen keek ze hem vlug aan. 'Of wel soms?'

'Dankzij mij is hij eraan gegaan,' zei Reacher. 'Maakt dat wat uit?'

De bar was om één uur dichtgegaan en ze zaten naast elkaar bij het lege podium. Lichten en muziek waren uit. Er was helemaal geen geluid, behalve het gezoem van de airconditioning die op een laag pitje de ranzige rook en de zweetlucht de stille nachtlucht van de Keys in blies.

'Ik had het hem moeten zeggen,' zei Reacher. 'Ik had hem gewoon moeten zeggen: ja hoor, ik ben Jack Reacher. Dan had hij gezegd wat hem was opgedragen, was hij nu alweer thuis geweest en had ik het alsnog naast me neer kunnen leggen. Dat had me niets gekost en hij zou nog in leven zijn.'

Crystal droeg een wit T-shirt. Verder niets. Het was een lang T-shirt, maar net niet lang genoeg. Reacher keek niet naar haar.

'Wat kan jou het schelen?' vroeg ze.

Echt een vraag voor de Keys. Niet hardvochtig, alleen verbaasd dat hij in zijn maag zat met een vreemdeling uit een ander land. Hij keek haar aan.

'Ik voel me verantwoordelijk,' zei hij.

'Nee, je voelt je schuldig,' zei ze.

Hij knikte.

'Nou, dat is nergens voor nodig,' zei ze. 'Jij hebt hem niet vermoord.'

'Maakt dat wat uit?' herhaalde hij.

'Natuurlijk maakt dat wat uit,' zei ze. 'Wie was hij?'

'Een privédetective,' zei hij. 'Hij zocht naar mij.'

'Waarom?'

Hij schudde zijn hoofd.

'Geen idee,' zei hij.

'Hoorden die andere gasten bij hem?'

Hij schudde weer zijn hoofd.

'Nee,' zei hij. 'Die andere gasten hebben hem vermoord.'

Ze keek hem geschrokken aan. 'Echt?'

'Dat denk ik,' zei hij. 'Ze hoorden niet bij elkaar, dat staat vast. Ze waren jonger en rijker dan hij. Die kleren? Die dure pakken? Ze leken me niet zijn ondergeschikten. Hoe dan ook, hij leek me een einzelgänger. Dus die twee werken voor iemand anders. Waarschijnlijk hadden ze opdracht om hem hiernaartoe te volgen en erachter te komen wat hij uitspookte. Hij moet daar in het noorden op iemands tenen hebben gestaan of die persoon in moeilijkheden hebben gebracht. Dus zijn ze hem gevolgd. Ze hebben hem te pakken gekregen en zo bewerkt dat hij vertelde wie hij zocht. Vervolgens zijn zij ook naar mij op zoek gegaan.'

'Hebben ze hem vermoord om achter jouw naam te komen?'

'Daar lijkt het wel op,' zei hij.

'Ga je dat tegen de politie zeggen?'

Ook zo'n typische Keys-vraag. De politie ergens bij halen was een onderwerp voor een lange, serieuze discussie. Voor de derde keer schudde hij zijn hoofd.

'Nee,' zei hij.

'Ze zullen hem traceren en dan gaan ze ook achter jou aan.'

'Niet direct,' zei hij. 'Op het lichaam zit geen identificatiebewijs. En ze kunnen ook geen vingerafdrukken maken. Het kan wel weken duren voordat ze erachter komen wie hij was.'

'Dus wat ga je nu doen?'

'Ik ga die mevrouw Jacob zoeken,' zei hij. 'De cliënte. Die zoekt mij.'

'Ken je haar?'

'Nee, maar ik wil haar wel te pakken krijgen.'

'Waarom?'

Hij haalde zijn schouders op.

'Ik wil weten wat er aan de hand is.'

'Waarom?' herhaalde ze.

Hij stond op en keek naar haar via een van de wandspiegels. Hij voelde zich opeens erg rusteloos. Plotseling wilde hij maar al te graag terugkeren naar de werkelijkheid.

'Dat weet je best,' zei hij. 'Die vent is vermoord om iets wat met mij te maken heeft, dus dat maakt me toch medeplichtig?'

Ze strekte een lang bloot been op de stoel waaruit hij net was opgestaan. Dacht na over zijn gevoel van betrokkenheid alsof het om de een of andere duistere liefhebberij ging. Niet verboden, maar raar. Zoiets als volksdansen.

'Goed, maar hoe ga je het aanpakken?'

'Ik ga naar zijn kantoor,' zei hij. 'Misschien had hij een secretaresse. Op z'n minst zullen er paperassen zijn. Telefoonnummers, adressen, afspraken met cliënten. Die mevrouw Jacob was waarschijnlijk zijn laatste zaak. Zij zal wel bovenop liggen.'

'Waar is dat kantoor dan?'

'Ik weet het niet,' zei hij. 'Zo te horen kwam hij uit New York. Ik weet hoe hij heet en ik weet dat hij een ex-politieman was. Een ex-politieman die Costello heette en een jaar of zestig oud was. Die heb ik zo.'

'Een oud-politieman?' vroeg ze. 'Hoe weet je dat?'

'Dat zijn de meeste privédetectives toch?' vroeg hij. 'Ze gaan vroeg met pensioen en hebben geen cent te makken. Ze hangen een bordje op de deur, beginnen een eenmansbureautje en doen scheidingen en vermiste personen. Bovendien wist hij alle bijzonderheden van mijn bankrekening. Daar kom je niet achter, behalve als een vriendje bij de politie je nog een wederdienst verschuldigd is.'

Ze glimlachte. Haar belangstelling was een beetje gewekt. Ze kwam naast hem aan de bar staan. Vlak naast hem, met haar heup tegen zijn dij.

'Hoe weet je al die ingewikkelde dingen?'

Hij luisterde naar het zuigende geluid van de luchtafvoer.

'Ik ben zelf opsporingsambtenaar geweest,' zei hij. 'Bij de militaire politie. Dertien jaar lang. Ik was vrij goed. Ik ben niet zomaar een dom blondje.'

'Je bent niet eens blond, dus verbeeld je maar niets. Wanneer begin je?'

Hij keek om zich heen in het donkere vertrek.

'Nu meteen maar, denk ik. Er gaat vast wel een vroege vlucht uit Miami.'

Ze glimlachte weer. Ditmaal met iets van argwaan.

'En hoe wil je naar Miami?' vroeg ze. 'Op dit tijdstip?'

Hij glimlachte terug. Zonder een spoor van twijfel.

'Jij brengt me erheen,' zei hij.

'Heb ik nog tijd om wat aan te trekken?'

'Alleen je schoenen,' zei hij.

Hij liep met haar mee naar de garage waar haar Porsche stond. Hij trok de roldeur open; zij stapte in en startte. Langzaam reed ze de driekwart kilometer in noordelijke richting naar zijn hotel om de motor warm te laten draaien. De grote banden protesteerden stug tegen het slechte wegdek en hotsten door de gaten. Ze stopte tegenover het neonlicht van de hotelreceptie en wachtte. De motor bleef in een hoog toerental draaien omdat de choke nog uitgetrokken stond. Hij deed het portier open en vervolgens weer zachtjes dicht.

'Rijen maar,' zei hij. 'Er is daar niets wat ik mee wil nemen.'

Ze knikte in de gloed van het dashboard.

'Oké, in de riemen,' zei ze.

Ze tikte de pook in z'n een en reed de stad door. Kruiste met een kalm gangetje over North Roosevelt Drive. Ze controleerde de meters en zwaaide linksaf de grote weg op. Schakelde de radardetector in. Gaf plankgas en de achterkant van de wagen dook omlaag. Reacher werd naar achteren in het leer gedrukt alsof hij Key West per straaljager verliet.

Ze bleef de hele weg naar Key Largo boven de honderdvijftig rijden. Reacher genoot. Ze reed geweldig. Soepel en ontspannen. Ze schakelde snel, hield de motor op een hoog toerental en het wagentje midden op de rijstrook, en in de bochten maakte ze handig gebruik van de wet van de middelpuntvliedende kracht om als een speer de rechte stukken op te schieten. Ze reed met een glimlach om de lippen en haar gave gezicht werd verlicht door het rode licht van het dashboard. Geen gemakkelijke auto om hard mee te rijden. De zware motor hangt achter de achteras, klaar om als een gemene pendel uit te zwaaien en een chauffeur die langer dan een fractie van een seconde aarzelt de das om te doen. Maar ze aarzelde niet. Ze vrat even hard kilometers als een vliegtuigje.

Daarna begonnen de radardetectors te piepen en een paar kilometer verderop verschenen de lichtjes van Key Largo. Ze trapte op de rem, reed met een diep geronk door de stad, gaf vervolgens weer vol gas en spoot in noordelijke richting naar een donkere horizon. Een scherpe bocht naar links over een brug en ze waren op het vasteland van Noord-Amerika. Ze koersten via een vlakke rechte weg door het moeras op een plaats af die Homestead heette. Vervolgens met een scherpe bocht de snelweg op, de hele weg topsnelheid, radardetectors op maximale gevoeligheid en even voor vijf uur waren ze bij de vertrekhal van het vliegveld van Miami. Ze bracht de wagen soepel tot stilstand in de afzetstrook en wachtte zonder de motor af te zetten.

'Nou, bedankt voor de rit,' zei Reacher.

Ze glimlachte.

'Het was me een waar genoegen,' zei ze. 'Heus.'

Hij deed het portier open en bleef even vooruit zitten staren.

'Oké,' zei hij. 'Tot ziens dan maar, denk ik.'

Ze schudde haar hoofd.

'Nee hoor,' zei ze. 'Mannen als jij komen nooit terug. Je gaat weg en komt niet terug.'

Hij bleef in de warme auto zitten. De motor plopte en gorgelde. De knalpotten tikten van het afkoelen. Ze boog zich naar hem toe. Drukte de koppeling in en schoof de pook in z'n één zodat ze meer ruimte had. Ze sloeg haar arm om zijn nek en drukte haar lippen hard op de zijne.

'Vaarwel, Reacher,' zei ze. 'Ik ben blij dat ik tenminste je naam weet.'

Hij beantwoordde haar kus lang en krachtig.

'Hoe heet jij dan?' vroeg hij.

'Crystal,' lachte ze.

Hij lachte ook en hees zich uit de auto. Ze boog zich opzij om het portier achter hem dicht te trekken. Gaf gas en reed weg. Op een verlaten stoep keek hij haar na. Ze reed om een hotelbus heen en was weg. Drie maanden van zijn leven waren even snel verdwenen als haar uitlaatgas.

Omstreeks die tijd, 's ochtends om vijf uur, lag de algemeen directeur tachtig kilometer ten noorden van New York klaarwakker in bed naar het plafond te staren. Het was pas geverfd. Het hele huis was net geverfd. De schilders hadden hem meer gekost dan het merendeel van zijn werknemers in een jaar verdiende. Eigenlijk had hij ze niet eens betaald. Hij had de factuur doorgesluisd naar kantoor en de firma had betaald. De uitgave stond ergens op de geheime spreadsheet als onderdeel van een getal van zeven cijfers voor gebouwenonderhoud. Een bedrag van zeven cijfers aan de debetkant van de balans, waardoor de zaken omlaag werden getrokken zoals een zware lading een hellend schip tot zinken brengt. Als de druppel die de emmer doet overlopen.

Hij heette Chester Stone. Zijn vader had ook Chester Stone geheten, net als zijn grootvader. Zijn grootvader was de zaak begonnen in een tijd dat een spreadsheet een grootboek heette en met een vulpen werd ingevuld. Zijn opa's grootboek had zwaar naar credit geheld. Hij was een klokkenmaker die bijtijds de aantrekkingskracht van de bioscoop had voorzien. Hij had zijn vakkennis aangewend om met radertjes en andere ingewikkelde kunstgrepen een projector te bouwen. Hij had een partner aangetrokken die in Duitsland grote lenzen kon laten slijpen. Samen hadden ze de markt beheerst en een fortuin binnengehaald. De partner was jong en zonder erfgenamen gestorven. De bioscoop was in één klap een succes in alle staten van Amerika. Honderden bioscopen. Honderden projectors. Daarna duizenden. Vervolgens tienduizenden. Toen kwam het geluid. Daarna de Cinemascope. Zeer grote bedragen aan de creditkant van het grootboek.

Toen kwam de televisie. Bioscopen gingen dicht en de bioscopen die open bleven, draaiden op hun oude apparatuur tot die uit elkaar viel. Zijn vader, Chester Stone II, nam de touwtjes in handen. Spreiding. Hij keek naar de aantrekkingskracht van *home movies*. De 8 mm-projectors. Precisiecamera's. Het levendige tijdperk van Kodachrome. Zapruder. De nieuwe fabriek. Op de trage, brede band van een van de jongste IBM-computers tikten grote winsten aan.

Daarna maakte de film een comeback. Zijn vader overleed en de jonge Chester Stone III nam het roer over. Megabioscopen alom. Vier projectors, zes, twaalf, of zestien waar er voorheen maar één had gedraaid. Toen stereo. Vijf kanalen, Dolby, Dolby Digitaal. Rijkdom en succes. Zijn huwelijk. De verhuizing naar de villa. De auto's.

Vervolgens de video. De 8 mm-amateurfilms konden geen radicalere dood sterven. Daarna kwam de concurrentie. Wurgende offertes van nieuwe ondernemingen in Duitsland, Japan, Korea en Taiwan die het kleed met de megabioscopen onder hem vandaan trokken. De radeloze zoektocht naar alles wat er maar uit stukjes plaatijzer en aan precisieapparatuur gewrocht kon worden. Het afgrijselijke besef dat mechanische apparatuur verleden tijd was. De explosie van getransistoriseerde microchips, RAM en hardware voor computerspelen. Megawinsten met dingen waarvan hij geen flauw benul had hoe hij ze moest maken. Enorme tekorten stapelden zich op in de geruisloze software van zijn pc.

Zijn vrouw naast hem bewoog zich in haar slaap. Haar ogen gingen open en ze keek naar links en naar rechts: eerst naar de klok en daarna naar haar man. Ze zag hem naar het plafond staren.

'Kun je niet slapen?'

Hij gaf geen antwoord. Ze draaide haar gezicht af. Ze heette Marilyn. Marilyn Stone. Ze was al een hele poos met Chester getrouwd. Lang genoeg om het te weten. Ze wist het allemaal. Niet de bijzonderheden, geen harde feiten of inside-informatie. Maar toch wist ze alles. Hoe kon het ook anders? Ze beschikte over ogen en hersenen. Het was een tijd geleden dat ze de producten van haar man trots in iedere winkel geëtaleerd had gezien. Het was al een hele poos geleden dat de eigenaar van een megabioscoop hen had gefêteerd om een nieuwe aankoop te vieren. Ook was het lang geleden dat Chester een hele nacht goed had geslapen. Daarom wist ze het.

Maar het kon haar niets schelen. In voor- en in tegenspoed, dat had ze beloofd en ze meende het.

Rijk was leuk, maar arm kon dat ook zijn. Niet dat ze ooit armoe zouden lijden, zoals andere mensen arm waren. Verkoop het huis, liquideer de hele bliksemse boel en ze zouden het nog altijd heel wat beter hebben dan ze ooit had verwacht. Ze waren nog jong. Nou ja, niet jong, maar ook niet oud. Ze hadden hobby's. Ze hadden elkaar. Chester was de moeite waard. Grijs, maar nog altijd slank en sterk. Ze hield van hem. Hij hield van haar. En zij was ook nog de moeite waard. Dat wist ze. Ruim veertig, maar geestelijk nog geen dertig. Nog altijd slank en blond, nog altijd opwindend. Avontuurlijk. Nog steeds in alle opzichten de moeite waard. Het zou allemaal goed komen. Marilyn Stone haalde diep adem en rolde op haar zij. Ze nestelde zich in het matras en viel weer in slaap. Het was halfvijf en haar man lag doodstil naast haar naar het plafond te staren.

Reacher stond in de vertrekhal. Hij ademde ingeblikte lucht, zijn bruine huid was geel van het neonlicht, hij hoorde een tiental gesprekken in het Spaans en keek naar een monitor. Zoals verwacht stond New York boven aan de lijst. De eerste vlucht van die dag was over een halfuur met Delta naar LaGuardia via Atlanta. De tweede vlucht was met Mexicana; die ging naar het zuiden. De derde was met United; die ging ook naar LaGuardia, maar rechtstreeks. Over een uur. Hij liep naar de balie van

United. Informeerde naar de prijs van een enkeltje. Knikte en liep weer weg.

Hij liep naar de wc en ging voor de spiegel staan. Haalde het bundeltje bankbiljetten uit zijn zak en pelde er het bedrag af dat hij zojuist had gehoord, in de kleinste coupures. Daarna knoopte hij zijn hemd dicht en streek hij zijn haar glad. Liep vervolgens naar de Deltabalie.

De prijs van het ticket was hetzelfde als bij United. Dat wist hij al. Op de een of andere manier is dat altijd zo. Hij telde het bedrag uit in briefjes van een, vijf en tien. Het meisje achter de balie nam ze aan, streek de biljetten glad en legde ze op coupure.

'Uw naam, meneer?'

'Truman,' zei Reacher. 'Net als die president.'

Het meisje keek hem niet begrijpend aan. Waarschijnlijk in het buitenland geboren in Nixons najaren of ergens in Carters begintijd. Het kon Reacher niets schelen. Zelf was hij in Kennedy's beginjaren in het buitenland geboren. Hem hoorde je niet. Voor hem was Truman ook prehistorie. Het meisje tikte de naam op haar scherm en het vliegbewijs werd geprint. Ze stopte het in een mapje met een rood-blauwe wereldbol, daarna haalde ze het er weer uit.

'Ik kan u meteen inchecken,' zei ze.

Reacher knikte. De moeilijkheid met contante betalingen – vooral op Miami International – is de strijd tegen de drugs. Als hij rechtstreeks op de balie was afgestevend en zijn stapeltje honderdjes te voorschijn had getrokken, was het meisje genoopt geweest op een geheim knopje op de grond onder haar toonbank te drukken. Daarna zou ze met haar toetsenbord hebben gespeeld tot de politie van links en rechts aan zou komen zetten. De politie zou een grote gebruinde vent met een dikke stapel bankbiljetten zien en hem direct voor een drugskoerier verslijten. De strategie is natuurlijk op de drugs gericht, maar ook op het geld. Ze laten het je niet op de bank zetten en evenmin uitgeven zonder zenuwachtig te worden. Ze nemen aan dat fatsoenlijke burgers voor grote uitgaven plastic kaartjes gebruiken. Vooral om te reizen. Vooral op het vliegveld, twintig minuten voor vertrek. Die veronderstelling zou tot vertraging, gelazer en papierwerk leiden, en dat waren nu net de drie dingen die Reacher graag wilde vermijden. Dus had hij een nauwgezet toneelstukje ingestudeerd. Hij zorgde ervoor dat hij eruitzag als iemand die niet eens een creditcard zou kunnen krijgen, al zou hij het willen. Als een randfiguur, een mislukkeling zonder middelen. Zijn overhemd helemaal dichtknopen en heel voorzichtig de bankbiljetten uittellen, dat deed het 'm. Het bezorgde hem iets verlegens en gegeneerds. Hij won er de sympathie van baliemedewerkers mee. Die waren stuk voor stuk onderbetaald en worstelden ook met geblokkeerd plastic. Dus als ze opkeken, zagen ze gewoon iemand die er nog net iets erger aan toe was dan zij, en dan was mededogen de instinctieve reactie in plaats van argwaan.

'Gate B6, meneer,' zei het meisje. 'Ik heb u een stoel aan het raam gegeven.'

'Bedankt,' zei Reacher.

Hij ging naar de gate en een kwartier later joeg hij over de landingsbaan met zo'n beetje hetzelfde gevoel als in Crystals Porsche. Alleen had hij heel wat minder beenruimte en was de stoel naast hem leeg.

Om zes uur gaf Chester Stone het op. Een halfuur voordat de wekker af zou gaan, zette hij hem uit en gleed hij stilletjes uit bed om Marilyn niet wakker te maken. Hij nam zijn ochtendjas van de haak en liep vervolgens zachtjes de slaapkamer uit en de trap af naar de keuken beneden. Hij had te veel maagzuur om aan ontbijt te denken, dus zette hij koffie en ging vervolgens naar de douche in de gastenkamer waar het niet erg was als hij herrie maakte. Hij wilde Marilyn laten slapen, en ook wilde hij niet dat ze wist dat het hem niet lukte. Elke nacht werd ze wakker en zei ze iets over de manier waarop hij daar lag, maar ze kwam er nooit op terug, dus nam hij aan dat ze het zich de volgende ochtend niet herinnerde, of dacht dat ze had gedroomd. Hij wist vrij zeker dat ze van niets wist. En zo wilde hij het graag houden, want dat hij problemen had was al erg genoeg zonder dat zij zich ook nog eens zorgen zou gaan maken.

Hij schoor zich en onder het douchen dacht hij na

over hoe hij zich zou kleden en wat hij moest doen. In feite zou hij die vent praktisch op zijn knieën benaderen. Een geldschieter voor de radelozen. Zijn laatste strohalm, zijn laatste kans. Iemand die zijn toekomst kon maken of breken. Dus hoe moest je zo iemand benaderen? Niet op je knieën. Zo werd het zakenspel niet gespeeld. Als je de indruk wekt dat je die lening echt moet hebben, krijg je hem niet. Je krijgt hem alleen als je doet alsof je hem niet echt nodig hebt. Alsof het iets is waaraan je je weinig gelegen laat liggen. Alsof je er nog over twijfelt of je de man wel aan boord zult nemen om hem een brokje te gunnen van de opwindende megawinsten die vlak om de hoek op je liggen te wachten. Alsof de beslissing wiens kredietofferte je een blik waardig zult keuren in feite je grootste probleem is.

Een wit overhemd natuurlijk, en een rustige das. Maar welk pak? De Italianen waren misschien een tikje te opvallend. Dus niet de Armani. Hij moest serieus overkomen. Natuurlijk rijk genoeg om tien Armani's te kopen, maar op de een of andere manier te serieus om zoiets maar bij je op te laten komen. Te serieus en te zeer in beslag genomen door belangrijke zaken om op Madison Avenue te winkelen. Hij besloot dat hij de nadruk op zijn voorgeslacht moest leggen. Een ononderbroken erfenis van zakelijk succes die drie generaties overspande. Misschien moest hij dat in een dynastieke benadering van zijn kleding tot uitdrukking brengen. Alsof zijn grootvader zijn vader aan zijn kleermaker had voorgesteld, en deze dat op zijn beurt met hem had gedaan. Hij dacht aan zijn Brooks Brothers-pak. Oud, maar mooi; onopvallend ruitje, splitjes, ietsje te warm voor juni. Zou de Brooks Brothers een slimme dubbele bluf zijn? Alsof hij zeggen wilde: ik ben zo rijk en succesvol dat het er niet echt toe doet wat ik aantrek? Of zou hij als een mislukkeling overkomen?

Hij trok het van het rek en hield het tegen zijn lichaam. Klassiek maar sjofel. Hij zag er inderdaad uit als een mislukkeling. Hij hing het weer op. Probeerde het grijze Seville Row uit Londen. Perfect. Het maakte hem tot heer van stand. Verstandig, smaakvol en door en door betrouwbaar. Hij koos een das met slechts een heel subtiel patroon en een paar degelijke zwarte schoenen. Trok het allemaal aan en bekeek zich van alle kanten in de spiegel. Het kon niet beter. In die uitrusting zou hij zichzelf bijna vertrouwen. Hij dronk zijn koffie op, depte zijn lippen en glipte naar de garage. Startte de Benz en om kwart voor zeven reed hij op een niet al te drukke Merritt Parkway.

Reacher moest vijftig minuten in Atlanta wachten. Daarna vertrok hij weer en het vliegtuig koerste met een noord-oostelijke bocht in de richting van New York. Boven de Atlantische Oceaan kwam de zon op en het licht viel met de helderheid van een winterse vroege ochtend op grote hoogte naar binnen door de raampjes aan de rechterkant. Hij dronk koffie. De stewardess had hem water aangeboden, maar hij gaf de voorkeur aan koffie. Deze was sterk en dik en hij dronk hem zonder melk. Hij gebruikte de koffie als brandstof voor zijn brein. Hij probeerde erachter te komen wie die mevrouw Jacob in godsnaam kon zijn. En waarom ze Costello in de arm had genomen om het hele land naar hem af te zoeken.

Boven LaGuardia moesten ze op hun beurt wachten om te kunnen landen. Daar was Reacher dol op. Luie, lage kringen draaien boven Manhattan in de felle ochtendzon. Als ontelbare filmbeelden zonder geluid. Het vliegtuig schokte en hing schuin. De hoge gebouwen, verguld door de zon, gleden onder hem voorbij. De Twin Towers. De Empire State Building. De Chrysler, zijn lievelingskantoor. Vervolgens beschreven ze een lus, doken ze op de noordkust van Queens af en daalden. Toen ze keerden om naar de aankomsthal te taxiën, flitsten de gebouwen van het centrum aan de overkant van de rivier langs de kleine raampjes.

Hij had om negen uur een afspraak. Daar had hij een hekel aan. Niet vanwege het uur. Voor het merendeel van de zakenlui in Manhattan was negen uur al halverwege de ochtend. Het tijdstip zat hem niet dwars. Het was puur het feit dát hij een afspraak had. Sterker nog, het was een hele poos geleden dat Chester Stone met iemand een zakelijke afspraak had gemaakt. Eigenlijk kon hij het zich niet eens herinneren dat hij ooit naar iemand toe had gemoeten. Zijn grootvader misschien wel, in de prille begintijd. Sindsdien was het altijd andersom geweest. Alle drie de Chesters Stone – of het nu de eerste, tweede of derde was – hadden een secretaresse gehad die beleefd probeerde de smekelingen een plaatsje op de drukke agenda te bezorgen. Talloze keren hadden mensen dagenlang voor een voorlopig loket gewacht en vervolgens nog eens uren in een wachtkamer. Maar nu waren de rollen omgedraaid. En het maakte hem razend.

Hij was te vroeg want hij had de zenuwen. Hij had veertig minuten op kantoor gezeten om over alternatieven te piekeren. Die waren er niet. Hoe hij het ook bekeek, hij kwam een-komma-een-miljoen dollar en zes weken te kort. En dat benauwde hem ook. Want het was geen spectaculair fiasco. Geen volledige ramp. Het was een berekende en realistische reactie op de markt die bijna was aangetrokken, maar net niet helemaal. Zoals een heldhaftige drive van de tee die net een centimeter van de green belandt. Heel erg dichtbij maar net niet voldoende.

Om negen uur 's morgens is het World Trade Center op zich de op vijf na grootste stad van de staat New York. Groter dan Albany. Het is amper zeseneenhalve hectare, maar overdag werken er honderddertigduizend mensen. Op het voorplein had Chester Stone het gevoel dat het merendeel daarvan om hem heen kolkte. Zijn grootvader zou in de rivier de Hudson hebben gestaan. Chester had zelf vanachter zijn eigen kantoorraam gezien hoe het deel van de rivier langzaam werd ingepolderd en de wolkenkrabbers vanuit de droge rivierbedding waren opgerezen. Hij keek op zijn horloge en ging naar binnen. Nam de lift naar de achtentachtigste verdieping en stapte uit in een stille, verlaten gang. Het plafond was laag en de gang was smal. Er waren gesloten deuren van kantoren. De deuren hadden even buiten het midden een rechthoekig patrijspoortje van gepantserd glas. Hij vond de juiste deur, wierp een blik door het glas en drukte op de bel. Het slot klikte open en hij stapte de receptie in. Het zag eruit als een gewone kantoorsuite. Opvallend gewoon. Als poging tot luxe stond er een balie van eikenhout met koperbeslag en daarachter zat een receptionist. Hij bleef even staan, rechtte zijn rug en liep op hem af.

'Chester Stone,' zei hij vastberaden. 'Ik heb om negen uur een afspraak met meneer Hobie.'

Het feit dat de receptionist een man was, was de eerste verrassing. Hij had een vrouw verwacht. De tweede verrassing was dat hij meteen naar binnen mocht. Ze lieten hem niet wachten. Hij had verwacht dat hij een poosje op een ongemakkelijke stoel in de receptie zou moeten wachten. Zo zou híj het hebben aangepakt. Als de een of andere radeloze persoon als laatste strohalm naar hem toe was gekomen voor een lening, zou hij hem twintig minuten hebben laten zweten. Dat was toch een voor de hand liggende psychologische zet?

Het eigenlijke kantoor was erg ruim. Er waren wanden verwijderd. Het was er donker. Een wand bestond helemaal uit ramen, maar daar zaten verticale jaloezieën voor die maar op een klein kiertje stonden. Er stond een groot bureau. Daartegenover maakten drie divans het vierkant compleet. Aan beide uiteinden van elke bank stond een laag tafeltje. In het midden stond een enorme salontafel van koper en glas op een tapijt. Het zag er allemaal uit als een woonkameropstelling in een etalage.

Achter het bureau zat een man. Stone begon aan de lange wandeling naar hem toe. Hij slalomde om de divans en liep zijwaarts langs de koffietafel op het bureau af. Stak zijn rechterhand uit.

'Meneer Hobie?' vroeg hij. 'Ik ben Chester Stone.'

De man achter het bureau had littekens van brandwonden. Het littekenweefsel bedekte een hele kant van zijn gezicht. De huid was schubbig als van een reptiel. Stone wendde in afgrijzen zijn blik af, maar zag het nog steeds uit zijn ooghoek. Het weefsel zag eruit als een doorgekookte kippenpoot, maar was onnatuurlijk roze. Waar het litteken over zijn schedeldak liep, groeide geen haar. Vervolgens zaten er wat ruwe plukken die langzaam overgingen in gewoon haar aan de andere kant. De littekens waren hard en hobbelig, maar de huid aan de niet verbrande kant was zacht en geplooid. Hij was ergens tussen de vijftig en vijfenvijftig. Hij zat met de handen op schoot dicht tegen het bureau. Stone stond daar met uitgestoken rechterhand en moest zich dwingen om niet weg te kijken.

Het was een heel ongemakkelijk moment. Er bestaat niets ongemakkelijkers dan iemand een hand willen geven die niet wordt aangenomen. Het was mal om zo te blijven staan, maar op de een of andere manier nog maller om je hand weer terug te trekken. Dus bleef hij zo staan en wachtte af. Toen bewoog de man zich. Met zijn linkerhand zette hij zich af van zijn bureau. Hief zijn rechterhand op en stak hem uit naar Stone. Maar het was geen hand. Het was een glimmende metalen haak. Die begon ergens diep in zijn manchet. Het was geen kunsthand, geen uitgekiende prothese, maar een eenvoudige haak in de vorm van een hoofdletter J, gesmeed van glimmend roestvrij staal en opgewreven als een sculptuur. Stone wilde hem bijna toch aanpakken, maar toen trok hij zijn hand weer terug en verstrakte. Met de nog beweeglijke helft van zijn gezicht glimlachte de man hem goedgemutst toe. Alsof het hem geen zier kon schelen.

'Ze noemen me Hook Hobie,' zei hij.

Hij zat daar met een uitgestreken gezicht en hield de haak omhoog alsof het een studieobject was. Stone slikte en probeerde zich te herstellen. Vroeg zich af of hij soms zijn linkerhand moest aanbieden. Hij kende een paar mensen die dat deden. Zijn oudoom had een beroerte gehad. De laatste tien jaar van zijn leven stak hij altijd zijn linkerhand uit.

'Gaat u zitten,' zei Hobie.

Stone knikte dankbaar en deed een stap achteruit. Ging op het uiteinde van de bank zitten. Dat zorgde ervoor dat hij met zijn zijkant naar het bureau zat, maar hij was blij dat hij tenminste iets deed. Hobie keek hem aan en legde zijn arm op het bureau. De haak raakte het hout met een zacht, metaalachtig geluid.

'U wilt geld lenen,' zei Hobie.

De verbrande kant van zijn gezicht bewoog totaal niet mee. Die was dik en hard, als de rug van een krokodil. Stone kreeg een aanval van maagzuur en keek recht voor zich naar de salontafel. Daarna knikte hij en veegde hij zijn handpalmen over de knieën van zijn broek. Hij knikte weer en probeerde zich zijn scenario te herinneren.

'Ik moet een kloof overbruggen,' zei hij. 'Zes weken, een-komma-een miljoen dollar.'

'Bank?' vroeg Hobie.

Stone keek naar de grond. Het tafelblad was van glas en eronder lag een kleed met een patroon. Hij haalde met een wijs gezicht zijn schouders op, alsof hij honderdeneen geheime subtiliteiten van de zakenstrategie in een gebaar wilde samenvatten in een gesprek met iemand die hij vanzelfsprekend niet voor het hoofd wilde stoten door te suggereren dat die er niet van op de hoogte zou zijn.

'Dat doe ik liever niet,' zei hij. 'We hebben natuurlijk een lopend leningenpakket, maar ik heb ze zover gekregen dat ze me een verdomd gunstige rente hebben gegeven, ervan uitgaand dat het allemaal vaste bedragen op vaste termijnen zonder variabel element zouden zijn. U zult wel begrijpen dat ik die regeling voor zo'n onbeduidend bedrag niet in de waagschaal wil stellen.'

Hobie bewoog zijn rechterarm. De haak sleepte over het hout.

'Gelul, meneer Stone,' zei hij zacht.

Stone gaf geen antwoord. Hij luisterde naar de haak.

'Bent u in dienst geweest?' vroeg Hobie.

'Pardon?'

'Bent u dienstplichtig geweest? Vietnam?'

Stone slikte. Die brandwonden, die haak.

'Dat is aan me voorbijgegaan,' zei hij. 'Vrijstelling door studie. Ik wilde natuurlijk best, maar tegen de tijd dat ik afstudeerde was de oorlog afgelopen.'

Hobie knikte langzaam.

'Ik wel,' zei hij. 'En een van de dingen die ik daar heb opgestoken is de waarde van inlichtingen inwinnen. Die les pas ik toe in mijn werk.'

Er viel een stilte in het donkere kantoor. Stone knikte. Hij draaide zijn hoofd en keek naar de rand van het bureau. Ander scenario.

'Oké,' zei hij. 'U kunt het me niet kwalijk nemen dat ik me groot probeer te houden.'

'U zit betrekkelijk diep in de stront,' zei Hobie. 'In werkelijkheid betaalt u uw bank een erg hoge rente en zullen ze een extra lening weigeren. Maar u bent redelijk goed bezig met overeind te krabbelen. U bent bijna boven jan.'

'Bijna,' knikte Stone. 'Zes weken en een-kommaeen miljoen, meer niet.'

'Ik heb me gespecialiseerd,' zei Hobie. 'Dat doet iedereen. Mijn terrein is nou juist gevallen als u. In de basis gezonde ondernemingen die tijdelijk en in beperkte mate in de kou staan. Problemen die banken niet op kunnen lossen omdat die zich ook specialiseren, op andere terreinen, zoals stupiditeit en totale fantasieloosheidheid.'

Hij bewoog de haak weer. Hij schraapte over het eikenhout.

'Ik hef een schappelijke rente,' zei hij. 'Ik ben geen woekeraar. We hebben het hier niet over honderden procenten. Ik zie een mogelijkheid om u eenkomma-een miljoen te lenen tegen zes procent voor zes weken.'

Stone veegde zijn handen weer over zijn broekspijpen. Zes procent voor zes weken? Hoeveel was dat op jaarbasis? Bijna tweeënvijftig procent. Nu een-komma-een miljoen lenen en alles over zes weken terugbetalen, plus zesenzestigduizend dollar rente. Elfduizend dollar per week. Niet echt een woekeraar, maar het scheelde niet veel. Maar de man zei tenminste geen nee.

'Hoe zit het met onderpanden?' vroeg Stone.

'Ik wil een aandelenpositie,' zei Hobie.

Stone dwong zich om zijn hoofd op te heffen en hem aan te kijken. Hij nam aan dat het een soort test was. Hij moest hard slikken. Hij dacht: ik ben er nou zo dichtbij, eerlijk duurt het langst.

'Die aandelen zijn niets waard,' zei hij kalm.

Hobie knikte met zijn vreselijke hoofd, alsof het antwoord hem genoegen deed.

'Nu niet,' zei hij. 'Maar straks toch wel?'

'Pas als uw risico achter de rug is,' zei Stone. 'Er zit een addertje onder het gras, hè? Die aandelen gaan pas omhoog als ik u heb terugbetaald. Als ik weer boven jan ben.'

'Dus dan trek ik mijn voordeel,' zei Hobie. 'Ik heb het ook niet over een tijdelijke overdracht. Ik wil een deel van de aandelen en ik wil het houden.'

'Houden?' vroeg Stone. Hij kon de verbazing in zijn stem niet onderdrukken. Tweeënvijftig procent rente plus een aandelenpakket cadeau?

'Zo doe ik het altijd,' zei Hobie. 'Het is iets sentimenteels. Ik wil graag een klein stukje van alle zaken die ik help. De meeste mensen kunnen zich wel in zo'n regeling vinden.'

Stone slikte. Wendde zijn hoofd af. Overwoog z'n alternatieven. Haalde zijn schouders op.

'Oké,' zei hij. 'Waarschijnlijk kan dat wel.'

Hobie reikte naar links en trok een la open. Haalde een gedrukt formulier te voorschijn. Schoof het over zijn bureau.

'Dit heb ik voorbereid,' zei hij.

Stone boog zich naar voren, verhief zich een stukje van de bank en pakte het formulier. Het was een leenovereenkomst voor een-komma-een miljoen, zes weken, zes procent. Plus een standaardclausule voor aandelenoverdracht. Voor een pakket dat niet zo lang geleden een miljoen waard geweest zou zijn, en dat weldra weer zou zijn. Hij knipperde met zijn ogen.

'Het is de enige manier,' zei Hobie. 'Zoals ik al zei, ik ben gespecialiseerd. Ik ken dit hoekje van de markt. U vindt geen betere dan ik. In feite zult u helemaal niemand anders vinden.'

Hobie zat twee meter verderop achter zijn bureau, maar Stone had het gevoel alsof hij vlak naast hem op de divan zat met dat afgrijselijke gezicht tegen het zijne en die glimmende haak die door zijn ingewanden rukte. Hij knikte; het was maar een vage, stilzwijgende hoofdbeweging. Hij stak zijn hand in z'n binnenzak om zijn dikke Mont-Blancvulpen te voorschijn te halen. Hij boog zich naar voren en zette op beide plaatsen zijn handtekening op het koude, harde glas van de salontafel. Hobie sloeg hem gade en knikte.

'Ik neem aan dat u het geld op de werkrekening van uw bedrijf wilt?' vroeg hij. 'Waar de andere banken het niet zullen zien?'

Stone knikte weer. Hij voelde zich licht in zijn hoofd.

'Als dat zou kunnen,' zei hij.

Hobie maakte een aantekening. 'Het staat er over een uur op.'

'Dank u,' zei Stone. Het leek hem een gepaste reactie.

'Dus nu ben ik degene die risico loopt,' zei Hobie. 'Zes weken zonder concreet onderpand. Helemaal geen prettig gevoel.'

'Er zullen geen problemen zijn,' zei Stone, en hij keek naar de grond.

Hobie knikte.

'Dat geloof ik graag,' zei hij. Hij boog zich naar voren en drukte op de intercom voor zich. Stone hoorde zacht de zoemer in de receptie overgaan.

'Het Stone-dossier, alsjeblieft,' zei Hobie in de microfoon.

Even was het stil en toen ging de deur open. De receptionist liep naar het bureau. Hij had een dunne, groene map in zijn hand. Hij boog zich voorover en legde het voor Hobie neer. Liep de kamer weer uit en trok de deur zacht achter zich dicht. Hobie duwde het dossier met zijn haak naar de voorkant van zijn bureau.

'Kijk maar even,' zei hij.

Stone boog zich naar voren om de map te pakken. Sloeg hem open. Er zaten foto's in. Een stapeltje glanzende zwart-witfoto's van twintig bij dertig. De eerste was van zijn huis. Het was duidelijk dat die vanuit een auto aan het begin van de oprijlaan was genomen. De tweede was van zijn vrouw. Marilyn. Genomen met een telelens terwijl ze door de bloementuin liep. De derde was van Marilyn toen ze naar buiten kwam bij de schoonheidsspecialist in de stad. Een korrelige foto, genomen met een telelens. Hij had iets stiekems, als een surveillancefoto. De vierde foto was een close-up van het nummerbord van haar BMW.

De vijfde foto was ook van Marilyn. 's Avonds genomen door het slaapkamerraam. Ze droeg haar badjas. Haar haar hing los en zag er vochtig uit. Stone staarde ernaar. Om die foto te maken had de fotograaf op het gras van de achtertuin moeten staan. Zijn blikveld werd mistig en zijn oren gonsden van de stilte. Daarna pakte hij de foto's bij elkaar en stopte ze weer in de map. Legde de map langzaam terug op het bureau. Hobie boog zich naar voren en drukte het puntje van zijn haak in het groene karton. Zo trok hij de map weer naar zich toe. De haak raspte in de stilte luidruchtig over het hout.

'Dat is mijn onderpand, meneer Stone,' zei hij. 'Maar zoals u net al zei, zullen zich vast geen problemen voordoen.'

Chester Stone zweeg. Hij stond op en slalomde tussen alle meubilair terug naar de deur. Door de receptie de gang naar de lift in. Achtentachtig verdiepingen naar beneden en weer naar buiten, waar het felle licht van de ochtendzon een klap in zijn gezicht leek.

3

Diezelfde zon scheen in Reachers nek toen hij op de achterbank van een illegale taxi Manhattan inreed. Als hij de keus had, gaf hij de voorkeur aan ongeregistreerde taxichauffeurs. Dat paste wel in zijn geheime gewoontes. Er was helemaal geen reden waarom iemand zijn gangen via taxichauffeurs zou willen natrekken, maar een taxichauffeur die niet kon toegeven dat hij er een was, was wel de veiligste die je kon hebben. En het gaf je de gelegenheid om een beetje over de prijs te onderhandelen. Met een meter in een gele taxi viel weinig te onderhandelen.

Ze reden de stad in over de Triborough Bridge en sloegen af naar Manhattan bij 125th Street. Ze reden in westelijke richting met het verkeer mee tot Roosevelt Square. Daar liet Reacher de chauffeur stoppen, terwijl hij rondkeek en even nadacht. Hij dacht na over een goedkoop hotel, maar wel eentje waar de telefoons werkten. En waar ze telefoonboeken hadden die heel waren. Naar zijn oordeel zou hij in die buurt geen hotel vinden dat aan alle drie de voorwaarden voldeed. Maar hij stapte toch uit en rekende af. Waar hij ook naartoe ging, het laatste stuk wilde hij toch wandelen. Een poosje in zijn eentje. Dat paste bij zijn gewoontes.

De twee jongemannen in de gekreukte pakken van duizend dollar wachtten tot Chester Stone goed en wel verdwenen was. Vervolgens gingen ze het binnenkantoor in, slalomden om het meubilair en bleven zwijgend voor het bureau staan. Hobie keek op en trok een la open. Hij legde de getekende verklaring en de foto's weg en haalde een nieuw blok met geel papier te voorschijn. Daarna legde hij zijn haak op het bureau en draaide zijn stoel zo dat het licht op de gezonde helft van zijn gezicht viel.

'En?'

'We zijn net terug,' zei de eerste man.

'Hebben jullie de verlangde informatie?'

De tweede man knikte. Hij ging zitten.

'Hij zocht iemand die Jack Reacher heet.'

Hobie maakte een aantekening op zijn gele blok. 'Wie is dat?'

Er viel een korte stilte.

'Dat weten we niet,' zei de eerste man.

Hobie knikte, langzaam. 'Wie was Costello's cliënt?'

Weer een korte stilte.

'Dat weten we ook niet,' zei de man.

'Dat zijn toch tamelijk fundamentele vragen,' zei Hobie.

De man keek hem zwijgend aan. Het bleef stil.

'Is het niet in je opgekomen om zulke tamelijk fundamentele vragen te stellen?'

De tweede man knikte. 'Die hebben we wel gesteld. Tot we er gek van werden.'

'Maar Costello wilde het niet zeggen?'

'Hij wilde wel,' zei de eerste man.

'Maar?'

'Hij ging dood waar we bij stonden,' zei de tweede. 'Hij hield gewoon op met praten en ging dood. Hij was oud en dik. Misschien was het een hartaanval. Het spijt me erg, meneer. Het spijt ons allebei.'

Hobie knikte weer langzaam. 'Risico?'

'Nihil,' zei de eerste. 'Hij is onidentificeerbaar.'

Hobie wierp een blik op de vingertoppen van zijn linkerhand. 'Waar is het mes?'

'In zee,' zei de tweede man.

Hobie verplaatste zijn arm en tikte een roffeltje op het bureau met de punt van zijn haak. Dacht diep na. Daarna knikte hij weer, en nu beslist.

'Oké, daar kunnen jullie waarschijnlijk niets aan doen. Een zwak hart. Wat doe je eraan?'

De eerste man ontspande zich en ging naast zijn partner op de divan zitten. Ze konden allebei opgelucht ademhalen.

Hobie verbrak de stilte. 'We moeten die cliënt zien te vinden.'

Het tweetal knikte en wachtte af.

'Costello moet toch een secretaresse hebben?' zei Hobie. 'Zij weet wel wie die cliënt was. Ga haar halen.'

De twee mannen bleven zitten.

'Wat is er?'

'Die Jack Reacher,' zei de eerste man. 'Dat zou een grote vent moeten zijn die drie maanden in de Keys is geweest. Costello vertelde over een grote vent die er drie maanden was geweest en in de avond in een bar werkte. We hebben hem een bezoekje gebracht. Een grote, sterke knaap, maar hij zei dat hij niet Jack Reacher heette.'

'Nou en?'

'Vliegveld van Miami,' zei de tweede man. 'Wij hebben United genomen omdat het een rechtstreekse vlucht was. Maar er was een vroegere vlucht naar New York en die ging net weg. Delta, via Atlanta.'

'En?'

'We zagen die grote vent uit de bar naar de gate gaan.'

'Zeker weten?'

De eerste man knikte. 'Voor negenennegentig procent. Hij was een heel eind weg, maar hij is echt heel groot. Zo iemand zie je niet gauw over het hoofd.'

Hobie begon weer met zijn haak op het bureau te tikken. In gedachten verzonken.

'Oké, dat is Reacher,' zei hij. 'Dat kan toch niet anders? Costello doet navraag naar hem, vervolgens komen jullie op dezelfde dag hetzelfde doen. Hij krijgt de zenuwen en smeert 'm. Maar waarheen? Hiernaartoe?'

De tweede man knikte. 'Als hij in Atlanta op het vliegtuig is gebleven, is hij hier.'

'Maar waarom?' vroeg Hobie. 'Wie is hij goddomme?'

Hij dacht even na en gaf vervolgens zelf antwoord.

'De secretaresse gaat me toch vertellen wie de cliënt is?'

Vervolgens glimlachte hij.

'Dus die cliënt gaat me vertellen wie die Reacher is.'

De twee mannen in de dure pakken knikten zwijgend en stonden op. Ze slalomden tussen het meubilair door en liepen het kantoor uit.

Reacher liep in zuidelijke richting door Central Park. Hij probeerde greep te krijgen op de omvang van de taak die hij zich had gesteld. Hij wist vrij zeker dat hij in de juiste stad was. De accenten van de drie mannen waren doorslaggevend. Maar hij moest door een gigantische bevolking waden. Zeveneneenhalf miljoen mensen verspreid over vijf stadswijken, misschien wel achttien miljoen inclusief de voorsteden. Achttien miljoen mensen die dicht genoeg op elkaar wonen om in de stad te zoeken wanneer ze een gespecialiseerde dienstverlener zoals een snelle, efficiënte privédetective nodig hebben. Zijn instinct zei hem dat Costello misschien wel in Manhattan had gewoond, maar het was alleszins mogelijk dat mevrouw Jacob ergens in een van de buitenwijken zat. Waar zoek je als vrouw die in een van de buitenwijken woont en een privédetective nodig heeft? Niet naast de supermarkt of de videotheek. Niet in het winkelcentrum naast de kledingzaak. Je kijkt in de Gouden Gids van de dichtstbijzijnde grote stad en je gaat bellen. Je hebt een inleidend gesprek en misschien komt de man naar je toe. Of je stapt op de trein en je gaat naar hem toe. Van een willekeurige plek in een groot en dichtbevolkt gebied dat vele honderden vierkante kilometers beslaat.

Hij had de gedachte aan een hotel laten schieten. Het was misschien niet eens nodig om veel tijd te investeren. Misschien was hij binnen een uur alweer weg. En hij had meer informatie nodig dan hotels konden bieden. Hij had telefoonboeken nodig van alle vijf de stadswijken. Hotels zouden die niet allemaal hebben. En hij hoefde ook niet per se de hoge bedragen te betalen die hotels voor telefoontjes rekenen. Het graven van zwembaden had hem geen fortuin opgeleverd.

Dus ging hij naar de openbare bibliotheek. Op de hoek van Forty-second Street en Fifth. De grootste ter wereld? Dat wist hij niet meer. Misschien, misschien ook niet. Maar in elk geval groot genoeg om alle telefoonboeken te hebben die hij nodig had, plus grote brede tafels en gemakkelijke stoelen. Zes kilometer van Roosevelt Square, een pittige wandeling van een uur, slechts onderbroken door het verkeer op de kruisingen en een korte omweg naar een kantoorboekhandel om een notitieboekje en een potlood te kopen.

De volgende die Hobies kantoor betrad was de receptionist. Hij kwam binnen en deed de deur achter zich op slot. Liep naar het bureau en ging op het uiteinde van de bank die het dichtst bij het bureau stond zitten. Hij keek Hobie lang en strak aan en zweeg.

'Wat is er?' vroeg Hobie overbodig.

'Je moet ervandoor,' zei de receptionist. 'Het wordt nu erg riskant.'

Hobie gaf geen antwoord. Hij hield alleen zijn haak in zijn linkerhand en ging met zijn vrije vingers langs de akelige metalen haak.

'Dat heb je zo gepland,' zei de receptionist. 'Je hebt het beloofd. Planning en beloften hebben geen zin als je niet doet wat je geacht wordt te doen.'

Hobie haalde zijn schouders op. Hij zei niets.

'We hebben toch bericht uit Hawaï?' zei de receptionist. 'Je was van plan 'm te smeren zodra je bericht uit Hawaï kreeg.'

'Costello is helemaal niet naar Hawaï gegaan,' zei Hobie. 'Dat hebben we nagetrokken.'

'Dus dat maakt het alleen maar erger. Er is iemand anders naar Hawaï gegaan. Iemand die we niet kennen.'

'Routinewerk,' zei Hobie. 'Kan niet anders. Ga maar na. Er is geen reden voor wie dan ook om naar Hawaï te gaan voordat we bericht van de andere kant hebben. Het gaat om de volgorde, dat weet je toch? We krijgen bericht van de andere kant, we krijgen bericht van Hawaï, stap een, stap twee. En dan wordt het tijd om op te stappen. Eerder niet.'

'Je hebt het beloofd,' herhaalde de man.

'Te vroeg,' zei Hobie. 'Het is onlogisch. Ga maar na. Je ziet dat iemand een pistool en een doos munitie koopt. Hij richt op jou. Ben je dan bang?'

'Natuurlijk ben ik dan bang.'

'Ik niet,' zei Hobie. 'Omdat hij het niet heeft geladen. Stap een is het pistool en de kogels gaan kopen, stap twee is laden. Voordat we bericht van de andere kant hebben, is Hawaï een ongeladen pistool.'

De receptionist legde zijn hoofd op de rugleuning en staarde naar het plafond.

'Waarom doe je dit?'

Hobie trok zijn la open om het Stone-dossier te pakken. Haalde de getekende verklaring te voorschijn. Hield het document zo schuin dat het vage licht van het raam op de blauwe inkt van de dubbele handtekening viel.

'Zes weken,' zei hij. 'Misschien wel minder. Meer heb ik niet nodig.'

De receptionist hief zijn hoofd weer op en tuurde zijn kant op.

'Nodig waarvoor?'

'De coup van mijn leven,' zei Hobie.

Hij legde het document op zijn bureau en pinde het vast met zijn haak.

'Stone heeft me net zijn hele bedrijf overhandigd. Drie generaties bloed, zweet en tranen, en die stomme zak heeft me de hele santenkraam op een presenteerblaadje aangereikt.'

'Nee, hij heeft je geen zak aangereikt. Jij bent een-komma-een miljoen dollar armer in ruil voor een stapeltje waardeloos papier.'

Hobie glimlachte.

'Rustig nou maar. Laat het denkwerk nou maar aan mij over, oké? Ik ben toch degene die daar goed in is?'

'Oké, hoe dan?' vroeg de man.

'Weet je wat hij allemaal heeft? Grote fabriek op Long Island en een grote villa in Pound Ridge. Vijfhonderd huizen op een kluitje om de fabriek heen. Twaalfhonderd hectare eersteklas onroerend goed op Long Island, vlak bij het water, smekend om projectontwikkeling.'

'Die huizen zijn niet van hem,' protesteerde de man.

Hobie knikte. 'Nee, voor het merendeel staan ze onder hypotheek van de een of andere kleine bank in Brooklyn.'

'Oké, hoe dan?' herhaalde de man.

'Denk eens na,' zei Hobie. 'Stel dat ik zijn aandelen op de markt gooi.'

'Je krijgt er geen reet voor,' zei de man. 'Ze zijn totaal waardeloos.'

'Precies, totaal waardeloos. Maar zijn bankiers weten dat nog niet. Hij heeft ze voorgelogen. Hij heeft zijn problemen verdoezeld. Waarom klopt hij anders bij mij aan? Dus zijn bankiers zal onder de neus worden gewreven hoe waardeloos hun onderpand is. Een taxatie rechtstreeks van de beurs. Ze zullen te horen krijgen: die aandelen zijn geen hol waard. Wat dan?'

'Ze raken in paniek,' zei de man.

'Juist,' zei Hobie. 'Ze raken in paniek. Ze lopen risico en zitten met een waardeloos onderpand in hun maag. Ze poepen in hun broek tot Hook Hobie langskomt om ze een vijfde van Stones schuld aan te bieden.'

'En dat zullen ze accepteren? Een vijfde?'

Hobie glimlachte. Zijn littekenweefsel rimpelde.

'O jawel,' zei hij. 'Ze zullen mijn andere hand er nog afbijten om dat te kunnen krijgen. En ze doen er nog alle aandelen bij die zij hebben. Dat is een voorwaarde van de deal.'

'Oké. En dan? Hoe zit het met die huizen?'

'Zelfde verhaal,' zei Hobie. 'Ik heb de aandelen, ik heb die fabriek. Die sluit ik. Geen banen; vijfhonderd hypotheken op de tocht. Dat zal de bank in Brooklyn heel nerveus maken. Ik koop die hypotheken af voor een tiende van de prijs, leg beslag op alle huizen en mieter de bewoners eruit. Ik huur een stel bulldozers en heb twaalfhonderd hectare eersteklas bouwland op Long Island, vlak aan het water. Plus een kapitale villa in Pound Ridge. Dat kost mij in totaal zo'n acht-komma-een miljoen dollar. Die villa op zich is al twee miljoen waard. Blijft over zes-komma-een miljoen voor een pakket dat honderd miljoen waard is als ik het slim speel.'

De receptionist staarde hem aan.

'Daarom heb ik zes weken nodig,' zei Hobie.

Toen schudde de receptionist zijn hoofd.

'Het zal je niet lukken,' zei hij. 'Het is een oude familiezaak. Stone zelf heeft nog steeds het merendeel van de aandelen. Die zijn niet allemaal verpand. Zijn bank heeft er maar een klein deel van. Je zou een minderheidsaandeel hebben. Dat laat hij je niet allemaal doen.'

Hobie schudde ook zijn hoofd.

'Hij verkoopt alles aan mij. De hele bliksemse boel.'

'Niet.'

'Wel.'

De bibliotheek leverde goed en slecht nieuws op. In de telefoonboeken van Manhattan, de Bronx, Brooklyn, Queens, Staten Island, Long Island, Westchester, de kust van Jersey en Connecticut stonden een heleboel mensen die Jacob heetten. Reacher hield rekening met een straal van een uur rond de stad. Mensen die op een uur gaans zitten, wenden zich instinctief tot de stad als ze iets nodig hebben. Buiten die straal misschien niet. In zijn notitieboekje kruiste hij met zijn potlood de potentiële kandidaten voor de bezorgde mevrouw Jacob aan en telde er honderdnegenentwintig.

Maar de Gouden Gids verried geen privédetective die Costello heette. Op de witte pagina's stonden talrijke particuliere Costello's, maar er waren geen firma's van die naam. Reacher zuchtte. Hij was teleurgesteld, maar keek er niet van op. Het zou wel een wonder zijn geweest als hij de gids had opengeslagen en had gelezen 'Costello Investigations – Wij zijn gespecialiseerd in het vinden van ex-MP's in de Keys.'

Een heleboel bureaus hadden algemene namen en veel wedijverden om een plaats boven aan de alfabetische lijst met een hoofdletter A als beginletter. Ace, Acme, A-One, AA Investigators. Andere hadden gewoon geografische aanduidingen zoals Manhattan of Bronx. Een aantal mikte op de bovenlaag door woorden te gebruiken als *Paralegal Services*. Een bureau richtte zich op erfeniszaken door zich Gumshoe ('Stille' – vert.) te noemen. Twee bureaus bestonden alleen maar uit vrouwen en werkten ook alleen maar voor vrouwen.

Hij keerde weer terug naar de witte bladzijden

en schreef vijftien nummers op van de politie van New York. Hij bleef nog even zitten om zijn kansen af te wegen. Daarna liep hij naar buiten, langs de twee reusachtige, ineengedoken leeuwen naar een telefooncel op de stoep. Hij zette zijn notitieboekje rechtop op de telefoon, legde alle kwartjes die hij op zak had ernaast en begon zijn lijstje wijkbureaus af te werken. Overal vroeg hij naar de administratie. Hij ging ervan uit dat hij dan een grijze oude bureaubrigadier zou krijgen die alles wist wat de moeite waard was.

Bij zijn vierde telefoontje was het raak. De eerste drie wijkbureaus konden hem niet helpen en klonken niet bepaald rouwig. Het vierde telefoontje begon net als de eerste drie: de telefoon ging over, hij werd snel doorverbonden, tijd wachten, en vervolgens nam iemand in een of ander smoezelig vertrek vol dossiers, diep in de ingewanden van het gebouw met gierende stem op.

'Ik zoek iemand die Costello heet,' zei hij. 'Gepensioneerd politieman die voor zichzelf is begonnen, misschien een eenmanszaak, of hij werkt voor iemand anders. Jaar of zestig.'

'Ja, wie bent u?' antwoordde een stem. Identiek accent. Had Costello zelf kunnen zijn.

'Mijn naam is Carter,' zei Reacher. 'Net als de president.'

'Wat moet u dan van Costello, meneer Carter?'

'Ik heb iets voor hem, maar ik ben zijn kaartje

kwijt,' zei Reacher. 'In de gids kan ik hem niet vinden.'

'Dat komt omdat Costello niet in de gids staat. Hij werkt alleen maar voor advocaten, niet voor het grote publiek.'

'Dus u kent hem?'

'Of ik hem ken? Natuurlijk ken ik hem. Hij heeft hier vijftien jaar bij de recherche gewerkt. Geen wonder dat ik hem ken.'

'Weet u waar zijn kantoor is?'

'Ergens in de Village,' zei de stem. Daarna stopte hij.

Reacher zuchtte, met zijn gezicht van de hoorn af. Dit had iets van kiezen trekken.

'Weet u ook waar in de Village?'

'Greenwich Avenue, als ik het goed heb.'

'Hebt u een straatnummer?'

'Nee.'

'Een telefoonnummer?'

'Nee.'

'Kent u een zekere mevrouw Jacob?'

'Nee, moet dat dan?'

'Het was maar een gokje,' zei Reacher. 'Zij was een cliënte van hem.'

'Nooit van gehoord.'

'Oké, bedankt voor uw hulp,' zei Reacher.

'Ja,' zei de stem.

Reacher hing op, liep de trap van het bordes op en ging weer naar binnen. Zocht weer in de telefoongids van Manhattan naar een Costello op Greenwich Avenue. Hij stond er niet bij. Hij zette de boeken weer op de plank, ging terug naar buiten waar de zon scheen en begon te lopen.

Greenwich Avenue was een lange, rechte straat die diagonaal van de hoek van Fourteenth Street en Eighth naar de hoek van Eighth Street en Sixth liep. Aan weerskanten stonden aardige lage Villagehuizen en hier en daar waren uitvergrote souterrains in gebruik als winkeltje of galerie. Reacher liep eerst langs de noordkant en vond niets. Aan het eind van de straat zigzagde hij door de verkeersstroom en vervolgens liep hij langs de andere kant weer terug. Precies halverwege vond hij een koperen naambordje met COSTELLO naast een voordeur. De glanzende rechthoek maakte deel uit van een reeks bordjes. De deur was zwart en stond open. Binnen was een kleine receptie met een omrand bord van vilt waarop witte plastic letters aangaven dat het gebouw was verdeeld in tien kleine kantoorsuites. Bij suite vijf stond COSTELLO. Aan het eind van de receptie was een glazen deur die op slot zat. Reacher drukte op de bel voor vijf. Geen reactie. Hij drukte nog eens hard met zijn knokkel, maar daar schoot hij niets mee op. Dus drukte hij op zes. Een krakende stem zei:

'Ja?'

'Een pakje,' zei hij. Er klonk een zoemer en de glazen deur klikte open.

Het was een gebouw van drie etages, vier zelfs als je het aparte souterrain meetelde. Suites een, twee en drie waren op de parterre. Hij ging de trap op en vond suite vier aan zijn linkerhand, suite zes rechts en vijf helemaal achteraan. De deur zat onder de hoek van de trap naar de derde verdieping.

De deur was van glanzend mahoniehout en stond open. Niet wijd open, maar de kier was opvallend genoeg. Reacher duwde er met zijn teen tegen. De deur zwaaide open en hij zag een kleine receptie ter grootte van een motelkamer. De wanden waren geverfd in een pasteltint die het midden hield tussen grijs en blauw. Op de grond lag dik tapijt. Er stond een L-vormig secretaressebureau met een ingewikkelde telefoon en een fraaie computer. Een archiefkast en een divan. Er was een raam met gebobbeld glas en recht voor hem was nog een deur die rechtstreeks toegang gaf tot het kantoor.

De receptie was stil en verlaten. Reacher ging naar binnen en deed met zijn hiel de deur achter zich dicht. De deur was van de knip, alsof het kantoor gewoon open was. Hij sloop over het tapijt naar het kantoor. Hij wikkelde zijn hand in een pand van zijn overhemd en draaide de knop om. Hij ging een tweede vertrek in dat even groot was als het eerste. Costello's kamer. Er hingen ingelijste zwart-witfoto's van de man die hij in de Keys had ontmoet: naast commissarissen, hoofdinspecteurs en plaatselijke politici die Reacher niet kende. Lang geleden was Costello mager geweest. De foto's toonden hem steeds dikker naarmate hij ouder werd, als een omgekeerde reclameserie voor een dieet. De foto's hingen op een kluitje rechts van het bureau. Op het bureau stonden een vloeier, een ouderwetse inktpot en een telefoon, en erachter stond een leren stoel, geplet in de vorm van een zware man. In de muur links zat ook een raam met ondoorzichtig glas en er stond een rij afgesloten kasten. Voor het bureau stonden een paar klantstoelen, keurig en comfortabel in een symmetrische hoek.

Reacher ging weer terug naar de receptie. Er hing een geur van parfum. Hij liep achter het bureau van de secretaresse en vond een open damestas die keurig links van de stoel tegen een toiletplankje stond. De flap was teruggeslagen. Hij zag een portefeuille van zacht leer en een plastic pakje papieren zakdoekjes. Hij haalde zijn potlood te voorschijn en gebruikte de kant met het gummetje om de zakdoekjes opzij te duwen. Daaronder zat een rommelige hoeveelheid cosmetica en een sleutelbos. Hij rook het zachte aroma van dure eau de cologne.

Op het beeldscherm kolkte een waterige screensaver. Hij tikte met zijn potlood tegen de muis. Het scherm knetterde, lichtte op en onthulde een brief die half af was. De cursor knipperde geduldig halverwege een nieuw woord. Onder het briefhoofd stond de datum van die dag. Reacher moest aan Costello's lichaam op de stoep bij het kerkhof in

Key West denken. Hij keek van het keurig geplaatste tasje van de afwezige vrouw naar het halve woord en naar de deur die op een kier stond en huiverde.

Daarna gebruikte hij zijn potlood om het tekstverwerkingsprogramma te verlaten. Er verscheen een venster dat vroeg of hij de veranderingen in de brief wilde opslaan. Hij dacht even na en klikte op NEE. Hij opende de filemanager en keek de mappen na. Hij zocht een factuur. Je hoefde maar om je heen te kijken om te weten dat Costello er een keurig kantoor op na hield. Keurig genoeg om een factuur voor een voorschot te versturen alvorens naar Jack Reacher op zoek te gaan. Maar wanneer was die zoektocht begonnen? Die moest een duidelijke volgorde hebben gehad. Eerst de instructies van mevrouw Jacob; niets anders dan een naam, een vaag signalement over zijn lengte en iets over zijn diensttijd. Costello moest vervolgens het centraal archief van de strijdkrachten hebben gebeld, een zorgvuldig bewaakt complex in St. Louis waar elk document wordt bewaard dat betrekking heeft op alle mannen en vrouwen die ooit een uniform van de strijdkrachten hebben gedragen. Het werd op twee manieren zorgvuldig bewaakt: concreet met hekken en prikkeldraad, en bureaucratisch met dikke stapels belemmeringen, bedoeld om lichtzinnige nieuwsgierigen op afstand te houden. Na geduldig doorvragen zou hij op zijn eervolle ontslag zijn gestuit. Vervolgens een verwonderde stilte omdat hij een doodlopende straat was ingeslagen. Daarna een lukrake gok met die bankrekening. Een telefoontje met een oude makker die hem nog een dienst verschuldigd was en invloed kon laten gelden. Misschien een vage fax uit Virginia, misschien een telefonisch credit- en debetoverzicht. Vervolgens een haastige vlucht naar het zuiden, de vragen over de hele lengte van Duval, die twee kerels, het geweld, het stanleymes.

Een vrij korte reeks gebeurtenissen, maar St. Louis en Virginia zouden veel tijd gekost hebben. Reacher schatte dat het een burger als Costello een dag of drie, vier zou kosten om degelijke gegevens uit het militaire archief op te duiken. De bank in Virginia zou wel eens even lang geduurd kunnen hebben. Wederdiensten hoeven niet per se op staande voet bewezen te worden. De timing moet kloppen. Zeg maar zeven dagen bureacratische rompslomp, een dag nadenken plus een extra dag aan het begin en het eind. Misschien een dag of tien sinds mevrouw Jacob het startsein had gegeven.

Hij klikte een submap aan die FACTUREN heette. Op de rechterkant van het scherm verscheen een lange lijst filenamen op alfabetische volgorde. Hij bracht de cursor naar de onderkant van de lijst en scrolde omhoog. Geen Jacob onder de J. Het waren voornamelijk initialen, lange acroniemen die misschien op namen van advocatenkantoren sloegen. Hij controleerde de data. Niets van precies tien dagen geleden. Maar er was er wel een document van negen dagen oud. Misschien was Costello sneller dan hij dacht, of was zijn secretaresse trager. De file heette SGR&T-09. Hij klikte hem open, de harddisk sputterde en op een scherm verscheen een factuur voor een voorschot van duizend dollar voor een onderzoek naar een vermiste persoon ten name van een firma in Wall Street die Spencer Gutman Ricker en Talbot heette. Er was wel een adres maar geen telefoonnummer.

Hij verliet de filemanager en opende de database. Zocht weer naar SGR&T en er verscheen een bladzijde met hetzelfde adres, maar ditmaal inclusief telefoon, fax- en telexnummers en een e-mailadres. Hij bukte zich en trok met duim en wijsvinger een paar zakdoekjes uit het pakje van de secretaresse. Hij wikkelde er een om de hoorn, opende de andere en legde die vlak over de toetsen van de telefoon. Belde het nummer door erdoorheen te drukken. De telefoon aan de andere kant ging even over en werd vervolgens opgenomen.

'Spencer Gutman,' zei een opgewekte stem. 'Waarmee kan ik u van dienst zijn?

'Mevrouw Jacob alstublieft,' zei Reacher alsof hij het druk had.

'Ogenblikje,' zei de stem.

Er klonk een blikkerig muziekje en daarna een mannenstem. Hij praatte snel maar onderdanig. Misschien een assistent.

'Mevrouw Jacob, alstublieft,' herhaalde Reacher.

De man klonk druk en gekweld. 'Zij is al naar Garrison en ik ben bang dat ik echt niet weet wanneer ze weer op kantoor zal zijn.'

'Hebt u haar adres in Garrison?'

'Haar adres?' vroeg de man verbaasd. 'Of het zijne?'

Reacher dacht even na over die verrassing en deed een gokje.

'Het zijne, bedoel ik. Ik schijn het kwijt te zijn.'

'Maar goed ook,' zei de stem weer. 'Ik ben bang dat het verkeerd was afgedrukt. Ik heb vanmorgen minstens vijftig mensen het juiste adres moeten geven.'

Hij noemde een adres, kennelijk uit zijn hoofd. Garrison, New York, een plaats aan de Hudson, ongeveer honderd kilometer stroomopwaarts, min of meer precies tegenover West Point waar Reacher vier lange jaren had doorgebracht.

'Volgens mij moet u zich haasten,' zei de man.

'Dat zal ik doen,' zei Reacher en hij hing onthutst op.

Hij sloot de database en liet het scherm blanco. Hij keek nog eens naar de handtas van de afwezige secretaresse en snoof nog een keer haar parfum op terwijl hij de kamer verliet.

De secretaresse stierf vijf minuten nadat ze de identiteit van mevrouw Jacob had prijsgegeven, en dat was ongeveer vijf minuten nadat Hobie was begonnen haar met zijn haak te bewerken. Ze bevonden zich in de directiebadkamer van de kantoorsuite op de achtentachtigste verdieping. Het was een ideale plek. Ruim, vijfentwintig vierkante meter, veel te groot voor een badkamer. De een of andere kostbare tegelzetter had alles zes de oppervlakten – vloer, wanden en plafond – betegeld in glanzend grijs graniet. Er was een grote douchecabine met een doorzichtig plastic douchegordijn aan een roestvrij stalen rail. De rail was Italiaans en schandelijk zwaar uitgevoerd voor slechts het ophouden van een doorzichtig plastic douchegordijn. Hobie had ontdekt dat hij sterk genoeg was voor een bewusteloos persoon, die aan boeien om zijn polsen was opgehangen. Zo nu en dan hadden daar wel zwaardere personen gehangen dan de secretaresse, terwijl hij dringende vragen stelde of hen overtuigde van de wijsheid van een bepaalde handelwijze.

Het enige probleem was de geluiddichtheid. Hij wist vrij zeker dat die oké was. Het was een degelijk gebouw. Elk van de Twin Towers woog meer dan een half miljoen ton. Een heleboel staal en beton en degelijke, dikke muren. En hij had geen nieuwsgierige buren. De meeste suites op de achtentachtigste verdieping waren gehuurd door handelsdelegaties van obscure landjes, en hun schaarse personeel bracht de meeste tijd in het gebouw van de VN door. Op zevenentachtig en negenentachtig was het al net zo. Daarom had hij zijn kantoor op die verdieping. Maar Hobie was er de man niet naar om een extra risico te nemen als hij dat kon vermijden. Alvorens aan de slag te gaan, plakte hij altijd een stuk of zes stroken plakband van een centimeter of vijftien tijdelijk aan de muur. Eén daarvan ging over de mond. Als de persoon in kwestie wild en met puilende ogen begon te knikken, trok hij de strook eraf en wachtte hij op antwoord. Als er werd geschreeuwd, plakte hij de volgende strook erop en toog hij weer aan het werk. Doorgaans kreeg hij het verlangde antwoord als de tweede strook eraf was.

Vervolgens was de betegelde vloer handig voor een eenvoudige spoeloperatie. Zet de douche flink hard aan, stort een paar emmers water, aan het werk met een dweil, en de plek was even snel schoon als water van een hoogte van achtentachtig verdiepingen in het riool verdwijnt. Niet dat Hobie ooit zelf een dweil ter hand nam. Een dweil vergt twee handen. De tweede jongeman nam het dweilen voor zijn rekening, op blote voeten en met zijn dure broek opgerold. Hobie zat achter zijn bureau met de eerste jongeman te praten.

'Ik zorg voor het adres van mevrouw Jacob, jij gaat haar halen, oké?'

'Ja hoor,' zei de man. 'En wat doen we met deze?'

Hij knikte naar de badkamerdeur. Hobie volgde zijn blik.

'Wacht tot vanavond,' zei hij. 'Trek haar weer

een paar kledingstukken aan en breng haar naar de boot. Ga een paar kilometer varen in en zet haar dan overboord.'

'Waarschijnlijk spoelt ze weer aan,' zei de man. 'Over een dag of wat.'

Hobie haalde zijn schouders op.

'Dat kan me niets schelen,' zei hij. 'Over een paar dagen is ze helemaal opgezwollen. Ze zullen denken dat ze van een motorboot is gevallen. Zulke verwondingen schrijven ze aan de schroef toe.'

Zijn anonieme levenswandel had z'n voordelen, maar gaf ook problemen. De beste manier om naar Garrison te gaan als je haast hebt is een auto huren en gas geven. Maar wie geen creditcards gebruikt en ook geen rijbewijs op zak heeft, verspeelt die keus. Dus zat Reacher weer in een taxi op weg naar Grand Central. Hij wist vrij zeker dat de Hudsonlijn een dienst naar Garrison onderhield. Volgens hem waren er zelfs forensen die zo ver naar het noorden woonden. Zo niet, dan zouden de grote Amtraks op weg naar Albany en Canada er misschien stoppen.

Hij rekende af met de taxichauffeur en baande zich een weg door de menigte naar de ingang. Via een lange gang kwam hij in de gigantische stationshal. Hij keek om zich heen en rekte zich uit om het scherm met vertrektijden te zien. Hij probeerde zich de geografische ligging te herinneren. De lijn naar Croton-Harmon was het niet. Het eindpunt daarvan was veel te ver naar het zuiden. Hij moest minstens Poughkeepsie hebben. Hij speurde de lijst af. Niets. Binnen de volgende anderhalf uur gingen er geen treinen die hem naar Garrison zouden brengen.

Ze deden het zoals altijd. Eén van hen ging negentig verdiepingen naar beneden naar de ondergrondse laad- en losruimte om een lege doos bij het afval te zoeken. Koelkastdozen waren het best, of dozen van frisdrankautomaten, maar een keer had hij ook een doos van een breedbeeld-tv gebruikt. Ditmaal trof hij de verpakking van een archiefkast. Hij haalde het karretje van de conciërge bij de laadplek vandaan en duwde het naar de goederenlift. Daarmee ging hij terug naar de achtentachtigste.

De andere man was in de badkamer bezig haar in een lijkzak te ritsen. Die stopten ze opgevouwen in de doos en ze gebruikten de resterende isolatieband om hem dicht te plakken. Daarna zeulden ze de doos weer op het karretje en reden nog een keer naar de goederenlift. Deze keer daalden ze niet verder af dan de parkeergarage. Ze duwden het karretje naar een zwarte Suburban. Telden tot drie en hesen de doos in de achterbak. Sloegen de achterklep dicht en klikten de wagen op slot. Liepen weg en wierpen een blik over hun schouder. Donker getinte raampjes, donkere garage, geen probleem.

'Weet je wat?' zei de eerste man. 'We klappen de achterbank omlaag en leggen mevrouw Jacob ernaast. Doen we het vanavond allemaal in een keer. Ik wil niet vaker op die boot dan nodig is.'

'Oké,' zei de tweede man. 'Lagen er nog meer dozen?'

'Deze was de beste. Hangt er denk ik van af of mevrouw Jacob groot of klein is.'

'Hangt ervan af of ze vanavond de pijp uit is.'

'Twijfel je daar nog aan? Met dat humeur van hem vandaag?'

Samen wandelden ze naar een andere parkeerhaven en ontsloten een zwarte Chevrolet Tahoe. Kleiner broertje van de Suburban, maar nog altijd een enorm voertuig.

'Waar moeten we nou heen?' vroeg de tweede man.

'Een plaatsje dat Garrison heet,' zei de eerste man. 'Recht omhoog langs de Hudson, klein stukje voorbij Sing Sing. Een à anderhalf uur rijden.'

De Tahoe reed achterwaarts de parkeerhaven uit en met gierende banden de garage rond. Hotste de oprit op en het zonlicht in en zette koers naar West Street, waar hij rechtsaf sloeg en gas gaf naar het noorden.

4

Recht tegenover Kade 56 loopt West Street over in Eleventh Avenue. Daar stroomt het verkeer in westelijke richting uit Fourteenth Street om noordwaarts af te slaan. De grote, zwarte Tahoe belandde in een opstopping en deed mee aan het gefrustreerde claxonconcert dat tegen de hoge gebouwen weerkaatste en over de rivier galmde. Hij bewoog zich negen blokken met een slakkengang voort en sloeg links af Twenty-third Street in. Daarna sloeg hij op Twelfth weer af in noordelijke richting. Hij ging iets harder dan loopsnelheid tot hij de achterkant van de Javits Convention Center was gepasseerd en hij vervolgens weer vast raakte in het verkeer dat uit West Forty-second stroomde. Twelfth liep over in de Miller Highway en de file zette zich onverminderd voort tot het eind van de uitgestrekte troep van de oude rangeerterreinen. Daarna werd Miller de Henry Hudson Parkway. Nog altijd een trage weg, maar technisch gezien was de Henry Hudson Route 9A, die in Crotonville in Route 9 overging en hen helemaal naar Garrison in het noorden zou brengen. Dat was één lange, rechte weg, maar ze zaten nog altijd vast in Riverside Park in Manhattan en waren inmiddels al een heel halfuur onderweg.

De tekstverwerker had de doorslag gegeven. Die cursor die geduldig halverwege een woord stond te knipperen. De open deur en de verlaten damestas waren veelzeggend, maar niet beslissend. Kantoorpersoneel neemt doorgaans zijn spullen mee en doet de deur op slot, maar niet altijd. Het kon best zijn dat de secretaresse even naar een van de andere kantoren was gelopen om briefpapier te halen, of iemand met een kopieerapparaat te helpen, wat weer tot een kopje koffie en een sappig verhaal over het afspraakje van de vorige avond had geleid. Iemand die verwacht maar een paar minuten weg te zijn, zou haar tas achter en de deur open kunnen laten en toch een halfuur weg kunnen blijven. Maar niemand laat zijn computerwerk onbewaard achter. Nog geen minuut. Dat had deze dame wel gedaan. Het apparaat had hem gevraagd: WILT U DE WIJZIGINGEN OPSLAAN? Dat betekende dat ze van haar bureau was opgestaan zonder het bewaar-icoontje aan te klikken, wat voor mensen die dagelijks met software worstelen even gewoon is als ademhalen.

En dat gaf de hele toestand een erg akelig tintje. Reacher was doorgelopen naar de andere grote hal van Grand Central en had bij een stalletje een halveliterbeker zwarte koffie gekocht. Hij drukte het dekseltje er stevig op en stak het bundeltje bankbiljetten weer in zijn zak. Het was dik genoeg voor wat hem te doen stond. Hij haastte zich weer terug naar de eerste hal en holde naar het perron waar de trein naar Croton op het punt van vertrekken stond.

De Henry Hudson Parkway splitst zich in de buurt van 170th Street in een ingewikkeld klaverblad, en het deel dat in noordelijke richting gaat heet Riverside Drive. Zelfde weg, zelfde richting, geen afslag, maar de complexe dynamiek van druk verkeer zorgt ervoor dat als een chauffeur meer dan gemiddeld gas terugneemt, de stroom op de snelweg drastisch kan vertragen en honderden mensen ernstig achteropraken omdat de een of andere vreemde een eindje verderop een ogenblik in de war is geraakt. Tegenover Fort Washington kwam de grote zwarte Tahoe helemaal tot stilstand en daarna ging het met horten en stoten stapvoets door onder de hele George Washington Bridge. Vervolgens verbreedde Riverside Drive zich en kon hij zelfs doorschakelen naar zijn derde versnelling alvorens de bordjes weer in Henry Hudson veranderden en het verkeer voor de tolloketten hem opnieuw tot stilstand bracht. Hij wachtte in de rij om het bedrag te betalen waarvoor hij het eiland Manhattan mocht verlaten en in noordelijke richting via de Bronx kon doorrijden.

Tussen Grand Central en Croton rijden twee soorten treinen langs de Hudson op en neer: stoptreinen en intercity's. De intercity's gaan niet harder, maar stoppen minder vaak. Ze zorgen ervoor dat de reis ergens tussen de negenenveertig en tweeënvijftig minuten duurt. De stoptreinen stoppen overal. Het herhaalde remmen en wachten en optrekken rekt de reis tot ergens tussen de vijfenzestig en drieënzeventig minuten. Het maximumvoordeel van de intercity bedraagt dus hooguit vierentwintig minuten.

Reacher zat op een stoptrein. Hij had vijfeneenhalve dollar betaald voor een enkeltje buiten de spits en zat zijwaarts op een lege, driepersoons bank. De sloot koffie had hem speedy gemaakt. Zijn hoofd rustte tegen het raam. Hij vroeg zich af waar hij in godsnaam naartoe ging, en waarom, en wat hij ging doen als hij daar was. En of hij überhaupt op tijd zou zijn om het doen, wat het ook mocht zijn.

Route 9A veranderde in Route 9 en boog sierlijk van de rivier weg om achter Camp Smith door te lopen. Vervolgens werd hij in Westchester een redelijk snelle weg. Niet echt een racebaan omdat hij veel te grillig was voor een constante hoge snelheid, maar het was een lege en onbelemmerde lappenstrook van oude en nieuwe stukken die zich door de bossen kerfde. Hier en daar lagen woonwijken achter hoge houten schuttingen met keurig geschilderde toegangspoorten en optimistische namen, uitgehakt in imposante keien aan weerskanten. De Tahoe snelde verder; de ene man stuurde en de andere had een landkaart op schoot.

Ze passeerden Peekskill en keken uit naar een afslag naar links. Ze vonden hem en reden haaks op de rivier af, die ze ergens recht voor zich vermoedden in een lege onderbreking van het landschap. Ze reden het plaatsje Garrison in en gingen op zoek naar het adres. Dat viel niet mee. De woonwijken lagen wijdverspreid. Het kon zijn dat je een postcode van Garrison had, maar ergens midden in de wildernis woonde. Dat was duidelijk. Maar ze vonden de juiste richting, namen alle juiste afslagen en vonden de juiste straat. Ze namen gas terug, reden langzaam door de steeds dunner wordende bossen boven de rivier en bekeken de brievenbussen. De weg maakte een bocht en het uitzicht werd vrij. Ze reden door. Vervolgens zagen ze het bewuste huis een eindje verderop. Ze namen abrupt gas terug en stopten langs de stoeprand.

Reacher stapte in Croton uit de trein, eenenzeventig minuten nadat hij was ingestapt. Hij holde de trap op naar de taxistandplaats. Er stonden er vier te wachten, stuk voor stuk met hun neus naar de stationsingang, stuk voor stuk oude Caprice-modellen met flanken van namaakhout. De eerste chauffeur die reageerde was een stevig gebouwde vrouw die haar hoofd ophief alsof ze bereid was om op te letten.

'Weet u waar Garrison is?' vroeg Reacher.

'Garrison?' vroeg ze. 'Dat is een heel eind weg, meneer. Dertig kilometer.'

'Ik weet waar het is,' zei hij.

'Dat kan u wel eens veertig dollar gaan kosten.'

'Ik maak er vijftig van,' zei hij. 'Maar ik moet er zo gauw mogelijk zijn.'

Hij ging voorin naast haar zitten. De auto stonk zoals alle oude taxi's: naar een wee-zoete combinatie van luchtverfrisser en bekledingsreiniger. Hij had anderhalf miljoen kilometer op de klok en reed als een boot op de deining toen de vrouw over het parkeerterrein zigzagde, Route 9 opreed en afsloeg naar het noorden.

'Waar moet u precies zijn?' vroeg ze.

Reacher herhaalde wat de assistent van het advocatenkantoor had gezegd. De vrouw knikte en zette er flink de gang in.

'Kijkt uit op de rivier,' zei ze.

Een kwartier later passeerden ze Peekskill en daarna nam ze gas terug, wachtend op een bepaalde afslag naar links. Reacher voelde dat de rivier ergens verderop stroomde, door een anderhalve kilometer brede kloof in het bos. De vrouw kende de weg. Ze reed helemaal naar de rivier en sloeg af bij een landweggetje in noordelijke richting. De spoorweg liep parallel aan de weg tussen de weg en het water. Er waren geen treinen te bekennen. Opeens waren ze op een hoogte met vrij uitzicht over de rivier en Reacher zag West Point in de verte links aan de overkant van het blauwe water.

'Hier moet het ergens zijn,' zei ze.

Het was een smal landweggetje, aan de wildernis ontrukt door boerenhekken van ruw hout en getemd met gemaaide bermen en aanplant van bomen. Er waren brievenbussen met een tussenruimte van honderd meter en palen met kabels die tussen de boomtoppen door liepen.

'Ho,' zei de vrouw verrast. 'Hier moet het zijn.'

De weg was al smal en nu konden ze amper verder. In de berm stond een lange rij auto's. Het moesten er wel een stuk of veertig zijn en een heleboel auto's waren zwart of donkerblauw. Het waren stuk voor stuk keurige, nieuwe sedans of grote terreinwagens. De vrouw reed voorzichtig de oprijlaan op. De auto's stonden bumper aan bumper tot aan het huis. Op het plaatsje voor de garage stonden nog een stuk of tien, twaalf auto's. Twee daarvan waren gewone sedans van Detroitse makelij in matgroen. Legervoertuigen. Reacher herkende de dienstvoertuigen van het ministerie van defensie van kilometers afstand.

'Oké?' vroeg de vrouw.

'Ik denk het wel,' zei hij aarzelend.

Hij pelde een briefje van vijftig van zijn bundeltje en gaf het aan haar. Stapte uit en bleef onzeker op de oprijlaan staan. Hoorde de taxi in z'n achteruit weggieren. Hij liep terug naar de weg. Keek naar de lange rij auto's. Keek naar de brievenbus. Er stond met kleine aluminium letters een naam aan de bovenkant. De naam luidde Garber. Die naam kende hij even goed als zijn eigen naam.

Het huis stond op een grote lap grond die nonchalant was onderhouden en op comfortabele wijze het midden hield tussen natuurlijk en verwaarloosd. Het huis zelf was laag en onregelmatig, betimmerd met donkerbruin ceder, met donkere horren voor de ramen en een grote schoorsteen van natuursteen. Het was een kruising tussen een bescheiden buitenwijkhuis en een knusse cottage. Het was erg stil. De lucht rook klam, warm en vruchtbaar. Het struikgewas gonsde van de insecten. Hij voelde hoe de rivier achter het huis liep: een leegte van twee kilometer breed die flarden van geluid naar het zuiden zoog.

Hij liep wat dichter naar het huis toe en hoorde gedempt geroezemoes aan de achterzijde. Mensen die zacht praatten, waarschijnlijk een hele massa. Hij liep in de richting van het geluid en belandde aan de zijkant van de garage. Hij stond boven aan een betonnen trap en zag uit over de achtertuin en op de blauwe rivier die er in het zonlicht oogverblindend bij lag. Aan zijn rechterhand, twee heiige kilometers verderop, iets naar het noord-westen, was het lage, grijze West Point.

De achtertuin was een vlak stuk gekapt bos boven op de steile oever. Hij was begroeid met stug, kort gemaaid gras en daarop stond een plechtige menigte van een man of honderd. Ze waren allemaal in het zwart, zowel de mannen als de vrouwen; zwarte pakken, dassen, blouses en schoenen, op een handvol officieren in gala-uniform na. Ze praatten zacht en ernstig en goochelden met papieren bordjes en glazen wijn. Er sprak iets van droefenis uit de manier waarop ze hun schouders lieten hangen.

Een begrafenisplechtigheid. Hij was onverwacht op een begrafenis gestuit. Hij bleef onhandig staan en stak opvallend af tegen de blauwe lucht in de spullen die hij daags tevoren in de Keys haastig had aangetrokken: een verschoten kakibroek, een gekreukt, lichtgeel overhemd, geen sokken, gehavende schoenen, een door de zon gebleekte bos haar als een ragebol en een baard van een dag. Hij staarde naar de menigte rouwenden onder zich en alsof hij opeens in zijn handen had geklapt, staakte het geroezemoes en draaide iedereen zich naar hem om. Hij verstijfde. Ze staarden hem allemaal zwijgend en vragend aan en hij keek uitdrukkingsloos terug. Er hing een doodse stilte. Vervolgens kwam er een vrouw in beweging. Ze gaf haar kartonnen bordje en haar glas aan de dichtstbijzijnde omstander en kwam naar hem toe.

Het was een vrouw van een jaar of dertig, evenals de rest in een plechtig zwart pakje. Ze was bleek en gespannen, maar erg mooi. Pijnlijk mooi. Heel slank, hoog op de hielen, lange benen in zwart, doorschijnend nylon. Mooi blond, lang en natuurlijk haar, blauwe ogen, tere botten. Ze liep gracieus over het gazon en bleef onder aan de betonnen trap staan, alsof ze verwachtte dat hij naar beneden zou komen.

'Hallo, Reacher,' zei ze zacht.

Hij zag op haar neer. Ze kende hem. En hij kende haar. Het drong zich in een klap aan hem op als een film die beeldje-voor-beeldje in een oogwenk vijftien jaar overbrugt. Vlak voor zijn ogen groeide en bloeide een tienermeisje op tot een beeldschone vrouw, en dat allemaal in een fractie van een seconde. Garber, de naam op de brievenbus. Leon Garber, die zoveel jaar zijn directe commandant was geweest. Hij moest aan de eerste periode van hun kennismaking denken, toen ze elkaar leerden kennen tijdens barbecues op vochtig-warme avonden op de Filippijnen. Een slank meisje dat de schaduwen rond het grauwe basishuis in en uit gleed; op haar vijftiende vrouw genoeg om je de adem te benemen, maar nog meisje genoeg om totaal taboe te zijn. Jodie, Garbers dochter. Zijn enig kind. Het licht van zijn leven. Dit was Jodie Garber, vijftien jaar later, helemaal opgegroeid en beeldschoon, en ze stond onder aan een betonnen trap op hem te wachten.

Hij wierp een blik op de menigte en daalde de trap naar het gazon af.

'Hallo, Reacher,' herhaalde ze.

Haar stem klonk zacht en nerveus. Triest, net als het omringende tafereel.

'Hallo, Jodie,' zei hij.

Daarna wilde hij vragen: 'Wie is er dood?' Maar hij kreeg het niet over zijn lippen zonder bot of stompzinnig te klinken. Ze zag hem worstelen en knikte.

'Papa,' zei ze.

'Wanneer?' vroeg hij.

'Vijf dagen geleden,' zei ze. 'De laatste maanden is hij ziek geweest, maar uiteindelijk was het toch plotseling. Een verrassing, kun je wel zeggen.'

Hij knikte langzaam.

'Dat spijt me heel erg,' zei hij.

Hij wierp een blik op de rivier en de honderd gezichten voor hem veranderden in honderd gezichten van Leon Garber. Een kleine, gedrongen, taaie man. Een brede glimlach die hij altijd paraat had, of hij nu blij, geërgerd of in gevaar was. Dapper, zowel lichamelijk als geestelijk. Een groot leider. Goudeerlijk, sportief en opmerkzaam. Reachers grote voorbeeld in zijn cruciale, vormende jaren. Zijn mentor en sponsor. Zijn beschermheer. Hij had zijn nek een heel eind uitgestoken en hem binnen anderhalf jaar twee keer gepromoveerd, zodat Reacher de jongste majoor in vredestijd was die men zich kon herinneren. Vervolgens had hij bij alle volgende successen zijn vlezige handen gespreid en met een glimlach alle eerbewijs van de hand gewezen.

'Het spijt me erg, Jodie,' herhaalde hij.

Ze knikte zwijgend.

'Niet te geloven,' zei hij. 'Het is niet te bevatten. Ik heb hem nog geen jaar geleden gezien. Toen was er niets mis met hem. Ziek geworden?'

Ze knikte weer, nog altijd zwijgend.

'Maar hij is altijd zo sterk geweest,' zei hij.

Ze knikte treurig. 'Ja, hè? Altijd zo sterk.'

'En niet oud,' zei hij.

'Vierenzestig.'

'Wat is er dan gebeurd?'

'Z'n hart,' zei ze. 'Dat heeft het uiteindelijk begeven. Weet je nog hoe hij altijd deed alsof hij geen hart had?'

Reacher schudde zijn hoofd. 'Het grootste hart dat ik kende.'

'Daar was ik ook achter,' zei ze. 'Nadat mama was overleden, zijn we tien jaar lang de grootste vrienden geweest. Ik was dol op hem.'

'Ik ook,' zei Reacher. 'Alsof het mijn vader was in plaats van de jouwe.'

Ze knikte weer. 'Hij had het nog altijd over jou.'

Reacher wendde zijn hoofd af. Staarde naar de mistige vormen van de grijze gebouwen van West Point. Hij was verdoofd. Hij was in die leeftijdsgroep gekomen waarin mensen die hij kende doodgingen. Zijn vader was dood, zijn moeder was dood en zijn broer was dood. En nu was er iemand overleden die zo goed als familie was.

'Zes maanden geleden heeft hij een hartaanval gehad,' zei Jodie. Haar blik bewolkte en ze duwde haar lange, steile haar achter haar oor. 'Hij kwam er even bovenop en de vooruitzichten waren goed, maar in werkelijkheid ging hij hard hollend achteruit. Ze dachten er nog over om hem een bypass te geven, maar opeens kreeg hij een terugval. Hij had de operatie niet overleefd.'

'Het spijt me erg,' zei hij voor de derde keer.

'Dat hoeft niet,' zei ze. 'Hij is altijd een erg tevreden mens geweest. Het is maar beter dat het snel is gegaan. Ik kan me niet voorstellen dat hij blij zou zijn geweest met een bestaan als kasplantje.'

Reacher zag in een flits de oude Garber voor zijn geestesoog: een bedrijvige, razende Roeland, een bal energie, en hij begreep hoe wanhopig het hem zou hebben gemaakt als hij bedlegerig was geworden. Hij begreep hoe dat oude, overbelaste hart de worsteling uiteindelijk had gestaakt. Hij knikte met tegenzin.

'Kom mee, dan ga ik je aan wat mensen voorstellen,' zei Jodie. 'Misschien ken je er wel een paar.'

'Ik ben hier niet op gekleed,' zei hij. 'Dat vind ik niet prettig. Ik kan maar beter gaan.'

'Geeft niet,' zei ze. 'Denk je dat het papa iets had kunnen schelen?'

Hij zag Garber voor zich in zijn oude, gekreukte kaki en met zijn geteisterde pet. Alle dertien jaar dat Reacher onder hem had gediend was hij de slechtst geklede officier van het Amerikaanse leger geweest. Hij moest even glimlachen.

'Ik denk niet dat hij er bezwaar tegen zou hebben,' zei hij.

Ze liep met hem het grasveld op. Hij herkende

zo'n zes van de honderd mensen. Een paar mannen in uniform kwamen hem bekend voor. Een handvol mannen in pak waren lui met wie hij in een ander leven op verschillende plekken had samengewerkt. Hij schudde handen met tientallen mensen en probeerde naar hun naam te luisteren, maar die gingen het ene oor in en het andere uit. Daarna werden het gedempte gepraat en het eten en drinken hervat. De menigte sloot zich om hem heen en de sensatie van zijn haveloze verschijning was snel vergeten. Jodie hield zijn arm nog steeds vast. Haar hand voelde koel op zijn huid.

'Ik ben naar iemand op zoek,' zei hij. 'Daarom ben ik hier eigenlijk.'

'Ik weet het,' zei ze. 'Mevrouw Jacob, hè?'

Hij knikte.

'Is ze hier?' vroeg hij.

'Dat ben ik,' zei ze.

De twee mannen in de zwarte Tahoe maakten zich achterwaarts uit de rij auto's los en reden onder de hoogspanningskabels vandaan zodat hun autotelefoon ongestoord zou werken. De chauffeur draaide een nummer en het geluid van een telefoon die overging vulde het stille interieur. Daarna werd er honderd kilometer naar het zuiden en achtentachtig verdiepingen hoog opgenomen.

'Problemen, baas,' zei de chauffeur. 'Er is hier een soort wake, een begafenisplechtigheid of zoiets. Er krioelen hier zeker honderd mensen rond. Geen schijn van kans om mevrouw Jacob te pakken. We weten niet eens wie het is. Er zijn wel tientallen vrouwen, dus kan het iedereen zijn.'

Uit de luidspreker klonk een grom van Hobie. 'En?'

'Die vent uit de bar in de Keys? Die is hier verdomme net met een taxi aangekomen. Tien minuten na ons. Hij ging linea recta naar binnen.'

De luidspreker sputterde. Geen hoorbaar antwoord.

'Dus wat doen we?' vroeg de chauffeur.

'Gewoon blijven,' zei Hobies stem. 'Misschien kun je de auto verbergen en je ergens verstoppen. Wachten tot iedereen weg is. Voor zover ik weet, is het haar huis. Misschien het huis van de familie of een weekendverblijf. Dus alle mensen zullen weggaan behalve zij. En niet zonder haar terugkomen, oké?'

'En die grote vent?'

'Als hij weggaat, laat je hem gaan. Zo niet, dan maak je hem koud. Maar die mevrouw Jacob wil ik hier zien.'

'Ben jij mevrouw Jacob?' vroeg Reacher.

Jodie Garber knikte.

'Ben, was,' zei ze. 'Ik ben gescheiden, maar voor mijn werk heb ik de naam aangehouden.'

'Wie was hij?'

Ze haalde haar schouders op.

'Een advocaat, net als ik. Destijds leek het wel een goed idee.'

'Hoelang?'

'In totaal drie jaar. We hadden elkaar op de rechtsfaculteit leren kennen en zijn getrouwd toen we een baan kregen. Ik ben in Wall Street gebleven, maar hij is een paar jaar geleden naar een firma in Washington gegaan. Het huwelijk was niet over toen hij vertrok, maar is gewoon als een nachtkaars uitgegaan. Afgelopen herfst zijn de echtscheidingspapieren gekomen. Ik kon me hem amper herinneren. Gewoon een naam, Alan Jacob.'

Reacher stond in de zon op het gras en keek naar haar. Hij besefte dat hij van zijn stuk was omdat ze getrouwd was geweest. Op haar vijftiende was ze een mager scharminkel geweest, maar wel een verrukkelijk scharminkel. Ze was zelfverzekerd, onschuldig en tegelijkertijd een beetje verlegen. Hij had de strijd tussen haar verlegenheid en nieuwsgierigheid gezien toen ze de stoute schoenen aantrok om bij hem te komen zitten en een gesprek over leven en dood en goed en kwaad met hem aan te knopen. Vervolgens was ze nerveus gaan verzitten, had ze haar knokige knieën onder zich opgetrokken en het gesprek op liefde en sex en mannen en vrouwen gebracht. Daarna was ze gaan blozen en had ze gemaakt dat ze wegkwam. Hij bleef alleen achter en voelde zich ijskoud vanbinnen: hij was totaal in haar ban en daarom woest op zichzelf. Dagen later zag hij haar weer ergens op de basis, weer met een hoofd als een boei. En nu was het vijftien jaar later, was ze een volwassen vrouw geworden, had ze rechten gestudeerd, was ze getrouwd en gescheiden, beeldschoon, het toonbeeld van elegante zelfbeheersing, en stond ze arm in arm met hem in de tuin van haar overleden vader.

'Ben jij getrouwd?' vroeg ze.

Hij schudde zijn hoofd. 'Nee.'

'Maar wel gelukkig?'

'Ik ben altijd gelukkig,' zei hij. 'Altijd geweest en ik zal het altijd zijn.'

'Wat doe je?'

Hij haalde zijn schouders op. 'Niets bijzonders.'

Hij keek over haar hoofd naar de gezichten in de menigte. Ingetogen zakenlui, levens om u tegen te zeggen, grote carrières: stuk voor stuk bewogen ze zich van A naar Z. Hij keek naar hen en vroeg zich af of zij nu gek waren of hij. Hij moest denken aan de uitdrukking op Costello's gezicht.

'Ik was gewoon in de Keys,' zei hij. 'Om zwembaden te graven met een schep.'

Haar gezicht veranderde niet. Ze probeerde met haar hand in zijn onderarm te knijpen, maar haar hand was te klein en zijn onderarm te dik. Het voelde als een lichte druk van haar handpalm.

'Heeft Costello je daar gevonden?'

Hij heeft me niet gevonden om me op een begrafenis uit te nodigen, dacht hij.

'We moeten het even over Costello hebben,' zei hij.

'Hij is goed, hè?'

Niet goed genoeg, dacht hij. Ze verwijderde zich om wat door de menigte te circuleren. De mensen wilden een tweede condoléanceronde. De wijn had hen wat vrijer gemaakt en het geroezemoes werd luidruchtiger en sentimenteler. Reacher slenterde naar het terras, waar een lange tafel met voedsel op een wit tafellaken stond. Hij schepte koude kip met rijst op een kartonnen bord en nam een glas water. Er stond oud tuinmeubilair dat door de rest met rust werd gelaten omdat het onder de grijsgroene plekjes botanische afscheiding uit de bomen zat. De witte parasol was stug en verschoten. Reacher dook eronder en ging zwijgend in zijn eentje op een vuile stoel zitten.

Onder het eten sloeg hij de menigte gade. De mensen hadden moeite met weggaan. De genegenheid voor Leon Garber was tastbaar. Een mens als hij roept genegenheid bij anderen op, misschien wel te veel om recht in zijn gezicht te zeggen, dus moet het allemaal later naar buiten komen. Jodie liep knikkend door de menigte; ze omklemde handen en glimlachte treurig. Iedereen had wel iets te vertellen, een anekdote over hoe ze gezien hadden hoe Garbers gouden hart even van onder zijn bruuske en opvliegende bolster had gegluurd. Hij kon daar wel een paar verhalen aan toevoegen. Maar dat was hij niet van plan, want Jodie hoefde niet uitgelegd te krijgen dat haar vader een goed mens was geweest. Dat wist ze al. Ze bewoog zich met de sereniteit van iemand die haar hele leven al van haar ouweheer had gehouden, en die liefde was wederzijds geweest. Er was niets wat ze voor hem had verzwegen en vice versa. Mensen leven en mensen sterven en zolang ze die twee dingen maar fatsoenlijk doen, valt er weinig te betreuren.

Ze vonden een plek langs dezelfde weg. Het lag voor de hand dat het een weekendhuis was, want het zag er afgesloten en onbewoond uit. Ze reden de Tahoe achteruit achter de garage, waar hij vanaf de straat niet te zien was, maar klaar stond voor de jacht. Ze haalden de pistolen uit het handschoenenkastje en staken ze in hun jaszak. Liepen terug langs de weg en doken het struikgewas in.

Het viel niet mee. Ze zaten amper honderd kilometer ten noorden van Manhattan, maar het had evengoed de wildernis van Borneo kunnen zijn. Overal waren woeste klimplanten die naar hen klauwden, waar ze over struikelden en die hun gezicht en handen geselden. De bomen waren inheemse breedbladerigen in hun tweede groei. Ze groeiden in het wilde weg. Eigenlijk was het onkruid en de takken sproten er in rare lage hoeken uit. Ze draaiden zich om en liepen achteruit terwijl ze zich met geweld een weg baanden. Ter hoogte van Garbers oprijlaan hapten ze hijgend naar adem en zaten ze onder het mos en het groene stuifmeel. Ze drongen nog een stukje verder de tuin in en vonden een kuil waarin ze zich schuil konden houden. Ze doken naar links en naar rechts om uitzicht te krijgen op het pad dat uit de achtertuin omhoogliep. Er liepen mensen die kant op, klaar om te vertrekken.

Langzamerhand werd het duidelijk wie mevrouw Jacob was. Als Hobie gelijk had en dit haar huis was, was zij de slanke blonde die handen schudde en afscheid nam alsof al die vertrekkende mensen haar gasten waren. Die mensen vertrokken en zij bleef. Zij was mevrouw Jacob. Ze sloegen haar gade. Ze was het middelpunt van de belangstelling, glimlachte dapper, omhelsde en wuifde. Mensen liepen in de rij naar de oprijlaan. Eerst enkelingen en paren, daarna grotere groepen. Auto's werden gestart. Er steeg een blauwe mist van uitlaatgas op. Ze hoorden het sissen en kreunen van stuurbekrachtiging toen auto's zich voorzichtig uit de rij losmaakten. Het schuren van banden op het asfalt. Het motorgeronk van auto's die optrokken op het weggetje. Dit werd een makkie. Weldra zou ze daar helemaal alleen staan; verstikt en overmand door verdriet. Dan zouden er nog een paar extra bezoekers komen. Misschien zou ze hen aan zien komen en voor laat rouwbezoek verslijten. Tenslotte droegen ze allebei een donker pak en een donkere das. In de kleding die bij het financiële hart van Manhattan hoort, kun je je eigenlijk ook op een begrafenis vertonen.

Reacher keek de laatste twee gasten na die via de betonnen trap de achtertuin verlieten. De ene was een kolonel en de andere een tweesterrengeneraal, beiden in smetteloos gala. Dat had hij wel verwacht. Waar gratis eten en drinken is, zullen soldaten het laatst weggaan. De kolonel kende hij niet, maar de generaal kwam hem vaag bekend voor. Hij had de indruk dat de generaal hem ook herkende, maar geen van beiden zocht toenadering. Aan beide kanten ontbrak de lust tot lange en ingewikkelde gesprekken over en-wat-doe-je-nu-zoal.

De hoge pieten gaven Jodie nogal vormelijk een hand en daarna sprongen ze in de houding om te salueren. Correcte paradegebaren; glanzende schoenen stampten op het asfalt, de blikken recht naar voren, de ogen op oneindig: het was allemaal vrij bizar in de groene stilte van een oprijlaan in een buitenwijk. Ze stapten in de laatste auto die nog op het plaatsje voor de garage stond, een van de lage groene sedans die het dichtst bij het huis stonden. Het eerst gekomen, het laatst weg. Vredestijd, Koude Oorlog voorbij, de godganse dag niets om handen. Dat was de reden dat Reacher best blij was geweest toen ze hem lieten gaan, en toen hij de groene auto zag draaien en wegrijden, wist hij dat hij gelijk had gehad.

Jodie kwam van opzij naar hem toe en haakte haar arm weer door de zijne.

'Zo,' zei ze zacht. 'Dat was dat.'

Vervolgens was er slechts een toenemende stilte toen het geluid van de groene auto langs het weggetje wegstierf.

'Waar ligt hij begraven?' vroeg Reacher.

'Op de gemeentelijke begraafplaats,' zei ze. 'Hij had natuurlijk ook Arlington kunnen kiezen, maar dat wilde hij niet. Wil je erheen?'

Hij schudde zijn hoofd.

'Nee, dat soort dingen doe ik niet. Voor hem maakt het nu toch niet meer uit, hè? Hij wist dat ik hem zou missen, want dat heb ik hem al heel lang geleden gezegd.'

Ze knikte. Liet zijn arm niet los.

'We moeten het over Costello hebben,' zei hij weer.

'Waarom?' vroeg ze. 'Hij heeft je de boodschap toch gegeven?'

Hij schudde zijn hoofd.

'Nee, hij had me wel gevonden, maar ik vertrouwde het niet. Ik heb gezegd dat ik Jack Reacher niet was.'

Ze keek verrast. 'Maar waarom?'

Hij haalde zijn schouders op.

'Uit gewoonte, denk ik. Ik hou er niet van om ergens bij betrokken te raken. De naam Jacob zei me niets, dus heb ik hem gewoon genegeerd. Ik was gelukkig met mijn rustige leventje daar.'

Ze keek hem nog steeds aan.

'Misschien had ik Garber moeten zeggen,' zei ze. 'Het was toch een zaak van mijn vader, niet van mij. Maar ik heb het via de zaak gespeeld en er verder geen moment bij stilgestaan. Je zou wel naar hem hebben geluisterd als hij Garber had gezegd, hè?'

'Vanzelf,' zei hij.

'En je had je geen zorgen hoeven maken, want zo belangrijk is het niet.'

'Kunnen we niet naar binnen gaan?' vroeg hij.

Ze keek hem weer verrast aan. 'Waarom?'

'Omdat het op de een of andere manier wel iets heel belangrijks was.'

Ze zagen hoe zij hem voorging door de voordeur. Ze trok de hordeur open en hij hield hem vast, terwijl zij de knop omdraaide en de deur openmaakte. Een groot soort voordeur van dofbruin hout. Ze gingen naar binnen en de deur ging achter hen dicht. Tien seconden later ging er achter een raam helemaal aan de linkerkant een vaag lichtje branden. Een soort zit- of werkkamer waarschijnlijk. Dusdanig in de schaduw van de wildernis buiten dat er zelfs overdag licht moest branden. Ze hurkten in hun klamme kuil en wachtten af. Overal om hen heen dreven insecten door de bundels zonlicht. Ze wisselden een blik en spitsten de oren. Er was geen enkel geluid.

Ze verhieven zich voorzichtig van de grond en

baanden zich een weg naar de oprijlaan. Holden ineengedoken naar de hoek van de garage. Drukten zich ruggelings tegen de zijkant en gleden naar de voorkant. Via de voorzijde naar het huis. Ze haalden hun pistool uit hun jaszak en repten zich om de beurt met de loop omlaag naar de veranda aan de voorkant. Ze hergroepeerden zich en bewogen zich langzaam over het oude hout. Uiteindelijk zaten ze aan weerskanten van de voordeur ruggelings tegen het huis gehurkt met hun pistool in aanslag. Hier was ze naar binnen gegaan en hier zou ze ook weer naar buiten komen. Gewoon een kwestie van tijd.

'Iemand heeft hem vermoord?' herhaalde Jodie.

'En zijn secretaresse waarschijnlijk ook,' zei Reacher.

'Ongelooflijk,' zei ze. 'Waarom?'

Ze had hem door een donkere gang naar een werkkamertje in de uiterste hoek van het huis gebracht. Dankzij een klein raam, donkere lambrisering en zwaar bruin meubilair was het er somber, dus deed ze een bureaulamp aan die het vertrek herschiep in een gezellig mannenhok dat Reacher deed denken aan de vooroorlogse bars die hij in Europa had gezien. Er waren boekenplanken met goedkope uitgaven, decennia geleden via een abonnement aangeschaft, en omgekrulde, verbleekte foto's die met punaises aan de voorkant van de schappen waren geprikt. Er stond een onopvallend bureau van het soort waaraan een oude man die weinig te doen heeft zijn rekeningen betaalt en zijn belastingaangifte invult in navolging van de manier waarop hij werkte toen hij nog een baan had.

'Ik weet niet waarom,' zei Reacher. 'Ik weet niets. Ik weet niet eens waarom je hem op pad hebt gestuurd om mij te zoeken.'

'Papa moest je hebben,' zei ze. 'Hij heeft me nooit echt verteld waarom. Ik had het druk, ik had een proces, een ingewikkelde zaak die maanden heeft geduurd. Ik werd in beslag genomen. Het enige dat ik weet is dat hij naar de cardioloog ging toen hij ziek was geworden, snap je? Daar is hij iemand tegengekomen en toen is hij ergens bij betrokken geraakt. Hij maakte zich er zorgen over. Ik kreeg de indruk dat hij de een of andere enorme verplichting voelde. Toen zijn toestand later achteruitging, besefte hij dat hij de kwestie moest laten vallen, en toen zei hij dat hij jou moest zien te vinden om er eens naar te kijken, omdat jij misschien iets kon doen. Het maakte hem erg nerveus en dat was natuurlijk helemaal niet goed. Dus zei ik dat ik Costello zou vragen jou op te sporen. De zaak gebruikt hem altijd en ik had het gevoel dat dit het minste was wat ik kon doen.'

Op een bepaalde manier klonk het wel logisch, maar Reachers eerste gedachte was: waarom ik? Hij begreep Garbers probleem wel. Hij zat ergens middenin, zijn gezondheid ging achteruit, hij had geen zin om een verplichting te laten schieten en had hulp nodig. Maar iemand als Garber kon die overal vinden. De Gouden Gids van Manhattan stond vol met speurneuzen. En als het om iets ging dat te geheimzinnig of persoonlijk was voor een privédetective uit de stad, hoefde hij maar te bellen en wel tien vrienden van de militaire politie zouden aan komen hollen. Twintig. Honderd. Stuk voor stuk graag bereid om iets terug te doen voor zijn vele blijken van vriendschap en gunsten gedurende hun hele carrière. Dus zat Reacher zich af te vragen: waarom nou net mij?

'Wie was die persoon die hij bij de cardioloog heeft ontmoet?'

Ze haalde met een sip gezicht de schouders op.

'Ik weet het niet. Ik had het te druk. We zijn er nooit echt op ingegaan.'

'Is Costello hier geweest? Om de zaak rechtstreeks met hem te bespreken?'

Ze knikte. 'Ik had gezegd dat de zaak zou betalen, maar dat hij hierheen moest voor de details. Een dag of twee later belde hij terug om te zeggen dat hij met papa had gepraat en dat het erop neerkwam dat hij jou moest zoeken. Hij wilde een officieel voorschot, schriftelijk, omdat het wel eens duur kon worden. Dus dat heb ik natuurlijk gedaan omdat ik niet wilde dat papa over de kosten of zoiets in zou zitten.'

'Daarom heeft hij me verteld dat zijn cliënt mevrouw Jacob heette,' zei Reacher. 'Niet Leon Garber.

Daarom heb ik hem genegeerd. En daarom ben ik schuldig aan zijn dood.'

Ze schudde haar hoofd en keek hem scherp aan, alsof hij een nieuwe firmant was die zojuist een slordige opzet heeft gemaakt. Het verraste hem. Hij bekeek haar nog steeds als een vijftienjarig meisje, niet als een dertigjarige advocate.

'Dat is een onlogische gevolgtrekking,' zei ze. 'Het ligt toch voor de hand wat er gebeurd is? Papa heeft Costello het verhaal verteld en Costello heeft geprobeerd de kortste weg te nemen alvorens naar jou op zoek te gaan. Daarbij heeft hij onder de verkeerde steen gekeken en een slapende hond wakker gemaakt. Die heeft hem vermoord om erachter te komen wie er zocht en waarom. Het maakt niet uit of je je meteen bekend had gemaakt. Ze zouden Costello toch te grazen hebben genomen om erachter te komen wie zijn opdrachtgever was. Dus uiteindelijk ben ik degene die hem de dood in heeft gejaagd.'

Reacher schudde zijn hoofd. 'Het was Leon. Via jou.'

Zij schudde op haar beurt haar hoofd. 'Het was de persoon in de cardiologische kliniek. Hij, via papa, via mij.'

'Ik moet die persoon zien te vinden,' zei hij.

'Is dat nu nog belangrijk?'

'Ik denk het wel,' zei hij. 'Als Leon zich ergens zorgen over maakte, dan maak ik me er ook zorgen over. Zo was dat tussen ons.'

Jodie knikte zwijgend. Ze stond vlug op en liep naar de boekenplanken. Ze wrong twee nagels achter een punaise van een van de foto's en trok hem eruit. Ze bekeek hem eens goed en gaf hem vervolgens aan hem.

'Weet je nog?' vroeg ze.

De foto moest vijftien jaar oud zijn geweest; de kleuren waren tot fletse pasteltinten verbleekt, zoals licht en tijd wel vaker met oude foto's doen. Op het kiekje stond de felle lucht van Manilla en een achtertuin van aarde. Links stond Leon Garber, een jaar of vijftig oud en gekleed in een gekreukt, olijfkleurig gevechtstenue. Rechts stond Reacher zelf te glimlachen: vierentwintig, luitenant, ruim een hoofd groter dan Garber, in de blakende kracht van zijn jeugd. Tussen hen in stond Jodie, vijftien, in een zomerjurk, met een blote arm om haar vaders schouders en de andere om Reachers middel. Ze keek met samengeknepen ogen in de zon en helde glimlachend naar Reacher over alsof ze met alle kracht van haar magere, bruine postuur zijn middel tegen zich aan wilde drukken.

'Weet je nog? Dat hij net die Nikon in de militaire winkel had gekocht? Met een zelfontspanner? Dat hij een statief leende omdat hij niet kon wachten om hem te proberen?'

Reacher knikte. Hij wist het nog. Hij herinnerde zich de geur van haar haar op die dag onder de warme zon van de Stille Zuidzee. Schoon, jong haar.

Hij herinnerde zich het gevoel van haar lichaam tegen het zijne. Hij herinnerde zich hoe het was om haar lange dunne arm om zich heen te voelen. Hij wist nog dat hij zichzelf in stilte toeriep: Wacht even, jongen. Ze is pas vijftien en de dochter van je commandant!

'Hij noemde dit zijn gezinsfoto,' zei ze. 'Dat zei hij altijd.'

Hij knikte weer. 'Daarom. Zo was dat tussen ons.'

Ze staarde een hele poos naar de foto, naar iets in haar gezicht.

'En dan is er nog die secretaresse,' zei hij. 'Ze zullen haar gevraagd hebben wie de cliënt was. Dat zal ze hebben gezegd. En al heeft ze dat niet, dan zullen ze er toch achter komen. Het kostte mij dertig seconden en een telefoontje. Dus nu komen ze achter jou aan om te vragen wie hier achter zit.'

Met een uitdrukkingsloos gezicht legde ze de foto op het bureau.

'Maar dat weet ik niet.'

'Denk je dat ze dat zullen geloven?'

Ze knikte vaag en wierp een blik naar het raam.

'Oké, wat moet ik dan doen?'

'Hier weggaan,' zei hij. 'Dat is een ding dat zeker is. Te eenzaam, te geïsoleerd. Heb je een huis in de stad?'

'Ja,' zei ze. 'Op een zolderverdieping in Lower Broadway.'

'Heb je hier een auto?'

Ze knikte. 'Ja. Die staat in de garage. Maar ik wilde hier vannacht blijven. Ik moet zijn testament zoeken, papierwerk doen, dingen afsluiten. Ik wilde pas morgenochtend vroeg vertrekken.'

'Doe al die dingen nu,' zei hij. 'Zo snel als je kunt, en smeer 'm. Ik meen het, Jodie. Wie die lui ook zijn, dit is geen spelletje.'

De blik op zijn gezicht zei meer dan woorden. Ze knikte vlug en stond op.

'Oké, het bureau. Je kunt me een handje helpen.'

Sinds het trainingskorps voor reserveofficieren op de middelbare school tot zijn afzwaaien om gezondheidsredenen had Leon Garber er bijna een halve eeuw van allerlei soorten militaire dienst op zitten. Dat was aan zijn bureau te zien. In de bovenste laden lagen ordelijke rijen pennen, potloden en liniaals. De onderste laden waren twee keer zo hoog en daarin hingen harmonicamappen aan nette rails. Op elke map zat een in een keurig handschrift beschreven etiket. Belasting, telefoon, elektriciteit, olie voor de verwarming, tuinierswerk, garantiebewijzen van huishoudelijke apparaten. Er was een etiket met een verser handschrift in een andere kleur: LAATSTE WILSBESCHIKKING EN TESTAMENT. Jodie bekeek de onderdelen een voor een en uiteindelijke tilde ze de hele harmonicamap uit elke la. Reacher vond een gehavende leren koffer in de kast van de werkkamer en ze deden de mappen er direct in. Ze drukten het deksel met geweld omlaag en klikten het dicht.

Reacher pakte de oude foto van het bureau en keek er weer naar.

'Vond je het erg?' vroeg hij. 'Dat hij mij als een gezinslid beschouwde?'

Ze bleef in de deuropening staan en knikte.

'Ik vond het vreselijk,' zei ze. 'En ooit zal ik je precies vertellen waarom.'

Hij keek haar alleen maar aan. Ze draaide zich om en verdween in de gang.

'Ik ga even mijn spullen halen,' riep ze. 'Vijf minuten, oké?'

Hij liep naar de boekenplank en hing de oude foto weer op zijn plek. Daarna draaide hij het licht uit en droeg hij de koffer de kamer uit. Hij bleef in de stille gang staan en keek om zich heen. Het was een prettig huis. Ergens in de loop van zijn geschiedenis was er een stuk aangebouwd. Dat was duidelijk. Er was een centrale kern van kamers die qua ligging logisch was en vervolgens waren er nog meer kamers aan deze gang met zijn scherpe bocht. Ze lagen aan willekeurige binnenhalletjes. Te klein om voor doolhof door te gaan en te groot om voorspelbaar te zijn. Hij slenterde verder naar de huiskamer. De ramen keken uit op de achtertuin en de rivier, en de gebouwen van West Point waren zichtbaar in een hoek van de kant met de open haard. De lucht was stil en het rook er naar oude boenwas. Het interieur was verschoten en was om te beginnen al eenvoudig geweest. Neutrale houten vloer, crèmekleurige muren, zwaar meubilair. Een antieke tv, geen video. Boeken, schilderijen en nog meer foto's. Niets paste bij elkaar. Hier was geen binnenhuisarchitect aan te pas gekomen, maar het vertrek had zich langzaam maar zeker ontwikkeld en was comfortabel. Er was in geleefd.

Garber had het waarschijnlijk dertig jaar geleden gekocht toen Jodies moeder zwanger werd. Dat was vrij gebruikelijk. Getrouwde officieren met een gezin kochten dikwijls een huis, vaak in de buurt van hun eerste basis, of in de buurt van een plek die naar hun idee een centrale plaats in hun leven innam, zoals West Point. Ze kochten een huis en lieten het meestal leeg als ze in het buitenland woonden. De bedoeling was om ergens een anker te hebben, een herkenbare plek waarvan ze wisten dat ze erheen konden als alles achter de rug was. Of een plek waar hun gezin kon wonen als de post in het buitenland ongeschikt voor ze was, of als de opleiding van hun kinderen een vaste plek vergde.

Reachers ouders hadden die weg niet bewandeld. Ze hadden nooit een huis gekocht. Reacher had nooit in een eigen huis gewoond. Hij had zijn leven gesleten in Spartaanse dienstbungalows en legerbarakken, en vervolgens in goedkope motels. En hij wist vrij zeker dat hij nooit iets anders wilde. Hij wist vrij zeker dat hij nooit in een huis wilde leven. Die behoefte was gewoon aan hem voorbijgegaan. De noodzakelijke betrokkenheid joeg hem angst aan. Het was een fysieke last zoals de koffer in zijn hand. Rekeningen, onroerendgoedbelasting, verzekeringen, garanties, reparaties, onderhoud, beslissingen: nieuw dak of een nieuwe kachel, kleed of tapijt, huishoudboekjes. Het werk in de tuin. Hij liep naar het raam en keek naar buiten naar het grasveld. Tuinieren vatte de hele zinloosheid samen. Eerst steek je een hoop tijd en geld in de aanleg van een gazon, vervolgens steek je een poosje later weer een hoop tijd en geld in het kort houden ervan. Je vloekt als het te lang wordt en vervolgens maak je je zorgen dat het te kort blijft en gooi je er de hele zomer kostbaar water en de hele herfst dure kunstmest op.

Idioot. Maar als er een plek was die hem van gedachten kon doen veranderen, was het misschien dit huis van Garber. Het was zo nonchalant, zo ongedwongen. Het zag eruit alsof het welig tierde door een goedmoedig soort verwaarlozing. Hij kon zich bijna voorstellen dat hij er woonde. En het uitzicht was machtig. Die brede Hudson die langsstroomde, die had iets tastbaar geruststellends. Die oude Hudson zou langs blijven stromen, wat de mensen ook zouden doen aan de huizen en tuinen op zijn oevers.

'Oké, ik geloof dat ik klaar ben!' riep Jodie.

Ze verscheen in de deuropening van de huiskamer. Ze droeg een leren kledingvalies en had haar zwarte begrafeniskleren voor iets anders verwisseld.

Nu droeg ze een verschoten Levi's en een matblauwe trui met een merkje dat Reacher niet kon ontcijferen. Ze had haar haar geborsteld en door de statische elektriciteit stonden een paar haren naar buiten. Ze veegde ze vlak en duwde een lok achter haar oor. De matblauwe trui accentueerde haar ogen en benadrukte de lichte honingkleur van haar huid. De afgelopen vijftien jaar hadden haar helemaal geen kwaad gedaan.

Ze liepen door naar de keuken om de achterdeur te vergrendelen. Zetten alle apparatuur uit die ze konden zien en draaiden de kranen goed dicht. Liepen terug door de gang en deden de voordeur open.

5

Reacher ging het eerst naar buiten en dat had een aantal redenen. Normaal gesproken had hij misschien Jodie eerst laten gaan, omdat zijn generatie nog altijd de laatste sporen van Amerikaanse goede manieren droeg, maar hij had geleerd om voorzichtig om te springen met vertoon van ridderlijkheid tot hij precies wist hoe de vrouw in zijn gezelschap zou reageren. Bovendien was het haar huis en niet het zijne en dat veranderde de zaak toch al, en zij zou de sleutel moeten hanteren om de deur achter hen op slot te doen.

Maak die grote vent koud en breng mevrouw Jacob hier, had Hobie gezegd. De man links schoot lukraak vanuit een zittende positie. Hij was al gespannen, dus het kostte zijn hersenen een fractie van een seconde om te verwerken wat er via zijn oogzenuw tot hem kwam. Hij voelde de voordeur opengaan, zag de hordeur uitzwaaien, zag iemand naar buiten komen, zag dat de grote vent eerst kwam en schoot.

De man rechts zat op een domme plek. De hordeur piepte recht in zijn gezicht open. Op zich was het geen ernstig obstakel, omdat strak gespannen nylongaas dat bedoeld is insecten buiten te houden weinig bescherming tegen kogels biedt, maar hij was rechtshandig en toen de hordeur open zwaaide, sloeg de lijst recht tegen de hand met het pistool. Dat maakte dat hij een fractie van een seconde aarzelde; daarna krabbelde hij overeind en naar voren, buiten het bereik van de zwaai van de horlijst. Hij greep die met zijn linkerbackhand, rukte hem tegen zijn lichaam, boog zich eromheen en hief zijn rechterhand in schootspositie.

Inmiddels functioneerde Reacher instinctief op zijn automatische piloot. Hij was bijna negenendertig jaar en zijn herinnering reikte terug door misschien wel vijfendertig daarvan, naar de vaagste fragmenten van zijn eerste levensjaren; en die herinnering was voor honderd procent gevuld met militaire dienst: van zijn vader, van de vaders van zijn vrienden, van die van hemzelf en die van zijn vrienden. Stabiliteit had hij nooit gekend, hij had nooit een jaar op dezelfde school afgemaakt, hij had nooit van negen tot vijf gewerkt of van maandag tot vrijdag, kortom: hij had nooit met iets anders rekening gehouden dan verrassingen en onvoorspelbaarheid. Een deel van zijn hersenen was buiten alle proporties ontwikkeld, als een bespottelijk doorgetrainde spier, en dat zorgde ervoor dat het hem totaal niet verbaasde dat hij de voordeur van een huis in een rustige buitenwijk ergens in de staat New York uitstapte, omlaag keek, twee mannen zag die hij voor het laatst drieduizend kilometer naar het zuiden in de Keys had gezien en hurkend 9 mm-pistolen op hem richtten. Geen schok, geen verrassing, geen rigor en geen wijd open mond van angst of paniek. Geen pauze, geen aarzeling, geen remming. Gewoon een onmiddellijke reactie op een zuiver mechanisch probleem dat hem was voorgelegd als een meetkundig diagram van tijd, ruimte, hoeken, harde kogels en zacht vlees.

Hij had de zware koffer in zijn linkerhand en die zwaaide naar voren toen hij hem over de drempel zeulde. Hij deed twee dingen tegelijk. In de eerste plaats liet hij de koffer doorzwaaien en gebruikte alle nieuwe kracht in zijn linkerschouder om hem naar voren en naar buiten te zwaaien. In de tweede plaats maaide hij met zijn rechterarm naar achteren om Jodie een zet tegen de borst te geven waardoor ze in een klap de gang weer in wankelde en de bewegende koffer de eerste kogel opving. Reacher voelde de inslag in zijn hand. Hij rukte de koffer helemaal tot het eind van zijn uitzwaai en boog zich over de veranda als een duiker die aarzelt boven een koud zwembad en hij schampte tegen het gezicht van de linker man. Die was half overeind en onstabiel door zijn hurkende positie, dus de klap van de koffer deed hem achterover uit beeld vallen.

Maar Reacher zag hem niet vallen omdat zijn blik al op de tweede man rustte die zich om de hordeur boog en zijn pistool nog zo'n vijftien graden moest draaien om raak te schieten. Reacher gebruikte de vaart van de zwaaiende koffer om zichzelf naar voren te werpen. Hij liet het handvat uit zijn gekromde vingers glijden en maakte een duik terwijl zijn rechterarm langs hem rechtstreeks de veranda op vloog. Het pistool zwaaide zijn kant op en sloeg plat tegen zijn borst. Hij hoorde hem afgaan en voelde de explosie zijn huid schroeien. De kogel vloog zijwaarts onder zijn opgeheven linkerarm door en sloeg in de verre garagedeur, ongeveer op het moment dat zijn rechterelleboog de man in zijn gezicht raakte.

Een elleboog die voor honderddertien kilo duikend lichaamsgewicht uit schiet, richt een hoop schade aan. Hij schampte langs de lijst van de hordeur en raakte de man vol op zijn kin. De schokgolf trok naar achteren en omhoog door het kaakgewricht, en dat was solide genoeg om de kracht onverminderd omhoog naar 's mans brein te sluizen. Uit de rubberachtige manier waarop hij achteroversloeg kon Reacher opmaken dat hij wel een poosje onder zeil zou zijn. Vervolgens sloeg de hordeur aan zijn veer piepend dicht en de linker man krabbelde opzij over de veranda naar zijn pistool dat van hem weg stuiterde. Jodie stond dubbelgevouwen in de deuropening naar adem te happen met de handen tegen haar borst. De oude koffer duikelde over de kop de voortuin in.

Jodie was het probleem. Ze was zo'n tweeëneenhalve meter bij hem vandaan en de linker man bevond zich tussen hen in. Als hij het glijdende pistool greep en naar rechts richtte, zou zij getroffen worden. Reacher trok de bewusteloze man uit de weg en wierp zich naar de deur. Rukte de hordeur open en stortte zich naar binnen. Trok Jodie een meter de gang in en sloeg de deur dicht. Die schokte en klapte drie keer toen de man achter hen aan schoot en stof en splinters alle kanten op vlogen. Hij draaide de deur op slot en trok Jodie naar de keuken.

'Kunnen we in de garage komen?'

'Via de passage,' hijgde ze.

Het was juni, dus de stormluiken waren verwijderd en de passage was dus niets meer dan een brede gang met aan weerskanten horren van de grond tot het plafond. De linker man had een Beretta M9 die zijn werkdag met vijftien kogels in het magazijn was begonnen. Hij had er vier afgevuurd, een in de koffer en drie in de deur. Dus er zaten er nog elf in, wat geen geruststellende gedachte is als je enige dekking uit een paar vierkante meter nylongaas bestaat.

'Autosleutels?'

Ze diepte ze op uit haar tas. Hij pakte ze aan en sloot ze in zijn vuist. In de keukendeur zat een glazen paneel waardoor je recht door de passage een identieke deur in de garage zag.

'Is die deur op slot?'

Ze knikte buiten adem. 'De groene. Groen voor garage.'

Hij bekeek de sleutelbos. Er zat een oude Yale met een likje groene verf aan. Hij deed de keukendeur voorzichtig open en stak zijn hoofd lager dan je zou verwachten voorzichtig naar buiten en keek naar beide kanten. Geen spoor van de man die buiten wachtte. Daarna selecteerde hij de groene sleutel en hield hem recht voor zich uit als een minispeer. Duwde zich overeind en spurtte naar de overkant. Keek goed, duwde de sleutel in het slot, draaide hem om en rukte hem er weer uit. Duwde de deur open en gebaarde naar Jodie dat ze hem moest volgen. Ze dook de garage in en hij sloeg de deur achter haar dicht. Draaide hem op slot en spitste de oren. Het bleef stil.

De garage was een grote, donkere ruimte met een open plafond en kale spanten. Het rook er naar afgewerkte motorolie en creosoot. Hij stond vol met garagespullen, maaimachines, tuinslangen en tuinmeubels, maar het waren allemaal oude spullen van een man die twintig jaar geleden was opgehouden met het kopen van nieuwe hebbedingen. Dus aan de voorkant zat gewoon een met de hand bediende opklapdeur die omhoogging via een kromme metalen rails. Geen mechanisme. Geen elektrische deuropener. De oude vloer was van glad gestort beton dat zo dikwijls was geveegd dat hij glom. Jodies auto was een nieuwe Oldsmobile Bravada, donkergroen met gouden accenten. Hij stond achterin met de neus tegen de achterwand. Achterop zaten aanduidingen die opschepten over vierwielaandrijving en een zescilinder motor. Die vierwielaandrijving zou wel eens van pas kunnen komen, maar het zou van cruciaal belang zijn hoe snel die zescilinder motor zou starten.

'Ga achterin zitten,' fluisterde hij. 'Laag op de grond, oké?'

Ze kroop met haar hoofd naar voren achterin en ging over de transmissiebult liggen. Hij liep door de garage en haalde de sleutel van de deur naar de achtertuin weer te voorschijn. Maakte de deur open en gluurde met gespitste oren naar buiten. Zag of hoorde niets. Daarna ging hij weer naar de auto, stak de sleutel in het contact en draaide een klik verder zodat hij de elektrisch bediende bestuurdersstoel helemaal naar achteren kon schuiven.

'Zo terug,' fluisterde hij.

Garbers gereedschapshoek was even ordelijk als zijn bureau. Er hing een klembord van tweehonderdveertig bij honderdtwintig centimeter met een complete serie keurig gerangschikt hobbygereedschap. Reacher zocht een zware timmermanshamer uit en haalde hem eraf. Stapte de deur naar de achtertuin uit en gooide de hamer met een wijde boog diagonaal over het huis waar hij met veel geraas in het struikgewas belandde dat hij aan de voorkant had gezien. Hij telde tot vijf om de man de gelegenheid te geven het te horen, erop te reageren en erheen te hollen van de plek waar hij zich op dat moment schuilhield. Daarna dook hij weer naar binnen en haastte zich naar de auto. Hij bleef bij het open portier staan en draaide het sleuteltje met uitgestrekte arm om. De motor startte direct. Hij sprong naar achteren en wierp de klapdeur omhoog. Hij wierp zich achter het stuur, rukte de pook in zijn achteruit en gaf gas. Alle vier de banden gierden en kregen vervolgens vat op het gladde beton. Vervolgens spoot het voertuig achterwaarts de garage uit. Uit zijn ooghoek ving Reacher een glimp van de man met de Beretta op. Hij was een heel eind naar links op het grasveld voor het huis en draaide zich met een ruk naar hen om. Reacher gaf vol gas, vloog de hele oprijlaan af en schoot achterwaarts de weg op. Hij remde uit alle macht, gaf een ruk aan het stuur, duwde de pook in DRIVE en spoot weg in een wolk van blauwe rook, afkomstig van de banden.

Hij trok zo'n vijftig meter hard op en haalde vervolgens zijn voet van het gas. Kwam even voorbij de inrit van de buren kalmpjes tot stilstand. Zette de pook weer in z'n achteruit en reed achterwaarts de oprijlaan op en in het struikgewas ernaast. Hij zette de auto recht en de motor af. Achter hem krabbelde Jodie overeind en staarde hem aan.

'Wat doen we hier in hemelsnaam?'

'Wachten.'

'Waarop?'

'Tot zij ook weggaan.'

Haar mond viel open met een mengeling van verontwaardiging en verbijstering.

'We gaan hier niet staan wáchten, Reacher. We gaan linea recta naar de politie.'

Hij draaide het sleuteltje weer een slagje verder voor de elektriciteit om het raampje open te draaien. Hij liet hem helemaal zakken zodat hij de geluiden van buiten kon horen.

'Ik kan hier niet mee naar de politie,' zei hij.

'Waarom niet, verdomme?'

'Omdat ze mij van de moord op Costello zullen verdenken.'

'Jij hebt Costello niet vermoord.'

'Denk je nou echt dat ze dat willen geloven?'

'Ze zullen wel moeten, want jij hebt het niet gedaan. Zo eenvoudig is dat.'

'Kon wel eens een poosje duren voordat ze iemand hebben die er meer voor in aanmerking komt.'

Ze dacht even na. 'Dus wat wil je eigenlijk zeggen?'

'Dat het in alle opzichten raadzaam is als ik niet naar de politie ga.'

Ze schudde haar hoofd. Hij zag het in het spiegeltje.

'Nee, Reacher, hier móéten we mee naar de politie.'

Hij liet haar blik in het spiegeltje niet los.

'Weet je nog wat Leon altijd zei? Die zei altijd: "Krijg nou wat, ik bén de politie."'

'Nou, dat was ook zo. En dat gold ook voor jou. Maar dat was lang geleden.'

'Nog niet zo heel lang geleden, voor ons allebei.'

Ze zweeg. Boog zich naar voren. Leunde naar hem toe. 'Je wílt de politie er niet bij, hè? Zo is het toch? Niet dat je niet kúnt, je vertíkt het gewoon.'

Hij draaide zich half om in zijn stoel zodat hij haar recht aan kon kijken. Hij zag haar blik naar de brandvlek op zijn overhemd zakken. Daar zat een lange vlek in de vorm van een druppel. Een zwarte roetvlek; kruitdeeltjes hadden zich in de stof gevreten. Hij maakte de knoopjes los en trok het overhemd open. Op zijn huid zat net zo'n druppelvorm gebrand; de haartjes waren verschroeid en gekruld en er zat al een blaar die rood en ontstoken opzwol. Hij likte aan zijn duim, drukte die op de blaar en trok een grimas.

'Wie met mij rotzooit zal met mij te doen krijgen.'

Ze staarde hem aan. 'Je bent totaal ongelooflijk, weet je dat? Jij bent al net zo erg als mijn vader was. We moeten naar de politie, Reacher.'

'Dat kan niet,' zei hij. 'Dan gooien ze me in de gevangenis.'

'Maar we moeten wel,' zei zij weer.

Maar het klonk zwakjes. Hij schudde zijn hoofd en zweeg. Hij bekeek haar eens goed. Ze was advocaat, maar ze was ook Leons dochter die wist wat het er in de wereld te koop was. Ze zei een poosje niets. Daarna haalde ze hulpeloos de schouders op en legde haar hand op haar borstbeen alsof het zeer deed.

'Gaat het?' vroeg hij.

'Je hebt me flink geraakt,' zei ze.

Ik kan het wel masseren, dacht hij.

'Wie waren die lui?' vroeg ze.

'De twee die Costello hebben vermoord,' zei hij.

Ze knikte. Daarna zuchtte ze. Haar blauwe ogen gingen van links naar rechts.

'Waar gaan we dan wél heen?'

Hij ontspande zich. Vervolgens glimlachte hij. 'Waar zullen ze ons nooit zoeken?'

Ze haalde haar schouders op. Haalde haar hand van haar borst en streek haar haar glad.

'Manhattan?' vroeg ze.

'Het huis,' zei hij. 'Ze hebben ons ervandoor zien gaan en verwachten niet dat we rechtsomkeert zullen maken.'

'Je bent niet goed bij je hoofd, weet je dat?'

'We moeten die koffer hebben. Misschien heeft Leon wel aantekeningen achtergelaten.'

Ze schudde vertwijfeld haar hoofd.

'En we moeten de zaak weer afsluiten. We kunnen die garage niet open laten. Dan zit hij straks vol met wasbeertjes. Hele families van die loeders.'

Daarna stak hij zijn hand op. Legde zijn wijsvinger tegen zijn lippen. Ze hoorden een auto starten. Waarschijnlijk een grote achtcilinder, zo'n tweehonderd meter terug. Er klonk geknars van grote banden op een verre oprijlaan van grind. Ronkend optrekken. Daarna flitste er een zwart voertuig langs. Een grote, zwarte jeep met aluminium wieldoppen. Een Yukon of een Tahoe: het hing ervan af of er GMC of Chevrolet achterop stond. Twee mannen in een donker pak voorin. Een van hen stuurde en de andere hing achterover in zijn stoel. Reacher stak zijn hoofd helemaal naar buiten om het geluid in de richting van het plaatsje te horen wegsterven.

Chester Stone wachtte ruim een uur in zijn eigen kantoorsuite en vervolgens belde hij naar beneden om de financieel directeur opdracht te geven de bank te bellen voor een saldo-overzicht van de werkrekening. Die vermeldde een-komma-een miljoen dollar credit, vijftig minuten daarvoor telegrafisch overgemaakt door een filiaal van een trustbedrijf op de Bahama's in de Kaaimaneilanden.

'Het staat erop,' zei de financieel directeur. 'Je hebt het gefikst, chef.'

Stone omklemde de hoorn en vroeg zich af wat hij precies had gefikst.

'Ik kom naar beneden,' zei hij. 'Ik wil de cijfers doornemen.'

'De cijfers zijn prima,' zei de financiële man. 'Daar hoef je je geen zorgen over te maken.'

'Ik kom toch even naar beneden,' zei Stone.

Hij daalde twee verdiepingen met de lift om zich bij de financiële man in zijn pluche kantoor te voegen. Hij tikte zijn wachtwoord in en opende de geheime spreadsheet. Daarna nam de financiële man het over. Hij tikte de nieuwe balans op de werkrekening in. De software sloeg aan het rekenen en kwam zes weken in de toekomst precies quitte uit.

'Zie je wel?' vroeg de man. 'Bingo.'

'En hoe zit het met de renteafdracht?' vroeg Stone.

'Elfduizend per week, zes weken? Vrij fors, hè?'

'Kunnen we het trekken?'

De man knikte vol zelfvertrouwen. 'Natuurlijk. We zijn twee leveranciers drieënzeventigduizend schuldig. Dat geld hebben we, het ligt al klaar. Als we die rekeningen kwijtraken en ze nieuwe laten sturen, is dat geld een poosje vrijgemaakt.'

Hij tikte op het scherm en wees naar een provisie op betaalde facturen.

'Drieënzeventigduizend, minus elfduizend per week gedurende zes weken, blijft over zevenduizend. We kunnen wel een paar keer uit eten gaan.'

'Doe het nog eens,' zei Stone. 'Voor de zekerheid.'

De man keek hem even aan, maar herhaalde de berekeningen. Hij verwijderde de een-komma-een, eindigde rood, zette het bedrag er weer bij, en kwam uit op nul. Hij annuleerde de betalingsprovisie van de facturen, trok er elke zeven dagen elfduizend af en aan het eind van de zes weken stond er een werkoverschot van zevenduizend dollar.

'Op het nippertje,' zei hij. 'Maar we zitten aan de goede kant van het nippertje.'

'Hoe betalen we de hoofdsom terug?' vroeg Stone. 'Over zes weken moeten we een-komma-een miljoen beschikbaar hebben.'

'Geen probleem,' zei de man. 'Dat heb ik al helemaal voor elkaar. We zullen dat geld tijdig hebben.'

'Laat eens zien.'

'Oké, zie je dit?' Hij tikte op een andere lijn op het scherm, waar een overzicht van nog te verwachten betalingen van klanten stond. 'Deze twee grossiers zijn ons precies een-komma-een-zeven-drie schuldig. Dat komt precies overeen met de hoofdsom plus het bedrag van de zoek geraakte facturen, en dat bedrag moet precies over zes weken betaald zijn.'

'Gaan ze op tijd betalen?'

De man haalde zijn schouders op. 'Tot nu toe hebben ze dat altijd gedaan.'

Stone staarde naar het scherm. Zijn ogen gingen op en neer en van links naar rechts.

‘Nog een keer. Voor alle zekerheid.’

‘Maak je niet druk, chef. Alle cijfers kloppen.’

‘Doe het nou maar, oké?’

De man knikte. Tenslotte was het Stones bedrijf. Hij deed de hele berekening van a tot z opnieuw en kwam precies eender uit. Hobies een-komma-een verdween als een wervelwind door geïnde salarischeques, de twee leveranciers moesten op een houtje bijten, de rente werd betaald, de betalingen van twee grossiers kwamen binnen, Hobie kreeg zijn een-komma-een terug, de leveranciers werden te laat betaald en de spreadsheet eindigde weer met hetzelfde triviale bedrag van zevenduizend credit.

‘Maak je maar niet druk,’ herhaalde de man. ‘Het komt wel goed.’

Stone staarde naar het scherm en vroeg zich af of die extra zevenduizend voldoende zou zijn om Marilyn een reisje naar Europa cadeau te doen. Waarschijnlijk niet. In elk geval geen reisje van zes weken. Bovendien zou hij maar slapende honden wakker maken. Het zou haar zorgen baren. Ze zou hem vragen waarom hij met alle geweld wilde dat ze ging. En dan zou hij het moeten vertellen. Ze was niet op haar achterhoofd gevallen. Ze was intelligent genoeg om het op de een of andere manier uit hem te krijgen. En dan zou ze weigeren naar Europa te gaan, en uiteindelijk zou ze ook zes weken lang elke nacht wakker liggen.

De koffer lag nog in de voortuin. Aan een kant zat een kogelgat. De kogel was er niet uitgekomen. Hij moest dwars door het leer en het stevige triplex karkas zijn gegaan en schroeiend tot stilstand zijn gebracht door de stapels papier die erin zaten. Reacher bracht hem glimlachend naar Jodie die bij de garage wachtte. Ze lieten de jeep op het geasfalteerde plaatsje staan en gingen op dezelfde manier naar binnen als ze naar buiten waren gekomen. Trokken de klapdeur dicht en liepen door naar de passage. Deden de garagedeur achter zich op slot met de groene sleutel en staken over naar de keuken. Deden die deur ook achter zich op slot en liepen langs Jodies verlaten kledingvalies in de gang. Reacher bracht de koffer naar de huiskamer. Daar was meer ruimte en licht dan in de werkkamer.

Hij maakte de koffer open en tilde de harmonicamappen eruit. De kogel viel er meteen uit en stuiterde op het kleed. Het was een standaard negen-millimeter Parabellum met een volledig koperen mantel. Ietsje afgeplat van voren door het contact met het oude triplex, maar verder ongeschonden. Na een afstand van ongeveer vijfenveertig centimeter had het papier hem volledig tot stilstand gebracht. Hij zag dat er een gat dwars door zo'n beetje de helft van de mappen zat. Hij woog de kogel in zijn hand en toen zag hij dat Jodie in de deuropening naar hem stond te kijken. Hij gooide haar de kogel toe. Ze ving hem met één hand.

'Souvenir,' zei hij.

Ze speelde ermee alsof hij nog heet was en gooide hem vervolgens in de open haard. Ze knielde naast hem op het tapijt en ze zaten heup aan heup voor de massa paperassen. Hij rook haar parfum; een luchtje dat hij niet kende, maar het was iets subtiels en supervrouwelijk. De trui was te groot, ruim en vormloos, maar op de een of andere manier deed hij haar figuur juist goed uitkomen. De mouwen liepen door tot halverwege haar handen, bijna tot haar vingers. Haar Levi's zat strak om haar smalle middel met een riem, en de pijpen slobberden een beetje om haar benen. Ze zag er breekbaar uit, maar hij wist nog hoe sterk haar armen waren. Mager maar pezig. Ze boog zich voorover om naar de mappen te kijken, haar haar viel naar voren en hij ving dezelfde zachte geur op die hij zich van vijftien jaar daarvoor herinnerde.

'Wat zoeken we eigenlijk?' vroeg ze.

Hij haalde zijn schouders op. 'Dat weten we waarschijnlijk als we het vinden.'

Ze zochten grondig maar vonden niets. Er zat niets tussen. Niets lopends, niets van betekenis. Het was gewoon een lading huishoudelijke paperassen die er opeens oud en treurig uitzag als de annalen van een huiselijk leven dat nu voorbij was. Het meest recente document was het testament dat apart in een eigen vakje zat, in een verzegelde envelop waar met een keurig handschrift op was geschreven. Keurig, maar een beetje traag en bibberig, het schrift van een man die na zijn eerste hartaanval net uit het ziekenhuis is ontslagen. Jodie haalde het eruit, liep ermee naar de gang en stopte het in het zijvak van haar kledingvalies.

'Zijn er nog onbetaalde rekeningen?' riep ze.

Er was een vakje getiteld AF TE HANDELEN. Er zat niets in.

'Ik zie niets,' riep hij terug. 'Er zullen er nog wel een paar komen, zeker? Komen ze maandelijks?'

Ze keek hem even aan vanuit de deuropening en glimlachte.

'Inderdaad,' zei ze. 'Maandelijks, elke maand.'

Er was een vakje met MEDISCH. Het zat barstensvol betaalde rekeningen van het ziekenhuis en de kliniek, en stapels efficiënte correspondentie van de ziektekostenverzekeraar. Reacher bladerde het allemaal door.

'Jezus, kost dat allemaal zoveel?'

Jodie kwam terug en bukte zich om er een blik op te werpen.

'Ja,' zei ze. 'Ben jij verzekerd?'

Hij keek haar uitdrukkingsloos aan.

'Die heb ik waarschijnlijk van de veteranenvereniging; althans voor een poosje.'

'Dat moet je eens nakijken,' zei ze. 'Voor de zekerheid.'

Hij haalde zijn schouders op. 'Ik voel me prima.'

'Dat zei pa ook,' zei ze. 'Drieënzestigeneenhalf jaar lang.'

Ze hurkte weer naast hem en hij zag haar blik betrekken. Hij legde zachtjes zijn hand op haar arm.

'Wat een dag, hè?' vroeg hij.

Ze knikte en knipperde met haar ogen. Vervolgens speelde er even een wrang glimlachje om haar lippen.

'Ongelooflijk,' zei ze. 'Ik begraaf mijn ouweheer, ik word beschoten door een stelletje moordenaars, ik overtreed de wet door geen aangifte te doen van meer misdrijven dan ik kan tellen en vervolgens laat ik me overhalen om de handen ineen te slaan met de een of andere wildeman om een soort eigen-rechter-akkefietje uit te vechten. Weet je wat papa zou zeggen?'

'Nou?'

Ze tuitte haar lippen en liet haar stem dalen tot een aardige nabootsing van Garbers goedgeluimde gromstem. '"Ik doe alleen maar mijn werk, meisje, alleen maar mijn werk." Dat zou hij zeggen.'

Reacher lachte haar toe en kneep nog eens in haar arm. Daarna bladerde hij weer door de medische rommel en haalde er een papier met een briefhoofd uit.

'Laten we die kliniek maar eens opzoeken,' zei hij.

In de Tahoe werd druk gedelibereerd over de vraag of ze überhaupt terug moesten gaan. Mislukking was geen populair woord in Hobies vocabulaire. Het was misschien beter om er gewoon vandoor te gaan en te verdwijnen. Gewoon als de sodemieter weg. Dat was een aantrekkelijk vooruitzicht. Maar ze wisten vrij zeker dat Hobie hun op het spoor zou komen. Misschien niet direct, maar vinden zou hij ze. En dat was geen aantrekkelijk vooruitzicht.

Dus concentreerden ze zich maar op schadebeheersing. Het was duidelijk wat hun te doen stond. Ze deden de noodzakelijke boodschappen en verdeden een aannemelijke hoeveelheid tijd in een eethuis een stukje van Route 9 naar het zuiden. Tegen de tijd dat ze zich weer helemaal door de verkeersdrukte naar de zuidkant van Manhattan hadden geworsteld, hadden ze het hele verhaal op een rij.

'Er was geen beginnen aan,' zei de eerste man. 'We hebben uren zitten wachten. Daarom zijn we nu pas terug. De moeilijkheid was dat er een heel stel soldaten was, iets ceremonieels, maar het barstte van de geweren.'

'Hoeveel?' vroeg Hobie.

'Soldaten?' vroeg de tweede man. 'Minstens tien. Misschien wel vijftien. Ze liepen allemaal rond, dus het viel niet mee om ze precies te tellen. Het was een soort erewacht.'

'Zij is met hen meegegaan,' zei de eerste man. 'Ze hadden haar waarschijnlijk geëscorteerd van de begraafplaats, en naderhand is ze weer ergens heen gegaan met ze.'

'Waarom zijn jullie er niet achteraangegaan?'

'Daar was geen denken aan,' zei de tweede man.

'Ze reden langzaam, met een hele rij auto's. Als een begrafenisstoet. Ze zouden ons zo in de smiezen hebben gekregen. We konden toch niet zomaar achter een begrafenisstoet aan gaan rijden?'

'En die vent uit de Keys?'

'Die is heel vroeg weggegaan. We hebben hem gewoon laten gaan. We hielden tenslotte mevrouw Jacob in de gaten. Het was inmiddels wel duidelijk wie zij was. Zij was degene die achterbleef en vervolgens is ze met die groep soldaten vertrokken.'

'En wat hebben jullie daarna gedaan?'

'We hebben eerst het huis bekeken. Dat was goed afgesloten. Dus daarna zijn we dat plaatsje ingegaan om te kijken op wiens naam dat huis stond. Dat kun je allemaal in de openbare bibliotheek vinden. Het huis stond op naam van een zekere Leon Garber. We hebben de bibliothecaresse gevraagd wat ze wist, en die gaf ons gewoon de plaatselijke krant. Op pagina drie stond een verhaal over die man. Net dood, hartproblemen. Weduwnaar. Zijn enige nabestaande is Jodie, de voormalige mevrouw Jacob, een jonge maar erg vooraanstaande financiële advocaat bij Spencer Gutman Ricker en Talbot in Wall Street. Ze woont hier in New York, in Lower Broadway.'

Hobie knikte langzaam en tikte met de punt van zijn haak een opgewekt roffeltje op zijn bureau.

'En wie was die Leon Garber precies? Vanwaar al die soldaten bij de plechtigheid?'

'Lid van de militaire politie,' zei de eerste man.

De tweede man knikte. 'Afgezwaaid met drie sterren en ontelbare medailles, veertig jaar gediend, Korea, Vietnam, noem maar op.'

Hobie stopte met tikken. Hij bleef stil zitten en alle kleur week uit zijn gezicht. Op de glimmende, roze littekens van zijn brandwonden na, die in het halfduister fel oplichtten, was hij doodsbleek.

'Militaire politie,' herhaalde hij zacht.

Hij bleef een hele poos zitten met die woorden op zijn lippen. Hij staarde in de verte en vervolgens hief hij zijn haak van het bureau en draaide die langzaam voor zijn ogen; hij bestudeerde hem en liet de dunne lichtstralen die door de jaloezieën vielen de krommingen en contouren beschijnen. Hij trilde, dus nam hij hem in zijn linkerhand om hem stil te houden.

'Militaire politie,' herhaalde hij, en hij staarde naar zijn haak. Daarna richtte hij zijn blik weer op de twee op de divan.

'Ga de kamer uit,' zei hij tegen de tweede man.

De man wierp een blik op zijn partner, ging de kamer uit en trok de deur zacht achter zich dicht. Hobie duwde zijn stoel achteruit en stond op. Kwam achter zijn bureau vandaan, zette een paar stappen en bleef vlak achter de eerste man staan. Die bleef roerloos op de divan zitten en durfde zich niet om te draaien om te kijken.

Hij had boordmaat veertig, dus de doorsnee van zijn nek was zo'n dertien centimeter, aangenomen dat de menselijke nek min of meer een gave cilindervorm heeft, een inschatting waar Hobie altijd graag van uitging. Hobies haak was een eenvoudige stalen bocht, als een hoofdletter J met een royale kromming. De doorsnede van de kromming was twaalfeneenhalve centimeter aan de binnenzijde. Met een flitsende beweging sloeg hij de haak van achteren om de strot van de man. Hij deed een stap terug en trok uit alle macht. De man wierp zich omhoog en naar achteren en zijn vingers klauwden rond het koude metaal om de wurgende druk te verlichten. Hobie glimlachte en trok nog harder. De haak zat gemonteerd op een zware leren kop met een even degelijk leren korset; de kop zat over de stomp van zijn onderarm en het korset zat stevig aan de spierbal boven zijn elleboog verankerd. De riemen om zijn onderarm dienden alleen voor de stabiliteit. Het bovenste gedeelte, dat kleiner was dan de knobbel van zijn elleboog, ving alle kracht op en maakte het onmogelijk dat de haak van de stomp werd gescheiden. Hij trok net zo lang door tot het verstikte gekokhals in een haperend gegier veranderde en het rode gezicht blauw aanliep. Vervolgens gaf hij de man een paar centimeter ruimte en boog hij zich naar zijn oor.

'Hij had een grote blauwe plek op zijn gezicht. Vertel eens.'

De man haalde gierend adem en maaide wild met zijn armen. Hobie draaide de haak zo, dat de druk op zijn stembanden werd verlicht maar de punt in het zachte weefsel onder zijn oor prikte.

'Vertel eens,' herhaalde hij.

De man wist dat iets meer druk naar achteren met de haak in die hoek de punt ervan dwars door de huid van die kwetsbare plek achter zijn kaak zou trekken. Hij wist niet veel van anatomie, maar wel dat de dood hem van anderhalve centimeter in de ogen keek.

'Ik zal het zeggen,' gierde hij. 'Ik zal het zeggen.'

Hobie hield de haak op dezelfde plek en draaide hem telkens als de man aarzelde, zodat de hele waarheid van a tot z slechts drie minuten in beslag nam.

'Jullie hebben me teleurgesteld,' zei Hobie.

'Ja, dat is zo,' hijgde de man. 'Maar het was zijn schuld. Hij raakte achter die hordeur helemaal in de knoei. Ik had niets aan hem.'

Hobie gaf een ruk aan de haak.

'In tegenstelling tot? Jij had niets aan hem, maar heb ik soms iets aan jou?'

'Het was zijn schuld,' hijgde de man weer. 'Ik ben nog bruikbaar.'

'Dat zul je moeten bewijzen.'

'Hoe?' gierde de man. 'Hoe dan? Zeg het alsjeblieft.'

'Nogal makkelijk. Je kunt iets voor me doen.'

'Ja,' hijgde de man. 'Ja. Ik zal alles doen. Alsjeblieft.'

'Bezorg me die mevrouw Jacob!' schreeuwde Hobie.

'Ja!' schreeuwde de man terug.

'En verknal het niet weer!' schreeuwde Hobie.

'Nee,' hijgde de man. 'Nee. We zullen het niet meer verknallen.'

Hobie rukte opnieuw aan de haak, twee keer, op de maat van zijn woorden.

'Niet wé. Alleen jíj. Omdat je nog iets anders voor me kunt doen.'

'Wat?' gierde de man. 'Ja? Wat? Ik zal alles doen.'

'Die waardeloze partner van je lozen,' fluisterde Hobie. 'Vanavond nog. Op de boot.'

De man knikte zo heftig als de haak het toeliet. Hobie boog zich naar voren en haalde de haak van zijn keel. De man viel zijdelings op de bank en happend naar adem kokhalsde hij in de bekleding.

'En breng me zijn rechterhand,' fluisterde Hobie. 'Als bewijs.'

Ze kwamen erachter dat de kliniek waar Leon was geweest niet echt een zelfstandige instelling was, maar slechts een administratieve eenheid met een gigantisch privéziekenhuis dat heel zuidelijk Putnam County bediende. Er was een wit gebouw van tien verdiepingen in een groot park, met aan zijn basis allerlei medische praktijkruimten. Smalle weggetjes slingerden zich door smaakvol aangelegde plantsoenen en liepen uit op pleintjes omringd door lage praktijkruimten van artsen en tandartsen. Alles wat de medici niet in hun praktijk konden klaren werd overgebracht naar gehuurde bedden in het hoofdgebouw. Zodoende was de cardiologische kliniek slechts een theoretisch begrip dat bestond uit een wisselende populatie van artsen en patiënten, afhankelijk van wie er ziek was en hoe erg hij eraan toe was. Leons eigen correspondentie had aangegeven dat hij op een aantal verschillende plekken was geweest, variërend van de cardiologische kliniek in het begin tot de herstelafdeling, daarna in een van de poliklinieken en vervolgens weer in de cardiologische kliniek voor zijn laatste bezoek.

De naam van de cardioloog die de supervisie had was de enige constante in alle paperassen. Het was een zekere dokter McBannerman, die Reacher zich voorstelde als een vriendelijke oude man met grijs haar, erudiet, wijs en meelevend, misschien van oude Schotse herkomst, tot Jodie hem vertelde dat ze haar een paar keer had gesproken en dat ze een vrouw van een jaar of vijfendertig uit Baltimore was. Hij stuurde Jodies jeep langs de smalle kronkelweggetjes terwijl zij links en rechts naar het juiste kantoor zocht. Ze zag het aan het eind van een doodlopend weggetje: een laag bakstenen gebouw met een witte afwerking. Op de een of andere manier had het gebouw de antiseptische uitstraling van alle medische instellingen. Er stond een zestal auto's voor en er was een vrije parkeerhaven waar Reacher de auto achterwaarts in zette.

De receptioniste was een bedrijvige dikke dame

op leeftijd die Jodie met een zeker medeleven ontving. Ze vroeg of ze in McBannermans kantoor wilde wachten, wat hun boze blikken van de andere patiënten in de wachtkamer opleverde. De praktijkruimte was een weinig opmerkelijk, flets, steriel en stil vertrek met een symbolische onderzoekstafel en een grote kleurenposter met een dwarsdoorsnede van het menselijk hart aan de muur achter het bureau. Jodie keek ernaar alsof ze zich afvroeg: welk onderdeel heeft het uiteindelijk begeven? Reacher was zich bewust van het zachte gebonk van zijn eigen hart – groot en gespierd – in zijn borstkas.

Zo bleven ze tien minuten wachten en daarna ging de binnendeur open en kwam dokter McBannerman naar binnen. Ze was een onopvallende vrouw met donker haar in een witte jas en een stethoscoop om haar nek als een insigne van haar functie, en haar gezicht stond zorgelijk.

'Jodie,' zei ze. 'Het spijt me heel erg van Leon.'

Dat klonk voor negenennegentig procent oprecht, maar ook een tikje bezorgd. Ze is bang voor een proces wegens nalatigheid, dacht Reacher. De dochter van de patiënt was advocaat, en de begrafenis was nog niet voorbij of ze zat al in haar kantoor. Jodie zag het ook en knikte geruststellend.

'Ik wil u alleen maar bedanken. U bent echt geweldig geweest, van het begin tot het einde. Hij had niet in betere handen kunnen zijn.'

McBannerman ontspande zich. Die ene procent

zorgelijkheid verdween als sneeuw voor de zon. Ze glimlachte en Jodie keek weer naar het diagram.

'Welk deel heeft het uiteindelijk begeven?' vroeg ze.

McBannerman volgde haar blik en haalde vriendelijk de schouders op.

'Eigenlijk alles, vrees ik. Het is een ingewikkelde spier; hij klopt en klopt maar door; dertig miljoen keer per jaar. Als dat twee miljard zevenhonderd miljoen keer is – oftewel negentig jaar – noemen we dat een hoge leeftijd. Als het maar een miljard achthonderd miljoen keer is – ofwel zestig jaar – noemen we dat een voortijdige hartaandoening. We zeggen dat het Amerika's grootste gezondheidsprobleem is, maar wat we in feite alleen maar willen zeggen, is dat het er vroeg of laat gewoon de brui aan geeft.'

Ze zweeg en keek Reacher recht aan. Even meende hij dat ze een symptoom bij hem had bespeurd. Daarna besefte hij dat ze op een introductie wachtte.

'Jack Reacher,' zei hij. 'Ik was een oude vriend van Leon.'

Ze knikte langzaam, alsof er net een raadsel was opgelost.

'De beroemde majoor Reacher. Hij heeft het dikwijls over u gehad.'

Ze bleef hem aankijken en was zichtbaar geïnteresseerd. Ze bestudeerde zijn gezicht en vervolgens bleef haar blik op zijn borst rusten. Hij wist niet goed of dat vanwege haar medische specialisme was, of dat ze naar de schroeivlek van het pistoolschot keek.

'Heeft hij het nog over iets anders gehad?' vroeg Jodie. 'Ik kreeg de indruk dat hij zich ergens zorgen over maakte.'

McBannerman keek haar weer aan. Ze had iets verwonderds, alsof ze dacht: nou, al mijn patiënten maken zich ergens zorgen over; leven en dood bijvoorbeeld.

'Zoals wat?'

'Ik zou het niet weten,' zei Jodie. 'Kan het iets zijn waarmee een van de andere patiënten hem had opgezadeld?'

McBannerman haalde haar schouders op en gaf geen blijk van herkenning. Even leek het alsof ze het onderwerp van tafel wilde vegen, maar toen zagen ze dat haar iets te binnen schoot.

'Nou, hij heeft wel iets gezegd. Hij zei dat hij een nieuwe opdracht had.'

'Zei hij wat voor opdracht?'

McBannerman schudde haar hoofd.

'Hij heeft me geen bijzonderheden gegeven. Aanvankelijk leek het hem te vervelen. In het begin had hij er ook weinig zin in. Alsof iemand hem iets vervelends te doen had gegeven. Maar een poosje later kreeg hij er meer belangstelling voor. Het kwam zelfs zover dat hij er last van kreeg. Zijn ECG's waren erg snel en dat zat me helemaal niet lekker.'

'Had het iets met een andere patiënt te maken?' vroeg Reacher.

Ze schudde weer haar hoofd.

'Ik zou het echt niet weten. Het zou best kunnen. Ze zitten daar vaak lang bij elkaar in de wachtkamer. Ze knopen praatjes aan. Het zijn oude mensen die dikwijls eenzaam zijn en zich vervelen, vrees ik.'

Het klonk als een verwijt. Jodie bloosde.

'Wanneer heeft hij er voor het eerst over gesproken?' vroeg Reacher vlug.

'Maart?' zei McBannerman. 'April? In elk geval kort nadat hij in de dagbehandeling is gekomen. Niet zo lang voordat hij naar Hawaï ging.'

Jodie keek haar verrast aan. 'Is hij naar Hawaï geweest? Daar wist ik niets van.'

McBannerman knikte. 'Hij had een afspraak gemist. Ik vroeg wat er was gebeurd en hij zei dat hij een paar dagen naar Hawaï was geweest.'

'Hawaï? Waarom zou hij naar Hawaï gaan zonder iets tegen mij te zeggen?'

'Ik weet niet waarom hij daarheen is gegaan,' zei McBannerman.

'Was hij in staat om te reizen?' vroeg Reacher.

Ze schudde haar hoofd.

'Nee, en volgens mij wist hij wel dat het dwaasheid was. Misschien heeft hij er daarom niets over gezegd.'

'Wanneer is hij in de dagbehandeling gekomen?' vroeg Reacher.

'Begin maart,' zei ze.

'En wanneer is hij naar Hawaï gegaan?'

'Half april, denk ik.'

'Oké,' zei hij. 'Kunt u ons een lijst van andere patiënten uit die periode geven? Maart en april? Mensen die hij kan hebben gesproken?'

McBannerman schudde haar hoofd al.

'Nee, het spijt me. Dat kan ik echt niet doen. Dat valt onder mijn beroepsgeheim.'

Ze keek Jodie verontschuldigend aan, als arts tegen advocaat, als vrouwen onder elkaar, een blik van: dat begrijp je vast wel. Jodie knikte meelevend.

'Misschien kunt u het gewoon aan uw receptioniste vragen? U weet wel, of ze papa wel eens met iemand in de wachtkamer heeft zien praten. Dat zou dan gewoon over koetjes en kalfjes gaan, zonder dat de vertrouwelijkheid in het geding is. In elk geval naar mijn mening.'

McBannerman herkende een impasse meteen. Ze drukte op de intercom en vroeg de receptioniste of ze even wilde komen. De assistente werd de vraag voorgelegd en begon al druk te knikken voordat ze was uitgepraat.

'Ja, natuurlijk. Meneer Garber zat altijd met dat vriendelijke oude stel te praten, weet u wel. De man met die haperende klep? Rechter bovenkamer? Die niet meer mag rijden zodat zijn vrouw hem altijd moet brengen? In die vreselijke oude auto? Meneer Garber deed iets voor ze, dat weet ik absoluut zeker.

Ze lieten hem altijd oude foto's en krantenknipsels zien.'

'Meneer en mevrouw Hobie?' vroeg McBannerman.

'Precies. Die zijn heel dik met elkaar geworden. Meneer Garber en die oude meneer en mevrouw Hobie.'

6

Hook Hobie zat alleen in zijn kantoor op de achtentachtigste verdieping naar de zachte achtergrondgeluiden van de kantoorkolos te luisteren, en hij dacht er hard over om van koers te veranderen. Hij was geen onbuigzaam iemand. Dat was iets waarop hij prat ging. Hij feliciteerde zichzelf met de manier waarop hij kon veranderen, zich aanpassen, luisteren en leren. Hij had het gevoel dat het hem een zekere voorsprong gaf, dat het hem bijzonder maakte.

Toen hij naar Vietnam ging was hij zich amper bewust van zijn mogelijkheden. Hij was zich amper bewust van wat dan ook, omdat hij erg jong was. En niet alleen erg jong, maar ook rechtstreeks afkomstig uit een repressief milieu in het vacuüm van een stille buitenwijk die weinig mogelijkheden bood voor wat voor ervaring ook.

Vietnam had hem veranderd. Het had hem kapot kunnen maken. Zoals dat met een heleboel andere jongens was gebeurd. Overal om hem heen gingen mannen kapot. Niet alleen jonge jongens als hij, maar ook oudere mannen, de beroeps met een lange staat van dienst in de landmacht. Vietnam was op de mensen gevallen als een lading bakstenen; sommigen gingen kapot, anderen redden het.

Hij redde het. Hij keek gewoon om zich heen, veranderde en paste zich aan. Luisterde en leerde. Iemand doodmaken was makkelijk. Hij was een jongen die nog nooit kennis met de dood had gemaakt, afgezien van doodgereden eekhoorns, konijnen en af en toe een stinkende bunzing op de lommerrijke weggetjes in de buurt van zijn ouderlijk huis. Op zijn eerste patrouille in de jungle van Vietnam zag hij acht Amerikaanse lijken. Het betrof een patrouille te voet die netjes door mortiervuur in de tang was genomen. Acht man in negenentwintig stukken waarvan een aantal vrij groot. Het was een beslissend moment. Zijn maten werden stil, gaven over en kreunden van puur afgrijzen en ongeloof. Hem deed het niets.

Hij begon als handelaar. Iedereen moest wel iets hebben. Iedereen zat te zeuren over iets wat hij miste. Het was absurd gemakkelijk. Je hoefde alleen maar je oor te luisteren te leggen. Hier had je een knaap die rookte maar niet dronk. Daar had je iemand die dol was op bier maar niet rookte. Neem de sigaretten van de ene knaap en ruil ze voor het bier van de andere. Treed op als tussenpersoon. Hou een klein percentage achter. Het lag zo voor de hand en was zo eenvoudig dat het er nauwelijks bij hem in wilde dat ze het zelf niet deden. Hij vatte het niet ernstig op want hij wist zeker dat het niet lang kon duren. Het zou vast niet lang duren voordat ze het allemaal in de gaten zouden krijgen en hem als tussenpersoon zouden wippen.

Maar ze kregen het nooit in de gaten. Dat was zijn eerste les. Hij kon dingen die andere mensen niet konden. Hij zag dingen die andere mensen ontgingen. Dus luisterde hij nog beter. Wat wilden ze nog meer? Een heleboel. Meisjes, voedsel, penicilline, platen, wel corvee in het basiskamp maar geen pleecorvee. Hoge schoenen, muggenzalf, verchroomde handwapens, gedroogde oren van Vietcong-lijken als aandenken. Marihuana, aspirine, heroïne, schone naalden en een veilige post voor de laatste honderd dagen van een detachering. Hij luisterde, leerde, zocht en roomde zijn winst af.

Daarna kwam zijn grote doorbraak. Het was een conceptuele sprong waar hij altijd met enorme trots op terugkeek. Het diende als blauwdruk voor de andere zevenmijlsstappen die hij later zou nemen. Het gebeurde als reactie op een aantal problemen waarmee hij zich geconfronteerd zag. Het eerste probleem was de zware werkdruk die een en ander hem bezorgde. Het zoeken van de specifieke objecten was wel eens lastig. Het vinden van meisjes die geen ziekte onder de leden hadden werd heel moeilijk, en het vinden van maagden onmogelijk. Zorgen voor een regelmatige toelevering van drugs was riskant. Andere dingen waren vervelend. Blitse wapens, Vietcong-souvenirs en zelfs fatsoenlijke kistjes: alles kostte tijd. De verse, nieuwe officieren die bij toerbeurt kwamen, verstierden zijn meisjeshandel in de veilige, oorlogs-vrije zones.

Het tweede probleem was de concurrentie. Hij begon in de gaten te krijgen dat hij niet de enige was. Zeldzaam, maar niet uniek. Andere jongens gingen ook meedoen. Er ontwikkelde zich een vrije markt. Zijn deals werden wel eens afgewezen. Mensen liepen wel eens weg met de mededeling dat ze elders goedkoper terecht konden. Daar schrok hij van.

Verandering en aanpassing. Hij dacht er diep over na. Hij bracht een avond in zijn eentje door. Hij lag op zijn smalle brits in zijn hut en dacht hard na. Toen kwam de doorbraak. Waarom zou hij nog jacht maken op specifieke objecten die hij moeilijk kon vinden, en wat alleen maar steeds moeilijker kon worden? Wat zou hij erop uitgaan naar de een of andere hospik om hem te vragen wat hij verlangde in ruil voor een gekookte en kaal geplukte Vietcong-schedel? Waarom zou hij er vervolgens op uit trekken om te onderhandelen over wat het ook mocht zijn, om dat daarna terug te brengen en de schedel op te halen? Waarom zou hij nog langer in al die spullen handelen? Waarom zou hij niet handelen in de meest algemene en vrijelijk beschikbare handelswaar in heel Vietnam?

Amerikaanse dollars. Hij werd geldschieter. Later moest hij daar wel eens met spottend zelfmedelijden om glimlachen toen hij van zijn verwondingen lag te herstellen en tijd had om te lezen. Het was een op-en-top klassieke ontwikkelingsgang. Primitieve samenlevingen beginnen met ruilhandel en vervolgens evolueren ze tot een geldeconomie. De Amerikaanse aanwezigheid in Vietnam begon als een primitieve samenleving. Daar kon je donder op zeggen. Primitief, geïmproviseerd en ongeorganiseerd waren ze neergestreken op de modderige oppervlakte van dat verschrikkelijke land. Vervolgens werd die samenleving gaandeweg groter, meer ingeburgerd en rijper. Zij werd volwassen, en hij was de eerste van zijn soort die meegroeide. De eerste en heel lang ook de enige. Dat was een bron van onuitputtelijke trots. Het bewees dat hij beter was dan de rest. Intelligenter, creatiever en beter in staat om te veranderen, zich aan te passen en te bloeien.

Contant geld was de sleutel tot alles. Iemand wilde schoenen, of heroïne, of een meisje van wie de een of andere leugenachtige spleetoog zwoer dat ze twaalf en nog maagd was: hij kon het gaan kopen met geld dat hij van Hobie leende. Hij kon zijn verlangen nog diezelfde dag bevredigen en de volgende week met een paar procent rente betalen. Hobie hoefde niet van zijn plek te komen, als een dikke luie spin in het hartje van zijn web. Geen gehol meer. Geen gezanik meer. Hij dacht er lang en breed over na. Besefte de psychologische macht van getallen al in een heel vroeg stadium. Getalletjes als 'negen' klonken klein en vriendelijk. Negen procent was zijn favoriete rente. Het klonk naar niets. Negen: gewoon een haaltje op een stuk papier. Een enkelvoudig getal. Minder dan tien. Eigenlijk stelde het niets voor. Zo bekeken de andere jongens het. Maar negen procent per week was vierhonderdachtenzestig procent op jaarbasis. Iemand vergat de schuld een week en een hogere rente werd van kracht. Die vierhonderdachtenzestig procent steeg al verdomd gauw tot duizend procent. Maar daar lette niemand op. Niemand behalve Hobie. Iedereen zag alleen maar die negen, dat enkelvoudige, vriendelijke getalletje.

De eerste wanbetaler was een enorme vent. Hij was wreed en woest en zo goed als zwakzinnig. Hobie glimlachte. Hij schold hem zijn schuld kwijt en schreef hem af. Stelde voor dat hij zijn schuld zou terugbetalen als medewerker, door de rol van stok achter de deur op zich te nemen. In het vervolg waren er geen wanbetalers meer. Het viel niet mee om de juiste afschrikmethode vast te stellen. Een gebroken arm of been zou de bewuste persoon alleen maar in een veldhospitaal ergens ver van het front doen belanden, waar hij veilig en wel werd omringd door blanke verpleegsters die waarschijnlijk plat zouden gaan als hij een of ander heldhaftig verhaal ophing over hoe hij precies aan zijn verwonding was gekomen. Een ernstige breuk kon hem zelfs als oorlogsinvalide ontslag uit dienst en een enkeltje terug naar de VS opleveren. Dat had niets afschrikwekkends. Dus gebruikten Hobie en zijn adjudant *punji*-splinters. Dat was een uitvinding van de Vietcong: een klein, scherp, houten pijltje als een barbecuespies, ingesmeerd met buffelmest die giftig was. De Vietcong plaatste ze in ondiepe kuilen zodat soldaten erin zouden trappen om vervolgens een voetontsteking op te lopen waarvan ze kreupel werden. Hobies adjudant dreigde ze door de testikels van de nalatige te steken. In Hobies klantenkring overheerste het gevoel dat het risico van de medische gevolgen op lange termijn niet aantrekkelijk was, zelfs niet in ruil voor hun schuld en de kans om hun uniform aan de wilgen te hangen.

Tegen de tijd dat Hobie zijn brandwonden opliep en zijn arm kwijtraakte, was hij al schatrijk. Zijn volgende coup was de manier waarop hij zijn hele fortuin naar huis kreeg. Dat had niemand hem nagedaan. Niet in de specifieke omstandigheden waarin hij zich bevond. Het was het zoveelste bewijs van zijn grootheid. Net als het verdere verloop van zijn geschiedenis. Na wat omzwervingen belandde hij kreupel en mismaakt in New York en hij voelde zich er direct thuis. Manhattan was een jungle die weinig verschilde van de wildernis van Indochina. Dus zag hij geen reden om zijn levensstijl te veranderen of een andere broodwinning te zoeken. En ditmaal begon hij met een kolossale financiële reserve in plaats van niets.

Jarenlang woekerde hij. Hij bouwde het op. Hij had het kapitaal en het imago. De brandwonden en de haak maakten grote visuele indruk. Hij trok een areaal van medewerkers aan. Hij zoog hele identificeerbare golven en generaties van immigranten en andere arme mensen uit. Hij sloeg zich de Italianen van het lijf om zich te handhaven. Hij verzekerde zich van blijvende onzichtbaarheid door hele bataljons politiemensen en officieren van justitie om te kopen.

Vervolgens maakte hij zijn tweede grote doorbraak. Die had iets weg van de eerste. Het was het gevolg van diep en intensief nadenken. Een reactie op een probleem. Het probleem was de pure idiotie van de schaal. Hij had miljoenen uitstaan, maar het was allemaal kruimelwerk. Duizenden afzonderlijke dealtjes. Honderd dollar hier, honderdvijftig daar, negen à tien procent per week, vijfhonderd tot duizend procent per jaar. Een hoop papierwerk, veel rompslomp en de hele tijd maar hollen om de zaak bij te houden. Vervolgens besefte hij dat minder méér kon betekenen. Het openbaarde zich in een flits. Vijf procent van de miljoen dollar van de een of andere onderneming was per week meer waard dan vijfhonderd procent van dat kruimelwerkgelazer. Het maakte hem helemaal koortsig. Hij bevroor alle nieuwe kredieten en begon de duimschroeven aan te draaien om alles terug te krijgen wat men hem schuldig was. Hij kocht pakken en huurde kantoorruimte. Van de ene op de andere dag werd hij een industriële geldschieter.

Het was een geniale stap. Hij had lucht gekregen van dat grijze gebied dat net buiten de grenzen van de conventionele commerciële praktijk ligt. Hij was gestuit op een gigantische achterban van leners die net over het randje waren gegleden van wat de banken nog acceptabel vonden. Een gigantische achterban. Een radeloze achterban. Bovenal een weke achterban. Weke doelwitten. Beschaafde heren in pak die bij hem kwamen om een miljoen te lenen, leverden veel minder risico op dan iemand in een groezelig onderhemd die honderd dollar wilde en in een smerig flatgebouw met een valse hond achter de voordeur woonde. Slappe doelwitten, eenvoudig te intimideren. Niet toegerust voor de harde werkelijkheid van het leven. Hij stuurde zijn zware jongens de laan uit en nam zijn gemak ervan, terwijl hij zijn klantenkring tot een handvol zag krimpen, zijn gemiddelde lening miljoenvoudig toenam, zijn rentevoet in de stratosfeer terugzakte en zijn winsten groter werden dan hij ooit had kunnen dromen. Minder is meer.

Het was een schitterende, nieuwe onderneming. Natuurlijk waren er af en toe problemen. Maar die waren te overzien. Hij veranderde zijn afschrikkingstactiek. De zwakke plek van die beschaafde nieuwe klanten was hun gezin. Vrouwen, dochters, zonen. De bedreiging was doorgaans voldoende. Heel af en toe moest er iets worden ondernomen. Dikwijls was dat nog leuk ook. Weke vrouwen en dochters uit een buitenwijk konden heel amusant zijn. Een extra bonus. Een prachtig bedrijf. Bereikt dankzij een constante bereidheid om te veranderen en zich aan te passen. Diep in zijn hart wist hij dat zijn flexibiliteit zijn grootste kracht was. Hij had zichzelf beloofd dat nooit te zullen vergeten. Daarom zat hij alleen in zijn kantoor op de achtentachtigste verdieping te luisteren naar de gedempte achtergrondgeluiden van dat reusachtige gebouw, hard na te denken en van gedachten te veranderen.

Tachtig kilometer naar het noorden veranderde Marilyn Stone ook van gedachten. Ze was een intelligente vrouw. Ze wist dat Chester in financiële moeilijkheden zat. Iets anders kon het niet zijn. Hij had geen buitenechtelijke relatie. Dat wist ze wel. Er zijn bepaalde dingen die getrouwde mannen die een affaire hebben verraden, en die waren bij Chester afwezig. Iets anders waar hij over in kon zitten was er niet. Dus moesten het financiële moeilijkheden zijn.

Aanvankelijk was ze van plan geweest gewoon af te wachten. Om niets te doen en de dag af te wachten waarop hij eindelijk behoefte had om zijn hart te luchten en haar alles te vertellen. Ze was van plan geweest die dag af te wachten en dan haar maatregelen te treffen. Vanaf die dag kon ze de situatie wel aan, hoe groot de moeilijkheden ook waren: schulden, insolvabiliteit, of zelfs bankroet. Vrouwen waren goed in het regelen van situaties. Beter dan mannen. Ze kon praktische stappen nemen, de nodige troost bieden en haar weg door de ruïnes vinden zonder de door het ego gemotiveerde hopeloosheid die Chester aan de dag zou leggen.

Maar nu veranderde ze van gedachten. Haar geduld was op. Chester had moordende zorgen. Zij zou het voortouw moeten nemen en er iets aan moeten doen. Het had geen zin om er met hem over te praten. Hij was instinctief gewend zijn problemen voor zich te houden. Hij wilde haar niet ongerust maken. Hij zou alles ontkennen en dat zou de situatie alleen maar nog erger maken. Dus zou ze het initiatief moeten nemen en op eigen houtje moeten handelen. Zowel voor zijn als haar eigen bestwil.

Een voor de hand liggende stap was het huis op de markt te brengen. Wat de moeilijkheden ook precies mochten zijn, de verkoop van het huis zou wel eens noodzakelijk kunnen blijken. Ze had geen idee of het voldoende zou zijn. Het zou het probleem op eigen kracht kunnen oplossen, maar misschien ook niet. Maar het was duidelijk dat ze daarmee moest beginnen.

Een rijke vrouw in Pound Ridge als Marilyn heeft talrijke contacten in de makelaardij. Een stap lager op de maatschappelijke ladder, waar vrouwen een comfortabel bestaan leiden zonder rijk te zijn, werken er een heleboel voor makelaars. Ze doen dat parttime en wekken de schijn dat ze het uit liefhebberij doen, alsof het meer te maken heeft met een voorliefde voor binnenhuisarchitectuur dan met louter commercie. Marilyn kon zo vier goede vriendinnen opnoemen die ze kon bellen. Haar hand lag al op de telefoon terwijl ze nog nadacht wie ze moest kiezen. Uiteindelijk viel de keus op een vrouw die Sheryl heette, die ze het minst kende van de vier, maar van wie ze vermoedde dat ze de meest capabele was. Ze nam deze situatie heel serieus en haar makelaar moest dat ook doen. Ze belde haar nummer.

'Marilyn,' zei Sheryl toen ze opnam. 'Wat prettig om je stem te horen. Wat kan ik voor je doen?'

Marilyn haalde diep adem.

'We gaan het huis misschien verkopen,' zei ze.

'En daarvoor kom je bij mij? Dank je wel, Marilyn. Maar waarom denken jullie er in hemelsnaam over om het te verkopen? Het is zo'n heerlijke plek. Gaan jullie soms naar een andere staat verhuizen?'

Marilyn haalde nog eens diep adem. 'Volgens mij is Chester bezig failliet te gaan. Ik wil daar niet echt over praten, maar ik vind dat we moeten beginnen met een rampenplan.'

Er viel geen stilte. Er was geen sprake van aarzeling of gêne.

'Dat vind ik erg verstandig van je,' zei Sheryl. 'De meeste mensen houden hun huis veel te lang vast, met het gevolg dat ze het haastje-repje moeten verkopen en erbij inschieten.'

'De meeste mensen? Gebeurt dit vaker?'

'Wat denk je? We zien het constant. Je kunt er maar beter vroeg bij zijn en de echte waarde krijgen. Je doet het goed, neem dat maar van mij aan. Maar aan de andere kant doen vrouwen dat meestal, Marilyn, omdat we beter met dit soort dingen omgaan dan mannen, vind je niet?'

Marilyn herademde en glimlachte tegen de hoorn. Ze had het gevoel dat ze precies de juiste stap had gezet en dat dit precies de juiste persoon was om in de arm te nemen.

'Ik zal het meteen op de lijst zetten,' zei Sheryl. 'Ik stel voor: iets onder de twee miljoen dollar met als streefbedrag een-komma-negen. Dat is haalbaar en moet vrij gauw iets opleveren.'

'Hoe gauw?'

'Met de markt van tegenwoordig?' vroeg Sheryl. 'En die lokatie? Zes weken? Ja, ik denk dat we vrijwel zeker een offerte binnen die tijd kunnen garanderen.'

Dokter McBannerman was nog steeds een beetje nerveus over haar beroepsgeheim, dus hoewel ze wel het adres van de oude meneer en mevrouw Hobie wilde geven, weigerde ze het telefoonnummer te vertellen. Jodie zag daar geen juridische logica in, maar het scheen de dokter tevreden te houden, dus protesteerde ze niet. Ze gaf haar gewoon een hand en haastte zich via de wachtkamer terug naar de auto buiten, en Reacher volgde haar.

'Bizar,' zei ze. 'Zag je die mensen in de receptie?'

'Precies,' antwoordde Reacher. 'Oude mensen, halfdood.'

'Zo zag papa er vlak voor het einde ook uit. Net zo, vrees ik. En ik neem aan dat die oude meneer Hobie er al niet anders uit zal zien. Dus wat hebben die twee samen bekokstoofd dat zo belangrijk is dat er mensen voor doodgaan?'

Ze stapten in de Bravada en ze boog zich opzij op de passagiersstoel om de autotelefoon te pakken. Reacher startte de auto om de airconditioning te laten draaien. Ze belde inlichtingen. De Hobies woonden ten noorden van Garrison, ergens voorbij Brighton, de volgende plaats langs het spoor. Ze schreef hun nummer op een stukje papier uit haar agenda en draaide het vervolgens direct. De telefoon bleef een hele poos overgaan en toen nam een vrouw op.

'Ja?' zei de stem aarzelend.

'Mevrouw Hobie?' vroeg Jodie.

'Ja?' herhaalde de stem een beetje beverig. Jodie stelde zich haar voor als een oude, magere, broze vrouw met grijs haar, waarschijnlijk in een peignoir met bloemen, met de hoorn van de telefoon in de hand geklemd, in een oud donker huis dat naar oudbakken voedsel en boenwas rook.

'Mevrouw Hobie, u spreekt met Jodie Garber, de dochter van Leon Garber.'

'Ja?' zei de vrouw weer.

'Hij is helaas vijf dagen geleden overleden.'

'Ja, ik weet het,' zei de oude vrouw. Ze klonk verdrietig. 'We hebben het van de receptioniste van dokter McBannerman gehoord tijdens onze afspraak van gisteren. Ik vond het heel erg om te horen. Hij was een goed mens. Hij is erg aardig voor ons geweest. Hij hielp ons. En hij heeft over u gesproken. U bent advocaat. Ik leef erg met u mee.'

'Dank u wel,' zei Jodie. 'Maar kunt u me vertellen waarmee hij u hielp?'

'Nou, dat doet er nu niet veel meer toe, hè?'

'Nee? Waarom niet?'

'Nou, omdat uw vader overleden is,' zei de vrouw. 'Want ziet u, ik ben bang dat hij echt onze laatste hoop was.'

De manier waarop ze het zei klonk alsof ze het meende. Haar stem klonk somber. De laatste woorden van haar zin daalden berustend, met een soort treurige cadans alsof ze iets had opgegeven dat ze lang had gekoesterd en waarop ze haar hoop had gevestigd. Jodie zag een knokige hand voor zich die de hoorn tegen het oor vasthield en een traan op een dunne, bleke wang.

'Misschien was hij dat niet,' zei ze. 'Misschien kan ik u wel helpen.'

Er viel een stilte aan de andere kant van de lijn. Ze hoorde alleen een vaag geruis.

'Ik denk het niet,' zei de vrouw. 'Ik weet niet of dit iets is waar een advocaat ervaring mee heeft, ziet u.'

'Wat is het dan?'

'Ik denk niet dat het er nu nog toe doet,' herhaalde de vrouw.

'Kunt u me niet een idee geven?'

'Nee, ik denk dat het nu allemaal achter de rug is,' zei de vrouw, alsof haar oude hart brak.

Vervolgens viel er weer een stilte. Jodie wierp een blik door het raam op het kantoor van McBannerman. 'Maar op wat voor manier kon mijn vader u dan helpen? Was het iets wat op zijn terrein lag? Was het omdat hij beroepsmilitair was? Iets met het leger?'

'Ja, inderdaad. Daarom vrees ik dat u ons niet kunt helpen, als advocaat. We hebben het al eens met advocaten geprobeerd, begrijpt u. We hebben iemand nodig die iets met het leger te maken heeft, denk ik. Maar hartelijk dank voor het aanbod. Dat was erg vriendelijk van u.'

'Er is nog iemand anders,' zei Jodie. 'Die zit nu

naast me. Hij was een directe collega van mijn vader in het leger. Hij is bereid u te helpen als dat mogelijk is.'

Er viel weer een stilte. Weer diezelfde lichte ruis en haar ademhaling. Alsof de oude dame nadacht. Alsof ze tijd nodig had om aan een paar nieuwe gezichtspunten te wennen.

'Zijn naam is majoor Reacher,' onderbrak Jodie de stilte. 'Heeft mijn vader het niet over hem gehad? Ze hebben lange tijd samen gediend. Mijn vader heeft hem laten opsporen toen hij besefte dat hij het zelf niet meer kon doen.'

'Hij heeft hem laten opsporen?' herhaalde de vrouw.

'Ja. Volgens mij dacht hij dat hij het wel van hem zou kunnen overnemen, weet u. Om u te blijven helpen.'

'Is deze nieuwe persoon ook bij de militaire politie geweest?'

'Ja, inderdaad. Is dat belangrijk?'

'Daar ben ik niet zeker van,' zei de vrouw.

Ze verviel weer tot stilzwijgen. Ze ademde dicht bij de hoorn.

'Kan hij hierheen komen?' vroeg ze eensklaps.

'We komen allebei,' zei Jodie. 'Wilt u dat we meteen komen?'

Er viel weer een stilte. Ademen, nadenken.

'Mijn man heeft net zijn medicijnen gehad,' zei de vrouw. 'Hij slaapt nu. Hij is erg ziek, weet u.'

Jodie knikte. Ze opende en balde gefrustreerd haar vrije hand.

'Mevrouw Hobie, kunt u niet vertellen waar dit over gaat?'

Stilte, ademen, nadenken.

'Mijn man moest het u maar vertellen. Het is een lang verhaal en soms raak ik in de war.'

'Oké. Wanneer wordt hij wakker?' vroeg Jodie. 'Moeten we ietsje later komen?'

Er viel weer een stilte.

'Na zijn medicijnen slaapt hij meestal aan een stuk door,' zei de oude vrouw. 'Volgens mij is dat eigenlijk een zegen. Kan uw vaders vriend morgenochtend vroeg komen?'

Hobie drukte met de punt van zijn haak op de intercom op zijn bureau. Boog zich naar voren om iets tegen zijn receptionist te zeggen. Hij sprak de man bij zijn naam aan, wat ongewoon intiem was voor Hobie en doorgaans alleen onder stress gebeurde.

'Tony?' zei hij. 'Ik moet je even spreken.'

Tony kwam achter zijn balie van eikenhout en koper in de receptie vandaan, ging het kantoor in en zigzagde om de salontafel naar de bank.

'Het was Garber die naar Hawaï is gegaan,' zei hij.

'Weet je dat zeker?' vroeg Hobie.

Tony knikte. 'Met American. Op 15 april. Van White Plains naar Chicago, van Chicago naar

Honoloeloe. Is de volgende dag teruggekomen. Op 16 april via dezelfde route. Betaald met Amex. Het zit allemaal in hun computer.'

'Maar wat heeft hij daar uitgespookt?' vroeg Hobie min of meer aan zichzelf.

'Dat weten we niet,' mopperde Tony. 'Maar dat kunnen we wel raden, hè?'

Er viel een onheilspellende stilte in het kantoor. Tony keek naar de onverbrande kant van Hobies gezicht en wachtte op een reactie.

Hobie verbrak de stilte. 'Ik heb bericht van Hanoi.'

'Jezus. Wanneer?'

'Tien minuten geleden.'

'Jezus. Hanoi?' vroeg Tony. 'Godverdegodverdegodver.'

'Dertig jaar,' zei Hobie. 'En nu is het zover.'

Tony stond op en liep om het bureau heen. Met zijn vingers duwde hij twee jaloezieën van elkaar. Een bundel licht van de middagzon viel de kamer in.

'Dus nu moet je 'm smeren. Nu is het veel en veel te gevaarlijk.'

Hobie zweeg. Hij klemde de haak in zijn linkerhand.

'Je hebt het beloofd,' drong Tony aan. 'Fase een, fase twee. En die hebben we allebei gehad. Beide fasen zijn nu geweest, goddomme.'

'Het zal ze toch nog wat tijd kosten,' zei Hobie. 'Niet dan? Nu weten ze nog niets.'

Tony schudde zijn hoofd. 'Garber was niet op zijn achterhoofd gevallen. Hij wist iets. Als hij naar Hawaï is gegaan, dan was daar een goede reden voor.'

Hobie gebruikte de spierkracht van zijn linkerarm om de haak naar zijn gezicht te brengen. Hij streek met het koude, harde staal over het littekenweefsel. Af en toe werd de jeuk verlicht door de druk van de harde haak.

'En hoe zit het met die Reacher?' vroeg Hobie. 'Weet je daar al iets van?'

Tony tuurde door de opening in de jaloezieën op de achtentachtigste verdieping.

'Ik heb St. Louis gebeld,' zei hij. 'Hij zat ook bij de militaire politie. Heeft bijna dertien jaar onder Garber gediend. Tien dagen geleden had er ook al iemand naar hem gevraagd. Waarschijnlijk was dat Costello.'

'Maar waarom?' vroeg Hobie. 'De familie Garber neemt Costello in de arm om de een of andere oude legermaat op te sporen? Waarom? Waarom in godsnaam?'

'Geen idee,' zei Tony. 'De man was een zwerver. Hij groef zwembaden in die plaats waar Costello was.'

Hobie knikte vaag. Hij dacht hard na.

'Een militaire smeris,' zei hij peinzend. 'Die nu een zwerver is.'

'Je moet ervandoor,' herhaalde Tony.

'Ik hou niet van de militaire politie,' zei Hobie.

'Dat weet ik.'

'Dus wat doet die bemoeizieke lul hier?'

'Je moet 'm smeren,' zei Tony voor de derde keer.

Hobie knikte.

'Ik ben een plooibaar iemand,' zei hij. 'Dat weet je.'

Tony haalde zijn vingers weer uit de jaloezieën. De kamer werd donker. 'Ik vraag niet of je plooibaar wilt zijn. Ik vraag of je je wilt houden aan wat je altijd van plan bent geweest.'

'Dat plan heb ik veranderd. Ik wil die Stone-taart hebben.'

Tony liep om het bureau en ging weer op de bank zitten. 'Het is te riskant om daarvoor te blijven rondhangen. We hebben nu beide telefoontjes gehad. Vietnam en Hawaï, goddomme.'

'Dat weet ik,' zei Hobie. 'Daarom heb ik de plannen weer veranderd.'

'Terug naar het oorspronkelijke plan?'

Hobie haalde zijn schouders op en schudde zijn hoofd. 'Niet of-of maar en-en. We smeren hem zeker, maar pas als ik Stone te grazen heb genomen.'

Tony slaakte een zucht en legde zijn handen met de palmen omhoog op de bank. 'Zes weken is veel en veel te lang. Garber is goddomme al naar Hawaï geweest. Hij was de een of andere hoge generaal. En natuurlijk wist hij iets, wat had hij daar anders te zoeken?'

Hobie zat te knikken. Zijn hoofd ging een dun

lichtstreepje in en uit dat de ruwe plukjes grijs haar bescheen. 'Hij wist iets. Dat accepteer ik. Maar hij is ziek geworden en doodgegaan. Wat hij wist is met hem gestorven. Waarom zou zijn dochter anders haar toevlucht nemen tot een halfzachte privédetective en de een of andere werkloze zwerver?'

'Waar wil je nou heen?'

Hobie liet zijn haak op schoot zakken en steunde met zijn kin op zijn goede hand. Hij spreidde zijn vingers omhoog over zijn littekens. Het was een houding die hij onbewust aannam als hij inschikkelijk en niet bedreigend over wilde komen.

'Ik kan de Stone-taart niet laten schieten,' zei hij. 'Dat snap je toch wel? Die ligt daar te smeken om te worden opgegeten. Als ik die opgeef, zou ik mezelf dat de rest van mijn leven niet vergeven. Dat zou laf zijn. Ervandoor gaan is verstandig, dat ben ik met je eens. Maar er te vroeg vandoor gaan, eerder dan strikt noodzakelijk is, dat is laf. En ik ben geen lafaard, Tony. Dat weet je toch?'

'Waar wil je nou heen?' herhaalde Tony.

'We doen het allebei, maar in versneld tempo. Want ik ben het met je eens dat zes weken veel te lang is. We moeten hem smeren voordat die zes weken verstreken zijn. Maar we gaan niet zonder de Stone-taart, dus zetten we er vaart achter.'

'Oké, hoe dan?'

'Ik gooi de aandelen vandaag nog op de markt,' zei Hobie. 'Anderhalf uur voordat de beurs sluit. Dat moet voldoende zijn om de banken te alarmeren. Morgenochtend komt Stone in alle staten hier. Ik zal er morgen niet zijn, dus jij vertelt hem wat we verlangen en wat we zullen doen als we het niet krijgen. De hele santenkraam zal ons binnen een paar dagen in de schoot vallen, meer niet. Ik zal de bezittingen op Long Island op voorhand verkopen zodat we daarmee niet op uitstel stuiten. Ondertussen sluit jij de zaak hier af.'

'Oké, hoe?' vroeg Tony weer.

Hobie keek eens goed om zich heen in het schemerige kantoor.

'We lopen gewoon weg. Zijn we zes maanden huur kwijt, maar wat kan het schelen. Die twee klojo's die zich mijn adjudant noemen zullen geen probleem opleveren. De een helpt de ander vanavond om zeep, en jij werkt met hem samen tot jullie die mevrouw Jacob te pakken hebben, en vervolgens maak jij haar én hem koud. Verkoop de boot, verkoop de auto's en we zijn weg zonder dat er losse eindjes overblijven. Zeg maar een week. Hooguit een week. Ik vind dat we onszelf best een week de tijd mogen geven, oké?'

Tony knikte. Boog zich naar voren, opgelucht door het vooruitzicht van actie.

'En die Reacher dan? Hij is nog wel een los eindje.'

Hobie haalde zijn schouders op. 'Voor hem heb ik een apart plannetje.'

'We zullen hem niet vinden,' zei Tony. 'Niet wij tweeën alleen. Niet binnen een week. We hebben geen tijd om naar hem op zoek te gaan.'

'Dat hoeft ook niet.'

Tony staarde hem aan. 'Wel waar, baas. Hij is toch een los eindje?'

Hobie schudde zijn hoofd. Daarna liet hij zijn linkerhand zakken en haalde hij de arm met de haak van onder zijn bureau te voorschijn. 'Dit ga ik efficiënt aanpakken. Ik hoef mijn energie niet aan een speurtocht te verspillen. Ik zal hem mij laten vinden. En dat zal hem lukken. Leer mij die militaire smerissen kennen.'

'En dan?'

Hobie glimlachte.

'Dan leeft hij nog lang en gelukkig,' zei hij. 'Minstens dertig jaar.'

'Wat nu?' vroeg Reacher.

Ze stonden nog steeds op de parkeerplaats voor het lage kantoor van McBannerman. De motor liep en de airconditioning draaide op volle toeren om de hitte van de zon op de donkergroene lak van de Bravada te bezweren. De blowers stonden alle kanten op en hij rook Jodies subtiele parfum vermengd met de gekoelde lucht. Op dat moment voelde hij zich gelukkig, want hij leefde een oude fantasie uit. In het verleden had hij dikwijls gespeculeerd hoe het zou voelen om haar binnen handbereik te hebben als ze volwassen zou zijn. Hij had nooit verwacht dat het nog eens zou gebeuren. Hij had gedacht dat hij haar uit het oog zou verliezen en nooit meer terug zou zien. Hij had gedacht dat zijn gevoelens in de loop der jaren gewoon zouden slijten. Maar daar zat hij, vlak naast haar, haar parfum op te snuiven en steels naar haar lange benen te kijken die ze voor zich uit had gestoken. Hij had altijd wel vermoed dat ze tamelijk spectaculair zou zijn als ze groot was. Nu voelde hij zich een beetje schuldig omdat hij had onderschat hoe beeldschoon ze in werkelijkheid zou worden. Zijn verbeelding had haar geen recht gedaan.

'Er is een probleem,' zei ze. 'Ik kan er morgen niet heen. Ik kan niet nog meer vrijaf nemen. Het is momenteel erg druk op de zaak en ik moet de uren blijven boeken.'

Vijftien jaar later. Was dat lang of kort? Verandert iemand in die tijd? Hij had de indruk dat het niet lang was. Hij voelde zich niet radicaal anders dan de persoon die hij vijftien jaar daarvoor was. Hij was dezelfde persoon, dacht op dezelfde manier en beheerste dezelfde dingen. Hij had in die tijd een dikke, glanzende laag ervaringen opgedaan, hij was ouder geworden en de scherpe kantjes waren eraf, maar hij was nog steeds dezelfde persoon. Hij had het gevoel dat zij anders moest zijn. Dat kon niet anders. Haar vijftien jaar waren een grotere sprong geweest, zij had grotere overgangen doorgemaakt.

Middelbare school, universiteit, rechtenstudie, huwelijk, scheiding, de koers van de medefirmante en het boeken van uren. Dus nu had hij het gevoel in terra incognita te zijn en wist hij niet goed hoe hij met haar moest omgaan, omdat hij met drie verschillende dingen te maken had die stuk voor stuk in zijn hoofd om voorrang streden: de werkelijkheid zoals ze vijftien jaar geleden als tiener was geweest, vervolgens het soort persoon dat ze volgens zijn verbeelding zou worden, en tot slot de wijze waarop ze in werkelijkheid was uitgegroeid. Van de eerste twee dingen wist hij alles af. Hij herinnerde zich die tiener. Hij kende de volwassene die hij zelf had gefantaseerd. Maar de werkelijkheid kende hij niet en dat maakte hem onzeker, want eensklaps wilde hij voorkomen dat hij stompzinnige vergissingen met haar zou begaan.

'Je zult alleen moeten gaan,' zei ze. 'Is dat oké?'

'Ja hoor,' zei hij. 'Maar dat is niet waar het om draait. Jij zult uit moeten kijken.'

Ze knikte. Trok haar handen terug in haar mouwen en sloeg haar armen om zichzelf heen. Hij wist niet waarom.

'Ik red het wel, denk ik,' zei ze.

'Waar is je kantoor?'

'Op de hoek van Wall Street en Lower Broadway.'

'Daar woon je toch? In Lower Broadway?'

Ze knikte. 'Dertien blokken van mijn werk. Meestal ga ik lopen.'

'Morgen niet,' zei hij. 'Ik breng je wel met de auto.'

Ze keek verrast. 'Echt?'

'Om de dooie dood wel,' zei hij. 'Dertien blokken te voet? Vergeet het maar, Jodie. Thuis zul je redelijk veilig zijn, maar op straat kunnen ze je te grazen nemen. Hoe zit het met je kantoor? Is het veilig?'

Ze knikte weer. 'Daar komt niemand binnen zonder afspraak of legitimatie.'

'Oké,' zei hij. 'Dus blijf ik de hele nacht bij je logeren en morgenochtend breng ik je van deur tot deur. Daarna ga ik hier weer naartoe voor een bezoek aan die mensen van Hobie en blijf jij op kantoor tot ik je kom halen, oké?'

Ze zweeg. Hij liet nog eens de revue passeren wat hij had gezegd.

'Ik bedoel, je hebt toch wel een logeerkamer, hè?'

'Ja hoor,' zei ze. 'Er is een logeerkamer.'

'Dus is dat oké?'

Ze knikte zwijgend.

'En wat nu?' vroeg hij. Ze draaide zich een kwartslag in zijn richting. De luchtstroom uit de blower blies een lok voor haar gezicht. Ze veegde hem achter haar oor en bekeek hem van top tot teen. Daarna glimlachte ze.

'We moeten inkopen doen,' zei ze.

'Inkopen? Waarvoor? Wat moet je hebben?'

'Ik moet niets hebben,' zei ze. 'Jij moet iets hebben.'

Hij keek haar bezorgd aan. 'Wat moet ik hebben?'

'Kleren,' zei ze. 'Je kunt toch niet bij die oude mensen op bezoek als een kruising tussen een dakloze en een wildeman uit Borneo?'

Daarna boog ze zich naar hem over en legde het topje van haar wijsvinger op de schroeiplek op zijn hemd.

'En we moeten naar een apotheek. Je moet iets hebben voor op die brandwond.'

'Waar ben jij in godsnaam mee bezig?' schreeuwde de financieel directeur.

Hij stond in de deuropening van Chester Stones kantoor, twee verdiepingen boven dat van hemzelf. Hij hield zich hijgend van inspanning en razernij met beide handen aan de deurpost vast. Hij had niet op de lift gewacht. Hij was de brandtrap op gehold. Stone keek hem uitdrukkingsloos aan.

'Idioot!' schreeuwde hij. 'Ik had nog zo gezegd om dat niet te doen!'

'Wat?' vroeg Stone.

'De aandelen op de markt gooien!' gilde de financiële man. 'Ik had gezegd dat niet te doen!'

'Dat heb ik niet gedaan,' zei Stone. 'Er zijn geen aandelen op de markt.'

'Om de dooie dood wel,' zei de man. 'Een enorm pakket. Dat ligt daar absoluut niets te doen. De mensen deinzen ervoor terug alsof het radioactief is.'

'Wat?'

De financiële man haalde diep adem. Staarde zijn werkgever aan. Zag een kleine, ineengezakte man in een bespottelijk Brits pak achter een bureau dat op zich al honderd keer zoveel waard was als alle netto activa van de firma bij elkaar.

'Lulhannes die je bent; ik heb nog zo gezegd om dat niet te doen. Waarom zet je niet gewoon een advertentie in de *Wall Street Journal* met: hé lui, mijn bedrijf is nog minder waard dan kippenstront?'

'Waar héb je het over?' vroeg Stone.

'De banken hangen al aan de lijn,' zei de man. 'Ze houden de tikker in de gaten. De Stone-aandelen zijn een uur geleden verschenen en ze zakken sneller dan de computers kunnen bijhouden. Ze zijn onverkoopbaar. Je hebt ze goddomme een boodschap gestuurd. Je hebt ze verteld dat je insolvent bent. Je hebt ze duidelijk gemaakt dat je ze zestien miljoen dollar schuldig bent tegen een onderpand dat verdomme nog geen zestien cent waard is.'

'Ik heb geen aandelen op de markt gebracht,' herhaalde Stone.

De financiële man knikte sarcastisch.

'Wie dan wel, verdomme? De Grote Boze Wolf?'

'Hobie,' zei Stone. 'Dat kan niet anders. Jezus. Waarom?'

'Hobie?' herhaalde de man.

Stone knikte.

'Hobie?' vroeg de man weer, vol ongeloof. 'Godverdomme, heb je hem aandelen gegeven?'

'Ik moest wel,' zei Stone. 'Anders ging het niet door.'

'Godverdomme,' herhaalde de man hijgend. 'Snap je waar hij mee bezig is?'

Stone keek hem wezenloos aan. Daarna knikte hij angstig. 'Wat kunnen we doen?'

De financieel directeur liet zijn handen van de deurpost glijden en draaide zich om.

'Vergeet dat "we" maar. Ik neem ontslag. Ik ben weg. Je bekijkt het maar.'

'Maar jij hebt me die vent aanbevolen!' schreeuwde Stone.

'Ik heb je niet aanbevolen om aandelen weg te geven, lulhannes,' schreeuwde de man terug. 'Ben jij soms niet goed bij je hoofd? Als ik je een bezoek aan het aquarium aanbeveel, ga je toch ook niet je vinger in de bak met piranha's steken?'

'Je moet me helpen,' zei Stone.

De man schudde zijn hoofd. 'Je doet het maar alleen. Ik neem ontslag. Op dit moment raad ik je aan dat je naar beneden gaat naar wat mijn kantoor wás en aan de slag gaat. Er staat een stel telefoons te rinkelen op wat mijn bureau wás. Ik raad je aan om te beginnen met de telefoon die het hardst rinkelt.'

'Wacht even!' riep Stone. 'Ik heb jouw hulp hierbij nodig!'

'Tegen Hobie?' schreeuwde de man terug. 'Droom maar lekker door, makker.'

Met die woorden vertrok hij. Hij draaide zich

gewoon om, stevende door het kantoor van de secretaresse en verdween. Stone kwam achter zijn bureau vandaan en ging in de deuropening staan om hem na te kijken. De suite was stil. Zijn secretaresse was naar huis. Vroeger dan geoorloofd was. Hij liep de gang in. De verkoopafdeling rechts was verlaten. De marketingsuite aan zijn linkerhand was leeg. De kopieerapparaten waren stil. Hij liet de lift komen en het mechanisme klonk erg hard in de stilte. Hij zakte twee verdiepingen in zijn eentje. De suite van de financieel directeur was leeg. Laden stonden open. Persoonlijke eigendommen waren verwijderd. Hij liep door naar het eigenlijke kantoor. De Italiaanse bureaulamp brandde. De computer was uitgeschakeld. De telefoons lagen van de haak op het rozenhouten bureaublad. Hij pakte een hoorn op.

'Hallo?' zei hij. 'Met Chester Stone.'

Hij herhaalde het twee keer in de elektronische stilte. Toen kwam er een vrouw aan de lijn die vroeg of hij even wilde wachten. Geklik en gezoem. Een ogenblik rustgevende muziek.

'Meneer Stone?' klonk een nieuwe stem. 'U spreekt met de afdeling insolventie.'

Stone deed zijn ogen dicht en omklemde de hoorn.

'Blijft u even aan de lijn, dan verbind ik u door met de directeur,' zei de stem.

Nog meer muziek. Opgewonden barokke violen die er genadeloos op los krasten.

'Meneer Stone?' klonk een zware stem. 'U spreekt met de directeur.'

'Hallo,' zei Stone. Iets anders wilde hem niet te binnen schieten.

'We zijn bezig de nodige stappen te nemen,' zei de stem. 'U zult onze positie vast wel begrijpen.'

'Oké,' zei Stone. Hij dacht: wat voor stappen? Een proces? Gevangenis?

'Morgenochtend aan het begin van de dag horen we uit de problemen te zijn,' zei de stem.

'Uit de problemen? Hoe dan?'

'We verkopen de schuld natuurlijk.'

'Verkopen?' herhaalde Stone. 'Dat volg ik niet.'

'Wij willen hem niet meer,' zei de stem. 'Dat zult u vast wel begrijpen. De schuld heeft zich ver buiten de parameters begeven waar wij ons in kunnen vinden. Dus verkopen we hem. Dat is toch heel gewoon? Je hebt iets wat je niet wilt, dus verkoop je het tegen de beste prijs die je kunt krijgen.'

'Aan wie verkoopt u hem?'

'Een trustbedrijf op de Kaaimaneilanden. Dat heeft ons een aanbod gedaan.'

'Wat gebeurt er dan verder met ons?'

'Ons?' herhaalde stem verwonderd. 'Er gebeurt niets meer met ons. Uw verplichtingen naar ons zijn beëindigd. Er is geen sprake van "ons". Onze relatie bestaat niet meer. Mijn enige advies aan u is dat u nooit meer probeert haar nieuw leven in te blazen. Dat zouden we als zout in de wonde ervaren.'

'Dus aan wie ben ik dat geld nu schuldig?'

'Dat trustbedrijf op de Kaaimaneilanden,' zei de stem geduldig. 'Ik ben ervan overtuigd dat de persoon die daarachter steekt heel spoedig contact met u op zal nemen met een voorstel tot terugbetaling.'

Reacher stapte uit, liep om de motorkap heen en ging op de passagiersstoel zitten. Jodie kroop achter het stuur. Ze schoof over het middenpaneel en drukte op de knop om de stoel naar voren te verzetten. Reed kalmpjes zuidwaarts langs de zonovergoten waterreservoirs van Croton in de richting van de stad White Plains. Reacher draaide zich half om en speurde de weg achter hen af. Geen achtervolgers. Niets verdachts. Gewoon een volmaakte, luie junimiddag op het platteland. Hij moest door zijn overhemd aan zijn blaar voelen om zichzelf eraan te herinneren dat er echt iets was gebeurd.

Ze reed naar een groot winkelcentrum. Het was een imposant gebouw ter grootte van een voetbalstadion, trots tegen twee kantoortorens van dezelfde hoogte aan gebouwd, midden op een knooppunt van drukke wegen. Ze ging van de linker- naar rechterrijstrook en volgde een gebogen afrit naar een ondergrondse parkeergarage. Daar beneden was het donker en het stoffige beton was bezaaid met olievlekken, maar in de verte was een veelbelovende deur van glas en koper die rechtstreeks toegang tot een helverlichte winkel gaf. Vijftig meter ervandaan vond Jodie een parkeerplek. Ze zette de auto voorzichtig neer en verwijderde zich om iets met een automaat te doen. Kwam terug om een kaartje zodanig op het dashboard te leggen dat het door de voorruit te lezen was.

'Oké,' zei ze. 'Wat doen we het eerst?'

Reacher haalde zijn schouders op. Hier had hij geen kaas van gegeten. Hij had de afgelopen jaren een heleboel kleren gekocht omdat hij de gewoonte had ontwikkeld om nieuwe kleren te kopen in plaats van de oude te wassen. Het was een defensieve gewoonte. Het vrijwaarde hem van de verplichting om een grote tas mee te sjouwen en te leren omgaan met de apparatuur in een wasserij. Hij wist wel van het bestaan van wasserettes en stomerijen, maar koesterde een lichte vrees dat hij zich alleen in een wasserette zou bevinden en niet op de hoogte van de juiste procedure zou zijn. En als je de spullen naar een stomerij bracht, betekende dat de verplichting dat je ergens in de toekomst weer op precies dezelfde plek moest zijn, en zo'n afspraak maakte hij niet graag. Het handigste was om nieuwe kleren te kopen en de oude weg te gooien. Dus hij had wel eens kleren gekocht, maar hij zou niet weten waar dat precies geweest was. Meestal zag hij ergens gewoon kleren in een etalage. Dan ging hij naar binnen om ze te kopen, en kwam hij vervolgens weer naar buiten zonder precies de naam van de zaak te weten die hij net had bezocht.

'Ik ben in Chicago wel eens in een winkel geweest,' zei hij. 'Volgens mij was het er een van een keten. Hole? Gap? Zoiets. Die had de juiste maat.'

Jodie lachte. Gaf hem een arm.

'Gap,' zei ze. 'Hier is er ook zo een.'

De deur van glas en koper gaf rechtstreeks toegang tot een warenhuis. De lucht was koud en het rook er naar zeep en parfum. Ze liepen via de cosmetica naar een afdeling met tafels die hoog waren opgetast met katoenen zomerkleding in pastelkleuren. Vervolgens gingen ze naar buiten de hoofdstraat van het winkelcentrum in. Die was ovaal als een renbaan en was afgezet met winkeltjes. Datzelfde herhaalde zich op twee verdiepingen. Op de promenades lag tapijt, er klonk muziek en het krioelde er van de mensen.

'Ik denk dat Gap boven is,' zei Jodie.

Reacher rook koffie. Een van de zaakjes aan de andere kant was ingericht als koffiebar en had iets van een Italiaans terrasje. De binnenwanden waren geschilderd als buitenmuren en het plafond was matzwart geverfd zodat het net leek of het er niet was. Het was binnen, maar het zag eruit als buiten, in een overdekt winkelcentrum dat eruit probeerde te zien alsof het een gewone winkelstraat buiten was, afgezien van het kleed op de grond.

'Wil jij geen koffie?' vroeg Reacher.

Jodie schudde glimlachend haar hoofd. 'Eerst boodschappen doen, dan koffiedrinken.'

Ze bracht hem naar een roltrap. Hij glimlachte. Hij wist hoe zij zich voelde. Zo had hij zich vijftien jaar daarvoor ook gevoeld. Zij was nerveus en aarzelend met hem meegegaan op een routinebezoekje in de glasfabriek van Manilla. Voor hem was dat vertrouwd terrein, een alledaags bezoekje dat niets voorstelde. Maar voor haar was het nieuw en vreemd. Hij was opgewonden en blij geweest en had op de een of andere manier een mentorsgevoel gehad. Hij had het leuk gevonden om haar mee te nemen en van alles te laten zien. Nu voelde zij dat ook. Voor haar waren winkelcentra niets bijzonders. Ze was lang geleden naar Amerika gekomen om zich de bijzonderheden van het dagelijks leven eigen te maken. Nu was hij een vreemdeling in haar domein.

'Wat dacht je hiervan?' riep ze naar hem.

Het was niet Gap. Het was de een of andere zelfstandige winkel, zwaar opgemaakt met verweerde dakspanen en planken van de een of andere oude boerenschuur. De kleren waren vervaardigd van zwaar katoen en geverfd in onopvallende kleuren, en lagen kunstig uitgestald op laadbakken van oude boerenkarren met wielen met ijzerbeslag.

Hij haalde zijn schouders op. 'Lijkt me wel oké.'

Ze pakte hem bij de hand. Haar handpalm voelde koel en slank in de zijne. Ze nam hem mee naar binnen, duwde haar lokken achter haar oren, boog zich voorover en begon door de uitstallingen te scharrelen. Ze deed het zoals hij andere vrouwen ook wel eens had zien doen. Met kleine polsbewegingen maakte ze composities van verschillende kledingstukken. Een nog opgevouwen broek legde ze over de onderste helft van een shirt. Een jasje legde ze er zijdelings een stukje overheen. Het overhemd gluurde er bovenuit en de broek kwam er onderuit. De ogen half dicht, de lippen getuit. Nee, met een hoofdbeweging. Ander shirt. Knikje. Dat was pas winkelen.

'Wat vind jij?' vroeg ze.

Ze had een kakibroek, maar iets donkerder dan de meeste. Een groen met bruin shirt met een rustig blokje. Een dun, donkerbruin jack dat aardig bij de rest leek te passen. Hij knikte.

'Lijkt me wel oké,' herhaalde hij.

De prijzen waren met de hand geschreven op labeltjes die met een touwtje aan het kledingstuk vastzaten. Hij draaide er een met zijn nagel om.

'Jezus,' zei hij. 'Vergeet het maar.'

'Het is het wel waard,' zei ze. 'Goeie kwaliteit.'

'Dat kan ik niet betalen, Jodie.'

Het shirt op zich kostte al twee keer zoveel als hij ooit voor een hele set kleren had betaald. Dat spul zou hem evenveel gaan kosten als hij op een hele dag verdiende met zwembaden graven. Tien uur, vierduizend kilo zand en stenen en aarde.

'Ik koop het wel voor je.'

Hij bleef onzeker staan met het shirt in zijn handen.

'Weet je nog, die ketting?' vroeg ze.

Hij knikte. Hij wist het nog. Ze was verliefd geworden op een bepaalde halsketting bij een juwelier in Manilla. Het was een effen ding van goud, had iets weg van een touw en zag er vaag Egyptisch uit. Niet echt duur, maar boven haar budget. Leon probeerde haar net een beetje zelfdiscipline bij te brengen en wilde niet over de brug komen. Dus had Reacher de ketting voor haar gekocht. Niet voor haar verjaardag of zoiets, maar gewoon omdat hij haar aardig vond en zij de ketting mooi vond.

'Ik was er zo blij mee,' zei ze. 'Ik dacht dat ik barstte. Ik heb hem nog steeds en draag hem ook nog steeds. Dus laat mij maar betalen, goed?'

Hij dacht even na. Knikte.

'Oké,' zei hij.

Zij kon het zich wel veroorloven. Ze was advocaat. Verdiende waarschijnlijk een vermogen. En verhoudingsgewijs was het een eerlijke ruil, als je kosten versus inkomsten en vijftien jaar inflatie in aanmerking nam.

'Oké,' herhaalde hij. 'Dank je wel, Jodie.'

'Je hebt ook sokken en zo nodig, hè?'

Ze zochten een paar kaki sokken en een witte boxershort. Ze ging naar een kassa en betaalde met een creditcard. Hij ging met de spullen een kleedkamer in, haalde de prijskaartjes eraf en trok alles aan. Hij verhuisde het geld uit zijn broekzak en stopte alle oude kleren in de prullenbak. De nieuwe kleren voelden stijf aan, maar in de spiegel zag het er erg goed uit op zijn gebruinde huid. Hij verliet het hokje.

'Mooi,' zei Jodie. 'Nu naar de apotheek.'

'En dan koffie,' zei hij.

Hij kocht een scheermes, een spuitbus scheerschuim, een tandenborstel en tandpasta. Plus een tubetje zalf. Betaalde alles zelf en nam het mee in een bruine, papieren zak. De apotheek was in de buurt van een plein met eetgelegenheden. Hij zag een tentje waar je spareribs kon eten en dat lekker rook.

'Laten we gaan eten,' zei hij. 'Niet alleen koffiedrinken. Ik trakteer.'

'Oké,' zei ze, en ze gaf hem weer een arm.

Het etentje kostte hem de prijs van het nieuwe shirt, wat hij niet overdreven vond. Ze namen een toetje, dronken koffie en inmiddels was een aantal kleine winkels al bezig te sluiten.

'Oké, naar huis,' zei hij. 'En van nu af aan gaan we echt op onze tellen passen.'

Ze liepen door het warenhuis in omgekeerde richting langs de uitstallingen, eerst langs de pastelkleurige zomerkleding en vervolgens door de agressieve cosmeticalucht. Hij hield haar tegen voor de deur van glas en koper en ging vooruit om een blik te werpen in de parkeergarage, waar de lucht warm en klam was. Het was een kans van een op een miljoen, maar toch iets om rekening mee te houden. Er was niemand behalve mensen die zich met uitpuilende tassen terug naar hun auto haastten. Samen liepen ze naar de Bravada en zij kroop achter het stuur. Hij stapte aan de andere kant in.

'Hoe rij je meestal?'

'Vanaf hier? FDR Drive, denk ik.'

'Oké,' zei hij. 'Rij maar naar LaGuardia en dan gaan we de stad in via Brooklyn. Over de Brooklyn Bridge.'

Ze keek hem aan. 'Weet je dat zeker? Als je de toerist wilt uithangen, zijn er wel mooiere plekken dan de Bronx en Brooklyn.'

'Regel nummer een,' zei hij. 'Voorspelbaarheid is onveilig. Als er een route is die je meestal neemt, nemen we vandaag een andere.'

'Meen je dat nou?'

'Zeker weten. Ik heb ooit een poosje VIP-bescherming gedaan voor m'n brood.'

'Ben ik dan nu een VIP?'

'Zeker weten,' herhaalde hij.

Een uur later was het donker en dat was de beste tijd van de dag om over de Brooklyn Bridge te rijden. Reacher voelde zich net een toerist toen ze de oprit op suisden, de overspanning overstaken en zuidelijk Manhattan opeens voor hen opdoemde met miljoenen schitterende lichtjes alom. Hij vond het een van de mooiste panorama's ter wereld, en hij had er heel wat gezien.

'Rij een paar straten verder in noordelijke richting,' zei hij. 'We nemen een omweg. Ze zullen verwachten dat we linea recta naar je huis rijden.'

Ze maakte een wijde bocht naar rechts en reed in noordelijke richting via Lafayette. Sloeg twee keer scherp af naar links en reed vervolgens over Broadway in zuidelijke richting. Het stoplicht bij Leonard stond op rood. Reacher tuurde in de zee van neonlicht voor zich uit.

'Drie blokken,' zei Jodie.

'Waar parkeer je?'

'In de garage onder het gebouw.'

'Oké, sla een straat eerder af,' zei hij. 'Ik ga poolshoogte nemen. Rij een blokje om en dan kun je me weer oppikken. Als ik niet op de stoep sta, ga je naar de politie.'

Ze sloeg rechts af Thomas in. Stopte om hem af te zetten. Hij gaf een licht tikje op het dak en ze reed weer door. Hij sloeg de hoek om en vond het gebouw waar ze woonde. Het was een groot, vierkant gebouw. De hal was verbouwd, er zaten zware glazen deuren voor met een groot slot, er was een verticale rij van vijftien bellen en gedrukte namen achter plastic venstertjes. Bij appartement 12 stond JACOB/GARBER, alsof er twee mensen woonden. Op straat waren mensen. Een aantal hing rond in groepjes, een paar liepen, maar ze trokken geen van allen zijn aandacht. De ingang van de parkeergarage was een stukje verder op de stoep. Het was een steile gang die de duisternis in verdween. Hij liep naar beneden. Het was er stil en schemerig. Er waren twee rijen van acht plekken, in totaal vijftien parkeerplaatsen omdat de oprit naar de straat de zestiende zou zijn. Er stonden elf auto's. Hij controleerde de hele ruimte. Er zat niemand verstopt. Hij liep de oprit weer op en holde terug naar Thomas. Zigzagde door het verkeer naar de overkant en wachtte. Ze kwam in zuidelijke richting door de stoplichten op hem af gereden. Ze zag hem, stopte, en hij stapte in.

'De kust is veilig,' zei hij.

Ze voegde zich weer in de verkeersstroom, sloeg vervolgens rechtsaf en hotste naar beneden de parkeergarage in. Het licht van haar koplampen stuiterde op en neer en draaide. Ze stopte op het middenpad en reed achteruit haar parkeerplek in. Zette de motor af en deed de lichten uit.

'Hoe komen we boven?' vroeg hij.

Ze wees. 'Daar is de deur naar de hal.'

Er was een metalen trapje naar een grote industriele deur waarop een groot stuk plaatijzer bevestigd zat. Er zat een groot slot op, net als op de glazen deuren naar de straat. Ze stapten uit en deden de auto op slot. Hij droeg haar kledingvalies. Ze bestegen het trapje naar de deur. Ze deed de deur van het slot en hij zwaaide open. De hal was leeg. Tegenover hen was een lift.

'Ik zit op vier,' zei ze.

Hij drukte op vijf.

'We komen voor de zekerheid via de trap van boven,' zei hij.

Via de brandtrap daalden ze af naar de vierde etage. Hij liet haar even op de overloop wachten en wierp een blik om de hoek. De gang was verlaten. Hij was hoog en smal. Nummer tien was links, elf rechts en twaalf recht tegenover hen.

'Oké,' zei hij.

Haar deur was zwart en dik. Kijkgaatje op ooghoogte, dubbel slot. Ze gebruikte haar sleutels en ze gingen naar binnen. Ze sloot weer af en liet een oude sluitstang over de hele breedte van de deur op zijn plaats zakken. Hij was van ijzer en zolang die op zijn plaats zat, zou er niemand binnenkomen. Hij zette haar kledingtas tegen de muur. Ze drukte op knoppen en er gingen lichten aan. Ze bleef bij de deur staan terwijl Reacher vooruitging. Gang, woonkamer, keuken, slaapkamer, badkamer, slaapkamer, kasten. Grote, erg hoge kamers. Er was niemand. Hij liep terug naar de huiskamer, schudde zijn nieuwe jack uit, gooide het op een stoel, draaide zich naar haar om en ontspande zich.

Maar zij was niet ontspannen. Dat zag hij wel. Ze keek de andere kant op en was nerveuzer dan hij haar de hele dag had gezien. Ze stond daar maar zenuwachtig met de manchetten van haar trui een heel eind over haar handen in de deuropening van de huiskamer. Hij had geen idee wat eraan scheelde.

'Alles goed met jou?' vroeg hij.

Ze boog het hoofd naar voren en weer naar achteren in een achtfiguur om haar haar achter haar schouders te laten vallen.

'Ik denk dat ik een douche ga nemen,' zei ze. 'Naar bed, snap je.'

'Wat een dag, hè?'

'Ongelooflijk.'

Ze schoof zijwaarts langs hem heen toen ze door de kamer liep en bleef op afstand. Ze maakte een verlegen wuifgebaartje; haar vingers staken net uit de boord van haar trui.

'Hoe laat moet je morgen op?'

'Halfacht is wel oké,' zei ze.

'Oké,' zei hij. 'Welterusten, Jodie.'

Ze knikte en verdween in het binnengangetje. Hij hoorde de deur van haar slaapkamer open- en dichtgaan. Hij staarde een poosje verrast in de richting waarin ze was verdwenen. Daarna ging hij op de bank zitten en trok zijn schoenen uit. Hij voelde zich te rusteloos om direct te gaan slapen. Hij liep wat rond op zijn nieuwe sokken om het appartement te bekijken.

Je kon het niet echt een zolderverdieping noemen. Het was alleen een oud gebouw met erg hoge plafonds. De buitenmuren waren oorspronkelijk. Waarschijnlijk was er vroeger een of ander industrietje geweest. De buitenmuren waren van gezandstraalde baksteen en de binnenmuren van glad, schoon pleisterwerk. De ramen waren kolossaal. Die waren er waarschijnlijk in gezet om een naaiatelier te verlichten, of wat daar honderd jaar geleden ook had gezeten.

De stukken muur die van baksteen waren hadden een warme, natuurlijke kleur, maar verder was alles wit behalve de vloer die van lichte stroken esdoornhout was. De inrichting was koel en neutraal als een galerie. Er was geen teken dat er ooit meer dan één persoon had gewoond. Geen teken van twee strijdige voorkeuren. Alles paste bij elkaar. Witte banken, witte stoelen, boekenplanken in eenvoudige kubussen die met dezelfde witte verf waren geschilderd als de wanden. Grote stoombuizen en lelijke radiatoren die allemaal wit geverfd waren. De enige uitgesproken kleur in de woonkamer was een levensgrote Mondriaan-kopie aan de wand boven de grootste divan. Het was een keurige reproductie, met de hand uitgevoerd in olieverf op linnen en met de juiste kleuren. Geen schreeuwend rood en geel, maar de correcte geserreerde tinten met authentieke barstjes en craquelé in het wit, dat meer naar grijs neigde. Hij bleef er een hele poos in totale verbijstering naar staan kijken. Piet Mondriaan stond boven aan zijn lijst van lievelingsschilders, en dit werk stond boven aan zijn lijst van lievelingsschilderijen. Het heette *Compositie in Rood, Geel en Blauw*. Mondriaan had het origineel in 1930 geschilderd en Reacher had het in het Zwitserse Zürich gezien.

Er stond een hoge kast tegenover de kleinste

bank, net zo wit geschilderd als de rest. Er stonden een klein tv-toestel in, een videorecorder, een kabelkast en een cd-speler met een grote koptelefoon. Er lag een stapeltje cd's, voornamelijk jazz uit de jaren vijftig waar hij wel van hield maar niet gek op was.

De ramen keken uit op Lower Broadway. Er klonk een constant verkeersgeraas en de hele weg baadde in een zee van neonlicht; af en toe jankte er een sirene en het 'la-lu la-lu' klonk opeens erg hard toen het ergens uit een zijstraat kwam. Hij draaide de jaloezieën schuin met behulp van een doorzichtige plastic staaf en keek omlaag naar de stoep. Er hingen nog steeds dezelfde groepjes mensen rond. Niets om zenuwachtig van te worden. Hij draaide de luxaflex helemaal dicht.

De keuken was enorm en hoog. Alle kasten waren van wit gelakt hout en de keukenapparatuur was van industriële afmetingen en roestvrij staal, zoals pizza-ovens. Hij had wel eens op een plek gewoond die kleiner was dan haar koelkast. Hij trok hem open en zag een tiental flessen van zijn favoriete mineraalwater, het spul waarop hij in de Keys zo dol was geworden. Hij draaide de dop van een fles en nam hem mee naar de logeerkamer.

De slaapkamer was net zo wit als de rest van het huis. De meubels waren van hout dat aanvankelijk een andere kleur had gehad maar nu even wit was als de muren. Hij zette de fles op het nachtkastje en ging naar de wc in de badkamer. Witte tegels, witte wastafel, witte badkuip, allemaal oud email en tegels. Hij sloot de luxaflex, trok zijn nieuwe kleren uit en legde ze opgevouwen op de plank van de kleerkast. Sloeg de deken terug, gleed in bed en dacht na.

Illusie en werkelijkheid. Wat maakten negen jaar nou uit? Waarschijnlijk een heleboel toen zij vijftien en hij vierentwintig was, maar nu? Hij was achtendertig en zij was negenentwintig of dertig, dat wist hij niet zeker. Daarin zat 'm de moeilijkheid toch niet? Waarom deed hij niets? Misschien was het geen leeftijdsprobleem. Misschien kwam het wel door Leon. Ze was zijn dochter en zou het altijd blijven. De waan dat ze een combinatie van zijn jongere zus en een nichtje was bezorgde hem schuldgevoel. Natuurlijk gaf dat hem een geremd gevoel, maar het was toch onzin? Zij was familie van een oude vriend, anders niet. Een oude vriend die nu dood was. Dus waarom voelde hij zich verdomme zo schuldig over het feit dat hij naar haar keek en fantaseerde dat hij haar trui uittrok en de riem om haar middel losmaakte? Waarom deed hij het niet gewoon? Waarom lag hij verdomme in de logeerkamer en niet met haar in bed aan de andere kant van de muur? Zoals hij ontelbare vergeten nachten in het verleden had gehunkerd, nachten waarin hij zich nu eens geneerde en dan weer weemoedig voelde?

Omdat haar werkelijkheid vermoedelijk was geworteld in hetzelfde soort illusies. Vervang jongere zusje en nichtje door grote broer en oom. Lievelingsoom, dat wel, want hij wist dat ze op hem gesteld was. Er was een hoop genegenheid. Maar dat maakte het alleen maar erger. Genegenheid voor een lievelingsoom was een heel speciaal soort genegenheid. Lievelingsooms waren er voor specifieke dingen. Familiedingen, zoals winkelen en verwennen en dat soort dingen. Favoriete ooms waren er niet om je te versieren. Dat zou uit de lucht komen vallen als een soort verpletterend verraad. Afschrikwekkend, onwelkom, incestueus en psychologisch schadelijk.

Ze lag aan de andere kant van de muur. Maar daar kon hij niets aan doen. Niets. Het zou nooit gebeuren. Hij wist dat hij er gek van zou worden, dus dwong hij zich om aan andere dingen te denken. Dingen die zonder meer tot de werkelijkheid behoorden en niet zomaar illusies waren. Die twee kerels bijvoorbeeld, wie het ook mochten zijn. Die zouden inmiddels haar adres wel hebben. Er zijn legio manieren om achter iemands adres te komen. Ze konden op dit moment ergens buiten zijn. Hij ging in zijn hoofd door het hele gebouw. De deur van de hal, op slot. De deur van de parkeergarage, op slot. De deur van het appartement, op slot, plus een sluitstang. De ramen, allemaal gesloten en de jaloezieën dicht. Dus voor vannacht zaten ze goed. Maar morgenochtend zou gevaarlijk worden. Misschien erg gevaarlijk. Voordat hij in slaap viel, deed hij zijn best om de twee mannen in zijn geheugen te prenten: hun auto, hun pak, hun bouw en hun gezicht.

Maar op datzelfde tijdstip had slechts een van de twee nog een gezicht. Ze waren samen naar een plek gevaren zestien kilometer ten zuiden van waar Reacher lag te slapen, ergens op de donkere wateren aan de zuidkant van de haven van New York. Ze hadden nog samen de rubber lijkzak opengeritst om het koude lijk van de secretaresse in de olieachtige deining van de Atlantische Oceaan te laten zakken. De ene man had zich tot de andere gewend met een of andere goedkoop grapje op zijn lippen en was recht in het gezicht geschoten met een Beretta met een geluiddemper. En nog eens, en weer. De trage val van zijn lichaam had ervoor gezorgd dat de drie kogels op verschillende plekken waren ingeslagen zodat zijn gezicht een grote, dodelijke wond was, als een zwart gat in de duisternis. Zijn rechterarm werd over de mahoniehouten railing gehesen en zijn hand bij de pols afgehakt met een gestolen hakmes uit een restaurant. Het lukte pas na vijf keer hakken. Het was een smerige, wrede klus. De hand ging in een plastic zak en het lijk gleed geruisloos in het water, nog geen twintig meter van de plek waar de secretaresse al onder de oppervlakte was verdwenen.

7

Jodie werd die ochtend vroeg wakker, wat ongewoon was voor haar doen. Meestal sliep ze als een roos tot het moment dat de wekker haar wakker maakte, en dan moest ze zich slaperig en traag uit bed en naar de badkamer slepen. Maar die ochtend was ze een uur eerder wakker dan nodig was; klaarwakker zelfs. Ze ademde licht en haar hart ging een beetje tekeer.

Haar slaapkamer was even wit als de andere vertrekken en ze had een enorm bed van wit hout dat met het hoofdeinde tegen de muur tegenover het raam stond. De logeerkamer lag rug aan rug met haar kamer en was exact hetzelfde ingericht, maar dan omgekeerd omdat het raam aan de andere kant van het huis zat. Dat betekende dat zijn hoofd nog geen halve meter van het hare lag. Aan de andere kant van de muur.

Ze wist waar die muren van gemaakt waren. Ze had het appartement gekocht voordat het af was. Ze was maandenlang in en uit gelopen om toezicht op de renovatie te houden. De muur tussen de twee slaapkamers was een oorspronkelijke muur van honderd jaar oud. Dwars over de vloer lag een dikke houten balk en daarop lagen bakstenen opgestapeld, helemaal tot aan het plafond. De metselaars hadden de zwakke plekken gewoon opgevuld en de muur vervolgens gestuct zoals ze in Europa doen: met een stevige, harde stuclaag. Volgens de architect was dat de juiste manier om het te doen. Het was extra versteviging voor het casco. Bovendien was het beter voor brandveiligheid en geluiddichtheid. Maar het maakte ook dat er een dertig centimeter dikke clubsandwich van stucwerk en baksteen en stucwerk tussen haar en Reacher zat.

Ze was verliefd op hem. Daar twijfelde ze niet aan. Geen moment. Ze was altijd verliefd op hem geweest, van meet af aan. Maar was dat wel oké? Was het oké om op die manier van hem te houden? Die vraag had haar al eens eerder gekweld. Hij had haar vele jaren geleden nachten lang uit haar slaap gehouden. Haar gevoelens hadden haar doen gloeien van schaamte. Dat verschil van negen jaar was obsceen. Gênant. Dat wist ze. Een vijftienjarig meisje hoorde zich niet zo te voelen ten aanzien van een mede-officier van haar vader. Het militaire protocol maakte dat bijna tot incest. Het was alsof je verliefd was op je oom. Het was bijna alsof je verliefd was op je vader. Maar ze hield wel van hem, dat stond als een paal boven water.

Wanneer het maar mogelijk was, wilde ze bij hem zijn. Met hem praten wanneer ze maar kon. Hem aanraken wanneer ze maar kon. Ze had zelf ook een afdruk van die foto in Manilla die met de zelfontspanner was genomen, die met haar arm om zijn middel. Ze had die vijftien jaar bewaard in een boek. Er talloze malen naar gekeken. Jarenlang had ze geteerd op het gevoel dat ze hem had aangeraakt, dat ze hem voor de camera stevig tegen zich aan had gedrukt. Ze kon zich het gevoel nog exact herinneren, zijn brede, taaie postuur en zijn geur.

De gevoelens waren nooit helemaal verdwenen. Dat had ze wel gewild. Ze had liever gewild dat het iets puberaals als kalverliefde was geweest. Maar dat was het niet. Dat wist ze door de manier waarop de gevoelens waren gebleven. Hij was uit haar leven verdwenen, zij was volwassen geworden en doorgegaan met haar leven, maar die gevoelens waren altijd gebleven. Ze waren nooit geweken, maar uiteindelijk evenwijdig aan de hoofdstroom van haar leven blijven bestaan. Altijd aanwezig, altijd gecht, altijd sterk, maar niet meer koste wat kost gerelateerd aan haar werkelijkheid van alledag. Zoals mensen die ze kende, advocaten of bankiers, die in werkelijkheid balletdanser of honkballer hadden willen zijn. Een droom uit het verleden die niets met de werkelijkheid te maken had, maar de identiteit van de hoofdpersoon wel degelijk definieerde. Een advocaat die balletdanser had willen worden. Een bankier die honkballer had willen zijn. Een dertigjarige, gescheiden vrouw die haar hele leven al met Jack Reacher had willen zijn.

Gisteren had de ergste dag van haar leven moeten

zijn. Ze had haar vader begraven, haar laatste levende familielid. Ze was overvallen door mannen met pistolen. Ze kende mensen die al voor veel minder in therapie waren. Ze zou plat moeten liggen van ellende en schrik. Maar dat was niet zo. Gisteren was de mooiste dag van haar leven geweest. Hij was als een visioen boven aan de trap achter de garage boven de achtertuin verschenen. Verlicht door de middagzon pal boven zijn hoofd. Haar hart was overgeslagen en die oude gevoelens hadden weer halsoverkop bezit genomen van het middelpunt van haar bestaan, feller en sterker dan ooit, als een drug die door haar aderen jakkerde, als donderslagen bij heldere hemel.

Maar het was allemaal verspilde moeite. Dat wist ze. Ze moest het onder ogen zien. Hij beschouwde haar als een nicht of een zusje. Alsof de kloof van negen jaar nog steeds iets betekende. Wat niet meer zo was. Een stel van vijftien en vierentwintig zou beslist een probleem zijn geweest. Maar er was niets mis met dertig en negenendertig. Er waren duizenden stellen met een groter leeftijdsverschil. Miljoenen. Er waren mannen van zeventig met vrouwen van twintig. Maar voor hem stelde het nog wel iets voor. Of misschien was hij er te veel aan gewend om haar als Leons dochter te zien. Als een nichtje. Als de dochter van de commandant. De regels van de samenleving of het militaire protocol hadden hem blind gemaakt voor de mogelijkheid om haar anders te bekijken. Dat had haar altijd razend gemaakt. Nog steeds. Leons genegenheid voor hem, het feit dat hij hem tot zoon had uitgeroepen, had hem van haar ontvreemd. Dat had het van meet af aan onmogelijk gemaakt.

Ze hadden de dag als broer en zus, als oom en nicht doorgebracht. Vervolgens was hij bloedserieus geworden, als een lijfwacht, alsof zij zijn professionele verantwoordelijkheid was. Ze hadden plezier gehad en hij maakte zich druk om haar lichamelijke veiligheid, maar meer ook niet. En daar kon ze niets tegen doen. Niets. Ze had wel eens mannen mee uit gevraagd. Dat deden alle vrouwen van haar leeftijd. Dat mocht. Het was geaccepteerd, gewoon zelfs. Maar wat kon ze tegen hem zeggen? Wat? Wat kan een zuster tegen een broer of een nicht tegen een oom zeggen zonder geschokte verontwaardiging en zonder weerzin te wekken? Daarom zou het niet gebeuren, en er was absoluut niets wat ze daartegen kon doen.

Ze strekte zich uit in bed en legde haar handen boven haar hoofd. Legde haar handpalmen zacht tegen de tussenmuur en hield ze daar. Hij was tenminste in haar appartement, en ze kon er tenminste over dromen.

De man kreeg minder dan drie uur slaap nadat hij de boot in zijn eentje terug naar de steiger had gevaren, had afgesloten en dwars door de stad naar huis en naar bed was gegaan. Om zes uur was hij weer op en om twintig over zes was hij weer buiten, nadat hij vlug had gedoucht en zijn ontbijt had overgeslagen. De hand zat, verpakt in plastic met daaromheen de *Post* van gisteren, in een draagtas van de supermarkt die hij had bewaard van de laatste keer dat hij ingrediënten had gekocht om thuis zelf een maaltijd klaar te maken.

Hij nam de zwarte Tahoe en schoot snel op langs alle vroege leveranciers. Hij zette de auto in de ondergrondse parkeergarage en ging met de lift naar de achtentachtigste verdieping. Receptionist Tony zat al achter de balie van koper en eikenhout. Maar uit de stilte leidde hij af dat er niemand anders was. Hij hield de draagtas als een trofee omhoog.

'Dit is voor de Hook,' zei hij.

'De Hook is er vandaag niet,' zei Tony.

'Geweldig,' zei de man met een zuur gezicht.

'Stop maar in de koelkast,' zei Tony.

Naast de receptie was een kantoorkeukentje. Dat was vol en rommelig, zoals de meeste kantoorkeukens. Koffiekringen op de werkbladen en ongewassen bekers. De koelkast was een miniatuurgeval onder het aanrecht. De man schoof de melk en een sixpack bier opzij en propte de tas in de resterende ruimte.

'Het doelwit voor vandaag is mevrouw Jacob,' zei Tony. Hij stond nu in de deuropening van de keuken. 'We weten haar adres. Lower Broadway, ten noorden van het gemeentehuis. Acht straten hiervandaan. Volgens de buren gaat ze altijd om twintig over zeven te voet naar haar werk.'

'Waar is dat precies?' vroeg de man.

'Op de hoek van Wall Street en Broadway,' zei Tony. 'Ik rij, jij pakt 'r.'

Chester Stone was omstreeks de gewone tijd naar huis gereden en had niets tegen Marilyn gezegd. Hij kon er niets over zeggen. De snelheid van het fiasco had hem verbijsterd. Binnen vierentwintig uur was zijn hele wereld binnenstebuiten gekeerd. Hij kon er maar geen greep op krijgen. Hij was van plan er tot de volgende ochtend geen aandacht aan te besteden en dan bij Hobie langs te gaan om uitleg te krijgen. Diep vanbinnen geloofde hij niet dat hij zichzelf kon redden. De firma was goddorie negentig jaar oud. Drie generaties Chester Stone. Er was gewoon te véél om zomaar van de ene dag op de andere te verdwijnen. Dus had hij niets gezegd en was hij de avond in een soort verdwazing doorgekomen.

Marilyn Stone zei ook niets tegen Chester. Het was nog te vroeg om hem in te lichten dat zij het roer had overgenomen. De omstandigheden voor zo'n gesprek moesten gunstig zijn. Ego speelde een rol. Ze liep bedrijvig rond en deed de dingen die ze 's avonds meestal deed, en vervolgens probeerde ze te slapen terwijl hij de slaap niet kon vatten en naast haar naar het plafond lag te staren.

Toen Jodie haar handpalmen plat op de muur legde, stond Reacher onder de douche. Hij had drie vastomlijnde doucheplannen en elke ochtend maakte hij een keus welke hij zou gebruiken. Plan een was douchen zonder meer. Dat duurde elf minuten. Plan twee was scheren en douchen: tweeëntwintig minuten. Plan drie was een speciale procedure die hij zelden toepaste. Dat was een keer douchen, vervolgens onder de douche vandaan komen om zich te scheren en daarna helemaal opnieuw douchen. Dat kostte meer dan een halfuur, maar het voordeel was de bevochtiging van zijn huid. Een meisje had hem ooit eens uitgelegd dat scheren beter was als de huid al door en door vochtig was. Ze had ook gezegd dat het geen kwaad kan om twee keer shampoo te gebruiken.

Hij gebruikte de speciale procedure. Douchen, scheren, douchen. Het voelde lekker. Jodies gastenbadkamer was groot en hoog en de douchekop zat zo hoog dat hij er rechtop onder kon staan, wat een zeldzaamheid was. Er stond een keurig rijtje shampooflessen. Vermoedelijk waren het merken die ze had geprobeerd en niet waren bevallen, en die dus naar de logeerkamer waren verwezen. Maar dat kon hem niets schelen. Hij vond er een die beweerde bedoeld te zijn voor droog haar dat door de zon te lijden heeft gehad. Volgens hem was dat precies wat hij zocht. Hij deed wat op zijn haar en wreef het erin. Boende zijn hele lichaam met een of andere gele zeep en spoelde zich af. Droop de hele vloer onder toen hij zich aan de wastafel schoor. Hij deed het voorzichtig, helemaal tot zijn sleutelbeen, onder zijn neus, opzij, naar achteren en naar voren. Daarna weer terug voor een tweede douchebeurt.

Hij besteedde vijf minuten met zijn nieuwe borstel aan zijn tanden. De haren waren hard en hij had het gevoel dat zijn gebit dat wel kon gebruiken. Daarna droogde hij zich af en sloeg hij de kreukels uit zijn nieuwe kleren. Trok de broek aan zonder het shirt en liep naar de keuken om een hapje te eten.

Jodie was daar al. Ook zij had net gedoucht. Haar haar was donker van het water en hing recht naar beneden. Ze droeg een oversized wit T-shirt tot een paar centimeter boven de knieën. Het was dunne stof. Haar benen waren lang en gaaf. Ze was blootsvoets. Ze was heel slank, behalve op plaatsen waar dat niet hoefde. Zijn adem stokte.

'Morgen, Reacher,' zei ze.

'Morgen, Jodie,' antwoordde hij.

Ze keek naar hem. Ze bekeek hem van top tot teen. Er was iets in haar blik.

'Die blaar lijkt wel erger geworden,' zei ze.

Hij tuurde omlaag. Hij was nog steeds rood en ontstoken. Hij was iets groter geworden en dik.

'Heb je die zalf erop gedaan?'

Hij schudde zijn hoofd.

'Vergeten,' zei hij.

'Ga maar halen,' zei ze.

Hij ging terug naar zijn badkamer en vond de tube in de bruine zak. Bracht hem naar de keuken. Ze pakte de zalf van hem aan en draaide het dopje eraf. Prikte door de metalen verzegeling met de plastic prikker en kneep een kwakje zalf op het topje van haar wijsvinger. Ze concentreerde zich, want haar tong stak een stukje naar buiten. Ze kwam voor hem staan en hief haar hand op. Raakte de blaar voorzichtig aan en smeerde hem in. Hij staarde recht voor zich uit over haar hoofd. Ze stond dertig centimeter bij hem vandaan. Onder haar shirt droeg ze niets. Ze wreef met haar vingertop over zijn blote borst. Hij wilde haar in zijn armen nemen. Hij wilde haar optillen en dicht tegen zich aan klemmen. Hij wilde haar zachtjes kussen, om te beginnen haar hals. Hij wilde haar gezicht optillen en haar mond kussen. Ze maakte kleine, zachte kringetjes over zijn borst. Hij rook haar vochtig glanzende haar. Hij rook haar huid. Ze ging met haar vinger over de hele lengte van de brandwond. Dertig centimeter bij hem vandaan. Naakt onder dat T-shirt. Hij hapte naar adem en balde zijn vuisten.

'Doe ik je pijn?' vroeg ze.

'Wat?'

'Of ik je pijn doe.'

Hij zag haar vingertop, glimmend van de zalf.

'Beetje,' zei hij.

Ze knikte.

'Het spijt me,' zei ze. 'Maar het moest.'

Hij knikte ook.

'Waarschijnlijk wel.'

Toen was de crisis voorbij. Ze draaide het dopje weer op de tube en hij liep weg om maar in beweging te zijn. Hij trok de koelkast open en haalde een fles water te voorschijn. Vond een banaan in een kom op het aanrecht. Ze legde de tube zalf op de tafel.

'Ik ga me aankleden,' zei ze. 'We moeten gaan.'

'Oké,' zei hij. 'Ik sta klaar.'

Ze verdween weer in haar slaapkamer en hij dronk het water en at het fruit op. Ging weer terug naar de slaapkamer, trok het shirt aan en stopte het in. Vond zijn sokken en schoenen en jack. Liep door de huiskamer en wachtte. Hij trok de luxaflex helemaal omhoog en duwde het raam wijd open. Boog zich naar buiten en keek naar de straat vier verdiepingen lager.

Heel anders in het vroege daglicht. Het glanzende neonlicht was verdwenen. Achter de gebouwen aan de overkant kwam de zon op en het licht danste door de straat. De luie groepjes mensen van de vorige avond waren ook weg. Ze hadden plaats gemaakt voor mensen die met doelbewuste tred noord- en zuidwaarts liepen naar hun werk, met kartonnen bekertjes koffie en broodjes in een servet in hun hand. Taxi's wurmden zich door het verkeer en toeterden tegen het rode stoplicht. Er woei een zacht briesje en hij rook de rivier.

Het gebouw stond aan de westelijke kant van Lower Broadway. Het was eenrichtingsverkeer in zuidelijke richting van links naar rechts onder het raam. Als Jodie gewoon naar haar werk liep, sloeg ze rechtsaf als ze uit de hal kwam en liep ze met het verkeer mee. Ze zou op de rechterstoep blijven lopen om in de zon te blijven. Ze zou Broadway zo'n zes à zeven straten verder bij een stoplicht oversteken. De laatste paar blokken zou ze op de linkerstoep lopen en vervolgens linksaf slaan naar haar kantoor in Wall Street.

Dus hoe zouden ze de ontvoering aanpakken? Denk als de vijand. Denk als die twee gasten. Ruw, weinig subtiel, met een voorkeur voor de rechtstreekse aanpak, bereid om gevaarlijk te zijn maar niet echt professioneel. Het lag voor de hand wat ze zouden doen. Zo'n drie straten verderop zou er een vierdeursauto om de hoek aan de rechterkant met de neus naar het oosten staan te wachten, klaar om eruit te schieten en op Broadway rechts aan te houden. Ze zouden met z'n tweeën zwijgend op de voorbank zitten wachten. Ze zouden van links naar rechts voor hen kijken om de zebra's in de gaten te houden. Ze zouden verwachten dat ze zich naar de overkant zou haasten, of op het groene oversteeklicht zou wachten. Ze zouden even wachten en dan kalm rechtsaf slaan. Langzaam rijden tot ze achter haar waren. Optrekken tot ze langszij en nog iets verder waren. Dan zou de man op de passagiersplek eruit springen, haar grijpen, het achterportier openmaken, haar naar binnen dwingen en zelf erachteraan kruipen. In een gladde, brute beweging. Een ruwe aanpak, maar niet moeilijk. Helemaal niet moeilijk. Succes min of meer gegarandeerd, afhankelijk van het doelwit en de mate van zijn alertheid. Reacher had het zelf vaak genoeg bij de hand gehad met doelwitten die groter en sterker en bewuster dan Jodie waren geweest. Een keer had hij het zelfs gedaan toen Leon zelf aan het stuur zat.

Hij boog naar voren vanuit zijn middel en stak zijn hele bovenlijf uit het raam. Hij stak zijn hoofd zo ver mogelijk naar buiten en speurde de straat naar rechts af. Hij keek goed naar de straathoeken, twee en drie blokken naar het zuiden. Eén van die zou het zijn.

'Klaar,' riep Jodie.

Samen daalden ze negentig verdiepingen af naar de ondergrondse garage. Ze liepen naar de rechterzone en de parkeervakken die gelijk met Hobies kantoorsuite waren gehuurd.

'We moeten de Suburban nemen,' zei Hobies sterke arm. 'Groter.'

'Oké,' zei Tony. Hij maakte de wagen open en gleed achter het stuur. De ander hees zich in de passagiersstoel. En wierp een blik over zijn schouder in de lege laadruimte. Tony startte en reed kalmpjes de oprit naar de straat op.

'En hoe gaan we dit aanpakken?'

De man glimlachte zelfverzekerd. 'Dat is nogal makkelijk. Ze loopt in zuidelijke richting over Broadway. Wij wachten om de hoek tot we haar zien. Paar straten ten zuiden van dat gebouw waar ze woont. We zien haar over de zebra lopen, rijden de hoek om, gaan naast haar rijden en kip, ik heb je, nietwaar?'

'Fout,' zei Tony. 'We doen het anders.'

De man keek hem van opzij aan. 'Waarom?'

Tony stuurde de auto met gierende banden de zon in.

'Omdat je niet zo intelligent bent,' zei hij. 'Als dat de manier is waarop jij het zou doen, moet er toch een betere manier zijn? Je hebt Garrison verknald, dus dat zou je nu ook doen. Waarschijnlijk is die gast van Reacher bij haar. Hij is je daar te slim af geweest, dus dat zal hier weer gebeuren. Dus hoe jij ook vindt dat we het aan moeten pakken, dat is het laatste dat we gaan doen.'

'Hoe doen we het dan?'

'Dat zal ik je eens haarfijn uitleggen,' zei Tony. 'Ik zal proberen het heel simpel te houden.'

Reacher schoof het raam weer naar beneden. Klikte het op slot en trok de luxaflex omlaag. Zij stond net binnen de deuropening. Haar haar was nog steeds donker van de douche en ze had een eenvoudige, mouwloze linnen jurk aan, blote benen, gewone schoenen. De jurk had dezelfde kleur als haar natte haar, maar als dat haar droog was, zou het donkerder zijn. Ze droeg een damestas en een grote, leren aktetas zoals hij piloten op commerciële vluchten wel eens had zien dragen. Je kon zien dat hij zwaar was. Ze zette hem neer en bukte zich naar het leren kledingvalies dat nog op de vloer tegen de muur stond waar Reacher hem de avond tevoren had neergegooid. Ze trok de gele envelop met Leons testament uit het zijvak, maakte haar aktetas open en stopte hem erin.

'Zal ik die dragen?' vroeg hij.

Ze schudde glimlachend haar hoofd.

'Dit is een vakbondsstad,' zei ze. 'Lijfwachten doen hier geen draagwerk.'

'Hij lijkt me nogal zwaar,' zei hij.

'Ik ben een grote meid geworden,' antwoordde ze, terwijl ze hem even aankeek.

Hij knikte. Tilde de ijzeren stang uit zijn steunen en liet hem rechtop staan. Ze boog zich voor hem langs om de sloten open te draaien. Dezelfde subtiele, vrouwelijke parfum. De schouders in haar jurk waren slank, op het magere af. Kleine spieren in haar linkerarm zwollen op onder het gewicht van de aktetas.

'Wat voor wetten zitten daarin?' vroeg hij.

'Financiële,' zei ze.

Hij deed de deur voorzichtig open en gluurde naar buiten. De gang was leeg. De liftlampjes gaven aan dat er iemand van de derde naar de parterre zakte.

'Wat voor financiële?'

Ze liepen naar de overkant en hij drukte op de knop om de lift te laten komen.

'Voornamelijk schuldenregeling,' zei ze. 'Ik ben eigenlijk meer een onderhandelaar dan een advocaat. Meer een adviseur of een bemiddelaar, begrijp je?'

Dat begreep hij niet. Hij had nog nooit een schuld gehad. Niet vanwege een aangeboren deugdzaamheid, maar domweg omdat hij nooit de kans had gekregen. Het leger had altijd voor zijn eerste levensbehoeften gezorgd. Een dak boven zijn hoofd, eten op zijn bord. Hij had nooit de gewoonte aangeleerd om veel meer te verlangen. Maar hij had wel jongens gekend die in moeilijkheden waren geraakt. Die kochten huizen met een hypotheek of auto's op afbetaling. Soms raakten ze achterop. Dan zorgde de administratie van de compagnie dat het werd geregeld. Men praatte met de bank en trok de noodzakelijke provisie rechtstreeks van iemands soldij af. Maar hij nam aan dat dit kruimelwerk was vergeleken met wat zij tegenover zich moest krijgen.

'Miljoenen?' vroeg hij.

De lift arriveerde. De deuren gleden open.

'Minstens,' zei ze. 'Meestal tientallen miljoenen, soms honderden.'

De lift was leeg. Ze gingen naar binnen.

'Vind je het leuk?' vroeg hij.

De lift gierde naar beneden.

'Ja hoor,' zei ze. 'Als een meisje een baan moet hebben, kan ze geen betere vinden.'

De lift stopte met een schokje.

'Ben je er goed in?'

Ze knikte.

'Ja,' zei ze eenvoudig. 'Ik ben de beste van Wall Street, dat staat vast.'

Hij glimlachte. Zij was Leons dochter, verdomd als het niet waar was.

De liftdeuren gleden open. Een lege hal, de deur naar de straat ging juist met een zuigend geluid dicht, een brede vrouw daalde langzaam de treden naar het trottoir af.

'Autosleutels?' vroeg hij.

Ze had ze in haar hand. Een grote bos sleutels aan een koperen ring.

'Wacht hier maar even,' zei hij. 'Ik rij hem naar de trap. Momentje.'

De deur van de hal naar de garage ging van binnenuit open met een sluitstang. Hij ging de garage in en daalde het metalen trapje af en keek onder het lopen goed voor zich in het halfduister. Niemand. Althans niet zichtbaar. Hij liep zelfverzekerd naar de verkeerde wagen, een grote Chrysler, twee vakken verder dan Jodies auto. Hij liet zich plat op de grond vallen en keek opzij onder de tussenliggende auto's door. Niets te zien. Er hurkte niemand. Hij stond weer op en perste zich om de neus van de

Chrysler heen. En om de volgende. Hij liet zich weer op de grond vallen, ingeklemd in de ruimte tussen de achterklep van de Oldsmobile en de muur. Boog zijn hoofd omlaag en zocht naar draden waar geen draden horen te zitten. Alles was vrij. Geen bombedrading.

Hij maakte het portier open en kroop achter het stuur. Startte en reed behoedzaam het middenpad op. Reed achteruit tot aan het trapje. Boog zich opzij om de deur aan de passagierskant open te maken. Ze kwam de trap af springen en klom meteen in de auto, allemaal in een vloeiende beweging. Ze sloeg het portier dicht en hij reed meteen voorwaarts en rechtsaf de oprit naar de straat op.

De ochtendzon in het oosten flitste even in zijn ogen en toen was hij erdoorheen en reed hij in zuidelijke richting. De eerste straathoek was dertig meter verder. Het verkeer was traag. Het stopte niet, maar reed stapvoets. Drie auto's voor de zijstraat sprong het licht op rood. Hij stond in de rechterrijstrook en hij had niet de juiste gezichtshoek om in de zijstraat te kunnen kijken. Het verkeer stroomde eruit van rechts naar links, drie auto's voor hem. Hij zag wel dat de verste stroom auto's werd vertraagd omdat ze om een of ander obstakel moesten rijden. Misschien een stilstaand voertuig. Misschien een geparkeerde vierdeursauto die daar op iets stond te wachten. Daarna kwam de verkeersstroom van rechts tot stilstand en het licht op Broadway sprong op groen.

Hij reed de kruising over met zijn gezicht naar rechts, met een half oog voor zich en de rest van zijn aandacht op de zijstraat. Niets. Geen stilstaande vierdeurs. De hindernis was een gestreepte barricade voor een open put. Tien meter verderop in de straat stond een vrachtwagen van het energiebedrijf. Op de stoep stond een groepje werklui blikjes frisdrank te drinken. Het verkeer kroop voort. Stopte weer voor het volgende stoplicht. Hij was vier auto's achter.

Dit was niet de bewuste zijstraat. Het verkeerspatroon was verkeerd. Het stroomde in westelijke richting, van links naar rechts. Naar links had hij goed zicht. Hij kon wel vijftig meter de straat in kijken. Daar stond niets. Deze was het niet. Het moest de volgende zijn.

Onder ideale omstandigheden zou hij graag meer hebben gedaan dan de twee mannen gewoon voorbijrijden. Een beter idee zou zijn geweest een blokje om te rijden om hen van achteren te benaderen. De jeep honderd meter verderop neerzetten en er van achteren heen kuieren. Zij zouden geconcentreerd door de voorruit naar de zebra voor zich zitten te kijken. Hij zou ze eens goed kunnen bekijken, zo lang hij wilde. Hij zou zelfs zo bij ze in de auto kunnen stappen. Het achterportier. Hij wist zeker dat het achterportier niet op slot zou zitten. De mannen zouden recht voor zich uit kijken. Hij kon zo op de achterbank glippen, een hand aan de buitenkant van elk hoofd plaatsen en ze met de koppen tegen elkaar slaan als een cimbalist die in een fanfarekorps met zijn bekkens tekeer mag gaan. Net zo lang totdat ze bereid waren een paar fundamentele vragen te beantwoorden.

Maar dat zou hij niet doen. Concentreer je op je lopende opdracht, was zijn lijfspreuk. De lopende opdracht was Jodie veilig en wel op kantoor zien te krijgen. Lijfwacht zijn was defensief. Als je daar iets offensiefs doorheen roerde, kwam er van geen van beide veel terecht. Zoals hij haar had verteld, had hij dit werk voor de kost gedaan. Hij was erin getraind. Erg goed getraind, en heel ervaren. Dus zou hij aan de defensieve kant blijven en zou hij het als een overwinning van de bovenste plank beschouwen als hij haar veilig en wel haar kantoor binnen kon zien gaan. En hij zou z'n mond houden over de mate van risico die ze liep. Hij wilde niet dat ze zich er zorgen over zou gaan maken. Er was geen reden waarom datgene waarmee Leon was begonnen haar kopzorg zou moeten geven. Dat zou Leon niet gewild hebben. Leon zou gewoon gewild hebben dat hij alles zou regelen. Dus dat ging hij doen. Haar zonder lange verklaringen of sombere waarschuwingen bij haar kantoor afzetten.

Het licht sprong op groen. De eerste auto trok op, daarna de tweede. Daarna de derde. Hij reed voorzichtig verder. Controleerde de ruimte tussen hem en zijn voorganger en boog zijn hoofd naar rechts. Waren ze daar? Het was een smalle zijstraat. Twee rijstroken stilstaand verkeer dat voor het stoplicht stond te wachten. Er stond niets in de rechterrijstrook geparkeerd. Er stond niets te wachten. Daar waren ze niet. Hij reed langzaam over de hele breedte van de kruising en tuurde naar rechts. Niemand. Hij ademde uit, ontspande zich en keek weer voor zich. Er klonk een geweldige klap van metaal op metaal. Een enorme ijzeren stomp in de rug. Krijsend plaatijzer en onmiddellijke acceleratie. De jeep werd naar voren gestoten, tegen het voertuig voor hen geworpen en stond vervolgens met een ruk stil. De airbags ploften te voorschijn. Hij zag Jodie van haar stoel opveren en tegen de spanning van haar gordels slaan. Haar lichaam stopte abrupt, maar haar hoofd vloog nog als een kanonskogel naar voren. Daarna sloeg het weer naar achteren door de airbag en vloog het met een klap tegen de hoofdsteun achter haar. Hij merkte dat haar gezicht vlak naast het zijne gefixeerd was in de ruimte en dat het interieur van de auto een onscherpe, kolkende veeg was, omdat zijn hoofd exact hetzelfde deed als het hare.

De dubbele klap had zijn handen van het stuur gerukt. De airbag liep voor zijn neus weer leeg. Hij bracht zijn blik met moeite naar het spiegeltje en zag een gigantische zwarte motorkap die zich in de achterzijde van de jeep had geboord. De verwrongen bovenkant van een glimmende radiator. Een of andere enorme bak met vierwielaandrijving. Hij zag een persoon achter een getinte voorruit. Niet iemand die hij kende. Achter hem toeterden auto's en het verkeer week naar links uit om de hindernis te omzeilen. Starende gezichten draaiden hun kant op. Ergens klonk luid gesis. Stoom uit zijn radiator, of misschien ruisten zijn oren van dat plotselinge geweld. De man achter hem stapte uit de jeep. Hij had zijn handen verontschuldigend opgeheven van op zijn gezicht was bezorgdheid en schrik af te lezen. Hij werkte zich in de trage verkeersstroom om zijn portier heen en kwam naar Reachers raampje met een blik opzij naar het verwrongen plaatwerk. Een vrouw stapte uit de sedan voor hen. Ze zag er duizelig en boos uit. Het verkeer ronkte om hen heen. De lucht trilde van de oververhitte motoren en weergalmde van de claxons. Jodie zat rechtop in haar stoel en voelde aan haar nek.

'Alles goed?' vroeg hij.

Ze dacht even na en toen knikte ze.

'Ik wel,' zei ze. 'En jij?'

'Prima,' zei hij.

Ze prikte gefascineerd in de ingezakte airbag.

'Die dingen werken dus echt, wist je dat?'

'Dit is voor het eerst dat ik ze in werking heb gezien,' zei hij.

'Voor mij ook,' zei ze.

Daarna werd er op zijn raampje getikt. De man uit de achterste auto stond dringend met zijn knokkels te tikken. Reacher staarde hem aan. De man gebaarde dat hij zijn portier open moest maken, alsof hij zich ergens zorgen om maakte.

'Godverdomme!' riep Reacher.

Hij trapte op het gas. De jeep worstelde zich naar voren en duwde tegen de verwoeste sedan van de vrouw. Met snerpend plaatwerk won hij een meter schuin naar links.

'Hé, wat doe je?' schreeuwde Jodie.

De man had zijn hand op de portierkruk. Zijn andere hand in zijn zak.

'Duiken,' blafte Reacher.

Hij rukte de pook in zijn achteruit, gierde de gewonnen meter weer terug en klapte tegen de jeep achter hem. De nieuwe stoot leverde hem nog zo'n dertig centimeter op. Hij duwde de pook in *drive*, gaf een ruk naar links en schoot vooruit. Hij ramde de achterkant van de sedan in een nieuwe regen van glasscherven. Het verkeer achter hen slingerde en moest opnieuw uitwijken. Hij keek naar rechts en een van de mannen die hij in Key West en in Garrison had gezien stond bij het raampje met zijn hand op Jodies deur. Hij trapte op het gas en joeg de jeep draaiend aan het stuur naar achteren. De man hield zich stevig vast, maar werd door de heftige beweging van zijn sokken gerukt. Reacher reed helemaal terug, ramde de zwarte jeep, stuiterde weer met brullende motor voorwaarts en draaide als een gek aan het stuur. De man was weer overeind gekrabbeld, had de portierkruk nog steeds vast, rukte en sjorde en zijn vrije arm en benen maaiden wilde in het rond als een cowboy met een recalcitrante jonge stier die radeloos zijn best deed om uit een val te ontkomen. Reacher schoot schuin naar voren vlak langs de hoek van de auto van de vrouw en schraapte de man eraf tegen haar kofferbak. De bumper raakte hem tegen de knieën, hij maakte een salto door de lucht en zijn hoofd raakte de achterruit. In zijn spiegeltje zag Reacher een vage vlek van wild maaiende armen en benen terwijl hij door de kracht van de klap over het dak vloog. Daarna was hij verdwenen en probeerde hij naar het trottoir te krabbelen.

'Kijk uit!' gilde Jodie.

De man van de grote jeep was nog steeds bij het raampje aan de bestuurderskant. Reacher reed weer in de verkeersstroom, maar die bewoog zich langzaam en de man holde gewoon naast hen op en deed zijn best om iets uit zijn zak te bevrijden. Reacher zwaaide uit naar links naar een bestelbusje in de volgende rijstrook. De man holde nog steeds, hinkelde zijwaarts met zijn hand op de kruk en zijn vrije hand had iets uit zijn zak gehaald. Reacher gaf nog een ruk naar links en ramde hem hard tegen de zijkant van het busje. Hij hoorde een doffe klap toen het hoofd van de man het metaal raakte en toen was hij weg. Het busje maakte een noodstop en Reacher schoot naar links en ervoor. Broadway was een dichte massa verkeer. Voor hem zag hij een glanzende lappendeken van metallic kleuren, daken van luxeauto's die schitterden in de zon. Hij slalomde naar links en naar rechts, kroop verder, uitlaatgassen stegen op, claxons gingen tekeer. Hij zwaaide weer uit naar links, sloeg af en reed over een zebra waar het voetgangerslicht op groen stond, een groepje dringende mensen sprong opzij. De jeep sidderde en stuiterde en trok hard naar rechts. De temperatuurmeter was ver over rood. Stoom kolkte omhoog door de openingen in de verwrongen motorkap. De leeggelopen airbag hing op zijn knieën. Hij schoot naar voren, maakte weer een scherpe draai naar links en schoot een steegje vol met restaurantafval in. Dozen, lege vaten bakolie, ruwe houten kistjes vol met bedorven groenten. Hij begroef de neus in een stapel kartonnen dozen. Ze tuimelden op de geruïneerde motorkap. Hij zette de motor af en trok de sleutel uit het contact. Hij had de auto te dicht bij de muur gezet om Jodie er uit te laten. Hij greep haar aktetas en tasje en gooide ze door zijn deur op straat. Wrong zich ook naar buiten en draaide zich naar haar om. Ze krabbelde over de voorbank naar hem toe. Haar jurk zat omhooggeschoven. Hij pakte haar om haar middel, ze verborg haar hoofd tegen zijn schouder en hij tilde haar door de opening. Ze hield hem stevig vast met haar blote benen om zijn middel. Hij draaide zich om en holde een paar meter met haar weg. Ze woog helemaal niets. Hij zette haar op haar voeten en dook terug om de tassen te pakken. Ze trok hijgend haar jurk recht over haar dijen. Vochtig haar stond alle kanten op.

'Hoe wist je dat?' bracht ze uit. 'Dat het geen ongeluk was?'

Hij reikte haar tasje aan en droeg de aktetas zelf. Pakte haar hand en trok haar terug naar de straat, hijgend van de stoot adrenaline.

'We praten onderweg wel,' zei hij.

Ze sloegen linksaf en liepen in oostwaartse richting naar Lafayette. De ochtendzon scheen in hun ogen en het briesje van de rivier blies in hun gezicht. Achter hen hoorden ze het verkeersgeraas op Broadway. Ze liepen hijgend vijftig meter door en kalmeerden.

'Hoe wist je het?'

'Statistiek, denk ik. Wat was de kans op een ongeluk op de ochtend dat ze ons waarschijnlijk zouden zoeken? Ik denk hoogstens een op een miljoen.'

Ze knikte. Er speelde een flauwe glimlach om haar lippen. Ze liep met geheven hoofd, de schouders naar achteren en herstelde zich vlug. Geen spoor van shock. Zij was Leons dochter, dat stond goddorie als een paal boven water.

'Je was geweldig,' zei ze. 'Je reageerde zo snel.'

Hij liep hoofdschuddend verder.

'Nee, ik was belabberd,' zei hij. 'Zo stom als het achtereind van een varken. Ik heb de ene na de andere fout gemaakt. Ze hadden iemand anders ingezet. De leiding aan een nieuwe vent gegeven. Daar had ik niet eens rekening mee gehouden. Ik zat te denken wat dat eerste stel kuttenkoppen zou doen en het kwam niet eens bij me op dat ze wel eens een intelligenter iemand in konden zetten. En wie die vent ook was, hij was niet op zijn achterhoofd gevallen. Het was een goed plan en het was ze bijna gelukt. Ik zag het helemaal niet aankomen. En toen het gebeurde, verdeed ik nog een hoop tijd met gelul over airbags.'

'Zit er maar niet over in,' zei ze.

'Dat doe ik wel. Leon had een vuistregel: doe het goed. Goddank was hij er niet bij om te zien hoe ik het verknalde. Hij zou zich schamen.'

Hij zag haar gezicht bewolken. Besefte wat hij had gezegd.

'Het spijt me. Ik kan nog steeds niet geloven dat hij dood is.'

Ze waren inmiddels op Lafayette. Jodie stond aan de stoeprand op de uitkijk naar een taxi.

'Nou, dat is hij wel,' zei ze vriendelijk. 'We zullen er waarschijnlijk wel aan wennen.'

Hij knikte. 'En het spijt me ook van je auto. Ik had het moeten zien aankomen.'

Ze haalde haar schouders op. 'Hij is maar geleased. Ik zal zorgen dat ze me er net zo een sturen. Nu weet ik dat hij z'n mannetje staat bij een aanrijding, hè? Misschien neem ik wel een rode.'

'Je moet aangifte doen dat hij gestolen is,' zei hij. 'De politie bellen en zeggen dat hij niet in de garage stond toen je hem vanmorgen ging halen.'

'Dat is fraude,' zei ze.

'Nee, dat is slim. Vergeet niet dat ik het me niet

kan veroorloven dat de politie me hierover verhoort. Ik heb niet eens een rijbewijs.'

Ze dacht even na. Daarna glimlachte ze. Zoals een jonger zusje glimlacht als ze haar grote broer een of ander vergrijp vergeeft, dacht hij.

'Oké,' zei ze. 'Ik zal ze van kantoor bellen.'

'Kantoor? Je gaat verdomme niet naar kantoor.'

'Waarom niet?' vroeg ze verbaasd.

Hij maakte een vaag gebaar in westelijke richting naar Broadway. 'Na wat daar is gebeurd? Ik wil je ergens hebben waar ik je kan zien, Jodie.'

'Ik moet naar m'n werk, Reacher,' zei ze. 'En denk even na. Dat kantoor is niet opeens onveilig geworden door wat daar is gebeurd. Dat is toch heel wat anders? Het kantoor is nog even veilig als het altijd is geweest. En eerst vond je het best dat ik erheen ging. Dus wat is er nu zo anders?'

Hij keek haar aan. Hij wilde zeggen: alles is veranderd. Want bij datgene waarmee Leon samen met een oud stel in de hartkliniek was begonnen waren nu halfcompetente beroepsmisdadigers betrokken. Halfcompetente beroeps die vanochtend op een halve seconde na in hun opzet waren geslaagd. En hij wilde zeggen: ik hou van je, en je loopt gevaar en ik wil niet dat je ergens bent waar ik je niet kan beschermen. Maar dat kreeg hij allemaal niet over zijn lippen. Omdat hij zichzelf had beloofd daar niets over te zeggen. Over alles: over de liefde en over het gevaar.

'Je zou met mij mee moeten gaan,' zei hij.

'Waarom? Om je te helpen?'

Hij knikte. 'Ja, met die oude mensen. Ze zullen wel met jou praten, omdat jij Leons dochter bent.'

'Wil je dat ik meega omdat ik Leons dochter ben?'

Hij knikte weer. Ze zag een taxi en gebaarde hem te stoppen.

'Fout antwoord, Reacher,' zei ze.

Hij probeerde haar vergeefs op andere gedachten te brengen. Ze was vastbesloten en was er niet van af te brengen. Het enige dat hij kon doen was haar zover krijgen dat ze een praktisch probleem voor hem oploste: een auto voor hem huren met haar creditcard en rijbewijs. Ze lieten de taxi naar een bureau van Hertz in Midtown rijden. Hij wachtte een kwartiertje buiten in de zon. Toen kwam ze de hoek om rijden in een splinternieuwe Taurus en hij stapte in. Ze reed via Broadway helemaal terug naar het centrum. Ze kwamen langs het blok waar ze woonde en de plek van de hinderlaag. De beschadigde voertuigen waren weg. Er lagen glasscherven in de goot en olievlekken op het asfalt, maar dat was alles. Ze reed door in zuidelijke richting en parkeerde bij een brandkraan tegenover haar kantoor. Ze liet de motor lopen en schoof haar stoel helemaal naar achteren, klaar voor de nieuwe chauffeur.

'Oké,' zei ze. 'Kom je me hier om een uur of zeven weer ophalen?'

'Zo laat?'

'Ik begin laat,' zei ze. 'Dus moet ik laat stoppen.'

'Niet naar buiten gaan, oké?'

Hij stapte uit en bleef haar op de stoep staan nakijken. Het gebouw was een breed, betegeld voorplein. Ze holde naar de ingang; haar blote benen dansten flitsend onder haar jurk. Ze draaide zich om en wuifde lachend. Duwde zich zijwaarts door de draaideur en zwaaide met haar zware tas. Het was een hoog gebouw van zo'n zestig verdiepingen. Waarschijnlijk tientallen suites, verhuurd aan tientallen verschillende firma's, misschien wel honderden. Maar de situatie zag er vrij veilig uit. Vlak achter de draaideur was een brede receptiebalie. Erachter zat een rij beveiligingsfunctionarissen. En daarachter was een massieve, glazen wand van muur tot muur en van de grond naar het plafond. Daarin zat maar één deur, die elektrisch werd bediend via een knop onder de balie. Achter de glazen wand waren liften. Je kon er niet naar binnen, tenzij die veiligheidslui je doorlieten. Hij knikte. Misschien was het veilig genoeg. Misschien. Het hing van de ijver van die portiers af. Hij zag haar met een van hen praten. Ze had het hoofd gebogen en haar blonde haar viel naar voren. Daarna liep ze naar de deur in de wand, wachtte en duwde. Ze liep door naar de liften. Drukte op een knop. Een deur gleed open. Ze ging er achterwaarts in en trok de tas met beide handen over de drempel. De deur gleed dicht.

Hij bleef even wachten op het voorplein. Daarna haastte hij zich naar de ingang en duwde zich met zijn schouder door de draaideur. Liep naar de balie alsof hij dat elke dag deed. Koos de oudste beambte. De oudste zijn meestal het slordigst. De jongeren koesterden nog hoop op vooruitgang.

'Ik moet bij Spencer Gutman zijn,' zei hij, terwijl hij op zijn horloge keek.

'Naam?' vroeg de oude man.

'Lincoln,' zei Reacher.

De man zag er grijs en vermoeid uit, maar deed wat hij hoorde te doen. Hij pakte een klembord uit een gleuf en bestudeerde het.

'Hebt u een afspraak?'

'Ze hebben me net opgepiept,' zei Reacher. 'Ik denk dat er grote haast bij is.'

'Lincoln, zoals die auto?'

'Zoals de president,' zei Reacher.

De oude man knikte en ging met zijn vinger langs de lijst met namen.

'U staat er niet bij,' zei hij. 'Ik kan u niet naar binnen laten als u niet op de lijst staat.'

'Ik werk voor Costello,' zei Reacher. 'Ze hebben me boven nodig, en wel meteen.'

'Ik kan ze wel even bellen,' zei de man. 'Wie heeft u opgepiept?'

Reacher haalde zijn schouders op. 'Meneer Spencer waarschijnlijk. Met hem overleg ik meestal.'

De man keek onaangenaam getroffen. Hij deed

het klembord weer in de gleuf.

'Meneer Spencer is tien jaar geleden overleden,' zei hij. 'Als u naar binnen wilt, moet u voor een fatsoenlijke afspraak zorgen, oké?'

Reacher knikte. Dit kantoor was vrij veilig. Hij maakte rechtsomkeert en liep weer naar de auto.

Marilyn Stone wachtte tot Chesters Mercedes uit het zicht was verdwenen en daarna holde ze het huis weer in om aan de slag te gaan. Ze was een serieuze vrouw en ze wist dat een mogelijke periode van zes weken tussen aanbod en verkoop een aantal serieuze voorbereidingen vergde.

Eerst belde ze een schoonmaakbedrijf. Het huis was al brandschoon, maar ze ging wat meubilair verwijderen. Ze was van mening dat de presentatie van een huis waaruit een deel van het meubilair was verwijderd een ruime indruk zou maken. Daardoor zou het nog groter lijken dan het al was. En je voorkwam ermee dat een potentiële koper verstrikt zou raken in vooroordelen over wat er mooi uit zou zien en wat niet. Het Italiaanse dressoir in de hal was bijvoorbeeld een perfect meubelstuk voor die plek, maar ze wilde niet dat een potentiële koper zou denken dat de hal er op een andere manier niet mooi uit zou zien. Daarom was het beter om daar niets te hebben staan zodat de verbeelding van de koper die lege plek kon invullen, misschien met een meubelstuk dat hij al had.

Dus als ze meubelstukken ging verwijderen, had ze de schoonmakers nodig om de lege plekken te reinigen. Een enigszins ontmeubeld huis zorgde voor een ruimtelijke aanblik, maar duidelijke lege plekken hadden iets treurigs. Dus belde ze het schoonmaakbedrijf en ook een verhuis- en opslagbedrijf omdat ze de verwijderde spullen ergens moest opslaan. Daarna belde ze de zwembaddienst en het hoveniersbedrijf. Ze bestelde hen een uur voor iedere ochtend tot wederopzegging. Ze wilde dat de tuin er picobello uitzag. Zelfs aan dit eind van de markt wist ze dat een fraai uiterlijk het halve werk was.

Daarna probeerde ze zich andere dingen te herinneren die ze had gelezen of gehoord. Bloemen natuurlijk, overal vazen met bloemen. Ze belde de bloemist. Ze herinnerde zich dat iemand had gezegd dat schoteltjes Glassex allerlei luchtjes die een huis nu eenmaal voortbrengt neutraliseren. Ze herinnerde zich dat iemand had verteld dat een handvol koffiebonen in de oven zorgde voor een heerlijke, gastvrije geur. Dus legde ze een vers pak in haar bestekla. Ze ging ervan uit dat als ze telkens een paar koffiebonen in de oven deed als Sheryl belde om te zeggen dat ze onderweg was met een klant, de aromatiming wel zo'n beetje zou kloppen.

8

Chester Stones dag begon gewoon. Hij reed omstreeks de gewone tijd naar zijn werk. De Mercedes was even kalmerend als altijd. De zon scheen zoals dat in juni hoorde. De rit naar de stad was gewoon. Het verkeer was gewoon, niet meer en niet minder. Bij de tolhekken stonden de gewone rozenverkopers en krantenjongens. De afnemende verkeersopstoppingen in de lengterichting van Manhattan toonden aan dat zijn timing zo'n beetje juist was, zoals gewoonlijk. Hij parkeerde de auto in zijn gewone, gehuurde parkeervak onder het gebouw en ging met de lift naar zijn kantoor. Vervolgens hield zijn dag op met gewoon te zijn.

Het bedrijf was verlaten. Het was alsof het van de ene op de andere dag verdwenen was. Het complete personeel was instinctief geëvacueerd als ratten van een zinkend schip. Op een ver bureau ging een telefoon. Er zat niemand om op te nemen. De computers waren allemaal uit. De schermen waren dofgrijze vierkanten die de neonverlichting aan het plafond weerspiegelden. In zijn eigen kantoor was het altijd stil, maar nu hing er een vreemde, doodse stilte. Hij liep naar binnen en had het gevoel alsof hij een graftombe inliep.

Hij verbrak de stilte met: 'Ik ben Chester Stone.'

Hij zei het alleen maar om geluid te maken, maar het kwam eruit als gekwaak. Er was geen echo omdat het dikke kleed en de wanden van spaanplaat het geluid als een spons opzogen. Zijn stem verdween gewoon in een vacuüm.

'Shit,' zei hij.

Hij was boos. Voornamelijk op zijn secretaresse. Zij had lang voor hem gewerkt. Zij was het soort werkneemster van wie je verwacht dat ze pal staat en loyaal is, met een verlegen hand op zijn schouder, vochtige ogen en de belofte om te blijven om de storm ongeacht de uitkomst uit te zitten. Maar ze had hetzelfde gedaan als de rest. Ze had de geruchten van de afdeling financiën gehoord: de firma was op de fles en de salarischeques zouden onverzilverbaar zijn, dus had ze een paar oude dossiers uit een doos gegooid om de foto's van een stel snertneefjes in een goedkoop koperen lijstje, de mottige eendagsbloem van haar bureau en de troep uit haar laden erin te doen, en hem met de metro mee naar haar keurige appartementje te nemen, waar dat verdomme ook mocht zijn. Haar keurige appartementje, ingericht en gemeubileerd met salarischeques uit de tijd dat het de zaak nog voor de wind ging. Daar zou ze nu kalmpjes zitten koffiedrinken in haar ochtendjas; een onverwachte vrije ochtend. Ze zou nooit meer terugkomen, en misschien bladerde ze al door de personeelsadvertenties achter in de krant om haar nieuwe aanloophaven uit te kiezen.

'Shit,' herhaalde hij.

Hij maakte rechtsomkeert en stevende door het kantoor van de secretaresse en weer helemaal terug naar de lift. Daalde af naar de straat en liep naar buiten het zonlicht in. Sloeg af in westelijke richting en liep razend door met grote stappen en een bonkend hart. Voor hem torende de enorme glimmende kolos van de Twin Towers op. Hij haastte zich over het voorplein en ging naar binnen naar de lift. Hij transpireerde hevig. De koude lucht in de hal sloeg door zijn jasje. Hij nam de expreslift naar de achtentachtigste etage. Stapte uit en liep voor de tweede keer in vierentwintig uur door de smalle gang naar Hobies receptie van eikenhout met koper.

De receptionist zat achter zijn balie. Aan de andere kant van de receptie kwam een zwaargebouwde man in een duur pak met twee bekers uit een keukentje. Stone rook koffie. Hij zag de damp van de bekers slaan en er dreef bruin schuim op. Hij keek van de een naar de ander.

'Ik wil Hobie spreken,' zei hij.

Ze sloegen geen acht op hem. De zwaargebouwde man liep naar de balie en zette een van de bekers voor de receptionist. Daarna liep hij om Stone heen en ging dichter bij de deur van de receptie staan dan Stone. De receptionist boog zich naar voren en draaide de beker met zorg zo dat het oortje zich handig aan zijn greep presenteerde.

'Ik wil Hobie spreken,' herhaalde Stone en hij keek recht voor zich.

'Mijn naam is Tony,' zei de receptionist.

Stone keerde zijn kant op en keek hem uitdrukkingsloos aan. De man had een rode plek op zijn voorhoofd als van een verse kneuzing. Het haar op zijn slapen was pas gekamd, maar nat, alsof hij een koude, natte doek tegen zijn hoofd had gedrukt.

'Ik wil Hobie spreken,' zei Stone voor de derde keer.

'Meneer Hobie is vandaag niet op kantoor,' zei Tony. 'Ik zal de zaken met u voorlopig waarnemen. We hebben bepaalde dingen te bespreken, nietwaar?'

'Inderdaad,' zei Stone.

'Zullen we dan maar naar binnen gaan?' zei Tony, terwijl hij opstond.

Hij knikte naar de andere man, die om de balie heen schoof en op zijn stoel plaatsnam. Tony kwam erachter vandaan en liep naar de deur van het kantoor. Hij hield hem open en Stone liep dezelfde halfduistere kamer in als daags tevoren. De blinden waren nog steeds dicht. Tony liep in het donker voor hem uit naar het bureau. Hij liep eromheen en ging op Hobies stoel zitten. De vering piepte. Stone volgde hem. Vervolgens bleef hij staan en keek van links naar rechts om te zien waar hij zou gaan zitten.

'U blijft staan,' zei Tony.

'Wat?' zei Stone.

'U blijft voor de duur van het gesprek staan.'

'Wat?' vroeg Stone weer, verbijsterd.

'Vlak voor het bureau.'

Stone bleef gewoon staan met kaken stijf op elkaar.

'Armen naar beneden,' zei Tony. 'Rechtop staan en niet inzakken.'

Hij zei het kalm, zacht en achteloos, en bewoog zich helemaal niet. Vervolgens viel er een stilte. Er waren alleen wat donkere achtergrondgeluiden van elders in het gebouw en het bonzen van Stones hart. Zijn ogen raakten gewend aan de schemering. Hij zag de krassen van Hobies haak op het bureau. Ze trokken een nijdig spoor diep in het hout. De stilte bracht hem van zijn stuk. Hij had geen flauw idee hoe hij moest reageren. Hij wierp een blik op de bank links van hem. Het was vernederend om te moeten blijven staan. Dubbel vernederend omdat het van die verrekte receptionist moest. Hij keek naar de bank rechts. Hij wist dat hij terug moest vechten. Hij zou gewoon op een van de banken moeten gaan zitten. Gewoon een stap naar links of naar rechts doen en gaan zitten. Geen acht op die vent slaan. Gewoon dóén. Gewoon gaan zitten en die vent eens laten zien wie er de baas was. Zoals een winnende homerun slaan of een aas neergooien. Ga zitten goddomme, zei hij tegen zichzelf. Maar zijn benen weigerden dienst. Het was alsof hij verlamd was. Hij bleef stil staan, een meter voor het bureau, verstijfd van verontwaardiging en vernedering. En van angst.

'U heeft meneer Hobies jasje aan,' zei Tony. 'Wilt u dat alstublieft uittrekken?'

Stone staarde hem aan. Daarna keek hij naar zijn jasje. Het was zijn Saville Row. Hij besefte dat hij voor het eerst van zijn leven per ongeluk twee keer achter elkaar hetzelfde had aangetrokken.

'Dit is mijn jasje,' zei hij.

'Nee, het is van meneer Hobie.'

Stone schudde zijn hoofd. 'Ik heb het in Londen gekocht. Het is beslist mijn jasje.'

Tony glimlachte in het duister.

'U begrijpt het zeker niet, hè?' vroeg hij.

'Wat moet ik begrijpen?' vroeg Stone wezenloos.

'Dat u nu van meneer Hobie bent. U bent van hem. En alles wat u hebt, is van hem.'

Stone staarde hem aan. Er viel een stilte. Alleen nog de vage achtergrondruis van het gebouw en het bonzen in Stones borst.

'Dus trek meneer Hobies jasje maar uit,' zei Tony zacht.

Stone bleef hem slechts aanstaren. Zijn mond ging open en dicht maar er kwam geen geluid.

'Uittrekken,' zei Tony. 'Het is niet van u. U hoort daar niet met andermans jasje te staan.'

Zijn stem klonk kalm maar dreigend. Stones gezicht was verstijfd van shock, maar toen begonnen zijn armen plotseling te bewegen alsof hij ze niet kon bedwingen. Hij worstelde zich uit het jasje en hield het bij de kraag alsof hij in een herenmodezaak was en een jasje had gepast dat hem niet beviel.

'Op het bureau alstublieft,' zei Tony.

Stone legde het jasje plat op het bureau. Hij trok het recht en voelde de fijne wol aan het ruwe oppervlak haken. Tony trok het naar zich toe en doorzocht de zakken een voor een. Hij legde de inhoud op een stapeltje voor zich. Maakte een prop van het jasje en gooide het achteloos over het bureau op de linker bank.

Hij pakte de Mont-Blancvulpen. Hij tuitte zijn lippen waarderend en stak hem in zijn eigen zak. Daarna pakte hij de sleutelbos. Spreidde ze uit op het bureau en bekeek ze een voor een. Haalde de autosleutel eruit en hield die tussen duim en wijsvinger.

'Mercedes?'

Stone knikte wezenloos.

'Model?'

'500SEL,' mompelde Stone.

'Nieuw?'

Stone haalde zijn schouders op. 'Een jaar oud.'

'Kleur?'

'Donkerblauw.'

'Waar?'

'Bij mijn kantoor,' mompelde Stone. 'In de parkeergarage.'

'Die halen we later wel op,' zei Tony.

Hij trok een la open en liet de sleutels erin vallen. Duwde de la weer dicht en richtte zijn belangstelling op de portefeuille. Hij hield hem ondersteboven, schudde hem en harkte de inhoud met een vinger eruit. Toen hij leeg was, gooide hij hem onder het bureau. Stone hoorde hem in de prullenbak vallen. Tony wierp een blik op de foto van Marilyn en gooide die vervolgens ook in de prullenbak. Stone hoorde een lichte tik toen het harde fotografische papier het metaal raakte. Tony stapelde de creditcards met drie vingers op en schoof ze terzijde als een croupier.

'Iemand die we kennen geeft hier wel honderd dollar voor,' zei hij.

Daarna veegde hij het papiergeld bij elkaar en sorteerde het op coupure. Telde het en deed een paperclip om het stapeltje. Liet het in dezelfde la vallen als de sleutels.

'Wat moeten jullie van me?' vroeg Stone.

Tony keek hem aan.

'Ik wil dat je meneer Hobies das af doet,' zei hij.

Stone haalde hulpeloos zijn schouders op.

'Nee, serieus: wat willen jullie van me?'

'Zeventien-komma-een miljoen dollar. Dat ben je ons schuldig.'

Stone knikte. 'Dat weet ik. Ik zal het betalen.'

'Wanneer?' vroeg Tony.

'Nou, daar heb ik wat tijd voor nodig,' zei Stone.

Tony knikte. 'Oké, je krijgt een uur.'

Stone staarde hem aan. 'Nee, ik heb meer tijd nodig dan een uur.'

'Je krijgt een uur en niet meer.'

'Het lukt me niet in een uur.'

'Dat weet ik,' zei Tony. 'Het lukt je niet in een uur, een dag, een week, een maand of een jaar, omdat je een waardeloze lulhannes bent die nog geen spijker in een warm pakje boter kan slaan, niet dan?'

'Wat?'

'Je bent een schandvlek op de familie, Stone. Je hebt een zaak overgenomen waar je grootvader voor heeft geploeterd en die je vader groter heeft gemaakt, en jij hebt alles in één keer naar de ratsmodee geholpen omdat je zo stom bent als het achtereind van een varken, hè?'

Stone haalde wezenloos zijn schouders op. Toen slikte hij.

'Oké, ik heb een paar tegenslagen gehad,' zei hij. 'Kon ik daar wat aan doen?'

'Doe die das af!' schreeuwde Tony.

Stone schrok en zijn handen vlogen omhoog. Worstelde met de knoop.

'Doe hem af, lulhannes!' schreeuwde Tony.

Hij rukte hem los. Gooide hem op het bureau. Hij bleef in een hoek liggen.

'Dank u wel, meneer Stone,' zei Tony zacht.

'Wat willen jullie van me?' fluisterde Stone.

Tony trok een andere la open en haalde er een met de hand geschreven vel papier uit. Het was geel en dicht beschreven met een slordig handschrift. Een soort lijst met getallen waarvan het totaal onderaan stond.

'Wij hebben negenendertig procent van uw bedrijf in handen,' zei hij. 'Vanaf hedenochtend. Wat wij willen is nog twaalf procent.'

Stone staarde hem aan. Maakte een hoofdrekensommetje. 'Een meerderheidsbelang?'

'Precies,' zei Tony. 'We hebben al negenendertig procent, nog eens twaalf maakt eenenvijftig, wat inderdaad op een meerderheidsbelang neerkomt.'

Stone slikte weer en schudde zijn hoofd.

'Nee,' zei hij. 'Nee, dat doe ik niet.'

'Oké, dan willen we binnen een uur zeventien-komma-een miljoen dollar.'

Stone stond daar maar en keek verwilderd van links naar rechts. De deur achter hem ging open en de zwaargebouwde man in het dure pak kwam binnen. Hij liep geruisloos over het tapijt en ging met de armen over elkaar naast Tony's linkerschouder staan.

'Het horloge, alstublieft,' zei Tony.

Tony keek naar zijn linkerpols. Het was een Rolex. Het zag eruit als staal, maar was van platina. Hij had het in Genève gekocht. Hij maakte het los en reikte het aan. Tony knikte en gooide het in een andere la.

'Nu meneer Hobies overhemd uittrekken.'

'Je kunt me niet dwingen jullie nog meer aandelen te geven,' zei Stone.

'Ik denk het wel. Trek dat overhemd uit, oké?'

'Hoor eens, ik laat me niet intimideren,' zei Stone,

zo zelfverzekerd als hij maar kon.

'U bent al geïntimideerd,' antwoordde Tony. 'Niet dan? U staat op het punt om meneer Hobies broek te bevuilen. Wat tussen haakjes een ernstige vergissing zou zijn, want we zouden u alleen maar dwingen het weer schoon te maken.'

Stone zweeg. Staarde slechts naar een punt in de lucht tussen de twee mannen.

'Twaalf procent van de aandelen,' zei Tony vriendelijk. 'Waarom niet? Ze zijn toch niets waard. En u houdt nog negenveertig procent over.'

'Ik wil mijn advocaten spreken,' zei Stone.

'Oké, gaat uw gang.'

Stone keek radeloos om zich heen. 'Waar is de telefoon?'

'Er is hier geen telefoon,' zei Tony. 'Meneer Hobie houdt niet van telefoons.'

'Hoe dan?'

'Schreeuwen,' zei Tony. 'Heel hard schreeuwen; misschien horen uw advocaten het wel.'

'Wat?'

'Schreeuw maar,' herhaalde Tony. 'U bent echt traag van begrip, hè, meneer Stone? Tel een en een maar bij elkaar op en trek uw conclusie. Er is hier geen telefoon, u kunt de kamer niet uit, dus als u met uw advocaten wilt praten, zult u moeten schreeuwen.'

Stone staarde wezenloos in de ruimte.

'Schreeuw dan, waardeloze lulhannes!' gilde Tony.

'Nee, dat kan ik niet,' zei Stone hulpeloos. 'Ik weet niet wat u bedoelt.'

'Trek dat overhemd uit!' schreeuwde Tony.

Stone schudde heftig. Twijfelend, met zijn armen half in de lucht.

'Trek dat overhemd uit, lulhannes!' herhaalde Tony.

Stones handen vlogen omhoog en maakten de knoopjes van boven tot onder los. Hij trok het uit en stond in zijn hemd.

'Netjes opvouwen, alstublieft,' zei Tony. 'Meneer Hobie houdt van netjes.'

Stone deed zijn best. Hij schudde het uit bij de kraag en vouwde het dubbel, en daarna nog eens. Hij boog zich en legde het op het jasje op de bank.

'Geef die twaalf procent op,' zei Tony.

'Nee,' zei Stone en balde zijn vuisten.

Er viel een stilte. Stilte en duisternis.

'Efficiëntie,' zei Tony zacht. 'Daar houden we hier van. U had meer aandacht voor efficiëntie moeten hebben, meneer Stone. Dan zou uw bedrijf misschien niet naar de bliksem zijn gegaan. Dus wat is voor ons de meest efficiënte manier om dit te doen?'

Stone haalde hulpeloos zijn schouders op. 'Ik weet niet waar u het over hebt.'

'Dan zal ik het uitleggen,' zei Tony. 'We willen dat u meewerkt. We willen uw handtekening op een stukje papier. Dus hoe doen we dat?'

'Die krijg je nooit, klootzak,' zei Stone. 'Ik zal

eerst failliet gaan, verdomme. Bankroet. Je krijgt geen flikker van me. Niks. Ik sleep je minstens vijf jaar voor de rechter.'

Tony schudde geduldig zijn hoofd, als een onderwijzer die het verkeerde antwoord voor de honderdste keer in zijn lange loopbaan heeft gehoord.

'Doe maar wat je wilt,' zei Stone. 'Mijn bedrijf krijg je niet.'

'We kunnen u pijn doen,' zei Tony.

In het schemerdonker liet Stone zijn blik naar het bureau zakken. Zijn das lag er nog, op de ruwe krassen van de haak.

'Trek meneer Hobies broek uit!' schreeuwde Tony.

'Nee, dat doe ik niet, verdomme,' schreeuwde Stone terug.

De man naast Tony stak zijn hand onder zijn arm. Hij hoorde het piepen van leer. Stone keek hem ongelovig aan. De man haalde een klein, zwart pistool te voorschijn. Hij hief hem met een arm recht voor zich op ooghoogte en richtte. Hij liep om het bureau op Stone af. Hij kwam steeds dichterbij. Stones wijd open gesperde ogen waren op het pistool gefixeerd. Het was op zijn gezicht gericht. Hij beefde en transpireerde. De man liep geruisloos en het pistool kwam zo dichtbij dat Stone scheel keek. Het pistool kwam met de loop op zijn voorhoofd tot stilstand. De man drukte erop. De loop was hard en koud. Stone sidderde. Hij werd naar achteren gedrukt. Hij wankelde en probeerde zich op de zwarte, vage veeg van het pistool te concentreren. Hij zag niet dat de man zijn vrije hand tot een vuist balde. Hij zag niet dat hij uithaalde. Hij werd hard in zijn maag getroffen, zakte met benen van elastiek op de grond als een lekke ballon en bleef kronkelend en kokhalzend naar adem liggen happen.

'Trek die broek uit, lulhannes!' schreeuwde Tony.

De andere man gaf hem een gemene trap en Stone gilde; hij wentelde zich op zijn rug als een schildpad, hapte verstikt naar adem en rukte aan zijn riem. Hij kreeg hem los. Grabbelde naar de knopen en de rits. Hij trok de broek omlaag langs zijn benen. Hij bleef op zijn schoenen hangen. Hij wrong de broek eroverheen en trok hem binnenstebuiten uit.

'Opstaan, meneer Stone,' zei Tony zacht.

Stone krabbelde wankelend overeind en bleef onvast ter been hijgend voorovergebogen staan met zijn handen op zijn knieën; zijn maag ging op en neer en twee dunne, witte, onbehaarde benen staken uit zijn boxershort met bespottelijke zwarte sokken en schoenen aan zijn voeten.

'We kunnen u pijn doen,' zei Tony. 'Dat begrijpt u nu wel, hè?'

Stone knikte en hapte naar lucht. Hij drukte beide onderarmen tegen zijn buik. Kokhalsde en hijgde.

'U begrijpt dat wel, hè?' herhaalde Tony.

Stone dwong zich om nog een keer te knikken.

'Zeg het hardop, meneer Stone,' zei Tony. 'Zeg

dat wij u pijn kunnen doen.'

'U kunt me pijn doen,' bracht Stone uit.

'Maar dat doen we niet. Dat is niet de manier waarop meneer Hobie graag werkt.'

Stone hief een hand om de tranen uit zijn ogen te vegen en keek hoopvol op.

'Meneer Hobie geeft er de voorkeur aan om echtgenotes pijn te doen,' zei Tony. 'Efficiëntie, begrijpt u wel? Zo boek je sneller resultaat. Dus in dit stadium dienen uw gedachten echt naar Marilyn uit te gaan.'

De gehuurde Taurus was veel sneller dan de Bravada. Op droge juniwegen was het geen vergelijking. Misschien zou hij in de sneeuw van januari of de blubber van februari het continue gebruik van de vierwielaandrijving wel op prijs gesteld hebben, maar voor een snelle rit in juni, stroomopwaarts langs de Hudson, was een reguliere personenauto verreweg te verkiezen boven een jeep, dat stond als een paal boven water. De auto was laag en stabiel, reed prima en nam de bochten zoals een auto hoorde te doen. En hij was stil. Hij had de radio ingesteld op een krachtig zendstation achter hem en een vrouw genaamd Wynonna Judd vroeg hem *Why not me?* Hij had het gevoel dat hij Wynonna Judd eigenlijk niet zo goed zou moeten vinden, want als iemand hem had gevraagd of hij een countryzangeres met een klaaglijk lied over de liefde zou zien zitten, zou hij waarschijnlijk uit vooringenomenheid nee hebben gezegd. Maar ze had een geweldige stem en het nummer had een geweldige gitaarsolo. En de tekst raakte hem ook, omdat hij zich verbeeldde dat Jodie het voor hem zong en niet Wynonna Judd. Ze zong *Why not me, when you're growing old? Why not me?* Hij begon met zijn ruwe lage bas onder de zwevende contra-alt mee te zingen, en tegen de tijd dat het nummer wegstierf en de reclame begon, bedacht hij dat hij die plaat zou kopen als hij ooit een huis met een stereoinstallatie zou hebben, zoals andere mensen. *Why not me?*

Hij reed via Route 9 in noordelijke richting en naast hem lag een wegenkaart van Hertz opengeslagen en die reikte ver genoeg naar het noorden om hem te laten zien dat Brighton halverwege Peekskill en Poughkeepsie lag, naar het westen en aan de Hudson. Daarnaast lag het adres van het bejaarde echtpaar op een recept uit de praktijk van McBannerman. Hij hield de Taurus constant op honderd: snel genoeg om er vlot te komen en langzaam genoeg om geen hinder van de verkeerspolitie te ondervinden, die hij achter iedere bosrijke bocht vermoedde, klaar om de gemeentelijke inkomsten te spekken met hun radarapparatuur en blanco bonboekjes.

Het kostte hem een uur om weer ter hoogte van Garrison te komen en hij was van plan door te rijden naar het noorden omdat hij zich herinnerde dat daar een grote snelweg een bocht over de rivier in de richting van Newburgh maakte. Hij zou vlak voor de Hudson van die weg af moeten kunnen om Brighton van boven te benaderen. Vervolgens was het een kwestie van het adres zoeken en dat zou wel eens tegen kunnen vallen.

Maar het was makkelijk, omdat de weg die hem vanaf de oost-west-snelweg zuidwaarts naar Brighton voerde dezelfde naam droeg als in de tweede regel van het adres van de oude mensen stond. Hij reed kalmpjes in zuidelijke richting en lette op de brievenbussen en huisnummers. Vervolgens werd het lastiger. De brievenbussen stonden in groepjes van zes en de groepjes stonden honderden meters van elkaar, op zichzelf, zonder duidelijke verwijzing naar een specifiek huis. Er waren trouwens helemaal niet veel huizen te zien. Het leek wel alsof ze allemaal een eind verderop langs boerenweggetjes stonden, weggetjes van grind en opgelapt asfalt die links en rechts als tunnels in de bossen verdwenen.

Hij vond de juiste brievenbus. Hij hing aan een houten paal die door het weer bezig was te rotten en door de vorst naar voren was gaan hellen. Erlangs slingerden sterke groene klimop en doornige slingerplanten omhoog. Het was een dofgroene, grote brievenbus met het huisnummer op de zijkant geschilderd. De verf was verbleekt maar de cijfers waren perfect uit de losse pols geschilderd. Het deurtje hing open, want de brievenbus zat barstensvol post. Hij haalde de poststukken er allemaal uit en legde ze naast zich op de passagiersstoel. Hij drukte het piepende deurtje dicht en zag dat dezelfde keurige hand op de voorkant de naam Hobie had geschilderd.

De brievenbussen stonden allemaal aan de rechterkant van de weg voor het gemak van de postbezorger, maar de weggetjes liepen in beide richtingen. Vanwaar hij stond zag hij er vier; twee naar links en twee naar rechts. Schouder ophalend reed hij het eerste op, dat rechts afsloeg naar de rivier.

Het was het verkeerde. Er stonden twee huizen aan. Een daarvan had een dubbel naambordje met *Kozinsky* op de hekken. Bij het andere stond een felrode Pontiac Firebird onder een basketbalring aan de garagegevel. Op het gazon lagen her en der een paar kinderfietsen. Geen overtuigende aanwijzingen dat er oude, zieke mensen woonden.

Het eerste weggetje naar links was ook mis. Hij vond het juiste huis langs het tweede weggetje naar rechts. Er was een overwoekerde oprijlaan naar het zuiden, evenwijdig aan de rivier. Bij het hek stond een oude, roestige brievenbus die nog dateerde uit de tijd dat de posterijen nog bereid waren iets dichter bij je huis te komen. Zelfde doffe groen, maar nog fletser. Zelfde keurige handschrift, maar bijna geheel verbleekt: Hobie. Er liepen elektriciteitskabels en een telefoonkabel met gordijnen van slingerplanten. Hij draaide de Taurus de oprijlaan in, hoorde de vegetatie langs beide kanten schuren en kwam tot stilstand achter een oude Chevrolet personenauto die schuin onder een carport stond. De oude auto was een slagschip; de motorkap en kofferbak leken wel het dek van een vliegdekschip en hadden dezelfde pokdalige, dofbruine kleur als alle oude auto's.

Hij zette de motor af en stapte uit in de stilte. Dook terug om de stapel post te pakken en bleef er even mee in zijn handen staan. Het huis was een lage bungalow die in westelijke richting naar de rivier wees. Hij was even bruin als de auto, met stokoude planken en dakspanen. De tuin was een woestenij. Hij was zoals een verzorgde tuin eruitziet als hij vijftien natte lentes en warme zomers ongemoeid wordt gelaten. Er had ooit een breed pad van de carport naar de voordeur gelopen, maar door het opdringende struikgewas was het zo smal als een loopplank geworden. Hij keek om zich heen en bedacht dat een peloton infanteristen met vlammenwerpers hier nuttiger zou zijn dan hoveniers.

Hij bereikte de voordeur terwijl de struiken naar zijn enkels grepen en klauwden. Er was een oude drukbel, maar die was stijf verroest. Hij boog zich naar voren en klopte met zijn knokkels op het hout. Vervolgens wachtte hij. Geen reactie. Hij klopte weer. Hij hoorde het oerwoud achter hem gonzen van de insecten. Hij hoorde het getik van de afkoelende knalpot onder de Taurus op de oprijlaan. Hij klopte nog eens. Wachtte. Binnen hoorde hij het kraken van een houten vloer. Het was het geluid van voetstappen. De voetstappen hielden halt aan gene zijde van de voordeur en hij hoorde een ijle vrouwenstem die gedempt werd door het hout.

'Wie is daar?' riep de stem.

'Reacher,' riep hij terug. 'De vriend van generaal Garber.'

Zijn stem klonk hard. Achter hem in de struiken hoorde hij paniekerig gescharrel. Schuwe dieren kozen het hazenpad. Voor hem hoorde hij een stug slot opendraaien en grendels wegschuiven. De deur ging krakend open. Binnen was het donker. Hij stapte naar voren in de schaduw van de dakrand en zag een oude vrouw staan wachten. Ze was een jaar of tachtig, broodmager, met wit haar en ze stond gebogen. Ze droeg een verschoten jurk met een bloempatroon die vanaf haar middel uitwaaierde over een nylon petticoat. Het was het soort jurk dat hij wel eens had gezien op foto's van tuinfeesten in de jaren vijftig en zestig. Het soort jurk dat doorgaans wordt gedragen met lange witte handschoenen en een breedgerande hoed en een tevreden burgermansglimlach.

'We verwachtten u al,' zei ze. Ze draaide een kwartslag en deed een stapje opzij. Hij knikte en ging naar binnen. Door de omvang van haar jurk moest hij langs haar heen met een luidruchtig geritsel van het nylon.

'Ik heb uw post meegenomen,' zei hij. 'Uw brievenbus zat vol.'

'Dank u wel,' zei ze. 'U bent erg vriendelijk. Het

is een lange wandeling en we stoppen niet graag met de auto voor het geval we van achteren worden aangereden. Het is een erg drukke weg. De mensen rijden verschrikkelijk hard, weet u. Harder dan verantwoordelijk is, vind ik.'

Reacher knikte. Het was zo'n beetje de stilste weg die hij ooit had gezien. Je zou zo een nacht op de witte streep kunnen doorbrengen met een goeie kans het tot de volgende ochtend te overleven. Hij had de post nog in zijn hand. De oude dame gaf geen blijk van nieuwsgierigheid.

'Waar wilt u het hebben?'

'Wilt u het in de keuken leggen?'

De gang was een duistere ruimte, gelambriseerd met donker hout. De keuken was nog erger. Er was een klein raampje met geel glas met rietwerkreliëf. Er stond een verzameling losse meubels met een grauwe, donkere fineer en merkwaardige, oude keukenapparatuur van email op korte pootjes, bespikkeld in mintgroen en grijs. Het hele vertrek rook naar oud voedsel en een warme oven, maar het was schoon en opgeruimd. Een mottig kleed op sleets linoleum. Hij zag een beschadigde beker van porselein waar een dikke bril rechtop in stond. Hij legde de stapel post naast de beker. Als haar bezoek weg was, zou ze de post lezen met haar bril, zodra ze haar beste jurk weer in de kast met mottenballen had opgeborgen.

'Mag ik u een plakje cake aanbieden?' vroeg ze.

Hij wierp een blik op het fornuis. Er stond een porseleinen bord op dat was afgedekt met een versleten linnen doek.

'Met koffie?'

Naast het fornuis stond een stokoude percolator van mintgroen email met een knop van groen glas, verbonden met een stekkerdoos door een snoer met gerafelde stof eromheen. Hij knikte.

'Ik ben dol op koffie met cake,' zei hij.

Ze knikte verheugd. Ze liep bedrijvig naar het apparaat en plette haar rok tegen de ovendeur. Met een magere, trillende duim bediende ze de schakelaar op het koffiezetapparaat. Hij was al gevuld en klaar voor actie.

'Het duurt een poosje,' zei ze. Daarna zweeg ze even om te luisteren. De oude percolator begon met een hard, gorgelend geluid. 'Nou, komt u maar mee, dan stel ik u aan meneer Hobie voor. Hij is wakker en wil u erg graag ontmoeten. Dan kan de koffie doorlopen.'

Ze ging hem voor door de gang naar een huiskamertje aan de achterkant. Hij was ongeveer vier bij vier en stond vol met leunstoelen en banken en borst-hoge kasten met een glazen voorkant die vol stonden met porseleinen ornamenten. In een van de stoelen zat een oude man. Hij droeg een aftands blauw pak van stug kamgaren met glimmende plekken dat minstens drie maten te groot was voor zijn gekrompen lichaam. De boord van zijn overhemd was een brede, stijve hoepel om een bleke kippennek. Witte, zijdeachtige plukjes op willekeurige plaatsen van zijn schedel waren het enige dat er nog van zijn haar over was. Zijn polsen leken wel potloden die uit de manchetten van zijn pak staken. Zijn handen waren mager en knokig en lagen losjes op de leuning van zijn stoel. Over zijn oren liepen doorzichtige plastic buisjes naar zijn neusgaten. Op een karretje met wielen achter hem stond een zuurstoffles. Hij keek op en nam een luidruchtige haal van de zuurstof, als brandstof voor de moeite die het hem kostte om zijn hand op te tillen.

'Majoor Reacher,' zei hij. 'Het is me een groot genoegen.'

Reacher deed een stap naar voren om de hand te schudden. Die was koud en droog en voelde als de hand van een skelet, verpakt in flanel. De oude man zweeg even om nog meer zuurstof te zuigen voor hij het woord nam.

'Ik ben Tom Hobie. En deze verrukkelijke dame is mijn vrouw Mary.'

Reacher knikte.

'Aangenaam om met u beiden kennis te maken,' zei hij. 'Maar ik ben geen majoor meer.'

De oude man knikte ook en zoog het gas door zijn neus naar binnen.

'U hebt in het leger gezeten,' zei hij. 'Daarom hebt u volgens mij recht op uw rang.'

Laag in het midden van een van de muren was een open haard van natuursteen. De schoorsteenmantel stond vol met foto's in barokke zilveren lijstjes. De meeste waren kleurenkiekjes met hetzelfde onderwerp: een jongeman in een olijfkleurig gevechtstenue in een scala van houdingen en situaties. Er stond ook een oudere foto tussen. Het was een ingekleurde zwart-witfoto van een andere man in uniform. Hij was groot en stond kaarsrecht te glimlachen; een soldaat eersteklas uit een vorige militaire generatie. Misschien meneer Hobie zelf voordat zijn haperende hart hem van binnenuit begon te slopen, hoewel Reacher het moeilijk kon bepalen. Er was geen gelijkenis.

Hobie volgde zijn blik. 'Dat ben ik,' bevestigde hij.

'Tweede Wereldoorlog?' vroeg Reacher.

De oude man knikte. Zijn ogen hadden iets treurigs.

'Ik ben nooit naar het buitenland geweest,' zei hij. 'Ik had me allang voor de dienstplicht als vrijwilliger aangemeld, maar ik had het aan mijn hart. Toen al. Ze lieten me niet gaan. Dus heb ik mijn tijd in een depot in New Jersey uitgediend.'

Reacher knikte. Hobie had zijn arm naar achteren gestoken en friemelde aan de knop om de zuurstoftoevoer hoger te zetten.

'Ik zal de koffie gaan halen,' zei de oude dame. 'En de cake.'

'Kan ik u ergens mee helpen?' vroeg Reacher.

'Nee, ik red het wel,' zei ze, terwijl ze langzaam de kamer uit ruiste.

'Neemt u alstublieft plaats, majoor,' zei Tom Hobie.

Reacher knikte en ging zwijgend dicht genoeg bij de oude man op een kleine leunstoel zitten om zijn haperende stem te kunnen verstaan. Hij hoorde het reutelen van zijn ademhaling. Anders niets, behalve het lichte sissen van de zuurstoffles en het geluid van serviesgoed uit de keuken. Geduldige, huiselijke geluiden. Voor het raam hing luxaflex van lichtgroen plastic, schuin omlaag gedraaid tegen het licht. Ergens daarbuiten liep de rivier, waarschijnlijk achter een overwoekerde achtertuin, zo'n vijftig kilometer stroomopwaarts van Leon Garbers huis.

'Ziezo,' riep mevrouw Hobie uit de gang.

Ze kwam de kamer weer in met een theewagentje. Daarop stond bijpassend porselein: kop en schotels en bordjes, een melkkannetje en een suikerschaaltje. De linnen doek was van de schaal verwijderd en er lag een cake van een pond, besprenkeld met een geel soort glazuur. Misschien citroen. De oude percolator stond er ook op en rook naar koffie.

'Hoe wilt u het?'

'Zonder melk en suiker,' zei Reacher.

Ze schonk een kopje vol en haar pols trilde van de inspanning. Het kopje schudde op zijn schoteltje toen ze het hem aanreikte. Daarna gaf ze hem een kwart van de cake op een schoteltje. Het schoteltje bibberde. De zuurstoffles siste. De oude man was bezig zijn verhaal te repeteren. Hij verdeelde het in brokjes en zoog voldoende zuurstof naar binnen voor een stukje.

'Ik ben vroeger drukker geweest,' zei hij plotseling. 'Ik had mijn eigen drukkerij. Mary werkte voor een grote klant. We leerden elkaar kennen en zijn in de lente van '47 getrouwd. Onze zoon werd geboren in juni '48.'

Hij wendde zijn gezicht af en keek langs de rij foto's.

'Onze zoon, Victor Truman Hobie.'

Het werd stil, alsof het een godsdienstplechtigheid was.

'Ik geloofde in plicht,' zei de oude man. 'Ik was ongeschikt voor actieve militaire dienst en dat betreurde ik. Dat heb ik ernstig betreurd, majoor. Maar ik was blij dat ik mijn land toch op een andere manier kon dienen en dat heb ik gedaan. We hebben onze zoon ook in die geest opgevoed: om zijn vaderland met liefde te dienen. Hij heeft zich aangemeld als vrijwilliger voor Vietnam.'

De oude meneer Hobie deed zijn mond dicht en zoog de zuurstof door zijn neus naar binnen. Een keer, twee keer, en vervolgens bukte hij zich naar de grond naast zich om een leren map te pakken. Hij legde hem op zijn knokige knieën en sloeg hem open. Haalde er een foto uit en hield hem met bevende hand voor Reacher. Die goochelde met zijn kop en zijn bordje, en boog zich naar voren om hem aan te pakken. Het was een verbleekte kleurenfoto van een jongen in een achtertuin. Het was een stevige, lachende knaap van een jaar of tien met grote tanden, sproeten en een metalen bakje omgekeerd op zijn hoofd. Hij hield een speelgoedgeweer tegen zijn schouder en zijn stugge spijkerbroek zat in zijn sokken, als nabootsing van de pijpen van een legerbroek in beenkappen.

'Hij wilde soldaat worden,' zei meneer Hobie. 'Altijd al. Het was zijn grootste wens. Destijds vond ik dat natuurlijk prachtig. We konden niet meer kinderen krijgen, dus Victor was enig kind en het licht van ons leven. Ik vond zijn wens om soldaat te worden en zijn land te dienen een mooie ambitie voor de enige zoon van een patriot.'

Er viel weer een stilte. Hij hoestte. De zuurstof siste. Stilte.

'Was u voor of tegen Vietnam, majoor?' vroeg Hobie plotseling.

Reacher haalde zijn schouders op.

'Ik was nog te jong om er een mening op na te houden,' zei hij. 'Maar als ik toen had geweten wat ik nu weet, zou ik tegen de oorlog in Vietnam zijn geweest.'

'Waarom?'

'Het verkeerde land,' zei Reacher. 'Verkeerde tijd, verkeerde motieven, verkeerde benadering, verkeerde leiders. Geen echte steun in de rug, geen echte wil tot overwinnen, geen samenhangende strategie.'

'Zou u wel gegaan zijn?'

Reacher knikte.

'Ja, ik zou wel gegaan zijn,' zei hij. 'Ik zou geen keus hebben gehad. Bovendien was ik de zoon van een militair. Maar ik zou jaloers zijn geweest op mijn vaders generatie. De Tweede Wereldoorlog lag een stuk eenvoudiger.'

'Victor wilde helikopterpiloot worden,' zei Hobie. 'Dat was een hartstochtelijke wens. Ik vrees dat dit ook mijn schuld was. Ik had hem eens meegenomen naar een plattelandskermis en twee dollar betaald om hem een vlucht in een helikopter te laten maken. Het was zo'n oude Bell die ze gebruiken voor het besproeien van gewassen. Daarna wilde hij alleen nog maar helikopterpiloot worden. En hij besloot dat het leger de beste plek was om het vak te leren.'

Hij trok een andere foto uit de map. Reikte hem aan. Daarop stond dezelfde jongen met dezelfde grijns, maar nu twee keer zo oud, in een nieuw werktenue voor een legerhelikopter. Het was een H-23 Hiller, een oude oefenkist.

'Dat is Fort Wolters,' zei Hobie. 'Helemaal in Texas. US Army Primary Helicopter School.'

Reacher knikte. 'Was hij in Vietnam helikopterpiloot?'

'Hij slaagde als de op een na de beste van zijn klas. Daar keken we niet van op. Hij is altijd een prima leerling geweest en had vooral een wiskundeknobbel. Hij begreep boekhouden. Ik had me voorgesteld dat hij zou gaan studeren en daarna als partner in het bedrijf zou komen om de boekhouding te doen. Daar keek ik erg naar uit. Voor mij was school een worsteling, majoor. Dat durf ik u nu best te vertellen. Ik heb weinig opleiding. Het was een constante bron van genoegen om te zien dat Victor het zo goed deed. Hij was een erg intelligente jongen. En ook een heel goeie jongen. Heel slim, heel vriendelijk, groot hart, een perfecte zoon. Onze enige zoon.'

De oude dame zweeg. Ze at geen cake en dronk geen koffie.

'De diploma-uitreiking was in Fort Rucker,' zei Hobie. 'In Alabama. We zijn erbij geweest.'

Hij gaf hem de volgende foto. Het was een duplicaat van een van de ingelijste kiekjes op de schoorsteenmantel. Verbleekte, pastelkleurige gras en lucht, een lange jongen in gala-uniform met zijn pet diep over de ogen getrokken en zijn arm om een oudere vrouw in een gebloemde jurk. De vrouw was slank en knap. De foto was een beetje onscherp en de horizon een beetje schuin. Genomen door een onhandige echtgenoot en vader die barstte van de trots.

'Dat zijn Victor en Mary,' zei de oude man. 'Zij is nog niets veranderd, vindt u wel?'

'Niets,' loog Reacher.

'Wij waren dol op die jongen,' zei de oude vrouw zacht. 'Twee weken nadat die foto was genomen is hij naar Vietnam gestuurd.'

'In juli '68,' zei Hobie. 'Hij was twintig.'

'Wat is er gebeurd?'

'Hij heeft zijn tijd helemaal uitgediend,' zei Hobie. 'Hij is twee keer onderscheiden en thuisgekomen met een medaille. Ik zag direct dat het idee van de boekhouding voor een kleine drukkerij niets voor hem was. Ik dacht dat hij zijn tijd uit zou dienen en daarna een baan als helikopterpiloot zou krijgen voor olieplatforms. Misschien in de Golf. Daar was in die tijd goud geld te verdienen voor piloten uit het leger. Of van de marine, of de luchtmacht natuurlijk.'

'Maar hij is weer teruggegaan,' zei mevrouw Hobie. 'Weer naar Vietnam.'

'Hij heeft voor een tweede detachering getekend,' zei Hobie. 'Dat hoefde niet. Maar hij vond het zijn plicht. Hij zei dat de oorlog nog niet was afgelopen en dat het zijn plicht was om daar te zijn. Dat vond hij de betekenis van vaderlandsliefde.'

'En wat is er gebeurd?' vroeg Reacher.

Het was een hele tijd stil.

'Hij is niet teruggekomen,' zei Hobie.

De stilte in de kamer was loodzwaar. Ergens tikte een klok. Het getik werd steeds harder totdat het de lucht vervulde als hamerslagen.

'Het heeft me kapotgemaakt,' zei Hobie zacht.

De zuurstof gierde naar binnen en naar buiten, naar binnen en naar buiten, door een verstikte keel.

'Het heeft me gewoon kapotgemaakt. Ik heb altijd gezegd: ik geef de rest van mijn leven als ik hem nog een dag mocht zien.'

'De rest van mijn leven,' echode zijn vrouw. 'Als ik hem nog een dag mocht meemaken.'

'En dat meende ik,' zei Hobie. 'Dat meen ik nog steeds. Nog steeds, majoor. Als je me nu zo ziet, stelt die ruil niet veel voor hè? Veel leven zit er niet meer in. Maar ik heb het toen gezegd, en ik heb het dertig jaar lang elke dag herhaald. En God is mijn getuige: ik heb het iedere keer uit de grond van mijn hart gemeend. De hele rest van mijn leven als ik hem nog een dag om me heen mag hebben.'

'Wanneer is hij gesneuveld?' vroeg Reacher vriendelijk.

'Hij is niet gesneuveld,' zei Hobie. 'Ze hebben hem krijgsgevangen gemaakt.'

'Krijgsgevangen?'

De oude man knikte. 'Eerst vertelden ze ons dat hij werd vermist. We namen aan dat hij dood was, maar klampten ons vast aan de hoop dat hij nog leefde. Hij is geregistreerd als vermist en dat is hij gebleven. We hebben nooit een officiële bevestiging gekregen dat hij was gesneuveld.'

'Dus hebben we afgewacht,' zei mevrouw Hobie. 'En dat bleven we maar doen, jaren en jaren achtereen. Daarna zijn we gaan informeren. Ze vertelden ons dat Victor vermist werd en vermoedelijk was omgekomen. Meer konden ze niet zeggen. Zijn helikopter was neergeschoten boven het oerwoud en ze hebben het wrak nooit gevonden.'

'In die tijd accepteerden we dat,' zei Hobie. 'We wisten hoe het was. Er zijn een heleboel jongens omgekomen waarvan het graf onbekend is. Dat is in elke oorlog hetzelfde.'

'Vervolgens hebben ze dat gedenkteken opgericht,' zei mevrouw Hobie. 'Kent u het?'

'De Muur?' vroeg Reacher. 'In Washington? Ja, daar ben ik geweest. Ik heb het gezien. Ik vond het erg ontroerend.'

'Ze hebben geweigerd zijn naam erop te zetten,' zei Hobie.

'Waarom?'

'Daar hebben ze nooit een verklaring voor gegeven. We hebben gevraagd en gesmeekt, maar ze hebben ons nooit de exacte reden gegeven. Ze zeiden alleen dat hij niet langer als een gesneuvelde te boek stond.'

'Dus hebben we gevraagd hoe hij dan geregistreerd stond,' zei mevrouw Hobie. 'Ze noemden het vermist tijdens oorlogshandelingen.'

'Maar er staan wel meer VTO's op de Muur,' zei Hobie.

Er viel weer een stilte. De klok in de andere kamer hamerde erop los.

'Wat vond generaal Garber hiervan?' vroeg Reacher.

'Hij begreep het niet,' zei Hobie. 'Hij begreep er helemaal niets van. Hij was nog steeds bezig navraag te doen toen hij overleed.'

Weer viel er een stilte. De zuurstof siste en de klok hamerde.

'Maar we weten wel wat er is gebeurd,' zei mevrouw Hobie.

'O ja?' vroeg Reacher. 'Wat dan?'

'Het enige dat in het plaatje past,' zei ze. 'Hij is gevangengenomen.'

'En nooit meer vrijgelaten,' zei Hobie.

'Daarom heeft het leger het in de doofpot gestopt,' zei mevrouw Hobie. 'De regering schaamt zich. De waarheid is dat er een aantal van onze jongens zijn die ze nooit hebben vrijgelaten. De Vietnamezen hebben ze vastgehouden als gijzelaars, om na de oorlog ontwikkelingsgeld, handelsstatus en leningen van ons los te krijgen. Zoiets als chantage. De regering heeft jaren de poot stijf gehouden, hoewel onze jongens daar nog gevangenzaten. Daarom kunnen ze het niet erkennen. In plaats daarvan verbergen ze het en weigeren ze erover te praten.'

'Maar nu kunnen we het bewijzen,' zei Hobie.

Hij schoof een andere foto uit de map. Gaf hem aan Reacher. Het was een nieuwere afdruk. Levendige, glanzende kleuren. Het was een telefoto, gemaakt door tropische vegetatie heen. Er was prikkeldraad aan bamboe schuttingpalen. Er was een Aziatische figuur in een bruin uniform met een sjaaltje om zijn voorhoofd. Een geweer in zijn handen. Duidelijk een Russische AK-47. Zonder enige twijfel. Er stond ook nog iemand anders op de foto. Een lange, blanke man van een jaar of vijftig, uitgemergeld, ingevallen, gebogen en grijs in een verschoten en tot op de draad versleten gevechtstenue. Hij keek schuin en ineengekrompen weg van de Aziatische soldaat.

'Dat is Victor,' zei mevrouw Hobie. 'Dat is onze zoon. Die foto is vorig jaar gemaakt.'

'We hebben dertig jaar lang geprobeerd informatie in te winnen,' zei Hobie. 'Niemand wilde ons helpen. We hebben het aan iedereen gevraagd. Uiteindelijk troffen we iemand die ons over deze geheime kampen vertelde. Er zijn er niet veel. Een paar maar, met een handjevol gevangenen. De meesten zijn inmiddels overleden. Van ouderdom of doodgehongerd. Deze man is naar Vietnam gegaan om het uit te zoeken. Hij is er dicht genoeg in de buurt gekomen om die foto te kunnen maken. Hij heeft zelfs door het prikkeldraad met een van de andere gevangenen gepraat. Stiekem, 's nachts. Dat was heel riskant. Hij heeft de naam gevraagd van de gevangene die hij pas had gefotografeerd. Dat was Vic Hobie, helikopterpiloot van de Eerste Cavalerie.'

'De man had geen geld voor een reddingsoperatie,' zei mevrouw Hobie. 'En we hadden hem al ons hele spaargeld gegeven voor de eerste reis. We hadden niets meer over. Dus toen we generaal Garber in het ziekenhuis tegenkwamen, hebben we hem ons verhaal verteld en gevraagd om de regering zo ver te krijgen dat die ervoor zou betalen.'

Reacher staarde naar de foto. Naar de broodmagere man met het grauwe gezicht.

'Wie heeft deze foto nog meer gezien?'

'Alleen generaal Garber,' antwoordde mevrouw Hobie. 'De man die hem heeft genomen, heeft gezegd dat we het geheim moesten houden. Omdat het politiek gezien erg gevoelig ligt. Het is heel gevaarlijk. Het is iets heel verschrikkelijks dat in de nationale geschiedenis begraven ligt. Maar we moesten hem wel aan generaal Garber laten zien, want hij was in de positie om ons te helpen.'

'En wat wilt u nu dat ik doe?' vroeg Reacher.

De zuurstof siste in het stille vertrek. Naar binnen en naar buiten, naar binnen en naar buiten door de doorzichtige plastic buisjes. De lippen van de oude man bewogen.

'Ik wil hem gewoon terug,' zei hij. 'Voordat ik doodga, wil ik hem nog een keer zien.'

Daarna was het oude echtpaar uitgepraat. Ze wendden zich met zijn tweeën met omfloerste blik naar de rij foto's op de schoorsteenmantel. Ze lieten Reacher in de stilte zitten. Vervolgens draaide de oude man zich weer om en tilde de leren map met beide handen van zijn knokige knieën en stak hem naar voren. Reacher boog zich voorover om hem aan te pakken. Eerst dacht hij dat hij de drie foto's terug moest steken. Daarna besefte hij dat de fakkel aan hem was overgedragen. Als een soort plechtigheid. Hun zoektocht was op Leon overgegaan, en nu op hem.

Het was een dunne map. Behalve de drie foto's die hij had gezien, zat er niets anders in dan onregelmatige brieven van hun zoon en officiële brieven van het ministerie van defensie. En een stapeltje paperassen waaruit de liquidatie van het spaargeld van een heel leven bleek, plus de overmaking per cheque van achttienduizend dollar naar een adres in de Bronx voor het financieren van een verkenningstocht naar Vietnam, geleid door een zekere meneer Rutter.

De brieven van de jongen begonnen met korte berichtjes van verschillende plekken in het zuiden toen hij in de loop van zijn opleiding van Dix, Polk, Wolters en Rucker naar Belvoir en Benning ging. Daarna nog een berichtje uit Mobile in Alabama toen hij aan boord ging van een schip voor de reis van een maand door het Panamakanaal en de Stille Oceaan naar Indochina. Vervolgens vodjes van militaire luchtpostbrieven uit Vietnam zelf; acht van zijn eerste detachering en zes van de tweede. Het papier was dertig jaar oud, stijf en droog als papyrus uit de oudheid. Als iets wat door archeologen ontdekt is.

Hij was geen groot briefschrijver. De brieven stonden vol met de banaliteiten die een jonge soldaat naar huis schrijft. Er waren vast honderd miljoen ouders op de wereld die zulke oude brieven koesterden; uit andere tijden, andere oorlogen en in andere talen, maar met dezelfde boodschappen over het eten en het weer, met geruchten over komende gevechtshandelingen en geruststellingen.

De reacties van Defensie bestreken dertig jaar kantoortechnologie. De eerste waren getypt op oude handmachines; nu eens met scheve letters, dan weer met verkeerde spaties, soms met een rood randje boven de tekst waar het typelint was verschoven. Vervolgens de elektrische schrijfmachines die al netter en uniformer waren. Daarna de tekstverwerkers, onberispelijk gedrukt op beter papier. Maar de boodschap veranderde nooit. Geen informatie. Vermist tijdens oorlogshandelingen, waarschijnlijk gesneuveld. Betuigingen van medeleven. Geen verdere informatie.

De deal met die Rutter had hen berooid. Er waren wat bescheiden obligaties geweest en een beetje contant geld op de spaarbank. Er was een velletje met bibberig handschrift dat volgens Reacher van de oude dame was. Daarop stonden het totaal van hun maandelijks behoeften en steeds weer nieuwe berekeningen, en er was net zo lang op de cijfers beknibbeld tot ze overeenkwamen met het bedrag van de maandelijkse AOW-cheque, zodat ze hun kapitaal konden opnemen. De obligaties waren anderhalf jaar geleden verzilverd en het geld was tezamen met het spaargeld overgemaakt naar de Bronx. Er was een ontvangstbewijs van Rutter waarop het bedrag formeel was ondergebracht bij de kosten van de verkenningstocht die onmiddellijk van start zou gaan. Het ging vergezeld van een verzoek om alle mogelijke informatie die misschien nuttig kon zijn, inclusief legernummer, achtergrond en bestaande foto's. Er was ook een brief van drie maanden later met bijzonderheden over de ontdekking van het afgelegen kamp, de riskante clandestiene fotografie en het gefluisterde gesprek door het prikkeldraad. Er zat een prospectus bij voor een reddingsoperatie die tot in de details was voorbereid. Voor de Hobies zou de geschatte bijdrage vijfenveertigduizend dollar bedragen. Vijfenveertigduizend dollar die ze niet hadden.

De oude dame verbrak de stilte. 'Wilt u ons helpen?' vroeg ze. 'Is alles duidelijk? Is er nog iets wat u wilt weten?'

Hij keek haar aan en zag dat ze zijn gang door het dossier had gevolgd. Hij sloeg de map dicht en staarde naar de versleten leren omslag. Op dat ogenblik was het enige dat hij wilde weten: waarom had Leon deze mensen verdomme de waarheid niet verteld?

9

Marilyn Stone had de lunch overgeslagen omdat ze het druk had, maar dat vond ze niet erg want ze was tevreden over de wijze waarop het huis eruit begon te zien. Ze betrapte zich erop dat ze de hele toestand heel onthecht bekeek, wat haar een beetje verraste want het was tenslotte háár huis dat ze op de markt bracht, haar eigen huis, de plek die ze nog niet zo lang geleden met veel zorg, aandacht en opwinding had uitgekozen. Het was haar droomplek geweest. Veel groter en beter dan wat ze ooit had verwacht. In het begin had ze al een lichamelijke kick gekregen als ze er alleen maar aan dacht. De verhuizing was net zoiets geweest als sterven en ten hemel varen. Nu bekeek ze het huis gewoon zoals ze naar een showroom keek, als iets wat aan de man gebracht moest worden. Ze zag niet de kamers die ze zelf had ingericht, waarin ze had gewoond en waarvan ze opgewonden had genoten. Ze voelde geen pijn. Geen weemoedige blikken op plekken waar Chester en zij hadden gestoeid, gelachen, gegeten en geslapen. Er was alleen een kordate, zakelijke vastberadenheid om het geheel naar een totaal nieuw toppunt van onweerstaanbaarheid te brengen.

Eerst waren de verhuizers gekomen, precies zoals ze had gepland. Ze had hen het Italiaanse dressoir uit de hal laten verwijderen en vervolgens Chesters leunstoel uit de woonkamer. Niet omdat het een lelijk meubelstuk was, maar wel een overbodig stuk. Het was zijn lievelingsstoel, uitgekozen zoals mannen dingen uitkiezen: op comfort en vertrouwdheid in plaats van stijl en de vraag of hij wel paste. Het was het enige meubelstuk uit hun vorige huis. Hij had hem in een hoek naast de open haard gezet. In het dagelijks leven was ze er wel aan gehecht geraakt. Hij gaf de kamer iets van doorleefd comfort. Het was het onderdeel dat de kamer van een pronkstuk uit een tijdschrift tot een familievertrek maakte. En dat was precies de reden waarom hij weg moest.

Ze liet de verhuizers ook het slagersblok uit de keuken verwijderen. Ze had lang en diep over die tafel nagedacht. Hij gaf de keuken zeker een no-nonsense-sfeer. Alsof het een gewone werkplek was waar serieuze maaltijden werden bereid. Maar zonder dat blok was er een ononderbroken uitgestrektheid van tien meter betegelde vloer die helemaal tot de erker doorliep. Ze wist dat als de tegels weer als nieuw glommen, het licht dat door dat raam viel de hele tien meter in een zee van ruimte zou veranderen. Ze had zich in de potentiële koper verplaatst en zich afgevraagd: wat zou meer indruk maken? Een serieuze keuken? Of een keuken met een zee van ruimte die je de adem benam? Dus stond het slagersblok in de verhuiswagen.

De tv uit de werkkamer ook. Chester had een probleem met tv-toestellen. De video had het einde ingeluid van het onderdeel van zijn zaak dat zich met de productie van 8 mm-apparatuur bezighield, en hij kon geen enthousiasme opbrengen voor de aanschaf van het modernste van het modernste van zijn concurrenten. Dus was de tv een overjarige

RCA en niet eens op een voet. Het toestel had een glimmende lijst van nepchroom en het scherm bolde naar voren als een grijze vissenkom. Ze had betere toestellen bij het grof huisvuil op de stoep zien staan als ze uit de trein keek wanneer die langzaam het station van 125th Street binnenreed. Dus had ze het toestel uit de werkkamer laten verwijderen en de verhuizers de boekenkast uit de logeerkamer boven laten halen om de open plek op te vullen. Ze vond dat de kamer er opeens veel beter uitzag. Met alleen de boekenkast, de leren banken en de donkere schemerlamp had de werkkamer iets erudiets. Een intelligente kamer. Het was een ambitieuze ruimte geworden. Alsof de koper niet alleen een huis kocht maar ook een levensstijl.

Ze trok wat tijd uit om de boeken voor op de salontafels te kiezen. Vervolgens arriveerde de bloemist met platte kartonnen dozen vol bloemen. Ze liet het dienstmeisje alle vazen wassen en vervolgens had ze haar alleen gelaten met een Europees tijdschrift en de opdracht alle bloemschikkingen na te bootsen. De man van Sheryls kantoor bracht een TE KOOP-bordje en ze liet het hem in de berm naast de brievenbus zetten. Vervolgens arriveerden de tuiniers op het moment dat de verhuizers vertrokken, wat enig onhandig gemanoeuvreer op de oprijlaan opleverde. Ze bracht de ploeg naar de tuin, legde uit wat er moest gebeuren en vervolgens dook ze weer het huis in voordat het gebrul van de maaimachines begon. De jongen van het zwembad belde aan op het moment dat de schoonmaakdienst arriveerde. Ze keek hen beurtelings aan, even van haar stuk gebracht en niet goed wetend wie ze het eerst aan het werk moest zetten. Maar vervolgens knikte ze vastberaden, zei tegen de schoonmakers dat ze even geduld moesten hebben en bracht vervolgens de jongen naar het zwembad om hem te vertellen wat er moest gebeuren. Daarna repte ze zich terug naar het huis. Ze had honger, besefte dat ze haar lunch had gemist, maar gloeide van tevredenheid over de vooruitgang die ze had geboekt.

Ze brachten hem allebei naar de hal om hem uit te zwaaien. De oude man werkte genoeg zuurstof naar binnen om uit zijn stoel te kunnen opstaan, en vervolgens duwde hij het karretje met de zuurstoffles langzaam voor zich uit. Aan de ene kant gaf het hem steun als een wandelstok, aan de andere kant kon hij het als een golfcaddie voor zich uit duwen. Zijn vrouw ruiste voor hem uit. Haar jurk streek zowel langs beide deurstijlen als de wanden van de smalle gang. Reacher volgde hen met de leren map onder zijn arm. De oude dame deed de deur van het slot en de oude man omklemde hijgend de stang van het karretje. De deur ging open en de zoete, frisse lucht woei naar binnen.

'Wonen hier nog oude vrienden van Victor in de buurt?' vroeg Reacher.

'Is dat belangrijk, majoor?'

Reacher haalde zijn schouders op. Hij had lang geleden geleerd dat een schijn van grondigheid van meet af aan de beste manier was om mensen op slecht nieuws voor te bereiden. De mensen luisterden beter als ze dachten dat je alle mogelijkheden had uitgeput.

'Ik moet gewoon wat achtergrondinformatie inwinnen,' zei hij.

Ze keken verwonderd, maar wel alsof ze bereid waren erover na te denken omdat hij hun laatste hoop was. Hij hield letterlijk het leven van hun zoon in zijn handen.

'Ik denk Ed Steven van de ijzerwinkel,' zei meneer Hobie uiteindelijk. 'Hij was de dikste vrienden met Victor vanaf de kleuterschool tot de hoogste klas van de middelbare school. Maar dat was vijfendertig jaar geleden, majoor. Ik zie niet in wat dat er nu nog toe doet.'

Reacher knikte, want dat deed er nu ook niet toe.

'Ik heb uw nummer,' zei hij. 'Zodra ik iets weet, zal ik bellen.'

'We vertrouwen op u,' zei de oude dame.

Reacher knikte weer.

'Ik vond het prettig kennis met u te maken,' zei hij. 'Bedankt voor de koffie en de cake. En het spijt me heel erg van uw situatie.'

Ze gaven geen antwoord. Het was dan ook een hopeloze blijk van medeleven. Dertig jaar pijn en verdriet, en hun situatie speet hem? Hij draaide zich om, schudde hun broze hand en liep naar buiten het overwoekerde pad op. Met de map in zijn hand baande hij zich een weg terug naar de Taurus en hij keek vastberaden voor zich uit.

Hij reed achterwaarts de oprijlaan af. De vegetatie schuurde aan beide kanten langs de auto en hij reed voorzichtig het landweggetje af. Sloeg rechts af en reed in zuidelijke richting de rustige weg op die hij had verlaten om het huis te zoeken. Een eindje verder doemde het stadje Brighton op. De weg werd breder en geëffender. Er was een benzinestation en een brandweerkazerne. Een klein gemeentelijk park met een honkbalveld voor de jeugd. Een supermarkt met een groot parkeerterrein, een bank en een rij winkeltjes met een gemeenschappelijke voorgevel die een eindje van de weg af stond.

Het parkeerterrein van de supermarkt leek het geografische middelpunt van de plaats. Hij reed er langzaam langs en zag een kwekerij met rijen struiken in potten onder een sproei-installatie die regenbogen in het zonlicht veroorzaakte. Daarna een grote, matrode schuur die op zijn eigen stuk grond stond: Stevens IJzerhandel. Hij stuurde de Taurus het terrein op en parkeerde naast een houtopslag erachter.

De ingang was een nietig deurtje in de achterzijde van de schuur. Het gaf toegang tot een doolhof van looppaden die vol stonden met alles wat hij nooit had hoeven kopen. Schroeven, spijkers, bouten, handgereedschap, elektrisch gereedschap, vuilnisbakken, brievenbussen, vensterglas, kozijnen, deuren en blikken verf. Het doolhof voerde naar het midden, waar vier verkoopbalies in een vierkant onder fel neonlicht stonden. Daarbinnen stonden een man en twee jongens in spijkerbroek en overhemd met een rood canvas schort voor. De man was mager en klein en een jaar of vijftig, en het was duidelijk dat de jongens zijn zoons waren: jongere uitgaven met hetzelfde gezicht en dezelfde lichaamsbouw van een jaar of achttien en twintig.

'Ed Steven?' vroeg Reacher.

De man knikte, hield het hoofd schuin en trok zijn wenkbrauwen op als iemand die dertig jaar ervaring heeft met inlichtingen van vertegenwoordigers en klanten.

'Kan ik even met u over Victor Hobie praten?'

De man keek hem een ogenblik uitdrukkingsloos aan en wierp toen een blik opzij naar zijn jongens, alsof hij de tijd terugspoelde: dwars door hun leven en ver daarvoor, naar de keer dat hij Victor Hobie voor het laatst had gezien.

'Die is toch in Vietnam omgekomen?' zei hij.

'Ik moet wat achtergrondinformatie hebben.'

'Weer op onderzoek voor zijn ouwelui?' Er klonk geen verbazing in zijn stem en hij had ook iets vermoeids. Alsof de problemen van de Hobies gemeengoed waren in de plaats en werden gedoogd zonder nog veel mededogen op te wekken.

Reacher knikte. 'Ik moet een indruk krijgen wat voor soort jongen hij was. Ik hoor dat u hem vrij goed hebt gekend.'

Steven keek weer uitdrukkingsloos. 'Nou ja, dat is misschien wel zo. Maar toen waren we nog jong. Na de middelbare school heb ik hem nog maar één keer gezien.'

'Wilt u me iets over hem vertellen?'

'Ik heb het nogal druk. Ik moet spullen uitladen.'

'Ik kan u wel een handje helpen. Dan kunnen we ondertussen praten.'

Steven wilde automatisch nee zeggen, maar toen wierp hij een blik op Reacher, zag zijn postuur en glimlachte als een arbeider die net het gratis gebruik van een vorkheftruck aangeboden heeft gekregen.

'Oké,' zei hij. 'Het is achter.'

Hij kwam uit zijn carré van toonbanken en ging Reacher voor naar een deur aan de achterkant. Er stond een stoffige pick-up in de zon naast een open schuur met een zinken dak. De pick-up was geladen met zakken cement. De schappen in de open schuur waren leeg. Reacher trok zijn jack uit en legde het op de motorkap van de truck.

De zakken waren van dik papier. Hij herinnerde zich van zijn tijd bij de zwembadploeg dat zo'n zak dubbelklapte en scheurde als je hem in het midden vastpakte. De manier om het te doen was zo'n zak in een hoek vast te grijpen en met een hand op te pakken. Zo hield hij ook het stof van zijn overhemd. De zakken wogen vijfenveertig kilo, dus pakte hij er twee tegelijk en hield ze in balans van zich af. Steven sloeg hem gade alsof hij een circusnummer deed.

'Nou, vertel maar eens over Victor Hobie,' gromde Reacher.

Steven haalde zijn schouders op. Hij stond uit de zon tegen een paal onder het zinken dak geleund.

'Het is lang geleden,' zei hij. 'Wat moet ik zeggen? We waren nog kinderen, snapt u wel? Onze vaders zaten samen in de kamer van koophandel. Hij had een drukkerij. De mijne dreef deze zaak, hoewel het in die tijd alleen een houtzagerij was. We hebben altijd bij elkaar in de klas gezeten. We begonnen op dezelfde dag op de kleuterschool en deden op dezelfde dag eindexamen. Daarna heb ik hem nog een keer gezien toen hij met verlof thuis was. Hij was een jaar in Vietnam geweest en zou weer teruggaan.'

'Wat was hij voor jongen?'

Steven haalde zijn schouders weer op. 'Daar geef ik niet graag een mening over.'

'Hoezo niet? Slechts nieuws?'

'Nee, nee, zo zat het niet,' zei Steven. 'Er is niets te verbergen. Het was een goeie jongen. Maar ik zou je de mening van de ene jongen over een andere jongen van vijfendertig jaar geleden geven, hè? Dat is misschien niet zo betrouwbaar.'

Reacher bleef even staan met een zak van vijfenveertig kilo in elke hand. En keek even over zijn schouder naar Steven. Hij stond in zijn rode schort tegen de paal en was slank en fit. Hij leek Reacher het schoolvoorbeeld van een typische, behoedzame Yankee-middenstander uit een klein plaatsje. Het type wiens oordeel wel eens redelijk betrouwbaar kon zijn. Hij knikte.

'Oké, dat begrijp ik wel. Daar zal ik rekening mee houden.'

Steven knikte terug alsof de basisregels duidelijk waren. 'Hoe oud bent u?'

'Achtendertig,' zei Reacher.

'Komt u uit deze buurt?'

Reacher schudde zijn hoofd. 'Eigenlijk nergens vandaan.'

'Oké, u moet een paar dingen goed begrijpen,' zei Steven. 'Dit is een klein plattelandsdorpje en Victor en ik zijn in '48 geboren. We waren al vijftien toen Kennedy werd vermoord en zestien voordat de Beatles op het toneel verschenen en twintig toen je al die rellen in Chicago en L.A. had. Begrijpt u waar ik heen wil?'

'Andere wereld,' zei Reacher.

'Verdomd als het niet waar is,' zei Steven. 'Wij zijn in een andere wereld opgegroeid. Onze hele jeugd. Voor ons was een echte durfal iemand die honkbalplaatjes tussen zijn spaken stak. Dat moet u goed onthouden als u hoort wat ik te zeggen heb.'

Reacher knikte. Tilde de negende en tiende zak uit de bak van de pick-up. Hij transpireerde licht en maakte zich zorgen om de toestand van zijn overhemd als Jodie het straks zou zien.

'Victor was een erg eerlijke jongen,' zei Steven. 'Een erg eerlijke en normale jongen. En zoals ik al zei met het oog op de vergelijking: dat was in de tijd dat de rest van ons dacht dat ze al vreselijke schavuiten waren als ze zaterdagavond niet voor halftien naar huis gingen en milkshakes dronken.'

'Waar ging zijn belangstelling naar uit?'

Steven blies zijn wangen vol en haalde zijn schouders op. 'Wat moet ik zeggen? Waarschijnlijk naar hetzelfde als de rest van ons. Honkbal, Mickey Mantle. We hielden ook van Elvis. IJsjes, de Lone Ranger. Dat soort dingen. Gewone dingen.'

'Zijn vader zei dat hij altijd al soldaat wilde worden.'

'Dat wilden we allemaal. Eerst was het cowboys en indianen, vervolgens soldaat.'

'Bent u dan ook in Vietnam geweest?'

Steven schudde zijn hoofd. 'Nee, ik had dat soldatengedoe min of meer achter me gelaten. Niet omdat ik ertegen was. U moet goed begrijpen dat dit allemaal heel lang voor de tijd was dat we hier de eerste langharigen zagen. Niemand protesteerde tegen het militaire apparaat. Ik was er ook niet bang voor. In die tijd was er nog niets om bang voor te zijn. We zaten toch in Amerika? We zouden die spleetogen wel eens mores leren. Hooguit zes maanden. Niemand maakte zich zorgen om uitgezonden worden.

Het had alleen iets ouderwets. We respecteerden het allemaal, we waren allemaal dol op de verhalen, maar het leek wel iets van vroeger, snapt u wat ik bedoel? Ik wilde in zaken. Ik wilde het bedrijf van mijn vader uitbouwen tot een grote onderneming. Dat trok me aan. Voor mij leek dat Amerikaanser dan me aanmelden bij het leger. In die tijd leek me dat net zo vaderlandslievend.'

'Dus u was de dienstplicht een slag voor?' vroeg Reacher.

Steven knikte. 'Ik werd opgeroepen, maar ik had een aanvraag lopen voor de universiteit en ze sloegen me zo over. Mij pa was vriendjes met de voorzitter van de selectiecommissie, dus dat zal ook wel geholpen hebben.'

'Hoe reageerde Victor daarop?'

'Hij vond het best. Dat was het punt niet. Ik was niet tegen de oorlog of zo. Ik steunde Vietnam net als ieder ander. Het was doorgaans een persoonlijke keus: iets van gisteren of iets van morgen. Ik wilde iets van morgen, Victor wilde tekenen. Hij wist eigenlijk wel dat het... nou ja, een beetje ouderwets was. In feite stond hij behoorlijk onder invloed van zijn ouweheer. Hij was een onbruikbare soldaat in de Tweede Wereldoorlog. De mijne was infanterist, die is naar de Stille Zuidzee gestuurd. Victor had min of meer het gevoel dat zijn familie verstek had laten gaan. Dus wilde hij dat goedmaken, als een soort plicht. Wat klinkt dat bekrompen, hè? Plicht?

Maar zo dachten we er destijds allemaal over. Er was geen vergelijk met de jeugd van tegenwoordig. We waren allemaal behoorlijk serieus en ouderwets in deze streek, Victor misschien en beetje erger dan de rest. Heel serieus, heel ernstig. Maar niet echt zo anders dan het gemiddelde.'

Reacher was voor driekwart klaar met de zakken. Hij stopte en leunde tegen het portier van de pick-up. 'Was hij intelligent?'

'Vrij intelligent, denk ik,' zei Steven. 'Op school was hij niet slecht, zonder nou direct hoogbegaafd te zijn. In de loop der jaren hebben we hier een handvol kinderen gehad die advocaat en arts of zo zijn geworden. Eentje die wat jonger was dan Victor en ik is bij NASA gaan werken. Victor was vrij intelligent, maar als ik het me goed herinner, moest hij wel hard voor zijn cijfers werken.'

Reacher ging weer verder met de zakken. Hij had de achterste schappen eerst gevuld en daar was hij blij mee want zijn onderarmen begonnen te gloeien.

'Is hij ooit in moeilijkheden geweest?'

Steven keek ongeduldig. 'Moeilijkheden? U luistert niet goed naar me, meneer. Victor was zo eerlijk als goud, in een tijd dat de ergste branieschopper tegenwoordig nog een engel zou lijken.'

Nog zes zakken te gaan. Reacher veegde zijn handpalmen aan zijn broek af. 'Hoe was hij toen u hem voor het laatst zag? Tussen die twee detacheringen in?'

Steven moest even nadenken. 'Een beetje ouder, denk ik. Ik was een jaar ouder geworden, maar hij leek wel vijf jaar ouder. Maar hij was niet anders geworden. Nog steeds serieus en ernstig. Toen hij thuiskwam, hebben ze hem een parade gegeven omdat hij een medaille had. Daar geneerde hij zich echt voor. Hij vond dat die medaille niets voorstelde. Daarna is hij weer weggegaan en nooit meer teruggekomen.'

'Hoe was dat voor u?'

Steven dacht weer even na. 'Akelig, denk ik. Het was een jongen die ik mijn hele leven had gekend. Ik had natuurlijk liever gehad dat hij was teruggekomen, maar ik was heel blij dat hij niet in een rolstoel terugkwam zoals zoveel van die jongens.'

Reacher maakte het karwei af. Hij stompte de laatste zak op zijn plek met de muis van zijn hand en leunde tegen de paal tegenover Steven.

'En dat mysterie? Over wat er met hem is gebeurd?'

Steven schudde met een meewarige glimlach zijn hoofd. 'Er is geen mysterie. Hij is gesneuveld. Dit gaat over twee oude mensen die weigeren drie akelige feiten onder ogen te zien, anders niet.'

'En die zijn?'

'Nogal eenvoudig,' zei Steven. 'Feit een is dat hun jongen dood is. Feit twee is dat hij daar in de een of andere godvergeten, ondoordringbare jungle is gestorven, waar niemand hem ooit zal vinden. Feit drie is dat de overheid ongeveer in die tijd oneerlijk is geworden en ophield de vermisten als gesneuvelden te registreren, zodat ze het dodental op een aanvaardbaar peil konden houden. Hoeveel jongens zaten er in die helikopter toen hij neerstortte? Een stuk of tien? Zo hielden ze tien namen van het avondjournaal. Het was een politieke beslissing en nu is het te laat om het toe te geven.'

'Is dat uw visie?'

'Absoluut,' zei Steven. 'De oorlog werd vuil en de regering ging gelijk op. Dat is voor mijn generatie al vrij moeilijk te accepteren, dat kan ik u wel vertellen. Jongeren als u zijn er waarschijnlijk meer aan gewend, maar je kunt maar beter aannemen dat oude mensen als de Hobies het nooit zullen aanvaarden.'

Hij verviel tot stilzwijgen en keek afwezig van de lege pick-up naar de volle schappen. 'Daar hebt u even een ton cement verplaatst. Wilt u even binnenkomen om u te wassen en iets fris te drinken?'

'Ik moet iets eten,' zei Reacher. 'Ik heb nog niet geluncht.'

Steven knikte en toen glimlachte hij melancholisch. 'Rij maar in zuidelijke richting. Even voorbij het station is een eethuis. Daar dronken we zaterdags om halftien 's avonds milkshakes en waanden we ons bijna Frank Sinatra.'

Het was duidelijk dat de cafetaria vele malen was veranderd sinds waaghalzen met honkbalplaatjes tussen de spaken van hun fiets er op zaterdagvond een milkshake dronken. Nu was het een laag, vierkant eethuisje in de stijl van de jaren zeventig met een bakstenen voorgevel en een groen dak, maar met een glans van de jaren negentig in de vorm van ingewikkelde neonreclames in gloeiend roze en blauw achter elk raam. Reacher nam de leren map mee, trok de deur open en stapte de koele ruimte in waar het rook naar freon, hamburgers en dat sterke spul dat ze op tafeltjes spuiten om ze schoon te maken. Hij ging aan de bar zitten, en een opgewekt dik meisje van in de twintig voorzag hem van bestek en servet en gaf hem een menu ter grootte van een reclamebord, met foto's van de maaltijden naast de beschrijvingen. Hij bestelde een licht gebakken hamburger met kaas van een half pond met salade en uienringen, en hij sloot een forse weddenschap met zichzelf af dat het resultaat niets van de foto weg zou hebben. Daarna dronk hij zijn ijswater en liet het glas bijvullen alvorens de map open te slaan.

Hij concentreerde zich op Victors brieven aan zijn ouders. In totaal waren het er zevenentwintig; dertien van zijn opleidingslokaties en veertien uit Vietnam. Ze bevestigden alles wat hij van Ed Steven had gehoord. De grammatica klopte, de spelling was juist en de formuleringen waren rechttoe-rechtaan en beknopt. Het was het handschrift dat iedereen gebruikte die tussen de jaren twintig en zestig in Amerika naar school was geweest, maar met een lichte afwijking schuin naar achteren. Een linkshandig persoon. Geen van de zevenentwintig brieven was langer dan een paar regels op de achterkant. Plichtsgetrouw persoon. Iemand die weet dat het onbeleefd is om een persoonlijke brief op de eerste bladzijde te eindigen. Een beleefde, plichtsgetrouwe, linkshandige, saaie, conventionele, gewone jongen met een degelijke opleiding, maar geen atoomgeleerde.

Het meisje bracht zijn hamburger. Op zich zag die er niet slecht uit, maar het was iets heel anders dan het feestmaal dat op de foto van het menu stond afgebeeld. De salade dreef in blanke azijn in een geplooid kartonnen bekertje en de uienringen waren dik en gelijkmatig, als kleine, bruine autobanden. De hamburger was zo dun gesneden dat hij doorzichtig was, maar smaakte naar kaas.

De foto die was gemaakt na de parade van de diploma-uitreiking was lastiger te duiden. Hij was onscherp en de klep van zijn pet wierp een donkere schaduw over Victors ogen. Hij had de schouders naar achteren en zijn lichaam was gespannen. Barstte hij van trots of geneerde hij zich voor zijn moeder? Dat was moeilijk te zien. Uiteindelijk gokte Reacher op trots, vanwege de mond. Die was een rechte streep en de mondhoeken stonden iets omlaag: het soort mond waar sterke gezichtsspieren voor nodig zijn om niet vol blijdschap te lachen. Dit was een foto van een jongeman die het absolute hoogtepunt van zijn leven tot dan toe had bereikt. Ieder doel was bereikt, elke droom verwezenlijkt. Twee weken later was hij vertrokken. Reacher zocht door de brieven naar het berichtje uit Mobile. Het was geschreven op een brits, voor de afvaart. Op de post gedaan door een beambte van de compagnie in Alabama. Sobere zinnen, één en een kwart kantje. Emoties stevig in bedwang. Er bleek niets uit.

Hij rekende af en gaf het meisje een fooi van twee dollar omdat ze zo vrolijk was. Zou zij één en een kwart kantje met ingehouden oppervlakkigheid naar huis hebben geschreven op de dag voor ze ten strijde trok? Nee, maar zij zou dan ook nooit ten strijde trekken. Victors helikopter was een jaar of zeven voor haar geboorte neergeschoten en Vietnam was slechts iets waaronder ze had geleden tijdens geschiedenisles in de vijfde klas van de middelbare school.

Het was veel te vroeg om linea recta terug te gaan naar Wall Street. Jodie had zeven uur gezegd. Hij moest nog minimaal twee uur zien zoet te brengen. Hij schoof in de Taurus en zette de airconditioning op maximaal om de hitte weg te blazen. Vervolgens sloeg hij de kaart van Hertz op de harde leren map open en koos een route uit Brighton. Hij kon Route 9 naar de Bear Mountain Parkway in het zuiden nemen, van Bear oostwaarts naar de Taconic, van Taconic zuidwaarts naar de Sprain en van de Sprain kon hij zo weer op de Bronx River Parkway komen.

Die weg zou hem rechtstreeks naar de Botanical Gardens brengen. Daar was hij nog nooit geweest en wilde hij heel graag een kijkje nemen.

Marilyn kwam pas even na drieën aan haar lunch toe. Ze had het werk van de schoonmaakploeg gecontroleerd voordat ze die liet vertrekken en ze hadden uitstekend werk gedaan. Ze hadden een stoomreiniger voor het kleed in de hal gebruikt. Niet omdat het vies was, maar omdat het de beste manier was om de pootafdrukken van het dressoir in de pool weg te krijgen. De stoom deed de wolvezel zwellen en na een stevige zuigbeurt zou niemand ooit weten dat er een zwaar meubelstuk had gestaan.

Ze nam een lange douche en droogde de cabine met een keukendoek om de tegels glanzend achter te laten. Ze kamde haar haar en liet het vanzelf drogen. Ze wist dat de vochtige junilucht er een lichte krul in zou leggen. Daarna kleedde ze zich aan en daar had ze maar één kledingstuk voor nodig. Ze trok Chesters favoriet aan: een nauwsluitende, oudroze, zijden jurk die het mooist stond als ze er niets onder droeg. Hij reikte tot net boven de knie, en hoewel hij niet echt krap was, hechtte hij aan precies de juiste plekken alsof hij voor haar gemaakt was, wat eigenlijk ook zo was, al wist Chester dat niet. Hij beschouwde het als een gelukkig toeval. Zij had hem graag in die waan gelaten, niet vanwege het geld, maar omdat ze het een beetje... nou ja, schaamteloos vond om toe te geven dat ze zo'n sexy kledingstuk op maat had laten maken. Het werkte als een ontstekingsmechanisme. Ze gebruikte het als ze vond dat hij een beloning verdiende of aan afleiding toe was. En vanavond had hij afleiding nodig. Hij zou tenslotte thuiskomen en zien dat zijn huis te koop stond en zijn vrouw de touwtjes in handen had genomen. Hoe ze het ook bekeek, het zou een lastige avond worden en ze was bereid alle middelen aan te wenden om zich erdoorheen te slaan, schaamteloos of niet.

Ze koos de Gucci's omdat ze bij de kleur van de jurk pasten en haar benen lang maakten. Vervolgens ging ze naar beneden naar de keuken om te lunchen met een appel en een vierkant plakje magere kaas, en daarna ging ze weer naar boven om haar tanden te poetsen en na te denken over haar make-up. Het feit dat ze niets onder haar jurk droeg, haar haar niet was opgestoken en op natuurlijke wijze viel, riep natuurlijk om helemaal geen make-up, maar ze was bereid toe te geven dat ze net iets te oud was om dat te kunnen maken, dus zette ze zich aan het tijdrovende karwei om zich zo op te maken dat het net leek alsof ze er niet de moeite voor had genomen.

Dat kostte haar twintig minuten, en daarna lakte ze haar nagels, inclusief die van haar tenen, want ze had het gevoel dat dit geen overbodige luxe was als het ernaar uitzag dat haar schoenen vrij snel uit zouden zijn. Daarna deed ze een vleugje van haar favoriete parfum op, genoeg om op te vallen zonder te overheersen. Toen ging de telefoon. Het was Sheryl.

'Marilyn?' zei ze. 'Zes uur op de markt en nu al beet!'

'Echt? Maar wie, hoe?'

'Ik weet het, het is de allereerste dag en je staat nog nergens geregistreerd, is dat niet prachtig? Het is een meneer die bezig is te verhuizen met zijn gezin. Hij reed gewoon maar wat door de buurt rond voor een indruk en toen zag hij je bordje. Hij is meteen langs gekomen voor de details. Ben je zo ver? Kan ik nu direct met hem langskomen?'

'Jeetje, nu meteen? Nu al? Dat is vlug, hè? Maar goed, ik geloof wel dat ik klaar ben. Wie is het Sheryl? Denk je dat het menens is?'

'Absoluut, en hij is er alleen maar vandaag. Vanavond moet hij terug naar het westen.'

'Oké, breng hem dan maar. Ik ben klaar.'

Ze besefte dat ze het hele proces onbewust moest hebben gerepeteerd. Ze kwam snel in actie, maar werd niet nerveus. Ze hing op, holde naar de keuken beneden en zette de oven laag. Schepte een handje koffiebonen op een schoteltje en zette het op de middelste bakplaat. Deed de oven dicht en draaide zich om naar de gootsteen. Gooide het klokhuis in het afvalbakje en zette het bord in de vaatwasser. Ze wiste de gootsteen schoon met een stuk keukenrol, deed een stap naar achteren, zette de handen in haar zij en inspecteerde de hele ruimte. Ze liep naar het raam en draaide de luxaflex zo dat het licht op de glanzende vloer viel.

'Perfect,' mompelde ze.

Ze holde de trap weer op voor de inspectie van de bovenverdieping. Ze dook elke kamer in, keek rond, controleerde, verzette bloemen, draaide de luxaflex ietsje open en schudde kussens op. Overal deed ze het licht aan. Ze had ergens gelezen dat het licht aandoen met de klant al in de kamer een duidelijke boodschap is dat het een somber huis is. Je kunt het licht beter van tevoren aandoen, want zo heette je mensen hartelijk welkom.

Ze rende de trap weer af. In de huiskamer trok ze de luxaflex helemaal omhoog zodat je het zwembad kon zien. In de werkkamer deed ze de leeslampen aan en de luxaflex bijna dicht voor een schemerige, gezellige aanblik. Daarna dook ze de huiskamer weer in. Shit, Chesters bijzettafeltje stond er nog, vlak naast de plek waar zijn leunstoel had gestaan. Hoe kon ze die over het hoofd hebben gezien? Ze pakte hem met twee handen beet en holde ermee naar de keldertrap. Ze hoorde Sheryls auto op het grind knarsen. Ze opende de deur naar de kelder, haastte zich naar beneden, zette het tafeltje neer en was weer in een paar sprongen boven. Deed de deur achter zich dicht en dook in het damestoilet. Trok de gastenhanddoek recht, fatsoeneerde haar haar en bekeek zichzelf in de spiegel. O, god! Ze had nog steeds die zijden jurk met niets eronder aan. Het zijde plakte op haar huid. Wat moest die arme man in godsnaam denken?

De bel ging. Ze verstijfde. Had ze nog tijd om iets anders aan te trekken? Een jasje of zoiets? Er werd weer gebeld. Ze haalde diep adem, schudde met haar heupen de stof los en liep door de hal. Haalde nog een keer diep adem en deed open.

Sheryl straalde haar tegemoet, maar ze richtte haar blik al op de koper. Hij was een vrij lange man van vijftig à vijfenvijftig jaar met grijs haar in een donker pak die met zijn zij naar haar toe stond en omkeek naar de beplanting langs de oprijlaan. Ze wierp een blik op zijn schoenen omdat Chester altijd zei dat welvaart en klasse aan de voeten af te lezen waren. Deze zagen er vrij goed uit. Zware, glimmende Oxfords. Er verscheen een glimlach om haar lippen. Zou dit het zijn? Binnen zes uur verkocht? Dat zou toch fantastisch zijn. Ze wierp Sheryl vlug een samenzweerderig lachje toe en wendde zich naar de man.

'Kom binnen,' zei ze opgewekt en ze stak haar hand uit.

Hij draaide zich om van de tuin om haar openhartig en brutaal recht aan te kijken. Ze voelde zich alsof ze met zijn blik werd uitgekleed. Ze wás ook praktisch naakt. Maar ze betrapte zich erop dat ze terugstaarde omdat hij de sporen van vreselijke brandwonden droeg. De andere kant van zijn hoofd was gewoon een massa glimmend roze littekens. De beleefde glimlach week niet van haar gezicht en ze hield haar hand uitgestoken. Hij wachtte even. Daarna hief hij de zijne op. Maar het was geen hand. Het was een blinkende metalen hak. Geen kunsthand, geen knappe prothese, maar alleen een gemene metalen haak van glimmend staal.

Reacher stond langs de stoeprand voor het gebouw van zestig verdiepingen in Wall Street en het was tien voor zeven. Hij hield de motor draaiende en speurde de driehoek af waarvan de punt bij de uitgang van het gebouw lag en zijwaarts over het voorplein uitwaaierde tot voorbij de grens vanwaar iemand haar nog zou kunnen bereiken voordat híj bij haar was. Binnen de driehoek was niemand om zich zorgen over te maken. Niemand die stilstond, niemand die de boel in de gaten hield, alleen maar een dunne stroom kantoormensen die naar buiten drongen met hun jas over hun arm en dikke tassen in hun hand. De meesten sloegen op de stoep linksaf in de richting van de metro. Een aantal liep tussen de auto's langs de stoeprand door om naar taxi's in de verkeersstroom uit te kijken.

De andere geparkeerde auto's waren onschuldig. Twee auto's voor hem stond een busje van de posterijen en een paar auto's-met-chauffeur van een verhuurbedrijf waarvan de bestuurder naar zijn passagier uitkeek. Onschuldige bedrijvigheid aan het vermoeide slot van een drukke dag. Reacher leunde achterover om te wachten; zijn ogen bleven heen en weer schieten, naar voren en naar achteren, maar zijn blik keerde steeds weer terug naar de draaideur.

Ze kwam voor zeven uur naar buiten, wat eerder was dan hij had verwacht. Hij zag haar door het glas in de receptie. Hij zag haar haar, haar jurk en haar flitsende benen terwijl ze zijwaarts naar de uitgang huppelde. Hij vroeg zich even af of ze soms in haar hoge kantoor op de uitkijk had gestaan. De timing wekte die indruk. Ze kon de auto uit haar raam hebben gezien en vervolgens rechtstreeks naar de lift zijn gegaan. Ze duwde zich door de draaideur en liep het voorplein op. Hij stapte uit en liep om de motorkap de stoep op en bleef staan wachten. Ze droeg haar pilotentas. Ze danste door een bundel zonlicht en haar haar lichtte op alsof ze een aureool had. Toen ze nog tien meter te gaan had, glimlachte ze.

'Hallo Reacher,' riep ze.

'Hallo Jodie,' zei hij.

Ze wist iets. Hij zag het aan haar gezicht. Ze had groot nieuws maar ze lachte alsof ze hem ermee ging plagen.

'Wat is er?'

Ze glimlachte weer en schudde haar hoofd. 'Jij eerst, oké?'

Ze gingen in de auto zitten en hij gaf een opsomming van alles wat het oude stel had verteld. De glimlach week van haar gezicht en ze werd weer ernstig. Vervolgens gaf hij haar de leren map en liet haar die doornemen, terwijl hij met het verkeer op het smalle plein worstelde dat tegen de klok in ging zodat ze in zuidelijke richting op Broadway belandden en twee blokken van haar huis waren. Hij stopte langs de stoeprand voor een espressobar. Ze las het verkenningsrapport van Rutter en bestudeerde de foto van de uitgemergelde grijze man en de Aziatische soldaat.

'Ongelooflijk,' zei ze zacht.

'Geef me je sleutels,' zei hij. 'Ga een kop koffie drinken en ik kom je te voet halen als ik weet dat de kust veilig is bij jou.'

Ze protesteerde niet. De foto had haar van haar stuk gebracht. Ze haalde slechts de sleutels uit haar tas, stapte uit en haastte zich over de stoep de koffiebar in. Hij keek haar na tot ze binnen was en reed vervolgens langzaam in zuidelijke richting. Hij reed meteen de parkeergarage in. Het was een andere auto, dus ging hij ervan uit dat als er iemand binnen stond te wachten, die persoon net lang genoeg zou aarzelen om hem de voorsprong te geven die hij nodig had. Maar de garage was rustig. Gewoon hetzelfde groepje geparkeerde auto's die eruitzagen alsof ze de hele dag niet van hun plaats waren geweest. Hij zette de Taurus in haar vak en besteeg de ijzeren trap naar de hal. Niemand. Niemand in de lift, niemand in de gang op de vierde etage. Haar deur was niet beschadigd. Hij deed hem van het slot en ging naar binnen. Stille, roerloze lucht. Er was niemand.

Hij daalde via de brandtrap af naar de hal en ging door de glazen deuren naar buiten. Liep twee blokken terug naar het noorden, dook de koffiebar in en trof haar alleen aan een tafeltje van chroom waar ze Victor Hobies brieven zat te lezen. Naast haar stond een onaangeroerde kop espresso op tafel.

'Ga je die nog opdrinken?' vroeg hij.

Ze legde de oerwoudfoto op de brieven.

'Dit zal enorme consequenties hebben,' zei ze.

Hij vatte dat op als nee, trok het kopje koffie naar zich toe en dronk het in één teug op. Het was ietsje afgekoeld en was heerlijk sterk.

'Kom mee,' zei ze. Ze liet hem haar tas dragen en gaf hem een arm voor de wandeling van twee blokken. Hij gaf haar sleutels terug bij de ingang, ze gingen samen de hal in en zwijgend met de lift omhoog. Ze maakte de deur van haar appartement open en ging voor hem naar binnen.

'Dus het zijn lui van de overheid die jacht op ons maken,' zei ze.

Hij gaf geen antwoord. Hij trok slechts zijn nieuwe jack uit en gooide het op de bank onder de Mondriaan-kopie.

'Dat kan niet anders,' zei ze.

Hij liep naar het raam en zette de luxaflex op een

kier. Bundels daglicht vielen naar binnen en de witte kamer lichtte op.

'We zitten dicht op het geheim van die kampen,' zei ze. 'Dus probeert de overheid ons het zwijgen op te leggen. De CIA of zoiets.'

Hij liep door naar de keuken. Trok de koelkast open en haalde er een fles water uit.

'We lopen ernstig gevaar,' zei ze. 'Het schijnt je niet erg dwars te zitten.'

Hij haalde zijn schouders op en nam een slok water. Het was te koud. Hij had het liever op kamertemperatuur.

'Het leven is te kort om je zorgen te maken,' zei hij.

'Papa maakte zich anders wel zorgen. Het heeft zijn hartziekte erger gemaakt.'

Hij knikte. 'Ik weet het. Het spijt me.'

'Waarom neem je dit dan niet serieus? Geloof je het soms niet?'

'Ik geloof het wel,' zei hij. 'Ik geloof alles wat ze me hebben verteld.'

'En die foto is het bewijs, hè? Dat kamp bestaat dus echt.'

'Ik weet dat het bestaat,' zei hij. 'Ik ben er geweest.'

Ze staarde hem aan. 'Ben je er geweest? Wanneer? Hoe?'

'Niet zo lang geleden,' zei hij. 'Ik ben ongeveer net zo dichtbij geweest als die Rutter.'

'Jezus, Reacher,' zei ze. 'Wat ga je er dan aan doen?'

'Ik ga een pistool aanschaffen.'

'Nee, we moeten naar de politie. Of misschien naar de krant. De regering kan dit niet maken.'

'Jij wacht hier, oké?'

'Wat ga je doen?'

'Een pistool halen. Daarna een pizza. Die zal ik meenemen.'

'Je kunt geen pistool kopen, althans niet in New York, goddomme. Er zijn hier wetten. Je moet je legitimeren, je hebt een vergunning en zo nodig, en je moet hoe dan ook vijf dagen wachten.'

'Ik kan overal een pistool kopen,' zei hij. 'Zeker in New York. Wat voor pizza wil je?'

'Heb je genoeg geld?'

'Voor de pizza?'

'Voor het pistool,' zei ze.

'Dat pistool zal me nog minder kosten dan de pizza,' zei hij. 'De deur achter me op slot doen, oké? En niet opendoen voordat je mij door het kijkgaatje ziet.'

Hij liet haar midden in de keuken staan. Hij nam de trap naar de hal en bleef lang genoeg op het drukke trottoir staan om zich te oriënteren. Er was een pizzeria in het blok een eindje naar het zuiden. Hij ging er naar binnen om een grote pizza te bestellen – voor de helft met ansjovis en kappertjes en voor de helft met paprika en salami – die over een halfuur klaar moest zijn. Daarna stak hij zigzaggend over door het verkeer op Broadway en liep in oostelijke richting. Hij was vaak genoeg in New York geweest om te weten dat het waar was wat de mensen zeiden. Alles in New York gaat hard. De tijden veranderen snel. Snel in chronologisch en snel in geografisch opzicht. De ene buurt gaat binnen enkele blokken in de andere over. Soms is de voorkant van een gebouw een paradijs voor middenklassers, terwijl in de steeg aan de achterkant daklozen liggen te slapen. Hij wist dat een stevige wandeling van tien minuten hem lichtjaren van Jodies chique appartementenblok zou verwijderen.

Hij vond wat hij zocht in de schimmige ruimten onder de aanloop naar de Brooklyn Bridge. Er was een chaotische wirwar van straatjes en een gigantische woonwijk die zich naar het noorden en oosten uitstrekte. Een aantal haveloze volle winkels en een basketbalpleintje met kettingen aan de ringen in plaats van netjes. De lucht was warm en klam en vervuld van uitlaatgas en kabaal. Hij sloeg een hoek om, leunde tegen het harmonicagaas met achter zich de herrie van de basketballers en zag twee werelden met elkaar in botsing. Aan de ene kant de haastige stroom auto's en voetgangers en net zoveel auto's die stilstonden en mensen die in groepjes maar wat rondhingen. De rijdende auto's moesten toeterend uitwijken voor de stilstaande, en de lopende mensen moesten mopperend zigzaggen en door de goot slalommen om de groepjes lanterfanters te ontwijken. Soms stopte er opeens een auto en schoot er een jongen naar het raampje van de chauffeur. Dan volgde er een kort gesprek en wisselde er geld van eigenaar alsof er een goocheltruc werd uitgehaald. Vervolgens schoot de jongen terug en verdween hij in een portiek. Even later kwam hij weer te voorschijn om zich naar de auto terug te reppen. De chauffeur keek naar links en rechts, nam een pakketje aan en veroverde zich vervolgens onder luid getoeter en in een wolk van uitlaatgas weer een plek in de verkeersstroom. Daarna ging de jongen terug naar de stoep en wachtte.

Soms ging de handel te voet, maar het patroon was steeds hetzelfde. De jongen was de geknipte figuur. Hij bracht het geld naar binnen en de pakjes naar buiten en was te jong om berecht te worden. Reacher sloeg drie specifieke portieken in de voorgevel van het huizenblok gade. De middelste van de drie had 't het drukst. In termen van omzet ongeveer twee-op-een. Het was het elfde gebouw, gerekend vanaf de zuidhoek. Hij zette zich af tegen het hek en liep oostwaarts. Een eindje verderop was een braakliggend terrein waar hij een glimp van de rivier opving. De brug was hoog boven zijn hoofd. Hij sloeg af in noordelijke richting en belandde in een smalle steeg achter het gebouw. Hij keek speurend voor zich uit en telde elf brandtrappen af. Hij liet zijn blik op straatniveau zakken en zag een zwarte sedan schuin op een krappe parkeerruimte achter de elfde achterdeur. Op de kofferbak zat een jongen van een jaar of negentien met een zaktelefoon. De bewaker van de achterdeur, een trede hoger op de maatschappelijke ladder dan zijn op en neer pendelende broertje op de stoep aan de voorkant.

Verder was er niemand. De jongen was alleen. Reacher liep de steeg in. *De* manier om zoiets te doen was snel lopen met de blik op iets ver voorbij je doelwit. Geef je slachtoffer het gevoel dat er geen vuiltje aan de lucht is. Reacher keek met veel vertoon op zijn horloge en nog eens in de verte. Hij haastte zich verder, holde bijna. Op het laatste moment keek hij omlaag naar de auto, alsof hij opeens met zijn aandacht in het hier en nu was door het obstakel op zijn pad. De jongen hield hem in de gaten. Reacher week uit naar links, waar hij wist dat hij niet verder kon door de hoek waarin de auto geparkeerd stond. Hij stopte geërgerd en week uit naar rechts, draaide zich om met de opgefokte woede van iemand die haast heeft en op een ergerlijke hindernis stuit. Toen hij zich omdraaide, zwaaide hij zijn arm naar rechts en raakte de jongen vol op de zijkant van zijn hoofd. De jongen ging neer en hij raakte hem weer, met zijn rechterhand. Een klein stootje maar, betrekkelijk vriendelijk. Hij hoefde niet het ziekenhuis in.

Hij liet hem van de kofferbak vallen zonder in te grijpen, om het resultaat van zijn werk te zien.

Iemand die bij bewustzijn is, zal altijd zijn val breken. Deze jongen deed dat niet. Hij raakte met een stoffige klap de grond van de steeg. Reacher draaide hem om en inspecteerde zijn zakken. Er zat wel een pistool in, maar het was niet het soort wapen dat hij triomfantelijk mee naar huis zou nemen. Het was een Chinese kaliber 22, de een of andere kloon van een Russische imitatie van iets dat waarschijnlijk om te beginnen al niet deugde. Hij gooide het buiten handbereik onder de auto.

Hij wist dat de achterdeur van de flat niet op slot zou zitten, want waar heb je anders een achterdeur voor, als je er een bloeiende drugshandel op honderdvijftig meter ten zuiden van het politiebureau op na houdt? Ze komen aan de voorkant naar binnen, dus moet je de achterdeur uit kunnen zonder je sleutel te hoeven zoeken. Hij duwde hem voorzichtig met de neus van zijn schoen op een kier en tuurde even in het halfduister. Er was een binnendeur aan de achtergang die naar rechts liep en toegang gaf tot een kamer waar licht brandde. Die deur was ongeveer tien stappen ver. Wachten had geen zin. Ze stonden niet op het punt om een eetpauze te houden. Hij liep tien passen verder en stopte voor de deur. Het gebouw stonk naar verval, zweet en urine. Het was stil. Een verlaten pand. Hij luisterde. Binnen hoorde hij een lage stem. Iemand antwoordde. Minstens twee mensen.

De deur opengooien en de situatie in ogenschouw

nemen was niet de juiste aanpak. Wie maar een fractie van een seconde aarzelt, is degene die eerder doodgaat dan zijn klasgenoten. Reacher schatte dat het appartement zo'n vijf meter diep was, waarvan een meter in beslag werd genomen door de gang waarin hij stond. Dus was hij van plan de volgende vier meter te hebben overbrugd voordat ze wisten wat hun overkwam. Ze zouden nog steeds naar de deur zitten kijken en zich afvragen wie er nog meer naar binnen zouden komen.

Hij haalde diep adem en barstte door de deur naar binnen alsof die er helemaal niet was. Hij sloeg met een klap tegen zijn scharnieren en hij was in twee enorme stappen aan de andere kant van de kamer. Een miezerig lichtje. Twee mannen. Pakjes op tafel. Geld op tafel. Een pistool op tafel. Met een enorme uithaal sloeg hij de eerste man vol tegen zijn slaap. De man viel opzij en Reacher stootte zijn knie in zijn buik op weg naar de tweede man die met door een shock wijd opengesperde ogen en mond overeind probeerde te komen. Reacher mikte hoog en ramde hem met zijn onderarm precies horizontaal tegen zijn voorhoofd tussen wenkbrauwen en haarlijn. Doe dat hard genoeg en je tegenstander is een uur buiten westen, maar zijn schedel blijft intact. Hij was hier om te winkelen, niet om iemand te executeren.

Hij bleef staan, spitste de oren en keek in de richting van de deur. Niets. De jongen in de steeg sliep nog, en het lawaai van de straat beschermde hem tegen de knapen op de stoep. Hij wierp een blik op het tafeltje en keek weer weg, want het pistool dat daar lag was een Colt Detective Special. Een zesschots kaliber 38-revolver van blauw staal met zwarte, plastic handgrepen. Stomp loopje van vijf centimeter. Niets mee te beginnen. Het leek in de verste verte niet op wat hij zocht. De korte loop was een nadeel en het kaliber een teleurstelling. Het deed hem denken aan een politieagent uit Louisiana die hij een keer had ontmoet. Een inspecteur van een of ander klein arrondissement in de *bayou*. Hij had zich tot de militaire politie gewend voor wapenadvies en Reacher was aangewezen om hem van dienst te zijn. De man had allerlei ach-en-weeverhalen over het kaliber 38-revolver dat zijn manschappen gebruikten. Hij zei: 'Je kunt ze gewoon niet vertrouwen om iemand mee neer te leggen, zeker niet als ze knetterstoned van de *angel dust* op je afkomen.' Hij vertelde een verhaal over een zelfmoord. De man moest zich vijf keer in zijn hoofd schieten met een .38 voordat hij het loodje legde. Reacher was onder de indruk gekomen van 's mans ongelukkige gezicht en had voor eens en voor altijd besloten de .38 te mijden, en hij was niet van plan die strategie nu overboord te zetten. Hij keerde het tafeltje de rug toe, bleef stilstaan en spitste de oren weer. Niets. Hij hurkte naast de knaap die hij een klap tegen z'n hoofd had gegeven en begon hem te fouilleren.

De drukste dealers verdienen het meest, en wie het meeste geld verdient, kan het beste speelgoed kopen en daarom bevond hij zich in dit gebouw en niet bij een van de tragere concurrenten in de belendende percelen. In de linkerbinnenzak vond hij precies wat hij zocht. Iets dat heel wat beter was dan een miezerige .38 Detective Special. Het was een grote, zwarte automaat, een Steyr GB, een juweel van een 9 mm-pistool dat gedurende het grootste deel van zijn loopbaan de favoriet van zijn vrienden bij de Special Forces was geweest. Hij haalde het wapen uit elkaar en onderwierp het aan een inspectie. In het magazijn zaten nog alle achttien kogels en de kamer rook alsof er nog nooit mee was geschoten. Hij haalde de trekker over en keek hoe het mechanisme bewoog. Daarna zette hij hem weer in elkaar, stak hem achter zijn riem op zijn rug en glimlachte. Hij bleef op zijn hurken naast de bewusteloze man zitten en fluisterde: 'Ik koop je Steyr voor een dollar. Je hoeft alleen maar met je hoofd te schudden als je dat niet ziet zitten, oké?'

Daarna glimlachte hij weer en stond op. Pelde een dollar van zijn bundeltje en stak die onder de Detective Special op het tafeltje. Liep de gang weer in. Alles was rustig. Hij zette de tien stappen naar de achterdeur en stapte naar buiten. Keek naar links en rechts in de steeg en liep naar de geparkeerde sedan. Maakte het portier aan de chauffeurskant open, vond het hendeltje en trok de kofferbak open. Daarin lag een zwarte, lege sporttas van nylon. Onder een wirwar van rode en zwarte startkabels lag een kartonnen doosje met 9 mm-patronen. Hij deed de reservemunitie in de tas en liep ermee weg. Toen hij weer op Broadway was, stond de pizza al klaar.

Het was plotseling. Het gebeurde zonder waarschuwing. Zodra ze binnen waren en de voordeur dicht was, gaf de man Sheryl een klap, een brute backhand tegen haar gezicht met iets wat in zijn lege mouw verstopt zat. Marilyn stond verstijfd van schrik. Ze zag de man een heftige draai maken en de haak een glinsterende boog beschrijven, en ze hoorde een vochtig geknars toen zijn arm Sheryls gezicht raakte. Ze sloeg beide handen voor haar mond alsof het op de een of andere manier van groot belang was dat ze niet gilde. Ze zag de man zich weer naar haar toe draaien, zijn hand onder zijn rechteroksel steken en te voorschijn komen met een pistool in zijn linkerhand. Ze zag Sheryl ruggelings achteroverslaan op de plek van het tapijt die nog vochtig was van de stoombehandeling. Ze zag het pistool een boog in haar richting beschrijven in precies dezelfde straal die hij eerder had gemaakt, maar nu in omgekeerde richting, en hij kwam recht op haar af. Het pistool was van donkergrijs metaal en er zaten oliedruppels op. Hij had een doffe glans. Hij stopte ter hoogte van haar borst en ze staarde ernaar, naar de kleur, en het enige dat ze kon denken was: dat bedoelen ze dus met staalgrijs.

'Dichterbij,' zei de man.

Ze was als verlamd. Haar handen zaten vast aan haar gezicht en haar ogen stonden zo wijd opengesperd dat ze bang was dat de huid van haar gezicht zou scheuren.

'Dichterbij,' zei de man.

Ze staarde naar Sheryl op de grond. Zij probeerde zich op te richten op haar ellebogen. Ze keek scheel uit haar ogen en het bloed stroomde uit haar neus. Haar bovenlip zwol op en het bloed droop van haar kin. Haar knieën waren opgetrokken en haar rok zat omhooggeschoven. Ze zag de overgang van haar panty van dun naar dik aan de bovenkant. Haar ademhaling ging met horten en stoten. Daarna begaven haar ellebogen het weer; ze schoven naar voren en haar knieën vielen van elkaar. Haar hoofd raakte de grond met een zachte bons en rolde zijwaarts.

'Dichterbij,' zei de man.

Ze staarde naar zijn gezicht. Het was net een masker. De littekens zagen eruit als hard plastic. Een oog werd overschaduwd door een ooglid dat even dik en ruw was als een duim. Het andere oog was koud en knipperde niet. Ze staarde naar het pistool. Het was dertig centimeter van haar borst verwijderd. Hij bewoog niet. De hand die hem vasthield was gaaf. De nagels waren goed verzorgd. Ze deed een stapje naar voren.

'Dichterbij.'

Ze schoof naar voren tot het pistool de stof van haar jurk raakte. Ze voelde het harde, koude, grijze metaal door het dunne zijde.

'Dichterbij.'

Ze staarde hem aan. Zijn gezicht was dertig centimeter van het hare. Links was de huid grauw en gerimpeld. Het goede oog was omgeven door rimpeltjes. Het rechteroog knipperde. Het ooglid was traag en zwaar. Het ging mechanisch omlaag en weer omhoog, als een machientje. Ze boog zich een paar centimeter naar voren. Het pistool drukte in haar borst.

'Dichterbij.'

Ze verplaatste haar voeten. Hij beantwoordde dat met een even grote druk van zijn pistool. Het metaal drukte hard in haar zachte vlees. Het plette haar borst. De zijde vormde een diepe krater. De tepel werd zijwaarts getrokken. Het deed zeer. De man hief zijn rechterarm op. De haak. Hij hield die vlak voor haar ogen. Het was een vlakke, metalen klauw, glanzend gepoetst en opgewreven. Met een onhandige beweging van zijn onderarm liet hij hem langzaam draaien. Ze hoorde het leer in zijn mouw kraken. Het uiteinde van de haak was tot een scherpe punt geslepen. Hij draaide de punt weg en legde de vlakke kant van de haak tegen haar voorhoofd. Ze kromp ineen. De haak was koud. Hij schraapte hem langs haar voorhoofd omlaag over haar neus.

Onder haar neus. Hij drukte hem tegen haar bovenlip. Hij gleed omlaag en drukte net zo lang tot ze haar mond opendeed. Hij tikte zacht tegen haar tanden. Hij bleef steken op haar onderlip omdat die droog was. Hij trok de lip omlaag met het metaal tot het zachte, soepele vlees losliet. Hij volgde de kromming van haar kin. En ging onder haar kin naar haar keel. Een paar centimeter omhoog en naar achteren onder haar kaak tot hij met behulp van de kracht in zijn schouder haar hoofd omhoogdwong. Hij staarde haar recht in de ogen.

'Mijn naam is Hobie,' zei hij.

Ze stond op haar tenen in een poging de druk van haar keel te nemen. Ze begon te kokhalzen. Ze kon zich niet herinneren dat ze had ademgehaald sinds ze had opengedaan.

'Heeft Chester het over mij gehad?'

Haar hoofd ging schuin naar achteren. Ze keek naar het plafond. Het pistool begroef zich dieper in haar borst. Hij voelde niet koud meer aan. Hij had haar lichaamswarmte overgenomen. Ze schudde van nee: een kort beweginkje op de druk van de haak.

'Hij heeft het niet over mij gehad?'

'Nee,' bracht ze uit. 'Waarom zou hij?'

'Is hij stiekem?'

Ze schudde weer haar hoofd. Dezelfde vlugge beweging heen en weer waarbij de huid van haar hals links en rechts tegen het metaal bleef hangen.

'Heeft hij niets over zijn zakelijke problemen verteld?'

Ze knipperde met haar ogen. Schudde weer met haar hoofd.

'Dus is hij wél een stiekemerd.'

'Misschien,' bracht ze uit. 'Maar ik wist het toch.'

'Heeft hij een vriendin?'

Ze knipperde weer met haar ogen. Schudde van nee.

'Hoe weet je dat nou,' vroeg Hobie, 'als het zo'n stiekemerd is?'

'Wat moet je van me?' hijgde ze.

'Maar misschien heeft hij geen vriendin nodig. Jij bent een heel mooie vrouw.'

Ze knipperde weer met haar ogen. Ze stond op haar tenen. De hakken van de Gucci's waren van de grond.

'Ik heb je net een compliment gegeven,' zei Hobie. 'Moet je daar niet beleefd op reageren?'

Hij liet de druk toenemen. Het staal begroef zich in het vlees van haar keel. Een voet kwam van de grond.

'Dank je,' bracht ze uit.

De haak kwam een stukje naar beneden. Haar blikveld werd weer horizontaal en haar hakken zakten op het tapijt. Ze merkte dat ze ademhaalde. Ze hijgde. In, uit, in, uit.

'Een erg mooie vrouw.'

Hij liet de haak van haar keel zakken. Hij raakte

haar middel aan. Volgde de ronding van haar heup omlaag. Langs haar dij omlaag. Hij staarde haar in het gezicht. Het pistool stak hard in haar vlees. De haak draaide en de vlakke kant van de klauw week van haar dij tot ze alleen de punt nog voelde. Hij zakte. Ze voelde hem van de zijde op haar blote been glijden. Hij was scherp. Niet naaldscherp, maar meer als een potlood. Hij stopte. Hij ging weer omhoog. Hij gleed onder de zijde. Ze voelde het metaal op de huid van haar dij. Hij gleed omhoog. Ze voelde hoe de zijde van haar jurk zich samenpakte in de bocht van de haak. De haak gleed omhoog. De zoom schoof omhoog langs de achterkant van haar benen. Sheryl bewoog zich op de grond. De haak stopte en Hobies akelige rechteroog draaide opzij en naar beneden.

'Steek je hand in mijn zak,' zei hij.

Ze staarde hem aan.

'Je linkerhand,' zei hij. 'In mijn rechterzak.'

Ze moest dichterbij komen en zich iets vooroverbuigen om over en tussen zijn armen door te reiken. Haar gezicht was dicht bij het zijne. Hij rook naar zeep. Ze tastte rond naar zijn zak. Haar vingers schoven naar binnen en sloten zich om een cilindertje. Ze haalde het eruit. Het was een rol isolatieband van tweeëneenhalve centimeter breed. Zilverkleurig. Er zat nog zo'n vijf meter op. Hobie deed een stap opzij.

'Maak Sheryls polsen aan elkaar vast,' zei hij.

Ze draaide met haar heupen zodat de zoom van haar jurk weer neerviel. Hij zag het en glimlachte. Ze keek van de rol naar Sheryl op de grond.

'Draai haar om,' zei hij.

Het licht van het raam viel op het pistool. Ze hurkte naast Sheryl. Trok aan een schouder en duwde tegen de ander totdat ze op haar buik rolde.

'Trek haar ellebogen naar elkaar toe,' zei hij.

Ze aarzelde. Hij hief het pistool een fractie en vervolgens de haak en spreidde zijn armen als een vertoon van superieure bewapening. Ze trok een grimas. Sheryl bewoog zich weer. Er lag een plasje bloed op het kleed. Het was bruin en kleverig. Marilyn trok met beide handen de ellebogen op haar rug bij elkaar. Hobie keek omlaag.

'Doe ze heel dicht tegen elkaar,' zei hij.

Ze plukte met een nagel aan de kleefband en trok een stuk los. Wikkelde het om Sheryls onderarmen, vlak onder de ellebogen.

'Strak,' zei hij. 'Helemaal naar boven.'

Ze wikkelde de band tot boven de ellebogen en omlaag naar de polsen. Sheryl bewoog en verzette zich.

'Oké, laat haar rechtop zitten,' zei Hobie.

Ze sjorde haar in een zittende positie met haar omwikkelde armen achter haar. Haar gezicht was een masker van bloed. Haar neus was opgezwollen en werd blauw. Haar lippen waren dik.

'Plak haar mond dicht,' zei Hobie.

Met haar tanden scheurde ze een stuk van vijftien centimeter af. Sheryl knipperde met haar ogen en probeerde scherp te stellen. Marilyn haalde met een ongelukkig gezicht haar schouders op, als een hulpeloze verontschuldiging en plakte de band over haar mond. Het was dikke kleefband met taaie, versterkende draden in het plastic. Het glom maar was niet glad dankzij de opliggende zigzagdraden. Ze veegde met haar vingers naar weerskanten om het te laten houden. Sheryls neus begon te borrelen en haar ogen werden groot van paniek.

'Mijn god, ze krijgt geen lucht,' bracht Marilyn uit.

Ze wilde de tape er weer af trekken, maar Hobie schopte haar hand weg.

'Je hebt haar neus gebroken,' zei Marilyn. 'Ze kan niet ademhalen.'

Het pistool wees op haar hoofd. Het bewoog niet. Nog geen halve meter bij haar vandaan.

'Ze gaat dood,' zei Marilyn.

'Zeker weten,' zei Hobie.

Ze keek hem met afgrijzen aan. Het bloed gorgelde raspend in Sheryls vernielde luchtwegen. Haar ogen staarden in paniek. Haar borst zwoegde op en neer. Hobies blik rustte op Marilyns gezicht.

'Wil je dat ik aardig ben?' vroeg hij.

Ze knikte heftig.

'Zul jij dan ook aardig zijn?'

Ze staarde naar haar vriendin. Haar borst ging

weer op en neer om lucht te krijgen die er niet was. Haar hoofd schudde heen en weer. Hobie boog zich voorover en draaide de haak zo dat de punt over de band raspte terwijl hij haar hoofd van achteren naar voren rukte. Daarna drukte hij de punt hard door de zilveren laag. Sheryl verstijfde. Hobie bewoog zijn arm van links naar rechts en op en neer. Hij trok de haak weer los. Er zat een rafelig gat in de band waar de lucht door naar binnen en naar buiten gierde. De band trok strak tegen haar lippen en bolde weer op terwijl Sheryl hijgend naar adem hapte.

'Zo, ik ben aardig geweest,' zei Hobie. 'Dus nu sta je bij me in het krijt, oké?'

Sheryls adem zoog hard door het gat in de band. Ze concentreerde zich. Haar ogen tuurden omlaag alsof ze zich ervan wilde vergewissen dat er voldoende lucht was. Zittend op haar hurken en koud van paniek sloeg Marilyn haar gade.

'Help haar naar de auto,' zei Hobie.

10

Chester Stone was alleen in de badkamer op de achtentachtigste verdieping. Tony had hem gedwongen daarheen te gaan. Niet lichamelijk. Hij had alleen maar gewezen zonder iets te zeggen en Stone had zich in zijn hemd en onderbroek en zwarte sokken en gepoetste schoenen over het tapijt gerept. Daarna had Tony zijn arm laten zakken, gezegd dat hij daar moest blijven en de deur achter hem dichtgedaan. Hij hoorde gedempte geluiden in het kantoor en na een paar minuten moesten de twee mannen zijn weggegaan, want Stone hoorde deuren dichtgaan en vlakbij een lift gieren. Vervolgens was het donker geworden.

Hij zat op de badkamervloer met zijn rug tegen de tegels van grijs graniet en staarde in de stilte voor zich uit. De badkamerdeur zat niet op slot. Dat wist hij. Hij had geen gedraai of geklik gehoord nadat de deur was dicht getrokken. Hij had het koud. De vloer was van harde tegels en de kou trok op door het dunne katoen van zijn boxershort. Hij begon te bibberen. Hij had honger en dorst.

Hij spitste zijn oren. Niets. Hij verhief zich langzaam van de vloer en liep naar de wastafel. Draaide de kraan open en probeerde opnieuw iets boven het geluid van het straaltje water uit te horen. Niets. Hij bukte zich en dronk. Zij tanden tikten tegen de metalen kraan en hij proefde de chloorsmaak van het stadswater. Hij hield een slok water in zijn mond en liet het in zijn uitgedroogde tong trekken. Daarna slikte hij het water door en draaide hij de kraan dicht.

Hij wachtte een uur. Een heel uur zat hij op de

grond, starend naar de onafgesloten deur en luisterend naar de stilte. De plek waar de man hem had geslagen deed zeer. Het was een gemene pijn op de plaats waar zijn vuist tegen zijn ribben was afgeketst. Een doffe dreun, bot tegen bot. Daarna zo'n wee, misselijk gevoel in zijn buik waar de vuist terecht was gekomen. Hij fixeerde zijn blik op de vloer en probeerde de pijn uit te schakelen. Het gebouw bonsde en rommelde zacht, alsof er weliswaar andere mensen op de wereld waren, maar een heel eind weg. Het geluid van de liften en airconditioning en het geruis van water door leidingen en het spel van de wind tegen de ramen voegden zich samen tot een diep, ontspannen gefluister net beneden het niveau waarop het makkelijk te horen was. Hij meende zo'n achtentachtig verdiepingen lager liftdeuren te horen open- en dichtgaan: vage basgeluiden die trillend door de liftschachten opstegen.

Hij had het koud, was verkrampt en had honger. Hij had pijn en was bang. Hij stond dubbelgebogen van de kramp en pijn op en spitste de oren. Niets. Hij schoof met zijn leren zolen over de vloertegels, bleef staan met zijn hand op de deurknop en luisterde goed. Nog steeds niets. Hij deed de deur open. De enorme kantoorruimte was schemerig en stil. Leeg. Hij liep dwars over het tapijt en bleef bij de deur van de receptie staan. Nu was hij dichter bij de liften. Hij hoorde de cabines in hun schachten op en neer gieren. Hij luisterde aan de deur. Niets. Hij deed hem open. De receptie was schemerig en verlaten. Het eikenhout glom bleek en de koperen afwerking blonk op willekeurige plekken. Hij hoorde de motor van de koelkast in de keuken aan zijn rechterhand zoemen. Hij rook de geur van oude, koude koffie.

De deur naar de gang zat op slot. Het was een grote, dikke deur, waarschijnlijk brandwerend in overeenstemming met de strenge gemeentelijke voorschriften. De deur was met licht eikenhout bekleed en hij zag de doffe glans van het metaal in de opening waar de deur in zijn lijst sloot. Hij rammelde aan de kruk, maar de deur week geen millimeter. Hij bleef een hele poos met zijn gezicht naar de deur staan en gluurde naar buiten door het kleine venstertje met zijn gepantserde glas, tien meter verwijderd van de liftknoppen en de vrijheid. Daarna draaide hij zich om naar de balie.

De voorkant reikte tot borsthoogte. Erachter was hij op bureauhoogte en was de borsthoge barrière gevuld met vakjes waarin keurige stapeltjes kantoorpapier en mappen lagen. Voor Tony's stoel stond een telefoon op het bureau. Het was een ingewikkeld apparaat met links een hoorn en rechts de toetsen onder een langwerpig venstertje. Het venstertje was een grijs lcd-schermpje waarop UIT stond. Hij bracht de hoorn naar zijn oor en hoorde niets anders dan het ruisen van zijn eigen bloed. Hij inspecteerde het toetsenbord en ging met zijn vinger van links naar rechts over elke knop tot hij er een vond met AAN. Hij drukte erop en op het schermpje verschenen de woorden TOETS CODE. Hij drukte willekeurige nummers in en het schermpje keerde weer terug naar UIT.

Onder het bureaublad waren kastjes. Eikenhouten deurtjes. Ze zaten allemaal op slot. Hij rammelde er stuk voor stuk aan en hoorde ijzeren lipjes tegen metalen plaatjes tikken. Hij liep Hobies kantoor weer in. Liep tussen het meubilair door naar het bureau. Op de banken lag niets meer. Zijn kleren waren weg. Niets op het bureau. De laden waren op slot. Het was een degelijk, kostbaar bureau dat zijn waarde had verloren door de krassen van de haak. De sloten van de laden voelden stevig. Hij hurkte, belachelijk in zijn ondergoed, en trok aan de handvaten. Ze bewogen een fractie en stopten. Hij zag de prullenbak onder het bureau. Het was een vrij lage, koperen cilinder. Hij trok hem schuin naar zich toe. Zijn portefeuille lag er nog in, leeg en verloren. Daarnaast lag de foto van Marilyn met het gezicht omlaag. Op de achterkant stond talloze malen KODAK gedrukt. Hij haalde de foto uit de bak en draaide hem om. Ze glimlachte hem toe. Het was een nonchalant kiekje van hoofd en schouders. Ze droeg de zijden jurk. Dat sexy geval dat ze had laten maken. Zij wist niet dat hij wist dat ze het had laten maken. Hij was alleen thuis geweest toen de winkel belde. Hij vroeg ze nog een keer te bellen en liet haar in de waan dat hij dacht dat het confectie was. Op de foto droeg ze hem voor het eerst. Ze glimlachte verlegen. Haar ogen glinsterden van durf en verboden hem om verder te zakken met de lens, naar het niveau waar de zijde tegen haar borsten plakte. Hij hield de foto in de palm van zijn hand en staarde ernaar. Daarna liet hij hem weer in de prullenbak vallen omdat hij geen zakken had.

Hij stond haastig op en liep om de leren stoel naar de glazen vensterwand. Trok de jaloezieën met beide handen open en keek naar buiten. Hij moest iets doen. Maar hij zat achtentachtig etages boven de grond. Hij zag niets anders dan de rivier en New Jersey. Geen overburen om wild naar te gebaren. Helemaal niets tegenover zich, tot waar de Appalachians Pennsylvania bereikten. Hij liet de jaloezieën weer op hun plaats vallen, doorzocht het hele kantoor, vervolgens de hele receptie en hij ging nogmaals het kantoor in om het weer te doen. Hopeloos. Hij zat gevangen. Hij stond bibberend in het midden van de ruimte met de ogen op oneindig.

Hij had honger. Hij had geen idee hoe laat het was. Er was geen klok en hij had geen horloge meer. De zon zakte in het westen. Namiddag of vroege avond en hij had geen lunch gehad. Hij sloop naar de deur van het kantoor. Spitste weer de oren. Niets anders dan het kalme gonzen van het gebouw en het geratel van de motor van de koelkast. Hij ging de kamer uit en liep naar de keuken. Hij wachtte even met zijn vinger op het lichtknopje en daarna vond hij de moed om het aan te doen. Er ging een neonbuis branden. Hij flikkerde even, wierp vervolgens een vlak schijnsel door het vertrek en liet een nijdige gezoem uit zijn binnenwerk horen. Het was een klein keukentje met een symbolische roestvrij stalen gootsteen en een even breed aanrechtje. Omgekeerde, omgespoelde bekers en een koffieapparaat dat onder de oude koffievlekken zat. Een minikoelkast onder het aanrecht. Er stonden melk en zes biertjes in, plus een supermarkttas die netjes was dichtgevouwen. Hij trok hem eruit. Er zat iets in dat in een krant was gewikkeld. Het voelde zwaar en massief aan. Hij stond op en rolde het papier op het aanrecht open. Er zat een plastic zak in. Hij pakte hem bij de onderkant, en met een bons viel er een afgehakte hand op het aanrecht. De witte vingers waren kromgetrokken, het vlees was sponzig en paars, er stak versplinterd bot uit en lege blauwe aderen hingen aan de pols. Daarna begon het felle neonlicht razendsnel te draaien en viel hij flauw op de grond.

Reacher zette de pizzadoos op de grond van de lift en haalde het pistool uit zijn riem om hem in de sporttas bij de reservepatronen te doen. Daarna hurkte hij om de pizza weer op te pakken vlak voordat de deur op de vierde etage open gleed. De deur van het appartement ging open zodra hij binnen het bereik van het kijkgaatje in de deur kwam. Jodie stond hem in de gang op te wachten. Ze had nog steeds haar linnen jurk aan. Die was licht gekreukt om de heupen omdat ze de hele dag had gezeten. Ze had haar lange bruine benen geschaard, met de ene voet voor de andere.

'Ik heb het avondeten meegebracht,' zei hij.

Maar ze keek naar de sporttas.

'Laatste kans, Reacher. We moeten met iemand over deze hele toestand gaan praten.'

'Nee,' zei hij.

Hij zette de tas op de grond en zij liep om hem heen om de deur weer op slot te doen.

'Oké,' zei ze. 'Als dit de regering is die iets in haar schild voert, heb je misschien gelijk. Misschien moeten we dan de politie niet inschakelen.'

'Precies,' zei hij.

'Dus sta ik aan jouw kant.'

'Eten,' zei hij.

Hij liep met de pizza naar de keuken. Ze had al gedekt. Voor twee personen tegenover elkaar. Borden, messen en vorken, papieren servetten, glazen ijswater. Alsof er twee mensen in het appartement woonden. Hij zette de doos op het aanrecht en maakte hem open.

'Jij mag kiezen,' zei hij.

Ze stond vlak achter hem. Hij voelde het. Hij rook haar parfum. Hij voelde hoe ze haar vlakke hand op zijn rug legde. Het brandde. Ze liet hem daar even. Daarna duwde ze hem opzij.

'We delen hem,' zei ze.

Ze hield de doos in evenwicht op een arm en bracht hem naar de tafel. Trok de punten uit elkaar terwijl de doos schuin zakte en wiebelde. Verdeelde ze tussen de borden. Hij ging zitten, nam een slok water en sloeg haar gade. Ze was slank en kwiek en slaagde erin om elke alledaagse bezigheid op een elegant ballet te laten lijken. Ze draaide zich om, gooide de vette doos weg en draaide zich weer om. De jurk draaide en golfde met haar mee. Ze ging zitten. Hij hoorde het gefluister van linnen op haar huid en haar voet schopte onder tafel tegen zijn knie.

'Sorry,' zei ze.

Ze veegde haar vingers af aan het servet, wierp het haar achter haar schouders en hield haar hoofd schuin voor de eerste hap. Ze at linkshandig, rolde de pizzapunt op en viel hongerig aan.

'Niet geluncht,' zei ze. 'Ik mocht van jou de straat niet op.'

Haar tong schoot naar buiten om een sliert kaas op te vangen. Ze glimlachte verlegen toen ze hem weer tussen haar lippen werkte. Die glommen van de olie. Ze nam een lange teug water. 'Ansjovis vind ik het lekkerst. Hoe wist je dat? Maar je krijgt er naderhand zo'n dorst van, hè? Zo zout.'

Haar jurk was mouwloos en hij zag de hele lengte van haar armen vanaf het knobbeltje boven op haar schouder. Ze waren slank, bruin en smal. Bijna geen spieren, alleen een paar pezige spierballetjes. Ze was verrukkelijk en adembenemend, maar fysiek een raadsel. Ze was lang, maar ook zo nietig dat hij niet begreep hoe het mogelijk was dat er vanbinnen genoeg ruimte was voor alle noodzakelijke organen. Ze was broodmager, maar zag er stralend en stevig en sterk uit. Onwaarschijnlijk. Hij moest denken aan het gevoel van haar arm om zijn middel, vijftien jaar geleden. Alsof iemand een dik touw om zijn middel aantrok.

'Vannacht kan ik hier niet blijven,' zei hij.

Ze keek hem aan. 'Waarom niet? Als je iets moet doen, ga ik met je mee. Zoals ik al zei, ik doe met je mee.'

'Nee, ik kan gewoon niet blijven,' zei hij.

'Waarom niet?' herhaalde ze.

Hij haalde diep adem en ademde niet uit. Haar haar glansde in het licht.

'Het is niet gepast dat ik hier slaap,' zei hij.

'Maar waarom dan niet?'

Hij haalde gegeneerd zijn schouders op. 'Gewoon daarom, Jodie. Omdat jij mij ziet als een broer of een oom vanwege Leon, maar dat ben ik toch niet?'

Ze staarde hem aan.

'Het spijt me,' zei hij.

Haar ogen werden groot. 'Wat?'

'Dit is niet juist,' zei hij vriendelijk. 'Je bent mijn zusje of mijn nichtje niet. Dat is maar een illusie omdat ik zo dik was met je vader. Voor mij ben je een bloedmooie vrouw en ik kan hier gewoon niet alleen met je zijn.'

'Waarom niet?' herhaalde ze ademloos.

'Jezus, Jodie, waarom niet? Omdat het gewoon niet hoort, daarom niet. Je hoeft de details toch niet te weten? Je bént mijn zus of mijn nicht niet en ik kan niet blijven doen alsof je dat wel bent. Ik word gek van dat doen alsof.'

Ze was heel stil. Staarde hem aan. Nog altijd ademloos.

'Hoelang voel je dat al zo?' vroeg ze.

Hij haalde weer gegeneerd zijn schouders op. 'Altijd al, waarschijnlijk. Sinds ik je voor het eerst ontmoet heb. Godallemachtig, Jodie, je was geen kind meer. Ik stond qua leeftijd dichter bij jou dan bij Leon.'

Ze zweeg. Hij hield de adem in en wachtte op de tranen. De verontwaardiging. Het trauma. Maar ze staarde hem alleen maar aan. Hij kon zijn tong wel afbijten. Hij had gewoon zijn kop moeten houden. Even de tanden op elkaar en dan door de zure appel heen bijten. Hij had wel voor hetere vuren gestaan, al kon hij zich niet precies herinneren waar of wanneer.

'Het spijt me,' herhaalde hij.

Haar gezicht verried niets. Grote, blauwe ogen staarden hem aan. Haar ellebogen rustten op tafel. De stof van de jurk aan de voorkant zat samengedrukt en stond iets naar voren. Hij zag haar bhbandje smal en wit tegen de huid van haar schouder afsteken. Hij staarde naar haar getroffen gezicht, deed zijn ogen dicht en slaakte een wanhopige zucht. Eerlijk duurt het langst? Vergeet het maar.

Toen deed ze iets merkwaardigs. Ze stond langzaam op, draaide zich om en trok haar stoel weg. Deed een stap naar voren, greep de tafelrand met beide handen en haar dunne spieren spanden zich als touwen. Ze sleepte de tafel opzij. Daarna veranderde ze van positie, draaide zich om en stootte de tafel met haar dijen totdat hij pal tegen het aanrecht stond. Reacher bleef, eensklaps geïsoleerd midden in de keuken, op zijn stoel zitten. Ze deed een stap terug en ging voor hem staan. Zijn adem stokte in zijn keel.

'Je beschouwt me gewoon als een vrouw?' vroeg ze langzaam.

Hij knikte.

'Niet als een jonger zusje? Niet als je nicht?'

Hij schudde zijn hoofd. Ze wachtte even.

'Seksueel?' vroeg ze zacht.

Hij knikte berustend, nog steeds gegeneerd. 'Natuurlijk seksueel. Wat dacht je? Je moest jezelf eens zien. Ik kon er vannacht amper van slapen.'

Ze bleef gewoon staan.

'Ik moest het tegen je zeggen,' zei hij. 'Het spijt me echt, Jodie.'

Ze sloot haar ogen. Kneep ze stijf dicht. Toen zag hij een glimlach. Die verspreidde zich over haar hele gezicht. Ze had haar handen tot vuisten gebald. Toen sprong ze opeens naar voren en stortte zich boven op hem. Ze landde op zijn schoot, sloeg haar armen stijf om zijn nek en kuste hem alsof haar leven ervan afhing.

Het was Sheryls auto, maar hij liet Marilyn rijden. Hij zat achterin, achter Marilyn en naast Sheryl wier armen nog steeds achter haar geplet zaten. De plakband zat nog op haar mond en ze haalde moeizaam adem. Hij hield de haak op haar schoot met de punt hard tegen het vlees van haar dij. In zijn linkerhand hield hij het pistool. Hij drukte dat vaak genoeg in haar nek om haar niet te laten vergeten dat het wapen er nog was.

Tony wachtte hen op in de ondergrondse parkeergarage. Het was na kantoortijd, dus het was er uitgestorven. Tony ontfermde zich over Sheryl, Hobie nam Marilyn onder zijn hoede en gevieren gingen ze omhoog met de vrachtlift. Hobie maakte de deur naar de gang open en stapte de receptie in. Het keukenlicht brandde. Stone lag met armen en benen wijd op de grond in zijn ondergoed. Marilyn hapte naar adem en holde naar hem toe. Hobie volgde de soepele bewegingen van haar lichaam onder de dunne jurk en glimlachte. Draaide zich om en deed de deur op slot. Stopte de sleutels en zijn revolver in zijn zak. Marilyn was vlak voor de keuken blijven staan en had de handen weer voor haar mond geslagen. Ze had haar ogen wijd opengesperd en er lag een blik van afgrijzen op haar gezicht. Hobie volgde haar blik. Op het aanrecht lag de hand met de palm omhoog en de vingers gekruld als van een bedelaar. Vervolgens keek Marilyn in doodsangst omlaag.

'Wees maar niet bang,' zei Hobie. 'Die hand is niet van hem. Maar het is wel een idee, hè? Ik kan zijn hand afsnijden als hij niet doet wat ik zeg.'

Marilyn staarde hem aan.

'Of ik kan de jouwe afhakken,' zei hij. 'Ik kan hem dwingen om toe te kijken. Misschien kan ik het hem wel laten doen.'

'Je bent krankzinnig,' zei Marilyn.

'Hij zou het nog doen ook, weet je,' zei Hobie. 'Hem kun je alles laten doen. Hij is een zielepoot. Moet je 'm nou eens zien in zijn ondergoed. Vind je hem er goed uitzien in zijn ondergoed?'

Ze zei niets.

'En jij?' vroeg Hobie. 'Zie jij er goed uit in je ondergoed? Wil je die jurk uittrekken om het te laten zien?'

Ze keek hem in paniek aan.

'Nee?' vroeg hij. 'Oké, straks misschien. Maar hoe zit het met je makelaar? Denk je dat zij er goed uitziet in haar ondergoed?'

Hij draaide zich om naar Sheryl. Ze deinsde naar achteren tegen de deur en leunde hard tegen haar vastgeplakte armen. Ze verstijfde.

'Hoe zit het?' vroeg hij. 'Zie jij er goed uit in je ondergoed?'

Ze staarde hem aan en schudde heftig haar hoofd. Haar ademhaling floot door het gat in het plakband. Hobie deed een stap dichterbij, drukte haar tegen de deur en stak zijn haak onder haar rokband.

'Laten we maar eens kijken.'

Hij draaide met zijn haak. Sheryl verloor wankelend haar evenwicht en de stof scheurde open. Knopen sprongen alle kanten op en ze zakte op haar knieën. Hij hief zijn voet en duwde haar omver met de zool van zijn schoen. Hij knikte naar Tony. Tony bukte zich en trok de gescheurde rok van haar schoppende benen.

'Panty,' zei Hobie. 'God, wat heb ik toch een hekel aan panty's. Zo onromantisch.'

Hij bukte zich en trok het nylon aan flarden met de punt van zijn haak. Haar schoenen vlogen uit. Tony maakte een prop van haar rok, schoenen en het gescheurde nylon en bracht die naar de keuken om ze bij de vuilnis te gooien. Sheryl trok spartelend haar blote benen onder zich en bleef zo zitten terwijl ze door de kleefband naar adem hapte. Ze droeg een minuscuul wit broekje en probeerde de panden van haar blouse eroverheen te laten vallen. Marilyn sloeg haar met open mond van afschuw gade.

'Oké, nu hebben we plezier,' zei Hobie. 'Niet dan?'

'Zeker weten,' zei Tony. 'Maar het wordt nog veel leuker.'

Hobie lachte en Stone bewoog zich. Marilyn dook omlaag en hielp hem half overeind op de keukenvloer. Hobie kwam naar hen toe en pakte de afgehakte hand van het aanrecht.

'Deze komt van de laatste knaap die me ergerde,' zei hij.

Stone deed zijn ogen open en dicht alsof hij het tafereel op die manier kon laten verdwijnen. Daarna staarde hij naar Sheryl. Marilyn besefte dat hij haar nog nooit had ontmoet. Hij wist niet wie ze was.

'Naar de badkamer,' zei Hobie.

Tony hees Sheryl overeind en Marilyn hielp Chester. Hobie liep achter hen. Ze gingen achter elkaar het grote kantoor in en liepen naar de badkamer.

'Naar binnen,' zei Hobie.

Stone ging eerst. De vrouwen volgden hem. Hobie keek hen na en bleef in de deuropening staan. Knikte naar Stone. 'Tony slaapt vannacht hier op de bank, dus niet meer naar buiten komen. En breng je tijd vruchtbaar door. Praat de zaak maar eens met je vrouw door. Morgen doen we de aandelenoverdracht. Het is veel beter voor haar als we dat in een sfeer van wederzijdse instemming doen. Veel beter. Anders kunnen de consequenties ernstig zijn. Begrijp je waar ik heen wil?'

Stone staarde hem alleen maar aan. Hobie liet zijn blik even op de twee vrouwen rusten. Daarna zwaaide hij met de afgehakte hand en trok hij de deur dicht.

Jodies witte slaapkamer was een zee van licht. Als de zon in het westen zakte, vond die iedere avond in juni vijf minuten lang een smal pad tussen de hoge gebouwen van Manhattan en viel hij vol op haar raam. De blinden gloeiden op alsof ze lichtgevend waren, de muren vingen het licht op en kaatsten het alle kanten op tot het hele vertrek oplichtte alsof er een kleine witte explosie had plaatsgevonden. Reacher vond dat heel toepasselijk. Hij lag op zijn rug en voelde zich gelukkiger dan hij ooit geweest was, voor zover hij het zich herinnerde.

Als hij daarbij had stilgestaan, had hij zich misschien zorgen gemaakt. Hij moest denken aan valse spreekwoordjes die dingen beweerden als 'wee de man die krijgt wat hij wil' en 'het is beter om hoopvol te reizen dan aan te komen'. Om iets te krijgen waarop je je vijftien jaar hebt verheugd zou wel eens merkwaardig gevoeld kunnen hebben. Maar dat was niet zo. Het was het gevoel alsof hij een gelukzalige ruimtereis had gemaakt naar een plek waarvan hij het bestaan niet had vermoed. Het was alles waarvan hij had gedroomd, maar dan miljoenvoudig vermenigvuldigd. Ze was geen mythe. Ze was een levend wezen van vlees en bloed. Ze was stevig en sterk en pezig en geurig, ze was warm, verlegen en gul.

Ze lag in de holte van zijn arm genesteld en haar haar lag over zijn gezicht. Het zat in zijn mond terwijl hij ademde. Zijn hand lag op haar rug. Hij wiebelde hem heen en weer over haar ribben. Haar ruggengraat liep door een holte gevormd door een lange, oppervlakkige spier. Hij ging met zijn vinger door de gleuf omlaag. Haar ogen waren dicht en er lag een glimlach om haar lippen. Dat wist hij. Hij had haar wimpers langs zijn hals voelen strijken en zijn schouder voelde de vorm van haar mond. Hij kon het gevoel van de spieren in haar gezicht decoderen. Ze glimlachte. Hij bewoog zijn hand. Haar huid was koel en zacht.

'Ik zou nu eigenlijk moeten huilen,' zei ze zacht. 'Ik had altijd gedacht dat ik naderhand zou huilen als dit ooit, ooit zou gebeuren.'

Hij drukte haar steviger tegen zich aan. 'Waarom zouden we huilen?'

'Vanwege al die verspilde jaren,' zei ze.

'Beter laat dan nooit,' zei hij.

Ze duwde zich overeind op haar ellebogen. Klom half op hem en plette haar borsten tegen zijn borst. 'Wat je daar allemaal in de keuken tegen me zei had ik woordelijk ook tegen jou kunnen zeggen, precies eender. Ik wou dat ik dat heel lang geleden had gedaan. Maar ik kon het niet.'

'Ik ook niet,' zei hij. 'Ik voelde me stiekem schuldig.'

'Ja,' zei ze. 'Mijn stiekeme geheim.'

Ze klauterde verder en ging schrijlings recht op hem zitten. Ze glimlachte.

'Maar nu is het geen geheim meer.'

'Nee,' zei hij.

Ze strekte haar armen omhoog en begon een geeuw die eindigde in een tevreden lach. Hij legde zijn handen op haar smalle middel. Streelde omhoog tot haar borsten. Haar glimlach verbreedde tot een grijns. 'Nog een keer?'

Hij gaf haar een stootje met zijn heupen zodat ze opzij viel en wentelde haar voorzichtig op haar rug. 'We spelen toch een inhaalwedstrijd? Al die verspilde jaren?'

Ze knikte lachend. Het was maar een klein knikje. Haar haren wreven over het kussen.

Marilyn nam de touwtjes in handen. Ze had het gevoel dat zij het sterkst was. Chester en Sheryl waren verdwaasd en ze vond dat begrijpelijk omdat zij mishandeld waren. Ze kon wel raden hoe kwetsbaar ze zich moesten voelen, zo half ontkleed. Ze voelde zichzelf ook half ontkleed, maar daar ging ze zich nu geen zorgen over maken. Ze trok het plakband van Sheryls mond en hield haar vast omdat ze moest huilen. Daarna dook ze achter haar rug om de band van haar polsen los te maken en langs haar armen omhoog af te wikkelen. Ze maakte een prop van de kleverige massa, gooide die in de prullenbak en keerde terug om weer wat gevoel in haar schouders te masseren. Daarna vond ze een washandje, liet warm water in de wasbak lopen en waste het aangekoekte bloed van Sheryls gezicht. Haar neus was opgezwollen en werd zwart. Ze begon zich zorgen te maken omdat ze eigenlijk naar een dokter moest. Ze begon dingen in haar hoofd te repeteren. Ze had wel eens films gezien waarin gijzelaars gemaakt worden. Iemand bombardeert zich altijd tot zegsman of -vrouw en zegt: 'Geen politie,' en zorgt ervoor dat de zieken naar het ziekenhuis mogen. Maar hoe kregen ze dat precies voor elkaar? Ze pakte de handdoeken van de stang en gaf Sheryl een badlaken om dat als rok te gebruiken. Daarna verdeelde ze de rest in drie stapels en legde die op de grond. Ze zag wel dat die tegels koud zouden zijn. Thermische isolatie zou belangrijk worden. Ze schoof de drie stapels op een rij tegen de muur. Ze ging met haar rug tegen de deur zitten, liet Chester aan haar linkerkant liggen en Sheryl rechts. Ze pakte hun hand en kneep er stevig in. Chester kneep terug.

'Het spijt me zo,' zei hij.

'Hoeveel ben je hem schuldig?'

'Ruim zeventien miljoen.'

Ze nam niet de moeite om te vragen of hij het kon terugbetalen. Als dat zo was zou hij niet halfnaakt op een badkamervloer liggen.

'Wat wil hij?' vroeg ze.

Naast haar haalde hij met een miserabel gezicht zijn schouders op.

'Alles,' zei hij. 'Hij wil het hele bedrijf.'

Ze knikte en concentreerde zich op de waterleiding onder de wasbak.

‘Wat houden wij dan over?’

Hij dacht even na en haalde weer zijn schouders op. ‘Alle kruimels die hij ons nog wil toewerpen. Helemaal niks, waarschijnlijk.’

‘En het huis dan?’ vroeg ze. ‘Dat zouden we dan toch nog hebben? Ik heb het op de markt gebracht. Deze dame is de makelaar. Ze zegt dat we er een kleine twee miljoen voor kunnen krijgen.’

Stone wierp een blik op Sheryl. Toen schudde hij zijn hoofd. ‘Het huis is van de firma. Dat was een technische zet; zo was het makkelijker te financieren. Dus krijgt Hobie het, plus de rest.’

Marilyn knikte en staarde in de verte. Rechts van haar was Sheryl in slaap gevallen. De doodsangst had haar uitgeput.

‘Jij moet ook gaan slapen,’ zei ze. ‘Ik bedenk wel iets.’

Hij kneep in haar hand en legde zijn hoofd te rusten. Deed zijn ogen dicht.

‘Het spijt me zo,’ herhaalde hij.

Ze gaf geen antwoord. Ze trok alleen de zijden jurk glad over haar dijen en staarde recht voor zich uit terwijl haar hersenen op volle toeren werkten.

De zon was verdwenen voordat ze voor de tweede keer uitgevrijd waren. Het was een brede bundel geworden die zijdelings langs het raam streek. Daarna werd het een horizontale straal die over de witte muur speelde en langzaam verschoof terwijl de stofdeeltjes erin ronddansten. Toen was hij weg alsof iemand het licht had uitgedaan, en de kamer hulde zich in de koele, doffe glans van de avond. Ze lagen uitgeput tegen elkaar aan gevlijd in een wirwar van lakens; de lichamen waren ontspannen en de ademhaling was licht. Toen voelde hij haar weer glimlachen. Ze richtte zich op een elleboog op en keek hem aan met dezelfde plagerige grijns die hij voor haar kantoor had gezien.

'Wat is er?' vroeg hij.

'Ik moet je iets vertellen,' zei ze.

Hij wachtte.

'In mijn officiële hoedanigheid.'

Hij concentreerde zich op haar gezicht. Ze lachte nog steeds. Haar tanden waren wit en haar ogen felblauw, zelfs in de nieuwe, koele schemering. Hij dacht: welke officiële hoedanigheid? Zij was de advocaat die de brokken ruimde als iemand honderd miljoen schuldig was aan iemand anders.

'Ik ben niemand geld schuldig,' zei hij. 'En volgens mij is niemand mij geld schuldig.'

Ze schudde haar hoofd. Glimlachte nog steeds. 'Als executeur van papa's testament.'

Hij knikte. Logisch dat Leon haar had aangewezen. De advocaat in de familie, die keus lag voor de hand.

'Ik heb het opengemaakt en gelezen,' zei ze. 'Vandaag, op het werk.'

'En, wat staat erin? Was hij een stiekeme vrek?

Een heimelijke miljardair?'

Ze schudde weer haar hoofd. Zei niets.

'Wist hij wat er met Victor Hobie is gebeurd en heeft hij het allemaal in zijn testament geschreven?'

Ze glimlachte nog steeds. 'Hij heeft je iets nagelaten. Je erft.'

Hij knikte weer, langzaam. Dat was ook logisch. Zo was Leon wel. Daar zou hij aan denken en dan een kleinigheid uitzoeken, iets sentimenteels. Maar wat zou het zijn? Hij liet zijn gedachten teruggaan. Waarschijnlijk een aandenken. Zijn onderscheidingen misschien? Misschien wel dat sluipschuttersgeweer dat hij uit Korea had meegenomen. Een oude Mauser, oorspronkelijk Duits, waarschijnlijk door de Russen op het Oostfront buitgemaakt en tien jaar later aan hun Koreaanse klanten verkocht. Het was een geweldig stukje techniek. Leon en hij hadden wel eens zitten fantaseren over wat dat geweer allemaal moest hebben meegemaakt. Het zou mooi zijn om te hebben. Een prettig aandenken. Maar waar moest hij het in godsnaam bewaren?

'Hij heeft je zijn huis nagelaten.'

'Zijn wat?'

'Zijn huis,' herhaalde ze. 'Waar we geweest zijn. In Garrison.'

Hij keek haar wezenloos aan. 'Zijn huis?'

Ze knikte. Glimlachte nog steeds.

'Ik geloof het niet,' zei hij. 'En ik kan het niet aannemen. Wat moet ik ermee?'

'Wat je ermee moet? Erin wonen, Reacher. Daar zijn huizen toch voor?'

'Nou, ik woon niet in een huis,' zei hij. 'Ik heb nog nooit in een huis gewoond.'

'Nou, dan wordt het tijd.'

Hij zweeg. Daarna schudde hij zijn hoofd. 'Jodie, ik kan het gewoon niet accepteren. Het zou van jou moeten zijn. Hij had het aan jou moeten nalaten. Het is jouw erfenis.'

'Ik wil het niet,' zei ze eenvoudig. 'Hij wist dat. Ik geef de voorkeur aan de stad.'

'Oké, verkoop het dan maar. Maar het komt jou toch toe? Verkoop het maar en steek het geld in je zak.'

'Ik heb het geld niet nodig. Dat wist hij ook. Het is minder waard dan ik in een jaar verdien.'

Hij keek haar aan. 'Ik dacht dat dat een dure streek was, zo vlak aan de rivier?'

Ze knikte. 'Dat is ook zo.'

Hij zweeg, in de war.

'Zijn huis?' vroeg hij weer.

Ze knikte.

'Wist jij dat hij dat zou doen?'

'Niet specifiek,' zei ze. 'Maar wel dat hij het niet aan mij zou nalaten. Ik dacht dat hij misschien zou willen dat ik het verkocht en het geld aan de liefdadigheid zou geven. Aan een veteranenclub of zo.'

'Oké, dan moet je dat maar doen.'

Ze glimlachte weer. 'Reacher, dat kan ik niet. Dat

is niet aan mij. Het is een bindende voorwaarde van zijn testament. Die moet ik gehoorzamen.'

'Zijn huis,' zei hij vaag. 'Heeft hij me zijn huis nagelaten?'

'Hij maakte zich zorgen over je. Twee jaar lang heeft hij zich zorgen zitten maken. Sinds ze jou je congé hebben gegeven. Hij wist hoe het kon zijn: je werkt je hele leven voor de strijdkrachten en opeens kom je erachter dat je aan het eind van de rit niets hebt. Hij maakte zich druk over de manier waarop je leefde.'

'Maar daar wist hij niets van,' zei hij.

Ze knikte weer. 'Maar dat kon hij toch wel raden? Hij was niet op zijn achterhoofd gevallen. Hij wist dat je ergens rond zou zwerven. Hij zei altijd dat een beetje zwerven geweldig was, een jaar of drie, vier. "Maar wat moet hij als hij straks vijftig of zestig of zeventig is?" Daar zat hij over in.'

Reacher haalde zijn schouders op. Hij lag naakt op zijn rug naar het plafond te staren.

'Ik nooit. Eén dag tegelijk, was mijn motto.'

Ze gaf geen antwoord. Ze boog zich over hem heen en kuste zijn borst.

'Ik heb het gevoel dat ik je besteel, Jodie,' zei hij. 'Het is jouw erfenis. Het komt jou toe.'

Ze gaf hem nog een kus. 'Het was zijn huis. Al zou ik het willen, dan nog zouden we zijn wensen moeten respecteren. Maar ik wil het niet eens. Ik heb het nooit gewild. Dat wist hij. Hij had alle vrijheid om ermee te doen wat hij wilde. En dat heeft hij gedaan. Hij heeft het aan jou nagelaten omdat hij het aan jou wilde geven.'

Hij staarde naar het plafond, maar in gedachten liep hij al door het huis. Tussen de bomen over de oprijlaan, de garage rechts, de passage, het lage huis aan zijn linkerhand. De werkkamer, de huiskamer, de brede, trage Hudson die langsstroomde. Het meubilair. Het had er allemaal heel comfortabel uitgezien. Misschien kon hij een geluidsinstallatie kopen. Een stel boeken. Een huis. Zijn huis. Hij proefde de woorden in zijn mond: míjn huis. Mijn húís. Hij wist amper hoe hij ze uit moest spreken. Míjn húís. Hij huiverde.

'Hij wilde het aan jou geven,' herhaalde ze. 'Het is een nalatenschap. Daar kun je niets tegen inbrengen. Het is gebeurd. En voor mij is het geen enkel probleem, dat zweer ik je. Oké?'

Hij knikte langzaam.

'Goed,' zei hij. 'Het is goed, maar raar, heel raar.'

'Koffie?' vroeg ze.

Hij draaide zich naar haar toe en stelde scherp op haar gezicht. Hij kon zijn eigen koffiezetapparaat kopen. In zijn keuken. In zijn huis. Aangesloten op de elektriciteit. Zíjn elektriciteit.

'Koffie?' vroeg ze weer.

'Misschien wel,' zei hij.

Ze gleed uit bed en trok haar schoenen aan.

'Niets erin, hè?'

Ze stond naakt voor het bed met alleen haar schoenen aan. Lakschoenen met hoge hakken. Ze zag hem kijken.

'Die keukenvloer is koud. Daar heb ik altijd schoenen aan.'

'Laat die koffie maar zitten, oké?'

Ze sliepen in haar bed, tot ver voorbij zonsopgang. Reacher werd het eerst wakker en trok zijn arm voorzichtig onder haar vandaan om op zijn horloge te kijken. Bijna zeven uur. Hij had negen uur geslapen. De beste nacht van zijn leven. Het beste bed. Hij had in veel bedden geslapen. Honderden, misschien wel duizenden. Dit was het allerbeste bed. Jodie sliep naast hem. Ze lag op haar buik en het laken was er in de nacht afgegleden. Haar rug was tot haar middel bloot. Hij zag de bolling van haar borsten onder haar. Haar haar lag uitgewaaierd over haar schouders. Ze had een knie opgetrokken en die lag op zijn dij. Haar hoofd lag naar voren gebogen op het kussen. Het lag in een bocht naar binnen en volgde de richting van haar knie. Het maakte dat ze er compact en atletisch uitzag. Hij kuste haar nek. Ze bewoog zich.

'Morgen, Jodie,' zei hij.

Ze deed haar ogen open. Vervolgens weer dicht en weer open. Ze glimlachte. Een warme ochtendglimlach.

'Ik was even bang dat ik het droomde,' zei ze. 'Vroeger was dat dikwijls het geval.'

Hij kuste haar weer. Teder, op de wang. Daarna wat minder teder op de mond. Ze sloeg haar armen om hem heen en hij wentelde zich op haar. Ze vrijden weer, voor de vierde keer in vijftien jaar. Vervolgens gingen ze samen onder de douche. Daarna ontbijt. Ze aten alsof ze uitgehongerd waren.

'Ik moet naar de Bronx,' zei hij.

Ze knikte. 'Die Rutter? Ik rij wel. Ik weet ongeveer waar het is.'

'En je werk dan? Ik dacht dat je naar kantoor moest.'

Ze keek hem verbaasd aan.

'Je moest toch uren boeken?' vroeg hij. 'Je klonk erg druk.'

Ze glimlachte verlegen. 'Dat heb ik maar verzonnen. In werkelijkheid ben ik een heel eind voor met mijn werk. Ze hebben gezegd dat ik de hele week vrij kan nemen. Met al die gevoelens wilde ik gewoon niet om jou heen hangen. Daarom ben ik die eerste avond ook rechtstreeks naar bed gegaan. Ik had je natuurlijk als een keurig gastvrouwtje de logeerkamer moeten laten zien. Maar ik wilde niet alleen met jou in één slaapkamer zijn. Dat zou me knetter gemaakt hebben. Zo dichtbij en toch zo ver. Begrijp je wat ik bedoel?'

Hij knikte. 'Wat heb je dan de hele dag op kantoor uitgevoerd?'

Ze giechelde. 'Niks. Ik heb gewoon de hele dag zitten verniksen.'

'Je bent stapelgek,' zei hij. 'Waarom heb je het niet gewoon gezegd?'

'Waarom heb jij het niet gewoon gezegd?'

'Ik héb het gezegd.'

'Uiteindelijk,' zei ze. 'Na vijftien jaar.'

Hij knikte. 'Weet ik, maar ik was bang. Ik dacht dat je gekwetst zou zijn of zoiets. Ik dacht dat dit wel het laatste zou zijn dat je wilde horen.'

'Dat dacht ik ook,' zei ze. 'Ik dacht dat je voor eeuwig de pest aan me zou krijgen.'

Ze keken elkaar glimlachend aan. Daarna grijnsden ze. Vervolgens barstten ze in lachen uit en dat duurde vijf hele minuten.

'Ik ga me aankleden,' zei ze, nog steeds lachend. Hij liep haar achterna door de slaapkamer en vond zijn kleren op de grond. Ze hing half in haar kleerkast om iets schoons uit te zoeken. Hij sloeg haar gade en vroeg zich af of Leons huis ook kasten had. Nee, zíjn huis. Natuurlijk. Alle huizen hadden toch kasten? Wilde dat dan zeggen dat hij spullen moest gaan kopen om ze mee te vullen?

Ze pakte een spijkerbroek en een overhemd en trok ze aan met een leren riem en dure schoenen. Hij haalde zijn nieuwe jack uit de gang en stak de Steyr uit de sporttas erin. In de andere zak deed hij twintig losse patronen. Het werd een zwaar jasje van al dat metaal. Ze kwam de gang in met de leren map. Ze keek naar Rutters adres.

'Klaar?' vroeg ze.

'Helemaal,' zei hij.

Hij liet haar telkens wachten terwijl hij vooruitging om te kijken of de kust veilig was. Precies dezelfde procedure als de vorige dag. Toen had haar veiligheid hem belangrijk geleken. Nu was hij cruciaal. Maar alles was leeg en stil. Lege gang, lege lift, lege hal, lege garage. Ze stapten samen in de Taurus. Ze reed een blokje om en sloeg vervolgens af in noordoostelijke richting.

'Via de East River Drive naar de I-95, is dat oké?' vroeg ze. 'Die gaat naar het oosten, het is de Cross Bronx Expressway.'

Hij haalde zijn schouders op en probeerde zich de kaart van Hertz voor de geest te halen. 'Daarna neem je de Bronx River Parkway naar het noorden. We moeten naar de dierentuin.'

'De dierentuin? Rutter woont niet bij de dierentuin.'

'Ik bedoel niet echt de dierentuin, maar de Botanical Gardens. Daar wil ik je iets laten zien.'

Ze keek even opzij en concentreerde zich vervolgens weer op de weg. Het was druk; het spitsuur was net voorbij, maar er zat schot in. Ze volgden de rivier naar het noorden en daarna naar het noordwesten in de richting van de George Washington Bridge. Vervolgens lieten ze die achter zich en reden in oostelijke richting de Bronx in. De snelweg ging traag, maar de grote weg naar het noorden ging sneller omdat die de stad uit voerde en New York op dat uur mensen naar binnen zoog. Aan de andere kant van de vangrail zat het verkeer in de knoop.

'Oké, waar gaan we heen?' vroeg ze.

'Rij maar langs de Fordham Universiteit en de wintertuin en zet de auto maar ergens aan het eind neer.'

Ze knikte en wisselde van rijstrook. Fordham gleed voorbij aan hun linkerhand en vervolgens kwam rechts de wintertuin. Ze nam de museumingang en trof de parkeerplaats binnen vrijwel verlaten aan.

'En nu?'

Hij nam de leren map mee.

'Gewoon ontvankelijk blijven,' zei hij.

De wintertuin was honderd meter verder. Hij had er daags tevoren alles over gelezen in een gratis foldertje. Hij was genoemd naar een zekere Enid Haupt, de bouw had in 1902 een vermogen gekost en de restauratie vijfennegentig jaar later nog eens tien keer zoveel. Maar het was geen weggegooid geld, want het resultaat mocht er zijn. Het was een enorm, barok bouwwerk, het absolute symbool van stedelijke filantropie, uitgedrukt in ijzer en melkwit glas.

Binnen was het warm en vochtig. Reacher bracht Jodie naar de plek die hij zocht. De exotische planten stonden in grote hoeveelheden bij elkaar in perken die waren afgezet met lage muurtjes en balustrades. Langs de wandelpaden stonden banken. Het melkwitte glas filterde het zonlicht zodanig dat het leek alsof er een dun wolkendek was. Er hing een koppig aroma van zware, vochtige aarde en sterk geurende bloemen.

'Wat wil je nou?' vroeg ze, deels geamuseerd, deels ongeduldig. Hij vond het bankje dat hij zocht en liep door naar de lage muur. Hij deed een halve stap naar links, daarna nog een, tot hij het zeker wist.

'Kom hier staan,' zei hij.

Hij pakte haar schouders van achteren en zette haar op de plek waar hij zojuist had gestaan. Liet zijn hoofd tot haar niveau zakken en keek.

'Ga op je tenen staan,' zei hij. 'En kijk recht voor je.'

Ze maakte zich groter en staarde voor zich uit. Haar rug was recht en het haar hing over haar schouders.

'Oké,' zei hij. 'Vertel maar wat je ziet.'

'Niets,' zei ze. 'Nou ja, planten en zo.'

Hij knikte en sloeg de leren map open. Pakte de glanzende foto van de grijze, uitgemergelde westerling die wegdook voor het geweer van de bewaker. Hij hield hem op armlengte voor zich, vlak naast haar blikveld. Ze keek ernaar.

'Wat wil je nou?' vroeg ze weer, half geamuseerd, half gefrustreerd.

'Kijk en vergelijk,' zei hij.

Ze hield haar hoofd stil en haar ogen schoten

heen en weer van de foto naar het tafereel voor haar. Daarna griste ze de foto uit zijn hand en hield hem op armlengte recht voor haar. Ze sperde de ogen wijd open en trok bleek weg.

'Jezus,' zei ze. 'Shit, is die foto hier gemaakt? Op deze plek? Ja, hè? Die hele begroeiing is precies hetzelfde.'

Hij dook weer met zijn hoofd omlaag en keek nog eens. Ze hield de foto zo vast dat de vormen van de planten precies met elkaar correspondeerden. Links een bosschage van de een of andere palmsoort van een meter of vijf hoog, rechts en erachter een wirwar van varenbladeren. De twee figuren zouden een meter of zeven in het dichtbegroeide perk hebben moeten staan, gevangen door een telelens waardoor het perspectief was gecomprimeerd en de dichtstbijzijnde vegetatie onscherp werd. Een stuk naar achteren stond een tropische hardhoutboom die door de afstand ook onscherp was geworden. In werkelijkheid stond hij in een ander perk.

'Shit,' zei ze weer. 'Shit, niet te geloven.'

Het licht klopte ook. Het melkglas boven hun hoofd zorgde voor een redelijk goede nabootsing van een lichte bewolking boven het oerwoud. Vietnam is dikwijls bewolkt. De scherpe bergketens zuigen de wolken omlaag en de meeste mensen herinneren zich de nevels en mistbanken alsof de aarde altijd stoomt. Jodie keek van de foto naar de werkelijkheid voor haar neus en schoof een stukje naar rechts en een stukje naar links om het precies passend te krijgen.

'Maar dat prikkeldraad dan? En die bamboepalen? Het ziet er zo echt uit.'

'Decorattributen,' zei hij. 'Drie palen en tien meter prikkeldraad. 'Daar is toch makkelijk aan te komen? Dat hebben ze gewoon mee naar binnen genomen. Waarschijnlijk opgerold.'

'Maar wanneer dan? En hoe?'

Hij haalde zijn schouders op. 'Misschien 's morgens vroeg? Toen de tuin nog dicht was voor het publiek? Misschien kenden ze iemand die hier werkt. Misschien hebben ze het tijdens de restauratie gedaan.'

Ze staarde naar de foto. Nu hield ze hem dicht bij haar gezicht. 'Wacht eens even, verdomme. Je kunt die bank zien. Je ziet het hoekje van die bank hier.'

Ze liet hem zien wat ze bedoelde, met haar nagel op de glanzende foto. Daar was een onscherp, wit vierkantje. Het was de hoek van de smeedijzeren bank rechts, achter het onderwerp van de opname. De telelens was krap ingesteld, maar net niet krap genoeg.

'Dat had ik nog niet gezien,' zei hij. 'Je begint het te leren.'

Ze draaide zich om en keek hem aan. 'Nee, ik begin hier goed kwaad over te worden, Reacher. Die Rutter heeft achttienduizend dollar ingepikt voor een nepfoto.'

'Erger nog. Hij heeft ze valse hoop gegeven.'

'Wat gaan we doen?'

'We gaan hem een bezoekje brengen,' zei hij.

Zestien minuten nadat ze waren uitgestapt, zaten ze weer in de Taurus. Jodie zigzagde terug naar de grote weg. Ze trommelde met haar vingers op het stuur en praatte snel. 'Maar jij zei dat je het geloofde. Ik zei dat de foto bewees dat de plek bestond en dat beaamde je. Je zei dat je er niet zo lang geleden zelf was geweest en dat je even dichtbij was gekomen als Rutter.'

'Allemaal waar,' zei Reacher. 'Ik geloofde dat de Botanical Garden bestond. Ik kwam er namelijk net vandaan. En ik was even dichtbij geweest als Rutter. Ik had namelijk vlak bij het muurtje gestaan vanwaar hij die foto had gemaakt.'

'Jezus, Reacher, dit is toch geen spelletje?'

Hij haalde zijn schouders op. 'Gisteren wist ik nog niet waar ik aan toe was. Ik bedoel dat ik niet wist hoeveel ik met je moest delen.'

Ze knikte en glimlachte door haar ergernis heen. Ze moest denken aan het verschil tussen gisteren en vandaag. 'Maar hoe dacht hij daar in godsnaam ongestraft van af te komen? De wintertuin van de Botanical Garden in New York, verdomme.'

Hij rekte zich uit in zijn stoel. Strekte zijn armen helemaal naar de voorruit.

'Psychologie,' zei hij. 'Dat is toch de basis van elke oplichterij? Je vertelt je slachtoffers wat ze willen horen. Die oude mensen wilden horen dat hun zoon nog leefde. Dus vertelt hij ze dat ze waarschijnlijk gelijk hebben. Dus investeren ze een heleboel hoop en geld, wachten drie lange maanden op hete kolen, en vervolgens geeft hij ze die foto en zien ze in feite wat ze willen zien. En hij is slim. Hij heeft ze gevraagd naar zijn precieze naam en eenheid en wilde bestaande foto's van de jongen hebben, zodat hij een vent van middelbare leeftijd uit kon zoeken die pakweg de juiste lengte en postuur had voor de foto, en hij gaf ze de juiste naam en eenheid weer terug. Psychologie. Ze zien wat ze willen zien. Hij had er een vent in een gorillapakje bij kunnen zetten en zij zouden gedacht hebben dat die representatief was voor de plaatselijke fauna.'

'Hoe ben jij er dan achter gekomen?'

'Op dezelfde manier,' zei hij. 'Dezelfde psychologie, maar dan omgekeerd. Ik wilde het niet geloven, want ik wist dat het niet waar kon zijn. Dus zocht ik naar iets dat niet leek te kloppen. De legerkleding die de gast droeg gaf de doorslag. Heb je die gezien? Die oude, versleten kleding van het Amerikaanse leger? Die vent is dertig jaar geleden neergehaald. Het is absoluut uitgesloten dat legerkleren dertig jaar in het oerwoud overleven. Die zouden in zes weken van zijn lijf zijn gerot.'

'Maar waarom hier? Waarom ben je in de Botanical Gardens gaan kijken?'

Hij spreidde zijn vingers tegen de voorruit en

duwde ertegen om de spanning in zijn schouders te verlichten. 'Waar zou hij anders zulke vegetatie kunnen vinden? In Hawaï misschien, maar waarom zou je voor drie mensen een vliegticket kopen als je het gratis naast de deur kunt vinden?'

'En die Vietnamese jongen?'

'Een student, denk ik,' zei hij. 'Waarschijnlijk hier van Fordham. Of van Columbia. Misschien was hij helemaal geen Vietnamees. Het kan een kelner van een Chinees restaurant zijn geweest. Rutter heeft hem waarschijnlijk twintig dollar voor die foto betaald. Hij zal wel een stuk of vier vrienden hebben die om beurten de Amerikaanse gevangene spelen. Een lange blanke vent, een kleine blanke vent, een grote zwarte vent en een kleine zwarte vent, dan heb je het hele scala wel gehad. Allemaal straatschooiers, dus zien ze er mager en haveloos uit. Waarschijnlijk betaalde hij ze met een fles bourbon. Volgens mij heeft hij alle foto's in één keer gemaakt en gebruikt hij ze naar het hem uitkomt. Hij kan een en dezelfde foto wel tien keer verkocht hebben. En alle ouders wier zoon lang en blank was krijgen die foto. Vervolgens laat hij ze allemaal zweren dat ze de zaak geheim houden met die lulkoek over een samenzwering van de overheid, dus zal niemand later ervaringen met een lotgenoot uitwisselen.'

'Hij is weerzinwekkend,' zei ze.

Hij knikte. 'Dat weet ik wel zeker. Die BNR-families zijn denk ik nog een grote, kwetsbare markt en hij vreet ervan als een aarsmade.'

'BNR?' vroeg ze.

'*Body not recovered*,' zei hij. 'Zo worden ze genoemd: KIA/BNR. *Killed in action, body not recovered*, gesneuveld tijdens gevechtshandelingen, lijk nooit gevonden.'

'Gesneuveld? Geloof jij niet dat er nog steeds gevangenen zijn?'

Hij schudde zijn hoofd.

'Er zijn geen gevangenen, Jodie,' zei hij. 'Niet meer althans. Dat is allemaal gelul.'

'Weet je dat zeker?'

'Absoluut.'

'Hoe kun je dat nou zeker weten?'

'Ik weet het gewoon,' zei hij. 'Net zoals ik weet dat de lucht blauw is en het gras groen en dat jij een lekker kontje hebt.'

Ze glimlachte achter het stuur. 'Ik ben advocaat, Reacher. Dat soort bewijs snijdt geen hout bij mij.'

'Historische feiten,' zei hij. 'Het verhaal over gijzelaars om aan Amerikaanse ontwikkelingshulp te komen is om te beginnen al flauwekul. Ze waren van plan om hard hollend langs de Ho Chi Minh-route naar het zuiden te gaan zodra wij onze kont hadden gekeerd, wat vierkant indruiste tegen de Akkoorden van Parijs, dus wisten ze al dat ze nooit en te nimmer geld zouden krijgen, wat ze ook deden. Dus hebben ze in '73 alle gevangenen vrijgelaten. Stukje bij beetje, dat wel, maar ze zíjn vrijgelaten. Toen we in

'75 vertrokken, hebben ze nog eens zo'n honderd achterblijvers opgescharreld en rechtstreeks aan ons overgedragen, dus dat klopt al niet met de een of andere gijzelaarsstrategie. Bovendien wilden ze maar al te graag dat wij de mijnen uit hun havens zouden vegen, dus gingen ze geen stomme spelletjes spelen.'

'Ze waren anders wel traag met het teruggeven van stoffelijke overschotten,' zei ze. 'Weet je wel, van onze jongens die bij vliegtuigongelukken of op het slagveld waren omgekomen? Daar hebben ze wel stomme spelletjes mee gespeeld.'

Hij knikte. 'Dat begrepen ze niet zo. Voor ons was dat belangrijk. Wij wilden tweeduizend lijken terug. Ze konden maar niet begrijpen waarom. Ze hadden ruim veertig jaar oorlog gevoerd. Tegen de Japanners, de Fransen, de Amerikanen en tegen China. Zij zijn waarschijnlijk een miljoen mensen kwijtgeraakt bij gevechtshandelingen. Vergeleken daarbij waren onze tweeduizend maar een schijntje. Bovendien waren het communisten. Zij hechtten niet dezelfde waarde aan het individu als wij. Dat is ook iets psychologisch. Maar dat wil allemaal niet zeggen dat ze gevangenen in geheime kampen hielden.'

'Als argument niet erg doorslaggevend,' zei ze droog.

Hij knikte weer. 'Leon is het doorslaggevende argument. Je ouweheer en andere mensen zoals hij. Ik ken ze. Dappere, eerzame mensen, Jodie. Zij hebben daar gevochten en later zijn ze vooraanstaande en invloedrijke posities gaan bekleden. Ik weet net zo goed als iedereen dat het Pentagon vol zit met klojo's, maar er zijn altijd voldoende mensen als Leon in de buurt geweest om ze op het rechte pad te houden. Geef maar eens antwoord op de volgende vraag: als Leon had geweten dat er in Vietnam nog gevangenen werden achtergehouden, wat zou hij dan hebben gedaan?'

Ze haalde haar schouders op. 'Ik weet het niet. Hij zou natuurlijk iets hebben gedaan.'

'Daar kun je donder op zeggen,' zei hij. 'Leon zou het Witte Huis steen voor steen hebben afgebroken tot al die jongens weer veilig thuis waren. Maar dat heeft hij niet gedaan. En niet omdat hij van niets wist. Leon wist alles wat er te weten viel. Het was godsonmogelijk om zoiets al die jaren voor alle Leons geheim te houden. Een grote samenzwering die zes regeringen overspant? Een samenzwering waar mensen als Leon geen lucht van kregen? Vergeet het maar. De Leons in dit land hebben nooit hun mond opengetrokken, dus is er nooit sprake van geweest. Wat mij betreft is dat doorslaggevend bewijs, Jodie.'

'Nee, dat is geloof,' zei ze.

'Hoe dan ook, voor mij is het goed genoeg.'

Ze keek naar het verkeer voor zich en dacht even na. Daarna knikte ze, want in laatste instantie was geloof in haar vader voor haar ook goed genoeg.

'Dus Victor Hobie is dood?'

Reacher knikte. 'Kan niet anders. Gesneuveld bij gevechtshandelingen, lichaam niet gevonden.'

Ze reed langzaam verder. Ze gingen in zuidelijke richting en het verkeer was een ramp.

'Oké, dus geen gevangenen en geen kampen,' zei ze. 'Geen regeringssamenzwering. Dus waren het geen lui van de overheid die op ons hebben geschoten en ons hebben aangereden.'

'Dat heb ik ook nooit gedacht,' zei hij. 'De meeste overheidslui die ik ben tegengekomen waren heel wat efficiënter. Ik ben in zekere zin zelf een overheidspersoon geweest. Denk je dat ik twee keer achter elkaar zou miskleunen?'

Ze maakte een scherpe bocht naar rechts en kwam met een ruk in de berm tot stilstand. Draaide zich naar hem toe, met wijd opengesperde ogen.

'Dan moet het die Rutter zijn,' zei ze. 'Wie anders? Hij is toch bezig met een lucratief zwendeltje? En dat wil hij natuurlijk veilig stellen. Hij denkt dat wij hem gaan ontmaskeren. Dus zoekt hij ons. En nu zijn we van plan hem recht in de armen te lopen.'

Reacher glimlachte.

'Het leven is vol gevaren, meid,' zei hij.

Marilyn besefte dat ze in slaap moest zijn gevallen, omdat ze koud en stijf wakker werd toen er geluiden aan de andere kant van de deur klonken. Er zat geen raam in de badkamer en ze had geen idee hoe laat het was. Ochtend, waarschijnlijk, want ze had het gevoel alsof ze een flinke tijd had geslapen. Links van haar staarde Chester voor zich uit; hij had zijn blik gericht op iets dat wel duizend kilometer voorbij de leidingen onder de wastafel was. Hij was apathisch. Ze draaide zich om en keek hem recht aan, maar kreeg totaal geen reactie. Rechts van haar lag Sheryl op de grond gekruld. Ze ademde zwaar door haar mond. Haar neus was zwart, glimmend en dik. Marilyn staarde haar aan en slikte. Ze draaide zich weer om, drukte haar oor tegen de deur en luisterde goed.

Er waren twee mannen. De klank van twee zware stemmen die gedempt met elkaar praatten. In de verte hoorde ze liften. Heel zacht verkeersgeraas met zo nu en dan een sirene die vervolgens weer in de stilte oploste. Lawaai van vliegtuigen, alsof een groot straalvliegtuig van JFK in westelijke richting over de haven verdween. Ze kwam voorzichtig overeind.

In de nacht waren haar schoenen van haar voeten gevallen. Ze vond ze licht beschadigd onder haar stapel handdoeken. Ze trok ze aan en liep stilletjes naar de wastafel. Chester keek dwars door haar heen. Ze bekeek zichzelf in de spiegel. Dat viel wel mee, vond ze. De laatste keer dat ze een nacht op de vloer van een badkamer had doorgebracht was twintig jaar geleden na een feest van de studentenvereniging, en nu zag ze er niet erger uit dan toen. Ze haalde haar vingers door haar haar en depte water op haar ogen. Daarna kroop ze terug naar de deur om haar oor weer te luisteren te leggen.

Twee mannen, maar ze wist vrij zeker dat Hobie er niet bij was. Er was iets van gelijkwaardigheid in het timbre van hun stem. Het was een gesprek op één niveau, geen opdracht en gehoorzaamheid. Ze schoof met haar voet de stapel handdoeken naar achteren, haalde diep adem en deed de deur open.

Twee mannen stopten met praten, draaiden zich om en staarden haar aan. De man die Tony heette zat zijdelings op de divan voor het bureau. Een andere hurkte naast hem en leunde op de salontafel. Hij was een forse man in een donker pak. Niet groot, maar wel zwaar. Er zat niemand aan het bureau. Hobie was nergens te bekennen. De jaloezieën voor het raam zaten op een kiertje, maar buiten scheen een felle zon. Het was later dan ze dacht. Ze keek weer naar de bank en zag Tony naar haar lachen.

'Lekker geslapen?' vroeg hij.

Ze gaf geen antwoord. Ze hield gewoon een neutrale gezichtsuitdrukking tot Tony's glimlach van zijn gezicht verdween. Een-nul, dacht ze.

'Ik heb de zaak met mijn man besproken,' loog ze.

Tony keek haar afwachtend aan, in afwachting tot ze iets zou zeggen. Ze liet hem wachten. Twee-nul, dacht ze.

'We gaan akkoord met de overdracht,' zei ze. 'Maar het zal ingewikkeld worden. Het zal wat tijd vergen. Volgens mij zijn er factoren die jullie niet hebben begrepen. We doen het wel, maar verwachten van jullie een minimale medewerking tijdens het proces.'

Tony knikte. 'Zoals?'

'Dat bespreek ik wel met Hobie,' zei ze. 'Niet met jou.'

Er viel een stilte in het kantoor. Alleen de vage geluiden van de buitenwereld. Ze concentreerde zich op haar ademhaling. Inademen, uitademen.

'Oké,' zei Tony.

Drie-nul, dacht ze.

'We willen koffie,' zei ze. 'Drie kopjes met melk en suiker.'

Weer een stilte. Daarna knikte Tony en de forse man stond op. Hij keek de andere kant op en liep het kantoor uit naar de keuken. Vier-nul, dacht ze.

Het adres op Rutters brief hoorde toe aan een groezelig winkelpand een paar straten bezuiden de laatste hoop op stadsvernieuwing. Het was een pand van overnaads hout tussen bouwvallige gebouwen van vier verdiepingen waar ooit misschien fabrieken of opslagplaatsen waren geweest alvorens ze decennia geleden waren verlaten. Rutters huis had links een smerige etalage, in het midden een deur en rechts een opklapbare deur die openstond met daarachter een smalle garage. Er stond een gloednieuwe Lincoln Navigator in de ruimte geperst. Reacher herkende het model uit advertenties die hij wel eens had gezien. Het was een reusachtige Ford met vierwielaandrijving, waaraan een dikke laag glimmende extra's was toegevoegd om de verheffing tot de Lincoln-status te rechtvaardigen. Deze was metallic zwart en waarschijnlijk meer waard dan het omringende onroerend goed.

Jodie reed het gebouw voorbij; niet hard, niet langzaam, gewoon een aannemelijke stadssnelheid over een weg met kuilen. Reacher draaide zijn hoofd om, om een indruk van het gebouw te krijgen. Jodie sloeg links af en kwam aan de achterkant van het blok. Reacher zag een steeg achter het huizenblok met verroeste brandtrappen boven bergen afval.

'Hoe gaan we dit aanpakken?' vroeg Jodie.

'We lopen naar binnen,' zei hij. 'Eerst kijken we naar zijn reactie. Als hij weet wie we zijn, doen we het op de ene manier, weet hij dat niet, dan doen we het op een andere.'

Ze parkeerde de auto twee vakken ten zuiden van de etalage in de schaduw van een zwart uitgeslagen, bakstenen loods. Ze sloten de auto af en liepen samen terug. Op de stoep konden ze zien wat er in de smerige etalage lag. Een matte uitstalling van militaire dumpspullen. Stoffige, oude camouflagejacks, veldflessen en hoge kistjes. Er lagen veldradio's, noodrantsoenen en infanteriehelmen. Een deel van de spullen was al uit de tijd geweest toen Reacher in West Point afstudeerde.

De deur ging moeilijk open en zette een bel in werking. Het was een weinig subtiel mechanisme waarbij de deur langs een veer trok die tegen een bel sloeg. De winkel was verlaten. Rechts was een toonbank met daarachter een deur naar de garage. Op een rond rek van chroom was een uitstalling van kleding en op een enkele plank lag nog meer willekeurige troep hoog opgetast. Er was een achterdeur die op de steeg uitkwam. Die zat op slot en was voorzien van een alarmsysteem. Naast de achterdeur stond een rijtje van vijf zachte, kunstleren stoelen met daaromheen een kring van sigarettenpeukjes en lege bierflesjes. De zaak was schemerig verlicht, maar overal lag een laag stof van jaren.

Reacher liep voor Jodie. De vloer kraakte. Toen hij twee stappen naar binnen had gezet, zag hij achter de toonbank een open luik. Het was een stevig luik, gemaakt van oude grenen planken en koperen scharnieren, en op de plek waar generaties handen het hadden opengeklapt zat een vettige glans. In het gat waren vloerbalken zichtbaar en een smalle trap van hetzelfde oude hout voerde omlaag naar een ruimte waar fel elektrisch licht brandde. Hij hoorde sloffende voetstappen op een betonnen vloer beneden.

'Ik kom zo, wie je ook mag zijn,' riep een stem door het gat omhoog.

Het was een stem waarvan de klank het midden hield tussen verrast en geërgerd, van een man van middelbare leeftijd. De stem van iemand die geen aanloop verwacht. Jodie keek naar Reacher en Reacher sloot zijn hand om de kolf van de Steyr in zijn zak.

Er verscheen een mannenhoofd uit het gat, vervolgens zijn schouders en daarna zijn romp, terwijl hij de trap opklom. Hij was een zwaarlijvig figuur en het kostte hem moeite zich uit het gat te verheffen. Hij droeg een verschoten, olijfkleurig militair werktenue. Hij had vettig, grijs haar, een haveloze baard, een vlezig gezicht en kleine oogjes.

'Ja?' zei hij.

Daarna doken er nog een hoofd en schouders achter hem op. En nog een. En nog een. En weer een. Vier mannen stampten de ladder op uit de kelder. Stuk voor stuk rechtten ze de rug, bleven even staan en keken Reacher en Jodie donker aan. Daarna liepen ze naar de rij stoelen. Het waren grote, vlezige mannen met tatoeages, gekleed in soortgelijke soldatenkleren. Ze gingen zitten en kruisten dikke armen over dikke buiken.

'Ja?' herhaalde de eerste man.

'Ben jij Rutter?' vroeg Reacher.

De man knikte. Er was geen herkenning in zijn ogen. Reacher wierp een blik op het rijtje mannen op de stoelen. Ze waren een complicatie waarop hij niet had gerekend.

'Wat wil je?' vroeg Rutter.

Reacher veranderde van plan. Hij deed een gooi naar de ware aard van de transacties die in de winkel plaatsvonden en naar wat er in de kelder was opgeslagen.

'Ik zoek een demper,' zei hij. 'Voor een Steyr GB.'

Rutter glimlachte. Van zijn kaaklijn en het lichtje in zijn ogen viel echt plezier af te lezen.

'Voor mij is het tegen de wet om er een te verkopen, en voor jou is het tegen de wet om er een te hebben.'

De zangerige manier waarop hij het zei was een rechtstreekse bekentenis dat hij ze had en verkocht. Er was iets neerbuigends in die toon, alsof hij wilde zeggen: ik heb iets wat jij wilt en dat maakt mij beter dan jij. Hij klonk niet op z'n hoede. Geen argwaan dat hij een smeris was die hem erin wilde luizen. Daar was Reacher te groot en sterk voor. Hij miste de bleke huidskleur van iemand van een wijkbureau of de stadse steelsheid die mensen onbewust met de politie associëren. Rutter maakte zich geen zorgen over hem. Wel over Jodie. De man wist niet wat zij was. Hij had Reacher geantwoord, maar haar aangekeken. Ze keek kalmpjes terug.

'Tegen wiens wet?' vroeg ze nonchalant.

Rutter krabde in zijn baard. 'Maakt ze kostbaar.'

'Vergeleken waarmee?' vroeg ze.

Vanbinnen moest Reacher lachen. Rutter kon haar niet plaatsen en met twee antwoorden en niet meer dan vijf woorden had ze hem onzeker gemaakt. Ze kon wel van alles zijn: iemand van de beau monde van Manhattan die bang is dat haar kinderen ontvoerd worden, of een miljardairsvrouw die van plan is vroegtijdig een erfenis op te strijken, of de vrouw van een lid van de Rotaryclub die van plan is een rommelige driehoeksverhouding te overleven. Ze keek hem aan als een vrouw die gewend is haar zin te krijgen zonder dat haar een strobreed in de weg wordt gelegd. En zeker niet door de wet, en al helemaal niet door een groezelige sjacheraar in de Bronx.

'Steyr GB?' vroeg Rutter. 'Wil je het originele Oostenrijkse product?'

Reacher knikte, alsof hij de man was die zich met de onbelangrijke details bezighield. Rutter knipte met zijn vingers en een van de zware mannen stond op van de rij stoelen en liet zich in het gat zakken. Een poosje later kwam hij weer naar boven met een zwarte cilinder verpakt in papier dat doorzichtig was van de wapenolie.

'Tweeduizend dollar,' zei Rutter.

Reacher knikte. De prijs was bijna redelijk. Het pistool werd niet meer gemaakt, maar volgens hem had het in de winkel voor het laatst rond de acht- à negenhonderd dollar gekost. De laatste fabrieksprijs voor de demper was waarschijnlijk meer dan tweehonderd geweest. Tweeduizend voor een illegaal exemplaar, tien jaar na dato en ruim zesduizend kilometer van de fabriekspoort was bijna redelijk.

'Laat maar eens kijken,' zei hij.

Rutter veegde de cilinder aan zijn broekspijp af. Reikte hem aan. Reacher haalde het pistool te voorschijn en klikte de buis op z'n plek. Niet zoals in de film. Je houdt hem niet voor je ogen om hem er vervolgens langzaam, bedachtzaam en liefdevol op te schroeven. Je past een snelle, lichte druk en een draai van een halve slag toe en hij zit op z'n plek als een cameralens.

Hij maakte het wapen beter. Qua balans. Negenennegentig van de honderd keer schiet de kogel van een handwapen te hoog omdat de loop door de terugslag opwaarts wipt. De geluiddemper dient als contragewicht. En de werking van een demper berust hierop dat de gasexplosie betrekkelijk langzaam wordt gespreid, waardoor de terugslag hoe dan ook wordt afgezwakt.

'Werkt hij echt goed?' vroeg Reacher.

'Zeker weten,' zei Rutter. 'Het is een origineel fabrieksexemplaar.'

De man die hem naar boven had gebracht ging weer naar zijn stoel terug. Vier mannen, vijf stoelen. *De* manier om een bende uit te schakelen is door eerst de leider uit te schakelen. Dat is een universele waarheid. Die had Reacher al geleerd toen hij vier jaar was. Kijk wie de leider is, schakel hem uit en lever geen half werk. Dit was een andere situatie. Rutter was de leider, maar die moest voorlopig heel blijven want Reacher had andere plannen met hem.

'Tweeduizend dollar,' herhaalde Rutter.

'Praktijkproef,' zei Reacher.

Er zit geen veiligheidspal op een Steyr GB. De eerste keer de trekker overhalen vergt een druk van ruim zes kilo. Dat wordt voldoende geacht om per ongeluk afgaan te voorkomen als het pistool valt, omdat zes kilo een heel bewust overhalen vereist. Dus zit er geen afzonderlijk veiligheidsmechanisme op. Reacher bewoog zijn hand een tikje naar links en trok de zes kilo. Het pistool ging af en de lege stoel vloog aan stukken. Het was een hard geluid. Niet zoals in de film. Niet een kuchje. Geen beleefd plopje. Het klinkt alsof je het telefoonboek van Manhattan hoog boven je hoofd tilt en uit alle macht op een bureau slaat. Geen rustig geluid. Maar wel rustiger dan het had kunnen zijn.

De vier mannen zaten verstijfd van schrik. Deeltjes vinyl en smerige paardenharen vulling dreven door de lucht. Rutter staarde hem roerloos aan. Reacher gaf hem met zijn linkervuist een harde stoot in de maag, schopte zijn voeten onder hem vandaan en liet hem op de grond vallen. Daarna richtte hij op de man naast de kapot geschoten stoel.

'Naar beneden,' zei hij. 'Allemaal. Nu meteen, oké?'

Niemand bewoog. Dus telde Reacher hardop: een, twee en op drie vuurde hij opnieuw. Dezelfde harde klap. De vloerplanken voor de voeten van de man versplinterden. Een, twee en Reacher schoot weer. En nog eens: een, twee, en beng! Stof en houtsplinters schoten omhoog. Het lawaai van de herhaalde schoten was verpletterend. Er hing een penetrante stank van verbrand kruit en van verhitte staalwol in de demper. Na de derde kogel kwamen ze allevier tegelijk in beweging. Ze vochten met elkaar om het eerst door het luik naar beneden te gaan. Tuimelden met veel kabaal omlaag. Reacher liet het luik dichtvallen en sleepte de toonbank erbovenop. Rutter zat op handen en knieën. Reacher schopte hem tegen zijn rug en bleef hem schoppen tot hij helemaal naar achteren was gekrabbeld en zijn hoofd hard tegen de verplaatste toonbank drukte.

Jodie had de nepfoto in haar hand. Ze hurkte naast hem en hield hem voor zijn neus. Hij knipperde met zijn ogen en stelde scherp. Zijn mond bewoog. Die was niet meer dan een rafelig gat in de baard. Reacher bukte zich en greep zijn linkerpols. Rukte de hand omhoog en greep zijn pink vast.

'Een paar vragen,' zei hij. 'En elke leugen kost je een gebroken vinger.'

Rutter begon zich te verzetten en gebruikte al zijn kracht om overeind te komen en zich af te wentelen. Reacher gaf hem nog een klap, een massieve stoot in de maagstreek, en hij ging weer neer.

'Weet je wie wij zijn?'

'Nee,' bracht Rutter uit.

'Waar is die foto gemaakt?'

'Geheime kampen,' hijgde Rutter. 'In Vietnam.'

Reacher brak zijn pink. Hij wrong hem gewoon zijwaarts en liet de knokkel knappen. Zijwaarts is makkelijker dan de vinger helemaal achteroverbuigen. Rutter gilde het uit van de pijn. Reacher pakte de volgende vinger. Er zat een gouden ring aan.

'Waar?'

'Dierentuin in de Bronx,' stiet Rutter uit.

'Wie is die jongen?'

'Gewoon een jochie.'

'Wie is de man?'

'Vriend,' stiet Rutter uit.

'Hoe vaak heb je dit gedaan?'

'Keer of vijftien,' zei Rutter.

Reacher boog de vinger zijwaarts.

'Dat is de waarheid!' schreeuwde Rutter. 'Niet meer dan vijftien keer, echt waar. En jou heb ik nooit wat misdaan. Ik ken je niet eens.'

'Ken je de familie Hobie?' vroeg Reacher. 'In Brighton?'

Hij zag Rutter verdwaasd in zijn geheugen spitten. Daarna zag hij dat hem een licht opging. Vervolgens zag hij hem zijn best doen om te begrijpen hoe het mogelijk was dat die twee zielige oude sukkels erin geslaagd waren hem dit allemaal op zijn dak te sturen.

'Je bent een weerzinwekkend stuk stront, wist je dat?'

Rutter rolde panisch zijn hoofd heen en weer.

'Zeg het me na, Rutter!' schreeuwde Reacher.

'Ik ben een stuk stront,' jammerde Rutter.

'Waar is je bank?'

'Mijn bank?' herhaalde Rutter wezenloos.

'Je bank,' zei Reacher.

Rutter aarzelde. Reacher oefende wat druk op de ringvinger uit.

'Tien straten verderop!' gilde Rutter.

'Eigendomspapieren van je auto?'

'In de la.'

Reacher knikte naar Jodie. Ze stond op en liep om de toonbank. Trok de laden met veel gerammel open en haalde een stapel paperassen te voorschijn. Ze nam ze door en knikte. 'Op zijn naam. Veertigduizend dollar.'

Reacher verplaatste zijn hand en greep Rutter bij de keel. Hij zette zich schrap en drukte hard door tot het weefsel van zijn hand tussen duim en wijsvinger Rutters kaak omhoogdrukte.

'Ik koop je jeep voor een dollar,' zei hij. 'Je hoeft alleen maar met je hoofd te schudden als je daar moeite mee hebt, oké?'

Rutters hoofd bleef doodstil. Zijn ogen puilden uit door de kracht van Reachers greep op zijn keel.

'En dan breng ik je naar je bank,' zei hij. 'In mijn nieuwe jeep. Je neemt achttienduizend dollar op en die zal ik aan de Hobies teruggeven.'

'Nee!' riep Jodie. 'Negentienduizend zeshonderdvijftig. Het zat in obligaties. Zeg maar tegen zes procent samengestelde rente over anderhalf jaar.'

'Oké,' zei Reacher. Hij liet de druk toenemen. 'Negentienduizend zeshonderdvijftig voor de Hobies en negentienduizend zeshonderdvijftig voor ons.'

Rutters ogen speurden Reachers gezicht af. Smekend. Niet begrijpend.

'Je hebt ze opgelicht,' zei Reacher. 'Je hebt ze verteld dat je zou uitzoeken wat er met hun zoon is gebeurd. Dat heb je nagelaten. Dus nu moeten wij het voor ze doen. Dus moeten we een onkostenvergoeding hebben.'

Rutters gezicht begon blauw aan te lopen. Zijn handen zaten hard om Reachers pols geklemd in een radeloze poging om de druk te verminderen.

'Oké?' vroeg Reacher. 'Dus dat is wat we gaan doen. Je hoeft alleen maar nee te schudden als je moeite hebt met een van de onderdelen.'

Rutter trok uit alle macht aan Reachers pols, maar zijn hoofd bleef onbeweeglijk.

'Beschouw het maar als accijns,' zei Reacher. 'Accijns op frauduleuze stukken stront.'

Hij trok zijn hand weg en stond op. Vijftien minuten later stond hij in Rutters bank. Rutter koesterde zijn linkerhand in zijn zak en tekende een cheque met zijn rechter. Vijf minuten later had Reacher 39.300 dollar aan contanten in de sporttas geritst. Een kwartier later liet hij Rutter achter in de steeg achter zijn winkel met twee biljetten van een dollar in zijn mond gepropt. Een voor de geluiddemper en een voor de jeep. Vijf minuten later reed hij achter Jodie aan om de Taurus terug te brengen naar Hertz op LaGuardia. Vijftien minuten daarna zaten ze samen in de nieuwe Lincoln en reden ze terug naar Manhattan.

11

In Hanoi valt de avond dik twaalf uur eerder dan in New York, dus de zon die nog steeds hoog aan de hemel stond toen Reacher en Jodie de Bronx verlieten, was daar al achter de bergen van noord-Laos gezakt, driehonderd kilometer ten westen van het vliegveld Noi Bai. De lucht was warm oranje en de lange schaduwen van de namiddag maakten plotseling plaats voor de doffe duisternis van de tropische avondschemer. De geuren van de stad en het oerwoud werden overvleugeld door de stank van vliegtuigbrandstof en het kabaal van claxons en nachtelijke insecten verdronk in het gelijkmatige gegier van stationaire straalmotoren.

Op het asfalt voor een ongemarkeerde hangar, bijna twee kilometer van de drukke passagiersterminals, stond een reusachtig transportvliegtuig, een US Air Force C-141 Starlifter. De achterklep van het vliegtuig was laag en de motoren liepen hard genoeg om de binnenverlichting van stroom te voorzien. In de ongemarkeerde hangar brandde ook licht. Dat bestond uit honderd booglichten aan het plafond die de spelonkachtige ruimte in een felgeel schijnsel zetten.

De hangar was zo groot als een stadion, maar er

stond niets anders dan zeven kisten. Elke kist was twee meter lang, gemaakt van geribbeld aluminium dat glanzend was gepoetst en min of meer de vorm van een doodskist had, en dat was precies wat het waren. Ze stonden in een keurige rij op schragen en over elke kist lag een Amerikaanse vlag. De vlaggen waren pas gewassen en keurig geperst en de middelste streep correspondeerde precies met de middelste ribbel van elke kist.

Naast de zeven aluminium kisten stonden negen mannen en twee vrouwen. Zes mannen stonden er als erewacht. Het waren gewone, fris geschoren soldaten van het Amerikaanse leger in smetteloos gala-uniform, en ze stonden strak in de houding een eindje van de andere vijf vandaan. Drie daarvan waren Vietnamezen, twee mannen en een vrouw, klein, donker en onaangedaan. Zij waren ook in uniform maar dat van hen was hun alledaagse uitmonstering, geen gala. Donkere, olijfkleurige stof, gekreukt en versleten, met hier en daar de onbekende insignes van hun rang.

De laatste twee mensen waren Amerikanen in burger, maar wel met het soort burgerkleding dat even duidelijk als een uniform op een militaire status wees. De vrouw was jong en droeg een halflange canvas rok, een kaki blouse met lange mouwen en zware bruine schoenen aan haar voeten. De man was lang, had zilvergrijs haar en was een jaar of vijfenvijftig. Hij droeg tropische kaki kleren onder een lichtgewicht regenjas met een ceintuur. Hij had een verweerde leren aktetas in zijn hand en op de grond aan zijn voeten stond een even verweerde kleerkoffer.

De lange, grijze man knikte bijna onmerkbaar naar de erewacht. De hoogste in rang uitte een gedempt bevel en de zes mannen stelden zich op in twee rijen van drie. Ze marcheerden langzaam naar voren, keerden naar rechts en marcheerden even langzaam tot ze precies aan weerskanten van de eerste kist stonden. Ze wachtten even, bukten zich en hieven de kist in één vloeiende beweging op de schouders. De hoogste in rang gaf weer een bevel en ze marcheerden langzaam naar de uitgang van de hangar. De kist rustte waterpas op hun in elkaar gehaakte armen. Het knarsen van hun schoenen op het beton en het gieren van de wachtende motoren waren de enige geluiden.

Op het asfalt sloegen ze rechtsaf en beschreven een trage halve cirkel door de hete lucht van de straalmotoren, tot ze recht voor de achterklep van de Starlifter stonden. Ze marcheerden langzaam voorwaarts, liepen precies in het midden de laadklep op terwijl ze omzichtig met hun voeten naar de ribbels tastten die daar als treden waren bevestigd en verdwenen in de romp van het toestel. De piloot wachtte hen op. Ze was kapitein van de Amerikaanse luchtmacht en keurig gekleed in een tropisch vliegeniersuniform. Haar bemanning stond in de houding naast haar: een copiloot, een boordwerktuigkundige, een navigator en een telegrafist. Tegenover hen stonden de laadmeester en zijn bemanning, zwijgend in groen werktenue. Ook zij stonden in twee stille rijen met de gezichten naar elkaar toe, en de erewacht marcheerde langzaam tussen hen door naar het voorste laadvak. Daar zakten ze door de knieën om de kist langzaam op een plank langs de wand van de romp te laten zakken. Vier soldaten deden met gebogen hoofd een stap naar achteren. De voorste en achterste schoven samen de kist op zijn plek. De laadmeester kwam naar voren om hem met rubber riemen vast te maken. Daarna deed hij een stap naar achteren om zich bij de erewacht te voegen voor een lang en zwijgend saluut.

Het kostte een uur om alle zeven kisten te laden. De mensen in de hangar bleven al die tijd in stilte staan en volgden de zevende kist het asfalt op. Ze brachten hun tred in overeenstemming met die van de trage erewacht en wachtten onder aan de laadklep van de Starlifter in het kabaal en de klamme hitte van de avond. De erewacht kwam naar buiten, de plicht zat erop. De lange, grijze Amerikaan salueerde naar hen, gaf de drie Vietnamese officieren een hand en knikte naar zijn landgenote. Er werden geen woorden gewisseld. Hij tilde zijn kleerkoffer op zijn schouder en holde met lichte tred over de laadklep het toestel in. Een langzame, krachtige motor zoemde en de klep ging achter hem dicht.

De motoren kwamen op snelheid, het reusachtige vliegtuig kwam van zijn remmen en taxiede weg. Het draaide in een grote, omslachtige bocht naar links en verdween achter de hangar. Het lawaai verstomde. Daarna nam het in de verte weer toe en de achterblijvers zagen het met brullende motoren over de baan terugsnellen, hard optrekken en van de grond komen. Hij helde naar rechts, won snel aan hoogte, keerde, liet één vleugel zakken en was verdwenen, op een driehoekje knipperlichtjes na dat in de verte oploste en een vage streep zwarte rook die een krom pad in de nachtelijke lucht beschreef.

De erewacht verspreidde zich in de plotselinge stilte. De Amerikaanse vrouw gaf de drie Vietnamese officieren een hand en liep terug naar haar auto. De drie Vietnamese officieren liepen in een andere richting terug naar de hunne. Het was een Japanse sedan, overgeschilderd in dof militair groen. De vrouw reed en de twee mannen gingen achterin zitten. Het was een korte rit naar het centrum van Hanoi. De vrouw parkeerde de auto op een terrein dat omgeven was met harmonicagaas achter een laag gebouw van zandkleurig beton. De mannen stapten zwijgend uit en gingen door een ongemarkeerde deur naar binnen. De vrouw deed de auto op slot en liep om het gebouw naar een andere deur. Ze ging naar binnen en besteeg een trapje naar haar kantoor. Op haar bureau lag een ingebonden legger.

Ze registreerde de veilige aftocht van de lading in een keurig handschrift en sloot de legger. Ze bracht hem naar een archiefkast bij de deur. Ze legde hem erin en deed de kast op slot. Ze stak haar hoofd om de deur en speurde de gang naar beide kanten af. Daarna liep ze terug naar haar bureau, nam de telefoon van de haak en draaide een nummer bijna achttienduizend kilometer daarvandaan in New York.

Marilyn maakte Sheryl wakker en wist Chester bij een soort bewustzijn te brengen voordat de zwaargebouwde man met de koffie de badkamer in kwam. Die zat in bekers. Hij had er twee in de ene en een in de andere hand, en wist niet goed waar hij ze neer moest zetten. Hij bleef even staan en liep toen naar de wastafel waar hij ze naast elkaar zette op de smalle granieten richel onder de spiegel. Daarna draaide hij zich zonder een woord te zeggen om en ging de badkamer weer uit. Hij trok de deur stevig achter zich dicht, maar zonder ermee te slaan.

Marilyn deelde de bekers een voor een uit omdat ze beefde en vrij zeker wist dat ze zou morsen als ze er twee tegelijk beet zou pakken. Ze hurkte, gaf een beker aan Sheryl en hielp haar met het eerste slokje. Daarna ging ze Chesters beker pakken. Hij pakte hem wezenloos van haar aan en keek ernaar alsof hij niet wist wat het was. Ze nam de derde beker zelf, leunde tegen de wastafel en dronk hem gulzig leeg. Het smaakte goed. Ze kikkerde op van de melk en de suiker.

'Waar zijn de aandelencertificaten?' fluisterde ze.

Chester keek lusteloos op. 'In de bank, in mijn kluis.'

Marilyn knikte. Moest erkennen dat ze niet wist over welke bank het ging. Of waar die was. Of waar aandelencertificaten voor dienden.

'Hoeveel zijn het er?'

Hij haalde zijn schouders op. 'Oorspronkelijk duizend. Ik heb er driehonderd uitstaan als onderpand voor de leningen. Die heb ik tijdelijk aan de kredietgever moeten afstaan.'

'En die heeft Hobie nu?'

Hij knikte. 'Hij heeft de schuld overgenomen. Vandaag zullen ze het onderpand waarschijnlijk per koerier naar hem toe sturen. Zij hebben het niet meer nodig. En ik heb hem er nog negentig beloofd. Die zitten nog in de kluis. Ik zal ze wel gauw moeten afdragen.'

'Hoe vindt de overdracht eigenlijk plaats?'

Met een vermoeid gezicht maakte hij weer een vaag schouderophalend gebaar. 'Ik teken voor de overdracht van de aandelen, hij krijgt de aandelen en registreert ze op zijn naam bij de beurs en als hij er vijfhonderdeneen heeft, heeft hij een meerderheidsbelang.'

'Waar is je bank?'

Chester nam zijn eerste slokje koffie. 'Ongeveer

drie straten hiervandaan. Minuut of vijf lopen. Daarna nog eens vijf minuten naar de beurs. Zeg maar in totaal tien minuten en we staan berooid op straat zonder een dak boven ons hoofd.'

Hij zette de beker op de grond en verviel weer tot staren. Sheryl was lusteloos. Ze liet haar koffie onaangeroerd. Haar huid zag er vochtig uit. Misschien had ze een hersenschudding of zoiets. Misschien was ze nog in shocktoestand. Marilyn wist het niet. Daar had ze geen ervaring mee. Haar neus zag er niet uit. Zwart en dik. De blauwe plek had zich onder haar ogen verspreid. Haar lippen waren gebarsten en droog omdat ze de hele nacht door haar mond had geademd.

'Neem nog wat koffie,' zei ze. 'Het zal je goed doen.'

Ze hurkte naast haar en loodste haar hand naar haar mond. Hield de beker schuin. Sheryl nam een slokje. Er liep een beetje van de warme vloeistof langs haar kin. Ze nam nog een slokje. Ze keek Marilyn aan met iets vragends in haar ogen. Marilyn wist niet wat het was, maar ze glimlachte toch maar opgewekt en geruststellend.

'We krijgen je wel in het ziekenhuis,' fluisterde ze.

Sheryl sloot haar ogen en knikte, alsof ze opeens werd overspoeld door opluchting. Marilyn knielde naast haar, hield haar hand vast en staarde naar de grond. Ze vroeg zich af hoe ze die belofte gestand moest doen.

‘Ga je dit ding houden?’ vroeg Jodie.

Ze had het over de Lincoln Navigator. Reacher dacht even na. Hij moest wachten omdat ze vast zaten op de oprit van de Triborough.

‘Misschien wel,’ zei hij.

Hij was min of meer splinternieuw. Heel stil en soepel. Metallic zwart, bruin leren bekleding, zeshonderd kilometer op de teller en hij rook nog naar nieuw leer, nieuw tapijt en de sterke plasticgeur van een auto die net is afgeleverd. Enorme stoelen die stuk voor stuk identiek waren aan die van de chauffeur en een heleboel dikke consoles met houders voor drinkglazen en dekseltjes die geheime bergplaatsen deden vermoeden.

‘Ik vind het een bakbeest,’ zei ze.

Hij glimlachte. ‘Vergeleken waarmee? Met die hoedendoos van jou?’

‘Die was veel kleiner dan deze.’

‘Jij bent ook veel kleiner dan ik.’

Ze zweeg even.

‘Hij was van Rutter,’ zei ze. ‘Hij is besmet.’

Het verkeer kwam in beweging en stopte weer halverwege de Harlem Bridge. De gebouwen van Midtown waren ver naar links en nevelig, als een vage belofte.

‘Het is maar een stuk gereedschap,’ zei hij. ‘En gereedschap heeft geen geheugen.’

‘Ik haat hem,’ zei ze. ‘Ik denk dat ik nog nooit zo de pest aan iemand heb gehad.’

Hij knikte.

'Ik weet het,' zei hij. 'De hele tijd dat ik daarbinnen was moest ik aan de Hobies denken, alleen in dat kleine huisje van ze in Brighton, die blik in hun ogen. Je zoon de oorlog in sturen is op zich al vreselijk, en om dan naderhand te worden belazerd en voorgelogen: daar is geen excuus voor, Jodie. Verwissel de chronologie en het hadden mijn ouders kunnen zijn. En hij heeft het nog vijftien keer gedaan ook. Ik had hem nog meer moeten martelen.'

'Zolang hij het maar niet nog een keer doet,' zei ze.

Hij schudde zijn hoofd. 'De doelgroep wordt kleiner. Er zijn niet meer zoveel BNR-families over die erin kunnen trappen.'

Ze waren de brug over en reden zuidwaarts over Second Avenue. De weg voor hen was vrij over een lengte van zestig blokken.

'En hij was niet degene die jacht op ons maakt,' zei ze zacht. 'Hij wist niet wie we waren.'

Reacher schudde weer zijn hoofd. 'Nee. Hoeveel nepfoto's moet je verkopen om het de moeite waard te maken om een Chevrolet Suburban in de prak te rijden? We moeten het helemaal opnieuw analyseren, Jodie. Twee fulltime werknemers worden naar de Keys en naar Garrison gestuurd, nietwaar? Twee fulltime inkomens, plus wapens en vliegtickets en de hele mikmak, en ze rijden ook rond in een Tahoe, vervolgens duikt er nog een derde werknemer op met een Suburban, en hij kan het zich veroorloven om die zomaar op straat achter te laten. Dat is een hoop geld en waarschijnlijk is het nog maar het zichtbare topje van de ijsberg. Dat duidt op iets wat misschien wel miljoenen dollars waard is. Zoveel verdiende die Rutter helemaal niet met het flessen van oude mensen voor achttienduizend dollar per stuk.'

'Waar gaat dit verdomme dán om?'

Reacher haalde alleen maar zijn schouders op en reed door, maar hij verloor geen moment zijn spiegeltje uit het oog.

Hobie was thuis toen het telefoontje uit Hanoi kwam. Hij luisterde naar het korte bericht van de Vietnamese vrouw en hing weer op zonder iets te zeggen. Daarna ging hij midden in zijn huiskamer staan en hield het hoofd schuin. Hij kneep zijn goede oog samen alsof hij iets tastbaars voor hem gadesloeg. Alsof hij een honkbal het veld uit zag scheren, alsof de bal hoog het felle licht in suisde en een verrevelder onder zijn baan achteruit huppelde, de handschoen hief, de bal doorvloog, het hek dichterbij kwam en de verrevelder een sprong maakte. Zou de bal over het hek vliegen? Of niet? Hobie wist het niet.

Hij liep door de huiskamer en het terras op. Het terras zag van een hoogte van dertig verdiepingen in westelijke richting uit op het park. Het was een uitzicht waar hij de pest aan had, want al die bomen deden hem aan zijn jeugd denken. Maar ze deden de waarde van zijn onroerend goed stijgen en daar ging het tenslotte om. Hij was niet verantwoordelijk voor de wijze waarop andermans smaak de markt opdreef. Hij hoefde er alleen maar van te profiteren. Hij draaide zich om en keek naar links, helemaal naar zijn kantoorgebouw in het centrum van de stad. De Twin Towers zagen er korter uit dan ze in werkelijkheid waren, maar dat kwam door de kromming van de aarde. Hij ging weer naar binnen en schoof de deur dicht. Hij liep door het appartement en de gang naar de lift. En daalde helemaal naar de parkeergarage beneden.

Zijn auto was niet aan zijn handicap aangepast. Het was een nieuwe Cadillac-sedan met het contact en de pook rechts van de stuurkolom. Het contactsleuteltje gebruiken viel niet mee, want hij moest helemaal opzij hellen, de sleutel met zijn linkerhand achterwaarts in het contact steken en dan draaien. Maar verder had hij nooit problemen. Hij zette de schakelaar met zijn haak in drive en reed sturend met zijn linkerhand de garage uit terwijl de haak op schoot lag.

Zodra hij langs Fifty-ninth Street in zuidelijke richting reed, voelde hij zich beter. Het park verdween en hij zat diep in de lawaaiige ravijnen van Midtown. Het verkeer had iets geruststellends. De airconditioning van de Cadillac verlichtte de jeuk onder zijn littekens. Juni was wat dat betrof de ergste tijd. De een of andere specifieke combinatie van warmte en vocht spande samen om hem gek te maken. Maar in de Cadillac ging het beter. Hij vroeg zich tussen neus en lippen af of de Mercedes van Stone even goed zou zijn. Hij nam aan van niet. Hij had de lucht in buitenlandse auto's nooit vertrouwd. Hij zou hem dus verpatsen. Hij kende iemand in Queens die hem maar al te graag zou willen. Maar het was een extra klus op de lijst. Er was een hoop te doen en weinig tijd. De verrevelder stond vlak onder de bal en maakte een sprong met het hek in de rug.

Hij zette de auto in de ondergrondse garage, in het vak waar eerst de Suburban had gestaan. Hij bukte zich opzij om de sleutel uit het contact te trekken en deed de Cadillac op slot. Ging omhoog met de expreslift. Tony zat achter de balie in de receptie.

'Hanoi heeft weer gebeld,' zei Hobie. 'Hij is in de lucht.'

Tony wendde zijn hoofd af.

'Wat is er?' vroeg Hobie.

'Dus we moeten die Stone-toestand maar gewoon laten zitten.'

'Het zal toch een paar dagen duren?'

'Een paar dagen is misschien niet genoeg,' zei Tony. 'Er zijn complicaties. Die vrouw zegt dat ze de zaak met hem heeft doorgesproken, en ze doen het, maar er zijn complicaties waar we nog niets van weten.'

'Hoezo, complicaties?'

Tony schudde zijn hoofd. 'Dat wilde ze niet zeggen. Dat wil ze rechtstreeks met jou bespreken.'

Hobie keek naar de grond. 'Ze maakt zeker een geintje? Als het goddomme geen grapje is... Ik kan me nu geen complicaties veroorloven. Ik heb de lokaties net op voorhand verkocht. Drie separate deals. Ik heb ze mijn woord gegeven. Het apparaat is in werking. Wat voor complicaties?'

'Dat wilde ze niet zeggen,' zei Tony.

Hobies gezicht jeukte. In de garage was geen airconditioning. Het korte wandelingetje naar de lift had zijn huid van slag gebracht. Hij drukte de haak tegen zijn voorhoofd in de hoop dat het metaal iets van verlichting zou geven. Maar de haak was ook warm.

'En mevrouw Jacob?'

'Die is de hele nacht thuis geweest,' zei Tony. 'Met die Reacher. Ik heb het gecontroleerd. Vanmorgen zaten ze ergens om te lachen. Ik hoorde ze vanuit de gang. Daarna zijn ze samen ergens heen gegaan. Ze reden in noordelijke richting over de FDR Drive. Misschien zijn ze weer naar Garrison.'

'Ik wil haar niet in Garrison. Ik wil haar hier. En hem ook.'

Tony zei niets.

'Ga mevrouw Stone halen,' zei Hobie.

Hij ging zijn kantoor in en liep naar zijn bureau. Tony ging de andere kant op naar de badkamer.

Even later kwam hij weer naar buiten en duwde hij Marilyn voor zich uit. Ze zag er moe uit. De zijden jurk zag er belachelijk misplaatst uit. Alsof ze naar een feest was geweest, in een sneeuwstorm was beland en de volgende dag nog in de stad gevangenzat.

Hobie wees naar de bank.

'Ga zitten, Marilyn,' zei hij.

Ze bleef staan. Die bank was te laag. Te laag om in een korte jurk op te zitten. En te laag voor de psychologische voorsprong die ze nodig zou hebben. Maar voor het bureau blijven staan was ook niet goed. Dat was te nederig. Ze liep om naar het raam. Trok de jaloezieën uit elkaar en keek naar buiten. Daarna draaide ze zich om en leunde tegen de vensterbank. Dwong hem om zijn stoel haar kant op te draaien.

'Wat zijn er voor complicaties?' vroeg hij.

Ze keek hem aan en haalde diep adem.

'Daarover straks,' zei ze. 'Eerst moet Sheryl naar het ziekenhuis.'

Er viel een stilte. Er was totaal geen geluid behalve het gerommel en gebons van het bevolkte gebouw. Ver naar het westen klonk vaag het geluid van een sirene. Misschien wel helemaal in Jersey City.

'Wat zijn er voor complicaties?' vroeg hij weer. Met precies dezelfde stem en precies dezelfde intonatie. Alsof hij bereid was haar vergissing door de vingers te zien.

'Eerst het ziekenhuis.'

De stilte duurde voort. Hobie draaide zich om naar Tony.

'Haal Stone uit de badkamer,' zei hij.

Stone kwam in zijn ondergoed naar buiten gestruikeld met Tony's knokkels in zijn rug, helemaal naar het bureau. Hij stootte zijn scheen tegen de salontafel en hapte naar lucht van de pijn.

'Wat zijn er voor complicaties?' vroeg Hobie aan hem.

Hij keek alleen maar verwilderd van links naar rechts alsof hij te bang of gedesoriënteerd was om iets uit te brengen. Hobie wachtte. Toen knikte hij.

'Breek zijn been,' zei hij. Daarna wendde hij zich weer naar Marilyn. Stilte. Geen enkel geluid, behalve Stones hortende ademhaling en de vage hartenklop van het gebouw. Hobie staarde naar Marilyn. Zij staarde terug.

'Ga je gang,' zei ze kalm. 'Breek zijn been maar, verdomme. Wat kan mij dat schelen? Hij heeft me berooid. Hij heeft mijn leven geruïneerd. Breek voor mijn part allebei zijn benen maar als je dat leuk vindt. Maar je zult er niets mee opschieten. Er zijn namelijk complicaties, en hoe sneller we daaraan toekomen, des te beter het voor je is. En we komen er niet aan toe voordat Sheryl in het ziekenhuis is.'

Ze leunde weer tegen de vensterbank met haar handpalmen omlaag en haar schouders op slot, steunend op haar armen. Ze hoopte dat ze er daardoor ontspannen en nonchalant uitzag, maar ze deed het alleen om niet op de grond te zakken.

'Eerst het ziekenhuis,' herhaalde ze. Ze concentreerde zich zo hard op haar stem dat die wel van iemand anders leek. Ze was er wel tevreden over. Het klonk oké. Een diepe, krachtige stem, kalm en zacht in het stille kantoor.

'Daarna doen we pas zaken,' zei ze. 'Jij mag het zeggen.'

De verrevelder nam een sprong, de handschoen hoog geheven, en de bal kwam omlaag. De handschoen kwam boven het hek uit. Het traject van de bal was kantje boord. Hobie tikte met zijn haak op het bureau. Het was een hard geluid. Stone staarde hem aan. Hobie negeerde hem en keek naar Tony.

'Breng die trut naar het ziekenhuis,' zei hij zuur.

'Chester gaat mee,' zei Marilyn. 'Ter verificatie. Hij moet zien of ze de eerstehulp ingaat. Alleen. Ik blijf hier als onderpand.'

Hobie stopte met tikken. Keek haar aan en glimlachte. 'Vertrouw je me soms niet?'

'Nee, ik vertrouw je niet. Als we het niet op die manier doen, laat je Sheryl gewoon ergens anders opsluiten.'

Hobie glimlachte nog steeds. 'Het is niet bij me opgekomen. Ik zou Tony haar gewoon laten afknallen en in zee dumpen.'

Er viel weer een stilte. Vanbinnen sidderde Marilyn.

'Weet je zeker dat je dit zo wilt?' vroeg Hobie. 'Als ze een woord tegen de mensen van het ziekenhuis zegt, ben jij dood. Ja?'

Marilyn knikte. 'Ze zal niets zeggen. Ze weet dat jij mij nog hier hebt.'

'Dat mag je hopen.'

'Ze zegt het niet. Dit heeft niets met ons te maken, maar met haar. Zij heeft hulp nodig.'

Ze staarde hem aan, leunde naar achteren en had een wee gevoel. Ze speurde zijn gezicht af op een teken van mededogen. Iets van acceptatie van zijn verantwoordelijkheid. Hij staarde terug. Er was geen compassie op zijn gezicht. Helemaal niets, behalve ergernis. Ze slikte en haalde diep adem.

'Ze heeft ook een rok nodig. Ze kan niet weg zonder een rok. Anders ziet het er verdacht uit. En dan haalt het ziekenhuis de politie erbij. Dat willen we geen van tweeën. Dus Tony zal een nieuwe rok voor haar moeten kopen.'

'Leen haar jouw jurk maar,' zei Hobie. 'Trek hem uit en geef hem aan haar.'

Er viel een lange stilte.

'Die past haar niet,' zei Marilyn.

'Dat is niet de reden, hè?'

Ze gaf geen antwoord. Stilte. Hobie haalde zijn schouders op.

'Oké,' zei hij.

Ze slikte weer. 'En schoenen.'

'Wat?'

'Ze moet schoenen hebben,' zei Marilyn. 'Ze kan niet zonder schoenen de straat op.'

'Jezus,' zei Hobie. 'En wat nog meer, godverdomme?'

'Dan gaan we zaken doen. Zodra Chester terug is en zegt dat hij haar alleen en heelhuids naar binnen heeft zien gaan, gaan we zaken doen.'

Hobie streek met de vingers van zijn linkerhand langs de bocht van zijn haak.

'Je bent niet van gisteren,' zei hij.

Dat weet ik, dacht Marilyn. Daar heb je je eerste complicatie.

Reacher zette de sporttas op de witte bank onder de Mondriaan-kopie. Hij ritste hem open, keerde hem om en de bundeltjes met briefjes van vijftig tuimelden eruit. Negenendertigduizend driehonderd dollar contant. Hij deelde het geld door de helft door de bundeltjes beurtelings naar links en naar rechts naar het eind van de bank te gooien. Uiteindelijk had hij twee indrukwekkende bergjes.

'Vier keer naar de bank,' zei Jodie. 'Onder de tienduizend dollar hoeft de bank niets aan te melden, en we willen geen lastige vragen over hoe we aan dit geld komen, hè? We zetten het op mijn rekening en sturen de Hobies een cheque voor negentienduizend zeshonderdvijftig. Onze helft spreken we aan met mijn creditcard, oké?'

Reacher knikte. 'We moeten naar St. Louis in

Missouri vliegen plus hotelkosten. Met negentien mille op de bank kunnen we in een fatsoenlijk hotel slapen en business class vliegen.'

'Dat is de enige manier om te vliegen,' zei ze. Ze sloeg haar armen om zijn middel, ging op haar tenen staan en kuste hem op de mond. Hij zoende haar stevig terug.

'Dit is wel leuk, hè?' zei ze.

'Voor ons misschien. Maar niet voor de Hobies.'

Ze maakten samen drie uitstapjes naar drie verschillende banken. Bij de vierde deden ze hun laatste storting en kochten een cheque op naam van de heer T. en mevrouw M. Hobie ter waarde van $19.650. De lokettist stopte die in een crèmekleurige envelop die Jodie in haar tasje wegborg. Daarna liepen ze hand in hand terug naar Broadway zodat ze kon pakken voor de reis. Ze borg de envelop van de bank in haar bureau. Hij belde en kwam erachter dat ze op dat tijdstip van de dag het beste met United vanaf JFK konden vliegen om in St. Louis te komen.

'Taxi?' vroeg ze.

Hij schudde zijn hoofd. 'We gaan met de auto.'

De grote achtcilinder maakte een hels kabaal in de ondergrondse garage. Hij gaf een paar tikjes op het gas en grijnsde. De torsie deed het zware voertuig op zijn vering heen en weer zwaaien.

'De prijs van hun speelgoed,' zei Jodie.

Hij keek haar aan.

'Heb je dat nooit gehoord?' vroeg ze. 'Het verschil tussen mannen en jongens is de prijs van hun speelgoed?'

Hij gaf nog een tikje op het gas en grijnsde weer. 'De prijs van dit stuk speelgoed was één dollar.'

'En je hebt zojuist twee dollar aan benzine weg getikt,' zei ze.

Hij zette hem in 'drive' en reed de oprit op. Koerste in oostelijke richting naar de Midtown Tunnel, nam de 495 naar de Van Wyck en reed vervolgens het uitgestrekte complex van JFK op.

'Zet hem maar op de kortetermijnparkeerplaats,' zei ze. 'Dat kunnen we ons nu wel veroorloven, hè?'

Hij moest de Steyr en de demper achterlaten. Het valt niet mee om met grote metalen wapens op zak door de detectors op het vliegveld te komen. Hij verstopte ze onder de chauffeursstoel. Ze zetten de Lincoln op de parkeerplaats recht tegenover het gebouw van United en vijf minuten later stonden ze voor de balie om twee enkeltjes business class naar St. Louis te kopen. De dure tickets gaven hun het recht om in een speciale lounge te wachten, waar een steward in uniform fatsoenlijke koffie in porseleinen kopjes schonk en ze de *Wall Street Journal* konden lezen zonder ervoor te hoeven betalen. Vervolgens droeg Reacher Jodies tas toen ze door de slurf naar het vliegtuig liepen. De stoelen in de business class besloegen de eerste zes rijen twee aan twee. Het waren brede, comfortabele stoelen. Reacher glimlachte.

'Dit is voor het eerst,' zei hij.

Hij schoof in de stoel bij het raampje. Hij had voldoende ruimte om zich een beetje uit te strekken. Jodie verdronk bijna in haar stoel. Er pasten wel drie van haar postuur in. De stewardess bracht hun al een beker sap voordat het toestel in beweging was gekomen. Een paar minuten later waren ze in de lucht en draaiden ze in westelijke richting over het zuidelijkste puntje van Manhattan.

Tony kwam het kantoor weer in met een glimmende rode tas van Talbot en een bruine van Bally die met hengsels van touw aan zijn vuist hingen. Marilyn bracht ze naar de badkamer en vijf minuten later kwam Sheryl naar buiten. De nieuwe rok had de juiste maat maar de verkeerde kleur. Ze streek hem met vage handbewegingen glad over haar heupen. De nieuwe schoenen pasten niet bij de rok en waren te groot. Haar gezicht zag er vreselijk uit. Haar ogen stonden wezenloos en berustend, in opdracht van Marilyn.

'Wat ga je tegen de dokter zeggen?' riep Hobie.

Sheryl wendde haar hoofd af en concentreerde zich op Marilyns scenario.

'Ik ben tegen een deur gelopen,' zei ze.

Haar stem klonk diep en nasaal. Dof, alsof ze nog steeds in shocktoestand was.

'Ga je de politie bellen?'

Ze schudde haar hoofd. 'Nee, dat doe ik niet.'

Hobie knikte. 'Wat zou er gebeuren als je dat wel deed?'

'Ik weet het niet,' antwoordde ze. Wezenloos en dof.

'Je vriendin Marilyn zou een vreselijke dood sterven. Begrijp je dat?'

Aan de andere kant van het vertrek hief hij zijn haak zodat ze die goed kon zien. Daarna kwam hij achter zijn bureau vandaan en ging vlak achter Marilyn staan. Met zijn linkerhand tilde hij haar haar opzij. Zijn hand streek over haar huid. Ze verstrakte. Hij ging met de stalen haak langs haar wang. Sheryl knikte vaag.

'Ja, dat begrijp ik,' zei ze.

Het moest allemaal vlug gebeuren, want Sheryl had nu wel een nieuwe rok en schoenen, maar Chester was nog steeds in zijn onderbroek en hemd. Tony liet ze allebei in de receptie wachten tot de vrachtlift arriveerde, en daarna duwde hij hen haastig door de gang en naar binnen. In de garage stapte hij uit om poolshoogte te nemen. Hij dreef hen voor zich uit naar de Tahoe, en duwde Chester achterin en Sheryl voorin. Hij startte en sloot de portieren af. En schoot over de oprit de straat op.

Hij kende een stuk of twintig ziekenhuizen in Manhattan en voor zover hij wist, hadden de meeste wel een EHBO-afdeling. Het liefst zou hij helemaal naar het noorden zijn gereden, misschien wel naar

Mount Sinai in 100th Street, omdat zijn instinct hem zei dat het veiliger was om wat afstand te scheppen tussen hen en de plek waar Sheryl zou belanden. Maar de tijd drong. Helemaal naar het centrum en terug rijden zou wel een uur kosten en misschien wel langer. Een uur dat ze niet konden missen. Dus besloot hij naar St. Vincent op de hoek van Eleventh Street en Seventh Avenue te gaan. Bellevue, op de hoek van Twenty-seventh en First, was geografisch gezien beter, maar om de een of andere reden wemelde het daar altijd van de politie. Dat was zijn ervaring. Die woonde er praktisch. Dus moest het St. Vincent maar worden. Bovendien wist hij dat er bij St. Vincent een groot, open stuk recht tegenover de ingang van de EHBO was, het kruispunt van Greenwich Avenue en Seventh. Hij herinnerde zich die situatie van de keer toen ze Costello's secretaresse gingen pakken. Een uitgestrekt stuk, het leek wel een plein. Ze konden helemaal volgen hoe ze naar binnen ging zonder al te dichtbij te hoeven komen.

Het ritje duurde acht minuten. Hij zette de auto voorzichtig langs de stoeprand aan de westkant van Seventh en drukte op de knop om de auto van het slot te doen.

'Eruit,' zei hij.

Ze deed het portier open en schoof naar buiten. Ze bleef een ogenblik onzeker staan. Daarna liep ze zonder om te kijken naar de zebra. Tony boog zich opzij en trok het portier met een klap dicht. Draaide zich om naar Stone.

'Kijken,' zei hij.

Maar Stone keek haar al na. Hij zag het verkeer tot stilstand komen en het voetgangerslicht op groen springen. Hij zag haar een stap naar voren doen en verdwaasd met de menigte meelopen. Ze liep langzamer dan de rest en schuifelde met haar grote schoenen. Ze hield haar hand voor haar gezicht om het te camoufleren. Ze was pas aan de overkant toen het oversteeklicht allang weer op rood stond. Een ongeduldige bestelbus reed rechts om haar heen. Ze liep verder naar de ingang van het ziekenhuis. Over de brede stoep. Daarna kwam ze op de parkeerplaats voor de ambulances. Een dubbele deur doemde voor haar op. Gehavende, plastic flapdeuren. Drie verpleegsters stonden ernaast voor hun rookpauze. Ze liep langzaam langs de zusters recht op de deuren af. Ze duwde ze aarzelend met beide handen open. Ze ging naar binnen. De deuren vielen achter haar dicht.

'Oké, gezien?'

Stone knikte. 'Ja, ik heb het gezien. Ze is binnen.'

Tony keek in zijn spiegeltje en veroverde zich weer een plaats in de verkeersstroom. Tegen de tijd dat ze honderd meter zuidelijker waren, stond Sheryl in de rij voor de intake en repeteerde ze in stilte wat Marilyn tegen haar had gezegd.

Het was een goedkope, korte taxirit van het vliegveld van St. Louis naar het gebouw van de National Personnel Records Center, en voor Reacher was het bekend terrein. Tijdens de meeste van zijn detacheringen in de VS was hij minstens één keer naar het archief geweest om het een of ander uit het verleden op te spitten. Maar nu zou het anders zijn. Hij zou er als burger naar binnen gaan. Dat was niet hetzelfde als in majoorsuniform. Helemaal niet hetzelfde. Dat begreep hij heel goed.

De toegang voor het publiek wordt geregeld door baliepersoneel in de receptie. Technisch gezien is het hele archief publiek domein, maar het personeel doet veel moeite om dat niet aan de grote klok te hangen. Vroeger was Reacher het zonder meer eens geweest met die strategie. Militaire dossiers kunnen heel openhartig zijn en moeten in hun strikte context worden gelezen en geïnterpreteerd. Hij was er altijd zeer tevreden over geweest dat ze uit de buurt van het publiek werden gehouden. Maar nu was híj dat publiek en vroeg hij zich af hoe het zou gaan. Er lagen miljoenen dossiers in gigantische opslagplaatsen en het kon best zijn dat hij dagen of weken zou moeten wachten voordat ze iets gevonden zouden hebben, zelfs als het personeel als een idioot rondrende en precies deed alsof het zijn uiterste best deed. Hij had het wel eerder zien gebeuren, als insider. Dikwijls zelfs. Het was een heel overtuigend toneelstukje. Hij had het met een grimmig lachje gadegeslagen.

Dus toen ze hadden afgerekend met de taxichauffeur, bleven ze even in de warme Missouri-zon staan om te bespreken hoe ze het aan zouden pakken. Ze gingen naar binnen en zagen een groot bord met: ÉÉN DOSSIER PER KEER. Ze gingen voor een baliemedewerkster staan wachten. Ze was een dikke vrouw van middelbare leeftijd in het uniform van een sergeant van de wacht en was druk bezig met het soort bezigheden dat nergens anders toe dient dan mensen te laten wachten tot het af is. Na een hele poos schoof ze twee blanco formulieren over de toonbank en wees naar een plek waar een potlood met een stukje touw aan de balie vastzat.

De formulieren waren verzoeken tot dossieropvraag. Jodie vulde haar naam in als Jacob en verzocht om alle aanwezige informatie over majoor Jack-geen-Reacher, US Army Criminal Investigation Division. Reacher nam het potlood van haar over en verzocht om alle aanwezige informatie over luitenant-generaal Leon Jerome Garber. Hij schoof beide formulieren terug naar de sergeant, die er een blik op wierp en ze in haar uit-bak legde. Ze drukte op een bel naast haar elleboog en ging weer aan het werk. De bedoeling was dat de een of andere soldaat de bel zou horen, de formulieren zou komen halen en met de geduldige zoektocht naar de dossiers zou beginnen.

'Wie heeft vandaag de supervisie?' vroeg Reacher.

Het was een rechtstreekse vraag. De sergeant

zocht vergeefs naar een manier om een antwoord te vermijden.

'Majoor Theodore Conrad,' zei ze met tegenzin.

Reacher knikte. Conrad? Die naam herinnerde hij zich niet.

'Wilt u hem zeggen dat we hem graag even willen spreken? En wilt u die dossiers dan bij zijn kantoor laten bezorgen?'

De manier waarop hij het zei hield het midden tussen een beleefd verzoek en een versluierd bevel. Het was een toon die hij altijd erg handig had gevonden tegenover sergeants van de wacht. De vrouw pakte de telefoon om te bellen.

'Hij laat u wel naar boven brengen,' zei ze, alsof ze verbaasd was dat Conrad hun zo'n onuitsprekelijke gunst bewees.

'Hoeft niet,' zei Reacher. 'Ik ken de weg. Ik ben hier wel vaker geweest.'

Hij liep voor Jodie uit via de trap in de receptie naar een ruim kantoor op de tweede etage. Majoor Conrad stond in zijn deuropening te wachten. Warmweeruniform, zijn naam op een plastic plaatje boven zijn borstzak. Hij zag er wel vriendelijk uit, maar wellicht ietwat verzuurd door de aard van zijn post. Hij was een jaar of vijfenveertig, en als je op die leeftijd nog steeds majoor op de eerste verdieping van de NPRC bent, wil dat zeggen dat ze geen haast hebben om je naar een andere plek over te plaatsen. Hij stond even te wachten omdat er een soldaat door de gang aan kwam hollen met twee dikke dossiers in zijn hand. Reacher moest een glimlach onderdrukken. Ze kregen eersteklas service. Als ze hier snel wilden zijn, konden ze zelfs pijlsnel zijn. Conrad pakte de dossiers aan en stuurde de koerier weer weg.

'Nou, wat kan ik voor jullie doen?' vroeg hij. Zijn accent was zo traag en troebel als de Mississippi waar het vandaan kwam, maar het klonk vrij gastvrij.

'Nou, we kunnen uw hulp goed gebruiken, majoor,' zei Reacher. 'En we hoopten dat u die misschien wilt verlenen als u die dossiers hebt gelezen.'

Conrad wierp een blik op de dossiers en deed een stap opzij om hen binnen te laten. Het was een rustige, gelambriseerde ruimte. Hij liet hen plaatsnemen op een stel identieke, leren leunstoelen en ging achter zijn bureau zitten. Hij legde de dossiers op elkaar op zijn vloeiblad. Hij begon die van Leon door te nemen en het kostte hem precies tien minuten om te vinden wat hij zocht. Reacher en Jodie zaten uit het raam te kijken. De stad lag te bakken onder een witte zon. Conrad was klaar met lezen en bestudeerde de namen op de aanvraagformulieren.

'Twee voortreffelijke dossiers,' zei hij. 'Heel indrukwekkend. En ik begrijp waar u heen wilt. Het ligt voor de hand dat u Jack-geen-Reacher zelf bent en ik gok erop dat mevrouw Jodie Jacob hier de

Jodie Garber is van wie in het dossier wordt gerept als de dochter van de generaal. Klopt dat?'

Jodie knikte glimlachend.

'Dat dacht ik al,' zei Conrad. 'En dacht u dat het feit dat u familie bent, om het zo maar eens te zeggen, u betere en snellere toegang tot het archief zal verschaffen?'

Reacher schudde ernstig zijn hoofd.

'Het is geen moment bij ons opgekomen,' zei hij. 'We weten dat alle aanvragen absoluut gelijke behandeling krijgen.'

Conrad glimlachte, en vervolgens barstte hij in lachen uit.

'Dat zei u heel uitgestreken,' zei hij. 'Heel goed. Speelt u vaak poker? Dan zou u dat goddorie wel moeten doen, weet u. Goed, wat kan ik voor u doen?'

'We willen zien wat jullie over Victor Truman Hobie hebben,' zei Reacher.

'Vietnam?'

'Kent u de naam?' vroeg Reacher verrast.

Conrad keek neutraal. 'Nooit van gehoord. Maar als je Truman als tweede naam hebt, ben je ergens tussen '42 en '52 geboren, nietwaar? En dat maakt hem te jong voor Korea en te oud voor de Golf.'

Reacher knikte. Hij mocht die Theodore Conrad wel. Hij zou z'n dossier wel eens willen zien om te kijken hoe het kwam dat hij op zijn vijfenveertigste nog bureaumajoor in Missouri was.

'We zullen het hier doen,' zei Conrad. 'Met alle genoegen.'

Hij nam de hoorn van de haak en belde rechtstreeks met de opslagruimte, waardoor hij de sergeant van de wacht aan de balie passeerde. Met een knipoog naar Reacher bestelde hij het dossier-Hobie. Daarna zaten ze in comfortabel stilzwijgen te wachten tot de koerier de map vijf minuten later kwam brengen.

'Dat was vlug,' zei Jodie.

'Eigenlijk was het aan de trage kant,' antwoordde Conrad. 'Bekijk het maar eens vanuit het standpunt van de soldaat. Hij hoort mij H voor Hobie zeggen, hij holt naar de bewuste sectie, hij vindt het dossier aan de hand van de eerste en middelste initiaal, hij pakt hem en holt ermee naar mij toe. Mijn mensen zijn onderworpen aan de gewone legermaatstaven betreffende conditie, wat betekent dat hij in vijf minuten een kleine twee kilometer kan lopen. En hoewel dit een heel groot pand is, hoefde hij veel minder dan twee kilometer te overbruggen in de driehoek tussen zijn bureau, de H-sectie en dit kantoor, neem dat maar van mij aan. Dus was hij in feite een beetje traag. Ik vermoed dat hij door de sergeant van de wacht is opgehouden, uitsluitend om mij dwars te zitten.'

Victor Hobies dossieromslag was oud en vervilt. Voorop stond een roostertje gedrukt waarop in keurig handschrift aanvragen stonden genoteerd. Er stonden er maar twee. Conrad ging met zijn vinger langs de namen.

'Telefonische verzoeken,' zei hij. 'Generaal Garber zelf, in maart van dit jaar. En een zekere Costello die begin vorige week uit New York heeft gebeld. Vanwaar die plotselinge belangstelling?'

'Daar hopen we juist achter te komen,' zei Reacher.

Een soldaat die aan oorlogshandelingen heeft deelgenomen heeft een dik dossier, en vooral als die oorlogshandelingen dertig jaar geleden zijn. Drie decennia is lang genoeg om alle rapporten en aantekeningen op de juiste plek te doen belanden. Victor Hobies paperassen waren een samengeperst pak van zo'n vijf centimeter dik. Het oude, vervilte omslag zat er strak omheen. Het deed Reacher denken aan Costello's zwarte leren portefeuille die hij in de bar in de Keys had gezien. Hij trok zijn stoel dichter bij die van Jodie en ook dichter naar de voorkant van Conrads bureau. Conrad legde het dossier neer, draaide het een halve slag op het glimmende hout en sloeg het open alsof hij een zeldzame schat aan belangstellende connaisseurs liet zien.

Marilyns instructies waren nauwgezet en Sheryl volgde ze tot op de letter. De eerste stap was een medische behandeling. Ze meldde zich aan bij de balie en ging vervolgens op een harde plastic stoel in de wachtruimte zitten. Het was minder druk dan anders in de EHBO van St. Vincent en binnen tien minuten zat ze bij een vrouwelijke arts die jong genoeg was om haar dochter te kunnen zijn.

'Hoe is dit gekomen?' vroeg de dokter.

'Ik ben tegen een deur op gelopen,' zei Sheryl.

De arts bracht haar naar een ruimte met een gordijn eromheen en liet haar op de onderzoekstafel zitten. Ze begon de reflexen in haar ledematen te controleren.

'Een deur? Weet u dat absoluut zeker?'

Sheryl knikte. Ze bleef bij haar verhaal. Daar rekende Marilyn op.

'Hij stond halfopen. Ik draaide me om en zag hem gewoon niet.'

De arts scheen zwijgend in Sheryls linkeroog en vervolgens in haar rechter.

'Onscherp zicht?'

Sheryl knikte. 'Een beetje.'

'Hoofdpijn?'

'Alsof mijn hoofd op springen staat.'

De arts zweeg even en bestudeerde het opnameformulier.

'Oké, we moeten natuurlijk röntgenfoto's van de gezichtsbotten laten maken, maar ik wil ook een volledig encefalogram en een CAT-scan. We moeten weten hoe het er daar vanbinnen precies aan toe is. Uw verzekering is in orde, dus ik zal meteen een chirurg een kijkje laten nemen, want als er herstelwerkzaamheden plaats moeten vinden, kun je daar maar beter zo vroeg mogelijk mee beginnen, oké? Dus u moet een hemd aantrekken en gaan liggen. Dan geef ik u een pijnstiller tegen de hoofdpijn.'

Sheryl hoorde Marilyn weer met nadruk zeggen: 'Bellen voordat ze je een pijnstiller geven, anders word je wazig en vergeet je het.'

'Ik moet even bellen,' zei ze bezorgd.

'Wij kunnen uw man wel bellen als u wilt,' zei de dokter neutraal.

'Nee, ik ben niet getrouwd. Het is een advocaat. Ik moet iemands advocaat bellen.'

De arts keek haar schouderophalend aan.

'Oké, in de hal, maar wel voortmaken.'

Sheryl liep naar de rij telefoons tegenover de wachtruimte. Ze belde de telefonist om een collectgesprek aan te vragen zoals Marilyn had opgedragen. Ze herhaalde het nummer dat ze uit haar hoofd had geleerd. De telefoon werd opgenomen nadat hij twee keer was overgegaan.

'Forster en Obelstein,' zei een opgewekte stem. 'Waarmee kan ik u van dienst zijn?'

'Ik bel namens de heer Chester Stone,' zei Sheryl. 'Ik moet zijn advocaat spreken.'

'Dat is meneer Forster zelf,' zei de opgewekte stem. 'Een momentje alstublieft.'

Terwijl Sheryl naar een muziekje luisterde, was de dokter zeven meter verder aan de hoofdbalie ook aan de telefoon. Bij haar telefoontje was geen muziekje inbegrepen. Zij belde met de afdeling huiselijk geweld van de politie van New York.

'Met St. Vincent,' zei ze. 'Ik heb er hier weer een. Deze zegt verdorie dat ze tegen een deur is opgelopen. Ze wil niet eens toegeven dat ze getrouwd is, laat staan dat hij haar mishandelt. U bent welkom om met haar te komen praten wanneer u maar wilt.'

Het eerste document in het dossier was Victor Hobies oorspronkelijke aanvraag voor een aanstelling in het leger. De randen waren bruin, hij was broos van ouderdom en beschreven in hetzelfde nette, linkshandige schooljongenshandschrift dat ze op de brieven naar huis in Brighton hadden gezien. Het betrof een samenvatting van zijn opleiding, zijn verlangen om helikopterpiloot te worden, en dat was het wel zo'n beetje. Op het eerste gezicht geen voorbode van een flitsende loopbaan. Maar in die tijd waren er voor elke jongen die zich vrijwillig aanmeldde twintig anderen die een enkele reis met de bus naar Canada namen, dus hadden de ronselaars van het leger Hobie met open armen ontvangen en hem linea recta naar de dokter doorgestuurd.

Die had een pilotenkeuring verricht, die grondiger was dan de standaardkeuring, vooral waar het op gezichtsvermogen en evenwicht aankwam. Hij was er met vlag en wimpel doorheen gekomen. Hij was een meter drieëntachtig, woog zevenenzeventig kilo, had een gezichtsvermogen van 20/20, een goede longcapaciteit en was vrij van besmettelijke ziekten. De keuring had in het vroege voorjaar plaatsgevonden en Reacher kon zich de jongen goed voorstellen: bleek van de winter in New York State, in zijn boxershort op een kale houten vloer met een meetlint strak om zijn borst.

Het volgende document gaf aan dat hem reisvouchers waren verstrekt met de opdracht om zich twee weken later bij Fort Dix te melden. Het volgende pakket paperassen besloeg de periode aldaar. Het begon met een formulier dat hij bij aankomst had getekend en waarmee hij zich onherroepelijk verbond tot trouwe dienst in het Amerikaanse leger. Fort Dix betekende twaalf weken basisopleiding. Er waren zes vaardigheidsexamens. Bij alle scoorde hij een stuk boven het gemiddelde. Er waren geen opmerkingen.

Vervolgens was er een aanvraag voor reisvouchers naar Fort Polk en een kopie van zijn bevel om zich daar te melden voor de voortgezette infanterieopleiding van een maand. Er waren aantekeningen over zijn vooruitgang met wapens. Hij was goed, wat iets wilde zeggen in Polk. In Dix werd je al goed genoemd als je op tien passen een geweer herkende. In Polk sprak de kwalificatie 'goed' van een uitstekende hand-oogcoördinatie, rustige spierbeheersing en een evenwichtig temperament. Reacher was geen vliegexpert, maar hij nam aan dat de instructeurs redelijk optimistisch waren over het vooruitzicht om de jongen uiteindelijk op een helikopter los te laten.

Er waren nog meer reisvouchers; ditmaal naar Fort Wolters in Texas, de basis van de US Army Primary Helicopter School. Er was een aantekening toegevoegd van de commandant van Polk waarop stond dat de jongen een week verlof had afgeslagen om er spoorslags heen te kunnen. Het was een nuchtere mededeling, maar hij had een goedkeurende bijklank, zelfs na zoveel jaar. Hier hadden ze een knaap die niet kon wachten.

In Wolters begon het papierwerk toe te nemen. Het was een verblijf van vijf maanden en het was aanpakken, zoals op een universiteit. Eerst was er een theorieopleiding van een maand met een zware academische nadruk op natuurkunde, aëronautica en navigatie, gedoceerd in klaslokalen. Om verder te kunnen moest je daarvoor slagen. Hobie had het op zijn sloffen af gekund. De aanleg voor wiskunde waarvan zijn vader had gehoopt dat die hem de kant van de boekhouding op zou duwen vierde hoogtij in al die studieboekonderwerpen. Hij slaagde als beste van de klas voor de theoriemaand.

De enige wanklank was de aantekening over zijn gedrag. De een of andere officier had kritiek op hem omdat hij gunsten ruilde voor bijles. Hobie hielp een handvol sappelaars door de ingewikkelde vergelijkingen heen en in ruil daarvoor poetsten ze zijn schoenen en maakten zijn spullen schoon. Reacher haalde zijn schouders op. Die officier was duidelijk een eikel. Hobie werd opgeleid tot helikopterpiloot. Niet tot heilige.

De volgende vier maanden in Wolters was het de lucht in voor de lagere vliegeniersopleiding, aanvankelijk met H-23 Hillers. Hobies eerste instructeur was een knaap die Lanark heette. Zijn lesnotities waren opgeschreven in wijdlopige hanenpoten, heel anekdotische en onmilitair. Af en toe erg geestig. Hij beweerde dat een helikopter leren besturen net zoiets was als leren fietsen als je klein bent. Je verknalt het, je verknalt het nog een keer, je verknalt het weer en opeens heb je het onder de knie en vergeet je het nooit meer. Volgens Lanark had Hobie er misschien langer over gedaan dan nodig was om het onder de knie te krijgen, maar was hij vervolgens van uitstekend doorgestoten naar voortreffelijk. Hij mocht van de Hiller naar de H-19 Sikorsky, wat zoiets was als promoveren naar een Engelse racefiets met tien versnellingen. In de Sikorsky deed hij het nog beter dan in de Hiller. Hij was een natuurtalent en werd beter naarmate de toestellen ingewikkelder werden.

Hij rondde Wolters af als tweede van zijn klas over de hele linie, gekwalificeerd als voortreffelijk, vlak achter een crack die A.A. DeWitt heette. Volgens nog meer reisvouchers waren ze samen naar Fort Rucker in Alabama gegaan voor een hogere vliegeniersopleiding van nog eens vier maanden.

‘Ken ik die DeWitt misschien?’ vroeg Reacher. ‘De naam komt me bekend voor.’

'Dat kon generaal DeWitt wel eens zijn,' zei hij. 'Die staat nu aan het hoofd van de helikopteropleiding in Wolters. Dat klinkt wel logisch, hè? Ik zal eens bellen.'

Hij belde rechtstreeks met de opslagruimte om het dossier van generaal-majoor A.A. DeWitt op te vragen. En keek op zijn horloge toen hij weer neerlegde. 'Hij zou nu sneller moeten zijn, want de sectie-D is dichter bij zijn bureau dan de sectie-H. Behalve als die verdomde sergeant van de wacht hem weer in de wielen rijdt.'

Reacher glimlachte even en boog zich weer met Jodie over dertig jaar vroeger. Fort Rucker was je ware. Daar hadden de opleidingshelikopters plaats gemaakt voor splinternieuwe offensieve helikopters van het type dat ze aan het front gebruikten. Bell UH-1 Iroquois met de bijnaam 'Hueys'. Grote, woeste kisten met turbomotoren en het onvergetelijke wap-wap-wap-geluid van een hefschroef van veertieneneenhalve meter lang en ruim een halve meter breed. De jonge Victor Hobie had er zeventien lange weken in rondgejaagd door de lucht boven Alabama en was vervolgens cum laude en met eervolle vermeldingen geslaagd bij de parade die zijn vader had gefotografeerd.

'Drie minuten en veertig seconden,' fluisterde Conrad.

De koerier kwam binnen met de map van DeWitt. Conrad boog zich naar voren om het dossier aan te pakken. De soldaat salueerde en ging de kamer weer uit.

'Ik mag dit niet aan jullie laten zien,' zei Conrad. 'De generaal is nog niet buiten dienst, hè? Maar ik kan je wel vertellen of het dezelfde DeWitt is.'

Hij sloeg het dossier open in het begin en Reacher zag flitsen van dezelfde paperassen als bij Hobie. Conrad bladerde en knikte. 'Zelfde DeWitt. Hij heeft het oerwoud overleefd en is naderhand aan boord gebleven. Totale helikopterfreak. Volgens mij blijft hij tot zijn pensioen in Wolters.'

Reacher knikte. Wierp een blik uit het raam. De zon was over zijn hoogste punt.

'Willen jullie koffie?' vroeg Conrad.

'Lekker,' zei Jodie. Reacher knikte weer.

Conrad nam de hoorn van de haak en belde de opslag.

'Koffie,' zei hij. 'Dat is geen dossier, maar een verzoek voor verversingen. Drie kopjes in ons beste porselein, oké?'

De koerier bracht het op een zilveren dienblad en tegen die tijd was Reacher aanbeland bij Fort Belvoir in Virginia, waar Victor Hobie en zijn nieuwe maatje A.A. DeWitt zich moesten melden bij de Derde Transportcompagnie van de Eerste Cavaleriedivisie. De twee jongens waren er twee weken, wat lang genoeg was voor het leger om 'luchtmobiel' toe te voegen aan de naam van hun eenheid en om die vervolgens helemaal te veranderen in Compagnie

B, 229ste Bataljon Gevechtshelikopters. Aan het eind van die twee weken vertrok de omgedoopte compagnie per schip van de kust van Alabama als onderdeel van een konvooi van zeventien schepen voor overtocht van eenendertig dagen naar Long Mai Bay, ruim dertig kilometer ten zuiden van Qui Nhon en achttienduizend kilometer weg in Vietnam.

Eenendertig dagen op zee is een hele maand en de compagnie had corvee bedacht om de verveling op afstand te houden. Hobies dossier wees uit dat hij voor onderhoud had getekend, wat inhield dat hij eindeloos de gedemonteerde Hueys moest wassen en invetten om de zoute zeelucht in het ruim te slim af te zijn. Het was een goedkeurende aantekening, en toen Hobie aan land ging in Indochina was hij eerste luitenant, nadat hij als tweede uit Amerika was vertrokken, en dertien maanden nadat hij bij het leger als kandidaat-officier was ingelijfd. Verdiende promoties voor een veelbelovende rekruut. Een van de goeien. Reacher moest aan de woorden van Ed Steven denken, in de warme zon bij zijn ijzerwinkel: heel serieus, heel ernstig, maar niet echt zo anders dan anderen.

'Melk?' vroeg Conrad.

Reacher en Jodie schudden tegelijkertijd hun hoofd.

'Gewoon zwart,' zeiden ze als uit één mond.

Conrad schonk in en Reacher las door. In die tijd waren er twee soorten Hueys in de lucht: de ene was een toestel met mitrailleurs en de andere een transporthelikopter met de bijnaam *slick*. De B-compagnie was aangewezen om met slicks te vliegen ter ondersteuning van de transportbehoeften naar het slagveld van de Eerste Cavalerie. De slick was een transportkist, maar niet ongewapend. Het was een standaard Huey waaruit de zijdeuren waren verwijderd en een zware mitrailleur was opgehangen aan een elastisch koord in beide deuropeningen. Er waren een piloot en een copiloot, twee boordschutters en een boordcommandant die tegelijkertijd dienst deed als factotum en boordwerktuigkundige. De slick kon net zoveel infanteristen vervoeren als zich in de vierkante ruimte tussen de twee schutters konden proppen, of een ton munitie, of een combinatie van beide.

Er was een praktijkopleiding om te leren dat Vietnam iets heel anders was dan Alabama. Daaraan was geen formele kwalificatie verbonden, maar Hobie en DeWitt waren de eerste nieuwe piloten die naar het oerwoud werden gestuurd. Vervolgens moest je op vijf gevechtsmissies meevliegen als copiloot en als je dat er goed afbracht kreeg je een positie als piloot met je eigen copiloot. Daarna begon het serieuze werk, en daar zat een neerslag van in het dossier. De hele tweede helft van de map zat barstensvol taakrapporten op vodjes papier dat zo dun was als uienvel. De taal was droog en zakelijk. Ze waren niet door Hobie zelf geschreven. Ze waren het werk van de rapporteur van de compagnie.

Met de gevechten was het hollen of stilstaan. De oorlog om Hobie heen woedde onverminderd voort, maar als gevolg van het weer bracht hij lange tijd aan de grond door. Dagen achtereen maakten de mist en nevels van Vietnam lage helikoptervluchten in de oerwoudvalleien suïcidaal. Dan opeens klaarde het weer weer op en klonterden de rapporten zich allemaal samen onder één datum, drie, vijf en soms wel zeven vluchten per dag, onder furieuze tegenstand van de vijand: het brengen en halen van grondtroepen en het herhaaldelijk bevoorraden van diezelfde troepen. Vervolgens daalde de mist opnieuw neer en wachtten de Hueys weer werkeloos in hun kampementen. Reacher stelde zich Hobie voor, dagen achtereen liggend in zijn hut, gefrustreerd of opgelucht, verveeld of nerveus, om zich vervolgens weer voor vele hectische en uitputtende uren in de angstaanjagende gevechtshandelingen te storten.

De rapporten werden in twee hoofdstukken verdeeld door documenten die het eind van de eerste detachering, de routineuze toekenning van een medaille, het groot verlof in de staat New York en het begin van de tweede detachering boekstaafden. Daarna nog meer taakrapportage. Hetzelfde nauwgezette werk, hetzelfde nauwgezette patroon. Van de tweede detachering waren minder rapporten. Het allerlaatste document in het dossier betrof de negenhonderdeenennegentigste gevechtsvlucht van zijn loopbaan. Het was geen routinevlucht van de Eerste Cavalerie. Het was een bijzondere opdracht. Hij was van Pleiku vertrokken en vloog naar het oosten naar een geïmproviseerde landingsplek in de buurt van de An Khe-pas. Zijn opdracht was erheen te vliegen als een van de twee slicks om de manschappen op de landingsplek achter de vijandelijke linies vandaan te halen. DeWitt vloog mee als backup. Hobie was er het eerst. Hij landde midden op de kleine open plek onder zwaar mitrailleurvuur uit het omringende oerwoud. Men zag dat hij maar drie man aan boord nam. Hij vertrok bijna onmiddellijk. Zijn Huey werd in de romp geraakt. Zijn eigen boordschutters schoten in het wilde weg terug in het bladerdak van de jungle. DeWitt cirkelde rond toen Hobie probeerde weg te komen. Hij zag dat de motoren van Hobies Huey door een zwaar salvo mitrailleurvuur werden getroffen. Volgens het formele rapport dat door de compagnierapporteur was opgesteld, zag hij dat de rotor van de Huey stopte en er vlammen in de buurt van de brandstoftank verschenen. De helikopter boorde zich zes kilometer ten westen van de landingsplek in een lage hoek en met een geschatte snelheid van ruim honderdtwintig kilometer per uur in het bladerdak van het oerwoud. DeWitt rapporteerde dat hij een groene flits door het gebladerte zag, wat doorgaans op de ontploffing van een brandstoftank op de bodem van het oerwoud wees. Er werd een opsporings- en reddingsoperatie op touw gezet en weer afgeblazen vanwege het slechte weer. Er werden geen wrakstukken gevonden. Omdat het gebied zes kilometer ten westen van de landingsplek werd beschouwd als ongerepte, ontoegankelijke jungle, nam men volgens procedure aan dat er geen infanteristen van het Noord-Vietnamese leger in de onmiddellijke nabijheid waren. Om die reden was er geen direct risico van gevangenneming door de vijand. Om die reden werden de acht personen aan boord van de Huey genoteerd als vermist tijdens gevechtshandelingen.

'Maar waarom?' vroeg Jodie. 'DeWitt zag het ding exploderen. Waarom moesten ze dan als vermist worden genoteerd? Het was toch duidelijk dat ze allemaal om het leven waren gekomen?'

Majoor Conrad haalde zijn schouders op.

'Ik denk het wel,' zei hij. 'Maar niemand wist het zeker. DeWitt zag een flits door het gebladerte, anders niet. Theoretisch kon dat een munitiebergplaats van het NVL zijn geweest, toevallig door een van de kogels van het toestel getroffen toen het neerstortte. Het kon van alles zijn geweest. Ze noteerden alleen maar 'gesneuveld tijdens gevechtshandelingen' als ze het verdomd zeker wisten. Als iemand het feitelijk had gezien. Er zijn gevechtsvliegtuigen in hun eentje neergestort op een afstand van driehonderd kilometer uit de kust; de piloot werd als vermist geboekt, niet als gesneuveld, want hij kon wel ergens heen gezwommen zijn. Om als gesneuveld geboekt te worden moest iemand het hebben gezien. Ik kan je een dossier laten zien dat tien keer zo dik is als deze map, dat stijf staat van de oekazes die precies definiëren en herdefiniëren hoe je dodelijke slachtoffers moet omschrijven.'

'Waarom?' herhaalde Jodie. 'Omdat ze bang waren voor de media?'

Conrad schudde zijn hoofd. 'Nee, ik heb het hier over interne procedures. Als ze bang waren voor de pers, dan logen ze gewoon. Dit was allemaal om twee redenen. In de eerste plaats wilden ze geen vergissingen tegenover de nabestaanden maken. Neem maar van mij aan dat er hele rare dingen zijn gebeurd. Het was een totaal andere omgeving. Mensen die de ongelooflijkste dingen overleefden. Mensen die later opeens weer opdoken. Mensen die weer werden gevonden. Er was continu een massale zoek- en reddingsoperatie gaande. Er zijn mensen gevangengenomen en de Vietcong heeft pas vele jaren later lijsten met gevangenen vrijgegeven. En je kon nu eenmaal niet tegen ouders zeggen dat hun zoon was gesneuveld als hij later opeens weer levend en wel voor hun neus kon staan. Dus wilden ze maar al te graag zo lang mogelijk blijven zeggen dat hij werd vermist.'

Daarna dacht hij een poosje na.

'De tweede reden was dat ze inderdaad bang waren, maar niet voor de pers. Ze waren bang voor zichzelf. Ze waren bang om zichzelf te vertellen dat ze op hun lazer kregen, en wel vreselijk op hun lazer.'

Reacher nam het laatste vluchtrapport door en zijn oog viel op de naam van Hobies copiloot. Hij was een tweede luitenant die F.G. Kaplan heette. Hij was Hobies vaste copiloot geweest tijdens het grootste deel van zijn tweede detachering.

'Mag ik zijn map zien?' vroeg hij.

'Sectie K?' vroeg Conrad. 'Zal ongeveer vier minuten duren.'

Ze wachtten in stilte met de koude koffie tot de koerier het levensverhaal van F.G. Kaplan naar het kantoor bracht. Het was een dik, bejaard dossier, even dik en oud als dat van Hobie. Voorop stond hetzelfde gedrukte roostertje met aanvragen voor inzage. De enige aantekening die jonger was dan twintig jaar was van afgelopen april op naam van Leon Garber. Reacher keerde de map om en sloeg hem open aan het eind. Hij begon met het op een na laatste document. Het was identiek aan het laatste papier in Hobies map. Hetzelfde vluchtrapport met hetzelfde ooggetuigenverslag van DeWitt, opgeschreven door dezelfde rapporteur in hetzelfde handschrift.

Maar het laatste document in Kaplans map was precies twee jaar later gedateerd dan het laatste vluchtrapport. Het was een officiële vaststelling, gemaakt na ampele overweging van de omstandigheden door het ministerie van defensie, dat F.G. Kaplan zes kilometer ten westen van de An Khe-pas was omgekomen tijdens gevechtshandelingen toen de helikopter waarvan hij copiloot was door vijandelijk luchtafweergeschut was neergeschoten. Zijn lichaam was weliswaar niet geborgen, maar de dood moest als feit worden aangenomen voor herdenkingsdoeleinden en voor de betaling van pensioengelden aan zijn nabestaanden. Reacher legde het document op het bureau.

'Waarom heeft Victor Hobie niet zo'n verklaring?'

Conrad schudde zijn hoofd. 'Ik weet het niet.'

'Ik wil naar Texas,' zei Reacher.

Het vliegveld Noi Bai bij Hanoi en de luchthaven Hickam bij Honoloeloe liggen precies op dezelfde breedtegraad, dus de US Air Force Starlifter vloog naar het noorden noch het zuiden. Hij volgde een zuivere west-oostkoers over de Stille Oceaan, ergens ruim tussen de kreeftskeerkring en de twintigste breedtegraad. Tienduizend kilometer, duizend kilometer per uur, tien uur vliegen, maar het toestel naderde zijn bestemming zeven uur voordat het was vertrokken, de vorige dag om drie uur 's middags. De luchtmachtkapitein deed de gebruikelijke aankondiging toen ze de datumgrens overvlogen en de lange, grijze Amerikaan achter in de cockpit draaide zijn horloge terug en voegde weer een bonusdag aan zijn leven toe.

Hickam is Hawaïs militaire vliegveld, maar het

deelt landingsbanen en verkeerstorenfaciliteiten met Honoloeloe International, dus de Starlifter moest een grote, vermoeide boog boven zee beschrijven tot een JAL 747 uit Tokio was geland. Daarna draaide hij weer op koers, zakte en landde erachter met gillende banden en motoren die brulden van de remmende kracht. De piloot maakte zich niet druk om de etiquette van de commerciële vluchten, dus remde ze hard en kwam ze vroeg genoeg op de landingsbaan tot stilstand om de eerste taxibaan in te slaan. Er was een permanent verzoek van de luchthaven om militaire toestellen uit de buurt van de toeristen te houden. Vooral van Japanse toeristen. Deze piloot kwam uit Connecticut en had weinig belangstelling voor de belangrijkste industrie van Hawaï of voor gevoelige oosterse tenen, maar de eerste taxibaan bracht haar sneller naar het militaire deel van het vliegveld en dat was de reden dat ze er altijd op mikte.

De Starlifter taxiede traag, zoals het hoorde, en stopte vijftig meter voor een lang, laag betonnen gebouw bij de afrastering. De piloot zette de motoren af en bleef zwijgend zitten. Grondpersoneel volledig in uniform marcheerde langzaam naar de romp van het toestel en sleepte een dikke kabel achter zich aan. Die maakten ze vast in een poort onder de neus en het vliegtuigsysteem sloeg weer in werking op de stroomvoorziening van het vliegveld zelf. Op die manier kon de plechtigheid in stilte plaatsvinden.

De erewacht van Hickam bestond die dag uit de gebruikelijke acht man in het gebruikelijke scala van vier verschillende gala-uniformen: twee van de Amerikaanse landmacht, twee van de Amerikaanse marine, twee van de Amerikaanse mariniers, en twee van de Amerikaanse luchtmacht. Het achttal kwam langzaam aan marcheren en wachtte in stille formatie. De piloot drukte op een schakelaar en de achterklep van het toestel zakte gierend. Hij bleef liggen op het hete asfalt van het Amerikaanse grondgebied en de erewacht marcheerde langzaam, precies over het midden, de buik van het toestel in. Ze marcheerden tussen twee rijen zwijgend vliegtuigpersoneel door naar voren. De laadmeester maakte de rubberriemen los en de erewacht hief de eerste kist op de schouders. Ze marcheerden er langzaam mee terug door de verduisterde romp, de laadklep af en de felle middagzon in. Het opgewreven aluminium blonk en de vlag stak helder af tegen het blauw van de Stille Oceaan en het groene hoogland van Oahu. Op het asfalt maakten ze een bocht naar rechts en overbrugden ze langzaam marcherend de vijftig meter naar het lange, lage betonnen gebouw. Ze gingen naar binnen en zakten door de knieën om de kist neer te zetten. Ze bleven even in stilte, met gebogen hoofd en de handen op de rug staan en vervolgens maakten ze rechtsomkeert om langzaam naar het toestel terug te marcheren.

Het kostte ongeveer een uur om alle zeven kisten uit te laden. Pas toen de taak volbracht was, stond de lange, grijze Amerikaan op uit zijn stoel. Hij gebruikte de trap van de piloot en bleef even bovenaan in de zon staan om zijn vermoeide ledematen te strekken.

12

Stone moest een minuut of vijf achter het donkere glas achter in de Tahoe blijven wachten, want het was druk op de laadplek onder het World Trade Center. Tony hing wat rond in de buurt. Hij leunde tegen een pilaar in het lawaaiige halfduister en wachtte tot een bestelbus in een wolk van dieselrook wegreed en er een gelegenheid was voordat de volgende naar binnen kon rijden. Die gelegenheid benutte hij door Stone haastig door de garage naar de vrachtlift te duwen. Hij drukte op de knop en ze gingen zwijgend en met gebogen hoofd omhoog; ze hijgden en ademden de sterke lucht in van de harde rubbervloer in. Ze stapten achter in de hal van de achtentachtigste verdieping uit de lift en Tony speurde de gang af. De kust tot de deur van Hobies suite was vrij.

De zwaargebouwde man zat achter de balie in

de receptie. Ze liepen rechtstreeks langs hem het kantoor in. Zoals gewoonlijk was het er donker. De jaloezieën zaten potdicht en het was stil. Hobie zat zwijgend achter zijn bureau naar Marilyn te staren, die met opgetrokken benen op de bank zat.

'En?' vroeg hij. 'Opdracht volbracht?'

Stone knikte. 'Ze is heelhuids binnengekomen.'

'Waar?' vroeg Marilyn. 'Welk ziekenhuis?'

'St. Vincent,' zei Tony. 'Rechtstreeks de EHBO in.'

Stone knikte ter bevestiging en zag dat er een flauwe glimlach van opluchting om Marilyns lippen speelde.

'Oké,' zei Hobie. 'Dat was dan de goede daad voor vandaag. En nu ter zake. Wat zijn die complicaties waarvan ik moet weten?'

Tony duwde Stone om de salontafel heen naar de bank. Hij plofte naast Marilyn neer en keek recht voor zich uit met de blik op oneindig.

'Nou?' zei Hobie.

'De aandelen,' zei Marilyn. 'Hij is niet honderd procent eigenaar.'

Hobie staarde haar aan. 'Dat is hij verdomme wel. Dat heb ik bij de beurs gecontroleerd.'

Ze knikte. 'Nou, hij is inderdaad eigenaar. Ik bedoel dat hij er geen honderd procent zeggenschap over heeft. Hij kan er niet vrij over beschikken.'

'Waarom niet, godverdomme?'

'Er is sprake van een trust. De beschikking over de aandelen wordt geregeld door de gevolmachtigden.'

'Wat voor trust? Waarom?'

'Dat heeft zijn vader zo geregeld, voor zijn dood. Hij vertrouwde Chester de volledige beschikking niet toe. Hij had het gevoel dat hij supervisie behoefde.'

Hobie staarde haar aan.

'Alle grote aandelentransacties moeten medeondertekend worden,' zei ze. 'Door de gevolmachtigden.'

Er viel een stilte.

'Door allebei.'

Hobie wendde zijn blik naar Chester Stone. Het was net een zoeklicht dat zijwaarts zwenkte. Marilyn sloeg zijn goede oog gade. Zag hem nadenken. Zag hem erin trappen, zoals ze wel had verwacht, omdat het klopte met wat hij al wist. Dat het slecht ging met Chesters bedrijf omdat hij een slechte zakenman was. Een slechte zakenman zou al in een vroeg stadium zijn herkend door een naast familielid zoals een vader. En een verantwoordelijke vader zou het familiebezit inderdaad met een trust veilig stellen.

'Die regeling is niet te doorbreken,' zei ze. 'God mag weten dat we het vaak genoeg hebben geprobeerd.'

Hobie knikte. Het was maar een lichte hoofdbeweging. Bijna onmerkbaar. Vanbinnen moest Marilyn glimlachen. Van triomf. Haar laatste opmerking had de doorslag gegeven. Een trust was iets om te lijf te gaan. Daarom waren pogingen om hem te bevechten een bewijs van zijn bestaan.

'Wie zijn de gevolmachtigden?' vroeg hij zacht.

'Ik ben de ene,' zei ze. 'De andere is de directeur van zijn advocatenkantoor.'

'Twee gevolmachtigden maar?'

Ze knikte.

'En jij bent er een van?'

Ze knikte weer. 'En mijn stem heb je al. Ik wil die hele kleretoestand gewoon afstoten zodat we jou kwijt zijn.'

Hobie knikte terug. 'Je bent een intelligente vrouw.'

'Welk advocatenkantoor?' vroeg Tony.

'Forster en Abelstein,' zei ze. 'Hier vlakbij.'

'Wie is de baas?' vroeg Tony.

'Een zekere David Forster,' zei Marilyn.

'Hoe regelen we een bijeenkomst?' vroeg Hobie.

'Ik bel hem op,' zei Marilyn. 'Of Chester, maar in dit geval denk ik dat het beter is dat ik het doe.'

'Bel hem dan maar op, en regel een afspraak voor vanmiddag.'

Ze schudde haar hoofd. 'Zo snel zal het niet gaan. Kan wel een paar dagen duren.'

Er viel een stilte. Alleen de hartslag en vibraties van het grote gebouw. Hobie tikte met zijn haak op het bureau. Hij deed zijn ogen dicht. Het beschadigde ooglid ging een fractie open. De oogbal rolde omhoog en liet een wit randje zien, als een maancirkeltje.

'Morgenochtend,' zei hij zacht. 'Op zijn allerlaatst. Zeg maar dat het heel dringend is.'

Daarna gingen zijn ogen opeens weer open.

'En zeg dat hij de trustbescheiden aan me faxt,' fluisterde hij. 'Onmiddellijk. Ik wil weten waar ik godverdomme aan toe ben.'

Vanbinnen sidderde Marilyn. Ze drukte haar handen in de zachte bekleding in een poging om zichzelf te aarden. 'Er zullen geen problemen zijn. Het is echt maar een formaliteit.'

'Bel hem dan maar,' zei Hobie.

Marilyn voelde zich onvast ter been. Ze stond te wankelen toen ze haar jurk gladstreek over haar dijen. Chester raakte even haar elleboog aan. Een bemoedigend gebaartje. Ze rechtte de rug en volgde Hobie naar de receptiebalie.

'Een negen drukken voor een buitenlijn,' zei hij.

Ze liep achter de balie en de drie mannen sloegen haar gade. De telefoon was een kleine console. Ze liet haar blik over de knoppen gaan en zag geen meeluisteroptie. Ze ontspande een beetje en nam de hoorn van de haak. Drukte een negen en hoorde een kiestoon.

'En gedraag je,' zei Hobie. 'Je bent een intelligente vrouw, weet je nog? Dus nu moet je geen domme dingen doen.'

Ze knikte. Hij hief de haak op. Hij glom in het kunstlicht. Hij zag er zwaar uit. Hij was prachtig vervaardigd en met zorg gepoetst, mechanisch gezien eenvoudig, maar verschrikkelijk wreed. Ze zag dat hij haar uitnodigde om zich de dingen voor de geest te halen die hij ermee kon doen.

'Forster en Abelstein,' klonk een opgewekte stem in haar oor. 'Waarmee kan ik u van dienst zijn?'

'Met Marilyn Stone,' zei ze. 'Meneer Forster graag.'

Haar keel was opeens droog. Het maakte haar stem diep en hees. Er klonk een flard elektronische muziek en vervolgens de weergalmende akoestiek van een groot kantoor.

'Forster,' zei een zware stem.

'David, met Marilyn Stone.'

Een seconde bleef het doodstil aan de lijn. In die seconde besefte ze dat Sheryl haar werk had gedaan.

'Wordt er meegeluisterd?' vroeg Forster zacht.

'Nee, met mij gaat het goed,' zei Marilyn opgewekt. Hobie liet de haak op de balie rusten. Het staal glinsterde op borsthoogte, een halve meter voor haar ogen.

'Hier heb je de politie voor nodig,' zei Forster.

'Nee, het gaat gewoon om een bijeenkomst van gevolmachtigden. Wanneer kan dat op z'n vroegst?'

'Je vriendin Sheryl heeft me verteld wat je wilt,' zei Forster. 'Maar er zijn problemen. Wij hebben niet de geschikte mensen voor dit soort werk. Daar zijn we niet op toegerust. Zo'n advocatenkantoor zijn we niet. Ik zal een privédetective voor je moeten zoeken.'

'Morgenochtend zou ons heel goed uitkomen,' zei ze. 'Er is een spoedeisend element, vrees ik.'

'Laat mij de politie voor je bellen,' zei Forster.

'Nee, David, volgende week is echt te laat. We moeten snel handelen als dat kan.'

'Maar ik weet niet waar ik moet zoeken. We hebben nooit gebruik van privédetectives gemaakt.'

'Wacht even, David.' Ze legde haar hand over het spreekgedeelte en keek naar Hobie. 'Als je het morgen wilt, moet het op zijn kantoor.'

Hobie schudde zijn hoofd. 'Het moet hier, op mijn terrein.'

Ze haalde haar hand weg. 'En hoe zit het met overmorgen, David? Ik ben bang dat het hier moet. Het gaat om een gevoelige onderhandeling.'

'Wil je echt de politie er niet bij, weet je dat absoluut zeker?'

'Nou ja, er zijn wat complicaties. Je weet hoe delicaat die dingen soms kunnen zijn.'

'Oké, maar ik zal een geschikt iemand moeten vinden. Dat kan wel even duren. Ik zal moeten rondvragen voor aanbevelingen.'

'Geweldig, David,' zei ze.

'Oké,' herhaalde Forster. 'Als je zeker van je zaak bent, zal ik er meteen mee beginnen. Maar het is me niet geheel duidelijk wat je ermee hoopt te bereiken.'

'Ja, dat ben ik met je eens,' zei ze. 'Je weet hoeveel moeite we altijd hebben gehad met de wijze waarop papa dit heeft geregeld. Invloeden van buitenaf kunnen de zaak veranderen, hè?'

'Twee uur 's middags,' zei Forster. 'Overmorgen. Ik weet niet wie het wordt, maar ik zorg er wel voor dat het een goeie is. Is dat oké?'

'Overmorgen, twee uur 's middags,' herhaalde ze. 'Dat is geweldig. Dank je wel, David.'

Haar hand beefde en de hoorn rammelde op de haak toen ze neerlegde.

'Je hebt de trustdocumenten niet gevraagd,' zei Hobie.

Ze haalde nerveus haar schouders op.

'Dat hoefde niet. Het is maar een formaliteit. Het zou hem maar argwanend hebben gemaakt.'

Er viel een stilte. Toen knikte Hobie.

'Oké,' zei hij. 'Overmorgen om twee uur 's middags.'

'We moeten kleren hebben,' zei ze. 'Het moet een zakelijke bijeenkomst worden. Zo kunnen we niet voor de dag komen.'

Hobie glimlachte. 'Ik vind het wel leuk om jullie allebei zo gekleed te zien. Maar misschien kan onze Chester mijn pak wel even terug lenen voor de vergadering. Jij blijft zoals je bent.'

Ze knikte vaag. Ze was te uitgeput om haar poot stijf te houden.

'Terug naar de badkamer,' zei Hobie. 'Je mag er overmorgen om twee uur 's middags weer uit. Als jullie je gedragen, krijgen jullie twee maaltijden per dag.'

Ze liepen zwijgend voor Tony uit. Hij deed de badkamerdeur achter hen dicht en liep door het donkere kantoor terug naar Hobie in de receptie.

'Overmorgen is te laat,' zei hij. 'Godverdomme, Hawaï zal het vandáág weten. Of uiterlijk morgen, oké?'

Hobie knikte. De bal viel door het verblindende schijnsel van de verlichting. De verrevelder sprong. De schutting doemde op.

'Ja, het is wel kort dag, hè?' zei hij.

'Het is godvergeten kort dag. Je moet er gewoon als de sodemieter vandoor.'

'Dat kan ik niet, Tony. Ik heb mijn woord gegeven voor de transactie, dus ik moet die aandelen hebben. Maar het komt wel goed. Maak je geen zorgen. Overmorgen om twee uur zijn de aandelen van mij; om drie uur staan ze op mijn naam, om vijf uur zijn ze verkocht en met etenstijd zijn wij hier weg. Overmorgen is het allemaal achter de rug.'

'Maar dit is krankzinnig. Een advocaat erbij betrekken? We kunnen hier geen advocaat hebben.'

Hobie staarde hem aan. 'Een advocaat,' herhaalde hij langzaam. 'Weet je wat de basis van het recht is?'

'Nou?'

'Eerlijkheid,' zei Hobie. 'Eerlijkheid en gelijkheid. Als zij een advocaat erbij halen, moeten wij dat ook doen, vind je niet? Voor een eerlijk evenwicht?'

'Jezus, Hobie, twéé advocaten kunnen we hier helemaal niet gebruiken.'

'Jawel hoor,' zei Hobie. 'Ik denk zelfs dat het moet.'

Hij liep om de receptiebalie heen en ging op de plek zitten die Marilyn net had verlaten.

Het leer was nog warm van haar lichaam. Hij haalde de Gouden Gids uit een vakje en sloeg hem open. Nam de hoorn van de haak en drukte op negen voor een buitenlijn. Daarna gebruikte hij de punt van de haak om met zeven precieze beweginkjes het nummer te bellen.

'Spencer Gutman,' klonk een opgewekte stem in zijn oor. 'Waarmee kan ik u van dienst zijn?'

Sheryl lag op haar rug op bed met een infuus in haar linkerhand. Het infuusreservoir was een vierkant plastic zakje aan een soort metalen kapstok naast haar bed. In het zakje zat vloeistof en ze kon de druk voelen terwijl de vloeistof in haar hand druppelde. Ze voelde dat haar bloeddruk hoger was dan anders. Er klonk een sissend geluid in haar slapen en ze voelde het bloed achter haar oren bonzen. De vloeistof in de zak was doorzichtig als dik water, maar deed zijn werk. De pijn week uit haar gezicht. De pijn was gewoon weggetrokken en dat had haar kalm en slaperig gemaakt. Ze had bijna de zuster gebeld om te zeggen dat ze het verder wel zonder de pijnstiller afkon, want de pijn was nu toch weg, maar toen bedacht ze zich omdat ze besefte dat het medicijn daar de oorzaak van was, en dat de pijn terug zou komen zodra het infuus stopte. Ze probeerde te giechelen om haar verwarring, maar haar ademhaling ging te traag om er veel geluid uit te krijgen. Dus glimlachte ze maar en deed ze haar ogen dicht om in de warme diepte van het bed te zakken.

Vervolgens klonk er een geluid ergens voor haar. Ze deed haar ogen open en zag het plafond. Het was wit en werd van bovenaf verlicht. Ze wendde haar blik naar haar voeteneind. Het kostte haar erg veel moeite. Er stonden twee mensen. Een man en een vrouw. Ze keken naar haar. Ze droegen een uniform. Blauw overhemd met korte mouwen, donkere lange broek en grote, gemakkelijke wandelschoenen. Hun overhemd zat onder de badges. Badges geborduurd in felle kleuren, en metalen insignes en plaatjes. Ze hadden een koppelriem om die zwaar was van de uitrusting. Knuppel, radio en handboeien. Een revolver met een grote, houten handgreep in een holster gegespt. Het waren politieagenten. Ze waren allebei oud. Vrij klein. Vrij breed. De zwaarbeladen riemen maakten ze onaantrekkelijk.

Ze sloegen haar geduldig gade. Ze probeerde weer te giechelen. De man was kalend. Het verlichte plafond weerkaatste op zijn glimmende voorhoofd. De vrouw had een strak permanentje in de kleur van peentjes. Zij was ouder dan hij. Ze moest een jaar of vijftig zijn. Ze was moeder. Dat kon Sheryl wel zien. Ze keek vriendelijk op haar neer zoals een moeder naar haar kind zou kijken.

'Mogen we gaan zitten?' vroeg de vrouw.

Sheryl knikte weer. De dikke vloeistof gonsde in haar slapen en maakte haar in de war. De vrouw trok een stoel met een schrapend geluid over de grond en ging een stukje van de infuusstandaard aan Sheryls rechterhand zitten. De man ging vlak achter haar zitten. De vrouw boog zich naar het bed toe en de man leunde de andere kant op zodat zijn hoofd recht achter het hare te zien was. Ze waren vlakbij en het kostte haar moeite om op hun gezicht scherp te stellen.

'Ik ben agent O'Hallinan,' zei de vrouw.

Sheryl knikte weer. Die naam paste wel bij haar. Dat rosse haar, dat zware gezicht, dat dikke lichaam: daar moest wel een Ierse naam bij horen. Bovendien waren een heleboel agenten in New York van Ierse afkomst. Sheryl wist dat. Soms was het net een familiezaak. De ene generatie volgde de andere op.

'Ik ben agent Sark,' zei de man achter haar.

Hij was bleek. Hij had het soort bleke huid dat eruitziet als papier. Hij had zich wel geschoren, maar er was toch een donkere baardschaduw. Zijn ogen lagen diep maar stonden vriendelijk. Ze lagen in een netwerk van rimpeltjes. Hij was een oom. Dat wist Sheryl zeker. Hij had neefjes en nichtjes die op hem gesteld waren.

'We willen graag dat je ons vertelt wat er is gebeurd,' zei de vrouw die O'Hallinan heette.

Sheryl deed haar ogen dicht. Ze kon zich niet

goed herinneren wat er was gebeurd. Ze wist nog dat ze bij Marilyn naar binnen was gegaan. Ze herinnerde zich de geur van tapijtshampoo. Ze herinnerde zich nog dat ze dacht dat dit een vergissing was. Misschien zou de cliënt zich afvragen wat er zo nodig verborgen moest worden. Vervolgens lag ze opeens ruggelings op de grond van de hal met een explosie van helse pijn in haar neus.

'Kun je ons vertellen wat er is gebeurd?' vroeg de man die Sark heette.

'Ik ben tegen een deur opgelopen,' fluisterde ze. Daarna knikte ze, alsof ze het zelf moest bevestigen. Het was belangrijk. Marilyn had gezegd: 'Geen politie.' Nog niet.

'Welke deur?'

Ze wist niet welke deur. Dat had Marilyn niet gezegd. Daar hadden ze het niet over gehad. Welke deur? Ze raakte in paniek.

'Kantoordeur,' zei ze.

'Is je kantoor hier in de stad?' vroeg O'Hallinan.

Sheryl gaf geen antwoord. Ze staarde alleen maar wezenloos naar het vriendelijke gezicht van de vrouw.

'Volgens je verzekeringspapieren werk je in Westchester,' zei Sark. 'Je bent makelaar in Pound Ridge.'

Sheryl knikte behoedzaam.

'Dus ben je in je kantoor in Westchester tegen een deur gelopen,' zei O'Hallinan. 'En nu lig je tachtig kilometer naar het zuiden in een ziekenhuis in New York.'

'Wat is er gebeurd, Sheryl?' vroeg Sark.

Ze gaf geen antwoord. Er viel een stilte in de ruimte waar een gordijn omheen hing. Haar slapen sisten en gonsden.

'Wij kunnen je helpen, weet je,' zei O'Hallinan. 'Daarom zijn we hier ook. Wij willen je helpen. Wij kunnen ervoor zorgen dat dit niet weer gebeurt.'

Sheryl knikte weer behoedzaam.

'Maar je moet ons wel vertellen wat er is gebeurd. Doet hij dit vaak?'

Sheryl keek haar verward aan.

'Ben je daarom zo ver van huis?' vroeg Sark. 'Nieuw ziekenhuis, weet je wel. Geen statusgegevens van andere voorvallen? Wat zouden we te horen krijgen als we naar Mount Kisco of White Plains gingen? Zouden we dan horen dat ze je daar kennen? Misschien van andere opnamen? Van andere keren dat hij zoiets met je heeft gedaan?'

'Ik ben tegen een deur opgelopen,' fluisterde Sheryl.

O'Hallinan schudde haar hoofd. 'We weten dat dat niet waar is, Sheryl.'

Ze stond op en trok de röntgenfoto's van de lichtbak aan de wand. Hield ze omhoog tegen het plafondlicht, zoals een arts zou doen.

'Hier is je neus,' wees ze. 'Hier zijn je jukbeenderen, en hier is je voorhoofd, en hier is je kin. Zie je dit? Je neus is gebroken en je jukbeenderen ook, Sheryl. Er is sprake van een ingedrukte fractuur, zoals de dokter het noemt. Een ingedrukte breuk. De botten zijn naar binnen gedrukt achter het niveau van je kin en je voorhoofd. Maar je kin en je voorhoofd mankeert niets. Dus dit is met iets horizontaals gedaan, nietwaar? Zoiets als een slaghout? Met een zijwaartse uithaal?'

Sheryl staarde naar de foto's. Ze waren grijs en melkachtig. Haar botten zagen eruit als vage, onscherpe vormen. Haar oogkassen waren enorm. De pijnstiller gonsde in haar hoofd en ze voelde zich slap en slaperig.

'Ik ben tegen een deur opgelopen,' fluisterde ze.

'De rand van een deur is verticaal,' zei Sark geduldig. 'Dan zouden je kin en voorhoofd toch ook zijn beschadigd? Als iets verticaals je jukbeenderen had ingedrukt, zou het je voorhoofd en kin toch ook behoorlijk hard hebben moeten raken?'

Hij staarde bedroefd naar de röntgenfoto's.

'Wij kunnen je helpen,' zei O'Hallinan. 'Als je ons alles vertelt, kunnen wij ervoor zorgen dat het nooit meer gebeurt. We kunnen hem ervan weerhouden zoiets nog een keer met je te doen.'

'Nu wil ik graag slapen,' fluisterde Sheryl.

O'Hallinan boog zich naar voren en zei zacht: 'Zou het helpen als mijn collega even wegging? Alleen jij en ik?'

'Ik ben tegen een deur opgelopen,' fluisterde Sheryl. 'Nu wil ik slapen.'

O'Hallinan knikte geduldig met een wijs gezicht.

'Ik zal mijn visitekaartje bij je achterlaten. Dus als je met me wilt praten als je wakker wordt, kun je me gewoon bellen, oké?'

Sheryl knikte vaag. O'Hallinan trok een kaartje uit haar zak, boog zich voorover en legde het op het nachtkastje.

'Niet vergeten: wij kunnen je helpen,' fluisterde ze.

Sheryl gaf geen antwoord. Ze sliep of deed alsof. O'Hallinan en Sark trokken het gordijn dicht en liepen naar de balie. De arts keek op. O'Hallinan schudde haar hoofd.

'Totale ontkenning,' zei ze.

'Tegen een deur opgelopen,' zei Sark. 'Een deur die waarschijnlijk dronken was, zo'n negentig kilo weegt en met een honkbalknuppel slaat.'

De dokter schudde haar hoofd. 'Waarom houden ze zulke klootzakken in godsnaam de hand boven het hoofd?'

Een zuster keek op. 'Ik heb haar zien binnenkomen. Dat was echt heel raar. Ik stond buiten te roken. Ze stapte uit een auto helemaal aan de overkant van de straat. Ze liep helemaal op eigen houtje naar binnen. Haar schoenen waren te groot, hebt u dat gezien? Er zaten twee kerels in de auto die haar helemaal nakeken, en daarna reden ze hard weg.'

'Wat voor auto?' vroeg Sark.

'Groot zwart bakbeest,' zei de zuster.

'Weet u het nummer nog?'

‘Wat denkt u, dat ik een fotografisch geheugen heb?’

O’Hallinan haalde haar schouders op en maakte aanstalten om weg te gaan.

‘Maar het zal wel op de video staan,’ zei de zuster plotseling.

‘Hoezo, video?’ vroeg Sark.

‘De beveiligingscamera boven de deur. We gaan er vlak onder staan zodat de baas niet kan zien hoelang we buiten staan. Dus wat wij zien, ziet die camera ook.’

Het exacte tijdstip van Sheryls aankomst stond geregistreerd op de intakepapieren. Het kostte maar even om de band naar dat punt terug te spoelen. Vervolgens nog een minuut om haar langzaam achteruit te zien lopen over de ambulanceparkeerplaats, over het voorplein, over de stoep, door het verkeer en voor in de grote zwarte auto. O’Hallinan bracht haar hoofd vlak bij het scherm.

‘Hebbes,’ zei ze.

Jodie koos het hotel voor de nacht. Dat deed ze door naar de reisafdeling van een boekenwinkel vlak bij de NPRC te gaan. Daar bladerde ze door de lokale reisgidsen tot ze een hotel vond dat in drie daarvan werd aanbevolen.

‘Gek, hè?’ zei ze. ‘We zitten hier in St. Louis en de reisafdeling heeft meer boeken over St. Louis dan waar ook. Dat kan dan toch geen reisafdeling heten?

Dat moeten ze een blijf-thuis-afdeling noemen.'

Reacher was een beetje zenuwachtig. Deze aanpak was nieuw voor hem. Het soort hotels waar hij logeerde werd nooit in een gids aanbevolen. Die moesten het hebben van neonreclame op hoge palen om attracties aan te prijzen die allang geen attracties meer waren en zo'n twintig jaar geleden al fundamentele burgerrechten waren geworden, zoals airconditioning, kabel-tv en een zwembad.

'Hou eens even vast,' zei ze.

Hij pakte het boek van haar aan en hield zijn duim op de bladzijde, terwijl ze hurkte om haar tas open te maken. Ze scharrelde wat rond tot ze haar mobiele telefoon te pakken had. Nam het boek weer van hem over en belde het bewuste hotel in het looppad. Hij sloeg haar gade. Hij had nog nooit een hotel gebeld. De hotels waar hij logeerde hadden altijd ruimte, ongeacht het jaargetijde. Ze waren al dolblij als de bezetting ooit boven de vijftig procent uit kwam. Hij luisterde naar Jodies kant van het gesprek en hoorde bedragen waarvoor hij met een beetje handjeklap een maand onderdak had kunnen krijgen.

'Oké,' zei ze. 'We zijn geboekt. Het is hun bruidssuite. Hemelbed. Is dat chic of is dat chic?'

Hij glimlachte. De bruidssuite.

'We moeten wat eten,' zei hij. 'Hebben ze dat daar ook?'

Ze schudde haar hoofd en bladerde door naar het hoofdstuk restaurants.

'Het is leuker om ergens anders heen te gaan voor het eten,' zei ze. 'Hou je van Frans?'

Hij knikte. 'Mijn moeder was Française.'

Ze keek in het boek en gebruikte haar zaktelefoon weer om een tafel voor twee te reserveren in een dure gelegenheid in het oude stadsdeel in de buurt van het hotel.

'Acht uur,' zei ze. 'Dat geeft ons de tijd om nog een beetje rond te kijken. Daarna kunnen we inchecken om ons een beetje op te frissen.'

'Bel het vliegveld ook maar,' zei hij. 'We moeten vroeg weg. Dallas-Fort Worth lijkt me wel wat.'

'Dat doe ik buiten wel,' zei ze. 'Je kunt in een boekenwinkel niet het vliegveld bellen.'

Hij droeg haar tas, zij kocht een schreeuwerige toeristenplattegrond van St. Louis en ze stapten naar buiten de warme namiddagzon in. Hij keek op de kaart en zij belde op de stoep de vliegmaatschappij om twee enkeltjes business class naar Texas te bestellen voor de volgende morgen om halfnegen. Daarna maakten ze een wandeling langs de oever van de Mississippi waar de rivier door de stad stroomde.

Ze slenterden anderhalf uur gearmd rond en in die tijd legden ze een kilometer of zes af, helemaal om het oude stadsdeel heen. Het hotel was een middelgrote, oude villa aan een rustig straatje met kastanjebomen aan weerskanten. Het had een grote, glanzende, zwart geverfde ingang en eikenhouten, honingkleurige vloeren. De receptie was een antiek, mahoniehouten bureau dat eenzaam in een hoek van de hal stond. Reacher staarde ernaar. In de hotels waar hij doorgaans verbleef, zat de receptie achter kogelvrij plexiglas. Een elegante dame met zilvergrijs haar trok Jodies creditcard door het betaalapparaat en het betaalbewijs ratelde te voorschijn. Jodie bukte zich om te tekenen en de dame overhandigde Reacher een koperen sleutel.

‘Ik wens u een aangenaam verblijf, meneer Jacob,’ zei ze.

De bruidssuite besloeg de hele zolderverdieping. Hij had dezelfde honingkleurige, eikenhouten vloer die met een dikke vernislaag hoogglanzend was gelakt en waarop her en der antieke tapijten lagen. Het plafond was een ingewikkeld geometrisch patroon van schuine dakdelen en erkers. Aan het ene uiteinde was een zitkamer waar twee banken met een licht bloempatroon stonden. Daarnaast was de badkamer en vervolgens kwam het slaapkamergedeelte. Er stond een kolossaal, hoog hemelbed met een voorhang in hetzelfde bloempatroon. Jodie sprong erop en bleef op de rand zitten met haar handen onder haar knieën en haar benen die los bungelden. Ze glimlachte en de zon scheen door het raam achter haar. Reacher zette haar tas neer en bleef roerloos staan kijken. Ze droeg een blouse waarvan de kleur het midden hield tussen korenbloemblauw en het blauw van haar ogen. Hij was gemaakt van zachte stof, misschien wel van zijde. De knoopjes zagen eruit als pareltjes. De eerste twee waren los. Het gewicht van de kraag trok de blouse open. De huid van haar hals was zichtbaar, een lichtere honingtint dan die van de eikenhouten vloer. Het was een kleine blouse, maar hij zat toch losjes om haar lichaam. Hij zat diep achter haar riem gestopt. Het was een zwarte, leren riem die strak om haar smalle middel zat. Het vrije uiteinde was lang en hing los uit het lusje van haar spijkerbroek. Het was een oude spijkerbroek die talloze malen was gewassen en hij was onberispelijk gestreken. Ze had geen sokken aan. Haar schoenen waren kleine, blauwe pennyloafers van zacht leer met platte hakken, waarschijnlijk Italiaans. Hij zag de zolen omdat ze met haar benen schommelde. Het waren nieuwe schoenen. Ze waren amper gedragen.

'Waar kijk je naar?' vroeg ze.

Ze hield haar hoofd schuin, verlegen en ondeugend tegelijk.

'Naar jou,' zei hij.

De knoopjes wáren ook parels, precies zoals de parels van een ketting, van een draadje gehaald en stuk voor stuk op de blouse genaaid. Ze waren klein en glad onder zijn onhandige vingers. Het waren er vijf. Hij friemelde er vier uit hun knoopsgat, trok de stof voorzichtig uit haar broek en maakte de vijfde los. Ze stak haar handen om beurten links en rechts omhoog, zodat hij de manchetten los kon maken. Hij schoof het hemd achterwaarts van haar schouders. Ze had er niets onder aan.

Ze bukte zich naar voren om aan zijn knopen te beginnen. Ze begon onderaan. Ze was vingervlug. Ze had kleine handen die soepel en snel te werk gingen. Sneller dan de zijne. Zijn manchetten waren al los. Zijn polsen waren te dik; confectiemouwen sloten er nooit overheen. Ze gleed met haar handen over zijn blote borst omhoog en duwde het overhemd met haar onderarmen weg. Het gleed van zijn schouders en ze trok het over zijn armen. Het viel op de grond met het lichte geluid van katoen en het luie tikken van knoopjes op hout. Ze streek met een vinger over de druppelvormige brandwond op zijn borst.

'Heb je de zalf meegenomen?'

'Nee.'

Ze sloot haar armen om zijn middel, bracht haar hoofd naar voren drukte een kus op de wond. Hij voelde haar mond stevig en koel op de gevoelige huid. Daarna bedreven ze de liefde voor de vijfde keer in vijftien jaar, in het hemelbed boven in de oude villa, terwijl de zon die door het raam viel naar Kansas zakte.

De eenheid huiselijk geweld van de politie van New York leende overal kantoorruimte waar ze die maar kon vinden, en momenteel was dat in een groot vertrek boven de administratie op One Police Plaza. O'Hallinan en Sark waren er een uur voor het einde van hun dienst terug. Dat was het uur voor het papierwerk. Ze gingen rechtstreeks naar hun bureau, sloegen hun notitieboekje open en begonnen te tikken.

Drie kwartier laten waren ze bij hun bezoek aan St. Vincent aanbeland. Ze registreerden het als een vermoedelijk geval van mishandeling met een slachtoffer dat geen medewerking wilde verlenen. O'Hallinan trok het formulier uit haar schrijfmachine en haar oog viel op het nummerbord van de Tahoe onder aan de bladzijde van haar notitieboekje. Ze nam de hoorn van de haak en belde kentekenregistratie.

'Zwarte Chevrolet Tahoe,' meldde de beambte. 'Op naam van de Cayman Corporate Trust met een adres in het World Trade Center.'

O'Hallinan haalde haar schouders op en schreef het allemaal in haar notitieboekje. Ze overwoog net of ze het formulier weer in de schrijfmachine moest draaien om de informatie erbij te tikken, toen de beambte van kentekenregistratie haar belde.

'Ik heb hier nog een aantekening,' zei hij. 'Dezelfde eigenaar heeft gisteren op Lower Broadway een zwarte Chevrolet Suburban in de steek gelaten bij een verkeersongeluk waarbij drie voertuigen betrokken waren. Wijkbureau Vijftien heeft het wrak weggesleept.'

'Wie heeft dat behandeld? Hebt u een naam op Vijftien?'

'Nee, het spijt me.'

O'Hallinan legde neer en belde de verkeerspolitie

van Wijkbureau Vijftien, maar er was net sprake van de wisseling van de wacht aan het einde van een werkdag en ze schoot niets op. Ze schreef een memo voor zichzelf en legde het in haar in-bak. Daarna was het tijd en Sark tegenover haar stond op.

'Wegwezen,' zei hij. 'Van al dat werk en nooit eens spelen worden we maar saaie mensen, hè?'

'Precies,' zei ze. 'Zullen we een biertje gaan halen?'

'Op z'n minst,' zei Sark. 'Misschien wel twee biertjes.'

'Rustig aan,' zei ze.

Ze namen samen een lange douche in de grote badkamer van de bruidssuite. Daarna sloeg Reacher een handdoek om en ging languit op de bank liggen kijken hoe ze zich klaarmaakte. Ze scharrelde in haar tas en haalde een jurk te voorschijn. Het was van dezelfde lijn als het gele, linnen hemdjurkje dat ze naar kantoor had gedragen, maar deze was van donkerblauwe zijde. Ze trok het over haar hoofd en schudde het op zijn plek. Het had een eenvoudige, lage ronde hals en reikte tot net boven de knie. Ze trok er dezelfde blauwe loafers onder aan. Ze depte haar haar met de handdoek droog en kamde het terug. Daarna dook ze weer in haar tas om de ketting te voorschijn te halen die hij in Manilla voor haar had gekocht.

'Kun je me hier even mee helpen?'

Ze tilde het haar uit haar nek en hij boog zich naar voren om de sluiting vast te maken. De ketting was een zwaar, gouden koord. Waarschijnlijk niet van echt goud, gezien de prijs die hij ervoor had betaald, hoewel alles mogelijk was op de Filippijnen. Hij had dikke vingers en zijn nagels waren ruw en gebroken door het lichamelijke werk met de schep. Hij hield de adem in en het kostte hem twee pogingen om het sluitinkje dicht te krijgen. Daarna kuste hij haar nek en liet zij haar haar terug vallen. Het was zwaar en vochtig en rook naar zomer.

'Nou, ik ben eindelijk klaar,' zei ze.

Ze grijnsde en gooide hem zijn kleren toe die op de grond lagen. Hij trok ze aan en het katoen schuurde langs zijn vochtige huid. Hij leende haar kam en haalde die door zijn haar. In de spiegel ving hij een glimp van haar op. Ze zag eruit als een prinses die op het punt staat uit eten te gaan met de tuinman.

'Misschien laten ze mij niet binnen,' zei hij.

Ze ging op haar tenen staan en trok de achterkant van zijn kraag glad over zijn uit de kluiten gewassen deltaspier.

'Hoe willen ze jou nu buiten houden? Door de ME te bellen?'

Het restaurant was maar vier straten van het hotel. Het was een juni-avond langs de rivier in Missouri. De lucht was zacht en vochtig. Boven hen schenen de sterren al aan een donker firmament dat dezelfde kleur had als haar jurk. De kastanjebomen ruisten in een licht en warm briesje. Het werd al drukker op straat. Het waren dezelfde bomen, maar nu kwamen er auto's aan rijden die eronder parkeerden. Een aantal gebouwen was hotel, maar er waren erbij die kleiner waren met geschilderde bordjes met Franse namen waaruit bleek dat het restaurants waren. De bordjes waren verlicht door gerichte spots. Nergens neonlicht. Het restaurant dat ze had uitgezocht heette La Préfecture. Hij vroeg zich glimlachend af of minnaars in een kleine Franse stad zouden gaan eten in een restaurant dat Gemeentehuis heette, wat de letterlijke vertaling was, voor zover hij het zich herinnerde.

Maar het was best een gezellige gelegenheid. Een jongen van ergens uit het midden-westen met een geveinsd Frans accent verwelkomde hen hartelijk en bracht hen naar een tafel op de met kaarsen verlichte veranda die op de achtertuin uitzag. Er was een zacht klaterende fontein met onderwaterverlichting en de bomen werden verlicht met spotjes die aan de stammen waren bevestigd. Het tafelkleed was van linnen en het zilverwerk van zilver. Reacher bestelde Amerikaans bier en Jodie een pernod met water.

'Dit is wel mooi, hè?' vroeg ze.

Hij knikte. Het was warm, windstil en rustig.

'Vertel eens hoe je je voelt,' zei hij.

Ze keek hem verrast aan. 'Ik voel me goed.'

'Goed in wat voor opzicht?'

Ze lachte verlegen. 'Reacher, je zit te vissen.'

Hij glimlachte terug. 'Nee, ik moet gewoon ergens aan denken. Voel je je ontspannen?'

Ze knikte.

'Veilig?'

Ze knikte weer.

'Ik ook,' zei hij. 'Veilig en ontspannen. Dus wat wil dat zeggen?'

De jongen bracht de drankjes op een dienblad. De pernod zat in een hoog glas en hij zette er een authentieke Franse karaf met water bij. Het bier zat in een matglazen pul. Hier geen flesjes met een lange hals.

'Nou, wat wil dat dan zeggen?' vroeg Jodie.

Ze schonk wat water bij de amberkleurige vloeistof en hij werd melkachtig. Ze draaide met haar glas om het goed te mengen. Hij ving een sterke anijsgeur op.

'Het wil zeggen dat wat er aan de hand is van kleine omvang is,' zei hij. 'Een klein bedoeninkje, gestationeerd in New York. Daar waren we gespannen, hier voelen we ons veilig.'

Hij nam een grote slok bier.

'Dat is maar een gevoel,' zei ze. 'Het bewijst nog niets.'

Hij knikte. 'Nee, maar gevoelens kunnen veel zeggen. En er zijn een paar harde bewijzen. Daar werden we achternagezeten en aangevallen, maar hier heeft niemand belangstelling voor ons.'

'Heb je daarop gelet?' vroeg ze geschrokken.

'Dat doe ik altijd,' zei hij. 'We hebben langzaam en opvallend rondgeslenterd. Niemand heeft ons gevolgd.'

'Niet genoeg personeel?'

Hij knikte weer. 'Ze hadden twee knapen die naar de Keys en naar Garrison zijn gegaan, plus die vent aan het stuur van de Suburban. Volgens mij is dat de hele bende, anders zouden ze ons wel op de hielen zitten. Dus is het een klein ploegje met New York als thuisbasis.'

Ze knikte.

'Volgens mij is het Victor Hobie,' zei ze.

De kelner kwam weer terug met een opschrijfboekje en een potlood. Jodie bestelde paté en lamsvlees, en Reacher soep en *porc aux pruneaux*. Toen hij klein was, kreeg hij dat 's zondags altijd met het middageten, zodra zijn moeder maar varkensvlees en pruimen kon vinden in de verre plaatsen waar ze gelegerd waren. Het was een streekgerecht uit het gebied van de Loire, en hoewel zijn moeder uit Parijs kwam, vond ze het prettig om het haar zoons voor te zetten, want ze had het gevoel dat het een bondige introductie tot de cultuur van haar geboorteland was.

'Ik denk niet dat het Victor Hobie is,' zei hij.

'Ik denk het wel,' zei zij. 'Ik denk dat hij de oorlog op de een of andere manier heeft overleefd en dat hij sindsdien ondergedoken is geweest, en ik denk dat hij niet gevonden wil worden.’

Hij schudde zijn hoofd. ‘Daar heb ik ook aan gedacht. Meteen vanaf het begin. Maar psychologisch klopt het van geen kant. Je hebt zijn dossier gezien. Zijn brieven. Ik heb je verteld wat zijn oude vriendje Ed Steven me heeft verteld. Het was een oerdegelijk burgermansjoch, Jodie. Doodsaai, doodgewoon. Het wil er niet bij me in dat hij zijn ouwelui zo in het ongewisse zou laten. Dertig jaar lang? Waarom zou hij? Dat klopt van geen kant met wat we van hem weten.’

‘Misschien is hij wel veranderd,’ zei Jodie. ‘Papa zei altijd dat Vietnam mensen veranderde. Meestal niet ten goede.’

Reacher schudde zijn hoofd.

‘Hij is gestorven,’ zei hij. ‘Zes kilometer ten westen van An Khe, dertig jaar geleden.’

‘Hij zit in New York,’ zei Jodie. ‘Nu. En hij probeert ondergedoken te blijven.’

Hij stond op zijn terras op de dertigste etage met zijn rug naar het park tegen de balustrade geleund. Hij had een draadloze telefoon aan zijn oor en was bezig Chester Stones Mercedes te verkopen aan iemand in Queens.

‘Er is ook nog een BMW,’ zei hij. ‘Een coupé uit de achtserie. Die staat momenteel in Pound Ridge. Ik accepteer de helft als ik het morgen contant in een zak van je krijg.’

Hij stopte en hoorde de man sissend inademen,

zoals autohandelaren altijd doen als je het met ze over geld hebt.

'Zeg maar dertigduizend dollar voor beide auto's, handje contantje, morgen.'

De man gromde instemmend en Hobie zakte op het lijstje in zijn hoofd.

'Dan zijn er nog een Tahoe en een Cadillac. Als je me zeg maar veertigduizend geeft, mag je er een daarvan aan de deal toevoegen. Jij mag kiezen.'

De man dacht even na en koos de Tahoe. Je kreeg meer terug voor een auto met vierwielaandrijving, vooral een stukje naar het zuiden. Hobie wist dat hij hem daarheen zou brengen. Hij zette de telefoon af en ging door de schuifdeuren de huiskamer in. Met zijn linkerhand sloeg hij zijn leren agendaatje open en hij hield het zo door zijn haak er plat op te leggen. Hij zette de telefoon weer aan en belde een makelaar die hem een fors bedrag schuldig was.

'Ik moet mijn geld hebben,' zei hij.

Hij luisterde naar de slikgeluiden aan de andere kant van de lijn toen de man in paniek begon te raken. Een poosje viel er een radeloze stilte. Daarna hoorde hij de man op een stoel ploffen.

'Kun je me betalen?'

Er kwam geen antwoord.

'Weet je wat er met mensen gebeurt die me niet kunnen betalen?'

Nog meer stilte. Nog meer geslik.

'Maak je geen zorgen,' zei hij. 'We kunnen wel

iets regelen. Ik heb twee huizen te koop. Een villa in Pound Ridge en mijn appartement op Fifth. Ik wil twee miljoen voor de villa en drieëneenhalf voor het appartement. Als jij daarvoor zorgt, streep ik de lening weg tegen je commissie, oké?'

Er zat niets anders voor hem op dan akkoord te gaan. Hobie liet hem de gegevens van de bank op de Kaaimaneilanden opschrijven en droeg hem op het bedrag binnen een maand telegrafisch over te maken.

'Een maand is nogal optimistisch,' zei de man.

'Hoe gaat het met je kinderen?' vroeg Hobie.

Nog meer geslik.

'Oké, een maand,' zei de man.

Hobie drukte de telefoon uit en schreef $5.540.000 op de bladzijde waarop hij drie auto's en twee huizen had doorgestreept. Daarna belde hij de vliegmaatschappij om te informeren naar vluchten naar de kust, overmorgen, 's avonds. Meer dan genoeg mogelijkheden. Hij glimlachte. De bal scheerde pal over de schutting op de vijfde rij van de tribune af. De verrevelder maakte een wilde sprong, maar kwam er niet eens in de buurt.

Toen Hobie weg was, voelde Marilyn zich veilig genoeg om een douche te nemen. Dat zou ze niet hebben gedaan als hij nog in het kantoor had gezeten. Er school te veel in zijn hitsige blik. Ze zou het gevoel hebben dat hij dwars door de badkamerdeur kon kijken. Maar die Tony was niet zo'n probleem.

Hij was benauwd en gehoorzaam. Hobie had hem opgedragen ervoor te zorgen dat ze de badkamer niet uit kwamen. Dat zou hij natuurlijk ook doen, maar meer ook niet. Hij zou niet binnenkomen om ze lastig te vallen. Hij zou ze met rust laten. Dat wist ze zeker. En die andere vent, die zwaargebouwde man die de koffie had gebracht, deed alleen maar wat Tony hem opdroeg. Dus voelde ze zich vrij veilig, maar toch liet ze Chester met zijn hand op de kruk bij de deur staan.

Ze boog zich naar voren, zette de warme kraan aan en trok haar jurk en schoenen uit. Ze hing haar jurk netjes over de gordijnrail buiten het bereik van het water, maar dicht genoeg in de buurt om de stoom de kreukels te laten verwijderen. Daarna stapte ze de cabine in, waste haar haar en zeepte zich van top tot teen in. Dat voelde goed. Het nam de spanning weg. Ze bleef met opgeheven gezicht een hele poos staan weken. Daarna stapte ze eruit, liet het water stromen, pakte een handdoek en wisselde van plaats met Chester.

'Toe maar,' zei ze. 'Het zal je goed doen.'

Hij was verdoofd. Hij knikte alleen maar en liet de deurknop los. Bleef even staan en trok vervolgens zijn hemd en short uit. Ging naakt op de grond zitten om zijn schoenen en sokken uit te trekken. Ze zag de gele kneuzing op zijn zij.

'Hebben ze je geslagen?' fluisterde ze.

Hij knikte weer. Stond op en stapte de douchecabine in. Hij bleef met zijn ogen dicht en mond open onder de hete stroom staan. Vervolgens scheen het water hem op te kikkeren. Hij vond zeep en shampoo en waste zich van top tot teen.

'Laat het water maar lopen,' zei ze. 'Daar wordt het warm van.'

Dat was waar. Het hete water maakte de ruimte comfortabel. Hij stapte uit het hokje en pakte een handdoek. Droogde zijn gezicht en sloeg hem om zijn middel.

'En met dat lawaai kunnen ze ons niet horen,' zei ze. 'En we moeten toch een keer praten, hè?'

Hij haalde zijn schouders op, alsof er weinig te praten viel. 'Ik begrijp niet wat je in je schild voert. Er is geen trust. Daar zal hij achter komen, en dan wordt hij alleen maar razend.'

Ze droogde haar haar. Ze stopte en keek hem aan door de toenemende stoom. 'We moeten een getuige hebben. Snap je dat niet?'

'Een getuige waarvan?'

'Van wat er gaat gebeuren,' zei ze. 'David Forster stuurt hier de een of andere privédetective naartoe en wat kan Hobie dan doen? We geven gewoon toe dat er geen trust is en vervolgens gaan we met z'n allen naar de bank en geven we Hobie de aandelen. In een openbare gelegenheid, met een getuige. Een getuige en een soort lijfwacht. Daarna kunnen we gewoon weglopen.'

'Denk je dat dat lukt?'

'Ik denk het wel,' zei ze. 'Om de een of andere reden heeft hij haast. Kun je dat niet merken? Hij heeft een soort deadline. Hij is in paniek. Onze beste kans is zo lang mogelijk tijdrekken, en vervolgens gewoon wegglippen met een getuige die het hele proces volgt en ons bewaakt. Hobie zal te veel met de tijdsfactor in zijn maag zitten om iets te doen.'

'Ik begrijp het niet,' herhaalde hij. 'Bedoel je soms dat die privédetective moet getuigen dat we onder dwang hebben gehandeld? Zodat we Hobie kunnen vervolgen om de aandelen terug te krijgen?'

Ze was even stil. Verbaasd. 'Nee, Chester, we gaan niemand vervolgen. Hobie krijgt de aandelen, en wij vergeten de hele bliksemse boel.'

Hij staarde haar aan door de stoom. 'Maar dat slaat nergens op. Dat zal de firma niet redden. Niet als dat betekent dat Hobie de aandelen krijgt en wij geen verhaal hebben.'

Ze staarde terug. 'Godverdomme, Chester. Begrijp jij nou helemaal niets? De firma is weg. De firma is verleden tijd, en dat kun je maar beter onder ogen zien. Dit gaat niet om het redden van die verrekte zaak van jou. Dit gaat om het redden van ons leven.'

De soep was heerlijk en het varkensvlees nog lekkerder. Zijn moeder zou er trots op zijn geweest. Ze deelden een halve fles Californische wijn en aten in genoeglijk stilzwijgen. Het restaurant was het soort gelegenheid waar ze je veel tijd tussen de hoofdgang en het dessert gunden. Ze hadden geen haast om je weg te werken en het tafeltje weer vrij te krijgen. Reacher genoot van de luxe. Hij was er niet aan gewend. Hij leunde achterover in zijn stoel en strekte de benen. Zijn enkels streken onder de tafel langs die van Jodie.

'Denk eens aan zijn ouders,' zei hij. 'Stel je hem eens voor als jongetje. Sla de encyclopedie op onder de "N" voor "normaal Amerikaans gezin" en het beeld van de Hobies, alle drie, staart je recht in het gezicht. Ik weet best dat Vietnam mensen heeft veranderd. Ik snap dat het zijn horizon een stukje heeft verbreed. Dat wisten zij ook. Ze wisten dat hij niet terug zou komen om voor de een of andere duffe drukkerij in Brighton te gaan werken. Ze zagen hem op en neer vliegen naar olieplatforms, en de Golf rondvliegen voor oliemaatschappijen. Maar hij zou toch wel contact zijn blijven houden? Tot op zekere hoogte? Hij zou ze toch niet zomaar hebben laten vallen? Dat is pas echte wreedheid; kille, consequente wreedheid gedurende dertig lange jaren. Heb je iets in zijn dossier gezien dat erop wijst dat hij zo iemand is?'

'Misschien heeft hij iets uitgespookt,' zei ze. 'Iets om zich voor te schamen. Misschien wel zoiets als My Lai, weet jij veel; een massamoord of zoiets? Misschien schaamde hij zich wel te erg om naar huis te gaan. Misschien zit hij op een vreselijk geheim waarover hij zich schuldig voelt.'

Hij schudde ongeduldig zijn hoofd. 'Dat zou in zijn dossier moeten staan. En hij had er trouwens de kans niet voor. Hij was helikopterpiloot, geen infanterist. Hij heeft de vijand nooit van dichtbij gezien.'

De kelner kwam weer met zijn blocnoteje en potlood.

'Dessert?' vroeg hij. 'Koffie?'

Ze bestelden een frambozensorbet en zwarte koffie. Jodie dronk haar wijnglas leeg. De wijn blonk rood in haar glas in het kaarslicht. 'Dus wat doen we nu?'

'Hij is gesneuveld,' zei Reacher. 'Vroeg of laat krijgen we het definitieve bewijs. Dan gaan we terug om zijn ouders te vertellen dat ze dertig jaar hebben verpiekerd.'

'En wat zeggen we tegen onszelf? Dat we door spoken zijn aangevallen?'

Hij haalde zijn schouders op en gaf geen antwoord. De sorbet werd opgediend en ze aten zwijgend. Daarna kwam de koffie en de rekening in een dikke leren map met het logo van het restaurant in een gouden opdruk. Jodie legde haar creditcard erop zonder naar het bedrag te kijken. Daarna glimlachte ze.

'Geweldig maal,' zei ze.

Hij glimlachte terug. 'Geweldig gezelschap.'

'Laten we Victor Hobie maar een poosje vergeten,' zei ze.

'Wie?' vroeg hij en ze moest lachen.

'Waar zullen we dan aan denken?' vroeg ze.

Hij glimlachte. 'Ik zat aan je jurk te denken.'

'Vind je 'm mooi?'

'Ik vind 'm geweldig,' zei hij.

'Maar?'

'Maar hij kan nog mooier zijn. In een hoopje op de grond, weet je wel.'

'Denk je?'

'Ik weet het vrij zeker,' zei hij. 'Maar nu is dat alleen maar gokken. Ik moet proefondervindelijke gegevens hebben. Zoals een vergelijking van ervoor en erna, begrijp je wel.'

Ze zuchtte zogenaamd uitgeput. 'Reacher, we moeten om zeven uur op. Vroege vlucht, weet je nog?'

'Jij bent nog jong,' zei hij. 'Als ik het aankan, kan jij het helemaal.'

Ze glimlachte. Schoof haar stoel naar achteren en stond op. Liep weg van het tafeltje en draaide langzaam het gangpad in. De jurk bewoog met haar mee. Hij zat als een etui om haar lijf, maar niet strak. Van achteren zag het er prachtig uit. Haar haar viel in het kaarslicht op de jurk alsof het van goud was. Ze deed een stap in zijn richting, boog zich naar hem over en fluisterde in zijn oor.

'Oké, dit was het ervoor-gedeelte. Laten we maar gaan voordat je de vergelijking vergeet.'

Zeven uur 's morgens in New York was een uur eerder dan zeven uur 's morgens in St. Louis, en O'Hallinan en Sark brachten die tijd in de dienstruimte door met de voorbereiding van hun werkdag. Er lag een dikke stapel nachtelijke boodschappen in hun in-bak. Er waren telefoontjes van ziekenhuizen en rapporten van patrouillerende agenten in de nachtdienst die naar huiselijke vechtpartijen waren geroepen. Die moesten allemaal geselecteerd en geëvalueerd worden, en er moest een route worden uitgestippeld gebaseerd op geografie en urgentie. Het was een doorsnee nacht in New York geweest, wat inhield dat O'Hallinan en Sark een lijst van achtentwintig gloednieuwe gevallen samenstelden die hun aandacht opeisten, wat op zijn beurt weer inhield dat het telefoontje naar de verkeerspolitie van Bureau Vijftien werd uitgesteld tot tien minuten voor acht.

O'Hallinan belde het nummer en de brigadier van de wacht nam op toen de telefoon tien keer was overgegaan.

'U hebt een zwarte Suburban weggesleept,' zei ze. 'Die was een paar dagen terug op Lower Broadway in de prak gereden. Hebt u daar nog iets mee gedaan?'

Er klonk een geluid van iemand die een stapel paperassen doorneemt.

'Die is in het depot. Heb je er belangstelling voor?'

'We hebben een vrouw met een gebroken neus in

het ziekenhuis, die daar was afgeleverd in een Tahoe van dezelfde lui.'

'Misschien was zij de chauffeur wel. Er waren drie voertuigen bij betrokken en we hebben maar één chauffeur. De Suburban had het ongeluk veroorzaakt, de chauffeur is 'm gesmeerd. Verder was er een Oldsmobile Bravada, die zich een eindje verder in een steegje klemreed; chauffeur en passagier verdwenen. De Suburban was van een of ander bedrijf, iets van een financieel trustbedrijf in de buurt.'

'Cayman Corporate Trust?' vroeg O'Hallinan. 'Dat is de eigenaar van onze Tahoe.'

'Precies,' zei de man. 'De Bravada stond op naam van een zekere mevrouw Jodie Jacob, maar was van tevoren als gestolen aangegeven. Dat is toch niet die vrouw met de gebroken neus?'

'Jodie Jacob? Nee, onze vrouw heet Sheryl nog wat.'

'Oké, waarschijnlijk de chauffeur van de Suburban. Is ze klein?'

'Vrij klein, geloof ik,' zei O'Hallinan. 'Hoezo?'

'De airbag trad in werking,' zei de man. 'Het is mogelijk dat een kleine vrouw op die manier gewond raakt, door de airbag. Dat gebeurt wel vaker.'

'Gaan jullie er nog achteraan?'

'Nee. Onze filosofie is: wij hebben hun auto en als ze die willen, moeten ze maar naar ons toe komen.'

O'Hallinan hing op en Sark keek haar vragend aan.

'Wat is hier nou aan de hand?' vroeg hij. 'Waarom zegt ze dat ze tegen een deur is opgelopen als ze in werkelijkheid bij een botsing betrokken was?'

O'Hallinan haalde haar schouders op. 'Weet ik het. En waarom zou een vrouwelijke makelaar uit Westchester voor chauffeur spelen voor een firma in het World Trade Center?'

'Het zou een verklaring voor haar verwondingen kunnen zijn,' zei Sark. 'De airbag, misschien de rand van het stuur, die kan het gedaan hebben.'

'Mogelijk,' zei O'Hallinan.

'Moeten we dat dan natrekken?'

'We kunnen het proberen, want als het een auto-ongeluk was, kunnen we er een streep onder zetten, in plaats het als een vermoedelijk geval van huiselijk geweld te beschouwen.'

'Oké, maar schrijf het nog niet op, want als het niets met dat auto-ongeluk te maken had, wordt het weer een open zaak, en dat is later helemaal een verschrikking.'

Ze stonden allebei op en stopten hun notitieboekje in hun uniformzak. Ze gingen met de trap naar beneden en genoten van de ochtendzon toen ze over het parkeerterrein naar hun patrouillewagen liepen.

Diezelfde zon beschreef een boog naar het westen en het werd zeven uur in St. Louis. Hij viel naar binnen door een kleine dakkapel en speelde in een lage bundel over het hemelbed vanuit een nieuwe richting. Jodie was als eerste opgestaan en stond onder de douche. Reacher lag alleen in het warme bed, rekte zich uit en hoorde ergens in de kamer een gedempt getjirp.

Hij keek op het nachtkastje om te zien of de telefoon overging, of misschien had Jodie een wekker ingesteld die hem de avond tevoren was ontgaan. Niets. Het getjilp bleef gedempt maar hardnekkig aanhouden. Hij rolde op zijn andere zij en ging rechtop zitten. Dankzij die nieuwe positie bleek het geluid uit Jodies reistas te komen. Hij gleed uit bed en liep naakt de kamer door. Ritste de tas open. Het getjilp werd luider. Het was haar zaktelefoon. Hij wierp een blik op de badkamerdeur en haalde de telefoon te voorschijn. Hij tjilpte luid in zijn hand. Hij bestudeerde de knopjes en drukte op het telefoonicoontje. Het getjilp stopte.

'Hallo?' zei hij.

Er viel een stilte. 'Met wie spreek ik? Ik probeer mevrouw Jacob te bereiken.'

Het was een mannenstem; jong, druk en gekweld. Hij kende die stem. Hij was van Jodies secretaris in het advocatenkantoor, de man die hem Leons adres had gegeven.

'Ze staat onder de douche.'

'Aha,' zei de stem.

Er viel weer een stilte.

'Ik ben een vriend van haar,' zei Reacher.

'O,' zei de stem. 'Bent u nog steeds in Garrison?'

'Nee, we zitten in St. Louis, Missouri.'

'Lieve hemel, dat maakt het wel ingewikkeld, hè? Kan ik mevrouw Jacob even spreken?'

'Ze staat onder de douche,' herhaalde Reacher. 'Ze kan u wel terugbellen. Of ik kan misschien wel een boodschap aannemen.'

'Zou dat gaan? Ik ben bang dat het nogal dringend is.'

'Ogenblikje,' zei Reacher. Hij liep terug naar het bed om het blocnoteje en de balpen van het hotel te pakken die op het nachtkastje naast de telefoon lagen. Ging zitten en jongleerde de telefoon naar zijn linkerhand.

'Oké, zeg het maar,' zei hij. De man gaf hem de boodschap. Die was nogal ondoorzichtig. De man koos zijn woorden heel voorzichtig om de hele toestand vaag te houden. Het was duidelijk dat een vriend geen juridische details konden worden toevertrouwd. Hij legde het blocnootje en de pen weer neer. Die had hij niet nodig.

'Als het niet duidelijk is, laat ik haar wel terugbellen,' zei hij dubbelzinnig.

'Dank u, en het spijt me als ik iets heb onderbroken, nou ja, wat het ook is.'

'U hebt niets onderbroken,' zei Reacher. 'Zoals ik al zei, staat ze nu onder de douche. Maar tien minuten geleden zou het misschien een probleem zijn geweest.'

'Lieve hemel,' herhaalde de jongeman en hij hing op.

Reacher glimlachte, bestudeerde de knopjes weer en drukte op STOP. Hij gooide de telefoon op het bed en hoorde Jodie in de badkamer de kraan dichtdraaien. De deur ging open en ze kwam in een wolk van stoom naar buiten, gehuld in een badhanddoek.

'Je secretaris was net aan je zaktelefoon,' zei hij. 'Volgens mij was hij een beetje geschokt omdat ik opnam.'

Ze giechelde. 'Daar gaat mijn reputatie. Tussen de middag weet het hele kantoor het. Wat moest hij?'

'Je moet terug naar New York.'

'Waarom? Heeft hij nog details gegeven?'

Hij schudde zijn hoofd.

'Nee, hij deed erg vertrouwelijk en keurig, zoals het een secretaris waarschijnlijk betaamt. Maar jij bent kennelijk een eersteklas advocaat. Er is grote vraag naar je diensten.'

Ze grijnsde. 'Ik ben de beste die er is. Dat heb ik toch gezegd? Wie heeft me nodig?'

'Iemand heeft je kantoor gebeld. De een of andere financiële firma die iets geregeld wil hebben. Ze vroegen naar jou persoonlijk. Waarschijnlijk omdat er geen betere is.'

Ze knikte glimlachend. 'Zei hij nog waar het om ging?'

Hij haalde zijn schouders op. 'Ik denk het gewone recept. Iemand is iemand wat geld schuldig en het klinkt alsof ze erover kibbelen. Je moet morgenmiddag naar een bijeenkomst om te proberen de ene of de andere partij tot rede te brengen.'

Een ander telefoongesprek van de duizenden die er op dat moment in de omgeving van Wall Street werden gevoerd, was van het advocatenkantoor Forster en Abelstein naar het bureau van een privédetective die William Curry heette. Curry was een veteraan met twintig jaar dienst bij de recherche van New York. Hij was op zijn zevenenveertigste met pensioen gegaan en probeerde zijn alimentatie te betalen met zijn werk als privédetective totdat zijn ex hertrouwde, stierf of hem vergat. Hij had dat werk inmiddels twee magere jaren gedaan, en een persoonlijk telefoontje van de directeur van een vooraanstaand advocatenkantoor in Wall Street was een doorbraak, dus was hij in zijn sas maar niet verbaasd. Hij had twee jaar goed werk voor een redelijke honorarium geleverd met het oogmerk om een soort reputatie op te bouwen, dus als zijn reputatie zich eindelijk verspreidde en het grote geld eindelijk lonkte, was hij daar in zijn sas over zonder ervan op te kijken.

Waar hij wel van opkeek was de aard van de opdracht.

'Ik moet me als u voordoen?' herhaalde hij.

'Het is belangrijk,' zei Forster. 'Ze verwachten een advocaat die David Forster heet, dus die krijgen ze. Er komt geen justitie aan te pas. Er komt waarschijnlijk helemaal niets aan te pas. Alleen al het feit dat u er bent zal het deksel op de pan houden. Het zal vrij rechttoe, rechtaan zijn, oké?'

'Ik denk het wel,' zei Curry. Hij schreef de namen van de betrokken partijen op en het adres waar hij zijn voorstelling moest geven. Hij noemde het dubbele van zijn normale honorarium. Hij wilde geen goedkope indruk maken tegenover die lui uit Wall Street. Die waren altijd onder de indruk van dure dienstverlening. Dat wist hij. En gezien de aard van de opdracht vond hij het ook een redelijk bedrag. Forster ging zonder aarzelen met de prijs akkoord en beloofde een cheque te sturen. Curry hing op en ging in gedachten door zijn kleerkast. Hij vroeg zich af wat hij in godsnaam aan moest trekken om eruit te zien als de directeur van een grote firma in Wall Street.

13

Van St. Louis naar Dallas-Fort Worth is het ruim negenhonderd kilometer vliegen en dat duurde negentig comfortabele minuten: een halfuur hard omhoog, een halfuur hard doorvliegen en een halfuur dalen. Reacher en Jodie zaten in de business class, ditmaal aan bakboord tussen een heel ander soort passagiers dan op hun vlucht uit New York. Het grootste deel van de cabine was gevuld met Texaanse zakenlui in rayon pakken in diverse tinten blauw en grijs met laarzen van krokodillenleer en grote hoeden. Ze waren groter, roder en luidruchtiger dan hun collega's van de oostkust en lieten de stewardessen harder draven. Jodie had een eenvoudige roestkleurige jurk aan zoals Audrey Hepburn gedragen kon hebben; de zakenlui wierpen steelse blikken naar haar en meden Reachers blik. Hij zat aan het gangpad in zijn gekreukte kaki kleren en tien jaar oude Engelse schoenen, en ze probeerden hem te plaatsen. Hij zag ze mentale kringetjes beschrijven. Ze keken naar zijn gebruinde huid, zijn handen en zijn metgezel en versleten hem voor een rouwdouwer die met een mijnconcessie had geboft; vervolgens beseften ze dat zoiets eigenlijk niet meer voorkomt en daarna begonnen de speculaties weer van voren af aan. Hij negeerde ze, dronk de beste koffie van de maatschappij uit een porseleinen kopje en begon zich af te vragen hoe hij Wolters binnen kon komen om iets zinnigs uit DeWitt te krijgen.

Een militaire politieman die iets zinnigs uit een tweesterrengeneraal probeert te krijgen is zoiets als iemand die een muntje opgooit. Kruis betekent een vent die de waarde van medewerking beseft. Misschien had hij vroeger moeilijkheden in de een of andere eenheid gehad en had hij die op een effectieve en intelligente manier laten oplossen door de MP. In dat geval heb je te maken met een gelovige, en is zijn instinct op jouw hand. Je bent een vriend. Maar munt betekent iemand die ooit zelf voor problemen heeft gezorgd. Het kan zijn dat hij ooit een of andere opdracht had verstierd en dat de MP geen blad voor de mond had genomen. Dan krijg je niets anders uit hem dan ergernis. Kruis of munt, maar bovendien is het geen vlakke munt want als klap op de vuurpijl heeft ieder instituut een hekel aan zijn eigen politiemensen, dus is het vaker munt dan kruis. Dat was Reachers ervaring althans. En wat nog erger was: hij was een ex-MP'er die nu een gewone burger was. Het was al twee keer slag geweest voordat hij op de plaat stond.

Het vliegtuig taxiede naar de gate en de zakenlui wachtten om Jodie voor te laten gaan in het gangpad. Het was ofwel gewone Texaanse hoffelijkheid, of ze wilden haar benen en haar achterwerk zien als ze voor hen uit liep, maar dat kon Reacher hun niet kwalijk nemen, want dat wilde hijzelf ook. Hij droeg haar tas en volgde haar over de lopende band naar de aankomsthal. Hij ging naast haar staan, sloeg een arm om haar schouders en voelde een tiental paar ogen in zijn rug.

'Je territorium aan het markeren?' vroeg ze.

'Heb je ze gezien?' vroeg hij.

Ze sloeg haar arm om zijn middel en drukte hem

onder het lopen steviger tegen zich aan.

'Ze waren moeilijk over het hoofd te zien. Ik denk dat ik zo een afspraakje voor vanavond had kunnen maken.'

'Je had ze met een stok van je af moeten slaan.'

'Het komt door die jurk. Ik had waarschijnlijk een broek moeten aantrekken, maar ik dacht dat ze hier nogal traditioneel waren.'

'Jij zou nog zo'n grijsgroen gewatteerd uniform van een Russische tankmachinist aan kunnen trekken, dan zou hun tong nog op hun schoenen hangen.'

Ze giechelde. 'Ik heb ze gezien, die Russische tankbestuurders. Papa heeft me er ooit foto's van laten zien. Negentig kilo, grote snor, pijp in de mond, tatoeages, en dat zijn dan nog maar de vrouwen.'

In de aankomsthal was het fris door de airconditioning, maar de temperatuur sprong opeens vijfentwintig graden omhoog toen ze naar buiten naar de taxistandplaats liepen. Juni in Texas, even na tien uur 's morgens en het was ruim veertig graden en klam.

'Jeetje,' zei ze. 'Misschien was die jurk nog niet zo'n gek idee.'

Ze stonden in de schaduw van een viaduct, maar verderop brandde de zon wit en genadeloos. Het beton lag te bakken en de lucht erboven trilde. Jodie bukte zich om een zonnebril uit haar tas te halen en toen ze die opzette leek ze meer dan ooit op een blonde uitvoering van Audrey Hepburn. De eerste taxi was een nieuwe Caprice met de airconditioning op volle kracht en religieuze tierelantijnen aan het spiegeltje. De chauffeur was een zwijgzaam type en het ritje van veertig minuten ging voornamelijk over betonnen snelwegen die wit glansden in de zon, druk begonnen en steeds verlatener werden.

Fort Wolters was een grote, permanente basis in niemandsland, met lage, elegante gebouwen temidden van tuinen en plantsoenen die werden onderhouden op de steriele manier die alleen het leger voor elkaar kan krijgen. Er stond een kilometers lang, hoog hek omheen. Het was overal strak en recht en aan de onderkant was geen onkruid te bekennen. De stoepranden waren wit gekalkt. Achter het hek slingerden zich binnenwegen van grijs beton tussen de gebouwen door. Ramen blonken in de zon. De taxi maakte een bocht en ze zagen een veld ter grootte van een stadion met keurige rijen helikopters. Daartussen liepen groepjes piloten in opleiding.

De hoofdingang was een stukje van de weg af. Er stonden hoge witte vlaggenmasten naast. De vlaggen hingen slap in de hitte. Er was een laag, vierkant wachthuisje met een rood-witte slagboom voor de ingang. Het wachthuisje was een en al ramen op borsthoogte en binnen zag Reacher MP's die de nadering van de taxi gadesloegen. Ze waren in volledig tenue, inclusief de witte helm. Gewone leger-MP's. Hij glimlachte. Dit stuk zou geen probleem zijn.

Deze lui zouden hem meer als een van de hunnen beschouwen dan de mensen die ze moesten bewaken.

De taxi zette hen af in de draaicirkel en reed weer weg. Ze liepen door de oogverblindende hitte naar de schaduw onder de dakrand van het wachthuisje. Een sergeant van de MP schoof het raam opzij en keek hen vragend aan. Reacher voelde de gekoelde lucht over zich heen spoelen.

'We moeten generaal DeWitt spreken,' zei hij. 'Is dat mogelijk, sergeant?'

De man nam hem op. 'Hangt ervan af wie u bent, denk ik.'

Reacher vertelde hem wie hij was en wat hij geweest was, en wie Jodie was en wie haar vader was geweest, en even later zaten ze allebei binnen in de koelte van het wachthuisje. De sergeant van de MP belde naar zijn collega in het kantoor van de bevelhebber.

'Oké, jullie staan genoteerd,' zei hij. 'De generaal is over een halfuur beschikbaar.'

Reacher glimlachte. De man was waarschijnlijk nu al beschikbaar, en dat halfuur hadden ze nodig om na te trekken of ze echt waren wie ze beweerden te zijn.

'Wat is de generaal voor iemand, sergeant?' vroeg hij.

'Wij beschouwen hem als SAS, meneer,' glimlachte de MP.

Reacher glimlachte terug. Het wachthuisje voelde verrassend prettig. Hij voelde zich er thuis. SAS was de MP-code voor 'stupid asshole sometimes', en dat was een redelijk vriendelijke kwalificatie van een sergeant voor een generaal. Het was het soort kwalificatie dat wilde zeggen dat de man misschien zou meewerken als hij het goed aanpakte. Aan de andere kant misschien ook niet. Het gaf hem iets om over na te denken tijdens de wachttijd.

Na tweeëndertig minuten stopte er een eenvoudige groene Chevrolet met keurige, witte sjabloonopdruk aan de binnenkant van de slagboom en de sergeant gaf met een hoofdbeweging aan dat die voor hen was. De chauffeur was een soldaat die niet van plan was een woord te zeggen. Hij wachtte tot ze zaten, keerde en reed langzaam terug naar de gebouwen. Reacher zag vertrouwde beelden aan zich voorbijtrekken. Hij was nog nooit in Wolters geweest, maar hij kende de basis vrij goed want hij was identiek aan tientallen andere waar hij wel was geweest. Dezelfde indeling, dezelfde mensen, dezelfde details, alsof het volgens dezelfde blauwdruk was gebouwd. Het hoofdkantoor was een lang, bakstenen gebouw van twee etages aan het exercitieterrein. De architectuur was precies dezelfde als die van het hoofdgebouw op de basis in Berlijn waar hij was geboren. Alleen het weer was anders.

De Chevrolet kwam langzaam tot stilstand voor het bordes van het gebouw. De chauffeur zette de pook in de parkeerstand en staarde zwijgend voor zich uit. Reacher deed het portier open en stapte met Jodie in de hitte.

'Bedankt voor de rit, soldaat,' zei hij.

De knaap bleef met draaiende motor in de parkeerstand recht voor zich uit kijken. Reacher en Jodie beklommen het bordes en gingen naar binnen. In de koele receptie stond een soldaat van de MP. Witte helm, witte beenkappen en een glimmende M-16 losjes tegen de borst. Zijn blik lieten Jodies blote benen niet los toen ze op hem af dansten.

'Reacher en Garber voor generaal DeWitt,' zei Reacher.

De soldaat wipte zijn geweer verticaal, als symbolisch teken voor het opheffen van een slagboom. Reacher knikte en liep rechtdoor naar de trap. Het gebouw was ontworpen zoals alle soortgelijke gebouwen, volgens een specificatie die ongemakkelijk het midden hield tussen overdadig en functioneel, als een particuliere school in een oude villa. Het was onberispelijk schoon en de materialen waren de beste die er voorhanden waren, maar de inrichting was institutioneel grof. In de gang boven aan de trap stond een bureau. Erachter zat een forsgebouwde MP-sergeant achter een berg papierwerk. Achter hem was een eikenhouten deur met een plastic bord met de naam van DeWitt, zijn rang en zijn onderscheidingen. Het was een groot bord.

'Reacher en Garber voor generaal DeWitt,' zei Reacher.

De sergeant knikte en nam de telefoon van de haak.

'Uw bezoekers, meneer,' zei hij.

Hij luisterde naar het antwoord, stond op en maakte de deur open. Deed een stap opzij om ze naar binnen te laten. Deed de deur achter hen dicht. Het kantoor had het formaat van een tennisbaan. Het was gelambriseerd met eikenhout en er lag een gigantisch donker kleed op de grond dat dun geworden was van het stofzuigen. Er stond een groot, eikenhouten bureau en DeWitt zat erachter. Hij was ergens tussen de vijftig en vijfenvijftig, uitgedroogd en pezig met dun, grijs, gemillimeterd haar. Hij sloeg hun nadering met half geloken ogen gade, en met een uitdrukking op zijn gezicht die Reacher interpreteerde als een combinatie van nieuwsgierigheid en ergernis.

'Neemt u plaats,' zei hij. 'Alstublieft.'

Voor zijn bureau stonden leren bezoekersstoelen. De wanden van het kantoor hingen vol met herinneringen, maar het waren allemaal bataljons- en divisieherinneringen, oorlogstrofeeën, slagveldonderscheidingen en oude, verbleekte zwart-witfoto's van zijn peloton. Er hingen foto's en dwarsdoorsneden van een tiental verschillende helikopters. Maar er hing niets persoonlijks van DeWitt. Op zijn bureau stonden zelfs geen familiekiekjes.

'Waarmee kan ik jullie van dienst zijn?'

Hij had het militaire eenheidsaccent dat het gevolg is van dienen over de hele wereld met mensen uit het hele land. Misschien kwam hij oorspronkelijk uit het midden-westen. Vermoedelijk ergens uit de buurt van Chicago, dacht Reacher.

'Ik ben majoor bij de MP geweest,' zei hij en wachtte.

'Dat weet ik. Dat hebben we nagetrokken.'

Een neutraal antwoord. Er lag niets in zijn stem. Geen vijandigheid, maar ook geen goedkeuring.

'Mijn vader was generaal Garber,' zei Jodie.

DeWitt knikte zonder iets te zeggen.

'We zijn hier op persoonlijke titel,' zei Reacher.

Er viel een korte stilte.

'Op particuliere titel zelfs,' zei DeWitt langzaam.

Reacher knikte. Slag een.

'Het gaat om een piloot die Victor Hobie heette. U hebt met hem gediend in Vietnam.'

DeWitt keek opzettelijk neutraal. Hij trok zijn wenkbrauwen op.

'O, ja?' zei hij. 'Dat kan ik me niet herinneren.'

Slag twee. Ontoeschietelijk.

'We proberen erachter te komen wat er met hem is gebeurd.'

Weer een korte stilte. Daarna knikte DeWitt langzaam en geamuseerd.

'Waarom? Was hij je dood gewaande oom? Of misschien was hij je geheime vader? Heeft hij misschien een korte, treurige verhouding met je moeder gehad toen hij haar tuinjongen was? Of hebben jullie soms zijn ouderlijk huis gekocht en zijn verloren gewaande tienerdagboek achter de lambrisering gevonden met een exemplaar van *Playboy* uit 1968?'

Slag drie. Ontoeschietelijk en agressief. Het werd weer stil. Ergens in de verte klonk het gestamp van een hefschroef. Jodie schoof naar voren in haar stoel. Haar stem klonk zacht en diep in het stille vertrek.

'We zijn hier namens zijn ouders, meneer. Die zijn dertig jaar geleden hun zoon kwijtgeraakt en hebben nooit vernomen wat er met hem is gebeurd. Ze rouwen nog altijd, generaal.'

DeWitt keek haar met zijn grijze ogen aan en schudde zijn hoofd.

'Ik kan me hem niet herinneren. Het spijt me zeer.'

'Hij is hier op Wolters met u in opleiding geweest,' zei Reacher. 'U bent samen naar Rucker gegaan en samen naar Qui Nhon gevaren. U heeft het grootste deel van twee detacheringen samen gediend in slicks vanuit Pleiku.'

'Was uw ouweheer ook soldaat?' vroeg DeWitt.

Reacher knikte. 'Marinier. Dertig jaar, *Semper Fi.*'

'De mijne zat bij de Eighth Air Force,' zei DeWitt. 'Tweede Wereldoorlog. Hij vloog met bommenwerpers helemaal uit East Anglia in Engeland naar Berlijn en terug. Weet u wat hij tegen me zei toen ik voor de helikopteropleiding tekende?'

Reacher wachtte.

'Hij gaf me een goeie raad,' zei DeWitt. 'Hij zei: nooit vriendschap met piloten sluiten. Ze gaan namelijk allemaal dood en je wordt er alleen maar ongelukkig van.'

Reacher knikte weer. 'Kunt u zich hem echt niet herinneren?'

DeWitt haalde slechts zijn schouders op.

'Zelfs niet voor zijn ouders?' vroeg Jodie. 'Het lijkt me niet juist dat ze nooit zullen weten wat er met hun zoon is gebeurd, vindt u wel?'

Er viel een stilte. Het geluid van de hefschroef in de verte stierf weg. DeWitt staarde naar Jodie. Daarna spreidde hij zijn kleine handen op zijn bureau en slaakte een diepe zucht.

'Nou, misschien herinner ik me toch wel iets,' zei hij. 'Voornamelijk van de begintijd. Toen ze in de loop van de tijd allemaal doodgingen, begon ik het advies van m'n ouweheer ter harte te nemen. Ben ik me een beetje gaan afsluiten, snapt u wel?'

'Wat was hij dan voor iemand?' vroeg Jodie.

'Wat voor iemand?' herhaalde DeWitt. 'Heel anders dan ik, dat is een ding dat zeker is. Heel anders dan wie ook, trouwens. Hij was de vleesgeworden tegenspraak. Hij was vrijwilliger, wist u dat? Ik ook, en een heleboel andere jongens waren dat ook. Maar Vic was niet als de andere jongens. In die tijd was er een grote kloof tussen vrijwilligers en dienstplichtigen. Vrijwilligers waren allemaal enthousiastelingen, weet u. Die gingen ervoor omdat ze ergens in geloofden. Maar zo was Vic niet. Hij was wel vrijwilliger, maar hij was zo'n beetje even zwijgzaam als de chagrijnigste dienstplichtige die je maar kon vinden. Maar hij kon vliegen alsof hij met een rotor in z'n reet was geboren.'

'Dus hij was goed?' moedigde Jodie hem aan.

'Dat is zacht uitgedrukt,' antwoordde DeWitt. 'In het begin was ik de enige die beter was en dat wil wat zeggen, want ik was helemaal met een rotor in m'n reet geboren. Vic was ook goed in de theorie. Dat weet ik nog. Hij was de beste van de klas.'

'Had hij daar een gedragsprobleem mee?' vroeg Reacher. 'Ruilde hij diensten voor bijles?'

DeWitt wendde zijn grijze ogen van Jodie af.

'U hebt uw huiswerk gedaan. U bent in het archief geweest.'

'We komen net van de NPRC,' zei Reacher.

DeWitt knikte neutraal. 'Ik hoop dat u mijn map niet hebt gelezen.'

'Dat mocht niet van de supervisor,' zei Reacher.

'We hebben ervoor gewaakt om onze neus in dingen te steken die ons niet aangingen,' zei Jodie.

DeWitt knikte weer.

'Vic ruilde inderdaad diensten,' zei hij. 'Maar ze zeggen dat hij het verkeerd aanpakte. Ik kan me herinneren dat er een kleine controverse over was. Je werd geacht het te doen omdat je blij was de medekandidaten van dienst te kunnen zijn, begrijpt u wel? In het belang van de eenheid, nietwaar? U weet toch hoe dat ging?'

Hij stopte en keek Reacher geamuseerd aan. Reacher knikte. Het was een voordeel dat Jodie erbij was. Haar charme trok hem langzaam terug naar goedkeuring.

'Maar Vic deed het heel kil,' zei DeWitt. 'Net alsof dat ook een wiskundige vergelijking was. Zoals een hoeveelheid hefkracht een helikopter van de grond tilt, zo zorgde een bepaalde hoeveelheid hulp bij een ingewikkelde formule ervoor dat zijn schoenen werden gepoetst. Dat vonden ze koud.'

'Was hij ook een kouwe?' voeg Jodie.

DeWitt knikte. 'Emotieloos. De kilste jongen die ik ooit heb ontmoet. Ik stond er altijd weer versteld van. Eerst dacht ik dat het kwam omdat hij uit een gat kwam waar hij nog nooit iets had uitgespookt of meegemaakt. Maar later besefte ik dat hij gewoon niets voelde. Helemaal niets. Heel raar. Maar het maakte hem wel tot een geweldige piloot.'

'Omdat hij niet bang was?' vroeg Reacher.

'Precies,' zei DeWitt. 'Niet moedig, want iemand die moedig is, is iemand die zijn angst overwint. Vic had om te beginnen al geen angst. Daardoor was hij een betere oorlogsvlieger dan ik. Ik was degene die in Rucker als beste van de klas eindigde, en ik heb nog een plaquette om dat te bewijzen. Maar in de praktijk was hij beter dan ik, dat staat als een paal boven water.'

'Op wat voor manier?'

DeWitt haalde zijn schouders op, alsof hij het niet uit kon leggen. 'We leerden alles gaandeweg, we verzonnen het bij wijze van spreken zelf. Het is een feit dat de opleiding niets voorstelde. Die opleiding was alsof ze je een rond dingetje laten zien, zeggen dat dit nou een honkbal is en je vervolgens meteen in de eredivisie laten spelen. Dat is iets dat ik nu probeer recht te zetten, hier in de opleiding. Ik wil de jongens nooit meer zo onvoorbereid uitzenden als wij destijds waren.'

'Dus Hobie leerde goed in de praktijk?' vroeg Reacher.

'Hij was de beste,' zei DeWitt. 'Weet u iets over helikopters in het oerwoud?'

Reacher schudde zijn hoofd. 'Niet zoveel.'

'Het belangrijkste probleem is de LZ,' zei DeWitt. 'De landingszone, ja? Er ligt ergens een radeloze en uitgeputte ploeg infanteristen onder vuur, ze moeten achter de linies vandaan worden gehaald, ze roepen ons op en onze telegrafist zegt ja, hoor, geef maar een LZ op en we komen je zo halen. Dus gebruiken ze explosieven en zagen en god weet wat ze nog meer bij zich hebben, en ze jassen een tijdelijke LZ in de jungle. Nou, een Huey met een draaiende rotor heeft een landingsplek nodig van precies veertien meter en veertig centimeter breed en zeventien meter vierendertig komma zes centimeter lang. Maar de infanterie is uitgeput en heeft vreselijke haast, de

Vietcong strooit met granaten en meestal maken ze de LZ niet groot genoeg. Dus kunnen we ze niet oppikken. Dat is ons twee of drie keer gebeurd en daar waren we goed ziek van, en op een avond zie ik Vic de rand van de rotor van zijn Huey bestuderen. Dus ik vraag: waar kijk je naar? Zegt hij: ze zijn van metaal. Ik denk: wat dacht je dan? Van bamboe? Maar hij staat ernaar te kijken. De volgende dag worden we weer naar een tijdelijke LZ geroepen en ja hoor, blijkt die kloteplek te klein, zo'n halve meter over de hele omtrek. Dus kan ik er niet in. Maar Vic zakt toch. Hij laat zijn kist een paar keer ronddraaien en maait zich een weg omlaag met zijn rotor. Als een gigantische grasmaaimachine. Het was griezelig. Stukken boom vlogen alle kanten op. Hij pikt zeven à acht lui op en de andere helikopters zakken na hem en halen alle andere jongens op. Dat is later standaardprocedure geworden, maar hij had het uitgevonden, omdat hij koud en logisch was, en niet bang was om het te proberen. Die manoeuvre heeft in de loop der jaren honderden manschappen het leven gered. Misschien wel duizenden.'

'Indrukwekkend,' zei Reacher.

'Daar kun je donder op zeggen,' zei DeWitt. 'Het tweede grote probleem dat we hadden was gewicht. Stel je bent ergens op open terrein, zoals een akker. De infanterie zwermt van alle kanten aan boord tot die klotekist te zwaar is om van de grond te komen. Dus je eigen schutters moeten ze van boord slaan en op dat veld achterlaten, misschien wel om te sterven. Geen lekker gevoel. Dus op een keer neemt Vic ze allemaal aan boord en verdomd, hij komt niet los. Dus duwt hij de knuppel naar voren en huppelt hij als het ware over dat veld tot de luchtsnelheid de rotor van onderen grijpt en hem van de grond tilt. Vervolgens is hij in de lucht en weg. De hink-stap-sprong. Dat werd ook standaardprocedure, en die heeft hij ook op zijn naam. Soms deed hij het heuvelafwaarts, of zelfs op een berghelling alsof hij geheid ging neerstorten en dan was het hup, weg. Zoals ik al zei, we verzonnen het gaandeweg. En het is een feit dat een hoop van die mooie trucjes door Victor Hobie zijn verzonnen.'

'U had bewondering voor hem,' zei Jodie.

DeWitt knikte. 'Ja, en daar schaam ik me niet voor.'

'Maar dikke vrienden waren jullie niet.'

Hij schudde zijn hoofd. 'Zoals mijn pappie had gezegd: geen vriendschap met andere piloten sluiten. En ik ben blij dat ik het niet heb gedaan. Er zijn er te veel doodgegaan.'

'Hoe bracht hij zijn vrije tijd door?' vroeg Reacher. 'Volgens de dossiers waren er nogal wat dagen dat er niet gevlogen kon worden.'

'Het weer was klote. Echt klote. Je hebt geen idee. Ik wil deze basis verhuizen, misschien naar de staat Washington, waar ze wat nevel en mist kennen. Het heeft geen zin om in Texas of Alabama te oefenen als je ergens heen wordt gestuurd waar zo'n klimaat is.'

'Wat deed u als u niet vloog?'

'Ik? Van alles. Soms feestvieren, soms slapen. Soms stapte ik in een jeep en ging ik op rooftocht naar dingen die we nodig hadden.'

'En Vic?' vroeg Jodie. 'Wat voerde hij uit?'

DeWitt haalde zijn schouders weer op. 'Geen idee. Hij had het altijd druk, hij voerde altijd iets in zijn schild, maar ik weet niet wat. Zoals ik al zei, ik wou niet met andere piloten omgaan.'

'Was hij anders tijdens zijn tweede detachering?' vroeg Reacher.

DeWitt glimlachte even. 'Iedereen was anders tijdens de tweede detachering.'

'Hoezo anders?' vroeg Jodie.

'Bozer,' zei DeWitt. 'Ook al tekende je meteen weer, dan nog duurde het negen maanden voordat je terug was, en soms wel een jaar. Dan kwam je terug en had je het gevoel alsof ze de zaak tijdens jouw afwezigheid naar de ratsmodee hadden geholpen. Je had de indruk dat het allemaal slordig en apathisch was geworden. Voorzieningen die je had gebouwd stonden op instorten, loopgraven die je had gegraven tegen de granaten stonden halfvol water, bomen die je had gekapt van het helikopterveld sproten weer op. Je had het gevoel dat je domeintje tijdens je afwezigheid door een stelletje randdebielen was geruïneerd. Het maakte je woest en gedeprimeerd. En over het algemeen genomen was het nog waar ook. Die hele Vietnamtoestand ging langzaam maar zeker bergafwaarts. Het liep helemaal uit de hand. De kwaliteit van de manschappen werd gewoon steeds slechter.'

'Dus zou u zeggen dat Hobie gedesillusioneerd was?' vroeg Reacher.

DeWitt haalde zijn schouders op. 'Ik kan me echt niet veel over zijn gemoedstoestand herinneren. Misschien kon hij er goed tegen. Ik herinner me dat hij een sterk plichtsbesef had.'

'Wat behelsde zijn laatste opdracht?'

De grijze ogen werden opeens uitdrukkingsloos, alsof de luiken omlaaggingen.

'Dat weet ik niet meer.'

'Hij werd neergehaald,' zei Reacher. 'Vlak bij u uit de lucht geschoten. En u herinnert zich niet wat zijn opdracht was?'

'We hebben achtduizend helikopters verloren in Vietnam,' zei DeWitt. 'Achtduizend, meneer Reacher, van het begin tot het eind van de oorlog. Ik heb het gevoel dat ik het merendeel daarvan persoonlijk neer heb zien gaan. Dus waarom zou ik me een specifiek geval moeten herinneren?'

'Waar ging het om?' herhaalde Reacher.

'Waarom wilt u dat weten?' vroeg DeWitt op zijn beurt.

'Het zou me helpen.'

'Waarmee?'

Reacher haalde zijn schouders op. 'Met zijn ouders, denk ik. Ik wil ze kunnen vertellen dat hij voor iets zinnigs is gestorven.'

DeWitt glimlachte. Een bitter, sardonisch glimlachje. Een sleets glimlachje dat in dertig jaar iets zachter was geworden door het regelmatige gebruik. 'Nou, makker, dat zul je om de donder niet kunnen.'

'Waarom niet?'

'Omdat geen van onze opdrachten zinnig was. Ze waren stuk voor stuk verspilde moeite. Verspilde levens. We hebben die oorlog toch verloren?'

'Was het een geheime opdracht?'

Er viel een stilte. Het grote kantoor leek de adem in te houden.

'Waarom zou het geheim geweest moeten zijn?' vroeg DeWitt neutraal.

'Hij nam maar drie passagiers aan boord. Dat lijkt mij een speciaal soort opdracht. Daar hoefde geen hink-stap-sprong genomen te worden.'

'Ik weet het niet meer,' herhaalde DeWitt.

Reacher bleef hem gewoon zwijgend aankijken. DeWitt staarde terug.

'Waarom zou ik het me moeten herinneren? Ik hoor iets voor het eerst in dertig jaar en nou moet ik me verdomme alle details herinneren?'

'Dit is niet voor het eerst in dertig jaar. U bent er al eens een paar maanden geleden naar gevraagd. In april.'

DeWitt zweeg.

'Generaal Garber heeft de NPRC gebeld om inlichtingen over Hobie in te winnen,' zei Reacher. 'Ik kan me niet voorstellen dat hij vervolgens u niet heeft gebeld. Wilt u ons niet vertellen wat u tegen hem hebt gezegd?'

DeWitt glimlachte. 'Ik heb hem verteld dat ik het me niet herinner.'

Er viel weer een stilte. In de verte klonk een hefschroef die dichterbijkwam.

'Wilt u het ons niet vertellen ter wille van zijn ouders?' vroeg Jodie zacht. 'Zij rouwen nog steeds. Zij moeten het weten.'

DeWitt schudde zijn hoofd. 'Het kan niet.'

'Kan niet of wil niet?' vroeg Reacher.

DeWitt stond langzaam op en liep naar het raam. Hij stond in het zonlicht en tuurde naar links, waar hij de helikopter die hij hoorde, kon zien landen op het veld.

'Het is geheime informatie,' zei hij. 'Ik mag geen commentaar geven en dat ben ik ook niet van plan. Garber heeft het mij gevraagd en hem heb ik hetzelfde gezegd. Geen commentaar. Maar ik heb hem wel de hint gegeven dat hij dichter bij huis moest zoeken, en ik raad u aan om hetzelfde te doen, meneer Reacher. Dichter bij huis zoeken.'

'Dichter bij huis?'

DeWitt ging met zijn rug naar het raam toe staan. 'Hebt u Kaplans dossier gezien?'

'Zijn copiloot?'

DeWitt knikte. 'Hebt u over zijn op een na laatste vlucht gelezen?'

Reacher schudde zijn hoofd.

'Dat had u wel moeten doen,' zei DeWitt. 'Half werk voor iemand die ooit majoor bij de MP is geweest. Maar tegen niemand zeggen dat ik het heb gesuggereerd, want dat zal ik ontkennen en ze zullen mij geloven. Niet u.'

Reacher wendde zijn hoofd af. DeWitt liep weer naar zijn bureau en ging zitten.

'Bestaat de kans dat Victor Hobie nog leeft?' vroeg Jodie.

'Daar geef ik geen commentaar op,' zei DeWitt.

'Is die vraag u al eerder gesteld?' vroeg Jodie.

'Daar geef ik geen commentaar op,' herhaalde DeWitt.

'U hebt het toestel zien neerstorten. Kan het zijn dat iemand dat heeft overleefd?'

'Ik heb een explosie onder het bladerdak van de jungle gezien, meer niet. Hij had nog veel meer dan de helft van zijn brandstof. Trekt u zelf uw conclusie maar, mevrouw Garber.'

'Heeft hij het overleefd?'

'Daar geef ik geen commentaar op.'

Ze knikte. Dacht even na en stelde haar vraag toen anders, precies zoals de advocaat die ze was, in het nauw gebracht door een recalcitrante getuige. 'Gewoon een theoretische vraag dan. Gesteld dat een jongeman met Victor Hobies persoonlijkheid, karakter en achtergrond zo'n ongeluk zou overleven, oké? Zou het dan mogelijk zijn dat zo iemand naderhand nooit meer contact met zijn eigen ouders zou hebben opgenomen?'

DeWitt stond weer op. Het was duidelijk dat hij slecht op zijn gemak was.

'Ik weet het niet, mevrouw Garber. Ik ben verdomme geen psychiater. En zoals ik al zei, ik keek wel uit om hem al te goed te leren kennen. Hij leek me echt een plichtsgetrouwe knaap, maar het was een kouwe. Over het algemeen genomen zou ik het als heel onwaarschijnlijk kwalificeren. Maar vergeet niet dat Vietnam mensen heeft veranderd. Mijzelf bijvoorbeeld, verdomd als het niet waar is. Vroeger was ik aardig.'

Agent Sark was vierenveertig jaar, maar zag er ouder uit. Zijn lichamelijke conditie was geweld aangedaan door een armzalige jeugd en verwaarlozing uit onwetendheid gedurende het overgrote deel van zijn volwassen leven. Hij had een bleke, doffe huid en hij was zijn haar al vroeg kwijt. Daardoor zag hij er vaal, ingevallen en vroeg oud uit. Maar de waarheid was dat hij het besefte en ertegen in het geweer was gekomen. Hij had het materiaal over dieet en lichamelijke oefening gelezen dat de medische afdeling van de politie verspreidde. Hij had het grootste deel van de vetten uit zijn dagelijkse dieet geweerd en was begonnen een beetje te zonnen, voldoende om zijn huid wat op te fleuren zonder risico op huidkanker te lopen. Hij liep wanneer hij maar kon. Als hij naar huis ging, stapte hij een halte eerder uit de metro en wandelde hij het laatste stuk, hard genoeg om zijn ademhaling en hartslag op te drijven, zoals hij had gelezen. En tijdens het werk haalde hij O'Hallinan vaak over om de patrouillewagen zo neer te zetten dat ze een eindje naar hun bestemming moesten lopen.

O'Hallinan had geen belangstelling voor aerobische oefeningen, maar ze was een inschikkelijke vrouw en wilde hem graag een plezier doen, vooral 's zomers als de zon scheen. Dus zette ze de auto aan de stoeprand in de schaduw van de Trinity Church en benaderden ze het World Trade Center te voet vanuit zuidelijke richting. Dat bezorgde ze een kwieke wandeling van zeshonderd meter in de zon, wat Sark gelukkig maakte, maar waardoor de auto wel precies even ver van een kwart miljoen afzonderlijke postadressen bleef staan, en omdat er op het bureau niets op papier stond, had niemand daar een flauw idee welk adres ze precies gingen bezoeken.

'Willen jullie een lift naar het vliegveld?' vroeg DeWitt.

Reacher legde het aanbod uit als een combinatie van weggestuurd worden en een gebaar dat was bedoeld om de weinig mededeelzame voorstelling die de man net had gegeven te verzachten. Hij knikte.

De Chevrolet van het leger zou hen er sneller brengen dan een taxi, omdat hij al buiten met draaiende motor stond te wachten.

'Graag,' zei hij.

'Met alle genoegen,' zei DeWitt.

Hij belde een nummer vanaf zijn bureau en sprak alsof hij een bevel gaf.

'Wacht hier maar even,' zei hij. 'Het duurt drie minuten.'

Jodie stond op en streek haar jurk glad. Liep naar het raam en staarde naar buiten. Reacher liep naar de andere kant van het vertrek om de aandenkens aan de muur te bekijken. Een van de foto's was een glanzende afdruk van een beroemde krantenfoto. Een helikopter steeg op vanaf het terrein van de ambassade in Saigon met een menigte mensen eronder die de armen hadden opgeheven alsof ze het toestel wilden dwingen weer te zakken om hen ook mee te nemen.

'Was u die piloot?' vroeg Reacher op een ingeving.

DeWitt keek en knikte.

'Dus was u er in '75 nog steeds?'

DeWitt knikte weer. 'Vijf detacheringen aan het front en daarna heb ik een poosje voor het hoofdkwartier gevlogen. Over het algemeen gaf ik de voorkeur aan het front.'

In de verte klonk lawaai. Het lage gestamp van een krachtige helikopter die dichterbij kwam. Reacher ging naast Jodie voor het raam staan. Er hing een Huey in de lucht en hij kwam naderbij over de verste gebouwen uit de richting van het helikopterveld.

'Jullie lift,' zei DeWitt.

'Een helikopter?' vroeg Jodie.

DeWitt glimlachte. 'Wat dacht u anders? Dit is tenslotte een helikopterschool. Daarom zijn die jongens hier. Het is geen autorijschool.'

Het geluid van de hefschroef nam toe tot een luidruchtig wap-wap-wap. Daarna vermengde het zich langzaam maar zeker met het hogere wiep-wiep-wiep toen hij dichterbij kwam en het gejank van de straalmotor erbij kwam.

'Ze hebben tegenwoordig een grotere wiek,' riep DeWitt. 'Een of ander composiet. Geen metaal meer. Ik weet niet wat die ouwe Vic ervan zou vinden.'

De Huey gleed zijwaarts en bleef boven het exercitieterrein voor het gebouw hangen. Door het lawaai trilden de ramen. Daarna trok het toestel recht en zakte het op de grond.

'Het was me een genoegen,' riep DeWitt.

Ze gaven hem een hand en gingen naar buiten. De MP aan het bureau knikte naar hen door het lawaai en ging door met zijn werk. Ze daalden de trap af en liepen naar buiten het geweld van hitte, stof en kabaal tegemoet. De copiloot schoof de deur voor hen open. Ze holden gebukt naar het toestel. Jodie grijnsde en haar haren wapperden alle kanten op. De copiloot stak zijn hand uit en hees haar naar binnen. Reacher volgde. Ze gingen achterin zitten, deden de gordels om en de copiloot schoof de deur weer dicht alvorens naar voren naar de cockpit te klauteren. Het toestel verhief zich met het bekende gesidder van de grond. De vloer helde en zwaaide, en door de ramen zagen ze de gebouwen om hen heen draaien; daarna keken ze neer op de daken, vervolgens op het verder gelegen grasland waar de snelwegen als grijze potloodstrepen doorheen liepen. De neus ging omlaag en het lawaai van de motor veranderde in een gebrul toen het toestel op koers kwam en een kruissnelheid van honderdvijftig kilometer per uur bereikte.

Het artikel dat Sark had gelezen noemde het *powerwalking* en de bedoeling was dat je je wandelsnelheid opvoerde tot een snelheid van zes kilometer per uur. Op die manier voerde je ook je hartslag op, wat de sleutel tot aerobisch profijt was, maar je voorkwam er de schade mee die gewoon joggen aan schenen en knieën kon toebrengen. Het was een overtuigende redenering en hij geloofde erin. Als hij het naar behoren deed, zou zeshonderd meter met een snelheid van zes kilometer per uur zes minuten moeten kosten, maar het duurde bijna acht minuten omdat O'Hallinan naast hem liep. Ze vond lopen prettig, maar had geen haast. Haar conditie was niet slecht, maar ze zei altijd: 'Ik ben gebouwd op comfort, niet op snelheid.' Het was een compromis.

Hij had haar medewerking nodig om te lopen, dus klaagde hij nooit over haar snelheid. Hij ging ervan uit dat het beter was dan helemaal niet lopen. Het moest ergens goed voor zijn.

'Welk gebouw?' vroeg hij.

'Het zuidelijke, denk ik,' zei ze.

Ze liepen om naar de hoofdingang van de zuidelijke kantoortoren en betraden de hal. Achter een balie zaten mannen in het uniform van beveiligingsbeambten, maar die waren druk in de weer met een groepje buitenlandse heren in grijze pakken, dus liepen Sark en O'Hallinan naar de kantoorwijzer om die rechtstreeks te raadplegen. Cayman Corporate Trust was op de achtentachtigste verdieping. Ze liepen naar de expreslift en stapten naar binnen zonder dat de veiligheidsbeambten zelfs maar in de gaten hadden dat ze zich in het gebouw bevonden.

De liftvloer drukte tegen hun voeten toen ze omhoogjoegen. De snelheid nam af en de lift stopte op de achtentachtigste. De deur schoof open, er klonk een gedempte bel en ze stapten uit in een kale gang. Het plafond was laag en de ruimte was smal. Cayman Corporate Trust had een moderne, eikenhouten deur met een klein raampje en een koperen kruk. Sark trok de deur open en liet O'Hallinan voorgaan. Ze was oud genoeg om die hoffelijkheid op prijs te stellen.

Ze bevonden zich in een receptie van eikenhout en koper met een zwaargebouwde man in een donker pak achter een borsthoge balie. Sark hield zich op de achtergrond in het midden van de ruimte; zijn afgeladen koppelriem benadrukte de omvang van zijn heupen waardoor hij een grote en gezaghebbende indruk maakte. O'Hallinan liep naar de balie en bereidde haar aanpak voor. Ze wilde iets losschudden, dus besloot ze tot het soort frontale aanval dat ze van rechercheurs kende.

'We zijn hier in verband met Sheryl,' zei ze.

'Ik zal naar huis moeten, denk ik,' zei Jodie.

'Nee, je gaat met mij mee naar Hawaï.'

Ze stonden weer in de ijskoude hal van Dallas-Fort Worth. De Huey was geland op een verafgelegen platform en de copiloot had hen met een dofgroen golfwagentje naar de terminal gebracht. Hij had ze een ongemarkeerde deur gewezen die toegang gaf tot een trap die naar de bedrijvigheid van het publieksgedeelte voerde.

'Hawaï? Reacher, ik kan niet naar Hawaï. Ik moet weer in New York zijn.'

'Je kunt niet alleen terug. New York is waar het gevaar loert, weet je nog? En ik moet naar Hawaï. Dus zul je met mij mee moeten, zo eenvoudig is dat.'

'Reacher, dat kan niet,' herhaalde ze. 'Ik moet morgen naar een bijeenkomst. Dat weet je. Jij hebt dat telefoontje toch aangenomen?'

'Helaas, Jodie. Je gaat niet alleen terug.'

Toen ze die ochtend uitcheckten van de bruidssuite in St. Louis, was er iets met hem gebeurd. Het reptielensegment van zijn hersenen, diep weggestopt achter de voorhoofdskwab, had gegild: 'De wittebroodsweken zijn voorbij, makker. Je leven is bezig te veranderen en nu beginnen de moeilijkheden!' Hij had er geen acht op geslagen. Maar nu schonk hij er wel aandacht aan. Voor het eerst van zijn leven had hij een gijzelaar van het geluk. Hij had iemand om zich zorgen over te maken. Dat was grotendeels aangenaam, maar een last was het ook.

'Ik moet terug, Reacher,' zei ze. 'Ik mag ze niet laten zitten.'

'Bel ze maar om te zeggen dat je het niet redt. Zeg maar dat je ziek bent of zoiets.'

'Dat kan ik niet doen. Mijn secretaris weet toch dat ik niet ziek ben? Bovendien moet ik aan mijn carrière denken. Die is belangrijk.'

'Jij gaat niet alleen terug,' herhaalde hij.

'Waarom moet je trouwens naar Hawaï?'

'Omdat daar het antwoord is,' zei hij.

Hij liep naar een ticketbalie en pakte een dikke dienstregeling van een rekje van chroom. Hij bleef in het koude neonlicht staan en sloeg het op bij de vertrektijden van D van Dallas-Fort Worth en zakte met zijn vingers langs de lijst van bestemmingen tot de H van Honoloeloe. Daarna bladerde hij door naar de vertrektijden van Honoloeloe om te kijken naar de vluchten terug naar New York. Hij controleerde de tijden nog een keer en glimlachte opgelucht.

'We halen het hoe dan ook. We kunnen het allebei doen. Moet je kijken. Hiervandaan gaat een vlucht om kwart over twaalf. De vliegtijd minus de tijd die we winnen als we naar het westen vliegen brengt ons om drie uur in Honoloeloe. Vervolgens nemen we de vlucht van zeven uur terug naar New York. De vliegtijd plus de tijd die we verliezen als we terugvliegen naar New York brengt ons morgenmiddag om twaalf uur op JFK. Je secretaris zei toch dat die vergadering 's middags zou zijn? Dus die kun je nog halen.'

'Ik moet me nog voorbereiden,' zei ze. 'Ik heb geen idee waar het over gaat.'

'Dan heb je nog een paar uur de tijd. Je bent snel van begrip.'

'Het is te dol om los te lopen. Dan hebben we maar vier uur in Hawaï.'

'Meer hebben we niet nodig. Ik bel ze van tevoren om het een en ander te regelen.'

'Dan zitten we de hele nacht in de lucht. En ga ik verdomme naar mijn vergadering na een slapeloze nacht in een vliegtuig.'

'Dan vliegen we eersteklas,' zei hij. 'Rutter trakteert toch? In de eersteklas kunnen we slapen. Die stoelen zien er vrij comfortabel uit.'

Ze haalde zuchtend haar schouders op. 'Idioot.'

'Geef me je telefoon maar,' zei hij.

Ze gaf hem de mobiele telefoon uit haar tas en hij belde inlichtingen voor het nummer in Hawaï. Hij toetste het in en hoorde de telefoon tienduizend kilometer verderop overgaan. Hij ging acht keer over en de persoon wiens stem hij wilde horen nam op.

'Met Jack Reacher,' zei hij. 'Ben jij vandaag de hele dag op kantoor?'

Het antwoord klonk traag en slaperig omdat het in Hawaï nog heel vroeg in de ochtend was, maar het was wel het antwoord dat hij wilde horen. Hij klikte het toestel uit en draaide zich weer om naar Jodie. Ze keek hem weer zuchtend aan, maar nu blonk er een glimlach in door. Ze liep naar de balie en gebruikte haar creditcard om twee eersteklas tickets Dallas-Fort Worth via Honoloeloe naar New York te kopen. De man achter de balie gaf hun meteen de stoelnummers, enigszins verbijsterd omdat twee mensen de prijs van een tweedehands sportwagen over hadden voor twintig uur op een vliegtuig en vier uur op de grond in Oahu. Hij overhandigde hun de envelopjes en twintig minuten later nestelde Reacher zich in een enorme stoel van leer en schaapsvacht met Jodie op een veilige afstand van een meter naast hem.

In een situatie als deze moest er een bepaalde procedure worden gevolgd. Die was nog nooit toegepast, maar hij was dikwijls en grondig gerepeteerd. De zwaargebouwde man achter de borsthoge balie schoof zijn hand nonchalant opzij en drukte met zijn wijsvinger op een knopje en zijn middelvinger op een ander. Het eerste knopje zorgde ervoor dat de eikenhouten deur naar de gang met de lift op slot ging. Er was een elektromagnetisch mechanisme dat de stalen lip geruisloos en onopvallend op zijn plaats schoof. Eenmaal geactiveerd bleef de deur op slot tot het mechanisme weer werd uitgeschakeld, wat iemand ook met grendel of sleutel probeerde. De tweede knop zette een rood knipperlichtje op het kastje van de intercom op Hobies bureau in werking. Het was een felrood lampje en het kantoor was altijd donker, dus kon het niemand ontgaan.

'Wie?' vroeg de zwaargebouwde man.

'Sheryl,' herhaalde O'Hallinan.

'Het spijt me,' zei de man. 'Er werkt hier niemand die Sheryl heet. Momenteel hebben we drie personeelsleden, allemaal mannen.'

Hij bewoog zijn hand naar links en activeerde een knopje met SPREKEN, dat de intercom in werking zette.

'Hebt u een zwarte Tahoe?' vroeg O'Hallinan.

Hij knikte. 'We hebben inderdaad een zwarte Tahoe in het wagenpark.'

'En een Suburban?'

'Ja, ik denk dat er ook zo een bij is. Gaat dit om een verkeersovertreding?'

'Het gaat om Sheryl die in het ziekenhuis ligt,' zei O'Hallinan.

'Wie?' herhaalde de man.

Sark ging achter O'Hallinan staan. 'We willen uw chef spreken.'

'Oké,' zei de man. 'Ik zal kijken of dat geregeld kan worden. Mag ik uw namen?'

'Agenten Sark en O'Hallinan van de politie van New York.'

Tony deed de deur van het kantoor open en bleef vragend in de deuropening staan.

'Kan ik u helpen, agenten?' riep hij.

Tijdens de repetities zouden de agenten zich van de balie afkeren en naar Tony kijken. Misschien zouden ze een paar stappen in zijn richting doen. En dat was precies wat er gebeurde. Sark en O'Hallinan draaiden zich om en liepen naar het midden van de receptie. De zwaargebouwde man achter de balie bukte zich om een kastje open te maken. Hij tilde een geweer uit zijn rek en hield hem laag en uit het zicht.

'Het gaat over Sheryl,' herhaalde O'Hallinan.

'Sheryl wie?' vroeg Tony.

'De Sheryl die met een gebroken neus in het ziekenhuis ligt,' zei Sark. 'En de gebroken jukbeenderen en de hersenschudding. De Sheryl die uit uw Tahoe is gestapt voor de EHBO van St. Vincent.'

'O, nou begrijp ik het,' zei Tony. 'We hebben haar naam niet gehoord. Ze kon geen woord uitbrengen vanwege de verwondingen aan haar gezicht.'

'Wat deed ze dan in uw auto?' vroeg O'Hallinan.

'We waren bij het Grand Central om een cliënt

af te zetten. We troffen haar op de stoep en ze was nogal verdwaasd. Ze kwam van de trein uit Mount Kisco en zwierf maar wat rond. We hebben aangeboden haar naar het ziekenhuis te brengen, want daar leek ze naartoe te moeten. Dus hebben we haar bij St. Vincent afgezet omdat het ziekenhuis op de terugweg lag.'

'Bellevue is dichter bij het Grand Central,' zei O'Hallinan.

'Ik vind het verkeer daar niet prettig,' zei Tony neutraal. 'St. Vincent was gemakkelijker.'

'En vroeg u zich niet af wat er met haar was gebeurd?' vroeg Sark. 'Hoe ze aan haar verwondingen was gekomen?'

'Natuurlijk vroegen we ons dat af,' zei Tony. 'Dat hebben we gevraagd, maar ze kon niet spreken vanwege haar verwondingen. Daarom herkenden we haar naam niet.'

O'Hallinan bleef onzeker staan. Sark deed een stap naar voren.

'U hebt haar op de stoep aangetroffen?'

Tony knikte. 'Voor het Grand Central.'

'En ze kon niet praten?'

'Geen woord.'

'Hoe wist u dan dat ze van de trein uit Kisco was gestapt?'

Het enige grijze gebied van de repetities was het herkennen van het precieze moment om van het defensief op het offensief over te schakelen. Het was een subjectief gegeven. Ze waren ervan uitgegaan dat ze het moment wel zouden herkennen als het zich aandiende. En dat was ook zo. De zwaargebouwde man stond op, joeg knarsend een patroon in de kamer van het geweer en richtte over de balie.

'Niet bewegen!' schreeuwde hij.

In Tony's hand verscheen een 9 millimeterpistool. Sark en O'Hallinan staarden ernaar, wierpen vervolgens een blik over hun schouder op het geweer en hun handen schoten omhoog. Niet zo'n berustend gebaar als in een film. Ze strekten hun armen met geweld omhoog alsof hun leven afhing van de vraag of ze de akoestische tegels boven hun hoofd konden aanraken. De man met het geweer kwam van achteren en porde de loop hardhandig in Sarks rug, en Tony ging achter O'Hallinan staan om hetzelfde te doen. Toen verscheen er nog een man uit de duisternis en hij bleef in de deuropening staan.

'Mijn naam is Hook Hobie,' zei hij.

Ze staarden hem aan. Zonder iets te zeggen. Hun blik rustte op zijn mismaakte gezicht en zakte vervolgens langzaam omlaag naar zijn lege mouw.

'Wie is wie?' vroeg Hobie.

Geen antwoord. Ze staarden naar de haak. Hij hief hem omhoog om het licht erop te laten vallen.

'Wie van u is O'Hallinan?'

O'Hallinan gaf een knikje. Hobie keek naar de ander.

'Dus u bent Sark.'

Sark knikte. Slechts een minimale hoofdbeweging.

'Koppelriemen los,' zei Hobie. 'Een voor een. En vlug een beetje.'

Sark was eerst. Hij deed het vlug. Hij liet zijn handen zakken en worstelde met de gesp. De zware riem viel met een bons op de grond bij zijn voeten. Hij hief zijn armen weer naar het plafond.

'En u,' zei Hobie tegen O'Hallinan.

Zij deed hetzelfde. De zware riem met de revolver, de radio, de handboeien en de knuppel plofte op het kleed. Ze strekte haar handen weer zo ver mogelijk omhoog. Hobie gebruikte zijn haak. Hij boog zich voorover, sloeg de punt door beide gespen en zwaaide de riemen de lucht in als een visser na een vruchtbare dag op de oever van een rivier. Hij stak zijn goede hand uit om twee stel handboeien uit hun versleten leren houdertje te halen.

'Omdraaien.'

Ze draaiden zich om en keken in de loop van de wapens.

'Handen op de rug.'

Iemand kan met één hand een slachtoffer in de boeien slaan, als dat stil met de polsen bij elkaar staat. Sark en O'Hallinan stonden erg stil. Hobie maakte een boei per keer vast en vervolgens draaide hij het ratelmechanisme van allevier zo vast dat hij gesis van pijn van beiden hoorde. Vervolgens hield hij de riemen zo hoog dat ze niet over de grond sleepten en ging hij zijn kantoor in.

'Komt u binnen,' zei hij.

Hij liep om zijn bureau heen en legde de riemen erop als voorwerpen die nadere bestudering vergden. Hij plofte op zijn stoel en wachtte tot Tony de gevangenen voor zijn bureau had opgesteld. Hij liet ze zwijgend toekijken hoe hij hun riem leeghaalde. Hij maakte hun revolver los en liet ze in een la vallen. Haalde hun radio eraf en friemelde aan de knopjes tot ze luidruchtig sisten en sputterden. Hij legde ze naast elkaar op het uiteinde van zijn bureau met de antenne naar de glazen wand. Hij hield zijn hoofd even schuin om naar de atmosferische ruis te luisteren. Daarna richtte hij zijn aandacht weer op de riemen en haalde beide knuppels uit hun lus. Hij legde er een op zijn bureau, woog de andere in zijn hand en bekeek hem van dichtbij. Het was een modern type met een handvat en daaronder een uitschuifbaar gedeelte. Hij tuurde er belangstellend naar.

'Hoe werkt dit precies?'

Sark noch O'Hallinan gaf antwoord. Hobie speelde even met de knuppel, keek vervolgens naar de zwaargebouwde man die Sark met de shotgun een stoot in zijn nier gaf.

'Ik vroeg iets,' zei Hobie.

'Je zwaait ermee,' mompelde hij. 'Zwaaien en er een soort draai aan geven.'

Hij had ruimte nodig, dus stond hij op. Zwaaide met de knuppel en gaf er een draai aan alsof het een zweep was. Het uitschuifbare gedeelte klapte uit en zette zich vast. Hij grijnsde met de goede kant van zijn gezicht. Drukte het mechanisme weer in en probeerde het opnieuw. Grijnsde weer. Hij ijsbeerde een paar keer rond zijn bureau, zwaaide met de knuppel en klikte hem open. Hij deed het eerst verticaal en daarna horizontaal. Hij gebruikte steeds meer kracht. Flitsend met de knuppel maakte hij kleine kringetjes. In een beweging sloeg hij het mechanisme met de backhand open, draaide zich met een ruk om en trof O'Hallinan met grote kracht midden in haar gezicht.

'Ik mag dit ding wel,' zei hij.

Ze sloeg achterover maar Tony duwde haar met zijn pistool overeind. Haar knieën begaven het en ze zakte in een hoopje voorover tegen de voorkant van het bureau, met de armen strak geboeid op de rug en bloedend uit mond en neus.

'Wat heeft Sheryl jullie verteld?' vroeg Hobie.

Sark staarde omlaag naar O'Hallinan.

'Dat ze tegen een deur was opgelopen,' mompelde hij.

'Waarom vallen jullie mij dan lastig? Wat doen jullie hier, godverdomme?'

Sark hief zijn hoofd en keek Hobie recht aan.

'We geloofden haar niet. Het was duidelijk dat iemand haar had geslagen. We hebben het nummerbord van de Tahoe nagetrokken en het ziet ernaar uit dat we op het juiste adres zijn.'

Er viel een stilte. Er was geen ander geluid dan het gesputter en de ruis uit de politieradio's op de rand van het bureau. Hobie knikte.

'Precies het juiste adres,' zei hij. 'Het was niet de schuld van een deur.'

Sark knikte ook. Hij was vrij moedig. De afdeling huiselijk geweld was geen oase voor lafaards. Per definitie hadden ze te maken met mannen die tot bruut geweld in staat waren. En Sark kon daar beter mee omgaan dan wie ook.

'Dit is een grote vergissing,' zei hij kalm.

'Hoezo?' vroeg Hobie belangstellend.

'Dit gaat over wat u met Sheryl hebt gedaan, meer niet. Het hoeft nergens anders om te gaan. U moet de zaak niet ingewikkelder maken. Het is een grote stap naar geweld jegens politiemensen. Wat de kwestie-Sheryl betreft is er misschien iets te regelen. Misschien was er sprake van provocatie, weet u wel; een of andere verzachtende omstandigheid. Maar als u met ons blijft rotzooien, valt er niets meer te regelen. Want dan graaft u zich steeds dieper in de moeilijkheden.'

Hij zweeg en keek goed of er een reactie kwam. Deze benadering had vaak succes. Eigenbelang van de dader was daar verantwoordelijk voor. Maar Hobie reageerde niet. Hij zei niets. Het was stil. Sark wilde net de volgende zet doen toen de radio's begonnen te sputteren en de stem van de een of andere verre politiecoördinator door de ether kwam om hem ter dood te veroordelen.

'Vijf-een en vijf-twee, uw huidige lokatie alstublieft.'

Sark was zo gewend om te reageren dat zijn hand een ruk naar voren gaf waar zijn riem had gezeten. Hij werd tegengehouden door de handboei. De radio zweeg. Hobie staarde in de ruimte.

'Vijf-een en vijf-twee, ik moet uw huidige lokatie weten alstublieft.' Sark staarde met afgrijzen naar de radio's. Hobie volgde zijn blik en glimlachte.

'Ze weten niet waar jullie zijn,' zei hij.

Sark schudde zijn hoofd. Een moedig man.

'Ze weten waar we zijn. Ze weten dat we hier zijn. Ze willen alleen maar bevestiging. Ze controleren de hele tijd of we wel zijn waar we moeten zijn.'

De radio's sputterden weer. 'Vijf-een en vijf-twee, wilt u alstublieft reageren.'

Hobie staarde naar Sark. O'Hallinan worstelde zich op haar knieën en staarde naar de radio's. Tony bewoog zijn pistool en hield haar onder schot.

'Vijf-een en vijf-twee, hoort u mij?'

De stem verdronk in een zee van statische elektriciteit en kwam vervolgens krachtiger terug.

'Vijf-een en vijf-twee, we hebben een noodsituatie, een geval van huiselijk geweld op de hoek van Houston en Avenue D. Zit u daar ergens in de buurt?'

Hobie glimlachte.

'Dat is drie kilometer verderop,' zei hij. 'Ze hebben geen flauw idee waar jullie zijn, hè?'

Daarna grijnsde hij. De linkerkant van zijn gezicht vertoonde ongebruikelijke plooien, maar aan de rechterkant bleef het littekenweefsel zo strak als een onbuigzaam masker.

14

Voor het eerst van zijn leven voelde Reacher zich honderd procent comfortabel in een vliegtuig. Hij had al gevlogen sinds zijn geboorte. Eerst als kind van een soldaat en later toen hij zelf soldaat was, in totaal over een afstand van miljoenen kilometers. Maar altijd ineengedoken in brullende militaire transporttoestellen, of opgevouwen op ongemakkelijke burgerstoelen die smaller waren dan zijn schouders. Eersteklas vliegen op een lijndienst was een ongekende luxe.

De cabine was opzienbarend. Het was een klap in het gezicht voor de passagiers die een voor een uit de slurf het vliegtuig in kwamen en er een blik in wierpen alvorens door het gangpad naar hun eigen benauwde accomodatie te schuifelen. De koele eersteklas was uitgevoerd in pasteltinten en er stonden vier stoelen op een rij waar er in de toeristenklas tien stonden. Reacher rekende uit dat dit de stoelen tweeëneenhalf keer zo breed maakte, maar ze voelden nog beter. Ze voelden enorm. Het leken wel divans en ze waren breed genoeg om heen en weer te kronkelen zonder zijn heupen aan de armleuningen te schaven. En de beenruimte was verbazingwekkend. Hij kon zomaar onderuitzakken en zijn benen strekken zonder de stoel voor hem te raken. Hij kon op een knopje drukken en vrijwel horizontaal liggen zonder de persoon achter zich lastig te vallen. Hij speelde er een paar keer mee zoals een jongetje met een stuk speelgoed, en daarna koos hij een verstandige positie halverwege en sloeg hij het tijdschrift van de lijndienst open, dat knispervers was en niet gekreukt en kleverig zoals de exemplaren die ze veertig rijen naar achteren moesten lezen.

Jodie ging verloren in haar eigen stoel. Ze had haar schoenen uitgedaan en haar voeten onder zich getrokken, hetzelfde tijdschrift opengeslagen op schoot en een glas gekoelde champagne naast zich. De cabine was stil. Ze zaten een heel eind voor de motoren en het lawaai daarvan was gereduceerd tot een gesis dat niet harder was dan het sissen van de luchttoevoer uit de ventilatie boven hun hoofd. Er trilde niets. Reacher keek naar de sprankelende, goudkleurige wijn in Jodies glas en de oppervlakte vibreerde niet.

'Hier kan ik wel aan wennen,' zei hij.

Ze keek glimlachend op.

'Niet met jouw salaris,' zei ze.

Hij knikte en sloeg weer aan het rekenen. Hij becijferde dat hij voor een dag zwembaden graven tachtig kilometer eersteklas kon vliegen. Op kruissnelheid was dat ongeveer vijf minuten. Tien uur werk, op in vijf minuten. Hij gaf zijn geld honderdtwintig keer zo snel uit als hij het verdiende.

'Wat ga je doen,' vroeg ze, 'als dit allemaal achter de rug is?'

'Ik weet het niet,' zei hij.

Die vraag had al door zijn hoofd gespeeld sinds ze hem over het huis had verteld. Het huis zelf had nu eens een vriendelijke en dan weer bedreigende rol in zijn verbeelding gespeeld, als zo'n fopafbeelding die verandert als je hem in een andere hoek tegen het licht houdt. Nu eens stond het huis comfortabel in het zonlicht, laag en breed, omsingeld door zijn vriendelijke, verwilderde tuin en dan zag het eruit als thuis. Dan weer had het iets weg van een gigantisch blok aan zijn been, waarmee hij moest blijven hollen om alleen maar ter hoogte van start te blijven. Hij kende mensen die een huis hadden. Hij had met ze gepraat met hetzelfde soort onthechte belangstelling waarmee hij met mensen praatte die slangen hielden of aan ballroomcompetities meededen. Huizen dwongen je tot een bepaalde levensstijl. Zelfs als iemand je een huis schonk, zoals Leon had gedaan, dwong dat je tot een heleboel andere dingen. Zo had je onroerendgoedbelasting. Dat wist hij. Je moest een verzekering hebben voor het geval het afbrandde of in een orkaan werd weggeblazen. Je had het onderhoud. Mensen die hij kende en die een huis hadden, waren altijd wel ergens mee bezig. Ze vervingen de verwarming aan het begin van de winter omdat die er de brui aan had gegeven. Of de kelder stond blank en dan moesten er ingewikkelde dingen met uitgravingen worden gedaan. Daken waren een probleem. Dat wist hij. Dat hadden ze hem verteld. Daken hadden een bepaalde levensduur, iets waar hij van opkeek. De dakspanten moesten vervangen worden. Gevelspanten ook. Kozijnen ook. Hij kende mensen die nieuwe kozijnen in hun huis hadden laten aanbrengen. Ze hadden lang en breed nagedacht wat voor type ze moesten kopen.

'Ga je een baan zoeken?' vroeg Jodie.

Hij staarde door het ovale raampje naar zuid-Californië dat droog en bruin elf kilometer onder hem lag. Wat voor baan? Het huis ging hem zo'n tienduizend dollar per jaar aan belasting, premies en onderhoud kosten. En het was een afgelegen huis, dus zou hij Rutters auto ook moeten houden. De auto was gratis, net als het huis, maar alleen al het eigendom ging hem geld kosten. Verzekering, onderhoudsbeurten, keuring, belasting, benzine. Nog eens zo'n drieduizend per jaar. Daarbij had je nog voedsel, kleding en voorzieningen. Als hij een huis had, zou hij bovendien nog andere dingen willen. Dan zou hij een geluidsinstallatie willen hebben. Hij zou die plaat van Wynonna Judd willen hebben, plus nog een heleboel andere platen. Hij moest denken aan de met de hand geschreven berekeningen van de oude mevrouw Hobie. Zij was op een bepaalde som uitgekomen die ze jaarlijks nodig hadden, en hij zag niet in hoe hij het voor minder zou kunnen doen. Die hele toestand kwam op zo'n dertigduizend dollar per jaar en dat betekende dat je er ongeveer vijftig moest verdienen als je de inkomstenbelasting meerekende en de vijf retourtjes per week naar de plek waar hij goddomme zou komen te werken.

'Ik weet het niet,' herhaalde hij.

'Er zijn genoeg dingen die je zou kunnen doen.'

'Zoals?'

'Je hebt allerlei talenten. Je bent bijvoorbeeld een geweldige speurneus. Papa zei altijd dat je de beste was die hij ooit was tegengekomen.'

'Dat was in het leger,' zei hij. 'Dat is allemaal verleden tijd.'

'Vaardigheden neem je mee, Reacher. Er is altijd vraag naar kwaliteit.'

Opeens keek ze op. Haar gezicht verried een groot idee. 'Je zou Costello's zaak over kunnen nemen. Hij laat een gat achter. Wij gebruikten hem constant.'

'Geweldig. Eerst zorg ik ervoor dat hij om zeep wordt geholpen en dan pik ik zijn baantje in.'

'Dat was jouw schuld niet,' zei ze. 'Je moet er maar eens over nadenken.'

Dus keek hij weer omlaag naar Californië en

dacht erover na. Hij moest denken aan Costello's versleten leren stoel en zijn ouder wordende, uitgezakte lichaam. Hij moest denken aan een heel leven aan de telefoon in een pastelkleurig kantoor met ramen van bobbeltjesglas. Hij moest denken aan de kosten van een kantoor aan Greenwich Avenue en een secretaresse die nieuwe computers en telefoons, een zieketekostenverzekering en een betaalde vakantie moest hebben. Dat alles boven op de kosten van dat huis in Garrison. Hij zou tien maanden in een jaar moeten werken voordat hij een dollar was opgeschoten.

'Ik weet het niet,' herhaalde hij. 'Ik weet niet eens of ik er wel over na wíl denken.'

'Je zult wel moeten.'

'Misschien,' zei hij. 'Maar niet per se op dit moment.'

Ze glimlachte alsof ze het begreep en ze vervielen weer tot stilzwijgen. Het vliegtuig siste verder en de stewardess kwam de kaart met drankjes brengen. Jodie liet haar champagneglas nog eens bijvullen en Reacher nam een blikje bier. Hij bladerde door het tijdschrift van de vliegmaatschappij. Het stond vol met oppervlakkige stukjes over niets in het bijzonder. Er stonden advertenties in voor financiële dienstverlening en kleine, ingewikkelde apparaatjes die allemaal zwart waren en op batterijen liepen. Hij kwam bij de sectie waar de vloot van de maatschappij in kleurige tekeningetjes stond afgebeeld.

Hij vond het vliegtuig waar zij in zaten en las over de passagierscapaciteit, het bereik en het vermogen van de motoren. Daarna kwam hij bij de kruiswoordpuzzel achterin. Die besloeg een hele bladzijde en zag er vrij moeilijk uit. Jodie was er al mee bezig in haar eigen exemplaar.

'Kijk eens bij elf verticaal,' zei zij.

Hij keek.

'Ze kunnen zwaar wegen,' las hij. 'Eenentwintig letters.'

'Verantwoordelijkheden,' zei ze.

Marilyn en Chester Stone zaten tegen elkaar aan gedrukt op de linkerdivan voor het bureau, want Hobie was met de twee politieagenten in de badkamer. De zwaargebouwde man in het donkere pak zat op de bank tegenover hen met de shotgun op schoot. Tony lag languit naast hem met zijn voeten op de salontafel. Chester zat apathisch in het halfduister voor zich uit te staren. Marilyn had het koud, had honger en was doodsbang. Haar blik schoot de hele kamer door. Uit de badkamer kwam geen enkel geluid.

'Wat doet hij daar met ze?' fluisterde ze.

Tony haalde zijn schouders op. 'Waarschijnlijk praat hij nu alleen maar met ze.'

'Waarover?'

'Nou, hij vraagt ze van alles over wat ze prettig vinden en wat ze niet prettig vinden. In termen van lichamelijke pijn, begrijp je. Dat vindt hij leuk.'

'Mijn god, waarom?'

Tony glimlachte. 'Hij heeft het gevoel dat het democratischer is, weet je, als hij zijn slachtoffers hun eigen lot laat bepalen.'

Marilyn huiverde. 'O, mijn god, kan hij ze niet gewoon vrijlaten? Ze dachten alleen maar dat Sheryl een mishandelde echtgenote was, anders niet. Ze wisten niets van hem.'

'Nou, dat zullen ze gauw genoeg weten,' zei Tony. 'Hij laat ze een getal kiezen. Ze weten nooit of ze een hoog of een laag getal moeten kiezen omdat ze niet weten waar het voor is. Ze denken dat ze hem er misschien een plezier mee doen als ze goed kiezen, weet je. Ze komen er maar niet achter waar het voor is.'

'Kan hij ze niet gewoon laten lopen? Later misschien?'

Tony schudde zijn hoofd.

'Nee,' zei hij. 'Momenteel is hij erg gespannen. Hier kikkert hij van op. Zoiets als therapie.'

Marilyn zweeg een hele poos. Maar toen moest ze het vragen.

'Waar is dat getal dan voor?'

'Hoeveel uur ze erover doen om te sterven,' zei Tony. 'Degene die een hoog getal heeft uitgekozen wordt heel boos als hij erachter komt.'

'Klootzakken.'

'Er was een vent die honderd zei, maar we hebben hem met tien uit zijn lijden verlost.'

'Klootzakken.'

'Maar jou zal hij geen getal laten kiezen. Met jou heeft hij andere plannen.'

Geen enkel geluid uit de badkamer.

'Hij is krankzinnig,' fluisterde Marilyn.

Tony haalde zijn schouders op. 'Een beetje wel misschien. Maar ik mag hem. Hij heeft een heleboel pijn gehad in zijn leven. Volgens mij heeft hij er daarom zoveel belangstelling voor.'

Marilyn keek hem vol afschuw aan. Toen klonk de zoemer van de eikenhouten deur naar de gang met de lift. Het klonk heel hard in de verschrikkelijke stilte. Tony en de zwaargebouwde man met de shotgun draaiden zich met een ruk om en keken in de richting van het geluid.

'Ga eens kijken,' zei Tony.

Hij stak zijn hand in zijn jasje om zijn pistool te trekken. Hij richtte hem kalm op Chester en Marilyn. Zijn partner met de shotgun duwde zichzelf overeind en liep om de tafel heen naar de deur. Hij deed hem achter zich dicht en het werd weer stil. Tony stond op en liep naar de badkamerdeur. Klopte met de kolf van zijn pistool, opende de deur op een kier en stak zijn hoofd naar binnen.

'Bezoek,' zei hij.

Marilyn keek naar links en naar rechts. Tony stond een meter of zeven bij haar vandaan en was de dichtstbijzijnde. Ze sprong overeind en haalde diep adem. Ze sprong over de salontafel, krabbelde om de andere divan heen en rende naar de deur van het kantoor. Ze rukte hem open. De zwaargebouwde man in het donkere pak stond aan het andere eind van de receptie te praten met een kleine man die in de deuropening naar de liftgang stond.

'Help!' riep ze.

De man staarde haar aan. Hij was gekleed in een donkerblauwe broek en een blauw overhemd met een kort jack dat open hing en even blauw was als zijn broek. Een soort uniform. Links op de borst van zijn jack zat een klein logo. Hij droeg een bruine kruidenierszak in zijn arm.

'Help!' gilde ze weer.

Er gebeurden twee dingen. De zwaargebouwde man in het donkere pak dook naar voren, trok de bezoeker helemaal naar binnen en sloeg de deur dicht. En Tony greep Marilyn van achteren krachtig om haar middel. Hij sleurde haar achterwaarts het kantoor weer in. Ze klapte naar voren onder de druk van zijn arm en probeerde zich los te vechten.

'In godsnaam, help ons!'

Tony tilde haar van de grond. Zijn arm knelde onder haar borsten. De korte jurk trok omhoog over haar dijen. Ze schopte en vocht. De kleine man in het uniform stond te staren. Haar schoenen vielen op de grond. Toen grijnsde de kleine man. Hij liep met de boodschappenzak achter hen aan het kantoor in en stapte voorzichtig over de gevallen schoenen.

'Hé, die lust ik ook wel,' zei hij.

'Vergeet het maar,' hijgde Tony achter haar. 'Voorlopig is deze verboden.'

'Jammer,' zei de nieuwe man. 'Dit zie je niet elke dag.'

Tony sleurde haar met grote moeite terug naar de divan. Gooide haar naast Chester. De nieuwe man haalde mismoedig zijn schouders op en leegde de kruidenierszak op het bureau. Bundeltjes contant geld ploften op het houten blad. De badkamerdeur ging open en Hobie kwam de kamer in. Hij had zijn jasje uitgetrokken en zijn hemdsmouwen tot z'n ellebogen opgerold. Aan de linker zat een onderarm met spierknopen en dik zwart haar. Aan de rechter zat een zware, donkerbruine, leren kop. Deze was glimmend versleten en zat met riempjes vast die in de mouw om zijn bovenarm verdwenen. De onderkant van de kop liep taps toe en daaruit stak een glimmende stalen haak met een punt aan een recht stuk van vijftien à twintig centimeter.

'Tel het geld na, Tony,' zei Hobie.

Marilyn ging met een ruk rechtop zitten. Ze draaide zich om naar de nieuwe man.

'Hij houdt daar twee politieagenten gevangen,' zei ze gejaagd. 'Hij gaat ze vermoorden.'

De man haalde zijn schouders op.

'Mij best,' zei hij. 'Maak ze voor mijn part allemaal maar dood.'

Ze staarde hem wezenloos aan. Tony liep om

het bureau heen om de bundeltjes geld te sorteren. Hij legde ze netjes op een stapel en telde hardop terwijl hij van het ene eind van het bureau naar het andere liep.

'Veertigduizend dollar.'

'Waar zijn de sleuteltjes?' vroeg de nieuwe man.

Tony trok de bureaula open. 'Deze zijn van de Mercedes.'

Hij gooide ze naar de man en zocht in zijn zak naar een andere bos.

'En deze zijn van de Tahoe. Die staat in de garage beneden.'

'En de BMW?' vroeg de man.

'Die staat nog in Pound Ridge,' riep Hobie van de andere kant van het vertrek.

'Sleutels?' vroeg de man.

'In het huis, denk ik,' zei Hobie. 'Ze heeft geen tasje bij zich en het ziet er niet naar uit dat ze ze op haar lijf draagt, hè?'

De man staarde naar Marilyns jurk en grijnsde akelig. Zijn gezicht was een en al lippen en tong.

'Dat ze daar goddomme iets onder verbergt, weet ik zeker. Maar het lijkt niet erg op sleutels.'

Ze keek hem vol weerzin aan. Op het logo op zijn jack stond MO'S MOTORS. Het was met rode zijde geborduurd. Hobie liep door de kamer en ging vlak achter haar staan. Hij boog zich naar voren en bracht de haak in haar gezichtsveld. Ze staarde er van dichtbij naar. Ze huiverde.

'Waar zijn de sleutels?' vroeg hij.

'Die BMW is van mij,' zei ze.

'Wás van jou.'

Hij bracht de haak dichterbij. Ze rook het metaal en het leer.

'Ik kan haar wel even fouilleren,' riep de nieuwe man. 'Misschien verbergt ze die sleutels toch ergens. Ik weet wel een paar interessante plekjes waar ik kan zoeken.'

Ze huiverde.

'Sleutels,' zei Hobie zacht.

'Keukenla,' fluisterde ze terug.

Hobie haalde de haak weg en ging glimlachend voor haar staan. De nieuwe man keek sip. Hij knikte om te bevestigen dat hij het had gehoord en liep langzaam naar de deur, rammelend met de sleutels van de Mercedes en de Tahoe.

'Het was me een waar genoegen om zaken met u te doen,' zei hij.

Bij de deur bleef hij even staan en keek over zijn schouder recht naar Marilyn.

'Weet je echt zeker dat ze taboe is, Hobie? We zijn toch oude vrienden? We hebben toch een hoop zaken met elkaar gedaan?'

Hobie schudde zijn hoofd alsof hij het meende. 'Vergeet het maar. Deze is voor mij.'

Schouderophalend liep de man het kantoor uit en zwaaide met de sleuteltjes. De deur ging achter hem dicht en even later hoorden ze de tweede bons toen de gangdeur dichtviel. Vervolgens hoorden ze het gieren van de lift en was het weer stil in het kantoor. Hobie wierp een blik op de bundeltjes geld op het bureau en ging weer naar de badkamer. Marilyn en Chester moesten naast elkaar op de divan blijven zitten en voelden zich koud, ziek en hongerig. Het licht dat door de spleetjes in de luxaflex naar binnen viel vervaagde en maakte plaats voor het doffe geel van de avond, en de stilte in de badkamer duurde tot een tijdstip dat volgens Marilyn omstreeks acht uur 's avonds moest zijn. Toen werd die stilte verpletterd door gekrijs.

Het vliegtuig joeg de zon na in westelijke richting maar verloor voortdurend tijd en landde drie uur vroeger op Oahu, in de loop van de middag. De eersteklascabine stroomde leeg voor de business class en de toeristenklasse, wat inhield dat Reacher en Jodie de eersten waren die de terminal verlieten en naar de rij taxi's liepen. Temperatuur en vochtigheid waren hier hetzelfde als in Texas, maar door de nabijheid van de Stille Oceaan had de klamheid iets hartigs. Bovendien was het licht zachter. De scherpgetande groene bergen en het blauw van de zee lieten het eiland baden in de juwelenglans van de tropen. Jodie zette haar zonnebril weer op en bekeek het land achter de hekken van het vliegveld met de vage belangstelling van iemand die Hawaï wel tien keer tijdens de diensttijd van haar vader had aangedaan zonder er echt te stoppen. Reacher deed hetzelfde. Hij had er vaker dan hij kon tellen tussenlandingen gemaakt, maar was nooit in Hawaï gestationeerd geweest.

De voorste taxi in de rij was identiek aan het exemplaar dat ze in Dallas-Fort Worth hadden gebruikt: een schone Caprice met de airconditioning op volle kracht. De plek van de bestuurder hield het midden tussen een tempel en een huiskamer. Ze stelden de man teleur door hem het kortste ritje te vragen dat er op Oahu te maken viel: een wipje van nog geen kilometer over de rondweg naar de ingang van de luchtmachtbasis Hickam. De bestuurder wierp een blik over zijn schouder op de rij auto's achter zich en Reacher zag hem denken aan de vettere kluiven die de andere chauffeurs zouden krijgen.

'Je krijgt tien dollar fooi,' zei hij.

De chauffeur wierp hem net zo'n blik toe als de man van de ticketbalie op Dallas-Fort Worth. Een ritje waarbij de meter op de basisprijs zou blijven hangen, maar een fooi van tien dollar? Reacher zag een foto die met plakband op het plastic dashboard zat; waarschijnlijk z'n gezin. Een groot gezin van donkere, lachende kinderen en een donkere, lachende vrouw in een vrolijk bedrukte jurk voor een eenvoudig schoon huisje met iets weelderigs in een perk rechts voor. Hij moest aan de Hobies denken, alleen met elkaar in de donkere stilte in Brighton met het gesis van de zuurstoffles en het gepiep van de houten vloer. En aan Rutter, in zijn groezelige, stoffige winkel in de Bronx.

'Twintig dollar,' zei hij. 'Als we meteen vertrekken, oké?'

'Twintig dollar?' herhaalde de man verbaasd.

'Dertig. Voor je kinderen. Ze zien er leuk uit.'

De man lachte in zijn spiegeltje, bracht zijn vingers naar zijn lippen en drukte ze op de glanzende foto. Hij manoeuvreerde de taxi door de rijstroken naar de rondweg en stopte min of meer direct weer, ruim zevenhonderd meter verder, voor een militair hek dat identiek leek aan het hek voor Fort Wolters. Jodie deed het portier open en stapte de hitte in. Reacher stak zijn hand in zijn zak en haalde zijn bundeltje geld te voorschijn. Het bovenste biljet was een briefje van vijftig. Hij pelde het eraf en schoof het door het klapdeurtje in het scheidingswandje van plexiglas.

'Laat maar zitten.'

Daarna wees hij naar de foto. 'Is dat uw huis?'

De chauffeur knikte.

'Alles in orde met dat huis? Moet er niets aan gemaakt worden?'

De man schudde zijn hoofd. 'Tiptop conditie.'

'Dak goed?'

'Geen enkel probleem.'

Reacher knikte. 'Ik vraag het maar.'

Hij schoof over het kunstleer, stapte uit en voegde zich bij Jodie op het asfalt. De taxi verwijderde zich door de dampende warmte om weer terug te gaan naar de aankomsthal. Er stond een licht briesje uit zee. De lucht smaakte zout. Jodie duwde het haar uit haar gezicht en keek om zich heen.

'Waar gaan we heen?'

'Naar de CIL-HI,' zei Reacher. 'Dat is hier.'

Hij had het fonetisch uitgesproken en ze moest glimlachen.

'Silly?' herhaalde ze. 'Wat is dat dan?'

'C-I-L, H-I,' zei hij. 'Central Identification Laboratory, Hawaï. Dit is de centrale afdeling van het leger.'

'Waarvoor?'

'Dat zal ik je laten zien,' zei hij.

Hij zweeg even. 'Althans dat hoop ik.'

Ze liepen naar het wachthuisje en bleven voor het raam staan. Binnen was een sergeant met hetzelfde uniform, hetzelfde kapsel en dezelfde argwanende uitdrukking op zijn gezicht als de man in Wolters. Hij liet ze even in de hitte staan en schoof vervolgens het raam open. Reacher deed een stap naar voren en noemde hun naam.

'We komen voor Nash Newman,' zei hij.

De sergeant keek verbaasd, pakte een klembord en sloeg dunne velletjes papier terug. Hij gleed met een dikke vinger langs een lijn en knikte. Pakte de telefoon van de haak en belde een nummer. Vier cijfers. Intern telefoontje. Hij kondigde de bezoekers aan, luisterde naar het antwoord en kreeg een verwonderde uitdrukking op zijn gezicht. Hij bedekte de telefoon met zijn hand en wendde zich naar Jodie.

'Hoe oud bent u, mevrouw?' vroeg hij.

'Dertig,' zei Jodie, op haar beurt verwonderd.

'Dertig,' herhaalde de MP in de hoorn. Daarna luisterde hij weer, hing op en schreef iets op het klembord. Draaide zich weer om naar het raam.

'Hij komt zo, dus loop maar door.'

Ze persten zich tussen de muur van het wachthuisje en het zware contragewicht aan het eind van de slagboom en bleven twee meter verder op het hete asfalt staan. Maar nu was het militair asfalt en niet meer het asfalt van de rijkswegendienst van Hawaï, en dat maakte een hoop verschil in de blik op het gezicht van de sergeant. De argwaan was helemaal weg en had plaats gemaakt voor openlijke nieuwsgierigheid naar de reden waarom de legendarische Nash Newman zo'n haast had om die twee burgers op de basis te verwelkomen.

Ruim vijftig meter verder stond een laag, betonnen gebouw met een kale dienstingang in de blinde zijmuur. De deur ging open en er stapte een man met zilvergrijs haar naar buiten. Hij draaide zich om, deed de deur dicht en op slot en repte zich vervolgens in de richting van het wachthuisje. Hij droeg de broek en het overhemd van het tropenuniform van het leger met daarover een witte laboratoriumjas die openhing. In de kraag van het overhemd zat voldoende metaal om aan te geven dat hij een hoge officier was en in zijn gedistingeerde houding was niets dat op het tegendeel wees. Reacher liep hem tegemoet en Jodie volgde hem. De zilvergrijze man was een jaar of vijfenvijftig en van dichtbij bleek hij lang en had hij een knap, aristocratisch gezicht. Zijn lichaam had een atletische elegantie die op het punt stond te wijken voor de stijfheid der jaren.

'Generaal Newman,' zei Reacher. 'Dit is Jodie Garber.'

Newman wierp een blik op Reacher en gaf Jodie glimlachend een hand.

'Aangenaam kennis met u te maken, generaal,' zei ze.

'Wij hebben al kennisgemaakt,' zei Newman.

'O ja?' zei ze verrast.

'Maar u zult het zich niet herinneren,' zei hij. 'Daar zou ik althans erg van opkijken. Ik schat dat u toen drie jaar oud was. Op de Filippijnen. In uw vaders achtertuin. Ik weet nog dat u me een glas punch bracht. Het was een heel groot glas en een erg grote tuin, en u was een heel klein meisje. U droeg dat glas met beide handen en uw tong stak naar buiten van de concentratie. Ik sloeg u de hele weg gade en het hart klopte me in de keel uit angst dat het zou vallen.'

Ze lachte. 'Nou, u hebt gelijk. Ik ben bang dat ik me dat niet herinner. Was ik drie? Dat is vreselijk lang geleden.'

Newman knikte. 'Daarom vroeg ik hoe oud u eruitzag. Ik bedoelde niet dat de sergeant het rechtstreeks aan u moest vragen. Ik wilde zijn subjectieve indruk, anders niet. Het is niet het soort vraag dat je aan een dame stelt, hè? Maar ik vroeg me af of het echt Leons dochter kon zijn die me een bezoek bracht.'

Hij kneep in haar hand en liet hem los. Draaide zich om naar Reacher en gaf hem een lichte stomp tegen de schouder.

'Jack Reacher,' zei hij. 'Verdomd leuk om jou weer eens te zien.'

Reacher greep Newmans hand en schudde hem hard. Het genoegen was wederzijds.

'Generaal Newman is mijn leraar geweest,' zei hij tegen Jodie. 'Hij heeft een miljoen jaar geleden een poosje lesgegeven op de officiersopleiding. Hogere forensica. Hij heeft me alles geleerd wat ik weet.'

'Hij was een prima leerling,' zei Newman. 'Hij lette tenminste op, en dat kon je van de meesten niet zeggen.'

'Wat doet u dan precies, generaal?' vroeg ze.

'Nou, ik doe een beetje forensische antropologie,' zei Newman.

'Hij is de beste ter wereld,' zei Reacher.

Newman wuifde het compliment weg. 'Nou, dat weet ik niet.'

'Antropologie?' vroeg Jodie. 'Maar is dat niet de studie van verre stammen en zo? Hoe ze leven? Hun rituelen en godsdienst en dat soort dingen?'

'Nee, dat is culturele antropologie,' zei Newman.

'Er zijn talrijke verschillende disciplines. De mijne is forensische antropologie, die deel uitmaakt van de fysische antropologie.'

'Het bestuderen van stoffelijke resten van mensen voor aanwijzingen,' zei Reacher.

'Een bottenkijker,' zei Newman. 'Daar komt het eigenlijk op neer.'

Al pratend liepen ze over de stoep en kwamen ze dichter bij de deur in de blinde muur. Hij ging open en er stond een jongeman in de hal op hen te wachten. Een onopvallende knaap van een jaar of dertig in een luitenantsuniform onder een witte laboratoriumjas. Newman knikte hem toe. 'Dit is luitenant Simon. Hij heeft de dagelijkse leiding van het lab. Zonder hem zou ik het niet redden.'

Hij stelde Reacher en Jodie voor en er werden handen geschud. Simon was stil en gereserveerd. Hij leek Reacher een typische laborant, geërgerd omdat hij werd gestoord in de afgemeten routine van zijn bezigheden. Newman ging hun voor naar binnen en liep een gang door naar zijn kantoor. Simon knikte zwijgend en verdween.

'Ga zitten,' zei Newman, 'dan kunnen we praten.'

'Dus u bent een soort patholoog?' vroeg Jodie.

Newman ging achter zijn bureau zitten en maakte een schommelende handbeweging die op een verschil duidde. 'Een patholoog heeft een medische achtergrond en wij antropologen niet. Wij hebben antropologie gestudeerd, klaar. Ons terrein is de fysieke structuur van het menselijk lichaam. We werken allebei natuurlijk postmortaal, maar in het algemeen gesproken is een lijk het terrein van de patholoog als het nog min of meer vers is, en als er alleen nog maar sprake is van een skelet, is het ons gebied. Dus ik ben een bottenkijker.'

Jodie knikte.

'Natuurlijk is dat een lichte simplificatie,' zei Newman. 'Een vers lijk kan vragen oproepen omtrent zijn skelet. Gesteld dat er ledematen zijn afgesneden. Dan zou de patholoog ons inschakelen. Wij kunnen een blik op de zaagsporen werpen en hem een handje helpen. Wij kunnen zeggen hoe sterk of zwak de dader was, wat voor zaag hij heeft gebruikt, of hij links- of rechtshandig was; dat soort dingen. Maar negenennegentig van de honderd keer werk ik met skeletten. Droge, oude beenderen.'

Toen glimlachte hij weer. Een binnenpretje. 'En pathologen kunnen niets met droge, oude botten. Heus, ze zijn echt hopeloos. Ze hebben er geen flauw benul van. Soms vraag ik me af wat ze tijdens hun medicijnstudie eigenlijk geleerd hebben.'

Het kantoor was rustig en koel. Geen ramen, indirecte verlichting, tapijt op de grond. Een rozenhouten bureau en gemakkelijke leren stoelen voor het bezoek. Plus een elegante klok die zacht tikte op een lage plank aan de muur. Hij wees al halfvier 's middags. Ze hadden nog maar drieëneenhalf uur voordat ze weer terug moesten.

'We zijn hier met een bepaald doel, generaal,' zei Reacher. 'Ik vrees dat dit niet zo maar een gezelligheidsbezoekje is.'

'Gezellig genoeg om me geen generaal meer te noemen en Nash te zeggen, oké? En vertel maar eens wat je op je lever hebt.'

Reacher knikte. 'We hebben je hulp nodig, Nash.'

Newman keek op. 'Met de MIA-lijsten?'

Hij wendde zich naar Jodie om tekst en uitleg te geven.

'Dat is wat ik hier doe,' zei hij. 'De afgelopen twintig jaar heb ik niets anders gedaan.'

Ze knikte. 'Het gaat om een specifiek geval, waarbij we min of meer betrokken zijn geraakt.'

Newman knikte ook, langzaam en ditmaal was het vonkje uit zijn ogen verdwenen.

'Ja, daar was ik al bang voor,' zei hij. 'We hebben hier negenentachtigduizend honderdentwintig MIA-gevallen, maar ik durf te wedden dat ik weet welke jullie moeten hebben.'

'Negenentachtigduizend?' vroeg Jodie.

'En honderdtwintig. Tweeëntwintighonderd vermisten van Vietnam, eenentachtighonderdzeventig van Korea en 78.750 vermisten uit de Tweede Wereldoorlog. We hebben nog nooit iemand opgegeven en ik kan je verzekeren dat we dat ook nooit zullen doen.'

'Mijn god, waarom zoveel?'

Newman haalde treurig zijn schouders op en opeens lag er iets bitters op zijn gezicht.

'Oorlogen,' zei hij. 'Krachtige explosieven, tactische manoeuvres, vliegtuigen. Oorlogen worden uitgevochten, sommige strijders leven, anderen sterven. Sommige gesneuvelden worden geborgen, anderen weer niet. Soms valt er niets te bergen. Als iemand een voltreffer van een granaat krijgt, wordt hij tot zijn eigen moleculen gereduceerd. Misschien dat er een dunne, rode nevel in de lucht hangt, misschien zelfs dat niet eens en is hij helemaal in damp opgegaan. Een granaat die net naast is, zal hem in duizend stukjes doen ontploffen. En vechten gaat toch om territoir? Dus zelfs al zijn z'n stoffelijke resten betrekkelijk groot, dan zullen vijandelijke tankbewegingen of die van de eigen troepen over het bevochten gebied zijn resten in de aarde ploegen en is hij voorgoed verdwenen.'

Hij zweeg en de klok tikte langzaam verder.

'En vliegtuigen zijn nog erger. Veel luchtcampagnes zijn boven zee uitgevochten. Een toestel stort neer in zee en de bemanning blijft tot het eind der tijden vermist, hoe we ons hier ook inspannen.'

Hij maakte een vaag armgebaar om zich heen naar het kantoor en de hele onzichtbare ruimte erachter, en zijn hand bleef met de palm omhoog voor Jodie hangen als een onuitgesproken appel.

'Negenentachtigduizend,' zei ze. 'Ik dacht dat die MIA-toestand alleen maar over Vietnam ging. Tweeduizend of zoiets.'

'Negenentachtigduizend honderdtwintig,' herhaalde Newman. 'We krijgen er af en toe nog steeds uit Korea en een incidenteel geval uit de Tweede Wereldoorlog, van de Japanse eilanden. Maar je hebt gelijk, dit gaat voornamelijk over Vietnam. Tweeduizend tweehonderd vermisten. In feite niet zoveel. Ze verloren meer jongens op een enkele ochtend in de Eerste Wereldoorlog, elke ochtend, vier lange jaren achter elkaar. Mannen en jongens die uiteengereten werden en in de modder werden vermalen. Maar Vietnam was anders. Deels vanwege catastrofes als de Eerste Wereldoorlog. Die grootscheepse slachtingen pikken we niet meer en terecht. We zijn iets opgeschoten. De bevolking neemt die barbaarse toestanden nu niet meer.'

Jodie knikte zwijgend.

'En deels omdat we de oorlog in Vietnam hebben verloren,' zei Newman zacht. 'Dat maakt het heel anders. De enige oorlog die we ooit hebben verloren. Dat maakt het allemaal nog verschrikkelijk veel pijnlijker. Dus doen we harder ons best om schoon schip te maken.'

Hij maakte weer dat gebaar met zijn hand, verwijzend naar het onzichtbare complex achter de kantoordeur, en zijn laatste woorden klonken wat opgewekter.

'Dus dat doet u hier,' zei Jodie. 'Wachten tot er ergens in het buitenland skeletten worden gevonden en ze vervolgens hierheen halen om ze te identificeren? Zodat u eindelijk de namen van de lijst kunt schrappen?'

Newman maakte weer een schommelende handbeweging ter nuancering. 'Nou, we zitten niet precies te wachten. Waar mogelijk gaan we zoeken. En we kunnen ze niet altijd identificeren, al doen we nog zo ons best.'

'Dat zal best moeilijk zijn,' zei ze.

Hij knikte. 'In technisch opzicht kan het een enorme uitdaging zijn. De bergingsplekken zijn doorgaans een puinhoop. De buitenwacht stuurt ons dierenbotten, plaatselijke botten, van alles. Hier zoeken we het allemaal uit. Vervolgens gaan we aan de slag met wat we hebben. Wat soms heel weinig is. Af en toe is het enige dat er van een Amerikaanse soldaat over is een handvol botfragmenten die in een sigarenkistje past.'

'Dat kan toch niet?' zei ze.

'Het gebeurt vaak,' zei hij. 'We hebben hier nu honderd gedeeltelijke geraamtes die niet geïdentificeerd zijn. Defensie kan het zich niet veroorloven om vergissingen te maken. Men eist een zeer hoge mate van zekerheid en soms kunnen we daar niet aan voldoen.'

'Waar begint u?' vroeg ze.

Hij haalde zijn schouders op. 'Nou, waar we maar kunnen. Doorgaans bij de medische statussen. Stel dat Reacher hier een MIA-geval was. Als hij in zijn jeugd zijn arm had gebroken, zouden we in staat zijn de oude röntgenfoto's te vergelijken met de geheelde breuk in het bot dat we gevonden hebben. Misschien. Of als we zijn kaak hadden gevonden, zouden we het werk aan zijn tanden en kiezen kunnen vergelijken met zijn tandartsgegevens.'

Reacher zag haar naar hem kijken en zich voorstellen dat hij tot droge, gele botten op de grond van het oerwoud was gereduceerd, opgegraven uit de humus en vergeleken met broze, verbleekte röntgenfoto's van dertig jaar geleden. Het werd weer stil en de klok tikte verder.

'Leon is hier in april geweest,' zei Reacher.

Newman knikte. 'Ja, hij heeft me een bezoek gebracht. Dom van hem, want hij was erg ziek. Maar het was goed om hem te zien.'

Hij wendde zich naar Jodie met een meelevend gezicht.

'Hij was een prachtmens. Ik was hem veel verschuldigd.'

Ze knikte. Ze hoorde het niet voor het eerst en het zou ook niet de laatste keer zijn.

'Hij heeft naar Victor Hobie geïnformeerd,' zei Reacher.

Newman knikte weer. 'Victor Truman Hobie.'

'Wat heb je hem verteld?'

'Niets,' zei Newman. 'En jou ga ik ook niets vertellen.'

De klok tikte verder. Kwart voor vier.

'Waarom niet?' vroeg Reacher.

'Dat weet je best.'

'Is het staatsgeheim?'

'Streng,' zei Newman.

In de stilte die volgde ging Reacher rusteloos van frustratie verzitten. 'Je bent onze laatste hoop, Nash. We hebben alle andere wegen al bewandeld.'

Newman schudde zijn hoofd. 'Je weet hoe het is, Reacher. Ik ben verdomme officier in het Amerikaanse leger. Ik ga geen staatsgeheimen prijsgeven.'

'Alsjeblieft, Nash,' zei Reacher. 'We hebben er een heel eind voor gereisd.'

'Het kan niet,' zei Newman.

'Kan niet bestaat niet.'

Stilte.

'Nou, waarschijnlijk kun je me wel vragen stellen,' zei hij. 'Als een voormalige leerling van mij hier komt om me vragen te stellen op basis van zijn eigen vaardigheden en observaties en ik beantwoord ze op puur theoretische grondslag, dan zie ik niet in wat iemand daar slechter van kan worden.'

Het was alsof er een wolk voor de zon wegtrok. Jodie wierp een blik op Reacher. Hij wierp een blik op de klok. Zeven minuten voor vier. Nog geen drie uur over.

'Oké Nash, bedankt,' zei hij. 'Ben je bekend met deze zaak?'

'Ik ken ze allemaal. Maar sinds april vooral deze.'

'En het is streng geheim?'

Newman knikte.

'Op een niveau waar zelfs Leon niet bij kon?'

'Dat is een behoorlijk hoog niveau,' hintte Newman. 'Vind je niet?'

Reacher knikte. Dacht hard na. 'Wat wilde Leon van jou?'

'Hij tastte in het duister,' zei Newman. 'Dat mag je niet vergeten, oké?'

'Oké,' zei Reacher. 'Wat wilde hij van je?'

'Hij wilde dat we naar de plek van het ongeluk gingen.'

'Zes kilometer ten westen van An Khe.'

Newman knikte. 'Ik had erg met Leon te doen. Er was niet echt een reden dat hij wat dit betreft buitenspel gehouden moest worden en ik kon niets doen om de geheimhoudingscode te veranderen. Maar ik was de man een hoop verschuldigd, veel meer dan ik je kan vertellen. Dus heb ik hem beloofd de plek te gaan zoeken.'

Jodie boog zich naar voren. 'Maar waarom was er niet eerder naar gezocht? Iedereen schijnt ruwweg te weten waar het was.'

Newman haalde zijn schouders op. 'Het is allemaal ongelooflijk moeilijk. Je hebt geen idee. Het terrein, de bureaucratie. Vergeet niet dat we de oorlog verloren hebben. De Vietnamezen daar dicteren de voorwaarden. We hebben een gezamenlijke bergingsoperatie, maar zij trekken aan de touwtjes. Het is een lange vertoning van manipulatie en vernedering. We mogen daar niet in uniform verschijnen, omdat ze denken dat de aanblik van een Amerikaans legeruniform de Vietnamese dorpsbevolking zal traumatiseren. Ze dwingen ons om hun helikopters te huren om in rond te vliegen; miljoenen en nog eens miljoenen per jaar voor rammelende roestbakken die niet half zo goed zijn als onze eigen toestellen. In werkelijkheid kópen we die oude botten terug, en zij bepalen de prijs en beschikbaarheid. Feit is dat elke volbrachte identificatie de Verenigde Staten momenteel ruim drie miljoen dollar kost en dat vreet aan me.'

Vier minuten voor vier. Newman slaakte weer een zucht en was in gedachten verzonken.

'Maar heb je de plek gevonden?' vroeg Reacher.

'Het stond op het programma voor ergens in de toekomst,' zei Newman. 'We wisten ongeveer waar het was en we wisten precies wat we zouden vinden als we er waren, dus stond het niet hoog op de prioriteitenlijst. Maar om Leon een plezier te doen ben ik erheen gegaan en heb ik onderhandeld om het boven aan het schema te zetten. Ik wilde het meteen doen. Het was een vreselijk moeilijke onderhandeling. Als ze vermoeden dat je iets specifieks wilt, worden ze zo koppig als de hel. Je hebt geen idee. Ondoorgrondelijk? Dat kun je wel stellen.'

'Maar hebt u de plek gevonden?' vroeg Jodie.

'Geografisch was het bijna niet te doen,' zei Newman. 'We hebben met DeWitt in Wolters gepraat en hij heeft ons geholpen min of meer de exacte lokatie vast te stellen. De meest afgelegen plek die je ooit hebt gezien. Bergachtig en ontoegankelijk. Ik kan je garanderen dat geen mens er ooit in de hele geschiedenis van de planeet een voet heeft gezet. Het was een nachtmerrie. Maar het was een geweldige lokatie. Totaal ontoegankelijk, dus was hij niet geplunderd.'

'Geplunderd?' herhaalde Jodie. 'Bedoelt u dat ze de vindplaatsen beroofden?'

Newman knikte. 'Alle toegankelijke plekken zijn dertig jaar geleden al door de bevolking bestormd. Ze namen identificatieplaatjes, legitimatiebewijzen, helmen en andere souvenirs mee, maar het was ze voornamelijk om de edele metalen te doen. Voornamelijk plekken met vliegtuigen vanwege het goud en platina.'

'Welk goud?' vroeg ze.

'In de elektrische circuits,' zei Newman. 'De Phantoms F-4 hadden bijvoorbeeld voor vijfduizend dollar aan edele metalen in hun verbindingen. De bevolking placht ze er allemaal uit te hakken en te verkopen. Als je in Bangkok goedkope sieraden koopt, is het waarschijnlijk gemaakt uit de elektronica van de oude Amerikaanse gevechtsbommenwerpers.'

'Wat heb je gevonden?' vroeg Reacher.

'Iets wat betrekkelijk goed bewaard was gebleven,' zei Newman. 'De Huey was verpletterd en geroest, maar wel herkenbaar. De lichamen waren natuurlijk volledig tot geraamtes verworden. Kleding was allang verrot en verdwenen. Maar er ontbrak niets. Ze hadden allemaal hun identificatieplaatje. We hebben ze ingepakt en met een helikopter naar Hanoi gebracht. Vervolgens hebben we ze met volledige militaire eer met een Starlifter hierheen gebracht. We zijn net terug. Drie maanden van begin tot einde. Qua tijdsduur een van de beste operaties die we ooit hebben uitgevoerd. En de identificatie zal slechts een kwestie van formaliteit zijn, want we hebben de plaatjes. Hier is geen rol voor een bottenkijker weggelegd. Open en sluiten. Het spijt me alleen dat Leon het niet meer mag meemaken. Het zou hem geestelijke rust hebben gebracht.'

'Zijn de stoffelijke resten hier?' vroeg Reacher.

Newman knikte. 'Hier vlak naast.'

'Mogen we ze zien?' vroeg Reacher.

Newman knikte weer. 'Het zou beter zijn van niet, maar het is wel belangrijk.'

Het werd stil. Newman stond op en maakte met beide handen een gebaar naar de deur. Luitenant Simon liep langs. Hij knikte hen toe.

'We gaan naar het lab,' zei Newman tegen hem.

'Jawel, meneer,' antwoordde Simon. Hij verdween in zijn eigen kantoortje. Reacher, Jodie en Newman liepen de andere kant op en bleven even voor een kale deur in een blinde muur van cementblokken staan. Newman haalde een sleutelbos uit zijn zak en maakte hem open. Hij herhaalde het formele gebaar met beide handen.

Reacher en Jodie gingen hem voor het lab in. Simon keek hen na vanuit zijn kantoortje. Toen de deur achter hen dicht en op slot ging, nam hij de hoorn van de haak, toetste een negen voor een buitenlijn en daarna een tiencijferig nummer dat begon met het kengetal van New York. De telefoon ging een hele poos over omdat het tienduizend kilometer naar het oosten al halverwege de avond was. Toen werd er opgenomen.

'Reacher is momenteel hier,' fluisterde Simon. 'Samen met een vrouw. Ze zijn nu in het lab om te kijken.'

Hobies stem antwoordde laag en beheerst. 'Wie is die vrouw?'

'Jodie Garber,' zei Simon. 'Generaal Garbers dochter.'

'Alias mevrouw Jacob.'

'Wat moet ik doen?'

De lijn viel even stil. Alleen de fluittoon van de satellietverbinding.

'Misschien kun je ze terugbrengen naar het vliegveld. De vrouw heeft morgenmiddag een afspraak in New York, dus ik neem aan dat ze proberen het vliegtuig van zeven uur te halen. Zorg maar dat ze het niet missen.'

'Oké,' zei Simon. Hobie hing op.

Het lab was een breed, laag vertrek zonder ramen van zo'n dertien bij zeventien meter met eentonige neonverlichting. Er klonk een vaag gesis van de ventilatie, maar in de ruimte hing een geur die het midden hield tussen die van een bijtend desinfectiemiddel en de warme geur van aarde. Aan het eind van de ruimte was een alkoof met rekken. Op de rekken stonden kartonnen dozen met zwarte referentienummers. Het waren er ongeveer honderd.

'De ongeïdentificeerden,' zei Reacher.

Newman naast hem knikte.

'We laten ze niet in de steek,' zei hij zacht.

Tussen hen en de verre alkoof was het belangrijkste gedeelte van de ruimte. De vloer was van glimmende, schone tegels. Er stonden twintig keurige houten tafels in nette rijen. De tafels reikten tot je middel en de bladen waren zware, glimmende stenen platen. De tafels waren iets korter en smaller dan een legerbrits. Ze zagen eruit als stevigere uitvoeringen van de tafels die behangers gebruiken om lijm op behang te smeren. Zes tafels waren leeg. Op zeven tafels lagen de deksels van zeven glanzende aluminium doodskisten. Op de overgebleven zeven tafels stonden de kisten zelf, keurig om en om: elke kist stond naast de tafel met zijn deksel. Reacher stond stil en met gebogen hoofd. Daarna ging hij in de houding staan en salueerde lang en zwijgend voor het eerst in ruim twee jaar.

'Vreselijk,' fluisterde Jodie.

Ze stond met haar handen achter zich en haar hoofd gebogen, alsof ze op een begrafenisplechtigheid was. Reacher liet zijn hand zakken en kneep in de hare.

'Dank je wel,' zei Newman zacht. 'Ik stel het op prijs als mensen in deze ruimte respect betonen.'

'Hoe kan het ook anders?' fluisterde Jodie.

Ze staarde naar de kisten en de tranen welden in haar ogen op.

Newman verbrak de stilte. 'Goed, Reacher, wat zie je?'

Reachers ogen dwaalden door de hel verlichte ruimte. Hij was te zeer geschokt om in beweging te komen.

'Ik zie zeven kisten,' zei hij zacht. 'Terwijl ik er acht verwachtte. Er waren acht mensen in die Huey. Vijfkoppige bemanning en drie passagiers. Dat staat in het rapport van DeWitt. Vijf en drie is acht.'

'En acht minus een is zeven,' zei Newman.

'Heb je de vindplaats grondig doorzocht?'

Newman schudde zijn hoofd. 'Nee.'

'Waarom niet?'

'Daar moet je zelf achter zien te komen.'

Reacher herstelde zich en deed een stap naar voren. 'Mag ik?'

'Ga je gang,' zei Newman. 'Vertel maar wat je ziet. Concentreer je goed en dan zullen we zien wat je hebt onthouden en wat je hebt vergeten.'

Reacher liep naar de dichtstbijzijnde kist en

draaide een kwartslag zodat hij er in de lengte in keek. In de kist stond een ruwhouten krat dat in elke dimensie vijftien centimeter kleiner was dan de kist.

'Die moeten we van de Vietnamezen gebruiken,' zei Newman. 'Ze verkopen ons die kratten en die moeten we van ze gebruiken. In de hangar op de luchthaven van Hanoi plaatsen we ze in onze eigen kisten.'

Het houten krat had geen deksel. Het was gewoon een ondiepe bak. Er lag een wirwar van botten in. Iemand had ze min of meer in de juiste anatomische volgorde gelegd. Bovenaan lag de schedel, oud en vergeeld. Hij vertoonde een groteske grijns. In de mond zat een gouden kies. De lege kassen staarden omhoog. De nekwervels lagen keurig op een rij. Daaronder lagen de schouderbladen, jukbeenderen en ribben op hun juiste plek boven het bekken. Arm- en beenbotten lagen aan de zijkant. Over de nekwervels lag een dof glanzende metalen ketting die wegliep onder een van de schouderbladen.

'Mag ik?' vroeg Reacher weer.

'Ga je gang,' knikte Newman.

Reacher bleef even zwijgend staan. Daarna boog hij zich over de kist, stak een vinger onder de ketting en trok hem voorzichtig los. De botten bewogen en tikten tegen elkaar toen de plaatjes bleven steken. Hij trok de plaatjes eruit en wreef er met zijn duim over en bracht ze omhoog. Boog zijn hoofd om de gestanste naam te lezen. 'Kaplan,' zei hij. 'De copiloot.'

'Hoe is hij gestorven?' vroeg Newman.

Reacher hing de plaatjes weer terug over de ribben en keek goed naar aanwijzingen. De schedel was intact. Geen spoor van beschadiging aan armen of borst. Maar het bekken was verbrijzeld. De wervels aan de onderkant van de ruggengraat ook. En de ribben aan de achterkant waren gebroken, acht stuks aan beide kanten, van onder af geteld.

'Door de klap toen de Huey de grond raakte. Hij heeft een reuzenklap in zijn onderrug gehad. Massale interne verwondingen en bloedingen. Waarschijnlijk binnen een minuut overleden.'

'Maar hij zat met riemen in zijn stoel vast,' zei Newman. 'De helikopter was met de neus in de grond geboord. Hoe kan hij dan van achteren gewond zijn geraakt?'

Reacher keek opnieuw. Hij had hetzelfde gevoel als vele jaren daarvoor in de klas: nerveus dat hij de zaak zou verknallen tegenover de legendarische Nash Newman. Hij keek nog eens goed, legde zijn hand licht op de droge botten om ze te voelen. Maar hij moest het bij het rechte eind hebben. Dit was een verpletterende klap tegen de onderrug geweest. Een andere verklaring was er niet.

'De Huey draaide,' zei hij. 'Hij viel in een lage hoek en de bomen lieten hem kantelen. Hij is tussen de cabine en de staart gebroken en de cabine is achterwaarts neergestort.'

Newman knikte. 'Uitstekend. Dat is precies zoals we hem gevonden hebben. Hij is achterwaarts gevallen. Zijn gordels hebben hem niet gered, maar zijn stoel heeft hem juist het leven gekost.'

Reacher liep naar de volgende kist. Dezelfde ondiepe houten bak, dezelfde wirwar van vergeelde botten. Dezelfde groteske, beschuldigend grijnzende schedel. De nek eronder was gebroken. Hij haalde de plaatjes voorzichtig tussen de scherven van de gebroken botten vandaan.

'Tardelli,' las hij.

'De stuurboordschutter,' zei Newman.

Tardelli's geraamte was een troep. De boordschutters van een slick staan in het gat van de deur te jongleren met de zware mitrailleur aan zijn elastieken ophanging en dragen in feite geen veiligheidsriemen. Toen de Huey neerstortte, was Tardelli alle kanten op gesmeten.

'Gebroken nek,' zei Reacher. 'Bovenkant van de borst ingedrukt.'

Hij draaide de vreselijk gele schedel om. Hij was gebroken als een eierschaal.

'Tevens hersenletsel. Ik zou zeggen dat hij op slag dood was. Ik kan niet zeggen welk letsel hem precies het leven heeft gekost.'

'Ik ook niet,' zei Newman. 'Hij was negentien.'

Er viel een stilte. Ze roken niets anders dan het vaag-zoete aroma van leem.

'Kijk eens naar de volgende,' zei Newman.

De volgende was anders. Hij had alleen een borstwond. Identificatieplaatjes zaten vast in het verbrijzelde bot. Reacher kon ze niet losmaken. Hij moest zich bukken om de naam te kunnen lezen.

'Bamford.'

'De boordcommandant,' zei Newman. 'Hij zal met zijn gezicht naar achteren op de cabinebank hebben gezeten, tegenover de drie lui die ze hadden opgepikt.'

Bamfords benige gezicht grijnsde hem toe. Daaronder was het geraamte compleet en intact, op een smalle, verpletterende verwonding na die dwars door het bovenlichaam ging. Het was net een kerf van acht centimeter in zijn borst. Het borstbeen was omlaag geslagen tot het niveau van zijn ruggengraat en het had nog eens drie wervels van zijn plaats gedrukt. Drie ribben waren meegegaan.

'Nou, wat denk je?' vroeg Newman.

Reacher stak zijn hand in de bak om de afmetingen van de verwonding te voelen. Die was smal en horizontaal. Er pasten geen drie vingers in, maar wel twee.

'Een soort steekwond,' zei hij. 'Iets dat het midden houdt tussen een stomp en een scherp voorwerp. Het heeft hem zijwaarts in de borst geraakt, dat spreekt voor zich. Zijn hart zal het meteen hebben begeven. Was het de rotor?'

Newman knikte. 'Heel goed. Zoals het eruitzag,

is de rotor dubbel geklapt tegen de bomen en is hij door de cabine naar beneden gekomen. Hij moet hem dwars over zijn bovenlichaam hebben getroffen. Zoals je zegt, door die klap zal zijn hart het direct hebben begeven.'

In de volgende kist waren de beenderen anders. Een aantal was even dof geel, maar de meeste waren wit, broos en half vergaan. De plaatjes waren gebogen en zwart geworden. Reacher draaide ze zo dat de opdruk in reliëf tegen het plafondlicht te lezen was: Soper.

'De bakboordschutter,' zei Newman.

'Er was sprake van vuur,' zei Reacher.

'Hoe weet je dat?' vroeg Newman als een typische leraar.

'Identificatieplaatjes zijn beroet.'

'En?'

'De botten zijn gecalcineerd,' zei Reacher. 'Althans de meeste.'

'Gecalcineerd?' herhaalde Newman.

Reacher knikte en ging in gedachten vijftien jaar terug naar zijn studieboeken.

'De organische componenten zijn eraf gebrand zodat alleen de anorganische componenten overbleven. Verbranding maakt de botten kleiner, witter, gemarmerd, broos en afgekalfd.'

'Goed,' knikte Newman.

'De explosie die DeWitt heeft gezien,' zei Jodie. 'De brandstoftank.'

Newman knikte. 'Klassieke aanwijzingen. Geen trage brand. Een brandstofexplosie. Het stroomt alle kanten op en verbrandt snel, wat de willekeurige aard van de verbrande botten verklaart. Ik heb de indruk dat Soper de brandstof over zijn onderlichaam heeft gekregen, maar dat zijn bovenlichaam buiten de vlammen lag.'

Zijn zachte woorden maakten plaats voor stilte toen het drietal zich de verschrikking voorstelde. De brullende motoren, de vijandige kogels die in de romp sloegen, het plotselinge verlies van vermogen, de rondspuitende brandstof, de vlammen, de scheurende, verpletterende klap door de bomen, het gegil, de rotor die als een zeis omlaag kwam, de sidderende dreun, het krijsende metaal en de klap van kwetsbare menselijke lichamen op de onverschillige oerwoudgrond waar sinds het begin der tijden geen mens was geweest. Sopers lege kassen staarden omhoog in het licht, als het ware om hen te tarten zich er een voorstelling van te maken.

'Kijk maar naar de volgende,' zei Newman.

In de volgende kist lagen de stoffelijke resten van een man die Allen heette. Geen sporen van brand. Alleen een geel geraamte met schone plaatjes om een gebroken nek. Een nobel grijnzende schedel. Gave, witte tanden. Een hoog, rond, onbeschadigd schedeldak. Het product van goede voeding en verstandige opvoeding in het Amerika van de jaren vijftig. Zijn hele rug was verbrijzeld als een dode krab.

'Allen was een van de drie die ze hadden opgepikt,' zei Newman.

Reacher knikte treurig. De zesde kist was een brandslachtoffer. Hij heette Zabrinski. Zijn botten waren gecalcineerd en klein.

'Tijdens zijn leven was hij waarschijnlijk een grote vent,' zei Newman. 'Brand kan je botten soms tot de helft reduceren. Dus schrijf hem niet af als een dwerg.'

Reacher knikte weer. Ging met zijn hand door de botten. Ze waren licht en broos, als omhulsels. Door de marmering voelden ze scherp van de microscopische ribbeltjes.

'Verwondingen?' vroeg Newman.

Reacher keek nog eens, maar zag niets.

'Hij is levend verbrand,' zei hij.

Newman knikte.

'Ja, ik vrees het ook,' zei hij.

'Gruwelijk,' fluisterde Jodie.

De zevende en laatste kist bevatte de stoffelijke resten van een man die Gunston heette. Ze zagen er vreselijk uit. Eerst dacht Reacher dat de schedel ontbrak. Toen zag hij hem onder in de houten bak liggen, in honderd stukjes. De meeste waren niet groter dan een duimnagel.

'Wat denk je?' vroeg Newman.

Reacher schudde zijn hoofd.

'Ik wil niet meer denken,' fluisterde hij. 'Ik heb genoeg gedacht.'

Newman knikte meelevend. 'De rotor heeft zijn hoofd geraakt. Hij hoorde bij het drietal dat ze hebben opgepikt. Hij zat tegenover Bamford.'

'Vijf en drie,' zei Jodie zacht. 'Dus de bemanning bestond uit Hobie en Kaplan, piloot en copiloot, Bamford de boordcommandant, Soper en Tardelli de boordschutters, en zij zijn geland om Allen, Zabrinski en Gunston op te pikken.'

Newman knikte. 'Dat weten we uit de dossiers.'

'Waar is Hobie dan?' vroeg Reacher.

'Je hebt iets over het hoofd gezien,' zei Newman. 'Half werk, Reacher, voor iemand die hier vroeger goed in was.'

Reacher keek hem even aan. DeWitt had ook zoiets gezegd. Die had gezegd: 'Half werk voor iemand die ooit MP-majoor is geweest.' Ook had hij gezegd: 'Je moet het dichter bij huis zoeken.'

'Het waren MP's, hè?'

Newman glimlachte. 'Wie?'

'Twee van de drie,' zei Reacher. 'Twee van Allen, Zabrinski en Gunston. Twee hebben de ander gearresteerd. Het was een bijzondere opdracht. Kaplan had daags tevoren twee MP's weggebracht. Zijn op een na laatste vlucht. Een solovlucht. Het rapport dat ik niet heb gelezen. Ze gingen hen ophalen, plus de man die ze hadden gearresteerd.'

Newman knikte. 'Precies.'

'Wie was wie?'

'Pete Zabrinski en Joey Gunston waren de politieagenten. Carl Allen was de booswicht.'

Reacher knikte. 'Wat had hij op zijn kerfstok?'

'De details zijn geheim,' zei Newman. 'Wat denk je?'

'Zo vlug op en neer, een snelle arrestatie? *Fragging* waarschijnlijk.'

'Wat is fragging?' vroeg Jodie.

'Het doden van je officier,' zei Reacher. 'Dat kwam wel eens voor. De een of andere branieluitenant, waarschijnlijk een nieuweling, is tuk om een gevaarlijke positie in te nemen. De infanteristen zien dat niet zitten, vinden hem een medaillejager en geven er de voorkeur aan om niet aan flarden te worden geschoten. Dus roept hij 'aanvallen' en iemand schiet hem in de rug of gooit een handgranaat naar hem. Dat laatste is efficiënter omdat je niet hoeft te mikken en het voor een betere camouflage zorgt. Daar komt de naam fragging vandaan, van fragmentatieprojectiel, zoals een handgranaat.'

'Was het inderdaad fragging?' vroeg Jodie.

'De details zijn geheim,' herhaalde Newman. 'Maar fragging kwam er zeker bij kijken, en die was het sluitstuk van een lange, brute loopbaan. Volgens de dossiers was Carl Allen bepaald geen snoepje van de week.'

Jodie knikte. 'Maar waarom is dat in hemelsnaam geheim? Wat hij ook heeft uitgespookt, hij is al dertig jaar dood. Hij heeft zijn trekken thuis, niet dan?'

Reacher was teruggegaan naar Allens kist. Hij staarde naar de inhoud.

'Voorzichtigheid,' zei hij. 'Wie de branieluitenant ook is geweest, zijn familie heeft te horen gekregen dat hij als een held aan zijn eind is gekomen tijdens de strijd tegen de vijand. Als ze er ooit achter komen dat de vork anders in de steel zit, heb je een schandaal. En Defensie houdt niet van schandalen.'

'Precies,' zei Newman weer.

'Maar waar is Hobie?' herhaalde Reacher.

'Je hebt nog steeds iets gemist. Een stap tegelijk, oké?'

'Maar wat is het dan?' vroeg Reacher. 'Waar is het?'

'In de botten,' zei Newman.

De klok in het laboratorium wees halfzes. Ze hadden nog maar iets meer dan een uur. Reacher haalde diep adem en liep in omgekeerde volgorde langs de kisten. Gunston, Zabrinski, Allen, Soper, Bamford, Tardelli, Kaplan. Zes grijnzende schedels en een onthoofd stel schouders staarden hem aan. Hij maakte nog een ronde. De klok tikte verder. Hij stopte bij elke kist, pakte de koude, aluminium zijkant vast en boog zich naar voren om erin te kijken, wanhopig op zoek naar wat hij over het hoofd had gezien. In de botten. Hij begon telkens bovenaan. De schedel, de nek, de jukbeenderen, de ribben, de armen, het bekken, de benen, de voeten. Hij scharrelde licht door de bakken en sorteerde behoedzaam de droge beenderen, op zoek. Kwart voor zes. Tien voor zes. Jodie sloeg hem zorgelijk gade. Hij maakte voor de derde keer een ronde en begon opnieuw met Gunston, de politieman. Hij ging naar Zabrinski, diens collega. Naar Allen, de misdadiger. Door naar Soper, de boordschutter. En naar Bamford, de boordcommandant. In Bamfords bak vond hij wat hij zocht. Hij sloot zijn ogen. Het lag voor de hand. Het lag zo voor de hand dat het wel leek alsof het in de een of andere giftige kleur was geverfd en er een schijnwerper op stond. Hij haastte zich terug langs de andere zes kisten en telde. Telde nog eens. Hij had gelijk. Hij had het. Het was achttien uur in Hawaï.

'Er zijn zeven lijken,' zei hij. 'Maar er zijn vijftien handen.'

Zes uur 's avonds is drieëntwintig uur in New York, en Hobie was alleen in zijn appartement dertig etages boven Fifth Avenue. Hij was in zijn slaapkamer en maakte zich op om te gaan slapen. Elf uur was vroeger dan gewoonlijk. Doorgaans bleef hij wakker om tot een of twee uur te lezen of naar een film op tv te kijken. Maar deze keer was hij moe. Het was een afmattende dag geweest. Er was een zekere hoeveelheid lichamelijke activiteit en geestelijke spanning geweest.

Hij zat op de rand van zijn bed. Het was een groot, tweepersoonsbed, al sliep hij alleen, zoals hij altijd had gedaan. Er lag een dik wit dekbed op. De wanden waren wit en de luxaflex was wit. Niet omdat hij een soort artistieke eenheid in zijn inrichting had verlangd, maar omdat witte dingen altijd het goedkoopst waren. Wat het ook was – linnengoed, verf of iets voor de ramen – de witte exemplaren waren altijd het goedkoopst. Er hing geen kunst aan de muur. Geen foto's, geen ornamenten, geen aandenkens, geen wandversiering. Op de grond lagen gewone eiken vloerdelen. Geen tapijt.

Hij had zijn voeten stevig op de grond gezet. Zijn schoenen waren zwarte Oxfords die glanzend gepoetst waren. Ze stonden precies in een rechte hoek op de eikenhouten vloerdelen. Hij stak zijn goede hand omlaag om de veters een voor een los te maken. Trok voorzichtig zijn schoenen een voor een uit. Hij schoof ze met zijn voeten bij elkaar en onder het bed. Hij stak zijn duim in zijn sokken en trok ze langzaam uit. Schudde ze uit en liet ze op de grond vallen. Hij maakte zijn das los. Hij droeg altijd een das. Het feit dat hij met een hand een das kon strikken was een bron van grote trots.

Hij raapte zijn das op, stond op en liep op blote voeten naar zijn kleerkast. Schoof de deur open en sloeg het smalle eind van zijn das achter de kleine, koperen buis waaraan die 's nachts hing. Daarna liet hij zijn linkerschouder zakken en zijn jasje van zijn arm glijden. Hij gebruikte zijn linkerarm om het van zijn rechterarm te trekken. Hij stak zijn hand in de kast om een hangertje te pakken waaraan hij met één hand zijn jasje hing. Hij hing het vervolgens aan de stang. Daarna knoopte hij zijn broek los en trok de rits omlaag. Stapte uit de pijpen, hurkte en trok ze recht op de glimmende, eikenhouten vloer. Anders kon je met één arm je broek niet opvouwen. Hij legde de pijpen recht op elkaar, zette zijn voet erop en trok ze glad. Daarna stond hij op om een tweede hangertje uit de kast te pakken, en hij bukte zich om de stang van het hangertje onder de pijpen door te schuiven en langs de grond naar de knieën te trekken. Vervolgens stond hij weer op, schudde met het hangertje en de broek viel keurig in vorm. Hij hing hem naast het jasje.

Hij krulde zijn linkerpols om de gesteven knoopsgaten en maakte zijn overhemd los. Hij schudde zijn overhemd van zijn schouders en trok het met zijn linkerhand over zijn haak. Daarna boog hij zich opzij en liet het van zijn linkerarm zakken. Hij zette zijn voet op een van de panden en trok zijn arm uit de mouw. Zoals gewoonlijk draaide de mouw zich binnenstebuiten en de goede hand wrong zich door de manchet. De enige aanpassing die hij in zijn hele garderobe had moeten maken was het verzetten van de manchetknoopjes van zijn overhemden zodat ze over zijn linkerhand getrokken konden worden terwijl de knoopjes nog vast zaten.

Hij liet zijn overhemd op de grond liggen, trok aan de band van zijn boxershort en wrong hem omlaag over zijn heupen. Stapte eruit en greep de zoom van zijn hemd. Dit was het moeilijkste gedeelte. Hij rekte de zoom, dook in elkaar en trok het hemd over zijn hoofd. Hij verplaatste zijn hand naar de hals en trok het over zijn gezicht. Hij trok het aan de rechterkant omlaag en haalde de haak voorzichtig door het armsgat. Daarna zwiepte hij met zijn linkerarm als met een zweep tot het hemd loskwam en op de grond viel. Hij bukte zich om het samen met het overhemd, de onderbroek en de sokken op te rapen en bracht ze naar de badkamer om alles in de wasmand te gooien.

Hij liep naakt terug en ging weer op de rand van zijn bed zitten. Stak zijn linkerhand opzij langs zijn borst om de zware leren riempjes om zijn rechterspierbal los te maken. Er waren drie riempjes en drie gespen. Hij drukte het leren korset uit elkaar en schoof het achterwaarts van zijn bovenarm. Het kraakte in de stilte. Het leer was dik en zwaar, veel dikker en zwaarder dan welk schoenleer ook. Het was opgebouwd uit gevormde lagen. Het was bruin en glom van slijtage. In de loop der jaren had het zich als staal naar zijn arm gevormd. Het wrong pijnlijk langs zijn spieren toen hij het wegduwde. Hij wurmde de riempjes los van zijn elleboog. Daarna pakte hij de koude haak in zijn linkerhand en trok voorzichtig. De kop liet de stomp met een zuigend geluid los en hij haalde hem weg. Klemde hem verticaal tussen zijn knieën met de haak naar de grond en de kop naar boven. Hij boog zich naar zijn nachtkastje om een paar papieren zakdoekjes uit een doos en een blik talkpoeder uit de la te pakken. Hij maakte een prop in zijn linkerhand en duwde die in de kop en draaide hem als een schroef rond om het zweet van de dag af te vegen. Daarna schudde hij het blik om de hele binnenkant te poederen. Hij pakte nog een paar zakdoekjes om het leer en het metaal op te wrijven. Daarna legde hij de hele prothese op de grond naast zijn bed.

Hij droeg een dunne sok over de stomp van zijn onderarm. Die diende om het schuren van het leer op de huid tegen te gaan. Het was geen speciaal, medisch hulpmiddel, maar gewoon een kindersok. Een soort huls zonder hiel van het soort dat moeders kopen voordat hun baby kan lopen. Hij kocht tien paar tegelijk in het warenhuis. Hij kocht altijd witte. Die waren het goedkoopst. Hij trok de sok voorzichtig van de stomp, schudde hem uit en legde hem naast de doos met zakdoekjes op het nachtkastje.

De stomp zelf was verschrompeld. Er was nog iets van spieren, maar omdat die niets te doen hadden, waren ze geatrofieerd. Het uiteinde van de botten was gladgevijld en de huid was er strak overheen genaaid. De huid was wit en de hechtingen rood. Ze zagen eruit als Chinese karakters. Onder aan de stomp groeide zwart haar, omdat daar de huid van de buitenkant van zijn onderarm strak was getrokken.

Hij stond weer op en liep naar de badkamer. De vorige eigenaar had boven de wasbak een spiegelwand aangebracht. Hij bekeek zichzelf en had de pest aan wat hij zag. Zijn arm zat hem niet dwars. Die was er gewoon niet. Hij had een hekel aan zijn gezicht. De brandwonden. De arm was een wond, maar het gezicht was iets mismaakts. Hij draaide het half opzij zodat hij er niet naar hoefde te kijken. Hij poetste zijn tanden en nam een fles lotion mee naar bed. Hij kneep een druppel op zijn stomp en masseerde het spul erin. Daarna zette hij de lotion naast de babysok op het nachtkastje, kroop onder de deken en deed het licht uit.

'Linker of rechter?' vroeg Jodie. 'Welke is hij verloren?'

Reacher stond over Bamfords felverlichte kist gebogen en scharrelde door de botjes.

'Zijn rechter,' zei hij. 'De extra hand is een rechterhand.'

Newman kwam naast Reacher staan, boog zich naar voren en scheidde twee versplinterde stukjes bot die elk zo'n twaalf centimeter lang waren.

'Hij is meer kwijtgeraakt dan zijn hand,' zei hij. 'Dit zijn het spaakbeen en de ellepijp. De arm was ergens onder de elleboog afgehakt, waarschijnlijk door een stuk van de rotor. Er was waarschijnlijk voldoende over om een fatsoenlijke stomp van te maken.'

Reacher raapte de botten op en ging met zijn vinger langs de versplinterde uiteinden.

'Ik begrijp iets niet, Nash,' zei hij. 'Waarom hebben jullie de omgeving niet afgezocht?'

'Waarom zouden we?' vroeg Newman neutraal.

'Waarom zou je domweg aannemen dat hij het heeft overleefd? Hij was zwaargewond. De klap, de afgerukte arm? Misschien nog andere verwondingen, misschien interne? Op zijn minst zwaar bloedverlies? Misschien had hij ook brandwonden? Overal lag brandende benzine. Denk maar eens na, Nash. Waarschijnlijk is hij met een slagaderlijke bloeding uit het wrak gekropen, misschien stond hij wel in brand. Hij heeft zich twintig meter weggesleept, is in de struiken in elkaar gezakt en gestorven. Waarom heb je goddomme niet naar hem gezocht?'

'Stel jezelf die vraag maar,' zei Newman. 'Waarom hebben we hem niet gezocht?'

Reacher staarde hem aan. Nash Newman, een van de intelligentste knapen die hij ooit had gekend. Een man die zo kieskeurig en nauwgezet was dat hij een stukje schedel op kon pakken om je vervolgens te vertellen van wie het was geweest, hoe hij had geleefd en hoe hij aan zijn eind was gekomen. Een man die zo professioneel en nauwgezet was dat hij aan het hoofd stond van het langste en ingewikkeldste forensische onderzoek dat de wereld ooit had gekend en nooit anders dan lof en applaus had geoogst. Hoe had Nash Newman zo'n elementaire vergissing kunnen maken? Reacher staarde hem aan, ademde vervolgens uit en deed zijn ogen dicht.

'Jezus, Nash,' zei hij langzaam. 'Je wéét dat hij het heeft overleefd, hè? Je wéét het gewoon. Je hebt niet naar hem gezocht omdat je het zeker weet.'

Newman knikte. 'Juist.'

'Maar hoe weet je het?'

Newman keek om zich heen en liet zijn stem dalen.

'Omdat hij later is opgedoken,' zei hij. 'Drie weken later kroop hij tachtig kilometer verderop een veldhospitaal in. Het staat allemaal in de medische dossiers. Hij had zware koorts, was ernstig ondervoed, had verschrikkelijke brandwonden aan een kant van zijn gezicht, miste een arm en de maden zaten in zijn stomp. Hij sloeg voornamelijk wartaal uit, maar ze konden hem identificeren aan de hand van zijn plaatjes. Vervolgens werd hij behandeld, herstelde en kon zijn verhaal vertellen. Geen andere overlevenden, alleen hij. Daarom zei ik dat ik precies wist wat we daar zouden aantreffen. Daarom stond het zo laag op de prioriteitenlijst, totdat Leon er zo opgewonden over deed.'

'Wat is er dan gebeurd?' vroeg Jodie. 'Vanwaar al die geheimzinnigdoenerij?'

'Het veldhospitaal lag ver naar het noorden,' zei Newman. 'De Vietcong rukte op naar het zuiden en wij trokken ons terug. Het ziekenhuis maakte zich op voor de evacuatie.'

'En?' vroeg Reacher.

'Hij verdween de avond voordat ze terug zouden gaan naar Saigon.'

'Hij is verdwenen?'

Newman knikte. 'Hij is 'm gewoon gesmeerd. Hij is van z'n brits gekropen en ervandoor gegaan. Sindsdien heeft niemand meer iets van hem vernomen.'

'Shit,' zei Reacher.

'Ik begrijp nog steeds niets van al die geheimzinnigdoenerij,' zei Jodie.

Newman haalde zijn schouders op. 'Nou, dat kan Reacher je wel uitleggen. Dat is meer zijn terrein dan het mijne.'

Reacher had Hobies botten nog steeds in zijn hand. Het spaakbeen en de ellepijp van zijn rechterarm, met een nette gewrichtsholte van onderen zoals de natuur het had bedoeld, maar bruut verbrijzeld en versplinterd aan de bovenkant door een stuk van zijn eigen rotor. Hobie had het scherpe uiteinde van dat blad bestudeerd en begrepen dat het in staat was om boomtakken te kappen die zo dik waren als een mannenarm. Dat inzicht had hij gebruikt om het leven van anderen te redden, telkens weer opnieuw. Vervolgens was datzelfde blad afgebroken en wervelend in zijn eigen cockpit terechtgekomen om zijn hand af te hakken.

'Hij was een deserteur,' zei hij. 'Technisch gesproken. Hij was een soldaat onder de wapenen en is 'm gesmeerd. Maar er is besloten niet achter hem aan te gaan. Dat kan niet anders. Want wat kon het leger doen? Als ze hem te pakken kregen, wat dan? Dan zouden ze een vent met een onberispelijke staat van dienst vervolgen, iemand met negenhondereenennegentig gevechtsvluchten op zijn naam, iemand die was gedeserteerd na het trauma van een afgrijselijke verwonding en verminking. Dat konden ze niet maken. De oorlog was al impopulair genoeg. Je kunt een mismaakte held niet naar Leavenworth sturen omdat hij onder dergelijke omstandigheden deserteerde. Maar aan de andere kant kun je net zomin de boodschap de wereld insturen dat je deserteurs onbestraft laat lopen. Dat zou weer een ander soort schandaal zijn geweest. Ze arresteerden nog steeds een heleboel jongens wegens desertie. Jongens zonder verdiensten. Ze konden niet openbaar maken dat er met twee maten werd gemeten. Dus werd Hobies dossier gesloten met het stempel geheim. Daarom eindigt zijn militaire dossier met zijn laatste vlucht. De rest ligt namelijk ergens in een kluis in het Pentagon.'

Jodie knikte.

'En daarom staat hij niet op de Muur,' zei ze. 'Ze weten namelijk dat hij nog leeft.'

Reacher wilde de botjes niet neerleggen. Hij hield ze vast en streek met zijn vingers op en neer over de hele lengte. De goede uiteinden waren glad en perfect, klaar om de subtiele bewegingen van de menselijke pols op te vangen.

'Heb jij zijn medische dossiers?' vroeg hij aan Newman. 'Zijn oude röntgenfoto's, tandartsgegevens en dat soort dingen?'

Newman schudde zijn hoofd. 'Hij is geen MIA. Hij heeft het overleefd en is gedeserteerd.'

Reacher draaide zich weer om naar Bamfords kist om de twee gele botfragmenten voorzichtig in de hoek van de ruwe houten bak te leggen. Hij schudde zijn hoofd. 'Ik kan het gewoon niet geloven, Nash. Alles omtrent deze vent zegt dat hij niet de mentaliteit van een deserteur had. Zijn achtergrond, zijn dossier, alles. Ik ken deserteurs. Ik heb er vaak genoeg jacht op gemaakt.'

'Hij is gedeserteerd,' zei Newman 'het is een feit; het staat in het dossier van het veldhospitaal.'

'Hij heeft het ongeluk overleefd,' zei Reacher. 'Waarschijnlijk kan ik dat niet meer tegenspreken. Hij was in het hospitaal. Daar kan ik ook niets tegen inbrengen. Maar gesteld dat het geen echte desertie was? Gesteld dat hij alleen maar in de war was, of daas van de medicijnen, of zoiets? Gesteld dat hij gewoon is weggewandeld en verdwaald?'

Newman schudde zijn hoofd. 'Hij was niet in de war.'

'Maar hoe weet je dat? Bloedverlies, ondervoeding, koorts, morfine?'

'Hij is gedeserteerd,' zei Newman.

'Het klopt niet,' zei Reacher.

'Oorlog verandert mensen,' zei Newman.

'Niet zo drastisch,' antwoordde Reacher.

Newman kwam een stap dichterbij en liet zijn stem weer dalen.

'Hij heeft een broeder vermoord,' fluisterde hij. 'De man zag hem naar buiten gaan en probeerde hem tegen te houden. Het staat allemaal in het dossier. Hobie zei: "Ik ga niet terug," en sloeg hem met een fles zijn hoofd in. Ze hebben de man in Hobies bed gelegd en de terugreis naar Saigon heeft hij niet overleefd. Dat is de reden van al die geheimzinnigdoenerij, Reacher. Ze lieten hem niet alleen ongestraft deserteren. Hij heeft ongestraft een moord gepleegd.'

Er viel een doodse stilte in het lab. De ventilatie siste en de kleilucht van de botten circuleerde. Reacher legde zijn hand op de glimmende rand van Bamfords kist om zijn evenwicht te bewaren.

'Ik geloof het niet,' zei hij.

'Geloof het maar wel,' zei Newman. 'Want het is een feit.'

'Dat kan ik zijn ouders niet vertellen,' zei Reacher. 'Dat kan gewoon niet. Ze zouden het niet overleven.'

'Het is me het geheim wel,' zei Jodie. 'Hebben ze hem ongestraft een moord laten plegen?'

'Politiek,' zei Newman. 'De politiek in die tijd stonk een eeuwigheid in de wind. Nog steeds eigenlijk.'

'Misschien is hij later omgekomen,' zei Reacher.

'Misschien is hij het oerwoud ingelopen en daar gestorven. Hij was toch nog steeds erg ziek?'

'Wat zou jij daarmee opschieten?' vroeg Newman.

'Dan kan ik zijn ouders vertellen dat hij dood is, snap je? En de precieze details verdoezelen.'

'Je klampt je vast aan een strohalm,' zei Newman.

'We moeten gaan,' zei Jodie. 'We moeten dat vliegtuig halen.'

'Wil jij zijn medische gegevens screenen?' vroeg Reacher. 'Als ik ze van zijn familie weet los te krijgen? Wil je dat voor me doen?'

Er viel een stilte.

'Die heb ik al,' zei Newman. 'Leon had ze bij zich. Zijn familie had ze al aan hem gegeven.'

'Dus doe je het?'

'Je klampt je vast aan een strohalm,' herhaalde Newman.

Reacher draaide zich om en wees naar de honderd kartonnen dozen in de alkoof achter in de ruimte. 'Hij kan daar al tussen staan, Nash.'

'Hij is in New York,' zei Jodie. 'Snap je dat niet?'

'Nee, ik wil dat hij dood is,' zei Reacher. 'Ik kan niet naar zijn ouders teruggaan met het verhaal dat hun zoon een moordenaar en een deserteur is en al die tijd heeft rondgelopen zonder contact met ze op te nemen. Ik wil dat hij dood is.'

'Maar dat is hij niet,' zei Newman.

'Maar het ís mogelijk, nietwaar?' zei Reacher. 'Hij kan later zijn gestorven. Ergens in het oerwoud, op een andere plek, misschien ver weg, op de vlucht? Ziek, ondervoed? Misschien is zijn geraamte al gevonden. Wil jij zijn dossier screenen? Als een gunst aan mij?'

'Reacher, we moeten nu weg,' zei Jodie.

'Doe je het?' vroeg Reacher opnieuw.

'Dat kan ik niet doen,' zei Newman. 'Jezus, deze hele toestand is geheim, snap je dat niet? Ik had je helemaal niets mogen vertellen. En ik kan niet nog een naam op de MIA-lijst zetten. Defensie zou dat niet pikken. We worden geacht de aantallen hier kleiner te maken, niet groter.'

'Kan het niet onofficieel? Privé? Dat kan toch wel? Jij bent hier de baas, Nash. Alsjeblieft? Om mij een plezier te doen?'

Newman schudde zijn hoofd. 'Je klampt je vast aan een strohalm, anders niet.'

'Alsjeblieft, Nash,' zei Reacher.

Er viel een stilte. Toen zuchtte Newman.

'Goed dan, verdomme,' zei hij. 'Ik zal het doen. Omdat jij het bent, waarschijnlijk.'

'Wanneer?' vroeg Reacher.

Newman haalde zijn schouders op. 'Meteen morgenochtend, oké?'

'Bel je me zodra je het hebt gedaan?'

'Ja, maar het is weggegooide tijd. Nummer?'

'Gebruik mijn mobiele nummer maar,' zei Jodie.

Ze noemde het. Newman schreef het op de manchet van zijn witte jas.

'Bedankt, Nash,' zei Reacher.

'Verspilde moeite,' herhaalde Newman.

'We moeten gaan!' riep Jodie.

Reacher knikte vaag en ze liepen gedrieën naar de kale deur in de muur van bouwblokken. Luitenant Simon stond aan de andere kant te wachten met het aanbod om hen via de rondweg naar de vertrekhal te brengen.

15

Eersteklas of niet, de terugreis was ellendig. Het was hetzelfde toestel dat terugvloog naar New York langs de tweede been van de kolossale driehoek. Het was schoongemaakt, geparfumeerd, gecontroleerd en van brandstof en een nieuwe bemanning voorzien. Reacher en Jodie zaten op dezelfde plek die ze vier uur daarvoor hadden verlaten. Reacher ging weer bij het raampje zitten, maar de stoel voelde anders. Hij was nog steeds tweeëneenhalf keer zo breed als de andere, nog altijd weelderig bekleed met leer en schaapsvacht, maar de lol was eraf.

De lichten waren gedimd om aan te geven dat het nacht was. Ze waren vertrokken bij een absurd mooie zonsondergang die in de verte achter de eilanden laaide en vervolgens waren ze gedraaid om de nacht tegemoet te vliegen. De motoren verstomden tot een gedempt gesis. De airhostesses waren stil en onopvallend. In de cabine was maar één andere passagier. Hij zat twee rijen naar voren aan de andere kant van het gangpad. Hij was een lange, tanige man in een gestreept hemd met korte mouwen en lichte strepen. Zijn rechteronderarm lag ontspannen op de armleuning van zijn stoel en zijn hand hing slap omlaag. Zijn ogen waren gesloten.

'Hoe lang is hij?' fluisterde Jodie.

Reacher boog zich opzij om een blik naar voren te werpen. 'Ruim een meter tachtig, denk ik.'

'Net als Victor Hobie,' zei ze. 'Weet je nog, dat dossier?'

Reacher knikte. Wierp diagonaal een blik naar de andere kant op de bleke onderarm op de armleuning. Het was een magere man, en hij zag de knobbel van zijn pols in het halfduister uitsteken. Hij had dunne spieren, een huid met sproeten en gebleekt haar. Het spaakbeen was helemaal tot aan de elleboog zichtbaar. Hobie had twaalf centimeter spaakbeen op de plaats van het ongeluk achtergelaten. Reacher telde met zijn ogen vanaf het polsgewricht van de man omhoog. Twaalf centimeter betekende halverwege de onderarm.

'Ongeveer de helft, hè?' zei Jodie.

'Iets meer,' zei Reacher. 'De stomp zou bijgewerkt moeten worden. De versplinterde plekken zouden ze afgevijld moeten hebben, denk ik. Als hij het heeft overleefd.'

De man twee rijen naar voren draaide zich slaperig om en trok zijn arm tegen zich aan en uit het zicht alsof hij wist dat erover werd gepraat.

'Hij hééft het ook overleefd,' zei Jodie. 'Hij zit in New York en probeert ondergedoken te blijven.'

Reacher leunde naar de andere kant en legde zijn voorhoofd tegen het koele plastic van het raampje.

'Ik zou mijn hand ervoor in het vuur gestoken hebben dat hij dood was,' zei hij.

Hij hield zijn ogen open, maar buiten viel er niets te zien. Alleen de zwarte nachtlucht, helemaal tot aan de zwarte oceaan elf kilometer lager.

'Waarom zit het je zo dwars?' vroeg ze in de stilte.

Hij draaide zijn hoofd naar voren en staarde naar de lege stoel een kleine twee meter voor hem.

'Om een heleboel redenen,' zei hij.

'Zoals?'

Hij haalde zijn schouders op. 'Zoals alles, zoals een grote, deprimerende spiraal. Er is een beroep op mijn deskundigheid gedaan. Mijn instinct heeft me iets verteld en het ziet ernaar uit dat ik het mis heb.'

Ze legde haar hand vriendelijk op zijn onderarm, waar de spieren boven de pols iets bij elkaar komen. 'Het mis hebben is niet het eind van de wereld.'

Hij schudde zijn hoofd. 'Soms is het dat niet, soms is het dat wel. Het hangt toch van het onderwerp af? Als iemand me vraagt wie de honkbalcompetitie gaat winnen en ik zeg de Yankees, dan doet dat er weinig toe, hè? Want hoe kan ik dat soort dingen weten? Maar gesteld dat ik een sportjournalist was die zulke dingen behoort te weten? Of een beroepsgokker? Gesteld dat honkbal mijn leven was? Dan is het wel erg als ik het verknal.'

'Dus waar wil je nu heen?'

'Ik bedoel dat zulk soort oordelen mijn leven bepaalt. Daar hoor ik goed in te zijn. Ik kon er altijd van op aan dat ik gelijk had.'

'Maar je had niets om je aan vast te houden.'

'Gelul, Jodie. Ik had een heleboel om me aan vast te houden. Heel wat meer dan ik vroeger wel eens had. Ik heb zijn ouders ontmoet, zijn brieven gelezen, een oude vriend van hem gesproken, zijn dossier gelezen, zijn oude strijdmakker gesproken en alles zei me dat dit een man was die absoluut niet gedaan kon hebben wat hij kennelijk heeft gedaan. Dus had ik het domweg mis en dat knaagt aan me, want waar blijf ik dan?'

'Hoezo?'

'Ik moet het aan de Hobies gaan vertellen,' zei hij. 'Het kost ze hun leven. Je had ze moeten zien. Ze kusten de grond onder zijn voeten. Ze hadden de strijdkrachten hoog in het vaandel, de vaderlandsliefde, het dienen van je land, de hele bliksemse boel. Nu moet ik ze gaan vertellen dat hun zoon een moordenaar en een deserteur is. Bovendien een sadist die hen dertig jaar lang in onzekerheid heeft gelaten. Als ik daarheen ga, vallen ze ter plekke dood. Jodie. Dan moet ik eerst een ambulance bestellen.'

Hij verviel tot stilzwijgen en draaide zich weer naar het zwarte raampje.

'Plus?'

Hij keek haar weer aan. 'Plus de toekomst. Wat ga ik doen? Ik heb een huis, ik moet een baan hebben. Wat voor baan? Ik kan me niet meer als detective opwerpen als ik opeens alles totaal bij het verkeerde eind heb. De timing is wel fantastisch, hè? Mijn professionele vaardigheid wordt verpulverd op het moment dat ik werk moet zoeken. Ik moet weer naar de Keys om de rest van mijn leven zwembaden te graven.'

'Je bent te streng voor jezelf. Het was een gevoel, anders niet. Een instinctief gevoel dat verkeerd blijkt.'

'Instinctieve gevoelens horen uit te komen,' zei hij. 'Met die van mij is dat altijd zo geweest. Ik kan je een stuk of tien voorbeelden geven dat ik bij mijn instinct bleef en op niets anders af kon gaan dan wat ik voelde. Elke keer hebben ze mijn leven gered.'

Ze knikte en zei niets.

'Bovendien had ik het statistisch gezien bij het rechte eind moeten hebben,' zei hij. 'Weet je hoeveel mannen er officieel zoek zijn na Vietnam? Een stuk of vijf maar. Tweeëntwintighonderd vermisten, maar die zijn dood, dat weten we allemaal. Uiteindelijk zal

Nash ze allemaal vinden en ze van de lijst schrappen. Maar er waren vijf knapen over die we in geen enkele categorie konden onderbrengen. Drie van hen zijn overgelopen en na de oorlog ergens in een dorp gebleven; die zijn inboorling geworden. Twee verdwenen er naar Thailand. Eentje woonde in een hut onder een brug in Bangkok. Vijf losse eindjes op een miljoen mannen, Victor Hobie is daar een van, en ik had het mis.'

'Maar niet helemaal mis,' zei ze, 'want je hebt de oude Victor Hobie beoordeeld, anders niet. Al die informatie ging over de Victor Hobie van voor de oorlog en voor het ongeluk. Oorlog verandert mensen. De enige getuige van de verandering was DeWitt en die heeft alles gedaan om het niet te hoeven zien.'

Hij schudde weer zijn hoofd. 'Dat heb ik in aanmerking genomen, althans dat heb ik geprobeerd. Ik geloofde niet dat hij zo drastisch kon veranderen.'

'Misschien als gevolg van het helikopterongeluk,' zei ze. 'Denk maar eens na, Reacher. Hoe oud was hij, eenentwintig? Tweeëntwintig, of zoiets? Zeven mensen dood, misschien voelde hij zich verantwoordelijk. Hij was toch gezagvoerder? Bovendien was hij mismaakt. Hij heeft een arm verloren en was waarschijnlijk ook verbrand. Lichamelijke verminking is toch een groot trauma voor een jonge vent? En daar lag hij in een veldhospitaal, waarschijnlijk suf gespoten en doodsbang om terug te gaan.'

'Ze zouden hem niet meer naar het front hebben gestuurd,' zei Reacher.

Jodie knikte. 'Nee, maar misschien kon hij niet meer goed nadenken. Die morfine maakt je toch high? Misschien was hij bang dat ze hem meteen weer terug zouden sturen. Misschien was hij bang dat ze hem zouden straffen omdat hij de helikopter had verspeeld. We weten domweg niets van zijn geestelijke toestand in die tijd. Dus probeerde hij weg te komen en heeft hij die broeder een klap op zijn hoofd gegeven. Vervolgens is hij later bij zinnen gekomen. Voelde zich waarschijnlijk vreselijk schuldig. Dat was de hele tijd míjn instinct. Hij zit zich ergens ondergedoken vanwege een geheim waarover hij zich schuldig voelt. Hij had zich aan moeten geven omdat niemand hem voor iets zou veroordelen. De verzachtende omstandigheden lagen te zeer voor de hand. Maar hij dook onder en hoe langer het duurde, des te erger het werd. Als een sneeuwbaleffect.'

'Blijft het feit dat ik het mis had,' zei hij. 'Je hebt zojuist een irrationeel iemand beschreven. Paniekerig, onrealistisch, een beetje hysterisch. Ik zag hem als een zwoeger. Geestelijk heel gezond, heel rationeel, heel normaal. Ik raak mijn greep kwijt.'

Het reusachtige vliegtuig suisde onmerkbaar verder. Duizend kilometer per uur door de ijle hoge lucht, en het voelde alsof hij roerloos in een vacuüm hing. Een ruime, pastelkleurige cocon die op elf kilometer hoogte in de nachtelijke lucht hing en nergens heen ging.

'Wat ga je dan doen?'

'Waaraan?'

'De toekomst?'

Hij haalde zijn schouders weer op. 'Ik weet het niet.'

'En aan de Hobies?'

'Ik weet het niet,' herhaalde hij.

'Je kunt proberen hem op te sporen,' zei ze. 'En hem te overtuigen dat er nu geen stappen meer tegen hem genomen worden. Proberen hem wat werkelijkheidszin bij te brengen. Misschien kun je hem weer met zijn ouders verenigen.'

'Hoe moet ik hem vinden? Zoals ik me nu voel, kan ik niet eens mijn eigen neus vinden. En je bent er zo tuk op om me op te beuren dat je iets over het hoofd ziet.'

'Wat dan?'

'Hij wíl niet gevonden worden. Zoals je zelf al had bedacht, wil hij ondergedoken blijven. Ook al was hij in het begin erg in de war, later moet hij de smaak te pakken hebben gekregen. Hij heeft Costello laten vermoorden, Jodie. Hij heeft mensen achter ons aan gestuurd. Om ondergedoken te kunnen blijven.'

Toen draaide de stewardess de lichten helemaal uit. Reacher gaf het op, liet zijn stoel zakken en probeerde de slaap te vatten met zijn laatste woorden prominent in zijn gedachten. Victor Hobie had Costello laten vermoorden om ondergedoken te blijven.

Dertig etages boven Fifth Avenue werd hij even na zes uur 's morgens wakker, wat vrij normaal voor hem was, afhankelijk van de ernst van zijn vuurdroom. Dertig jaar is bijna elfduizend dagen, elfduizend dagen gaan gepaard met elfduizend nachten, en elke nacht had hij over vuur gedroomd. De cockpit scheidde zich van het staartstuk en de bomen klapten achterover. Door de breuk in de romp scheurde de brandstoftank. De benzine kolkte eruit. Hij zag die elke nacht op zich afkomen, in gruwelijke slow motion. Het glom en glinsterde tegen de grijze oerwoudlucht. Het was vloeibaar, bestond uit kleine ronde druppeltjes die samenbalden tot gigantische, misvormde regendruppels. Ze draaiden, veranderden en groeiden als bezielde dingen die door de lucht zweefden. Het licht dat erop viel verleende ze een merkwaardige schoonheid. Er waren regenbogen. Ze raakten hem voor de rotor zijn arm trof. Elke nacht gaf hij dezelfde dwangmatige ruk aan zijn hoofd, maar elke nacht raakten ze hem toch. Ze spatten in zijn gezicht. De vloeistof was warm. Dat verbaasde hem. Het leek op water. Water hoort koud te zijn. Hij had de kick van de kou moeten voelen. Maar het was warm. Het was kleverig. Het was dikker dan water. Het stonk. Een chemische stank. Het spatte tegen de linkerkant van zijn gezicht. Het zat in zijn haar. Het deed zijn haar op zijn voorhoofd plakken en liep langzaam in zijn oog.

Daarna draaide hij zijn hoofd weer om en zag hij de lucht in brand staan. Vurige vingers wezen beschuldigend langs de stromende beekjes brandstof. Vervolgens werden de vingers muilen. Ze vraten de drijvende vloeibare vormen op. Ze vraten snel en maakten de vormen groter en laaiden van hitte. Daarna barstten de vloeibare bolletjes in de lucht achter elkaar in vlammen uit. Het verband was weg, er was geen volgorde meer. Ze ontploften gewoon. Hij had elfduizend keer zijn hoofd omlaag gerukt, maar het vuur kreeg hem altijd te pakken. Het rook heet, alsof er iets in brand stond, maar voelde ijskoud. Een plotselinge ijskoude klap tegen de linkerkant van zijn gezicht en in zijn haar. Vervolgens de zwarte vorm van de rotor die omlaag scheerde. Hij brak op de borst van de man die Bamford heette en een fragment trof hem van voren, precies halverwege zijn onderarm.

Hij zag zijn hand loskomen. Hij zag het tot in de details. Dat deel was nooit in de droom, want de droom ging over vuur. Bovendien hoefde hij niet over zijn hand te dromen, want hij herinnerde zich dat hij het zag gebeuren. De rand van het blad had een dun, aërodynamisch profiel en was dofzwart. Het sloeg door de botten van zijn arm en kwam met een klap tot stilstand tegen zijn dij, want de energie was op. Zijn onderarm brak gewoon in tweeën.

Zijn horloge zat nog om zijn pols. De hand en de pols vielen op de grond. Hij bracht zijn gekliefde onderarm naar zijn gezicht en probeerde te voelen waarom de huid daar zo koud was maar heet rook.

Een poos later besefte hij dat die handeling zijn leven had gered. Toen hij weer gewoon kon denken, begreep hij wat er was gebeurd. De intense hitte had zijn open onderarm dichtgeschroeid. De hitte had het gewonde vlees geschroeid en de aders dichtgebrand. Als hij zijn brandende gezicht er niet mee had aangeraakt, zou hij zijn doodgebloed. Het was een triomf. Zelfs op het toppunt van gevaar en verwarring had hij gedaan wat hij moest doen. Namelijk het verstandigste. Hij was een overlever. Het verschafte hem een dodelijke zekerheid die hij nooit meer was kwijtgeraakt.

Hij bleef nog een minuut of twintig bij bewustzijn. Hij deed wat hij moest doen in de cockpit en kroop bij het wrak vandaan. Hij wist dat er niemand met hem mee kroop. Hij bereikte het struikgewas en kroop nog verder. Hij kroop op zijn knieën en zette de overgebleven hand voor zich uit om als een aap op zijn knokkels te steunen. Hij bracht zijn hoofd naar de grond en drukte zijn verbrande huid in de aarde. Toen begon de helse pijn. Die was nog twintig minuten te verdragen en vervolgens raakte hij buiten bewustzijn.

Van de volgende drie weken herinnerde hij zich vrijwel niets. Hij wist niet waar hij heen ging, wat hij at, of wat hij dronk. Hij had korte, heldere flitsen die erger waren dan vergetelheid. Hij zat onder de bloedzuigers. De verbrande huid liet los en het vlees eronder stonk naar ontbinding en bederf. In zijn rauwe stomp krioelde het van leven. Toen lag hij opeens in het hospitaal. Op een morgen werd hij wakker op een wolk van morfine. Het voelde prettiger dan alles wat hij in zijn leven had meegemaakt. Maar hij deed alsof hij constant helse pijn had. Op die manier zouden ze hem voorlopig niet terugsturen.

Ze brachten speciaal verband op zijn gezicht aan. Ze verwijderden de maden uit zijn wond en maakten hem schoon. Jaren later besefte hij dat ook de maden zijn leven hadden gered. Hij las een rapport over nieuw medisch onderzoek. Maden werden gebruikt bij een revolutionaire nieuwe behandeling van gangreen. Hun onverzadigbare eetlust zorgde ervoor dat het ontbindende vlees werd verwijderd voordat de verrotting om zich heen kon grijpen. Experimenten waren succesvol gebleken. Hij glimlachte. Dat wist hij al.

De evacuatie van het ziekenhuis had hem overvallen. Ze hadden hem niets gezegd. Hij hoorde de broeders voorbereidingen treffen voor de volgende ochtend. Hij ging onmiddellijk naar buiten. Er was geen bewaking. Er hing alleen een broeder rond. De broeder kostte hem de kostbare fles water waarmee hij hem op zijn hoofd sloeg, maar het oponthoud kostte hem nauwelijks meer dan een seconde.

Zijn lange thuisreis begon op die plek, een meter in het struikgewas voorbij de schutting om het hospitaal. Zijn eerste taak was zijn geld ophalen. Dat lag tachtig kilometer verderop begraven in een doodskist op een geheime plek bij zijn laatste basiskamp. De doodskist was een kwestie van puur geluk geweest. Het was destijds de enige grote bergplaats waar hij de hand op kon leggen, maar later bleek het een geniale zet. Het geld was allemaal in briefjes van honderd, vijftig, twintig en tien, en bij elkaar woog het een kleine tachtig kilo. Een aannemelijk gewicht voor de inhoud van een doodskist. Bijna twee miljoen dollar.

Inmiddels was het basiskamp verlaten en lag het ver achter de vijandelijke linies. Maar hij kwam er, en daar zag hij zich geconfronteerd met de eerste van zijn talrijke moeilijkheden. Hoe graaft een zieke man met één arm een doodskist op? Eerst met blinde volharding. Later met een beetje hulp. Toen hij werd ontdekt, had hij de meeste aarde al verwijderd. Het deksel van de doodskist was duidelijk zichtbaar in het ondiepe graf. De Vietcongpatrouille bestormde hem vanuit het omringende bos en hij dacht dat zijn laatste uur geslagen had. Maar dat was niet zo. In plaats van te worden doodgeschoten deed hij een ontdekking. Die hoorde bij de andere grote ontdekkingen die hij in zijn leven zou doen. De Vietcong deinsde angstig en onzeker mompelend terug. Hij besefte dat ze niet wisten wát hij was. De gruwelijke brandwonden hadden hem van zijn identiteit beroofd. Hij droeg een smerig, gescheurd nachthemd van het hospitaal. Hij zag er niet Amerikaans uit. Hij leek nergens op. Hij zag er niet eens menselijk uit. Hij kwam erachter dat het samenspel van zijn verschrikkelijke uiterlijk, wilde gedrag en de doodskist een uitwerking had op iedereen die hem zag. Een diepverstopte, atavistische angst voor dood, lijken en waanzin maakte hen passief. Hij leerde in een oogwenk dat als hij bereid was zich als een krankzinnige te gedragen en zich aan zijn doodskist vast te klampen, deze mensen alles voor hem zouden doen. Hun oeroude bijgeloof werkte in zijn voordeel. De Vietcongpatrouille voltooide de opgraving en tilde de kist op een ossenwagen. Hij ging er hoog bovenop zitten, ging tekeer, sloeg wartaal uit, wees naar het westen en ze begeleidden hem ruim honderdvijftig kilometer naar Cambodja.

Vietnam is een smal land. Hij werd overgedragen van groep op groep en was binnen vier dagen in Cambodja. Ze gaven hem rijst en water en kleedden hem in een zwarte pyjama om zowel hem als hun primitieve angst te bezweren. Vervolgens brachten de Cambodjanen hem weer verder. Snaterend als een aap wipte hij op en neer en hij bleef maar naar het westen wijzen. Twee maanden later was hij in Thailand. De Cambodjanen tilden de doodskist de grens over, draaiden zich om en sloegen op de vlucht.

Thailand was anders. Toen hij de grens overstak, was het alsof hij het steentijdperk verliet. Er waren wegen en voertuigen. De mensen waren anders. De ijlende man met de littekens en de doodskist werd bejegend met behoedzaam medelijden en bezorgdheid. Hij was geen bedreiging. Hij mocht meerijden met antieke Chevrolet pick-ups en Peugeot vrachtwagens, en twee weken later spoelde hij aan tussen al het andere menselijke wrakhout van het Verre Oosten in een open riool, genaamd Bangkok.

Hij bleef een jaar lang in Bangkok wonen. Hij begroef de doodskist weer in de achtertuin van een krot dat hij had gehuurd. Hij moest er de hele eerste nacht als een gek voor graven met een militair schepje van de zwarte markt dat van het Amerikaanse leger was gestolen. Hij kon wel omgaan met zo'n schepje. Het was gemaakt om met één hand te bedienen, terwijl de andere een geweer vasthield.

Toen zijn geld in veiligheid was, ging hij naar een dokter. Er waren er een heleboel in Bangkok. In alcohol gemarineerde relikwieën van het Britse rijk, ontslagen uit iedere betrekking die ze ooit hadden bekleed, maar redelijk competent als ze nuchter waren. Met zijn gezicht konden ze weinig beginnen. Een chirurg sleutelde net zo lang aan zijn ooglid tot hij het weer bijna dicht kon doen en dat was dat. Maar met zijn arm waren ze grondig. Ze maakten de wond weer open om de boteinden vlak en glad te vijlen. Ze naaiden de spier vast, klapten de huid er strak overheen en naaiden de wond helemaal opnieuw dicht. Ze gaven hem opdracht de stomp een maand rust te gunnen en daarna stuurden ze hem naar iemand die protheses maakte.

De man gaf hem de keus uit verschillende stijlen. Ze hadden allemaal hetzelfde stugge korset dat om de bovenarm moest, dezelfde riempjes en dezelfde kop die precies om de vorm van de stomp werd gemodelleerd. Maar de aanhangsels liepen uiteen. Hij had een houten hand die met grote vaardigheid was gesneden en door zijn dochter was geverfd. Hij had iets met drie tanden zoals een stuk tuingereedschap. Maar hij koos voor de eenvoudige haak, hoewel hij niet precies kon zeggen waarom. De man smeedde hem uit roestvrij staal en poetste hem een week lang op. Hij laste hem aan een trechtervormige metalen huls, en bouwde die vervolgens in een zware leren kom. Hij vervaardigde een houten replica van de stomp en sloeg het leer daaroverheen in vorm. Vervolgens dompelde hij het leer in een soort hars om het stijf te maken. Hij naaide het korset en bevestigde er de riempjes en gespen aan. Hij paste hem nauwkeurig aan en vroeg er vijfhonderd Amerikaanse dollar voor.

Hij bleef de rest van het jaar in Bangkok. Eerst schuurde de haak en kon hij er amper mee omgaan. Maar hij werd er steeds beter mee. Met wat oefening kon hij zich redden. Tegen de tijd dat hij de doodskist opgroef en zijn overtocht op een wilde vrachtboot naar San Francisco boekte, was hij al vergeten dat hij ooit twee handen had gehad. Alleen zijn gezicht bleef hem dwarszitten.

Hij landde in Californië, haalde zijn doodskist op in de vrachtloods en gebruikte een klein deel van de inhoud om een tweedehands stationcar te kopen. Een drietal geschrokken stuwadoors tilden de kist in de stationcar en hij reed dwars door Amerika naar New York. En negenentwintig jaar later was hij daar nog, met het handwerk van de Bangkokse ambachtsman op de grond naast zijn bed, waar het de afgelopen elfduizend nachten had gelegen.

Hij rolde zich op zijn buik en stak zijn linkerhand omlaag om het op te rapen. Ging rechtop in bed zitten, legde het op zijn knieën en pakte de babysok van zijn nachtkastje. Tien over zes 's morgens. Een nieuwe dag van zijn leven was begonnen.

William Curry werd om kwart over zes wakker. Het was een oude gewoonte uit de tijd dat hij de dagdienst bij de recherche draaide. Hij had het huurcontract van zijn grootmoeders appartement geërfd, twee etages boven Beekman Street. Het was geen geweldig appartement maar wel goedkoop en het lag gunstig ten opzichte van de meeste politiebureaus onder Canal. Dus daar was hij na zijn scheiding gaan wonen. Zijn politiepensioen dekte de huur en de voorzieningen plus de huur van zijn eenkamerkantoor in Fletcher. Daarom moest het inkomen van zijn nieuwe detectivebureau zijn eten en alimentatie bekostigen. En vervolgens, als hij naam had gemaakt en groter was geworden, moest het hem rijk maken.

'S Morgens om kwart over zes was het fris in huis. Als de zon opkwam, stond het door de hogere gebouwen vlakbij in de schaduw. Hij zette zijn voeten op het linoleum, stond op en rekte zich uit. Hij liep naar het keukenhoekje om koffie te zetten. Ging naar de badkamer om zich te wassen. Dankzij die dagelijkse routine was het hem altijd gelukt voor zeven uur op zijn werk te zijn, dus had hij aan zijn gewoonte vastgehouden.

Hij liep met een kop koffie naar zijn kleerkast, trok hem open en bleef even staan kijken naar wat er hing. Als politieman had hij altijd een lange broek en een colbert gedragen. Een lange broek van grijs flanel en een geblokt sportcolbert. Hij had een voorkeur voor tweed, al was hij strikt genomen geen Ier. 'S Zomers had hij wel eens linnen jasjes geprobeerd, maar die kreukten te snel en daarom had hij voor polyester samenstellingen gekozen. Maar geen van die kleren zou hem vandaag van pas komen als hij zich als de dure advocaat David Forster wilde voordoen. Het zou zijn trouwpak moeten worden.

Het was een effen, zwarte Brooks Brothers voor bruiloften, doopplechtigheden en begrafenissen. Het was vijftien jaar oud en omdat het Brooks Brothers was, zag het er niet zoveel anders uit dan de tegenwoordige versies. Het hing een beetje om zijn lijf omdat het ontbreken van de kookkunst van zijn vrouw zijn gewicht snel had doen afnemen. De broek was een beetje te ruim naar de maatstaven van East Village, maar dat was oké, want hij was van plan twee enkelholsters te dragen. William Curry hechtte veel waarde aan goede voorbereidingen. David Forster had gezegd dat er waarschijnlijk geen rompslomp zou zijn en als dat inderdaad het geval was, zou hij een tevreden mens zijn. Maar iemand met twintig jaar ervaring tijdens de zwaarste periode van de politie van New York wordt argwanend van zo'n belofte. Dus besloot hij beide enkelholsters te gebruiken en de zware .357 revolver aan zijn riem op zijn rug te verbergen.

Hij deed het pak in een plastic hoes die hij ergens had opgeduikeld en voegde er een wit overhemd en zijn rustigste das bij. Hij schoof de holster van de .357 aan een zwarte, leren riem en deed die in een tas met de twee enkelholsters. Hij deed de drie handwapens in zijn aktetas, de .357 Magnum met zijn lange loop en twee .38 Smith and Wessons met stompe loop voor zijn enkels. Hij deed twaalf patronen voor elk wapen in een doosje en legde dat bij de wapens. Hij stopte in elke zwarte schoen een zwarte sok en deed ze bij de holsters. Hij wilde vroeg lunchen en zich dan pas verkleden. Het had geen zin die kleren de hele ochtend te dragen om vervolgens als een dweil zijn opwachting te maken.

Hij deed zijn appartement op slot en liep met zijn bagage in zuidelijke richting naar zijn kantoor in Fletcher en stopte onderweg om een muffin-light met banaan en walnoot te kopen.

Marilyn Stone werd om zeven uur wakker. Ze had bloeddoorlopen ogen en was moe. Ze waren tot ruim na middernacht uit de badkamer gehouden, want die moest schoongemaakt worden. Dat deed de zwaargebouwde man in het donkere pak. Hij kwam naar buiten met een rothumeur en liet hen wachten tot de vloer weer droog was. Ze bleven stil in het donker zitten, voelden zich verdoofd en koud en uitgehongerd, maar waren te zeer aangegrepen om iets te eten te vragen. Tony liet Marilyn de divankussens opkloppen. Ze nam aan dat hij van plan was daar te slapen. Met haar korte jurk bukken om zijn bed op te maken was vernederend. Ze schudde de kussens op hun plek terwijl hij glimlachend naar haar stond te kijken.

De badkamer was koud. Overal was het vochtig en rook het naar desinfectiemiddel. De handdoeken lagen opgevouwen op een stapel naast de wasbak. Ze legde ze in twee stapels op de grond en zij en Chester gingen er zonder een woord te zeggen opgekruld op liggen. In het kantoor buiten de badkamer was het stil. Ze verwachtte niet te kunnen slapen. Maar ze moest wel geslapen hebben want toen ze wakker werd, had ze duidelijk het gevoel dat het ochtend was.

Er klonken geluiden in het kantoor. Ze had haar gezicht gewassen en had zich net opgericht toen de zwaargebouwde man met koffie naar binnen kwam. Ze nam haar beker zwijgend aan en liet die van Chester op de rand onder de spiegel staan. Chester lag nog op de grond. Hij sliep niet, maar was gewoon apathisch. De man stapte over hem heen op weg naar buiten.

'Bijna voorbij,' zei ze.

'Het begint pas, zul je bedoelen,' zei Chester. 'Waar moeten we hierna heen? Waar moeten we vanavond heen?'

Ze wilde 'Naar huis, godzijdank' zeggen, maar toen herinnerde ze zich dat hij al had beseft dat ze na twee uur geen huis meer zouden hebben.

'Naar een hotel, denk ik,' zei ze.

'Ze hebben mijn creditcards afgepakt.'

Daarna werd hij stil. Ze keek hem aan. 'Wat is er?'

'Het zal nooit voorbij zijn,' zei hij. 'Begrijp je dat niet? Wij zijn getuigen. Van wat ze met die politiemensen hebben gedaan. En met Sheryl. Hoe kunnen ze ons gewoon laten lopen?'

Ze knikte vaag en keek teleurgesteld op hem neer. Teleurgesteld omdat hij het uiteindelijk had begrepen. En nu ging hij zich natuurlijk de hele dag lopen opvreten, wat het alleen maar ingewikkelder maakte.

Het kostte hem vijf minuten om de strop van zijn das netjes te krijgen en daarna trok hij zijn jasje aan. Aankleden was precies het omgekeerde van uitkleden, wat betekende dat de schoenen het laatst aan de beurt waren. Hij kon zijn veters bijna even snel vastmaken als iemand met twee handen. Het ging erom dat hij het losse eindje met zijn haak op de grond moest drukken.

Daarna begon hij in de badkamer. Hij propte alle vuile was in een kussensloop en zette dat bij de deur naar de gang. Hij haalde het bed af en propte het linnengoed in een ander kussensloop. Hij stopte alle persoonlijke dingen die hij kon vinden in een tas van de supermarkt. Hij leegde zijn kleerkast in een kleerkoffer. Hij zette de deur op een kier en droeg de boodschappentas en de kussenslopen naar de stortkoker van het vuilnis. Gooide alles erin en liet het luik weer dichtvallen. Sleepte de kleerkoffer de gang op, sloot het appartement af en deed de sleutels in een envelop in zijn zak.

Hij maakte een omweg naar het kantoortje van de conciërge en liet de sleutels bij hem achter voor de makelaar. Hij nam de trap naar de ondergrondse parkeergarage en droeg de kleerkoffer naar de Cadillac. Hij legde hem in de kofferbak, deed die op slot en liep naar het portier aan de chauffeurskant. Kroop achter het stuur, boog zich naar rechts en startte met zijn linkerhand. Reed met gierende banden door de garage en via de oprit het daglicht in. Hij reed in zuidelijke richting via Fifth en hield nauwlettend zijn blik afgewend tot hij het park achter zich had gelaten en zich in de drukke kloven van Midtown bevond.

Hij had drie parkeervakken onder het World Trade Center gehuurd, maar de Suburban was weg en de Tahoe ook, dus bij aankomst waren ze alle drie leeg. Hij zette de Cadillac in het middelste vak en liet de kleerkoffer in de achterbak liggen. Hij was van plan met de Cadillac naar LaGuardia te rijden en de auto daar op de langetermijnparkeerplaats aan zijn lot over te laten. Daarna zou hij met de koffer een taxi naar JFK nemen en eruitzien als een doorsneepassagier met haast. De auto zou achterblijven tot hij in een bedje onkruid zou staan, en als er iemand ooit argwaan zou krijgen, zou men de administratie van LaGuardia uitkammen en niet die van JFK. Het betekende dat hij de Cadillac af moest schrijven, net als de huur van het kantoor, maar hij had nooit moeite met uitgaven als hij wist dat hij waar voor zijn geld kreeg; en het behoud van zijn leven was zo'n beetje de beste waar die hij zich kon voorstellen.

Hij nam de expreslift uit de garage en negentig seconden later stond hij in zijn receptie van eikenhout met brons. Tony zat achter de borsthoge balie koffie te drinken en zag er moe uit.

'Boot?' vroeg Hobie.

Tony knikte. 'In handen van de scheepsmakelaar. Ze maken het geld telegrafisch over. Ze willen de reling vervangen, want die eikel heeft hem met dat hakmes beschadigd. Ik ben akkoord gegaan en heb gezegd dat ze de kosten maar van de opbrengst af moeten trekken.'

Hobie knikte terug. 'Wat nog meer?'

Tony glimlachte om iets wat klaarblijkelijk ironisch was. 'We moeten nog meer geld wegzetten. De eerste rentetermijn van de Stone-rekening is net binnen. Elfduizend dollar, precies op tijd. Gewetensvol mannetje, hè'

Hobie glimlachte ook. 'Hij besteelt Sam om Moos te betalen, alleen zijn Sam en Moos nu een en dezelfde persoon. Telegrafeer het geld maar naar de Kaaimaneilanden zodra de kantoren open zijn, oké?'

Tony knikte en las een briefje voor. 'Simon heeft weer uit Hawaï gebeld. Ze hebben dat vliegtuig gehaald. Momenteel zitten ze ergens boven de Grand Canyon.'

'Heeft Newman het al ontdekt?' vroeg Hobie.

Tony schudde zijn hoofd. 'Nog niet. Hij gaat vanmorgen kijken. Onder druk van Reacher. Die lijkt me niet op zijn achterhoofd gevallen.'

'Maar hij is niet slim genoeg,' zei Hobie. 'Hawaï is toch vijf uur achter?'

'Het zal vanmiddag worden. Zeg dat hij om negen uur begint. Hij is een paar uur bezig, dan is hij om vier uur onze tijd klaar en zijn wij hier al weg.'

Hobie glimlachte weer. 'Ik had je toch gezegd dat het goed zou komen? Heb ik het niet gezegd? Had ik niet gezegd dat je het denkwerk rustig aan mij over kon laten?'

Toen Reacher wakker werd, was het zeven uur op zijn horloge. Voor zover hij het zich kon herinneren, wees dat nog steeds St. Louistijd. Dus was het drie uur 's ochtends in Hawaï en zes uur in Colorado, Arizona – of waar ze ook maar elf kilometer boven vlogen – en al acht uur in New York. Hij rekte zich uit in zijn stoel, stond op en stapte over Jodies voeten heen. Ze lag opgekruld in haar stoel en een stewardess had een dunne, geruite deken over haar heen gelegd. Ze was nog diep in slaap, ademde langzaam en haar haar lag over haar gezicht. Hij bleef even in het gangpad staan om naar haar te kijken. Daarna ging hij een wandeling maken.

Hij liep door de business class naar de toeristenklasse. De lichten waren gedimd en het werd drukker naarmate hij verder naar achteren kwam. De nietige stoeltjes zaten volgepropt met mensen die onder dekens tegen elkaar aan zaten. Het rook naar vuile kleren. Hij liep helemaal naar achteren en maakte een lus door de boordkeuken langs een zwijgzaam ploegje cabinepersoneel dat tegen de aluminium kasten geleund stond. Hij liep langs de andere kant weer door de toeristenklasse terug en de business class in. Hij bleef even staan om een blik op de passagiers te werpen. Er zaten mannen en vrouwen in pakken en pakjes, de jasjes waren uit en de stropdassen los. Er stonden opengeklapte laptops. Op lege stoelen stonden aktetassen die uitpuilden van mappen met plastic omslag en honingraatband.

Leeslampjes waren op uitschuifbare tafeltjes gericht. Sommige mensen zaten nog te werken, diep in de nacht of vroeg in de ochtend, afhankelijk vanuit welke richting je het bekeek.

Volgens hem was dit de hogere middenklasse. Een heel eind boven de laagste tree, maar nog lang niet aan de top. In legertermen waren het de majoors en kolonels. Het waren de burgerequivalenten van hemzelf. Hij was als majoor afgezwaaid, en als hij in uniform was gebleven, was hij nu misschien kolonel geweest. Hij leunde tegen het tussenschot, bekeek de achterzijde van de gekromde ruggen en dacht: Leon heeft mij gemaakt en nu heeft hij me veranderd. Leon had zijn carrière in de lift gezet. Hij had hem niet geschapen, maar wel het resultaat bepaald. Dat stond als een paal boven water. Vervolgens was er een eind aan die carrière gekomen en was het zwerven begonnen, en nu was er weer dankzij Leon een eind aan dat zwerven gekomen. Niet alleen door Jodie. Maar door Leons laatste wil en testament. De oude man had hem zijn huis nagelaten, en die nalatenschap had daar als een tijdbom liggen wachten om hem te verankeren. Omdat de vage belofte voldoende was om dat te doen. Vroeger was zich ergens vestigen iets theoretisch geweest: een ver land waarvan hij wist dat hij er nooit heen zou gaan. De reis daarheen was te lang om te volbrengen. De reiskosten waren te hoog. De pure logistiek van het proces om zich een nieuwe levensstijl aan te meten was onoverkomelijk. Maar Leons erfenis had hem gekidnapt. Leon had hem gekidnapt en pardoes op de grens van dat verre land gekwakt. Nu zat hij met zijn neus tegen de schutting. Hij zag het bestaan dat hem aan de andere kant wachtte. Opeens leek het hem krankzinnig om nu rechtsomkeert te maken en de onmogelijke afstand in de tegenovergestelde richting te overbruggen. Dat zou zwerven tot een bewuste keus bombarderen, en een bewuste keus zou van dat zwerven weer iets heel anders maken. De hele betekenis van dat zwerven zat hem juist in de opgewekte acceptatie dat er geen alternatief was. Een alternatief hebben bedierf het. En Leon had hem een machtig alternatief geboden. Het stond stil en vriendelijk boven de kronkelende Hudson op hem te wachten. Leon moest schik gehad hebben toen hij die bepaling schreef. Hij zou wel grinnikend gedacht hebben: laat maar eens zien hoe je je hieruit redt, Reacher.

Hij staarde naar de laptops en kantoormappen en rilde. Hoe moest hij de grens van dat verre land oversteken zonder al die troep in zijn maag gesplitst te krijgen? De pakken en dassen en apparaatjes van zwart plastic die op batterijen liepen? De koffertjes van hagedissenleer en de memo's van het hoofdkantoor? Hij sidderde en merkte dat hij als verlamd tegen de scheidingswand geleund stond. Hij was in paniek, kon amper ademhalen en helemaal niet bewegen. Hij moest denken aan een keer, nog geen jaar geleden, dat hij uit een vrachtwagen was gestapt op een kruising in de buurt van een plaatsje waarvan hij nog nooit had gehoord in een staat waar hij nog nooit was geweest. Hij had de chauffeur nagewuifd, zijn handen diep in zijn zak gestoken en was gaan lopen met een miljoen kilometer achter de rug en een miljoen kilometer voor de boeg. De zon scheen, onder het lopen vloog het stof van zijn schoenen op en hij had innig tevreden gelachen omdat hij alleen was en geen flauw idee had waar hij heen ging.

Maar hij herinnerde zich ook een dag negen maanden later. Hij besefte dat zijn geld opraakte en moest goed nadenken. De goedkoopste motels vereisten nog altijd een klein bedrag. De goedkoopste eethuizen ook. Hij had een baantje in de Keys aangenomen met de bedoeling er een paar weken te blijven werken. Daarna had hij ook nog een avondbaantje genomen en beide betrekkingen had hij nog steeds toen Costello drie maanden later op het toneel verscheen. Dus wás er eigenlijk al een eind aan zijn zwerversbestaan gekomen. Hij zat al in het arbeidsproces. Het had geen zin om dat te ontkennen. Nu was het gewoon een kwestie van waar en hoeveel en voor wie. Hij glimlachte. Net prostitutie, dacht hij. Er is geen weg terug. Hij ontspande zich een beetje, duwde zich overeind en liep weer naar de eersteklas. De man met het gestreepte hemd met armen die even lang waren als die van Victor Hobie was wakker en keek naar hem. Hij knikte naar hem. Reacher knikte terug en liep door naar de wc. Toen hij terug was bij zijn plaats, was Jodie inmiddels wakker. Ze zat rechtop en haalde een hand door haar haar.

'Hi, Reacher,' zei ze.

'Hé, Jodie,' zei hij.

Hij bukte zich en gaf haar een kus op de mond. Stapte over haar voeten heen en ging zitten.

'Hoe voel je je?' vroeg hij.

Ze beschreef een acht met haar hoofd om het haar achter de schouders te laten vallen.

'Niet slecht. Helemaal niet slecht. Beter dan ik had gedacht. Waar ben je geweest?'

'Wandelingetje gemaakt,' zei hij. 'Ik ben naar achteren geweest om te kijken hoe de andere helft leeft.'

'Nee, je hebt lopen piekeren. Dat heb ik vijftien jaar geleden al aan je gemerkt. Je gaat altijd lopen als je ergens over na moet denken.'

'Is dat zo?' vroeg hij verrast. 'Dat wist ik niet.'

'Natuurlijk,' zei ze. 'Ik heb het gezien. Ik placht al je eigenaardigheden te bestuderen. Ik was verliefd op je, weet je nog?'

'Wat doe ik dan nog meer?'

'Je balt je linkervuist als je boos of gespannen bent. Je houdt je rechterhand los, waarschijnlijk door je vuurwapentraining. Als je je verveelt, draai je muziek af in je hoofd. Dat zag ik aan je vingers, alsof je op een denkbeeldige piano speelt of zoiets. Het puntje van je neus beweegt een beetje als je praat.'

'O ja?'

'Jazeker,' zei ze. 'Waar moest je over denken?'

Hij haalde zijn schouders op.

'Van alles,' zei hij.

'Het huis, hè?' vroeg ze. 'Het zit je zeker dwars. En ik. Ik en het huis die je vastleggen zoals de man in dat boek, die Gulliver? Ken je dat boek?'

Hij glimlachte. 'Hij is toch die vent die door piepkleine mensjes gevangengenomen wordt als hij slaapt? Ze binden hem vast met honderd touwtjes aan haringen in de grond.'

'Voel je je zo?'

Hij dacht even na. 'Niet wat jou betreft.'

Maar hij had net een seconde te lang nagedacht. Ze knikte.

'Het is anders dan alleen zijn, hè?' vroeg ze. 'Ik weet het. Ik ben getrouwd geweest. Je moet altijd rekening houden met iemand anders. Je hebt zorgen voor twee.'

Hij glimlachte. 'Het zal wel wennen.'

Zij glimlachte ook. 'En het huis ook, hè?'

Hij haalde zijn schouders op. 'Raar gevoel.'

'Nou, dat is iets tussen jou en Leon,' zei ze. 'Ik wil wel dat je weet dat ik hoe dan ook geen eisen aan je stel. Over wat dan ook. Het is jouw leven en jouw huis. Je moet precies doen wat je wilt, zonder druk van buitenaf.'

Hij knikte. Zei niets.

'Dus ga je op zoek naar Hobie?'

Hij haalde weer zijn schouders op. 'Misschien wel, maar het is een godsgruwelijk karwei.'

'Er moeten ingangen zijn,' zei ze. 'Medische dossiers en zo? Hij heeft vast een prothese. En als hij brandwonden heeft, moeten daar ook dossiers van zijn. En op straat zou je hem niet over het hoofd zien, hè? Een man met één arm, onder de brandwonden?'

Hij knikte. 'Of ik kan gewoon afwachten tot hij mij heeft gevonden. Ik kan een beetje in Garrison gaan zitten tot hij zijn handlangers weer op me af stuurt.'

Vervolgens wendde hij zich naar het raampje, staarde naar zijn weerspiegeling in het donkere glas en besefte: ik accepteer voetstoots dat hij nog leeft. Ik accepteer voetstoots dat ik ernaast zat. Hij draaide zich weer naar Jodie.

'Mag ik jouw mobiele telefoon? Kun je een dagje zonder? Voor het geval Nash iets vindt en me belt? Als hij iets vindt, wil ik dat namelijk meteen weten.'

Ze keek hem een poosje aan en knikte. Ze bukte zich om haar reistas open te ritsen, haalde de telefoon eruit en gaf die aan hem.

'Veel geluk,' zei ze.

Hij knikte en stak het toestel in zijn zak.

'Vroeger had ik nooit geluk nodig,' zei hij.

Nash Newman wachtte niet tot de volgende morgen negen uur om met het speurwerk te beginnen. Hij was een nauwgezet iemand met evenveel oog voor de details van de ethiek als van zijn vakgebied. Dit betrof een officieus onderzoek uit mededogen voor een vriend die ten einde raad was, dus kon het niet in werktijd. Een particuliere kwestie moest in privétijd worden opgelost.

Dus stond hij om zes uur op en keek hij even naar de vage rode gloed achter de bergen die de tropische zonsopgang aankondigde. Hij zette koffie en kleedde zich aan. Om halfzeven was hij op kantoor. Hij nam zich voor om er twee uur aan te wijden. Daarna zou hij ontbijten in de kantine en om negen uur met zijn eigenlijke werk beginnen.

Hij trok de la van zijn bureau open om Victor Hobies medische dossier te voorschijn te halen. Dat had Leon Garber aangelegd door geduldig inlichtingen te vragen bij artsen- en tandartsenpraktijken in Putnam County. Hij had de gegevens in een oude map van de militaire politie gestopt en er een oude canvas riem om gebonden. De riem was ooit rood geweest, maar in de loop der jaren tot een stoffig roze verschoten. Er zat een omslachtige metalen gesp aan. Hij maakte de gesp los en sloeg de map open. Het bovenste document was een overdrachtsbrief die beide ouders van Hobie in april hadden getekend. Daaronder zat grijs verleden. Hij had duizenden soortgelijke dossiers doorgenomen en kon de bewuste jongens moeiteloos rangschikken naar leeftijd, geografische omgeving, het inkomen van hun ouders, hun sportieve prestaties, kortom, al die talrijke factoren die een medische geschiedenis kunnen beïnvloeden. Leeftijd en lokatie hadden met elkaar te maken. Een nieuwe tandartstechniek kon in Californië beginnen en als een trend door het land waren. Dus de dertienjarige jongen in Des Moines die zo werd behandeld, moest bijvoorbeeld vijf jaar later zijn geboren dan de dertienjarige jongen die de behandeling in Los Angeles had gekregen. Het inkomen van de ouders wees erop of hij de behandeling überhaupt had gekregen. Footballcracks op de middelbare school werden behandeld voor gescheurde schouders, softballspelers voor gebroken polsen, zwemmers hadden chronische oorinfecties.

Victor Truman Hobie had maar heel weinig gemankeerd. Tussen de regels door kreeg Newman het beeld van een gezonde jongen, goed gevoed en gewetensvol verzorgd door zorgzame ouders. Zijn gezondheid was goed geweest. Verkoudheden, een griepje en een aanval van bronchitis op zijn achtste. Geen ongelukken. Geen gebroken botten. De tandartscontrole was heel grondig geweest. De jongen was opgegroeid in het tijdperk van de agressieve tandheelkunde. In Newmans ervaring was het een volmaakt representatief beeld voor alles wat hij had gezien uit het gebied rond de stad New York in de jaren vijftig en begin jaren zestig. De tandheelkunde in die periode bestond uit een oorlog tegen de gaatjes. Gaatjes moesten opgespoord worden. Ze werden opgespoord met krachtige röntgenapparatuur en als ze werden gevonden, werden ze uitgeboord en met amalgaam gevuld. Het resultaat was een heleboel uitstapjes naar de tandarts, wat ongetwijfeld ellendig voor de jonge Victor Hobie was geweest, maar vanuit Newmans gezichtspunt had dat proces hem een dikke stapel foto's van de mond van de jongen bezorgd. Ze waren goed, scherp en talrijk genoeg om potentieel van doorslaggevende betekenis te zijn.

Hij legde de opnamen op een stapel en nam ze mee de gang in, deed de kale deur in de wand van bouwblokken van het slot en liep langs de aluminium kisten naar de alkoof aan de andere kant van het lab. Op een breed werkblad uit het zicht om de hoek stond een computer. Hij startte hem op en klikte het zoekprogramma open. Het scherm scrolde omlaag en toonde een gedetailleerde vragenlijst.

Het invullen van de lijst was een kwestie van simpele logica. Hij klikte op ALLE BOTTEN en vulde in GEEN BREUKEN IN DE JEUGD, POTENTIËLE BREUKEN ALS VOLWASSENE. De jongen had geen been gebroken tijdens een footballwedstrijd op de middelbare school, maar mogelijk wel later tijdens zijn opleiding. Militaire medische dossiers raakten wel eens zoek. Hij besteedde een hoop tijd aan de gebitsparagraaf van de vragenlijst. Hij vulde een volledige beschrijving in van elke tand en kies zoals ze voor het laatst waren geregistreerd. Hij gaf de gevulde gaatjes aan en bij elke goede tand vulde hij in POTENTIEEL GAATJE. Het was de enige manier om vergissingen te voorkomen. Eenvoudige logica. Een goede kies kan later slecht worden en behandeling vergen, maar een gevuld gaatje verdwijnt nooit. Hij bekeek de röntgenfoto's en bij TUSSENRUIMTE vulde hij in REGELMATIG, en bij GROOTTE vulde hij weer REGELMATIG in. De rest van de vragenlijst liet hij open. Er waren wel ziekten die zich in het skelet aftekenden, maar griep en bronchitis hoorden daar niet bij.

Hij controleerde zijn werk en precies om zeven uur klikte hij op ZOEK. In de stilte van de ochtend begon de harde schijf te suizen en sputteren en de software begon aan zijn geduldige reis door de database.

Ze landden tien minuten te vroeg, vlak voor de spits van twaalf uur plaatselijke tijd. Ze vlogen laag aan over het glinsterende water van Jamaica Bay en landden in oostelijke richting alvorens weer een halve slag te draaien en langzaam naar de terminal te taxiën. Jodie zette haar horloge gelijk en was al opgestaan voordat het vliegtuig stilstond, een overtreding die in de eersteklas door de vingers wordt gezien.

'Kom op,' zei ze. 'Er is maar heel weinig tijd.'

Ze stonden al voor de deur voordat die openging. Reacher droeg haar tas de slurf in en zij repte zich door de aankomsthal voor hem uit en naar buiten.

De Lincoln Navigator stond nog steeds op kort parkeren; groot, zwart en opvallend, en ze moesten achtenvijftig Rutter-dollars neerleggen om weg te kunnen rijden.

'Heb ik nog tijd voor een douche?' vroeg ze zich af.

Reacher antwoordde door harder over de Van Wyck te rijden dan geoorloofd was. Het verkeer op de Long Island Expressway bewoog zich ongehinderd in westelijke richting naar de tunnel. Ze waren binnen twintig minuten na aankomst in Manhattan en reden binnen dertig minuten zuidwaarts over Broadway naar haar huis.

'Ik ga hoe dan ook eerst kijken,' zei hij. 'Douche of geen douche.'

Ze knikte. Terug zijn in de stad betekende een terugkeer van de zorgen.

'Oké, maar doe het snel.'

Hij beperkte het tot stilhouden voor het gebouw voor een visuele inspectie van de hal. Niemand. Ze parkeerden de auto, gingen met de lift naar vijf en daalden via de brandtrap af naar vier. Het gebouw was stil en verlaten. Het appartement was leeg en ongestoord. De Mondriaan-kopie glansde in het felle daglicht. Halfeen 's middags.

'Tien minuten,' zei ze. 'Dan mag je me naar kantoor brengen, oké?'

'Hoe ga je dan naar die bijeenkomst?'

'We hebben een chauffeur,' zei ze. 'Die brengt me wel.'

Ze haastte zich door de woonkamer naar de slaapkamer en trok onderweg haar kleren al uit.

'Wil je iets eten?' riep Reacher haar na.

'Geen tijd,' zei ze.

Ze stond vijf minuten onder de douche en bracht vijf minuten in haar garderobe door. Ze kwam te voorschijn in een antracietkleurige jurk en een bijpassend jasje.

'Wil je mijn aktetas even zoeken?' riep ze.

Ze kamde haar haar en blies het droog met een haardroger. Beperkte haar make-up tot een tikje eyeliner en lipstick. Bekeek zich in de spiegel en holde weer naar de woonkamer. Hij stond haar met de aktetas op te wachten en droeg hem naar de auto.

'Neem mijn sleutels maar,' zei ze. 'Dan kun je weer naar binnen. Ik bel je wel van kantoor en dan kun je me komen ophalen.'

Het kostte zeven minuten om tegenover het pleintje voor haar kantoor te komen. Ze stapte om vijf voor een uit.

'Succes!' riep Reacher haar na. 'Geef ze van katoen.'

Ze wuifde en holde naar de draaideur. De veiligheidsbeambten zagen haar komen en knikten naar de liften. Ze was vóór één uur boven in haar kantoor. Haar secretaris volgde haar naar binnen met een dunne map.

'Alsjeblieft,' zei hij plechtig.

Ze sloeg de map open en bladerde door acht velletjes papier.

'Wat is dit nou, verdorie?'

'In de werkbijeenkomst waren ze opgetogen,' zei de man.

Ze bladerde in omgekeerde richting terug. 'Ik zie niet in waarom. Ik heb nog nooit van die bedrijven gehoord en het bedrag waar het om gaat is niet de moeite waard.'

'Maar daar gaat het toch ook niet om?' zei de man.

Ze keek hem aan. 'Waar gaat het dan wel om?'

'De crediteur heeft je in de arm genomen,' zei hij. 'Niet de man die hem al dat geld schuldig is. De crediteur wil hem kennelijk een slag voor zijn, nietwaar? Omdat je een reputatie hebt. De crediteur weet dat als jij aan de kant staat van de man die hem al dat geld schuldig is, je hem in grote moeilijkheden kunt brengen. Dus heeft hij jou als eerste in de arm genomen om dat te voorkomen. Het wil zeggen dat je beroemd bent. Daar zijn de firmanten zo opgetogen over. U bent een ster, mevrouw Jacob.'

16

Reacher reed langzaam terug naar Lower Broadway. Hij hotste met de grote auto de afrit naar de garage af. Parkeerde in Jodies vak en deed hem op slot. Hij ging niet naar boven naar het appartement. Hij liep de afrit weer op en wandelde in de zon in noordelijke richting naar de espressobar. Hij liet de man achter de toonbank vier espresso's in een kartonnen beker doen en ging aan het chromen tafeltje zitten waar Jodie de avond na terugkeer uit Brighton had gezeten toen hij het appartement ging controleren. Hij was toen over Broadway terug komen lopen en had haar starend naar Rutters nepfoto aangetroffen. Hij nam de stoel waar zij op had gezeten, blies op het schuim van de espresso en nam een eerste slok.

Wat moest hij tegen die oude mensen zeggen? Het enige humane was om erheen te gaan en helemaal niets te zeggen. Gewoon zeggen dat het hem niet was gelukt. Alles in het midden laten. Het zou barmhartig zijn. Gewoon erheen gaan, hun hand vasthouden, het nieuws van Rutters bedrog vertellen, hun geld teruggeven en vervolgens verslag doen van een lange, vruchteloze zoektocht door het verleden. Vervolgens moest hij hen zien te overtuigen dat ze moesten accepteren dat hij allang dood moest zijn, en ze smeken te begrijpen dat niemand ooit in staat zou zijn om hun te vertellen waar, wanneer en hoe het was gebeurd. Daarna moest hij vertrekken om hun de korte tijd die hun nog was gegund te laten uitleven met alle waardigheid die ze konden putten uit het besef dat ze slechts twee van de tientallen miljoenen ouders waren die hun kinderen hadden uitgeleverd aan de duisternis en de kolkende mist van een afgrijselijke eeuw.

Hij dronk zijn koffie met zijn linkervuist gebald op tafel. Hij zou tegen ze liegen, maar uit mededogen. Reacher had weinig ervaring met mededogen. Het was een deugd die altijd parallel aan zijn leven had gelopen. Hij had nooit in de omstandigheden verkeerd waarin het vereist was. Hij had nooit de opdracht gekregen om slecht nieuws aan familieleden te brengen. Sommige tijdgenoten van hem wel. Na de Golfoorlog waren er speciale taakeenheden gevormd – een hogere officier van de bewuste eenheid en een militaire politieman – die de familie van de slachtoffers moesten bezoeken. Ze liepen lange, eenzame oprijlanen op en beklommen trappen in flatgebouwen om het nieuws te brengen dat dankzij hun geüniformeerde verschijning al vooruit was gesneld. Hij nam aan dat mededogen bij dat soort werk erg belangrijk was, maar zijn eigen loopbaan had zich altijd in de kern van de strijdkrachten zelf afgespeeld, waar de dingen overzichtelijk waren: ze gebeurden of gebeurden niet, ze waren goed of slecht, legaal of illegaal. Nu, twee jaar na zijn afzwaaien, was mededogen plotseling een factor in zijn leven. En het zou hem laten liegen.

Maar Victor Hobie zou hij vinden. Hij ontspande zijn hand en voelde door de stof van zijn overhemd aan de brandwond op zijn borst. Hij had nog een appeltje met hem te schillen. Hij zette de beker schuin aan zijn mond tot hij de droesem van de espresso tegen zijn tanden en tong voelde. Daarna gooide hij de beker in de prullenbak en ging hij weer naar buiten. De zon recht boven hem stond vol op Broadway en scheen enigszins uit het zuidwesten. Hij voelde de warmte op zijn gezicht, wendde zich in die richting en liep terug naar Jodies appartement. Hij was moe. In het vliegtuig had hij maar vier uur geslapen. Vier van de ruim vierentwintig uur. Hij herinnerde zich hoe hij achterover had gelegen in de enorme eersteklasstoel en in slaap was gevallen. Hij had toen aan Hobie liggen denken, net zoals hij nu aan Hobie liep te denken. Victor Hobie had Costello laten vermoorden zodat hij ondergedoken kon blijven. Hij moest aan Crystal denken. De stripper uit de Keys. Hij zou eigenlijk niet meer aan haar moeten denken. Maar hij zei iets tegen haar in de half verduisterde bar. Ze droeg een T-shirt en niets anders. Daarna zei Jodie iets tegen hem in de schemerige werkkamer van Leons huis. Zíjn huis. Ze zei hetzelfde als wat hij tegen Crystal zei. Hij had gezegd: ‘Hij moet daar in het noorden op iemands tenen hebben gestaan of hem in moeilijkheden hebben gebracht.' En zij had gezegd: 'Hij heeft geprobeerd de kortste weg te nemen en zal slapende honden hebben wakker gemaakt.'

Hij bleef met bonzend hart op de stoep staan. Leon. Costello. Leon en Costello die samen zaten te praten. Costello was vlak voor Leons dood naar Garrison gegaan om met hem te praten. Leon had hem een samenvatting van het probleem gegeven. Zoek een vent die Jack Reacher heet, want ik wil dat hij achter iemand aangaat die Victor Hobie heet, moest Leon hebben gezegd. Costello, bedaard en zakelijk als hij was, had zijn oren niet in zijn zak. Hij was naar de stad teruggegaan om zijn plan te trekken. Hij had diep nagedacht en een omweg willen vermijden. Costello was Hobie gaan zoeken voordat hij achter Reacher aan was gegaan.

Hij sprintte het laatste blok naar Jodies garage. Daarna overbrugde hij de viereneenhalve kilometer van Lower Broadway naar Greenwich Avenue in elf minuten door in de slipstream van de taxi's naar het westelijk gedeelte van Midtown te rijden. Hij zette de auto op de stoep voor het gebouw en sprong het bordes naar de hal op. Hij keek om zich heen en drukte op drie willekeurige bellen.

'De post,' riep hij.

De binnendeur werd open gezoemd en hij stoof de trap naar kantoor vijf op. Costello's mahoniehouten deur was dicht, zoals hij hem vier dagen daarvoor had achtergelaten. Hij keek om zich heen door de gang en probeerde de deurknop. De deur ging open. De grendel was er nog steeds af, alsof er werd gewerkt. In de pastelkleurige receptie was niets veranderd. De onpersoonlijke stad. Het leven jakkerde door, bedrijvig, blind en onbekommerd. Binnen was het benauwd. Het parfum van de secretaresse was nauwelijks meer te ruiken. Maar haar computer stond nog aan. De waterige screensaver kolkte er geduldig op los in afwachting van haar terugkeer.

Hij liep naar haar bureau en gaf een tikje tegen de muis. Het scherm lichtte op en de databasegegevens van Spencer Gutman Ricker and Talbot werden zichtbaar. Dat was het laatste dat hij had gezocht alvorens ze te bellen toen hij nog nooit van mevrouw Jacob had gehoord. Hij klikte de gegevens weg en keerde zonder veel optimisme terug naar het hoofdmenu. Hij had er tenslotte vergeefs naar JACOB gezocht. Hij kon zich de naam HOBIE daar evenmin herinneren, en H en J zitten alfabetisch dicht bij elkaar.

Hij scrolde van onder naar boven en weer terug, maar in het hoofdmenu stond niets. Er stonden eigenlijk helemaal geen namen, alleen acroniemen voor bedrijven. Hij kwam achter het bureau vandaan en haastte zich door naar Costello's kantoor. Geen papieren op zijn bureau. Hij liep eromheen en zag er een metalen prullenbak onder staan. Er lagen proppen papier in. Hij hurkte en gooide ze allemaal op de grond. Geopende enveloppen en weggegooide formulieren. Een vettig boterhamzakje. Een paar velletjes gelinieerd papier, uit een geperforeerd schrift. Hij streek ze met zijn handpalm glad op het kleed. Niets wat zijn aandacht trok, maar het waren duidelijk werkaantekeningen. Het soort aantekeningen van een druk bezet man om zijn gedachten te ordenen. Het waren evenwel allemaal recente aantekeningen. Costello was kennelijk iemand die zijn prullenbak regelmatig leegde. Er was niets bij dat dateerde van langer dan een paar dagen voor hij in de Keys aan zijn eind kwam. Bemoeienissen met Hobie zouden dateren van twaalf à dertien dagen terug, van vlak na zijn gesprek met Leon, meteen aan het begin van zijn onderzoek.

Reacher trok de bureauladen een voor een open en vond het geperforeerde schrift linksboven. Het was een supermarktschrift dat half gebruikt was, met een dikke rug links en de helft van het resterende papier rechts. Hij ging in de geplette leren bureaustoel zitten en bladerde het door. Na tien bladzijden zag hij de naam 'Leon Garber'. Hij sprong in het oog in een wirwar van potloodaantekeningen. Hij zag ook 'mevr. Jacob, SGR&T'. Hij zag ook de naam 'Victor Hobie' dubbel onderstreept, met de achteloze strepen van iemand die hard zit te peinzen. Er waren kleine, eivormige kringetjes omheen getrokken die elkaar overlapten. Daarnaast had Costello 'CCT??' gekrabbeld. Daarvandaan was een lijn over de bladzijde getrokken naar een aantekening '9.00 uur'. Daar waren ook kringetjes omheen getrokken. Reacher staarde naar de bladzijde en zag een afspraak met Victor Hobie op een plek die CCT heette, om negen uur 's morgens. Waarschijnlijk om negen uur 's morgens op de dag dat hij werd vermoord.

Hij duwde de stoel met een ruk achteruit en kwam haastig achter het bureau vandaan. Holde terug naar de computer. Het hoofdmenu van de database was nog zichtbaar. De screensaver was nog niet in werking getreden. Hij scrolde naar het begin van de lijst en keek naar alles tussen B en D. Daar stond het: CCT, tussen CCR&W en CDAG&Y. Hij bewoog de muis en klikte het aan. Het scherm scrolde omlaag en onthulde de aantekening Cayman Corporate Trust. Er stond een adres bij in het World Trade Center. Er stonden telefoon- en faxnummers. Er stonden aantekeningen bij over inlichtingen die bij advocatenkantoren waren ingewonnen. De eigenaar stond geboekt als de heer Victor Hobie. Reacher staarde naar het scherm en de telefoon ging over. Hij rukte zijn ogen van het scherm en keek naar de telefoon op het bureau. Die zweeg. Het was de telefoon in zijn zak. Hij haalde Jodies toestel te voorschijn en drukte op de knop.

'Hallo?' zei hij.

'Ik heb nieuws voor je,' zei Nash Newman.

'Waarover?'

'Waarover? Wat dacht je, goddorie?'

'Weet ik veel,' zei Reacher. 'Vertel maar op.'

Dus zei Newman het. Daarna viel er een stilte. Alleen het lichte gesis van een telefoonverbinding over een afstand van tienduizend kilometer en het zachte zoemen van de computer. Reacher nam de hoorn van zijn oor, en keek een paar keer verdwaasd van het toestel naar het scherm en weer terug.

'Ben je d'r nog?' vroeg Newman. Zijn stem klonk vaag en elektronisch, een ver gekwaak uit het luidsprekertje. Reacher bracht het toestel weer naar zijn oor.

'Weet je het zeker?' vroeg hij.

'Ik weet het zeker,' zei Newman. 'Honderd procent zeker. Het staat als een paal boven water. Geen schijn van kans dat ik ernaast zit. Er is geen twijfel mogelijk.'

'Zeker weten?' herhaalde Reacher.

'Absoluut,' zei Newman. 'Het kan niet zekerder.'

Reacher zweeg. Hij keek om zich heen in het stille, verlaten kantoor. Lichtblauwe wanden waar de zon door het bobbeltjesglas viel en lichtgrijs waar hij niet scheen.

'Je klinkt niet erg blij,' zei Newman.

'Ik kan het niet geloven,' zei Reacher. 'Zeg het nog eens.'

Dus Newman zei het nog eens.

'Niet te geloven,' zei Reacher. 'Weet je het echt honderd procent zeker?'

Newman herhaalde het hele verhaal. Reacher staarde wezenloos naar het bureau.

'Vertel het nog een keer, Nash,' zei hij.

Dus Newman vertelde het voor de vierde keer.

'Er is niet de geringste twijfel,' zei hij. 'Heb je ooit meegemaakt dat ik ernaast zat?'

'Shit,' zei Reacher. 'Shit, begrijp je wat dat betekent? Snap je wat er gebeurd is? Wat hij geflikt heeft? Ik moet ervandoor, Nash. Ik moet als een haas weer in het archief van St. Louis duiken.'

'Ja, dat moet je zeker,' zei Newman. 'St. Louis zou zeker ook mijn eerste aanloophaven zijn. En met de grootst mogelijke spoed.'

'Bedankt, Nash,' zei Reacher vaag. Hij drukte de telefoon uit en stak hem weer in zijn zak. Daarna stond hij op en liep langzaam Costello's bureau uit en naar de trap. Hij liet de mahoniehouten deur wijd openstaan.

Tony kwam de badkamer in met het Saville Row pak op een hangertje van ijzerdraad in een zak van de stomerij. Het overhemd zat gestreken en opgevouwen in een papieren verpakking onder zijn arm. Hij wierp een blik op Marilyn, hing het pak aan de doucherail en gooide het overhemd op Chesters schoot. Hij haalde de das uit zijn zak. Hij moest hem er helemaal uit trekken als een goochelaar die een truc doet met een verborgen zijden sjaal. Hij wierp die ook naar hem toe.

'Showtijd,' zei hij. 'Over tien minuten moet je op.'

Hij ging de badkamer weer uit en deed de deur dicht. Chester bleef zitten met het overhemd in zijn armen. De das lag nog op de plek waar hij was neergekomen, over zijn benen. Marilyn bukte zich om het overhemd te pakken. Duwde haar vingers plat onder het papier en maakte het open. Ze maakte er een prop van en liet hem vallen. Schudde het overhemd uit en maakte de bovenste knoopjes los.

'Bijna voorbij,' zei ze alsof het een mantra was.

Hij keek haar neutraal aan en stond op. Nam het overhemd van haar aan en trok het over zijn hoofd. Ze ging voor hem staan, klapte de kraag omhoog en knoopte zijn das om.

'Bedankt,' zei hij.

Ze hielp hem in zijn pak, ging weer voor hem staan en trok de revers glad.

'Je haar,' zei ze.

Hij ging naar de spiegel en zag de man die hij in zijn vorig leven was geweest. Hij fatsoeneerde zijn haar met zijn vingers. De badkamerdeur ging weer open en Tony kwam naar binnen met de Montblanc-vulpen.

'Je mag dit van ons lenen om de overdracht te tekenen.'

Chester knikte, pakte de pen en stak hem in zijn binnenzak.

'En dan heb ik nog wat. We moeten tenslotte de schijn ophouden, hè? Met al die advocaten.' Het was de platina Rolex. Chester nam het horloge van hem aan en deed het om zijn pols. Tony ging weer weg en deed de deur dicht. Marilyn ging voor de spiegel staan en haalde haar vingers door haar kapsel. Ze duwde het haar achter haar oren en tuitte de lippen alsof ze er net lipstick op had aangebracht, al was dat niet zo. Die had ze helemaal niet. Het was gewoon een automatisme. Ze liep naar het midden van de badkamer en trok haar jurk glad over haar dijen.

'Klaar?' vroeg ze.

Chester haalde zijn schouders op. 'Waarvoor? Ben jij klaar?

'Ik ben klaar,' zei ze.

Spencer Gutman Ricker and Talbots chauffeur was de echtgenoot van een van de oudste secretaressen van de firma. Hij was bij een of ander bedrijf overcompleet geworden na een fusie met een gierige slokop van een concurrent. Negenenvijftig, werkloos, zonder speciale vaardigheden en vooruitzichten had hij zijn afvloeiingsgeld in een tweedehands Lincoln Town Car gestoken, en zijn vrouw had een voorstel geschreven waaruit bleek dat het voor de firma voordeliger zou zijn om hem een exclusief contract te geven dan er een rekening op na te houden bij een bedrijf dat auto's met chauffeur verhuurde. De firmanten hadden een oogje toegeknepen voor de vergissingen in de berekeningen en hem toch in dienst genomen. Ze beschouwde het als iets dat het midden hield tussen liefdadigheid en eigenbelang. Zodoende stond de man met draaiende motor en de airconditioning op hoog in de garage te wachten tot Jodie uit de lift stapte en naar hem toe liep. Hij liet zijn raampje zakken en ze bukte zich naar hem toe.

'Weet u waar we naartoe moeten?' vroeg ze.

Hij knikte en tikte op het klembord op de passagiersstoel.

'Ik ben helemaal voorbereid,' zei hij.

Ze stapte achterin. Ze was van nature democratisch ingesteld en had er de voorkeur aan gegeven om voorin te stappen, maar hij wilde met alle geweld dat passagiers achterin gingen zitten. Het gaf hem een officiëler gevoel. Hij was een gevoelige, oude man en de schijn van liefdadigheid rond zijn indiensttreding was hem niet ontgaan. Als hij de etiquette nauwgezet volgde, zou dat zijn status naar zijn idee verheffen. Hij droeg een donker pak en een chauffeurspet die hij bij een herenmodezaak in Brooklyn op de kop had getikt.

Zodra hij in zijn spiegeltje zag dat Jodie zat, verliet hij de garage en reed hij de oprit naar het daglicht buiten op. De uitgang was aan de achterkant van het gebouw op de Exchange Place. Hij sloeg links af naar Broadway en had zich tijdig door de rijstroken gewurmd om scherp rechtsaf te slaan in Trinity Street. Die volgde hij in westelijke richting en hij sloeg vervolgens af om het World Trade Center vanuit zuidelijke richting te benaderen. Voorbij de

Trinity Church ging het verkeer stapvoets, omdat twee rijstroken geblokkeerd waren door een sleepwagen van de politie die naast een patrouillewagen aan de stoeprand stond. Politieagenten tuurden onzeker naar binnen. Hij reed er voorzichtig langs en trok op. Nam weer gas terug en hield rechts aan langs het voorplein. Hij had zijn ogen op de weg gericht en de gigantische wolkenkrabbers doemden ongezien op. Toen ze voor het World Trade Center stopten, bleef hij eerbiedig zwijgend met draaiende motor zitten.

'Ik wacht hier,' zei hij. Jodie stapte uit en bleef even op de stoep staan. Het voorplein was groot en druk. Het was vijf voor twee en de kantoormensen keerden terug van de lunch. Ze had een onrustig gevoel. Ze zou voor het eerst sinds het begin van deze hele krankzinnige toestand een openbaar plein oversteken zonder dat Reacher een oogje in het zeil hield. Ze keek om zich heen, sloot zich aan bij een groepje mensen dat zich haastig voortbewoog en liep helemaal met hen mee naar de zuidelijke toren.

Het adres in het dossier was op de achtentachtigste verdieping. Ze ging in de rij voor de expreslift staan achter een man met een normaal postuur in een slecht zittend pak. Hij droeg een goedkope aktetas bekleed met bruin plastic dat zo was bedrukt dat het op krokodillenleer moest lijken. Ze wrong zich achter hem de lift in. Die was vol en de mensen riepen hun verdiepingnummer naar de dame die het dichtst bij de knoppen stond. De man in het lelijke pak vroeg om achtentachtig. Jodie zei niets.

De lift stopte op de meeste verdiepingen die binnen zijn bereik lagen en de mensen verdrongen zich om eruit te komen. Ze schoten niet erg op. Precies om twee uur waren ze op achtentachtig. Jodie stapte uit de lift. De man in het slechte pak stapte achter haar uit. Ze stonden in een verlaten gang. Onopvallende deuren gaven toegang tot verschillende kantoren. Jodie liep de ene kant op en de man in het pak de andere; beiden keken ze naar de bordjes naast de deuren. Ze kwamen weer bij elkaar voor een eikenhouten deur met een bordje CAYMAN CORPORATE TRUST. Een stukje uit het midden zat een venstertje met gepantserd glas. Jodie keek erdoor naar binnen en de man in het pak reikte langs haar om de deur open te maken.

'Moeten wij naar dezelfde vergadering?' vroeg Jodie verrast.

Ze volgde hem naar binnen in een receptie van eikenhout en koper. Er hingen de gewone kantoorluchtjes. Warme chemicaliën van een kopieerapparaat en ergens stond koffie warm. De man in het pak draaide zich naar haar om en knikte.

'Het lijkt er wel op,' zei hij.

Ze liep door en stak haar hand uit.

'Ik ben Jodie Jacob,' zei. 'Spencer Gutman. Namens de crediteur.'

De man deed een stapje terug, werkte zijn aktetas

in zijn linkerhand en gaf haar glimlachend een hand.

'Ik ben David Forster,' zei hij. 'Forster en Abelstein.'

Ze waren bij de balie aangekomen. Ze bleef staan en staarde hem aan.

'Nietwaar,' zei ze toonloos. 'David is een goede bekende van me.'

De man keek plotseling gespannen. Er viel een stilte. Ze draaide zich de andere kant op en keek recht in het gezicht van de man die ze voor het laatst had gezien toen hij zich aan de portierkruk van haar Bravada vastklemde en Reacher wegscheurde na de aanrijding op Broadway. Hij zat kalmpjes achter zijn balie en keek haar recht aan. Zijn linkerhand bewoog opzij en drukte een knopje in. In de stilte hoorde ze een klikje uit de richting van de ingang. Daarna bewoog zijn rechterhand. Hij reikte omlaag en kwam weer omhoog met een vuurwapen van dof metaal. Het had een brede loop als een buis en een metalen kolf. De loop was meer dan dertig centimeter lang. De man in het slechte pak liet zijn plastic aktetas vallen en deed met een ruk zijn handen omhoog. Jodie staarde naar het wapen en dacht: maar dat is een geweer.

De man met het wapen bewoog zijn linkerhand weer en drukte op een ander knopje. De deur van het kantoor ging open. In de deuropening stond de man die hen met de Suburban had aangereden. Hij had ook een wapen in zijn hand. Jodie herkende het pistool van films die ze had gezien. Het was een automaat. Op het scherm schoten ze luidruchtige patronen af die je twee meter naar achteren deden slaan. De chauffeur van de Suburban hield zijn pistool kalmpjes op een punt links van haar en rechts van de man gericht, alsof hij klaar was om zijn pols een kleine rukje naar de ene of andere kant te geven.

De man met het geweer kwam achter de balie vandaan en liep langs Jodie. Hij ging achter de man in het slechte pak staan en porde de loop van het geweer in zijn onderrug. Er klonk een hard geluid van metaal op metaal, gedempt door de stof van zijn jasje. De man met het geweer stak zijn hand eronder en haalde een grote, chroomkleurige revolver te voorschijn. Hij hield hem omhoog als een bewijsstuk in de rechtszaal.

'Raar gereedschap voor een advocaat,' zei de man in de deuropening.

'Hij is geen advocaat,' zei zijn handlanger. 'Deze vrouw zegt dat ze David Forster goed kent en dat hij het niet is.'

De man in de deuropening knikte.

'Ik heet Tony,' zei hij. 'Komt u allebei maar binnen alstublieft.'

Hij deed een stap opzij en hield Jodie met zijn automatische pistool onder schot, terwijl zijn partner de man die beweerde David Forster te zijn naar binnen duwde. Daarna maakte hij een gebaar met zijn wapen en Jodie liep onwillekeurig naar hem toe. Hij deed een stap dichterbij en duwde haar naar binnen met zijn vlakke hand op haar rug. Ze struikelde even en herstelde zich. Binnen was een groot, vierkant kantoor. Er kwam gedempt licht van geblindeerde ramen. Voor een bureau stond huiskamermeubilair. Drie identieke banken met lamptafeltjes. Een enorme salontafel van glas en koper nam de ruimte tussen de banken in beslag. Op de linkerbank zaten twee mensen. Een man en een vrouw. De man droeg een onberispelijk pak en een das. De vrouw droeg een gekreukte zijden feestjurk. De man keek wezenloos op. De vrouw keek doodsbang.

Aan het bureau zat een man. Hij zat in een leren stoel in het schemerdonker. Hij was zo'n vijfenvijftig jaar. Jodie staarde hem aan. Zijn gezicht was ruwweg in tweeën verdeeld alsof het een arbitraire beslissing was geweest, als een landkaart van de westelijke staten. Rechts zaten gerimpelde huid en dun grijs haar. Links zat littekenweefsel: roze, dik en glimmend als een onvoltooid plastic model van een monsterkop. De littekens reikten tot en met zijn oog en zijn ooglid was een bal roze weefsel als een mismaakte duim.

Hij droeg een keurig pak dat brede schouders en een brede borst bedekte. Zijn linkerarm lag comfortabel op het bureau. De manchet van een wit overhemd dat sneeuwwit in het halfduister afstak, en een gemanicuurde hand met de palm omlaag en vingers die een onhoorbaar ritme op het bureau trommelden. Zijn rechter arm lag precies als zijn linker. Hij had dezelfde fijne lichtgewicht wol van het colbertje en dezelfde sneeuwwitte manchet, maar ze waren ingezakt en leeg. Er was geen hand. Alleen een eenvoudige stalen haak die er in een kleine hoek uitstak en op het hout lag. De kromming was opgewreven als een miniversie van een sculptuur in een plantsoen.

'Hobie,' zei ze.

Hij knikte langzaam, een keer slechts, en hief de haak ter begroeting.

'Aangenaam kennis te maken, mevrouw Jacob. Alleen jammer dat het zo lang moest duren.'

Daarna glimlachte hij.

'En jammer dat onze kennismaking van zo'n korte duur zal zijn.'

Hij knikte weer. Ditmaal naar de man die Tony heette, die haar naast de man zette die beweerde Forster te zijn. Ze stonden naast elkaar en wachtten af.

'Waar is je vriend Jack Reacher?' vroeg Hobie.

Ze schudde haar hoofd. 'Ik weet het niet.'

Hobie keek haar een poosje aan.

'Oké,' zei hij. 'Jack Reacher bespreken we straks wel. Neem plaats.'

Hij wees met de haak naar de bank tegenover het starende tweetal. Ze liep naar de bank en ging verdwaasd zitten.

'Dit zijn de heer en mevrouw Stone,' zei Hobie.

'Chester en Marilyn, om het wat minder formeel te zeggen. Chester was directeur van een firma die Stone Optical heette. Hij is mij ruim zeventien miljoen dollar schuldig. Hij gaat me betalen in aandelen.'

Jodie wierp een blik op het paar tegenover haar. In beider ogen lag paniek. Alsof er zojuist iets vreselijk mis was gegaan.

'Leg jullie handen op tafel,' riep Hobie. 'Alle drie. Buig je naar voren en spreid je vingers. Laat maar eens zes zeesterretjes zien.'

Jodie boog zich naar voren en legde haar handpalmen op de lage tafel. Het stel tegenover haar deed automatisch hetzelfde.

'Verder naar voren,' riep Hobie.

Ze schoven allemaal hun handpalmen verder naar het midden van de tafel tot ze in een hoek leunden. Daardoor rustte hun gewicht op hun handen en waren ze immobiel. Hobie kwam achter zijn bureau vandaan en bleef tegenover de man in het slechte pak zitten.

'Kennelijk ben jij David Forster niet,' zei hij.

De man gaf geen antwoord.

'Ik zou het toch hebben geraden, weet je,' zei Hobie. 'Ogenblikkelijk. Met zo'n pak? Laat me niet lachen. Dus wie ben je?'

De man zei weer niets. Jodie sloeg hem gade met haar hoofd zijwaarts. Tony hief zijn pistool met beide handen en richtte op het hoofd van de man. Hij deed iets met de vergrendeling dat in de stilte een dreigend geluid maakte. Hij trok zijn vinger aan de trekker aan. Jodie zag zijn knokkel wit worden.

'Curry,' zei de man vlug. 'William Curry. Ik ben privédetective en werk voor Forster.'

Hobie knikte langzaam. 'Oké, meneer Curry.'

Hij liep naar de Stones. Hij bleef vlak achter de vrouw staan.

'Ik ben misleid, Marilyn,' zei hij.

Hij hield zich met zijn linkerhand in evenwicht op de rugleuning van de divan, boog zich helemaal naar voren, sloeg de punt van de haak in de kraag van haar jurk en hees haar langzaam overeind. Haar handpalmen gleden over de glazen tafel en lieten vochtige afdrukken achter waar ze gelegen hadden. Haar rug raakte de leuning. Hij bracht de haak naar voren en tikte haar licht tegen de kin als een kapper die een hoofd in de juiste positie wil brengen alvorens aan het werk te gaan. Hij tilde de haak omhoog, liet hem zachtjes zakken en trok licht met de punt door haar haar, van voren naar achteren. Ze had dik haar en de haak ploegde er traag doorheen: van voren naar achteren en nog eens van voren naar achteren. Ze had haar ogen stijf dicht van paniek.

'Je hebt me bedrogen,' zei hij. 'Ik vind het niet prettig om bedrogen te worden. Vooral niet door jou. Ik heb je de hand boven het hoofd gehouden, Marilyn. Ik had je bij de auto's cadeau kunnen doen. Nu doe ik dat misschien alsnog. Ik had andere plannen met jou, maar ik denk dat mevrouw Jacob zojuist jouw plaats in mijn hart heeft ingenomen. Niemand had me verteld hoe mooi ze was.'

De haak stopte en er liep een dun straaltje bloed uit Marilyns haar over haar voorhoofd. Hobie richtte zijn blik op Jodie. Zijn goede oog stond kalm en knipperde niet.

'Ja,' zei hij. 'Misschien ben jij wel New Yorks afscheidscadeautje voor mij.'

Hij duwde de haak hard tegen Marilyns achterhoofd tot ze weer vooroverboog en haar handen op tafel zette. Daarna draaide hij zich om.

'Ben je gewapend, Curry?'

Curry haalde zijn schouders op. 'Dat was ik. Dat weet je al. Hij is afgepakt.'

De man met het geweer hield de glimmende revolver omhoog. Hobie knikte.

'Tony?'

Tony begon hem te fouilleren: over zijn schouders en onder zijn armen. Curry keek naar links en naar rechts. De man met het geweer deed een stap naar voren en stootte de loop van het geweer in zijn zij.

'Stilstaan,' zei hij.

Tony bukte zich voorover en streek met zijn handen langs zijn middel en tussen zijn benen. Daarna gleed hij kwiek omlaag. Curry draaide opeens met een ruk een kwartslag en probeerde het geweer met zijn arm opzij te slaan, maar de man die hem vasthield stond met beide voeten wijd uiteengeplant stevig op de grond en hield Curry tegen. Hij gebruikte de loop als een vuist en stootte in zijn maag. Curry hapte naar adem, klapte dubbel en de man sloeg hem hard met de kolf tegen de zijkant van zijn hoofd. Curry zakte op zijn knieën en Tony duwde hem met zijn voet op de grond.

'Eikel,' zei hij.

De man met het geweer boog zich voorover en gaf Curry met de loop van het geweer een pijnlijke stoot in zijn buik. Tony hurkte, scharrelde met zijn handen in de broekspijpen en haalde twee identieke revolvers te voorschijn. Zijn linkerwijsvinger stak door de trekkerogen en hij zwaaide ze rond. Het metaal tikte, schuurde en ratelde. Het waren revolvertjes van roestvrij staal. Net glimmend speelgoed. Ze hadden een korte loop. Vrijwel helemaal geen loop.

'Opstaan, meneer Curry,' zei Hobie.

Curry rolde op zijn handen en knieën. Het was duidelijk dat hij duizelig was van de klap op zijn hoofd. Jodie zag hem met de ogen knipperen in een poging om scherp te stellen. Hij schudde met zijn hoofd. Hij pakte de rugleuning van de bank vast en hees zich overeind. Hobie deed een stap dichterbij en keerde hem de rug toe. Hij keek naar Jodie en Chester en Marilyn alsof ze zijn publiek waren. Hij hield zijn handpalm vlak omhoog en begon er met de bocht van de haak op te slaan. Hij sloeg zowel met de haak als met zijn linkerhand en de klappen werden steeds harder.

'Eenvoudig een kwestie van mechanica,' zei hij. 'De

klap tegen het eind van de haak plant zich voort door de stomp. De schokgolven maken een reis. Ze verspreiden zich door het restant van de arm. Natuurlijk is het leerwerk door een expert vervaardigd, dus blijft het ongemak tot het minimum beperkt. Maar tegen de wetten van de natuurkunde hebben we niets in te brengen, hè? Dus in laatste instantie is het de vraag wie zich het eerst van pijn bewust wordt? Hij of ik?'

Hij maakt een snelle draai op de bal van zijn voet en sloeg Curry met de botte buitenkant van de haak vol in het gezicht. Het was een harde klap vanuit de schouder en Curry wankelde naar adem happend achterwaarts.

'Ik had je gevraagd of je gewapend was,' zei Hobie zacht. 'Je had de waarheid moeten spreken. Je had moeten zeggen: ja, meneer Hobie, ik heb een revolver op iedere enkel. Maar dat zei je niet. Je wilde me beduvelen. En zoals ik al tegen Marilyn zei, hou ik daar niet van.'

De volgende klap was een stoot tegen zijn romp. Plotseling en hard.

'Stop!' schreeuwde Jodie. Ze duwde zich terug en ging rechtop zitten. 'Waarom doe je dat? Wat is er in godsnaam met je gebeurd?'

Curry stond voorovergebogen naar adem te snakken. Hobie draaide zich om en keek haar aan.

'Met me gebeurd?' herhaalde hij.

'Je was een fatsoenlijke kerel. We weten alles van je.'

Hij schudde langzaam zijn hoofd.

'Nee hoor,' zei hij.

Toen ging de zoemer van de deur naar de gang met de lift. Tony wierp een blik op Hobie en stopte zijn pistool in zijn zak. Hij nam de revolvertjes van Curry van zijn vinger, kwam een stap dichterbij en drukte er een in Hobies linkerhand. Daarna boog hij zich naar hem toe en liet de andere in Hobies zak glijden. Het was een merkwaardig intiem gebaar. Daarna liep hij de kamer uit. De man met het geweer deed een stap naar achteren om een hoek te vinden vanwaar hij alle vier de gevangenen onder schot kon houden. Hobie liep in de tegenovergestelde richting om een driehoek met hem en de gevangenen te vormen.

'Iedereen stil zijn,' fluisterde hij.

Ze hoorden de deur van de receptie opengaan. Vervolgens het diepe geluid van twee stemmen en daarna ging de deur weer dicht. Even later kwam Tony het halfduister weer in met een pakje onder zijn arm en een glimlach op zijn gezicht.

'Koerier van Stones vroegere bank. Driehonderd aandelen.'

'Openmaken,' zei Hobie.

Tony vond de plastic draad en scheurde de envelop open. Jodie zag de overdadige opdruk van aandelencertificaten. Tony bladerde ze door. Hij knikte. Hobie liep terug naar zijn stoel en legde de revolver op het bureau.

'Ga zitten, meneer Curry,' zei hij. 'Naast je juridische collega.'

Curry plofte naast Jodie. Hij schoof met zijn handen over het glas en boog zich naar voren zoals de anderen. Hobie beschreef een cirkelvormige beweging met zijn haak.

'Kijk maar eens goed om je heen, Chester,' zei hij. 'Meneer Curry, mevrouw Jacob en je lieve vrouw Marilyn. Vast en zeker allemaal goeie mensen. Drie levens vervuld van hun eigen onbenullige zorgjes en overwinninkjes. Drie levens, Chester, en nu zijn ze helemaal in jouw hand.'

Stone had zijn hoofd geheven en keek rond naar de andere drie. Uiteindelijk keek hij recht voor zich uit naar Hobie.

'Jij gaat de rest van je aandelen halen,' zei Hobie. 'Tony gaat met je mee. Rechtstreeks erheen en meteen terugkomen. Dan blijven deze drie mensen in leven. Gebeurt er iets anders, dan sterven ze. Begrepen?'

Stone knikte zwijgend

'Kies een getal, Chester,' zei Hobie.

'Een,' zei Stone.

'Kies nog twee getallen, Chester,' zei Hobie.

'Twee en drie,' zei Stone.

'Oké, drie is voor Marilyn,' zei Hobie, 'als je besluit de held uit te hangen.'

'Ik haal die aandelen wel,' zei Stone.

Hobie knikte.

'Dat denk ik ook,' zei hij. 'Maar eerst moet je de overdracht tekenen.'

Hij trok een la open en veegde het glimmende revolvertje erin. Daarna haalde hij een vel papier te voorschijn, en gebaarde naar Stone, die overeind kwam en wankel rechtop ging staan. Hij liep om het bureau en zette zijn handtekening met de Montblanc uit zijn binnenzak.

'Mevrouw Jacob mag getuigen,' zei Hobie. 'Zij is tenslotte lid van de New Yorkse balie.'

Jodie bleef nog even zitten. Ze keek naar links naar de man met de shotgun en vervolgens recht voor zich uit naar Tony en daarna naar rechts naar Hobie achter het bureau. Ze hees zichzelf overeind. Liep naar het bureau, draaide het formulier om en nam Stones pen van hem over. Zette haar handtekening en de datum op het lijntje ernaast.

'Dank u,' zei Hobie. 'En nu weer gaan zitten en geen kik geven.'

Ze ging weer op de divan zitten en boog zich naar voren over de tafel. Haar schouders begonnen pijn te doen. Tony pakte Stone bij zijn elleboog en duwde hem in de richting van de deur.

'Vijf minuten heen, vijf minuten terug,' riep Hobie. 'Niet de held uithangen, Chester.'

Tony voerde Stone het kantoor uit en de deur ging zachtjes achter hen dicht. Ze hoorden de klap van de deur naar de gang, het verre gieren van de lift en daarna was het stil. Jodie had pijn. De greep van het glas op haar klamme handen trok de huid onder haar nagels strak. Haar schouders brandden. Haar nek deed pijn. Aan de gezichten van de anderen kon ze merken dat die hetzelfde doormaakten. Men hapte opeens naar adem. Het begin van zacht gekreun.

Hobie gebaarde naar de man met het geweer en ze verwisselden van plaats. Hobie ijsbeerde nerveus door het kantoor en de man met het geweer zat achter het bureau. Zijn wapen rustte op zijn greep en hij draaide het willekeurig heen en weer als het zoeklicht in een gevangenis. Hobie keek op zijn horloge en telde de minuten af. Jodie zag de zon in het zuidwesten zakken om op gelijke hoogte met de gleuven in de luxaflex te komen en zonnestralen in een steile hoek de kamer in te schieten. Ze hoorde de onregelmatige ademhaling van de twee anderen vlakbij en voelde een vage vibratie van het gebouw door de tafel in haar handen. Vijf minuten heen en vijf minuten terug waren samen tien minuten, maar er verstreken er minstens twintig. Hobie ijsbeerde heen en weer en keek om de haverklap op zijn horloge. Daarna liep hij de receptie in en de man met het geweer volgde hem naar de deur van het kantoor. Hij hield het wapen op de kamer gericht, maar had zijn hoofd naar zijn baas omgedraaid.

'Is hij van plan ons vrij te laten?' fluisterde Curry.

Jodie haalde haar schouders op, verhief zich op haar vingertoppen, trok haar schouders samen en liet haar hoofd zakken om de pijn te verlichten.

'Ik weet het niet,' fluisterde ze terug.

Marilyn had haar onderarmen hard tegen elkaar gedrukt en haar hoofd rustte erop. Ze keek op en schudde haar hoofd.

'Hij heeft twee politieagenten vermoord,' fluisterde ze. 'Wij zijn daar getuige van geweest.'

'Koppen dicht,' riep de man vanuit de deuropening.

Ze hoorden weer het gieren van de lift en de vage bons door de vloer toen hij tot stilstand kwam. Het bleef even stil en vervolgens ging de deur naar de gang open en opeens klonk er lawaai in de receptie: Tony's stem, daarna die van Hobie, luidruchtig en vervuld van opluchting. Hobie kwam het kantoor weer in met een pakket. De mobiele helft van zijn gezicht straalde. Hij klemde het pakket onder zijn rechterelleboog, scheurde het onderweg open en Jodie zag nog meer bedrukt, dik perkament. Hij maakte de lange omweg naar zijn bureau en gooide de certificaten op de driehonderd die er al lagen. Stone volgde Tony alsof ze hem waren vergeten en bleef staan staren naar het levenswerk van zijn voorouders dat in een achteloze stapel op het gekraste hout lag. Marilyn keek op, liep met haar vingers terug over het glas en ging rechtop zitten omdat ze geen kracht meer in haar schouders had.

'Oké, je hebt ze nu allemaal,' zei ze kalm. 'Nu kun je ons laten gaan.'

Hobie glimlachte. 'Marilyn, je bent toch niet van lotje getikt?'

Tony lachte. Jodie keek van hem naar Hobie. Ze zag dat ze heel dicht bij het eind van een of ander lang proces waren. Ze hadden iets in het vizier gehad en dat was nu erg dichtbij. Tony's gelach was van opluchting na dagenlange nerveuze spanning.

'Reacher is er ook nog,' zei ze kalm, als een zet in een schaakspel.

Hobies glimlach week van zijn gezicht. Hij legde de haak tegen zijn voorhoofd, wreef ermee over zijn littekens en knikte.

'Reacher,' zei hij. 'Inderdaad, het laatste stukje van de puzzel. We mogen Reacher niet vergeten, hè? Hij loopt nog ergens los rond. Maar waar precies?'

Ze aarzelde.

'Ik weet het niet precies,' zei ze.

Toen hief ze haar hoofd uitdagend op.

'Maar hij is in de stad,' zei ze. 'En hij zal je vinden.'

Hobie keek terug. Staarde haar minachtend aan.

'Vind je dat een soort dreigement?' snierde hij. 'In feite wíl ik ook dat hij mij vindt. Omdat hij iets heeft dat ik nodig heb. Iets van vitaal belang. Dus help me maar een handje, mevrouw Jacob. Bel hem maar op en nodig hem uit om direct hierheen te komen.'

Ze dacht even na.

'Ik weet niet waar hij is,' zei ze.

'Probeer uw huis maar,' zei Hobie. 'We weten

dat hij daar heeft gelogeerd. Waarschijnlijk is hij er nu ook. Jullie zijn toch om tien voor twaalf uit het vliegtuig gestapt?'

Ze staarde hem aan. Hij knikte zelfgenoegzaam.

'Wij controleren zulke dingen. We hebben een jongen op de loonlijst die Simon heet. Hij heeft jullie in Honoloeloe op het vliegtuig van zeven uur gezet. Wij hebben vervolgens JFK gebeld en men vertelde ons dat het precies om tien voor twaalf was geland. Volgens onze Simon was die beste Jack Reacher in Hawaï helemaal van de kook, dus dat is hij waarschijnlijk nog steeds. En moe. Net als u. U ziet er moe uit, mevrouw Jacob, wist u dat? Maar uw vriend Jack Reacher ligt waarschijnlijk in uw bed in uw huis te slapen, terwijl u hier met ons pret zit te maken. Dus bel hem maar op en zeg dat hij moet komen.'

Ze staarde omlaag naar de tafel. Zei niets.

'Bel hem op. Dan kunt u hem nog een keer zien voordat u sterft.'

Ze zweeg. Ze staarde omlaag naar het glas. Het zat onder de afdrukken van haar handen. Ze wilde hem bellen. Ze wilde hem zien. Ze voelde zich zoals ze zich al ontelbare malen had gevoeld in de afgelopen vijftien jaar. Ze wilde hem weer zien. Zijn luie, scheve grijns. Zijn verwarde haardos. Zijn armen, die zo lang waren dat ze hem de gratie van een hazewind gaven, al had hij het postuur van een bunker. Zijn ogen, zo ijskoud blauw als de poolzee.

Zijn handen, die kolossale kolenschoppen die zich tot vuisten als voetballen konden ballen. Ze wilde die handen weer zien. Ze wilden zien hoe ze zich om Hobies keel sloten.

Ze keek om zich heen in het kantoor. De zonnestralen waren een paar centimeter verder gekropen over de tafel. Ze zag Chester Stone, apathisch, Marilyn, bevend, en Curry, die met een bleek gezicht naast haar hijgde. En de man met het geweer, ontspannen. Reacher zou hem zonder aarzelen in tweeën breken. Ze zag Tony haar fixeren. En Hobie, die glimlachend en afwachtend met zijn gemanicuurde hand zijn haak streelde. Ze draaide zich om en keek naar de gesloten deur. Ze verbeeldde zich dat hij met een klap openbarstte en dat Jack Reacher naar binnen schreed. Ze wilde dat zien gebeuren. Ze wilde dat hartstochtelijker dan ze ooit iets had gewild.

'Oké,' fluisterde ze. 'Ik zal hem bellen.'

Hobie knikte. 'U moet hem vertellen dat we hier nog maar een paar uur zullen zijn, dus dat hij op moet schieten. Omdat u en ik ongeveer over een halfuur een afspraakje met elkaar in de badkamer hebben.'

Ze huiverde, duwde zich af tegen de glazen tafel en ging rechtop staan. Haar benen voelden week en haar schouders stonden in brand. Hobie liep om de tafel heen, pakte haar elleboog en voerde haar naar de deur. Bracht haar achter de receptiebalie.

'Dit is de enige telefoon die we hebben,' zei hij. 'Ik hou niet van telefoons.'

Hij ging zitten en toetste met de punt van zijn haak een negen in. Gaf haar de hoorn. 'Kom dichterbij, zodat ik kan horen wat hij tegen je zegt. Marilyn heeft me bedrogen met de telefoon en dat laat ik me geen tweede keer gebeuren.'

Hij liet haar bukken en haar gezicht naast het zijne brengen. Hij rook naar zeep. Hij stak zijn hand in zijn zak en haalde het revolvertje eruit dat Tony erin had laten glijden. Hij drukte het tegen haar zij. Ze hield de hoorn in een hoek met het luistergedeelte omhoog en tussen hen in. Ze bestudeerde het toestel. Er zaten een heleboel knopjes op. Een sneltoets voor 1-1-2. Ze aarzelde even en toetste vervolgens haar eigen huisnummer. Hij ging zes keer over. Zes lange, zachte snorgeluiden. Bij elke keer smeekte ze: neem op, neem op. Maar toen klonk haar eigen stem op het antwoordapparaat.

'Hij is er niet,' zei ze wezenloos.

Hobie glimlachte.

'Dat is dan jammer.'

Ze stond verdoofd van de schok gebogen naast hem.

'Hij heeft mijn zaktelefoon,' zei ze plotseling. 'Dat schoot me net te binnen.'

'Oké, druk op negen voor een lijn.'

Ze drukte de haak in, toetste een negen en daarna het nummer van haar zaktelefoon. Hij ging vier keer over. Elke keer bad ze: neem op, neem op, neem op, neem op. Toen klonk er een klik.

'Hallo?' zei hij.

Ze ademde uit.

'Hi, Jack,' zei ze.

'Hé, Jodie,' zei hij. 'Nog nieuws?'

'Waar zit je?'

Ze besefte dat haar stem dringend klonk. Het maakte dat hij even stil was.

'Ik zit in St. Louis, Missouri,' zei hij. 'Ik ben net aangekomen. Ik moest weer naar de NPRC, waar we al eerder zijn geweest.'

Ze bracht uit: 'St. Lóúis?' Haar mond werd droog.

'Alles goed met jou?' vroeg hij.

Hobie boog zich opzij en bracht zijn mond naar haar oor.

'Zeg dat hij meteen naar New York moet terugkomen,' fluisterde hij. 'Linea recta hierheen, zo gauw mogelijk.'

Ze knikte nerveus en hij drukte de revolver harder in haar zij.

'Kun je terugkomen?' vroeg ze. 'Ik heb je eigenlijk hier nodig, zo gauw mogelijk.'

'Ik heb gereserveerd voor zes uur,' zei hij. 'Dan ben ik er om halfnegen jullie tijd. Is dat goed?'

Ze kon voelen hoe Hobie naast haar grijnsde.

'Kan het ook eerder? Nu meteen bijvoorbeeld?'

Ze hoorde stemmen op de achtergrond. Majoor Conrad waarschijnlijk. Ze moest denken aan zijn kantoor, donker hout, versleten leer, de hete zon van Missouri door het raam.

'Eerder?' vroeg hij. 'Nou, misschien wel. Ik kan er over een paar uur zijn, afhankelijk van de vluchten. Waar ben je?'

'Kom maar naar het World Trade Center, zuidelijke toren, achtentachtigste verdieping, oké?'

'Het verkeer zal niet meevallen. Zeg maar tweeeneenhalf uur, dan ben ik bij je.'

'Geweldig,' zei ze.

'Alles goed met jou?' vroeg hij weer.

Hobie bracht de revolver voor haar gezicht.

'Prima,' zei ze. 'Ik hou van je.'

Hobie boog zich naar voren en verbrak de verbinding met de punt van zijn haak. In de hoorn klonk een klik en vervolgens de kiestoon. Ze legde langzaam neer. Ze was verpletterd van de schok en de teleurstelling. Verdoofd stond ze over de balie gebogen. Een hand plat op het hout voor steun en de andere hing bevend vlak boven de telefoon.

'Tweeëneenhalf uur,' zei Hobie tegen haar met overdreven mededogen in zijn stem. 'Nou, het ziet ernaar uit dat de cavalerie te laat zal komen, mevrouw Jacob.'

Lachend stopte hij de revolver weer in zijn zak. Stond op en pakte de arm die op het hout steunde. Ze struikelde en hij sleepte haar mee naar de deur van het kantoor. Ze greep de rand van de balie en hield zich stevig vast. Hij sloeg haar achterwaarts met de haak. De achterzijde raakte haar hoog op haar slaap en ze verloor haar greep op de balie. Haar knieën begaven het, ze viel en hij sleurde haar aan haar arm naar de deur. Haar hielen schaafden over de grond en schopten. Hij sleurde haar om zich heen en duwde haar recht voor zich uit het kantoor weer in. Ze viel languit op het kleed en hij sloeg de deur met een klap dicht.

'Op de bank,' grauwde hij.

De zonnestralen vielen niet meer op het bureau. Ze kropen over de vloer en de salontafel. Marilyn Stones uitgespreide vingernagels lichtten op. Jodie verhief zich op handen en knieën, hees zich op aan het meubilair en wankelde terug naar haar plaats naast Curry. Ze zette haar handen weer waar ze hadden gestaan. Er was een smalle pijnplek op haar slaap. Het was een vreemde, bonzende, schroeiende pijn op de plek waar het metaal tegen het bot was geketst. Haar schouder was verstuikt. De man met het geweer sloeg haar gade. Tony keek ook naar haar. Hij had zijn pistool weer in zijn hand. Reacher was heel ver weg, zoals hij het grootste deel van haar leven was geweest.

Hobie zat weer aan zijn bureau en legde de stapels aandelencertificaten netjes op een stapel. Ze vormden een bundel van tien centimeter. Hij tikte met zijn haak tegen de zijkanten. Het zware, bedrukte papier gleed keurig op zijn plaats.

'De post komt zo meteen,' zei hij opgewekt. 'Dan krijgen de projectontwikkelaars hun aandelen, ik mijn geld en heb ik weer gewonnen. Over ongeveer een halfuur is het allemaal voorbij. Voor mij en voor jou.'

Jodie besefte dat hij het specifiek tegen haar had. Hij had haar uitverkoren als informatiekanaal. Curry en het echtpaar Stone staarden naar haar. Ze wendde haar hoofd af en keek naar het kleed onder de glazen tafel. Het had hetzelfde patroon als het verschoten oude kleed in het kantoor van DeWitt in Texas, maar het was veel kleiner en nieuwer. Hobie liet de stapel aandelen met rust en liep achter de carré van meubels langs om het wapen van de man met het geweer over te nemen.

'Ga eens een kop koffie voor me halen,' zei hij.

De man knikte en liep naar de receptie. Deed de deur zacht achter zich dicht. Het werd stil. Er klonk slechts een gespannen ademhaling, en op de achtergrond het vage gerommel van het gebouw. Hobie had het geweer in zijn linkerhand. Het wapen wees naar de grond. Hij zwaaide er zachtjes mee naar voren en naar achteren in een kleine cirkel. Een losse greep. Jodie hoorde het schuren van het metaal tegen de huid van zijn hand. Ze zag Curry steels om zich heen kijken. Hij controleerde Tony's positie. Tony was een pas naar achteren gegaan. Hij had zich buiten het schootsveld van het geweer geplaatst en het zijne stond daar in een rechte hoek op. Hij had zijn pistool geheven. Jodie voelde hoe Curry de kracht in zijn schouders testte. Ze voelde hem bewegen. Ze zag hem zijn armen spannen. Ze zag hem recht voor zich uit naar Tony kijken. Die stond een meter of vier bij hem vandaan. Ze zag hem een blik naar links op Hobie werpen. Die was een kleine drie meter bij hem vandaan. Ze zag de zonnestralen precies parallel met de koperen rand van de tafel. Ze zag dat Curry zich op zijn vingertoppen opduwde.

'Nee,' fluisterde ze zacht.

Leon had zijn leven altijd met regels vereenvoudigd. Hij had een regel voor elke situatie. Toen ze klein was, was ze er gek van geworden. Zijn vuistregel voor alles, variërend van haar repetities tot zijn eigen opdrachten en de wetgeving door het Congres was: als je iets doet, doe het dan in één keer goed. Curry was kansloos. Hij had geen schijn van kans om het goed te doen. Krachtige wapens hielden hem van twee kanten onder schot. Zijn kansen waren nihil. Als hij opveerde en over de tafel op Tony af sprong, zou hij al halverwege een kogel in de borst hebben en waarschijnlijk ook de volle laag van het geweer in zijn zij krijgen, wat tevens het eind van de Stones zou betekenen. En als hij eerst op Hobie af zou springen, zou Tony misschien niet schieten uit angst zijn baas te raken, maar zou Hobie de trekker zeker overhalen. Curry zou aan flenters worden geschoten en zij zat in een rechte lijn achter hem. Leon had nog een regel: hopeloos is hopeloos en je moet nooit doen alsof het niet zo is.

'Wacht,' fluisterde ze zacht.

Ze voelde dat Curry een heel klein knikje gaf en zag zijn schouders zich weer ontspannen. Ze wachtten. Ze staarde door het glazen blad naar het kleed en verzette zich tegen de pijn terwijl de minuten verstreken. Haar verstuikte schouder protesteerde schreeuwend tegen haar gewicht. Ze balde haar vuisten en steunde op haar knokkels. Ze hoorde Marilyn Stone tegenover haar hijgen. Ze zag er verslagen uit. Ze lag met haar wang op haar armen en haar ogen waren dicht. De zonnestralen liepen niet meer evenwijdig, maar kropen naar de rand van de tafel.

'Wat doet die kerel daar toch?' mopperde Hobie. 'Hoelang duurt het goddomme om een kop koffie te brengen?'

Tony wierp een blik op hem, maar gaf geen antwoord. Hij hield slechts zijn pistool naar voren met een voorkeur voor Curry. Jodie draaide haar handen om en steunde op haar duimen. Haar hoofd bonsde en brandde. Hobie slingerde het geweer omhoog en liet de loop op de rugleuning van de bank rusten. Hij bracht de haak naar zijn gezicht en wreef met de platte kant over zijn littekens.

'Jezus,' zei hij. 'Waarom duurt het zo lang? Ga hem een handje helpen.'

Jodie besefte dat hij het tegen haar had. 'Ik?'

'Waarom niet? Maak je maar eens nuttig. Koffie zetten is tenslotte vrouwenwerk.'

Ze aarzelde.

'Ik weet niet waar alles is,' zei ze.

'Dan laat ik het je wel zien.'

Hij staarde haar afwachtend aan. Ze knikte. Opeens was ze blij dat ze een beetje kon bewegen. Ze strekte haar vingers, schoof haar handen naar zich toe en duwde zich overeind. Ze voelde zich zwak. Ze wankelde en stootte haar scheen tegen de tafelrand. Ze liep ongemakkelijk door Tony's schootsveld. Van dichtbij zag zijn pistool er enorm en vervaarlijk uit. Hij volgde haar ermee toen ze op Hobie afliep. Daar was ze buiten bereik van de zonnestralen. Hobie voerde haar door het halfduister, werkte het geweer onder zijn oksel, pakte de deurknop en trok de deur open.

Eerst de deur naar de gang controleren en dan de telefoon. Dat had ze onder het lopen gerepeteerd. Als ze in de publieke gang kon komen, had ze misschien een kans. Lukte dat niet, dan was er nog de 1-1-2 sneltoets. Sla de hoorn van de haak, druk op de knop en al kreeg ze niet de kans om iets te zeggen, dan zou de automatische verbinding er toch voor zorgen dat de politie een lokatie had. De deur, of de telefoon. Ze oefende met recht voor zich uit naar de deur kijken, en dan naar links naar de telefoon. Maar toen puntje bij paaltje kwam, keek ze naar geen van beide. Hobie bleef stokstijf voor haar staan. Zij ging naast hem staan en kon slechts staren naar de man die koffie was gaan halen.

Hij was een zwaargebouwde man. Kleiner dan Hobie en Tony, maar breed. Hij droeg een donker pak. Hij lag ruggelings op de grond, pal voor de deur van het kantoor. Zijn benen lagen recht. Zijn voeten waren naar buiten gedraaid. Zijn hoofd lag in een steile hoek tegen een stapel telefoonboeken. Zijn ogen stonden wijd open. Ze staarden recht voor zich uit zonder iets te zien. Zijn linkerarm was naar achteren en omhooggetrokken en de hand lag met de palm omhoog op een andere stapel boeken als een groteske parodie op een groet. Zijn rechterarm was recht getrokken en lag iets van zijn lichaam af. Zijn rechterhand was bij de pols afgekliefd. Hij lag vijftien centimeter van de manchet op het kleed, in een rechte lijn met de arm waar hij van af was gekomen. Ze hoorde Hobie een keelgeluidje maken en toen ze zich omdraaide, zag ze dat hij het geweer liet vallen en zich met zijn goede hand aan de deur vastklemde. De littekens van de brandwonden waren nog felroze, maar de rest van zijn gezicht trok lijkbleek weg.

17

Reachers vader had hem Jack genoemd. De man was een gewone yankee uit New Hampshire met een hartgrondige afkeer van alles wat gekunsteld was. De ochtend na zijn geboorte, op een dinsdag eind oktober, was hij de kraamafdeling op gekomen, had hij zijn vrouw een bosje bloemen gegeven en gezegd: 'We noemen hem Jack.' Geen tweede voornaam. Het was alleen maar Jack Reacher. De naam stond al op zijn geboortebewijs omdat hij onderweg naar de ziekenboeg een bezoek aan de administrateur van de compagnie had gebracht. De man had het opgeschreven en doorgetelext naar de Amerikaanse ambassade in Berlijn. Weer een Amerikaans staatsburger in het buitenland geboren als zoon van een soldaat in actieve dienst, en zijn naam was Jack-geen-Reacher.

Zijn moeder protesteerde niet. Ze was dol op haar mans ascetische inslag omdat ze Française was en zijn inborst hem een soort Europese nuchterheid verleende waardoor ze zich beter op haar gemak voelde bij hem. In de decennia na de oorlog had ze een enorme kloof tussen Amerika en Europa bespeurd. De rijkdom en overdaad van Amerika stonden in schril contrast met de uitgeputte armoe van Europa. Maar haar eigen yankee uit New Hampshire had weinig op met rijkdom en overdaad. Helemaal niets zelfs. Hij hield van gewone, simpele dingen en dat vond ze prima, zelfs al strekte het zich uit tot de namen van haar baby's.

Hij had haar eerste kind Joe genoemd. Niet Joseph, maar gewoon Joe. Geen tweede naam. Ze hield natuurlijk veel van de jongen, maar de naam vond ze lastig. Hij was erg kort en abrupt en ze had moeite met de initiaal J vanwege haar accent. Het kwam eruit als *zj*. Alsof hij Zjoo heette. Jack was veel beter. Door haar accent klonk het als Jacques, wat een traditionele Franse naam was. Vertaald in het Engels betekende het James. In stilte noemde ze haar tweede zoon altijd James.

Maar paradoxaal genoeg noemde niemand hem ooit bij zijn voornaam. Niemand wist hoe dat zo gekomen was, maar Joe werd altijd Joe genoemd en Jack altijd Reacher. Ze deed het zelf voortdurend. Ze had geen idee waarom. Ze stak haar hoofd uit het raam van de een of andere militaire bungalow en riep: 'Zjoo! Kom je lunchen? En neem Reacher mee!' En dan kwamen haar twee lieve jongetjes naar binnen hollen om een hapje te eten.

Op school ging het precies eender. Het was zelfs Reachers eerste herinnering. Hij was een ernstige, serieuze jongen en het verbaasde hem waarom zijn naam achterstevoren was. Zijn broer werd eerst bij zijn voornaam en dan met zijn achternaam aangesproken. Hij niet. Als er op het schoolplein een spelletje softbal werd gespeeld en de jongen met de bat de ploegen koos, wendde hij zich naar de broers en riep: 'Ik neem Joe en Reacher.' Alle andere kinderen deden hetzelfde. Onderwijzers ook. Ze noemden hem Reacher, zelfs op de kleuterschool. En op de een of andere manier reisde het met hem mee. Net als alle andere legerkinderen zat hij op talloze lagere scholen. De eerste dag op een nieuwe school, soms zelfs in een ander werelddeel, riep de een of andere nieuwe onderwijzer: 'Kom eens hier, Reacher!'

Maar hij was er snel aan gewend geraakt en had er geen moeite mee om met een enkelvoudige naam door het leven te moeten. Hij was Reacher. Dat was altijd zo geweest en zo zou het altijd voor iedereen blijven. Het eerste meisje met wie hij ooit een afspraakje had gemaakt was een lange brunette die verlegen naast hem was komen staan om te vragen: 'Hoe heet je?' Hij had geantwoord: 'Reacher'. Zo hadden alle liefdes uit zijn leven hem genoemd. 'Mmm, Reacher, ik hou van je,' hadden ze in zijn oor gefluisterd. Allemaal. Jodie zelf had precies hetzelfde gedaan. Toen hij boven aan de betonnen trap in de achtertuin van Leons huis verscheen, had ze opgekeken en gezegd: 'Hallo, Reacher.' Na vijftien lange jaren wist ze nog precies hoe hij werd aangesproken.

Maar via de mobiele telefoon had ze niet Reacher gezegd. Hij had het knopje ingedrukt, hallo gezegd, en zij zei: 'Hi, Jack.' Het klonk hem als een sirene in de oren. Vervolgens had ze gevraagd: 'Waar zit je?' en ze klonk zo gespannen dat hij in paniek raakte en zijn hersenen zodanig op hol sloegen dat hij bijna had gemist wat ze bedoelde. Zijn doopnaam, gewoon puur toeval. *Hi, Jack* betekende *hijack*, dus was ze gekidnapt. Het kostte hem een seconde om het te begrijpen. Ze was in moeilijkheden. Grote moeilijkheden, maar ze was nog steeds Leons dochter, dus intelligent genoeg om hard na te denken en hem met twee lettergrepen aan het begin van een radeloos telefoontje te waarschuwen.

Hijack. Alarm. Een klaroenstoot voor het gevecht. Hij knipperde met zijn ogen, verdrong zijn angst en ging aan het werk. Het eerste wat hij deed was tegen haar liegen. Strijd heeft te maken met tijd, ruimte en tegengestelde krachten. Als een gigantisch vierdimensionaal diagram. Stap een is de vijand misleiden. Wek de indruk dat je diagram er totaal anders uitziet. Je neemt aan dat alle communicatie wordt afgeluisterd en vervolgens gebruik je dat om leugens en bedrog te verspreiden.

Hij was niet in St. Louis. Waarom zou hij? Waarom zou hij helemaal daarheen vliegen als er telefoons waren en hij al een werkrelatie met Conrad had opgebouwd? Hij had hem op de stoep van Greenwich Avenue gebeld. Hij zei wat hij nodig had en Conrad belde drie minuten later terug omdat het bewuste dossier in sectie-A stond, en die was het dichtst bij het bureau van de gekwelde koerier. Hij luisterde terwijl de voetgangers om hem heen krioelden. Conrad las het dossier hardop voor. Twaalf minuten later zette hij de telefoon weer uit en had hij alle informatie die hij nodig had.

Daarna joeg hij de Lincoln in zuidelijke richting over Seventh en zette hem een blok ten noorden van de Twin Towers in een garage. Hij haastte zich verder, stak het voorplein over en was al in de receptie van het gebouw toen Jodie belde. Hij was maar achtentachtig verdiepingen onder haar. Hij stond net met de veiligheidsbeambte achter de balie te praten, en dat was de stem die ze op de achtergrond had gehoord. Zijn gezicht werd wezenloos van paniek. Hij drukte de telefoon uit en nam de expreslift naar negenentachtig. Hij stapte uit de lift, haalde diep adem en dwong zichzelf om rustig te worden. Rustig blijven en een plan maken. Vermoedelijk had achtentachtig dezelfde indeling als negenentachtig. Het was stil en verlaten. Om de liftschachten heen liepen smalle gangen verlicht door peertjes in het plafond. Elke afzonderlijke kantoorsuite had zijn eigen deur. Iets uit het midden hadden ze een rechthoekig venstertje met gepantserd glas op ooghoogte van een klein persoon. Naast elke kantoordeur was een metalen plaat met de naam van de huurder en een bel.

Hij vond de brandtrap en haastte zich een verdieping lager. Het trappenhuis was functioneel. Geen opsmuk. Gewoon kaal beton en een metalen trapleuning. Achter elke branddeur zat een brandblusapparaat. Boven het apparaat zat een rood kastje met een rood geschilderde bijl in klemmen achter glas. Op de muur naast het kastje zat een groot, rood sjabloongetal dat het nummer van de verdieping aangaf.

Hij belandde in de gang van achtentachtig. Daar was het net zo stil. Precies even stil, precies dezelfde verlichting, zelfde indeling, zelfde deuren. Hij holde de verkeerde kant op maar uiteindelijk stond hij voor de deur van CCT. Het kantoor had een lichte, eikenhouten deur met een koperen plaat en drukbel ernaast. Hij trok voorzichtig aan de deur. Op slot. Hij bukte zich en keek door het raampje met gepantserd glas. Hij zag een receptie. Goed verlicht. Uitgevoerd in koper en eiken. Rechts een balie. Nog een deur recht voor zich. Die deur zat op slot en de receptie was verlaten. Hij richtte zich op en staarde dwars door de voordeur naar de dichte binnendeur en voelde de paniek in zijn keel opwellen.

Zij was daarbinnen. Zij was in het eigenlijke kantoor. Hij voelde het. Zij was daar, alleen, als gevangene en ze had hem nodig. Zij was daarbinnen en hij zou daar ook moeten zijn. Hij had mee moeten gaan. Hij bukte zich weer, drukte zijn voorhoofd tegen het koude glas en staarde naar de binnendeur. Toen klonk Leons stem in zijn hoofd die weer een van zijn gouden regels citeerde. Maak je niet druk om de reden waarom iets mis is gegaan. Zorg verdomme dat het goed komt.

Hij deed een stap terug en keek links en rechts de gang in. Ging onder het licht staan dat het dichtst bij de deur was. Stak zijn hand omhoog en draaide de lamp los zodat hij uitging. Hij brandde zijn vingers aan het hete glas. Hij vertrok zijn gezicht en liep terug naar de deur om opnieuw te kijken. Hij stond een meter van het venstertje, dus een eind de gang in. De receptie was fel verlicht en de gang was nu donker. Hij kon naar binnen kijken, maar niemand zag hem. Je kunt van een donkere plek in een lichte kijken, maar niet andersom. Een cruciaal verschil. Hij bleef staan wachten.

De binnendeur ging open en een zwaargebouwde man kwam uit het kantoor de receptie in. Hij deed de deur zacht achter zich dicht. Een zwaargebouwde man in een donker pak. De man die hij in de Keys van de trap had geduwd. De man die in Garrison met een Beretta op hem had geschoten. De man die zich aan de portierkruk van de Bravada had vastgeklampt. Hij liep door de receptie en verdween uit het zicht. Reacher deed weer een stap naar voren en bestudeerde de binnendeur door het glas. Hij bleef dicht. Hij klopte zacht aan. De man kwam naar het raampje en tuurde naar buiten. Reacher had zich in zijn volle lengte opgericht en stond met zijn schouder tegen de deur zodat het bruine jack het hele beeld vulde.

'De post,' zei hij niet al te hard.

Het was een kantoorgebouw, het was donker, het was een bruin jack en de man deed open. Reacher stapte om de uitzwaai van de deur heen, zijn hand schoot uit en greep de man bij zijn strot. Doe het snel genoeg en hard genoeg en je verlamt iemands stembanden voordat hij een kik kan geven. Vervolgens duw je je vingers naar binnen en voorkom je dat hij valt. De man viel zwaar tegen zijn greep en Reacher rukte hem helemaal door de gang naar de branddeur en smeet hem achterwaarts het trappenhuis in. De man stuiterde tegen de muur en smakte op het beton met een gebroken, rochelend keelgeluid.

'Tijd om te kiezen,' fluisterde Reacher. 'Jij helpt me of je sterft.'

Met zo'n alternatief kun je maar één verstandig ding doen, maar de man deed het niet. Hij worstelde zich op zijn knieën en wekte de indruk dat hij het uit wilde vechten. Reacher gaf hem een tik op zijn hoofd – net hard genoeg om een schokgolf naar zijn nekwervels te sturen – deed een stapje terug en vroeg het nog een keer.

'Je helpt me,' zei hij. 'Of ik maak je dood.'

De man schudde zijn hoofd om bij zijn positieven te komen en wierp zich in zijn richting. Reacher hoorde Leon zeggen: 'Vraag het een keer, vraag het nog een keer als je zo nodig moet, maar vraag het in godsnaam niet drie keer.' Hij trapte de man tegen de borst, rukte hem met de rug naar zich toe, klemde zijn onderarm over zijn schouders, zette een hand onder zijn kin, gaf een korte ruk en brak zijn nek.

Één minder, maar de man was omgegaan zonder informatie los te laten, en in de strijd is informatie koning. Zijn instinct zei hem nog steeds dat het een kleine bende was, maar twee, drie of vijf was nog altijd klein. En er was een godsgruwelijk groot verschil tussen het blindelings opnemen tegen twee, drie of vijf tegenstanders. Hij bleef even in het trappenhuis staan en wierp een blik op de vuurbijl in het rode kastje. Op harde informatie na is de een of andere schrikaanjagende afleidingsmanoeuvre het beste. Iets om ze bezorgd te maken en van hun stuk te brengen. Iets waardoor ze aarzelen.

Hij deed het zo stil mogelijk en controleerde of de gang leeg was alvorens het lijk terug te slepen. Zonder een geluid te maken trok hij de deur open en arrangeerde de man midden op de grond in de receptie. Daarna deed hij de deur weer dicht en dook achter de balie. Die was borsthoog en ruim drie meter lang. Hij ging erachter op de grond liggen, haalde voorzichtig de Steyr met de geluiddemper uit zijn zak en wachtte.

Het leek een hele poos te duren. Hij had zich op het dunne kantoorkleed gedrukt en eronder voelde hij het harde beton dat wel leek te leven van de kleine vibraties van een kolossaal gebouw waarin gewerkt wordt. Hij voelde de vage, diepe trilling van stoppende en optrekkende liften. Hij voelde de hoge trilling van de spanning in hun kabels. Hij voelde het gonzen van de airconditioning en de trilling van de wind. Hij zette zijn tenen schrap tegen de pool van het nylon kleed en spande zijn beenspieren, klaar voor actie.

Hij voelde de voetstappen een seconde voor de klik van de deursluiting. Hij wist dat de binnendeur opengging omdat de akoestiek veranderde. De receptie stond opeens in verbinding met een grotere ruimte. Hij hoorde vier voeten op het kleed en hij hoorde ze stoppen. Daarop had hij gerekend. Hij wachtte. Presenteer een verbijsterende aanblik en het duurt een seconde of drie voordat het maximale effect is bereikt. Dat was Reachers ervaring. Ze kijken ernaar, ze zien het, de hersenen verwerpen het, hun ogen bevestigen het en het dringt tot hen door. Drie hele seconden van begin tot eind. Hij telde in stilte: een, twee, drie. Daarna duwde hij zich naar voren aan de voet van de balie, de lange, zwarte demper op zijn Steyr voor zich uit. Daarna zijn armen, zijn schouders, zijn ogen.

Wat hij zag was een ramp. De man met de haak en het verbrande gezicht liet zijn wapen vallen, hapte naar adem en greep zich vast aan de deurpost, maar stond aan de verkeerde kant van Jodie. De andere kant. Hij stond rechts van Jodie en de balie was aan haar linkerhand. Zij stond dertig centimeter dichterbij dan hij. Zij was veel kleiner, maar Reacher lag op de grond en keek op in een hoek waardoor haar hoofd precies voor het zijne zat en haar lichaam als een schild voor het zijne stond. Hij kon hem niet raken. Nergens. Jodie stond in de weg.

De man met de haak en het gezicht produceerde keelgeluiden en Jodie staarde naar de grond. Toen verscheen er een tweede man in de deuropening achter hen. De chauffeur van de Suburban. Hij stopte achter Jodies schouder en keek. Hij had een Beretta in zijn rechterhand. Hij staarde recht vooruit naar de grond en wrong zich vervolgens langs Jodie naar voren. Hij liep een meter de receptie in. Hij stond vrij.

Reacher haalde de trekker over, meer dan zes kilo druk, de demper maakte een luide plof en het hoofd van de man vloog aan stukken. De 9 mm-kogel trof hem precies midden in zijn gezicht en dat explodeerde. Bloed en botfragmenten vlogen tegen het plafond en sproeiden tegen de muur achter hem. Jodie verstijfde, precies voor de man met de haak. En de man met de haak reageerde reuzesnel. Sneller dan je van een kreupele vijftigjarige zou verwachten. Hij dook met zijn linkerhand omlaag en schepte het geweer van de grond. Hij sloeg zijn rechterarm om Jodies middel. De stalen haak stak licht af tegen haar pakje. Hij sjorde al aan haar voordat de andere man was gevallen. Hij klemde zijn rechterarm om haar heen, tilde haar van de grond en sleepte haar achteruit. De knal van het schot uit de Steyr galmde nog na.

'Hoeveel?' schreeuwde Reacher.

Ze was minstens even snel als Leon.

'Twee om, een over!' riep ze terug.

Dus de man met de haak was de enige, maar hij zwaaide het geweer al zijn kant op. Hij beschreef een boog door de lucht en hij gebruikte de vaart van het wapen om de grendel over te halen. Reacher bevond zich laag op de grond, was gedeeltelijk ongedekt en probeerde ijlings achter de balie vandaan te kruipen. De man had maar een uiterst geringe kans, maar nam hem toch. Hij vuurde laag, het geweer ging met een vlammende dreun af en de balie versplinterde in tienduizend stukjes. Reacher trok zijn hoofd terug maar een wolk van houtsplinters, metaal en hete, verdwaalde hagel trof hem met de kracht van een voorhamer tegen de zijkant van zijn gezicht, helemaal van zijn wang naar zijn voorhoofd. Hij voelde het doffe knarsen en de felle, verschrikkelijke pijn van ernstig letsel. Alsof hij uit een raam viel en met zijn hoofd op de stoeptegels belandde. Hij rolde zich verdwaasd overeind. De man sleepte Jodie achteruit door de deuropening en haalde de grendel nog een keer over tegen de beweging van het geweer in. Reacher zat verdoofd en roerloos tegen de achterwand en de loop werd weer in zijn richting geheven. Zijn voorhoofd was dof en ijskoud tegelijk. Er zat daar een vreselijke pijn. Hij hief de Steyr. De demper wees recht naar Jodie. Hij gaf een rukje naar links en rechts. Hij wees nog steeds naar Jodie. De man achter haar maakte zich zo klein mogelijk. Hij strekte zijn linkerhand met het geweer om haar heen en richtte. Zijn vinger trok zich strak om de trekker. Reacher zat roerloos tegen de muur. Hij staarde naar Jodie en probeerde haar in zijn geheugen te griffen voordat hij stierf. Toen was er opeens een blonde vrouw achter haar die zich wanhopig met haar schouder tegen de rug van de man stortte om hem uit balans te brengen. Hij wankelde, draaide zich met een ruk om en knuppelde haar met de kolf van zijn geweer neer. Reacher ving een glimp van een roze jurk op toen ze tegen de grond sloeg.

Vervolgens zwaaide het geweer weer zijn kant op. Maar Jodie stuiterde op en neer en worstelde met de arm van de man. Ze stampte en trapte. De man wankelde rond door haar furieuze energie. Hij wankelde weer helemaal de receptie in met haar en struikelde over de benen van de chauffeur van de Suburban. Hij viel met Jodie op de grond en het geweer ging af tegen het lijk. Er klonk weer een oorverdovend geluid en er stegen rook op en een obscene fontein van dood weefsel en bloed. De man krabbelde op zijn knieën en Reacher volgde hem met de Steyr. De man liet het geweer vallen, stak zijn hand in zijn zak en haalde er een glimmende revolver met een korte loop uit. Hij trok de haan met zijn duim terug. Er klonk een harde klik. Jodie wrong zich als een bezetene naar links en rechts tegen de arm die om haar middel geklemd zat. Links, rechts, links, rechts. Reacher kon niet schieten. Bloed liep in zijn linkeroog. Zijn voorhoofd bonsde en bloedde. Hij deed zijn onbruikbare oog dicht tegen de nattigheid en tuurde met zijn rechter. De glimmende revolver kwam helemaal omhoog en stak in Jodies zij. Ze hapte naar adem, stopte met bewegen en het gezicht van de man kwam met een valse grijns achter haar hoofd vandaan.

'Laat dat pistool vallen, eikel,' hijgde hij.

Reacher hield de Steyr precies waar hij was. Een

oog open, een oog dicht. Scherpe schichten van pijn joegen door zijn hoofd, de lange demper bleef op zijn verwrongen grijns gericht.

'Ik schiet haar dood, hoor,' snauwde de man.

'Dan schiet ik jou dood,' zei Reacher. 'Als zij sterft, sterf jij ook.'

De man staarde. Toen knikte hij.

'Impasse,' zei hij.

Reacher knikte ook. Daar zag het wel naar uit. Hij schudde zijn hoofd om helder na te kunnen denken. Het maakte de pijn alleen maar erger. Ze stonden pat. Al zou hij eerst kunnen schieten, dan nog zou de man een schot af kunnen vuren. Met die vinger zo strak om de trekker en dat pistool zo hard in haar zij zou de doodsstuip op zich waarschijnlijk al voldoende zijn. Hij kon het niet riskeren. Hij hield de Steyr op zijn plek, stond langzaam op, wiste zijn gezicht met het voorpand van zijn overhemd en bleef de hele tijd met een oog langs de loop turen. De man haalde diep adem, kwam ook overeind en trok Jodie met zich mee. Ze probeerde zich los te maken van de druk van de revolver, maar hij hield haar met zijn rechterarm stevig vast. Hij draaide zijn elleboog naar buiten en de punt van zijn haak begroef zich in haar zij.

'Dus moeten we eens onderhandelen,' zei hij.

Reacher bleef staan, depte zijn oog en zei niets. Zijn hoofd gonsde van pijn. Het gonsde en gilde. Hij begon te begrijpen dat hij ernstig gewond was.

'We moeten een deal maken,' herhaalde de man.

'Geen deals,' antwoordde Reacher.

De man draaide nog een stukje met zijn haak en drukte de revolver nog wat harder in haar zij. Jodie hapte naar adem. Het was een Smith and Wesson Model 60. Loop van vijf centimeter, roestvrij staal, kaliber 38, vijf patronen in de cilinder. Het soort wapen dat een vrouw in haar tasje heeft, of een man op zijn lichaam verbergt. De loop was zo kort, en de man drukte hem zo hard in Jodies middel dat zijn knokkels hard tegen haar zij geperst zaten. Ze hing naar voren door de druk van zijn arm en haar haar viel voor haar gezicht. Haar ogen keken recht in die van Reacher en het waren de mooiste ogen die hij ooit had gezien.

'Niemand zegt "geen deals" tegen Victor Hobie,' grauwde de man.

Reacher vocht tegen de pijn en hield de Steyr roerloos en recht op het voorhoofd van de man gericht.

'Jij bent Victor Hobie niet,' zei hij. 'Jij heet Carl Allen en je bent een smeerlap.'

Er viel een stilte. De pijn hamerde in zijn hoofd. Jodie staarde hem vragend aan.

'Jij bent Victor Hobie niet,' herhaalde hij. 'Jij bent Carl Allen.'

De naam bleef in de lucht hangen en de man leek terug te deinzen. Hij sleurde Jodie naar achteren, stapte over het lijk van de zwaargebouwde man en draaide haar zo dat haar lichaam tussen hem en

Reacher bleef. Hij bewoog zich langzaam naar zijn donkere kantoor. Reacher volgde onvast ter been, maar hield de Steyr hoog en recht. In het kantoor waren mensen. Reacher zag verduisterde ramen, woonkamermeubilair en drie personen rondlopen; de blonde vrouw in de zijden jurk en twee mannen in een pak. Ze staarden allemaal naar hem. Ze staarden naar zijn pistool, naar de geluiddemper, naar zijn voorhoofd en naar het bloed dat op zijn overhemd stroomde. Vervolgens hergroepeerden ze zich als robots en liepen ze naar het strakke carré van divans. Ze gingen ieder langs een andere kant naar binnen, namen plaats en legden hun handen op het glazen blad van de salontafel in het midden. Zes handen op tafel en drie gezichten die met een mengeling van hoop, angst en verbijstering naar hem keken.

'Je vergist je,' zei de man met de haak.

Hij liep in een wijde cirkel met Jodie achteruit totdat hij achter de verste bank stond. Reacher liep helemaal met hem mee en bleef recht tegenover hem staan. Zijn Steyr wees recht over de hoofden van de drie ineengedoken mensen die op de salontafel leunden. Zijn bloed droop van zijn kin op de rugleuning van de bank die voor hem stond.

'Nee, ik vergis me niet,' zei hij. 'Jij bent Carl Allen. Geboren op 18 april 1949 in de een of andere groene voorstad ten zuiden van Boston. Gewoon gezinnetje, voorbestemd tot niets. Je bent in de zomer van 1968 opgeroepen. Gewoon soldaat, met vaardigheden die op elk gebied onder het gemiddelde waren. Als infanterist naar Vietnam gestuurd. Een *grunt*, een gewone soldaat te voet. Oorlog verandert mensen, dus toen jij daar kwam, ben je in een echte schooier veranderd. Je werd een sjacheraar. In- en verkoop van drugs en meisjes en alles waar je je gore takken maar op kon leggen. Vervolgens ging je geld uitlenen en toen werd je pas echt een vuilak. Je kocht en verkocht gunsten. Je hebt een hele tijd als een vorst geleefd. Daarna kwam er iemand op een goed idee. Die haalde je uit je knusse bestaantje en stuurde je naar het front. Het oerwoud in. De echte oorlog. Een harde eenheid met een harde officier die je op het bit reed. Het maakte je kwaad. Bij de eerste de beste gelegenheid heb je die officier in de rug geschoten. En vervolgens zijn sergeant. Maar de eenheid heeft je erbij gelapt. Erg ongebruikelijk. Ze waren zeker niet zo op je gesteld, hè? Waarschijnlijk waren ze je geld schuldig. Ze hebben het doorgeseind en twee agenten genaamd Gunston en Zabrinski kwamen je halen. Wou je nog wat tegenspreken?'

De man zweeg. Reacher slikte. Zijn hoofd deed behoorlijk zeer. Diep onder de wonden vrat zich een heuse pijn een weg naar binnen. Echt een ernstige pijn.

'Ze kwamen met een Huey,' zei hij. 'Een fatsoenlijke jonge knaap genaamd Kaplan zat aan de knuppel. De volgende dag kam hij terug als copiloot van een topvlieger genaamd Victor Hobie. Gunston en Zabrinski stonden al met jou te wachten. Maar Hobies Huey werd geraakt toen hij opsteeg. Zes kilometer verder stortte hij neer. Hij kwam om het leven, tezamen met Kaplan en Gunston en Zabrinski en drie andere bemanningsleden die Bamford, Tardelli en Soper heetten. Maar jij overleefde het. Je was verbrand en raakte je hand kwijt, maar je leefde. En dat boosaardige breintje van je maakte overuren. Je ruilde je identiteitsplaatjes met de eerste de beste. Dat was toevallig Victor Hobie. Je bent met zijn plaatjes om je nek weggekropen. De jouwe liet je bij hem achter. Op dat moment en op die plek hielden Carl Allen en zijn misdadige verleden op te bestaan. Je wist een veldhospitaal te bereiken en ze dachten dat ze Hobie behandelden. Ze schreven zijn naam in hun dossiers. Vervolgens vermoordde je een broeder en ben je ontsnapt. Je zei: "Ik ga niet terug," want je wist dat ze zouden zien dat jij Hobie niet was zodra je terug was. Ze zouden erachter komen wie je wel was en dan zouden de rapen gaar zijn. Dus ben je gewoon verdwenen. Een nieuw leven onder een nieuwe naam. Een schone lei. Wou je al iets ontkennen?'

Allen verstevigde zijn greep op Jodie.

'Allemaal gelul,' zei hij.

Reacher schudde zijn hoofd. De pijn flitste in zijn ogen als een camera.

'Nee, het is allemaal waar.' zei hij. 'Nash Newman

heeft zojuist Victor Hobies skelet geïdentificeerd. Het ligt in een kist in Hawaï met jouw identificatieplaatjes om zijn nek.'

'Gelul,' herhaalde Allen.

'Het waren de tanden,' zei Reacher. 'Meneer en mevrouw Hobie hadden hun zoon vijfendertig keer naar de tandarts gestuurd om hem een perfect gebit te geven. Volgens Newman is het bewijs honderd procent waterdicht. Hij heeft een uur naar de röntgenfoto's gekeken en de gegevens in de computer gevoerd. Vervolgens herkende hij precies dezelfde schedel toen hij langs de kist liep. Er is geen twijfel mogelijk.'

Allen zweeg.

'Het is je dertig jaar gelukt,' zei Reacher. 'Totdat die twee bejaarde mensen uiteindelijk voldoende kabaal maakten en iemand rond ging neuzen. En nu is het spel uit, want nu zul je verantwoording aan mij moeten afleggen.'

Allen snierde. Het maakte de goede kant van zijn gezicht even lelijk als de verbrande helft.

'Waarom zou ik godverdomme aan jou verantwoording afleggen?'

Reacher knipperde het bloed uit zijn ogen boven de roerloze Steyr.

'Om een heleboel redenen,' zei hij kalm. 'Ik ben een vertegenwoordiger. Ik ben hier als vertegenwoordiger van een heleboel mensen. Zoals Victor Truman Hobie. Hij was een held, maar door jou is hij afgeschreven als een deserteur en een moordenaar. Zijn ouders hebben dertig jaar lang geleden. Ik vertegenwoordig hen. Bovendien vertegenwoordig ik Gunston en Zabrinski. Ze waren allebei luitenant bij de MP en allebei vierentwintig jaar. Toen ik vierentwintig was, was ik ook luitenant bij de MP. Zij zijn gesneuveld door jouw wandaden. Daarom ga jij mij verantwoording afleggen, Allen. Omdat ik hen ben. Schoften als jij zorgen ervoor dat mensen als ik doodgaan.'

Allens ogen waren uitdrukkingsloos. Hij verplaatste Jodies gewicht om haar recht voor zich te houden, draaide de haak en drukte de revolver nog harder in haar zij. Hij gaf een amper zichtbaar knikje.

'Oké, ik was Carl Allen,' zei hij. 'Dat geef ik toe, wijsneus. Ik ben heel lang Victor Hobie geweest, langer dan ik ooit Carl Allen heb geheten. Maar dat is nu waarschijnlijk ook achter de rug. Dus nu heet ik voortaan Jack Reacher.'

'Wat?'

'Dat heb jij voor mij,' zei Allen. 'Dat is de deal. Je ruiltje. Jouw naam voor het leven van deze vrouw.'

'Wat?' herhaalde Reacher.

'Ik wil jouw identiteit,' zei Allen. 'Ik wil jouw naam hebben.'

Reacher staarde hem alleen maar aan.

'Je bent een zwerver en je hebt geen familie,' zei Allen. 'Geen mens die jou zal missen.'

'En dan?'

'Dan sterf jij,' zei Allen. 'Er kunnen toch niet twee mensen met dezelfde naam rondlopen? Het is een eerlijke ruil. Jouw leven voor dat van deze vrouw.'

Jodie staarde Reacher recht aan en wachtte.

'Nee,' zei Reacher.

'Dan schiet ik haar dood,' zei Allen.

Reacher schudde weer zijn hoofd. De pijn was huiveringwekkend. Hij werd steeds heviger en verspreidde zich achter beide ogen.

'Jij schiet haar niet neer,' zei hij. 'Denk maar eens na, Allen. Bekijk jezelf maar eens. Je bent een egoïstische schoft. Zoals jij in elkaar steekt, ben je altijd nummer één. Als jij haar neerschiet, schiet ik jou neer. Je staat vier meter bij me vandaan. Ik richt op je hoofd. Als jij de trekker overhaalt, haal ik de mijne over. Als zij sterft, sterf jij een honderdste seconde daarna. Mij ga je ook niet neerschieten, want zodra je op mij gaat richten, ben jij al dood voordat je halverwege bent. Denk maar eens na. Dit is een impasse.'

Geteisterd door pijn staarde hij hem in het halfduister aan. Een klassieke patstelling. Maar er was een probleem. Zijn analyse vertoonde een ernstige misrekening. Hij wist het. Het drong in een flits van kille paniek tot hem door. Op precies hetzelfde moment besefte Allen het. Reacher wist dat ook, want hij zag iets zelfgenoegzaams in zijn blik verschijnen.

'Je maakt een vergissing,' zei Allen. 'Je ziet iets over het hoofd.'

Reacher reageerde niet.

'Op dit moment is er sprake van een patstelling,' zei Allen. 'En zo zal het ook blijven, zolang ik hier sta en jij daar. Maar hoelang blijf jij daar nog zo staan?'

Reacher slikte van de pijn. Het hamerde in zijn hoofd.

'Ik zal hier blijven staan zo lang het nodig is,' zei hij. 'Ik heb zeeën van tijd. Zoals je al zei, ik ben een zwerver. Ik heb geen dringende afspraken.'

Allen grijnsde.

'Stoere taal,' zei hij. 'Maar je hoofd bloedt. Wist je dat? Er steekt een stuk metaal in je hoofd. Ik kan het hiervandaan zien zitten.'

Jodie knikte radeloos, de paniek lag in haar ogen.

'Ga maar eens kijken, meneer Curry,' zei Allen. 'Dan kunt u het bevestigen.'

De man op de bank onder de Steyr kroop zijwaarts om de divan heen en richtte zich op. Hij bleef een stuk uit de buurt van Reachers arm met het pistool en strekte zijn nek zijwaarts om te kijken. Hij kreeg een blik van afgrijzen op zijn gezicht.

'Het is een spijker,' zei hij. 'Een spijker uit een plank. Je hebt een spijker in je hoofd.'

'Van de balie,' zei Allen.

De man die Curry heette dook weer omlaag en Reacher besefte dat het waar was. Het hoge woord was er nog niet uit, of de pijn werd twee keer zo erg, vier keer zo erg en explodeerde. Het was een helse, schrijnende pijn midden in zijn voorhoofd, een paar centimeter boven zijn ogen. De adrenaline had de pijn een hele poos gemaskeerd. Maar adrenaline duurt niet eeuwig. Met al zijn wilskracht dwong hij zijn aandacht weg van de pijn, maar hij bleef. Ernstige pijn, zo scherp als een scheermes en tegelijkertijd misselijkmakend dof. Het pulseerde knallend door zijn hoofd en zorgde voor bliksemschichten in zijn ogen. Het bloed had zijn overhemd doorweekt tot aan zijn middel. Hij knipperde en zag helemaal niets met zijn linkeroog. Het zal vol bloed. Het bloed liep over zijn hals, langs zijn linkerarm en droop van zijn vingertoppen.

'Ik maak het best,' zei hij. 'Niemand hoeft zich zorgen om mij te maken.'

'Stoere taal,' herhaalde Allen. 'Maar je lijdt pijn en je verliest een heleboel bloed. Je zult het niet van me winnen, Reacher. Je denkt dat je heel wat bent, maar vergeleken met mij stel je niets voor. Ik ben zonder hand van die helikopter weggekropen. Doorgesneden slagaders. Ik stond in brand. Zo heb ik het drie weken in de jungle overleefd. Vervolgens ben ik als vrij man weer naar huis gegaan. Daarna heb ik dertig jaar met gevaar geleefd. Dus ben ik de sterke jongen hier. Ik ben de sterkste jongen ter wereld. Lichamelijk en geestelijk. Je zou het zelfs zonder die spijker in je kop niet tegen me kunnen opnemen. Dus maak jezelf maar niets wijs, oké?'

Jodie staarde naar hem. In het vage, diffuse licht van de jaloezieën had haar haar een gouden glans. Het hing voor haar gezicht, gescheiden door haar hoge voorhoofd. Hij zag haar ogen. Haar mond. De welving van haar hals. Haar slanke, sterke, gespannen lijf in Allens arm. De haak die glimmend afstak tegen haar pakje. De pijn in zijn hoofd hamerde erop los. Zijn doorweekte shirt plakte koud op zijn huid. Er zat bloed in zijn mond. Het smaakte naar metaal, zoals aluminium. Hij voelde de eerste vage trillingen in zijn schouder. De Steyr begon zwaar te worden.

'Bovendien ben ik gemotiveerd,' zei Allen. 'Ik heb hard gewerkt voor wat ik heb. Ik ga het houden. Ik ben een geniaal overlever. Denk je dat ik me door jou te grazen laat nemen? Denk je soms dat jij de eerste bent die dat heeft geprobeerd?'

Reacher wankelde van de pijn.

'Nu gaan we de inzet wat verhogen,' riep Allen.

Hij dwong Jodie omhoog met alle kracht in zijn arm. Hij drukte de revolver zo hard in haar zij dat ze dubbelsloeg om de pijn te ontwijken. Ze klapte naar voren tegen zijn arm en zijwaarts naar de revolver. Hij hees haar zo op dat hij onzichtbaar was achter haar. Daarna bewoog de haak. De arm die eerst haar middel plette, plette nu haar borst. De haak ploegde over haar borsten. Ze hapte naar lucht van pijn. De haak schoof omhoog tot de arm in een rechte hoek omhoog zat en haar lichaam plette, en de haak op haar wang rustte. Daarna draaide de elleboog naar buiten en drong de stalen punt van de haak in de huid van haar wang.

'Ik kan haar zo openrijten,' zei Allen. 'Ik kan haar gezicht aan stukken rijten en je kunt er niets aan doen behalve je nog ellendiger voelen. Stress maakt het toch erger? De pijn? Je begint je zeker al wee te voelen? Je bent bezig je bewustzijn te verliezen, Reacher. Zo meteen val je om. En als dat gebeurt, is de patstelling voorbij, neem dat maar van mij aan.'

Reacher huiverde. Niet van pijn, maar omdat hij wist dat Allen gelijk had. Hij voelde het aan zijn knieën. Ze waren er nog, en het waren sterke knieën. Maar iemand wie niets mankeert voelt zijn knieën niet. Die maken gewoon deel van hem uit. Als je voelt dat ze uit alle macht honderddertien kilo lichaamsgewicht overeind houden, wil dat zeggen dat ze het weldra gaan begeven. Het is het eerste alarmsignaal.

'Je gaat neer, Reacher,' riep Allen weer. 'Je staat al te wankelen, wist je dat? Je gaat ons ontvallen. Over een paar minuten kan ik zo naar je toe lopen om je een kogel in je kop te schieten. Ik heb alle tijd van de wereld.'

Reacher huiverde weer en overdacht de mogelijkheden. Nadenken viel niet mee. Hij was duizelig. Hij had een open hoofdwond. Zijn hersenpan was doorboord. Hij moest opeens aan Nash Newman denken die in de klas een paar botten omhooghield. Misschien zou Nash het over een aantal jaren wel uitleggen. 'Een scherp voorwerp heeft – hier – de voorhoofdskwab gepenetreerd, daarna het hersenvlies doorboord en een hersenbloeding veroorzaakt.' De hand met het pistool beefde. Toen zag hij Leon weer voor zich. Hij had een minachtende uitdrukking op zijn gezicht en mopperde: 'Als plan A niet werkt, moet je plan B nemen.'

Daarna zag hij de politieman uit Louisiana, die man van jaren geleden in een ander leven. Hij had het over kaliber 38 revolvers en zei dat je er gewoon niet op kon vertrouwen als je iemand wilde neerleggen. *Zeker niet als iemand knetterstoned van de* angel dust *op je afkomt.* Reacher zag de man ongelukkig kijken. *Je kunt niet op een kaliber 38 vertrouwen als je iemand wilt neerleggen.* En een kaliber 38 met een korte loop was nog erger. Het valt niet mee om iets te raken met een korte loop. En het was nog moeilijker met een spartelende vrouw in je arm. Hoewel de kogel door haar gespartel wel eens per ongeluk recht in zijn doel kon schieten. Alles draaide om hem heen. Er werd op hem in geslagen door een reus met een voorhamer. Zijn krachten namen van binnen uit af. Hij moest met geweld zijn rechteroog openhouden. Het was droog en prikte alsof er naalden in staken. Misschien nog vijf minuten, dacht hij. Dan heb ik het gehad. Hij zat in een huurauto naast Jodie en was op de terugweg van de dierentuin. Hij praatte. Het was warm in de auto. Zon en glas. Hij zei: 'De clou van elk bedrog is ze laten zien wat ze willen zien.' De Steyr bibberde in zijn hand en hij dacht: oké, Leon, hier heb je plan B. Kijken of dat je bevalt.

Zijn knieën waren van rubber en hij zwaaide heen en weer. Hij richtte zich weer op en mikte op het smalle stukje van Allens gezicht dat hij zag. De loop beschreef een beverige cirkel. Eerst een kleine cirkel, vervolgens een grotere toen het gewicht van het pistool te veel werd voor zijn schouder. Hij hoestte en duwde het bloed uit zijn mond met zijn tong. De Steyr zakte. Hij zag het vizier voor op de loop omlaaggaan alsof er een sterke man aan hing. Hij probeerde hem omhoog te brengen, maar het mocht niet baten. Hij dwong zijn hand omhoog, maar hij ging slechts opzij alsof een onzichtbare kracht hem uit zijn baan bracht. Zijn knieën werden weer van rubber en hij rukte zich spastisch overeind. De Steyr was kilometers weg. Hij hing naar rechts. Hij wees naar het bureau. Zijn elleboog werd geblokkeerd door het gewicht en zijn arm boog door. Allens hand bewoog. Hij sloeg het met één oog gade en vroeg zich af: hebben mijn gevoelens voor Jodie hetzelfde effect als *angel dust*? De loop schoot te voorschijn uit een plooi van de stof en kwam los van haar jasje. Zal ik het redden? Zijn knieën wilden het begeven en hij begon te sidderen. Wachten, gewoon wachten. Allens pols klapte naar voren. Hij zag hem bewegen. Het ging heel snel. Hij zag het zwarte gat in de roestvrij stalen loop. Hij was los van haar lichaam. Zij sloeg met kracht haar hoofd omlaag, hij rukte de Steyr terug en kreeg hem vrijwel in positie toen Allen vuurde. Nog een paar centimeter maar. Meer niet. Een paar lullige centimeters. Snel, maar niet snel genoeg, dacht hij. Hij zag de hamer van de revolver naar voren slaan, vervolgens een felle vlam uit de vuurmond spugen en een vrachttrein raakte hem tegen de borst. De klap van het schot ging geheel verloren in de immense fysieke dreun van de kogel die hem trof. Het was als een klap met een hamer die zo groot was als een planeet. Een verpletterende stomp die hem van binnenuit verdoofde. Er was geen pijn. Totaal geen pijn. Alleen een enorme, koude verdoving in zijn borst en een geluidloos vacuüm van volmaakte kalmte in zijn geest. Een fractie van een seconde dacht hij hard na en deed hij zijn uiterste best om stevig op zijn benen te blijven staan en zijn oog wijd open te houden om zich te concentreren op het wolkje roet dat uit de demper van de Steyr spoot. Daarna bewoog hij zijn oog nog een laatste millimeter om te zien hoe Allens hoofd vier meter verder openbarstte. Er was een eruptie van bloed en botsplinters, een wolk van ruim een meter breed die zich als nevel verspreidde. Hij vroeg zich af: is hij nu dood? En toen hij zichzelf hoorde antwoorden: dat kan niet anders, liet hij zich gaan, rolden zijn ogen omhoog in hun kassen en viel hij achterover in een volmaakte, stille duisternis die eeuwig doorging en nergens eindigde.

18

Hij wist dat hij doodging want er kwamen gezichten op hem af en het waren allemaal gezichten die hij kende. Ze verschenen in een lange, eindeloze reeks, met één tegelijk en in paren, en er waren geen onbekenden bij. Hij had gehoord dat het zo zou gaan. Je leven zou in een flits aan je voorbijtrekken. Dat zei iedereen. En nu gebeurde het dus. Hij was bezig dood te gaan.

Hij nam aan dat het zo ver zou zijn als de gezichten ophielden. Hij vroeg zich af wie de laatste zou zijn. Er waren een aantal kandidaten. Hij vroeg zich af wie de volgorde bepaalde. Wie ging daarover? Hij voelde een lichte ergernis dat hij dat niet wist. En wat zou er daarna gebeuren? Als het laatste gezicht was verdwenen, wat dan?

Maar er ging iets ernstig mis. Er doemde een gezicht op dat hij niet kende. Toen besefte hij dat het leger achter de optocht zat. Dat kon niet anders. Alleen het leger kon er per ongeluk iemand bij doen die hij nog nooit had gezien. Een totaal vreemde op de verkeerde plaats en het verkeerde tijdstip. Waarschijnlijk wel toepasselijk. Hij had het grootste deel van zijn leven onder het gezag van het leger doorgebracht. Waarschijnlijk sprak het nogal vanzelf dat zij de touwtjes in handen zouden nemen bij dit laatste evenement. En een vergissing kon nog wel door de vingers gezien worden. Voor het leger was dat normaal, acceptabel zelfs.

Maar deze vent raakte hem aan. Hij sloeg hem. Hij deed hem pijn. Opeens besefte hij dat de optocht was afgelopen voordat deze man op het toneel was verschenen. Deze man hoorde helemaal niet bij de optocht. Hij kwam erná. Misschien was deze man wel gekomen om ervoor te zorgen dat hij de laatste adem uitblies. Ja, dat was het natuurlijk. Het moest wel. Deze man was er om ervoor te zorgen dat hij op tijd stierf. De optocht was achter de rug en het leger kon hem niet laten leven. Waarom zouden ze al die moeite doen om deze optocht te organiseren als ze hem zouden laten overleven? Dat zou niet goed zijn. Helemaal niet goed. Dat zou een ernstige procedurefout zijn. Hij probeerde zich te herinneren wie de laatste was geweest voor deze man. De op een na laatste persoon, die eigenlijk de laatste was. Hij wist het niet meer. Hij had niet opgelet. Hij glipte weg en stierf zonder zich te herinneren van wie het laatste gezicht in de optocht was geweest.

Hij was dood, maar dacht nog steeds na. Klopte dat wel? Was dit het hiernamaals? Dat zou toch wat zijn. Hij had bijna negenendertig jaar in de veronderstelling geleefd dat er geen hiernamaals was. Sommige mensen waren het met hem eens geweest, anderen hadden het bestreden. Maar hij had altijd voet bij stuk gehouden. Nu zat hij ermiddenin. Zo meteen zou er wel iemand komen snieren: zei ik het niet? Dat zou hij tenminste doen als de rollen omgedraaid waren. Hij zou iemand die het absoluut bij het verkeerde eind had gehad niet zomaar zonder een goedmoedig pesterijtje laten gaan.

Hij zag Jodie Garber. Zij ging het hem zeggen. Nee, dat kon niet. Zij was niet dood. Alleen een dood iemand kon in het hiernamaals toch tegen je tekeergaan? Iemand die leefde kon dat niet. Dat lag nogal voor de hand. Een lévende was niet in het hiernamaals. En Jodie Garber was een levend iemand. Daar had hij wel voor gezorgd. Daar was het verdomme om begonnen. En bovendien wist hij vrij zeker dat hij het met Jodie Garber nooit over het hiernamaals had gehad. Of wel? Heel lang geleden, toen ze nog klein was misschien? Maar het wás Jodie Garber. En ze wílde hem iets zeggen. Ze ging voor hem zitten en duwde haar haar achter haar oren. Lange blonde haren, kleine oortjes.

'Hallo, Reacher,' zei ze.

Het was haar stem. Dat stond vast. Hij vergiste zich niet. Dus misschien was ze wel dood. Misschien een auto-ongeluk. Dat zou toch wel godvergeten ironisch zijn. Misschien was ze wel overreden door een hard rijdende vrachtwagen op Lower Broadway, toen ze van het World Trade Center naar huis reed.

'Hé, Jodie,' zei hij.

Ze glimlachte. Er was communicatie. Dus was ze inderdaad dood. Alleen een dood iemand kon toch een ander dood iemand horen praten? Maar hij moest het weten.

'Waar zijn we?' vroeg hij.

'St.-Vincent,' zei ze.

Van Sint-Petrus had hij gehoord. Hij was de man aan de poort. Daar had hij plaatjes van gezien. Nou ja, niet echt afbeeldingen, maar wel spotprentjes. Hij was een oude man met een baard in een habijt. Hij stond achter een lessenaar en stelde vragen om te bepalen of je wel naar binnen mocht. Maar hij kon zich niet herinneren dat Sint-Petrus hem iets had gevraagd. Misschien kwam dat nog. Misschien moest je weer naar buiten en dan proberen er weer in te komen.

Maar wie was Sint-Vincent? Misschien was hij de baas van de plek waar je verbleef voordat Sint-Petrus je vragen ging stellen. Zoals het basiskamp. Misschien was Sint-Vincent de baas van de evenknie van Fort Dix. Nou, dat was niet moeilijk. Het basiskamp was een fluitje van een cent geweest. De makkelijkste tijd die hij ooit had gehad. Hij kon het zo weer doen. Maar het ergerde hem wel. Hij was verdomme als majoor geëindigd. Hij was een ster. Hij had medailles. Waarom zou hij in godsnaam het basiskamp helemaal over moeten doen?

En wat deed Jodie hier dan? Zij werd geacht te leven. Hij besefte dat hij zijn linkervuist balde. Hij was enorm geïrriteerd. Hij had haar leven gered omdat hij van haar hield. Waarom was ze dan dood? Wat was er goddomme aan de hand? Hij probeerde zich overeind te worstelen. Iets hield hem tegen. Wat nou, goddomme? Hij zou een paar antwoorden krijgen anders zou hij een stel koppen tegen elkaar slaan.

'Rustig aan,' zei Jodie.

'Ik moet Sint-Vincent spreken,' zei hij. 'En wel nu meteen. Zeg dat hij als de sodemieter hier komt, of ik word razend.'

Ze keek hem aan en knikte.

'Oké,' zei ze.

Vervolgens wendde ze haar hoofd af en stond op. Ze verdween uit beeld en hij ging weer liggen. Dit was helemaal geen basiskamp. Daar was het te stil voor, en de kussens waren te zacht.

Terugkijkend had het een schok moeten zijn. Maar dat was het niet. De kamer kwam gewoon in beeld. Hij zag de dokter en de glimmende apparatuur en dacht: ziekenhuis. Hij stapte over van dood zijn naar levend zijn met het mentale schouderophalen van een druk bezet man die beseft dat hij zich in de dag van de week heeft vergist.

De zon scheen in de kamer. Hij draaide zijn hoofd en zag dat hij een raam had. Jodie zat te lezen op een stoel ervoor. Hij hield zijn ademhaling traag en keek naar haar. Ze had haar haar gewassen; het glom. Het viel over haar schouders en ze draaide een lok tussen duim en wijsvinger. Ze droeg een gele, mouwloze jurk. Haar schouders waren bruin van de zomer. Hij zag de knobbeltjes die erop zaten. Haar armen waren lang en pezig. Ze had de benen over elkaar geslagen. Ze droeg bruine *pennyloafers* die bij haar jurk pasten. Haar enkels glansden bruin in de zon.

'Hé, Jodie,' zei hij.

Ze draaide haar hoofd om en keek naar hem. Zocht iets op zijn gezicht en toen ze het had gevonden, glimlachte ze.

'Hé, Reacher,' zei ze. Ze liet het boek vallen en stond op. Zette drie stappen. Bukte zich en kuste hem zacht op de lippen.

'St.-Vincent,' zei hij. 'Je hebt het gezegd, maar ik was in de war.'

Ze knikte.

'Je zat onder de morfine,' zei ze. 'Ze bleven het maar als een gek in je lijf pompen. Jouw bloedsomloop zou alle verslaafden van New York gelukkig hebben gemaakt.'

Hij knikte. Keek naar de zon in het raam. Het leek wel middag.

'Wat voor dag is het?'

'Het is juli. Je bent drie weken onder zeil geweest.'

'Jezus, ik zou honger moeten hebben.'

Ze liep om zijn voeteneind heen en ging aan zijn linkerkant staan. Legde haar hand op zijn pols. Zijn hand lag met de palm omhoog en er liepen buisjes naar de aderen van zijn elleboog.

'Ze hebben je gevoed,' zei ze. 'Ik heb ervoor gezorgd dat ze je hebben gegeven wat je lekker vindt. Je weet wel, een hoop glucose en zoutoplossing.'

Hij knikte.

'Er gaat niets boven zoutoplossing,' zei hij.

Ze werd stil.

'Wat is er?' vroeg hij.

'Kun je het je herinneren?'

Hij knikte weer.

'Alles,' zei hij.

Ze slikte.

'Ik weet niet wat ik moet zeggen,' fluisterde ze. 'Je hebt de kogel gekregen die voor mij bestemd was.'

'Mijn schuld,' zei hij. 'Ik was te traag, dat is alles. Ik wilde hem foppen en hem eerst raken. Maar kennelijk heb ik het overleefd. Dus zeg maar niets. Dat meen ik. Je hoeft er nooit meer iets over te zeggen.'

'Maar ik moet dank je wel zeggen,' fluisterde ze.

'Misschien moet ik jou wel bedanken,' zei hij. 'Het is een goed gevoel om iemand te kennen die de moeite waard is om een kogel voor op te vangen.'

Ze knikte, maar niet omdat ze het met hem eens was. Het was zomaar een beweging om haar tranen te bedwingen.

'Hoe is het eigenlijk met me?' vroeg hij.

Ze dacht even na.

'Ik zal de dokter halen,' zei ze zacht. 'Die kan het beter vertellen dan ik.'

Ze ging de kamer uit en even later kwam er een

man in een witte jas binnen. Reacher glimlachte. Het was de man die het leger aan het eind van de optocht had gezet. Hij was een kleine, brede man die werk als worstelaar had kunnen vinden.

'Weet je iets van computers?' vroeg hij.

Reacher haalde zijn schouders op en begon zich zorgen te maken dat dit een gecodeerde inleiding tot het bericht over een of ander hersenletsel was. Blijvende hersenbeschadiging, geheugenverlies, of functieverlies.

'Computers?' zei hij. 'Niet echt.'

'Oké, probeer dit maar eens,' zei de arts. 'Stel je maar een grote Cray supercomputer voor. Daar stoppen we alles in wat we over de menselijke fysiologie weten plus alles wat we over schotwonden weten, en vervolgens vragen we die computer om een persoon van het mannelijk geslacht te ontwerpen die het best is toegerust om een schot van een kaliber 38-revolver in de borst te overleven. Zeg maar dat hij er een week over doet. Waar komt hij dan mee op de proppen?'

Reacher haalde zijn schouders weer op. 'Ik zou het niet weten.'

'Een plaatje van jou, vriend,' zei de dokter. 'Daarmee. Die klerekogel kwam je borstkas niet eens ín. Je borstspier is zo taai en dik dat hij hem gewoon tegenhield. Als een kogelvrij vest van acht centimeter dik. Hij kwam wel door de spierwand en heeft een rib kapotgemaakt, maar verder is hij niet gekomen.'

'Waarom ben ik dan drie weken in coma geweest?' vroeg Reacher direct. 'Niet voor een spierwond of een gebroken rib, dat staat verdomme vast. Is mijn hoofd oké?'

De arts deed iets raars. Hij klapte in zijn handen en gaf een stomp in de lucht. Daarna kwam hij een stap dichterbij en zijn hele gezicht straalde.

'Daar heb ik me wel zorgen over gemaakt,' zei hij. 'Echt zorgen. Een lelijke wond. Ik zou het op een spijkerpistool hebben gehouden, tot ze me vertelden dat het geweerpuin uit een fabrieksmeubel was. Hij heeft je schedel doorboord en zat ruim drie millimeter in je hersenen. Voorhoofdskwab, vriend; een lelijke plek om een spijker in te hebben. Als ik een spijker in mijn schedel moest hebben, zou de voorhoofdskwab beslist niet mijn eerste keus zijn. Maar als ik een spijker in de voorhoofdskwab van iemand anders moest zien, zou ik de jouwe waarschijnlijk kiezen, want jouw schedelpan is dikker dan die van een Neanderthaler. Bij ieder normaal persoon had die spijker er diep in gezeten en dan was het dag met je handje geweest.'

'Ben ik dus in orde?' vroeg Reacher weer.

'Je hebt ons zojuist tienduizend dollar aan proeven bespaard,' zei de dokter opgewekt. 'Ik vertelde je het nieuws over je borstwond en wat deed je? In analytisch opzicht? Je vergeleek het met je eigen innerlijke databank, besefte dat het geen ernstige wond was en dat daar geen drie weken coma voor nodig waren, herinnerde je je andere verwonding, telde een en een bij elkaar op en stelde de vraag die je stelde. Direct. Zonder aarzelen. Snelle, logische gedachten, het vergaren van relevante informatie, snelle conclusie, heldere ondervraging van de bron van een mogelijk antwoord. Jouw hoofd mankeert niets, vriend. Beschouw dat maar als een deskundig oordeel.'

Reacher knikte langzaam. 'Wanneer mag ik dan weg?'

De arts pakte de status van het voeteneind. Er zat een hele stapel papier op het metalen klembord. Hij bladerde erdoorheen. 'Nou, in het algemeen is je gezondheid uitstekend, maar we kunnen je maar beter nog een poosje in de gaten houden. Misschien nog een paar dagen.'

'Geen sprake van,' zei Reacher. 'Ik vertrek vanavond.'

De dokter knikte. 'Nou, kijk maar hoe je je over een uur voelt.'

Hij kwam een stap dichterbij en strekte zijn hand uit naar een ventiel onder een van de infuuszakken. Hij stelde iets in en tikte met zijn vinger tegen het buisje. Hij keek goed, knikte en liep de kamer uit. Bij de deur kwam hij Jodie tegen. Zij kwam net naar binnen met een man in een gestreept jasje. Hij was een jaar of vijftig en bleek en had kort grijs haar. Reacher zag hem en dacht: tien tegen een dat dit de man van het Pentagon is.

'Reacher, dit is generaal Mead,' zei Jodie.

'Defensie,' zei Reacher.

De man in het jasje keek hem verrast aan. 'Kennen wij elkaar?'

Reacher schudde zijn hoofd. 'Nee, maar ik dacht wel dat iemand van jullie zou komen rondsnuffelen als ik weer bij m'n positieven was.'

Mead glimlachte. 'We hebben hier zowat gekampeerd. Om maar met de deur in huis te vallen: we zouden graag zien dat u de kwestie Carl Allen onder de pet hield.'

'Geen sprake van,' zei Reacher.

Mead glimlachte afwachtend. Hij was voldoende legerbureaucraat om de stappen te kennen. Leon zei altijd: 'Iets voor niets is een vreemde taal.'

'Meneer en mevrouw Hobie,' zei Reacher. 'U haalt ze met een vliegtuig naar Washington, laat ze eersteklas vliegen, brengt ze onder in een vijfsterrenhotel, laat ze de naam van hun zoon op de Muur zien en zorgt ervoor dat het barst van de hoge pieten in gala-uniform die de hele tijd als een gek salueren. Dan hou ik het onder mijn pet.'

Mead knikte.

'Komt voor elkaar,' zei hij. Hij stond ongevraagd op en ging de kamer uit. Jodie ging aan het voeteneind zitten.

'Hoe zit het met de politie?' vroeg Reacher. 'Gaat die het me nog moeilijk maken?'

Ze schudde haar hoofd.

'Allen heeft politieagenten vermoord,' zei ze. 'Als je in het arrondissement New York blijft, krijg je van je leven geen bekeuring meer. Het was zelfverdediging. Niemand doet daar moeilijk over.'

'En mijn pistool? Dat was gestolen.'

'Nee, dat was van Allen. Je had het hem ontfutseld. Een kamer vol getuigen zag het je doen.'

Hij knikte langzaam. In gedachten zag hij weer de hele eruptie van bloed en hersendeeltjes toen hij hem neerschoot. Best een goed schot, dacht hij. Donkere kamer, stress, spijker in zijn hoofd, kaliber 38-kogel in zijn borst en in de roos. Het scheelde verdomme niet veel of het was een perfect schot. Toen zag hij de haak weer tegen Jodies gezicht, het harde metaal tegen haar zachte huid.

'Hoe is het met jou?' vroeg hij.

'Prima,' zei ze.

'Zeker weten? Geen nachtmerries?'

'Geen nachtmerries. Ik ben een grote meid tegenwoordig.'

Hij knikte weer. Moest denken aan hun eerste nacht samen. Een grote meid. Leek wel honderd jaar geleden.

'Maar gaat het wel goed met jóú?' vroeg ze op haar beurt.

'De dokter denkt van wel. Hij noemde me een Neanderthaler.'

'Nee, serieus.'

'Hoe zie ik eruit?'

'Ik zal het je laten zien,' zei ze.

Ze ging naar de badkamer en kwam terug met de wandspiegel. Het was zo'n rond geval met een plastic rand. Ze zette hem op zijn benen en hij hield hem vast met zijn rechterhand en keek erin. Hij was nog steeds gebruind. Blauwe ogen. Witte tanden. Zijn hoofd was geschoren. Het haar was inmiddels weer drie millimeter. De linkerkant van zijn gezicht was bezaaid met littekens. Het spijkergaatje op zijn voorhoofd ging verloren tussen de sporen van een lang en gewelddadig leven. Hij zag het wel omdat het roder en verser was dan de rest, maar het was niet groter dan het litteken er vlak naast waar zijn broer Joe hem had geraakt met een glasscherf in een of andere allang vergeten ruzie over niets tijdens hun kinderjaren, precies in hetzelfde jaar als Hobies Huey neerstortte. Hij hield de spiegel schuin en zag een breed verband op zijn borst dat sneeuwwit tegen zijn bruine huid afstak. Hij schatte dat hij zo'n dertien kilo kwijt was. Dus was hij weer op zijn oude gewicht van honderd kilo. Hij gaf de spiegel weer aan Jodie en probeerde rechtop te gaan zitten. Opeens werd hij duizelig.

'Ik wil hier weg,' zei hij.

'Zeker weten?' vroeg ze.

Hij knikte. Hij wist het zeker, maar had vreselijke slaap. Hij liet zijn hoofd weer op het kussen zakken, even maar. Het was warm en het kussen was zacht. Zijn hoofd woog duizend kilo en zijn nekspieren misten de kracht om het op te tillen. De kamer werd donker. Hij draaide zijn ogen de andere kant op en zag de infuuszakken hoog boven hem hangen. Hij zag het ventiel dat de dokter daarnet had bijgesteld. Hij had ertegen getikt. Het schrift zat op zijn kop. Hij stelde scherp. Concentreerde zich uit alle macht. Het waren groene letters. Er stond MORFINE.

'Shit,' fluisterde hij, en de kamer werd aardedonker.

Toen hij zijn ogen weer opende, was de zon teruggedraaid. Het was vroeger op de dag. Ochtend in plaats van middag. Jodie zat in haar stoel bij het raam te lezen. Hetzelfde boek. Ze was ruim een centimeter verder. Haar jurk was blauw, niet geel.

'We zijn een dag verder,' zei hij.

Ze deed het boek dicht en stond op. Kwam naar hem toe en drukte een kus op zijn lippen. Hij kuste haar terug, zette zijn tanden op elkaar, trok de infuusnaalden uit zijn arm en liet ze over de rand van zijn bed vallen. Ze begonnen ritmisch op de grond te druppelen. Hij hees zich half overeind tegen de kussens en voelde met zijn hand over zijn borstelige schedel.

'Hoe voel je je?' vroeg ze.

Hij bleef stil in bed zitten en concentreerde zich op een langzame inspectie van zijn lichaam. Hij begon bij zijn tenen en eindigde bij zijn kruin.

'Prima,' zei hij.

'Je hebt bezoek,' zei ze. 'Ze hadden gehoord dat je weer bij je positieven was.'

Hij knikte en rekte zich uit. Hij voelde zijn borstwond. Die zat links. Daar was een zwakke plek. Hij stak zijn linkerhand omhoog naar de infuusstandaard. Het was een verticale buis van roestvrij staal met bovenaan een krul waar de zakjes werden opgehangen. Hij sloeg zijn hand om de krul en kneep hard. Hij voelde de blauwe plekken in zijn elleboog waar de naalden hadden gezeten en een gevoelige plek in zijn borst waar de kogel was ingeslagen, maar kreeg de stalen spiraal toch van rond naar ovaal. Hij glimlachte.

'Oké, laat ze maar binnenkomen,' zei hij.

Hij wist al wie ze waren voordat ze binnenkwamen. Hij hoorde het. De wielen van het zuurstofkarretje piepten. De oude dame deed een stap opzij en liet haar man eerst naar binnen gaan. Ze droeg een splinternieuwe jurk. Hij droeg nog steeds hetzelfde oude pak van kamgaren. Hij duwde het karretje langs haar heen en bleef even staan. Hij hield het handvat met zijn linkerhand vast en hief zijn rechter om beverig te salueren. Zo bleef hij een poosje staan en Reacher volgde zijn voorbeeld. Hij gaf zijn mooiste paradesaluut ten beste en bleef zo zitten. Hij meende het uit de grond van zijn hart. Daarna bracht hij zijn hand omlaag en de oude man duwde zijn karretje langzaam in zijn richting, terwijl zijn vrouw bedrijvig achter hem aan kwam.

Ze waren veranderd. Nog steeds oud en broos, maar sereen. Waarschijnlijk was het beter om te weten dat je zoon dood is dan het niet te weten. Hij moest weer denken aan Newmans raamloze laboratorium in Hawaï en Allens kist met Hobies geraamte. Victor Hobies oude botten. Hij kon ze zich nog vrij goed voor de geest halen. Ze waren opvallend. De gladde bolling van zijn voorhoofd en het hoge, ronde schedeldak. De gelijkmatige witte tanden. De lange, schone ledematen. Het was een nobel skelet.

'Hij was een held, wist u dat?'

De oude man knikte.

'Hij heeft zijn plicht gedaan.'

'En nog veel meer,' antwoordde Reacher. 'Ik heb zijn dossier gelezen. Ik heb generaal DeWitt gesproken. Hij was een moedige piloot die meer dan zijn plicht heeft gedaan. Hij heeft met zijn moed een heleboel levens gered. Als hij was blijven leven, had hij nu drie sterren gehad. Dan zou hij generaal Victor Truman Hobie zijn met ergens een heleboel mensen onder zich of een hoge post in het Pentagon.'

Het was precies wat ze wilden horen, maar daarom niet minder waar. De oude vrouw legde haar magere, bleke hand op die van haar man en ze zaten zwijgend en met vochtige ogen naar een punt achttienduizend kilometer verderop te kijken. Ze vertelden zichzelf verhalen over wat had kunnen zijn. Het verleden strekte zich recht en ongecompliceerd uit, en nu was het netjes geamputeerd door een nobele dood op het slagveld, waardoor de toekomst alleen maar eerlijke dromen beloofde. Die dromen vertelden ze zichzelf voor het eerst, omdat ze nu legitiem waren. Die dromen gaven hun kracht, net als de zuurstof die uit de fles siste en werd ingeademd op het ritme van de haperende ademhaling van de oude man.

'Nu kan ik met een gerust hart doodgaan,' zei hij.

Reacher schudde zijn hoofd.

'Nee, dat kan niet,' zei hij. 'Eerst moet u naar de Muur. Zijn naam staat erop. Ik wil dat u mij daar een foto van bezorgt.'

De oude man knikte en zijn vrouw glimlachte vochtig.

'Mevrouw Garber heeft ons verteld dat u misschien in Garrison gaat wonen,' zei ze. 'Dan zijn we vrijwel buren.'

Reacher knikte.

'Dat is mogelijk,' zei hij.

'Mevrouw Garber is een erg lieve jongedame.'

'Ja, mevrouw. Dat is ze zeker.'

'Hou op met die flauwekul,' zei de oude man. Daarna zeiden ze dat ze niet konden blijven, omdat hun buurman hen had gebracht en ze weer terug moesten. Reacher keek hen helemaal na. Zodra ze weg waren, kwam Jodie glimlachend binnen.

'De artsen zeggen dat je weg mag.'

'Kan jij me dan wegbrengen? Heb je al een nieuwe auto?'

Ze schudde haar hoofd. 'Gewoon een huurauto. Ik heb geen tijd voor boodschappen gehad. Hertz heeft me een Mercury bezorgd. Met satellietnavigatie.'

Hij strekte zijn armen boven zijn hoofd en draaide met zijn schouders. Ze voelden goed. Opvallend goed. Zijn ribben ook. Geen pijn.

'Ik moet kleren hebben,' zei hij. 'Waarschijnlijk zijn die oude naar de maan.'

Ze knikte. 'De zusters moesten ze van je lijf knippen.'

'Was jij daarbij?'

'Ik ben de hele tijd hier gebleven,' zei ze. 'Ik woon in een kamer verderop in de gang.'

'En je werk?'

'Onbetaald verlof,' zei ze. 'Ik heb ze gezegd dat ze akkoord moesten gaan of ik zou opstappen.'

Ze dook in een gelamineerde kast om een stapeltje kleren te pakken. Nieuwe spijkerbroek, nieuw shirt, nieuw jack, nieuwe sokken en onderbroek, allemaal opgevouwen in een bundeltje, met zijn oude schoenen bovenop in de stijl van het leger.

'Het is niets bijzonders,' zei ze. 'Ik wilde niet te lang wegblijven. Ik wilde erbij zijn als je wakker werd.'

'Heb je hier drie weken gezeten?'

'Het leek wel drie jaar,' zei ze. 'Je zat helemaal in de kreukels. Comateus. Je zag er vreselijk uit. Echt verschrikkelijk.'

'Dat satellietgeval,' zei hij. 'Staat Garrison daarop?'

'Wil je daarheen?'

Hij haalde zijn schouders op.

'Ik denk van wel. Ik moet het toch kalm aan doen? De lucht op het platteland zal me goed doen.'

Daarna wendde hij zijn hoofd af.

'Misschien kun je een poosje bij me blijven, weet je. Om me te helpen herstellen.'

Hij sloeg zijn laken terug en zette zijn voeten op de grond. Stond langzaam en onzeker op en begon zich aan te kleden, terwijl zij zijn elleboog vasthield om te voorkomen dat hij zou vallen.

De Jack Reacher-thrillers van Lee Child zijn:

1 *Jachtveld*
In een stadje in Georgia stapt Jack Reacher uit de bus. En wordt in de gevangenis gegooid voor een moord die hij niet gepleegd heeft.

2 *Lokaas*
Jack Reacher zit in een vrachtwagen opgesloten met een vrouw die beweert dat ze van de FBI is. Hij komt in een heel ander deel van Amerika terecht.

3 *Tegendraads*
Terwijl Jack Reacher een zwembad graaft in Key West, komt een detective allemaal vragen stellen. Later wordt die dood gevonden.

4 *De bezoeker*
Twee naakte vrouwen liggen levenloos in een bad. Het daderprofiel van de FBI wijst richting Jack Reacher.

5 *Brandpunt*
Midden in Texas ontmoet Jack Reacher een jonge vrouw. Zodra haar echtgenoot uit de gevangenis komt, zal hij haar doden.

6 *Buitenwacht*
Een vrouw in Washington roept Jack Reachers hulp in. Haar baan? Ze beschermt de vice-president van Amerika.

7 *Spervuur*
Een ontvoering in Boston. Een politieagent sterft. Heeft Jack Reacher zijn gevoel voor goed en kwaad verloren?

8 *De vijand*
Er was een tijd dat Jack Reacher in het leger zat. Eens, toen hij wachtliep, werd er een generaal dood aangetroffen.

9 *Voltreffer*
Vijf mensen worden doodgeschoten. De man die beschuldigd wordt van moord, wijst naar Jack Reacher.

10 *Bloedgeld*
Het drinken van koffie op een drukke straat in New York leidt tot een schietpartij vijfduizend kilometer verderop.

11 *De rekening*
In de woestijn van Californië wordt een van Jack Reachers oude maten dood aangetroffen. De legereenheid van toen moet weer bij elkaar gebracht worden.

12 *Niets te verliezen*
Jack Reacher gaat de onzichtbare grens tussen twee steden over: Hope en Despair, hoop en wanhoop.

13 *Sluipschutter*
In de metro van New York telt Jack Reacher af. Er zijn twaalf aanwijzingen voor een zelfmoordterrorist.

14 *61 uur*
In de vrieskou staat Jack Reacher te liften. Hij stapt uiteindelijk op een bus die regelrecht op de problemen afrijdt.

15 *Tegenspel*
Een onopgeloste zaak in Nebraska. Jack Reacher kan de vermissing van een kind niet van zich afzetten.

16 *De affaire*
Een halfjaar voor de gebeurtenissen in *Jachtveld* is Jack Reacher nog in dienst van het leger. Hij gaat undercover in Mississippi om een moord te onderzoeken.

17 *Achtervolging*
Na anderhalf uur wachten in de kou van Nebraska krijgt Jack Reacher eindelijk een lift, en komt in heel fout gezelschap terecht.

18 *Ga nooit terug*
Jack Reacher gaat terug naar zijn oude hoofdkwartier in Virginia. Hij wil de nieuwe commandant wel eens ontmoeten – maar ze is spoorloos.

19 *Persoonlijk*
Iemand heeft op de Franse president geschoten. Er is maar één man die dat gedaan kan hebben – en Jack Reacher is de enige die hem kan vinden.

20 *Daag me uit*
Jack Reacher belandt in het vreemde plaatsje Mother's Rest en treft een vrouw aan die wacht op een vermiste privédetective. Weglopen zou tegen Jack Reachers principes zijn.

21 *Onder de radar*
Hamburg, 1996. Jack Reacher is naar Duitsland vertrokken voor een zeer geheime missie. Een jihadistische cel daar heeft een boodschap gekregen: *de Amerikaan wil honderd miljoen dollar*. Wat is er gaande?

22 *Nachthandel*
Toevallig ziet Jack Reacher een bijzonder sieraad liggen in de etalage van een pandjeshuis, een damesring van de militaire academie West Point. Jack Reacher gaat op zoek naar de eigenaresse...

23 *Verleden tijd*
Jack Reacher maakt een ommetje naar de geboortestad van zijn vader. Daar is geen spoor van een Reacher te bekennen. Wel stuit hij op een dodelijk tijdverdrijf.

24 *Blauwe maan*
Als Jack Reacher een medereiziger redt die slachtoffer dreigt te worden van een straatroof, raakt hij verwikkeld in de meedogenloze machtsstrijd tussen Albanese en Oekraïense gangsters.

25 *De wachtpost*
(de nieuwe Jack Reacher! – verschijnt oktober 2020)
Jack Reacher loopt in Nashville een groep muzikanten tegen het lijf die zijn afgezet door een gewetenloze cafébaas. Hij voelt zich genoodzaakt in te grijpen...

De Jack Reacher-verhalen zijn:

1 *James Penney*
Uit wraak steekt James Penney zijn huis in brand nadat hij is ontslagen en hij slaat op de vlucht. Dan komt hij iemand in een groene Chevrolet tegen. Het blijkt Jack Reacher.

2 *Heethoofd*
In een hete zomernacht ziet de bijna 17-jarige Jack Reacher dat een jonge vrouw in het gezicht wordt geslagen. Als dappere zoon van een Amerikaanse marinier besluit hij in te grijpen.

3 *Tweede zoon*
Op de nieuwe school van de 13-jarige Jack Reacher is iets aan de hand. Wat volgt is keiharde actie van de jongen die ooit de beroemdste thrillerheld zonder vaste verblijfplaats zal zijn.

4 *Iedereen praat*
Een rechercheur raakt aan de praat met het slachtoffer van een schietincident. Het blijkt Jack Reacher te zijn. Hij is ernstig gewond, maar een paar uur later is hij verdwenen.

5 *3 kogels*
Jack Reacher doet onderzoek naar de executie van een kolonel. Hoe meer hij te weten komt, hoe sterker hij het vermoeden krijgt dat zijn broer meer met de zaak te maken heeft.

6 *Uit Rusland*
Jack Reacher loopt een bar in New York binnen. Meteen wordt zijn aandacht getrokken door een jong Russisch meisje, dat in gevaar lijkt te zijn. Hij is vastbesloten haar te helpen.

7 *Diepgang*
Jack Reacher moet ontdekken wie van de vier MI-stafofficieren vuil spel speelt. Het zijn alle vier vrouwen, en het leidt tot een diepgaand onderzoek.

8 *Geen oefening*
Jack Reacher neemt een lift richting de Canadese grens en strandt in het stadje Naismith. Daar wemelt het opeens van de militairen en niemand lijkt te weten waarom...

9 *Traditie*

Het sneeuwt te hard om door te lopen. Op goed geluk klopt Jack Reacher aan bij een groot huis; daar komt hij als geroepen voor een merkwaardig karweitje.

10 *Eenzaam*

Jack Reacher is in hartje New York. De straten zijn leeg en stil, ongewoon voor zo'n warme zomeravond. Dan houdt een vrouw hem staande. Tijd voor Reachers goede daad van de dag.

11 *Witte kerst*

Het is kerstavond. Jack Reacher wil nog wel wat eten en ergens onderdak, en kiest het motel dat er het goedkoopst uitziet.

12 *Te veel tijd*

Jack Reacher is getuige van een diefstal. Hij gaat mee naar het bureau, maar daar wordt hij gearresteerd wegens medeplichtigheid. Uiteindelijk grijpt hij terug op een van zijn vuistregels.

Alle Jack Reacher-verhalen zijn gebundeld in *Op doorreis*, verschenen als paperback en als e-book. De afzonderlijke verhalen zijn als luisterboek en als e-book beschikbaar.